Dagmar Scharsich

# Die gefrorene Charlotte

Ariadne Krimi 1048
Argument

Deutsche Originalausgabe

Redaktion: Else Laudan


Rentzelstraße 1, 20146 Hamburg
Telefon 040/45 36 80 — Fax 040/44 51 89
Titelgrafik: Johannes Nawrath
Signet: Martin Grundmann
Texterfassung durch die Autorin
Fotosatz: Mößner und Steinhardt oHG, Berlin
Druck: Clausen & Bosse, Leck
ISBN 3-88619-548-1
1. Auflage 1993

*Für Mama und Papa*

Sie saßen auf einem winzigen Sofa und hielten sich an den Händen: Mieze Schindler in ihrem weißen gehäkelten Sommerkleid und die gute Luise mit dem Tausendschön-Kränzchen aus Seide im Haar. Die kleine Marie, die so winzig war, daß sie in Luises Arm saß wie ein Schoßhündchen mit verfilzten Locken. Und Queen Anne, die echte Queen Anne, mit ihren bedächtig nach oben gezogenen Augenbrauen und ihrem schmal zusammengepreßten hölzernen Mund.

Queen Anne war die älteste von ihnen allen. Zweihundertfünfzig Jahre alt war sie in diesem Jahr. Und sie war nicht die einzige in diesem ehrwürdigen Alter. Es war eng geworden in Tante Johannas Wohnung. Viel zu eng für Mieze Schindler, Queen Anne und all die anderen Puppen, die die Tante zusammengetragen hatte in langer Zeit.

Sie hingen an den Wänden. Sie belagerten die riesigen Glasvitrinen im Berliner Zimmer. Sie blockierten jeden noch so winzigen Platz auf der Kommode, auf dem Vertiko oder auf dem Buffet.

Aus jedem Schrank, den ich öffnete, lächelten mir freundliche, zarte Gesichter mit glänzenden Glasaugen entgegen. Ziellos und sanft gingen die kleinen Blicke ins Leere. Ihre feinen, schwarz aufgemalten Wimpern aber hielten mich umgarnt und gefangen wie ein winziges zartes Spinnennetz. So, wie sie es schon getan hatten, als ich noch ein kleines Mädchen war. Wie damals schon, als ich zu Tante Johanna in ihre Wohnung ziehen mußte, weil meine Mutter von einer Reise nach Bayern nicht wiedergekommen war.

Alles war, wie ich es kannte seit dreißig Jahren.

Und doch erinnerte ich mich später immer wieder an diesen Tag. Es war der letzte Tag, von dem ich sagen konnte, es war damals noch beinahe so, wie es mir immer vertraut war.

Kleine Ringe aus Sonnenlicht quälten sich durch die Spitzengardinen in Tantes Wohnzimmer und warfen Muster über den Fußboden und die Wände. Es war Anfang August, die

Sonne stand hoch am Himmel und heizte uns mächtig ein. Staubig und trocken stand die Nachmittagshitze im Zimmer. Wir saßen am großen Eßtisch, rührten in unseren Kaffeetassen und vergingen vor Wärme wie Blumentöpfe in der Mittagssonne in einem schlecht gelüfteten Gewächshaus. Trotzdem hatte Tante Johanna entschieden: Den weißen, mit Waschblau getönten Gardinen und den zarten Frisuren der Puppen zuliebe blieben die Fenster zu.

Wir stöhnten. Hedda hob mühsam ihre zweihundertzwanzig Pfund Lebendgewicht aus dem Sessel und hievte ein neues Stück Torte auf ihren Teller. Sie drückte die Kuchengabel durch die weichgewordenen Cremeschichten und schob Stück für Stück in ihren Mund. Ihre Lippen und ihr rundliches schmales Kinn glänzten von Zucker und Fett.

Marion folgte den Bewegungen von Heddas Kuchengabel mit den Augen. Hin und wieder zog sie an ihrer Alten Juwel, wickelte ihre hibiskusroten Haare um ihre Finger und blies träge und langsam den Rauch über den Tisch. Wir sehnten uns nach etwas kühler Luft.

Aber Tante Johanna war unerbittlich. Sie saß in der Sofaecke, hielt Horstis Hand zwischen ihren Händen und ließ sich nicht anmerken, ob sie eingeduselt war in der Wärme, oder ob sie wach war und uns nicht aus den Augen ließ.

Auf jeden Fall ließ sie uns schwitzen.

Verborgen und verboten für uns fuhr drei Meter unter dem Haus die U-Bahn vom Wedding nach Tempelhof und ließ die fetten fleischigen Blätter des Gummibaumes und der Sanseveria in der heißen Nachmittagsluft zittern. Unten auf der Wilhelm-Pieck-Straße rasten die Autos vorüber. Eines hinter dem anderen. Sie wirbelten sandigen heißen Staub auf und schlugen ihn gegen Tante Johannas Fenster im ersten Stock.

Sogar die Fahnen, die rote Fahne und die mit den Streifen in Schwarz-Rot-Gold mit dem Ährenkranz, die immer paarweise aufgesteckt wurden, hingen schlaff und staubig wie alte Wischlappen unter den Straßenlampen draußen vor Tantes Haus.

Ich saß am Tisch, nippte manchmal an meinem Kaffee und genoß diesen Nachmittag in Tantes Nähe. Nicht einmal die Hitze machte mir da etwas aus.

Am Abend, als der Verkehr langsam verebbte und der schmutzige Staub sich auf die Baustellen vor der Tür niedersenkte, stand Tante Johanna vom Tisch auf und öffnete die großen Fenster. Ein kühler Luftzug wehte durchs Zimmer und vermischte sich mit dem warmen Geruch von Perückenleim und alterndem Puppenhaar.

Wir atmeten wieder ein wenig tiefer.

Tante Johanna rückte ihre weißen Manschetten zurecht und richtete ihren Kragen. Dann setzte sie sich in der Sofaecke hoch auf und hob ihre Hände. Mit einem Mal waren wir alle hellwach. Sie war ein Magier. Mager, mit brennenden braunen Augen. Ihre grauen Haare waren am Hinterkopf zu einem angestrengt ordentlichen Gouvernantenknoten zusammengezwängt. Störrische hellgraue Strähnen hingen darunter hervor. Sie ließ uns nicht aus den Augen. »Und das, liebe Cora«, sagte sie leise, »das ist dein Geburtstagsgeschenk.«

Hedda ließ langsam die Kuchengabel zum Teller sinken und vergrub ihre Fingerspitzen in den Ärmeln ihrer altrosa Bluse. Ihre fusseligen weißen Haare schienen sich aufzurichten vor Anspannung.

Marion heftete ihre brennende Zigarette an den Rand des Aschenbechers, ohne noch ein einziges Mal daran zu ziehen. Und mir stand, wie immer in solchen Situationen, der Mund weit offen.

Keiner sagte ein Wort. Sogar Horsti saß friedlich und ruhig in seiner Sofaecke. Aufmerksam und ruhig sah Tante Johanna von einem zum andern.

»Mach den Mund zu, Cora.«

Ein letzter Blick ging in ihr Publikum. Jetzt hatte sie uns. Blitzschnell griff sie unter ihren Sessel und zog einen kleinen Kasten darunter hervor. Mit einem kräftigen Schwung stellte sie ihn mitten auf unseren Kaffeetisch.

Ich klappte den Mund zu.

Der Kasten war hellgrau, mit winzigen weißen Streifen, wie die Wandverkleidung eines altmodischen Boudoirs. Das Papier, mit dem er beklebt war, hing rissig und vergilbt von den Rändern des Deckels. Aber gerade das zeigte den Wert seines Inhalts. Diese Art von Karton kannten wir alle. Es war ein Puppenkarton.

Hedda zog scharf und pfeifend die Luft ein. Dann griff sie nach der Goldbrand-Flasche, die in ihrer Reichweite auf dem Tisch stand.

»Mann, oh Mann, oh Mann«, schrie sie heiser und nahm einen Zug aus der Flasche. »Johanna, Mensch, altes Mädchen, haste dir doch überwunden?«

Marion schob schnell die Tortenplatte und die Kaffeekanne zur Seite und sorgte für Platz in der Mitte des Tisches. »Nun mach doch schon auf, Cora, mach es auf.«

Aber ich konnte nicht. Ich saß da und guckte auf den Karton hinunter.

»Mach den Mund zu.«

Ich klappte den Mund wieder zu. Und ich überlegte. Was hatte diese Tante sich jetzt wieder ausgedacht? Welche Großzügigkeit wollte sie mir heute antun?

Die Blätter des Gummibaumes vibrierten. Unter dem Haus, hinter den zugemauerten Eingängen, fuhr die nächste U-Bahn. Ein heimlicher Fünf-Minuten-Takt. An den Straßenlampen, draußen vor Tantes Fenster, wehten die roten Fahnen träge im Nachmittagswind. Es war das vierzigste DDR-Jahr, und es war kurz vor irgendwas, einem Staatsbesuch oder einem Feiertag, und es wurde geflaggt auf den Hauptstraßen. Oder es war die Beflaggung, die wahrscheinlich schon gar nicht mehr abgenommen wurde, weil es in diesem Jahr immer gerade vor irgendwas war.

Hier aber, in Tantes großer geräumiger Wohnung im ersten Stock, hinter den weißen gestärkten Gardinen mit den handgeklöppelten Plauener Spitzenkanten, war die Welt stehengeblieben vor langer Zeit. Zwischen den glatten, alterslosen Gesichtern der Puppen hatten vierzig Jahre keine Bedeutung. Sie waren vergangen, ohne Spuren zu hinterlassen. Für die Puppen waren sie nicht mehr als ein Augenblick.

Und nun saß die Tante auf ihrem Sofa und machte Geschenke aus der Vergangenheit. Ich wußte ja, die Tante meinte es gut mit mir. Und die einzigen Dinge, die sie besaß und die sie verschenken konnte, waren nun einmal Puppen. Hatte sie etwa eine von diesen alten porzellangesichtigen Kostbarkeiten in den Karton gelegt? Eine von diesen starräugigen holzköpfigen Damen mit ihrem hypnotischen Blick?

Schon einmal war ihr solch eine Überraschung gelungen, an meinem zwanzigsten Geburtstag. Ich hatte den Karton aufgeklappt, einen ebensolchen zartgrauen mit weißen Streifen, einen Puppenkarton. Tante Johanna und Hedda hatten am Tisch gesessen. Sie hatten mich mit beifallheischenden Blicken durchbohrt und gewartet. Und dann hatte Pythia in dem Kasten gelegen und hatte mich angestarrt. Allwissend, abweisend und rätselhaft. Pythia, die kleine Seherin. Auch solch ein Wesen, das überallhin passen konnte, nur nicht in unsere Zeit.

Ich hob den Blick und suchte die Wände ab, die Vitrinen. Aber da war nichts: Sie saßen und standen und lagen, wie ich es immer gekannt hatte. Lückenlos, dicht an dicht. Es schien keine zu fehlen. Und nun ahnte ich auf einmal, was ich finden würde in diesem Karton. Langsam wurde mir wieder wohler.

»Mach doch den Kasten auf, Cora. Und mach endlich den Mund zu.«

Ich gehorchte. Vorsichtig hob ich den Deckel zurück. Sie waren es. Sie waren es wirklich.

Zwischen cremefarbenem Seidenpapier und flauschiger Watte lagen sechs kleine Figuren aus hellem Bisquitporzellan. Sechs winzige nackte Püppchen, feingliedrig und zart, saßen mit angewinkelten Armen und Beinen an einem ebenso winzigen Waschzuber. Sie wuschen sich. Sie hielten die kleinen

Hände übereinander, um die Seife darin zu verreiben. Oder sie beugten sich über ihre Füße, um einen schmerzenden Dorn aus ihrer Fußsohle zu ziehen. Aber sie taten es nicht. Sie waren unbeweglich und steif.

Nie würden die kleinen Hände zueinander kommen. Nie würden die zarten Finger, die den Dorn schon gefaßt hielten, sich von ihrem Fuß wegziehen lassen. Der Dorn würde für immer in ihnen steckenbleiben. Wie erstarrt waren sie. Wie erfroren, mitten in einer Bewegung, die sie niemals zu Ende führen würden. Die gefrorenen Charlotten — so hatte die Tante sie immer genannt.

Wie oft hatte ich mit ihnen gespielt, früher, als Horsti und ich noch Kinder waren. In diesem Zimmer hatten wir auf dem Fußboden gehockt und hatten die sechs kleinen Püppchen zart mit unseren ungeschickten Händen berührt.

Sechs? Wieso denn sechs? Wieso waren es nicht alle sieben? Ich guckte zur Tante hinüber, die sich weit in ihrem Stuhl zurückgelehnt hatte, und sah sie an. Sie erwiderte meinen Blick, kniff ein Auge zusammen wie ein alter Seeräuber und blinzelte mir zu.

»They fall and fall, till at November's close.
The snow-flakes drop as lightly — snows on snows«,

sagte die Tante geheimnisvoll.

Ich hob die kleinen Erfrorenen vorsichtig aus dem Kasten heraus auf das Tischtuch. Horsti klatschte laut in die Hände und freute sich.

»Sinn die kostbar, die nackerten weißen Frösche?« krächzte Hedda. Sie hielt immer noch den Goldbrand in ihrer Hand und kämpfte gegen das Kratzen in ihrem Hals an, das unweigerlich jedem Schluck Goldbrand folgte.

Tante Johanna zog die Schultern nach oben. »Kostbar? Ich weiß nicht. Ich wollte Cora nur eine Freude machen.«

»Tu dir ma nich so, Hanna.« Hedda ließ ihren Blick abschätzend über die Reihen der vielen altgewordenen Puppen wandern. Mit Geld war es nicht zu bezahlen, was die Tante zusammengetragen hatte im Lauf der Zeit. »Det wird schon janz schön wat wert sein, wenn du dir ma zu wat durchringst. Det haste richtich jemacht, Hanna. Die Kleene hat es verdient. Hat doch nischt uff de Welt außer dir, seit deine Schwester innen Westen verschwunden is.«

Tante Johanna zog noch einmal die Schultern hoch. Immer, wenn es darauf ankam, verlegte sie sich auf solche Gesten. Aber ich wußte, in Tante Johannas Leben gab es nur wenige Gegenstände, die wirklich für sie von Bedeutung waren. Die Puppen gehörten auf jeden Fall auch dazu. Schon wegen Horsti. Horsti liebte die Puppen.

Seine schmalen mongoloiden Augen strahlten, wenn er sie in seine Arme nahm. Jeden Tag begann er damit, daß er mit einem weichen Pinsel den Staub von den kleinen Gesichtern aus Pappmaché und aus Porzellan herunterwischte. Langsam und bedächtig ging er von einer zur anderen und redete ernsthaft und auffallend freundlich auf sie ein, während er ihre zarten Kleider und die feinen verfilzten Frisuren aufschüttelte und entstaubte.

Seltsam geschickt zogen seine kurzen, plumpen Finger die Haarschleifen glatt und die großen Spitzenkragen gerade. Bei der kostbaren großen Queen Anne genauso wie bei der winzigen Allerweltsdame Marie. Das machte er so, Woche für Woche, in jedem Monat, in jedem Jahr. An jedem Morgen. Immer und immer wieder von vorn.

Ich glaube, das war das einzige, was er wirklich gern und ohne Widerstand machte. Es gab nichts anderes, worin er besser und geschickter war als jeder von uns. Und es würde mit Sicherheit auch das einzige bleiben, was er je lernen würde. Er mochte Hedda, und er mochte mich. Aber nur diese Puppen und Tante Johanna waren wirklich wichtig geworden für ihn in seinem engen autistischen Leben. Es gab Tage, an denen die Puppen die einzige Brücke waren zwischen ihm und ihr.

Horsti war nicht einmal ein halbes Jahr älter als ich. Er war dreißig geworden in diesem Jahr.

Die Tante lächelte sanft und energisch wie ein Elefantendompteur und faßte über den Tisch nach Horstis pummliger kleiner Hand. Er brummte leise und ließ sich von ihr streicheln.

Hedda tätschelte Tante Johannas Wange und ließ ihre Hand langsam über den Hals der Tante nach unten gleiten. Sie sahen sich an und lächelten. Manchmal tauschten sie Zeichen miteinander, die kein anderer sah und verstand. Nicht einmal ich wußte genau, was zwischen den beiden war, seit sie hier in dieser Wohnung gemeinsam lebten.

Wie immer, wenn jemand dabei war, der nicht zur Familie gehörte, ignorierte die Tante Heddas Zärtlichkeit. Aber Marion war mit den kleinen Püppchen beschäftigt und bemerkte von alledem nichts.

Vorsichtig nahm sie den kleinen Waschzuber zwischen zwei Finger und setzte ihn auf ihre flache Hand. Das dickliche kleine Kerlchen darin rührte sich nicht von der Stelle. Es saß steif und fest in seiner Badewanne und lächelte unverrückbar fröhlich. Klamm und gefroren. Marion strich vorsichtig mit dem Zeigefinger über den kahlen Babykopf und das zarte Gesicht. Sie grinste.

»Guck mal, Cora. Wie frühreife Embryos sehen die aus«, flüsterte sie leise neben meinem Ohr. »Vielleicht ist das ein Wink mit dem Zaunpfahl. Mit dreißig, Cora, da wird es langsam Zeit.«

Ich wußte, wie Tante Johannas Mundwinkel weit nach unten rutschten, wenn von Männern und vom Kinderkriegen die Rede war. »Halt bloß die Klappe«, zischte ich leise zurück. »Wenn die Tante das hört.«

Und sie hörte. »Für Sie habe ich auch etwas, Marion. Tut mir leid, daß ich nicht schwerhörig bin.«

Marion wurde dunkelrot.

»Horsti. Hol mal die schöne Mieze aus der Vitrine.« Die Tante zog vorsichtig an seiner Hand. Er lächelte Marion zu, freundlich und arglos wie ein kleines Kind. Marion sah ihm ruhig in die schmalen Augen. Mir war nie wohl dabei, wenn die beiden ihre stummen zärtlichen Blicke tauschten. Mein armer Horsti. Dem Alter nach könnte er beinahe Marions Mann sein.

Er zwängte sich mühsam aus seiner Sofaecke. Dann nahm er den Schlüssel, den er immer an einem Band um seinen Hals gehängt trug, und schloß damit die Glas-Vitrine im hinteren Teil des Zimmers auf. Die Vitrine, in der seine liebsten Puppen lagen. Aber er kam freundlich und gutgelaunt an den Tisch zurück. Mieze Schindler hielt er in seinem Arm.

»Nimm mal die«, sagte er zu Marion. Er baute sich neben ihrem Stuhl auf und hielt ihr Mieze entgegen. Mieze mit den dunklen Augen, Mieze mit dem langen rotbraunen Lockenhaar. Noch einmal eine Marion, in Kleinformat.

»Nimm mal die geschenkt.« Horsti faßte nach Marions Hand und legte sie auf Mieze Schindlers hübschen Kopf aus Bisquitporzellan.

Marion saß auf der Kante ihres Stuhles und sah unsicher auf die Tante.

»Nehmen Sie ruhig, Marion. Ich habe mir das gut überlegt. Und wir kennen uns nun schon so lange.« Tantes Blick ging zwischen mir und Marion hin und her. Was sie sah, schien sie sehr glücklich zu machen. Ich ahnte, was sie vermutete, nun, wo Marion und ich schon so viele Jahre eng miteinander befreundet waren. Und ich hatte ihr in all diesen Jahren nur Marion vorgestellt. Nicht ein einziges Mal hatte ich einen Mann mit zur Tante nach Hause gebracht. Nur gut, daß Marion nichts von Tantes Gedanken ahnte. Sie streichelte andächtig und bewundernd über die kleinen zartrosa Bäckchen und fuhr mit den Fingerspitzen durch Miezes langes lockiges Haar. Dann hob sie den Blick und guckte zur Tante hinüber. Die Tante lächelte aufmunternd.

»Wenn Horsti auch einverstanden ist«, sagte Marion schließlich, »dann kann ich sie nehmen.«

Horsti war selig. Er legte Marion die schöne Mieze in den Arm, hielt ihre Hand fest und streichelte ihre hibiskusrot lackierten Fingernägel. Ich schob meinen Arm über seinen Rücken und zog ihn zu uns heran. Er stand zwischen mir und Marion, ließ den Kopf auf meine Schulter rutschen und streichelte Marions Arm. Es war lange her, daß er so glücklich und anschmiegsam gewesen war.

»Mann, oh Mann, oh Mann«, sagte Hedda leise, während sie die Goldbrand-Flasche zuschraubte, und pfiff durch die Zähne.

* * *

Was dann kam, an diesem Abend, das war noch viel wichtiger als der ganze Geburtstag und das Theater mit Mieze Schindler und mit den kleinen Charlotten. Das heißt, später stellte es sich als wichtig heraus. Ein, zwei Monate später, als ich endlich anfing, über das alles nachzudenken. Darüber, ob ich irgend etwas hätte tun können, um die Ereignisse aufzuhalten. Und wenn das möglich gewesen wäre, warum zum Teufel habe ich es nicht getan?

Es war spät geworden.

Ungefähr neun oder halb zehn war es, als wir Horsti ins Bett brachten. Alle gemeinsam.

Horsti schlang seine Arme um Marions Hals und zog sie zu sich herunter. »Kommst du wieder?« fragte er leise an Marions Ohr.

»Natürlich.« Marion breitete ihre Hibiskus-Haare über sein Kopfkissen und strich mit der Hand über seinen Kopf. »Natürlich komme ich, Horsti.«

Dann ging sie hinaus aus dem Zimmer, in den schwach erleuchteten Flur. Tante Johanna stand hinten in der Nähe der großen Vitrine und wartete. Ich sah, wie die Tante ihren mageren Arm ausstreckte und Marion dicht an sich heranzog. Die Tante redete leise auf Marion ein. Tiefer und immer tiefer beugte Marion ihren Kopf hinunter zu Tantes Gesicht. Hin und wieder nickte sie langsam und zustimmend.

Ich saß auf der Bettkante in Horstis abgedunkeltem Zimmer und beobachtete die beiden von weitem. Am liebsten wäre ich von Horstis Bett aufgestanden, um ein wenig näher heranzukommen an die Zimmertür und ein paar Worte von ihrem Gespräch aufzuschnappen. Aber Horsti drückte sein Gesicht in meine Arme wie ein kleiner Ringkämpfer beim Training und hielt mich fest.

Dann schlief er ein, lächelnd, seine abgewetzte verlebte Lieblingspuppe in seinem Arm.

Ungefähr um elf ging Marion. Sie sah noch einmal in Horstis Zimmer hinein, ehe sie sich von uns verabschiedete.

Tante Johanna lehnte schon in der Tür, ihren Kopf hoch erhoben, und wartete auf Marion. Ihr Gouvernantenknoten baumelte locker und zerzaust zwischen ihren Schulterblättern. Aber das mochte sein, wie es wollte, Tante Johanna sah immer stolz und gerade und meistens sogar schön aus. Sie standen sich gegenüber, mit ihren selbstbewußt gestreckten Rücken, und guckten sich in die Augen. Irgendwie sahen sie sich sogar ähnlich.

Heddas Goldbrand-Atem wehte wieder um mein Gesicht. »Die beeden«, brummte sie dicht neben meinem Ohr und hustete. »Da kriegste wat zu kieken, wat, Cora. Abba mir fracht ja keener, wie ick det finde, wenn meene Hanna mit det Meechen …«

Ich drehte meine Nase aus dem Bereich ihres Atems. Wenn sie getrunken hatte, ging sie mir ziemlich auf den Wecker mit ihren berlinischen Sprachhieroglyphen. »So wie du sprichst, so spricht kein Mensch hier. Ich verstehe kein Wort, Hedda.«

Sie hustete beleidigt und entschwand schlurfend mit dem Küchentablett in der Hand in die gute Stube. Das Scheppern der Kuchenteller und der leeren Kaffeetassen drang durch die geöffnete Tür.

Die Tante drückte noch einmal Marions Hand. Diesmal hörte ich deutlich, was sie miteinander besprachen.

»Versprechen Sie es mir, Marion?«

Marion legte beide Hände um Tantes magere schmale Unterarme. »Natürlich verspreche ich es, Frau Ost.« Und dann fügte sie leise hinzu: »Ich verspreche es, soweit das in meiner Macht liegt.«

Nun war mir klar, worum es vorhin im Flur gegangen sein mußte. Das kannte ich doch. Wie vielen Menschen hatte die Tante schon dieses Versprechen abgenommen. Daß sie gut auf mich aufpassen sollten, daß sie mich davor bewahren sollten, einen Fehler zu machen. Daß die Zeiten, besonders die im Osten und in Ostberlin, nicht dazu angetan waren, daß ich mich ganz alleine darin zurechtfinden konnte. Na danke.

Marion schob die schöne Mieze vorsichtig in die kleine Tasche, die sie wie einen Känguruhbeutel angestrickt hatte an der Innenseite ihres riesigen roten Pullovers. Dann ließ sie ihren roten Seidenschal um ihren Hals fliegen und lief lachend und flink die Treppe hinunter. Unten auf dem Treppenabsatz blieb sie stehen und winkte uns noch einmal zu.

Sie sah wirklich wunderschön aus.

Eine Stunde später brachte Johanna mich an die Haustür. Die Schachtel mit den sieben, nein, mit den sechs erfrorenen Puppen lag ganz tief unten versteckt in meiner großen geräumigen Handtasche. Darauf hatte die Tante bestanden.

Heiß und schummrig war es im Hausflur. Die kleinen grünen Scheiben der Flurfenster standen offen für den warmen Nachtwind. Es roch nach den hundertjährigen dicken Wänden und nach dem Sommer.

Die Tante huschte die Treppen hinunter, immer ein paar Schritte vor mir. Sie war dreiundsiebzig und war mir häufig einige Schritte voraus. Nicht nur, wenn es darum ging, eine Treppe hinunterzulaufen.

Mitten auf den Stufen blieb Tante Johanna plötzlich stehen und drehte sich zu mir um. Sie grinste und guckte zu mir herauf. »Hast du was vermißt vorhin, was, Cora, meine Kleine?«

»Ja«, sagte ich zögernd. Mir war nicht gleich klar, was sie meinen könnte. Ich dachte nach.

»Mach den Mund zu, Cora.« Sie griff in die Tasche ihrer Schürze und zog vorsichtig etwas daraus hervor. Dann hielt sie ihre geschlossene Hand vor mein Gesicht.

»Was glaubst du wohl, was hier drin ist?«

Ich atmete seufzend aus und zog die Schultern nach oben. Wie sollte ich das denn wissen? Vorsichtig bogen sich ihre Finger zurück. Auf ihrer Hand lag die zarteste, die beste, die schönste der kleinen Charlotten. Sie saß auf Tantes Handfläche wie Däumelinchen auf der Hand des Riesen und guckte aufmerksam zu uns herauf. Ein kleines Frauchen mit ordentlich aufgesteckten braunen Haaren. Die Arme erhoben, der Mund leicht geöffnet. Erfroren. Festgefroren, mitten in dieser Bewegung.

»Ich behalte sie, Coralein. Ich behalte sie noch ein bißchen.« Die Tante drehte ihre Handfläche vor meinem Gesicht. Klein und zart und zerbrechlich sah Tante Johanna in diesem Moment aus. Ein lauer Windstoß hätte durch die grünen Flurfenster hereinwehen und sie umpusten können. Ich nahm sie in meine Arme und küßte sie vorsichtig auf ihren faltigen Mund.

»Da hol ich sie aus meiner Schürzentasche und seh sie mir an, und dabei denke ich an dich, Coralein. Sieht sie nicht aus wie du?«

Ich verstand nicht, was sie damit sagen wollte. Aber ich fragte auch nicht. Ich sah sie nur an und schwieg.

Dann waren wir angekommen, unten, an der Haustür. Draußen war es angenehm kühl. Viel kühler als hier im Hausflur.

Die Tante trat mit mir auf die Straße hinaus. Ihr Blick glitt über die Reihen der Autos, die vor der Tür auf dem Parkstreifen standen. Irgendwie wirkte sie plötzlich zerstreut, irritiert. Ihre Hand mit der erfrorenen kleinen Charlotte verschwand wieder in der Schürzentasche.

»Was sagt sie, deine Freundin Marion? Einen Mann tätst du brauchen, das wär wichtig für dich? Ach Cora. Guck mich an, was hat mir das eingebracht, daß ich einen Mann hatte.« Sie drehte den Kopf zur Treppe und deutete mit ihrem Kinn nach oben, dorthin, wo Horsti schnarchend in seinem alten eisernen Gitterbett lag und tief und zufrieden zwischen den Puppen schlief. »Aber jetzt glaube ich manchmal, du hättest doch einen haben sollen, Cora, so, wie die Zeiten jetzt sind. Da brauchst du einen, der dich beschützen kann.«

Ich nickte unsicher. Gerade von der Tante hatte ich so etwas noch nie vorher gehört.

»Wovor denn beschützen, Tante?«

»Wovor? Ach, Mädchen. Aber so bist du, Cora. So bist du immer gewesen. Und nun bist du wirklich schon dreißig geworden.«

Ich stand da und guckte.

Tante Johanna war schnell wieder obenauf. Von mir würden keine Fragen kommen, das wußte sie. Sie lachte und faßte nach meinem Arm. »Warte mal, meine Kleene. Ich habe da wen. Einen Wächter für dich, einen Beschützer ... Und du wirst ihn brauchen, fürchte ich«, fügte sie nach einem kleinen Zögern hinzu. Sie kniff mir in den Arm und grinste schon wieder ihr Seeräubergrinsen.

Ich zog meinen Arm weg. Diese Art von Späßen mochte ich gar nicht. Ich machte mich von ihr los.

»Schlaf gut, Tante Johanna.«

Ich war kurz angebunden und eilig, nun wollte ich endlich gehen. Zum Glück weiß man nie, wenn man sich verabschiedet, ob es das letzte Mal ist.

»Paß auf dich auf, Cora.«

Ihr Blick ging schon wieder über die Reihe der Autos. Sie hakte sich irgendwo fest, an einem weißen oder an einem roten oder an gar keinem Auto, und hielt den Atem an. Die feinen grauen Haare über ihrer Stirn vibrierten leicht im Wind.

»Geh jetzt, Cora. Schnell.«

Sie schob mich zur Tür hinaus. Ich lief los, in Richtung Rosenthaler Platz. Aber ich hörte noch, gleich bei meinen ersten Schritten, wie sie die Tür zudrückte und wie sich ganz schnell der Schlüssel im Schloß drehte.

Sie hatte es mächtig eilig.

* * *

Die Autos rasten immer noch durch die Wilhelm-Pieck-Straße. Der 30er Bus fuhr rumpelnd und ohne Fahrgäste in Richtung Charité.

Ich lief unter den Straßenlampen, unter den dürren alten Linden und fühlte mich glücklich und zufrieden wie ein Baby in einer Wanne mit warmer Milch. Nach einem Nachmittag bei Tante Johanna hätte mich allenfalls ein mittleres Erdbeben aus diesem Zustand herausreißen können.

Vorne am Rosenthaler Platz lehnten zwei Frauen angekichert am Geländer der zugemauerten U-Bahn. Sie beugten sich weit hinunter, viel weiter als es erlaubt war, am Tage, wenn dieser Platz voller Menschen war.

»Wenn du da runter gehst«, sagte die eine von ihnen, »Wennu da runter gehst und durch die Tür durch, bissu schon fast im Westen.«

»Quatsch«, sagte die andere. »Dann bissu tot. Mausetot.«

Sie lachten kreischend und hielten sich mit beiden Händen an dem Geländer aufrecht. Dann war Ruhe. Sie stützten sich auf ihre Arme und guckten mich an.

»Willzu was?« fragte die eine. »Willzu was von uns, oder wat?«

Die Ampel vorn an der Straße schaltete auf grün, und die nächsten Autos rasten die Straße hinunter. Den Rest ihrer Anfragen an mich konnte ich nicht mehr verstehen. Ich grinste sie an und ging weiter, noch ein Stückchen die Rosenthaler hinunter. Vorne, hinter der Telefonzelle, die immer kaputt war, bog ich in die Linienstraße ein.

Hier war es ruhiger. Keine Ampeln, keine Autos, kein Bus und keine U-Bahn. Meine Straße war vollgestopft mit Sperrmüllcontainern und Bauwagen und Stapeln von Ziegelsteinen und Brettern, zwischen denen die Kinder spielten am Tag. Sonnig und heiß war es dann hier. Jetzt war es kühler. Es war dunkel wie auf einer Landstraße im hintersten Mecklenburg, nur hin und wieder war eine der Straßenlampen intakt und beleuchtete den Fußweg ein kurzes Stück.

Ich ging hinüber zur anderen Seite, auf der keine Bauwagen und keine Container standen. Hier hatte ich den Fußweg ein wenig besser im Blick. Weiter vorne, von der Alten Schönhauser her, bog ein Auto in die Linienstraße ein. Es blieb stehen, ziemlich weit vorne, und leuchtete die Fußwege und die Straße mit seinem Scheinwerfer ab. Dann glitt es weiter. Der Motor war leise und ruhig. Irgendwo auf dem Parkstreifen verschwand es zwischen den anderen Autos. Die Scheinwerfer gingen aus.

Ich blieb stehen und wartete, ob jemand aussteigen und die Straße überqueren würde. Manchmal verwechselten einsame Herren das Scheunenviertel von heute mit dem, was es noch bis in die ersten Jahre nach dem Krieg gewesen war. Aber ich sah niemanden. Der Mond beleuchtete die Straße und die Reste der ausgebombten Höfe an den Rückseiten der Häuser. Eine Ratte sprang aus einem Müllkübel, lief über die Gehwegplatten und verschwand unter einem Kellerfenster in einem winzigen Loch. Zu meiner Wohnung war es nicht mehr weit.

Ich lehnte mich gegen die große Haustür und stemmte sie langsam nach innen. In dieser Gegend wurde nicht abgeschlossen am Abend, da konnte ich sicher sein. Der Geruch von modrigen, feuchten Wänden schlug mir entgegen. Das Kreischen der herrenlosen, verwilderten Katzen drang aus dem Keller zu mir herauf.

Ich ging in den Hausflur hinein und machte Licht.

Hier war schon das Vorderhaus nicht viel mehr als ein Hinterhof. Die Treppenbeleuchtung war nicht so hell, daß ich die Farbschichten, die sich in großen Flächen von den Wänden schälten, hätte unterscheiden können. Vorne, auf der rechten Seite, war eine kahle Betontreppe, die im Vorderhaus nach oben führte. Damit hatte ich nichts zu tun. Ich mußte nach hinten, ganz ans Ende des Flures, in einen winzigen unbeleuchteten Gang. Von hier aus führte eine kleine Schwingtür nach draußen, auf den dunklen, verwinkelten Hinterhof.

Ich zog sie auf. Der Hof war finster und leer. Wenn man sich einigermaßen auskannte in dieser Hinterhof- und Lagerhallen-Architektur, konnte man das mit ziemlicher Sicherheit übersehen.

Oben, an der Tür meiner kleinen Dachwohnung im Seitenflügel, hing eine bunte Karte. Es war keine gewöhnliche Ansichtskarte, das sah ich schon, während ich die letzte der vier Treppen nach oben stieg. Ihre Farben waren zart und verblichen und auffallend anders, als eine Ansichtskarte von der Ostsee oder vom Alexanderplatz heute war.

Sie steckte an der Tür fest, zwischen Rahmen und Innenkante, und war nicht herauszukriegen. Ich zog und zog, aber erst als ich den Schlüssel aus meiner Handtasche gesucht und die Wohnungstür aufgeschlossen hatte, gab sie nach. Ich stand da und hielt sie unschlüssig in den Händen.

Eine abgegriffene vergilbte Karte. Eine Art schwarzweißer Fotografie, sorgfältig und liebevoll handkoloriert. »Ein Gruß aus dem schönen Thüringen« stand in der verschnörkelten Schrift der fünfziger Jahre unter dem Bild einer resedagrünen hügeligen Landschaft mit rosigem Sonnenuntergang. Das mochte der Rennsteig sein oder die Berge von Oberhof, ich wußte das nicht. Aber ich könnte die Tante fragen. Falls es hier jemanden gab, der diese Berge kannte, dann war sie es. Noch heute hörte man ein sanftes thüringisches Klingen in ihrer Stimme, auch wenn sie schon länger in Berlin lebte, als ich auf der Welt war.

Ich drehte die Karte herum. *Gebr. Weitling, Künstler. Photographie* stand in selbstbewußt großen verschnörkelten Buchstaben an ihrem oberen Rand. Schräg über die ganze Karte hatte jemand mit einem weichen schwarzen Filzschreiber ein paar Worte geschrieben. Ich kannte die Handschrift nicht. Aber neben den kleinen Charlotten, die gut versteckt in meiner Handtasche lagen, war das hier die zweite Überraschung, die mir heute jemand zu meinem Geburtstag machte. Ich las:

»Liebe Cora! Alles Gute zum Dreißigsten« — und »Bis bald!«

* * *

Das Krankenhaus lag am Stadtrand. Zumindest damals, als es gebaut wurde, am Beginn des Jahrhunderts.

Es war ein kompakter dreistöckiger Bau aus rotem, brandenburgischem Backstein. Sparsam, sachlich und ohne jeden überflüssigen Schnörkel. Hier hatte man keine Mark für die Baukunst verschwendet, sondern jeden Groschen in den Dienst der Gesundheit gesteckt. Vom ersten Geschoß bis zum dritten hatte es hohe, freundliche Fenster mit weißgestrichenen Rahmen. Zwei Seitengebäude stießen im preußischen rechten Winkel auf das Haupthaus, in dem die dreiflügeligen Fenster natürlich am größten waren.

Ein imposanter Bau, damals, eine Art Bollwerk der Krankenpflege.

Jetzt waren Hochhäuser in die Höhe geschossen, rechts und links von den Gebäuden, und nahmen den Zimmern das Licht. Der Park, der früher das Gebäude umgeben hatte, hatte den Hochhausbauten und den Zuleitungsrohren für die Fernheizung weichen müssen. Sie machten heute den gleichen Fehler wie die knickrigen alten Preußen: keine Mark zuviel für die Baukunst. Wo das Geld blieb, das sie dabei einsparten, blieb ihr Geheimnis. In den Dienst der Gesundheit hatten sie es jedenfalls nicht gestellt. Das wäre mir früher oder später aufgefallen.

Einer der übriggebliebenen Bäume des alten Parks stand ausgerechnet vor unserer Bibliothek. Die alte Kastanie ragte hoch über das Dach und warf ihren Schatten kühl und dunkel über unsere Fenster. Ein bißchen weniger kalt und ein bißchen weniger dunkel als die Schatten der Hochhäuser auf der anderen Seite. Ohne die Kastanie hätten Marion und ich die Hoffnung auf etwas Sonne gehabt, denn die Bibliothek lag im Südflügel.

Ich war wie immer ein wenig zu spät und jagte im Laufschritt durch die schwere alte Eingangstür in das Hauptgebäude.

Eigentlich wußte ich nicht, warum ich mich so verausgabte und wie Emil Zatopek rannte. Warum es so wichtig war, ob die Kranken ihre Bücher fünf Minuten früher oder eine halbe Stunde später ausleihen konnten, das wußte nur unsere Oberin. In unserem Krankenhaus sollte alles zuverlässig, pünktlich und ordentlich seinen Gang gehen, das war nun einmal ihr Herzenswunsch und das Kernstück ihrer sozialistischen Arbeitsmoral, über dessen Erfüllung sie vierundzwanzig Stunden am Tag wachte. Und wer sein gutes Verhältnis zu diesem immer aufmerksam herumschnüffelnden Wachhund des Charitas nicht aufs Spiel setzen wollte, der fragte nicht viel, sondern hielt sich gefälligst daran.

An der Rezeption saß der Pförtner auf seinem Drehstuhl und streckte die Beine weit von sich. Er hielt sich das Neue Deutschland vor sein Gesicht und bohrte dahinter mit einem Streichholz in seinen Zähnen. Die Zeit der Schlüsselausgabe war seit einer halben Stunde vorbei. Ich hastete quer durch das Foyer und warf meine Handtasche auf seinen Tresen, genau neben das gravierte graugrüne Plastikschild mit seinem Namen. *I. Lehmann – Portier.* Acht Jahre lang kam ich nun Morgen für Morgen hierher, aber was dieses ‘I.’ vor seinem Namen bedeuten sollte, hatte ich in all den Jahren noch nicht aus ihm herausgekriegt.

I. Lehmann rührte sich nicht von der Stelle.

»Den Schlüssel, Ingo!« zischte ich leise und ungeduldig.

»So heiße ich nicht«, murmelte er lässig hinter seiner Zeitung.

»Gib mir den Schlüssel, bitte, Ingomar!«

Langsam ließ er die Zeitung drei winzige Zentimeter nach unten rutschen. Er grinste, aber er rührte sich kein bißchen. Es war jeden Morgen das gleiche Spiel.

»Morgen, Cora«, sagte er schließlich. Es dauerte ziemlich lange, bis er den Zahnstocher so weit hatte, daß er den Mund zum deutlich Sprechen frei bekam. Zu den Leuten, die irgendwann einen Infarkt kriegen würden, gehörte er ganz bestimmt nicht.

»Den Schlüssel, gib mir den Schlüssel«, drängte ich ungeduldig. Die Angst vor der Oberin trieb mir Schweißperlen auf das Gesicht.

Ingo, Irmfried, Ingward oder wie immer er heißen mochte, sah mir mitleidig in die Augen, hob seine Zeitung wieder in die Höhe und schüttelte langsam den Kopf. Sehr langsam. »Ruhig, Cora, nur nich aufregen. Dein Schlüssel is abgeholt, is schon weg. Deine hübsche Kollegin ist längst an der Arbeit.« Er grinste und zeigte mir in voller Breite sein lückenhaftes Gebiß. »Und heute sieht sie besonders schön aus.«

Ah ja. Das war genau das, was ich gerne hörte an so einem Morgen.

Ich zog meine Tasche vom Tresen und schnippte mit den Fingern gegen sein ND. Dann sprintete ich im Laufschritt zurück in die Mitte der Haupthalle. Emil Zatopek hatte sein Rennen noch längst nicht gewonnen.

Der einzige Fahrstuhl des Charitas war belegt und pendelte ununterbrochen zwischen dem zweiten Stock und dem dritten. Zwischen den chirurgischen Stationen und den Operationssälen, wie immer um diese Zeit. Also lief ich den ganzen langen Flur hinunter und um die Ecke herum, bis zur hinteren Seite des Südflügels. Dort konnte ich im Treppenhaus nach oben kommen, zum dritten Stock.

Das war die Treppe, auf der ich mit ziemlicher Sicherheit

nicht der Oberin begegnen würde. Trotzdem rannte ich und nahm zwei oder drei Stufen auf einmal bei jedem Schritt.

Ich klinkte die Tür auf und ging leise ins Zimmer. Marion saß schon an ihrem Schreibtisch. Fünf Minuten später saß ich ihr gegenüber, hatte meinen weißen Kittel an und eine Tasse dampfenden heißen Kaffee vor mir. Es war alles in Ordnung, ich saß hier, als würde ich schon seit einer Stunde so sitzen. Und die Oberin hatte mich nicht erwischt. Langsam wurde ich wieder ruhiger.

Marion aber war keinesfalls gelassen und ruhig. Sie hob ihre Handtasche dicht vor ihre Augen und suchte hektisch nach ihren Alten Juwel.

I. Lehmann hatte nicht übertrieben. Heute war sie wirklich besonders schön. Ihre braunroten Haare fielen rechts und links auf ihre Schultern hinunter und deckten sie zu wie ein seidiger dichter Vorhang. Meine kurzgeschnittenen blassen Haare erinnerten mehr an das struppige Fell einer Kellerkatze. Und daß ich es immer wieder mit einer dieser Mayonnaisen aus Eigelb, Öl und kastanienbrauner Haartönung versuchte, konnte auch nichts Wesentliches daran ändern.

Manchmal wünschte ich mir, ich könnte aussehen wie Marion: wie ein Schwan, wie ein Flamingo. Wie ein hibiskusroter Flamingo, exotisch und wunderschön.

Marion hatte endlich die Schachtel gefunden. Sie zog eine dieser kurzen starken Zigaretten heraus und steckte sie zwischen ihre Lippen. Dann riß sie ihre Tasche wieder nach oben und fing an, nach den Streichhölzern zu wühlen.

Irgend etwas lag ihr im Magen und ließ ihr keine Ruhe. Aber es war nie ihre Art, ihre Meinung lange für sich zu behalten. Also wartete ich und sah sie an. Nach zwei Minuten ließ sie ihre Handtasche auf den Boden fallen, legte ihre Unterarme quer über ihren Schreibtisch und schaute mich durchdringend an.

Ich holte eine Schachtel Streichhölzer aus meiner Schreibtischschublade und schob sie Marion über den Tisch. Ihre

Hände zitterten leicht, während sie die kleine Flamme unter ihre Alte Juwel hielt. Als sie das brennende Streichholz ausblies und sich über den Schreibtisch hinüberbeugte zum Aschenbecher, fielen unsere Blicke gleichzeitig auf Pythia. Jetzt begann ich zu ahnen, warum sie so aufgeregt war.

Marion nahm ein paar tiefe Züge, dann klemmte sie die Zigarette an den Rand ihres Aschenbechers und griff nach Pythia.

Pythia, meine kleine Seherin, saß nun schon acht Jahre hier zwischen uns und schickte ihre rätselhaften, allwissenden Blicke über unsere Schreibtische. Irgendeinen Zauber hatte sie aus der schönen, kostbaren Puppenwelt der Tante in unsere nüchterne Bibliothek gebracht. Jeder, der zu uns kam, nahm sie in die Hände, wurde versöhnlich und ruhig und bewunderte sie.

Marion begann, Pythias cremefarbenes Spitzenkleid aufzuknöpfen und streifte es hinten am Rücken hinunter. Eine Prägemarke, so groß wie ein Zweimarkstück, kam zwischen Pythias Pappmaché-Schultern zum Vorschein. Ein großes B und ein P, die von der Spitze einer herzförmigen Prägung getrennt wurden. Firma Bähr & Pröschild aus Ohrdruf in Thüringen.

Marion griff Pythia mit beiden Händen und hielt mir ihr Hinterteil unter die Nase. Das war es also, was ihr im Magen lag. Genau, wie ich es erwartet hatte: Sie hatte den Sinn der Prägemarken entdeckt.

»Sieh mal, Cora. Was das bedeutet, weißt du sicher viel besser als ich.«

Ich nickte. Natürlich wußte ich es, dafür hatte Tante Johanna geduldig in vielen Jahren gesorgt. Was die Fabrikmarken und das Alter der Puppen anging, da kannte ich mich einigermaßen aus.

»Na?« bohrte Marion weiter, »na? Also? Und was glaubst du, welches Zeichen ich auf Mieze Schindlers Hals gefunden habe?«

Sie brauchte mich nicht zu fragen, und schon gar nicht in solch einem scharfen Ton. Ich wußte es, ja, natürlich. Es war die winzige eingeprägte Kontur eines kleinen Turmes und darunter die Anfangsbuchstaben der Firma Jumeau.

Marion ließ nicht locker. »Cora. Diese Mieze Schindler ist viel Geld wert, sehr viel. Ich habe nachgelesen, noch gestern abend. Auf einer Auktion in Köln hat so eine Jumeau-Puppe mehr als zehntausend Mark gebracht. D-Mark, Cora. So etwas könnt Ihr nicht einfach an mich verschenken.«

Doch, wir konnten. Nein, nicht wir. Die Tante hatte Mieze an Marion verschenkt. Und die Tante wußte immer sehr genau, was sie machte. Das kannte ich nicht anders von ihr. Außerdem lebten wir nicht in Köln, sondern im Osten. Spielzeugauktionen, so etwas gab es bei uns nicht. Die Tante wollte die Puppe nicht verkaufen, und Marion würde sie sicherlich auch nicht verkaufen wollen. Wieso also sollte ich mich mit Marion über Geld streiten?

Ich schüttelte noch einmal energisch den Kopf. So energisch, wie ich eben den Kopf schütteln kann. »Nein, Marion, nein, es bleibt dabei. Die Tante hat es entschieden.«

Marion holte tief Luft und schleuderte ihre rote Flamingo-Mähne nach hinten, in einem großen beachtlichen Schwung. Aber sie kam nicht mehr dazu, mir zu widersprechen. Es klopfte kurz und bestimmt, die Tür wurde aufgerissen, und Doktor Wiesner stand mitten in unserem Zimmer. Er hielt sich nicht lange auf und kam quer durch den Raum zu Marions Schreibtisch gelaufen.

Marion wurde sofort dunkelrot. Das Rot ihrer Fingernägel überhauchte ihre Wangen und ihren Hals mit großen Flecken. Sie griff wieder nach ihrer Alten Juwel und hielt sie sich vor ihr Gesicht.

Es half nichts. Wiesner bückte sich trotzdem zu ihr hinunter und küßte sie sanft auf den Mund. Dann schob er ein paar reparaturbedürftige Bücher zur Seite und setzte sich mitten auf unseren Schreibtisch. Gleich neben die aufgeknöpfte Pythia.

»Ich bin gekommen, um mich zu verabschieden«, sagte er. »Ich habe eben das Okay für meinen Reisepaß bei der Oberin abholen dürfen. Morgen fahre ich zu diesem Kardiologen-Kongreß nach Wien.«

Marion zuckte zusammen und sah zu ihm hoch. Ihr Gesicht wurde noch dunkler.

Er sah sie an und schüttelte langsam den Kopf. »Wein doch nicht, Marion.«

Ich saß selbstvergessen an meinem Schreibtisch und sah zu, wie die Blicke zwischen den beiden hin und her gingen. Verdammt, ich beneidete Marion. Wie schaffte sie das nur, so eng und vertraut mit ihrem Wiesner zu sein. Sicher, das war gar nicht schwierig. Das lief bei Marion genau so wie bei jeder anderen. Sagte Marion. Sie hatte einfach nur gewartet. Sie hatte Wiesner kennengelernt, sie war zusammengewesen mit ihm, und sie hatte alles, beinahe alles, mit ihm gemacht. Das war eine Woche so gegangen, einen Monat, vielleicht auch ein halbes Jahr. Und irgendwann mußte dieser Moment gekommen sein: Eine Geste, ein Blick, eine Reaktion auf einen Satz in den Nachrichten oder auf das allgegenwärtige Porträt unseres Staatsratsvorsitzenden an der Kaufhallenwand. Und von da an war alles klar. Von da an hatten die beiden sich alles gesagt. Auch das, was sie dachten. Was sie wirklich dachten. Oder sie mußten gar nichts mehr sagen, weil es klar war, was der andere dachte. So wie jetzt. Ach ja. Es war schön wie im Kino.

Dann sah Wiesner zu mir. Er guckte mich an wie ein halberwachsenes Kind, das seine Eltern bei den ganz wichtigen Gesprächen vorsichtshalber immer noch aus dem Zimmer schicken.

Ich steckte ihm die Zunge heraus, schob meinen Stuhl zurück und ging zu unseren Bücherwagen hinüber, die hinten vor der Wand mit den Regalen standen. Mein Wagen war fertig gepackt, ich konnte sofort losgehen. Ich löste die Blockierungen an den Rädern, sah noch einmal zum Schreibtisch hinüber und zog leise die Tür hinter mir zu.

Marion stützte sich mit beiden Unterarmen schwer auf ihren Schreibtisch. Wiesner stand verkrampft hinter ihrem Stuhl und versuchte, wenigstens etwas zu lächeln. So habe ich ihn in Erinnerung behalten. Grinsend, mit dieser angestrengten, schwermütigen Fröhlichkeit. Die Arme von hinten um Marions Hals, bestürzt über ihre Tränen.

Zwei Stunden lang schob ich meinen Bücherkarren in der Hitze des Vormittags über die Stationen. Zuerst in den Nordflügel hinüber zur Inneren Frauenstation. Eine einfache, unkomplizierte Station, auf der die meisten Patientinnen aufstehen und zu mir an den Bücherkarren kommen konnten. Sobald ich an die Zimmertüren geklopft und meinen Spruch aufgesagt hatte, bildete sich eine Versammlung wie in einem Dorfkonsum um mich herum. Zwischen geblümten Malimo-Bademänteln und rosa und hellblauen Morgenmänteln aus knisterndem Dederon stand ich hinter meinem Ladentisch und ließ Bücher und Bildbände darauf hin- und herwandern.

Ich schwitzte und strengte mich an wie ein Wolgatreidler, um den schweren Wagen über die Flure zu schieben. Aber bis hierher machte das alles noch ziemlichen Spaß. Meine Angst-Station lag heute noch vor mir. Mit dem Fahrstuhl fuhr ich ein Stockwerk tiefer, hinunter zur Chirurgischen. Einmal in jeder Woche mußte ich hierher kommen, in diesen Geruch von Desinfektionsmitteln und frischen Verbänden.

Und obwohl ich schon zehn Jahre am Charitas-Krankenhaus war, kostete es immer noch Überwindung, wenn ich manchmal vor Mitleid und Erschrecken nicht einfach wieder umkehren wollte.

Ich riß mich zusammen und atmete flach wie ein Scheintoter. Leise und unaufdringlich ging ich von Zimmer zu Zimmer, um nach Bücherwünschen zu fragen. Einmal nahm ich mir einen Stuhl, setzte mich neben ein Bett und erzählte ein paar Minuten mit einer Oma. Ein paar Türen weiter schüttelte ich einem Opa das Kopfkissen auf und lud seine heimlichen Bierflaschen unten zwischen die Bücher auf meinen Wagen.

Aber das waren nur kurze Momente, in denen hier jemand mit mir lachte. Ein paar Augenblicke später stand mir schon wieder eine Frau gegenüber, der kleine durchsichtige Plastikröhrchen in ihre Wunde am Hals eingesetzt waren. Erschrocken hielt ich kurz den Atem an, lächelte freundlich und fröhlich wie ein apfelbäckiger Weihnachtsengel und reichte meine Bücher zu ihr hinüber. Wie jedesmal auf der Chirurgischen wünschte ich mir einen Moment lang, ich wäre Gärtnerin geworden oder Köchin. Aber ich hatte vom Gärtnern und vom Kochen so wenig Ahnung wie eine Kuh vom Fliegen. Und eigentlich wußte ich genau, es gab für mich gar keinen besseren Beruf.

Zwei Stunden später kam ich zur Bibliothek zurück und fand einen kleinen Zettel auf meinem Schreibtisch.

»Cora, ich mußte weg, mit W. Kannst du bitte heute mal so freundlich sein ...«, hatte Marion auf die Rückseite von einem Leihschein geschrieben und ihn dann unauffällig unter Pythias Füße gesteckt.

Ich stand unschlüssig da und sah auf dieses winzige Stück Papier. Es waren nur Andeutungen, die sie geschrieben hatte, und ich wurde nicht sofort schlau daraus. Aber anders konnten wir uns hier oben eben nicht verständigen. Das Zimmer der Oberin lag in unserem Stockwerk, über dem Hauptgebäude. Es war einfach nicht weit genug von unserer Bibliothek entfernt. Bestimmt hatte sie einen Nachschlüssel, nicht nur von unserem Zimmer, und vor ihrer Kontrolle sicher sein konnte ohnehin keiner.

Ich zerriß den Leihschein mit Marions Nachricht in winzige Schnipsel und fluchte leise auf die alte Ziege und ihre penetrante Neugier.

Dann war ich so freundlich und tat das, worum Marion mich gebeten hatte. Ich holte den anderen Bücherkarren aus der Bibliothek und machte mich auf den Weg über Marions

Stationen. Eigentlich freute ich mich darüber, daß ich ihre Tour heute übernehmen sollte. Die Kinder-Chirurgie und die Innere Kinderstation waren dabei. Aber nicht einmal die Kinder konnten es schaffen, daß ich nicht mehr an Marion denken mußte. Ich quälte mich eine Stunde lang lächelnd von Zimmer zu Zimmer und kriegte dieses hilflos verkrampfte Grinsen von Marions Wiesner einfach nicht aus meinem Kopf.

Mittags fuhr ich hinunter in die Kantine. Ich setzte mich alleine an einen der bekleckerten Sprelacart-Tische, aß eine einsame Mailänder Tomatensuppe in mich hinein und ärgerte mich über unsere Reisegesetze. Ich ärgerte mich, daß man in unserem Land immer, wenn jemand nach Bonn oder nach Bochum oder eben nach Wien fuhr wie dieser Wiesner, das Gefühl hatte, er würde unser Sternensystem verlassen und in unerreichbare Fernen entschwinden.

Marion saß jetzt sicher mit ihm auf einer Parkbank im Friedrichshain oder im Monbijou und heulte. Und warum? Was wäre so schlimm daran gewesen, wenn sie ihren Wiesner begleitet hätte für ein paar Tage?

Aber es war nicht an dem, Punktum und Ende. Es lohnte nicht einmal, darüber nachzudenken. Das war eben nicht zu ändern, das wußte jedes Schulkind bei uns. Und eigentlich war es merkwürdig, daß ich mich überhaupt darüber wundern konnte. Schließlich hatte ich es niemals anders gekannt.

Das war am Dienstag. Ein paar Tage später brachte Marion die schöne Mieze mit in die Bibliothek. Am Donnerstag, vielleicht auch am Freitag kann das gewesen sein. Auf jeden Fall war bis zum Wochenende nicht mehr viel Zeit.

An diesem Tag riß Marion mittags um elf die Bibliothekstür auf, stürmte herein, ließ die Tür hinter sich zuknallen und stampfte mit kurzen, energischen Schritten bis an unseren Schreibtisch heran. Dann klappte sie ihre Handtasche auf, wickelte ein riesiges Knäuel Seidenpapier auseinander und setzte die schöne Mieze neben Pythia auf den Tisch.

Ich sah Marion vorsichtig an. Der Streit, den wir miteinander gehabt hatten, war also noch nicht vorüber.

Aber mir war nicht nach Streiten zumute. Hinter mir lagen schon zwei Stationen, die nicht gerade zu den unkomplizierten gehörten. Und nun hatte ich fast eine Stunde lang hier gesessen, hatte herausgerissene Seiten in zerlesene Bücher geklebt und mir um Marion Sorgen gemacht. »Willst du vielleicht mit mir einen Kaffee trinken gehen?« fragte ich leise.

Sie antwortete nicht einmal. Sie riß ihren weißen Kittel vom Haken, schnappte sich den Bibliotheksschlüssel von meinem Schreibtisch und stampfte los. Wütend wie ein Stier auf der Suche nach dem Torero, der ihn aufgestachelt hat und bis auf die Zähne gereizt.

»Mach den Mund zu, Cora.«

Ich klappte den Mund zu, schob meinen Stuhl zurück und rannte hinter ihr her.

Es war kurz vor Mittag und heiß unter dem Dach des Krankenhauses. An einem Augusttag wie diesem konnten nicht einmal die riesigen Schatten der Hochhäuser die Temperaturen erträglicher machen. Oben, in unserem Flur, standen fast alle Türen offen.

Marion lief an ihnen vorüber, an der Wäschekammer, an der Versuchstierhaltung und am Labor, und stieß mit dem Arm dagegen. Es knallte kurz und kräftig. Eine Tür nach der anderen fiel krachend zu. Marion rannte und rannte, der Kittel, den sie sich über den Arm gehängt hatte, wehte hinter ihr her. Ich konnte kaum mit ihr Schritt halten.

Im nächsten Flur, hinter der Kurve zum Hauptflügel, gab es noch eine offene Tür. Marion hob ihren Arm, es knallte wieder, und sie fiel krachend zu. Von drinnen dröhnte das Kreischen der Oberin.

»Komm weiter«, sagte Marion unbeeindruckt. »Komm weiter, Cora.«

Aber ich stand still wie ein Kaninchen vor der Schlange und rührte mich nicht mehr. Ich hörte, wie drinnen der Sessel vom Schreibtisch zurückgeschoben wurde, wie harte flache Absätze über den Fußboden knallten. Dann riß die Oberin ihre Tür auf.

Sie hatte eines von den Gesichtern, bei denen man laut loslachen möchte, wenn man es zum ersten Mal sieht, weil es schieläugig, kartoffelnasig und dümmlich verschlafen ist. Beim zweiten Mal merkt man, daß mit diesem Gesicht irgend etwas nicht so ist wie mit anderen Gesichtern, und beim dritten Mal revidiert man sein Urteil und sieht wachsame, verschlagene Luchsaugen, einen schmal zusammengepreßten, unnachgiebigen Mund und eine geschwungene Nase, die scharf ist wie der Schnabel eines Raubvogels.

Marion lachte kurz und kichernd auf, dann zog sie zischend wie bei einem kalten Schmerz auf den Zähnen ihre Luft ein. Der Stier hatte seinen Torero gefunden. Mir wurde fürchterlich kalt.

Die Oberin bebte vor Zorn. Ihre Wangen wurden dunkelrot in ihrem kreidebleichen Gesicht. Mit ihren Händen umklammerte sie die Tür.

»Wer ist das gewesen?« schrie sie. »Wer hat das eben gemacht? Waren Sie das, Kollegin Ost? Antworten Sie!«

Ich konnte kaum atmen. Als ich merkte, daß Marion sich zwischen mich und die Oberin schob, zog ich vorsichtig den Kopf ein. Aber es gab keinen Zusammenstoß. Keiner nahm den anderen auf die Hörner.

»Ich war das«, sagte Marion einfach. Nicht das leiseste Kichern und Zischen war noch zu hören von ihr. »Tut mir leid. 'tschuldigung.«

In ihrer Stimme lag eine gehörige Portion von »Halt die Klappe, du alte Schachtel«. Eine so gehörige Portion, daß es schon ziemlich ungehörig war. Aber für solche Feinheiten hatte unsere Oberin zum Glück kein Gefühl.

Marion stand vor ihr, mit geradem Rücken und hocherhobenem Kopf, und sah ihr genau in die Augen. Für einen kleinen Moment dachte ich an Tante Johannas selbstbewußt gereckten Rücken und ihren geraden Blick. Dann nahm ich Marions Hand und zog sie zum Fahrstuhl hinüber.

»Richten Sie Ihre Kleidung. Bringen Sie Ihren Kittel in Ordnung«, schrie die Oberin hinter Marion her.

»Eine furchtbare alte Fregatte«, sagte Marion, noch ehe sich die Fahrstuhltür richtig geöffnet hatte. Ich schob sie hinein, drückte auf den Knopf für das Schließen der Türen und hoffte, die alte Fregatte hörte nichts mehr davon.

Unten im ersten Stock ging Marion wieder in Führung. Sie stürmte aus dem Fahrstuhl hinaus, sofort nachdem die Türen sich geöffnet hatten. Als ich endlich um die Kurve zum Nordflügel bog, sah ich von Marion nur noch das Schwingen der alten Kantinentür. Ich drückte die Tür zur Kantine auf und ließ sie hinter mir zufallen.

Von Marion keine Spur.

Drei winzige Lehrlinge, die aussahen wie Schulkinder, trugen Schüsseln mit fein geriebenen Möhrchen und Sellerie-Rohkost zur Mitte des Raumes, zu einem Buffet. Es roch nach süßsaurer Mehlsoße mit Speck und verlorenen Eiern, genau dem richtigen Essen für solch einen heißen Tag. Mit einer Tasse Kaffee war wahrscheinlich kaum noch zu rechnen um diese Zeit.

Ich ging zur Theke hinüber. Vielleicht würde ich jemand überreden können, uns einen Kaffee zu machen. Da entdeckte ich Marion. Sie stampfte quer durch den Raum, hinüber zum Rohkost-Buffet und wieder zurück zu den Tischen. Dort stoppte sie kurz, drehte sich um und lief wieder vor dem Buffet auf und ab.

Alle guckten. Aber das war fast schon normal. Immer, wenn Marion die Kantine betrat, wendeten sich alle ihr zu. Die Stationsschwestern warfen giftige Blicke. Die aufgetakelten Sprechstundenhilfen guckten anerkennend und neidvoll. Und selbst die Ärzte der Chirurgie, die für ihre Abgeklärtheit bekannt waren, hielten sekundenlang inne und sahen zu ihr hinüber, ehe sie ihre Gabeln mit den aufgespießten Kotelettstückchen in den Mund schoben.

Marion legte ihren Kopf weit zurück und ließ ihre langen Haare wie einen gewaltigen dunkelroten Federbusch über ihren Rücken fallen. Sie breitete ihre Arme aus wie bunte Flügel und bewegte ihre Lippen, so, als würde sie Worte formen. Ich hoffte, sie führte nur Selbstgespräche. Aber ich wartete lieber nicht ab, ob ich das von hier aus herausfinden würde. Ich tauchte unter den neugierigen Blicken der Kollegen hindurch wie durch einen rauschenden Wasserfall und glitt hinüber zu ihr. Sie starrten uns an, und ich schämte mich wie in einem von diesen Angstträumen, in denen man ständig hofft, die Leute um einen herum würden nicht merken, daß man nur in der oberen Hemisphäre bekleidet zwischen ihnen herumläuft.

»Komm mit, Marion.« Ich faßte sie an den Armen und zog sie ganz nach hinten, in eine der Ecken, in denen es um diese Zeit noch leer war.

Dort drückte ich sie halbwegs energisch auf einen Stuhl und setzte mich neben sie. Marion zog eine Alte Juwel aus ihrer Kitteltasche und steckte sie zwischen ihre Lippen. Aber in der Kantine vom Charitas rauchte man natürlich nicht. Also nahm sie die kalte Zigarette wieder in die Hand und drehte sie zwischen ihren Fingerspitzen. So lange, bis das Papier über dem Filter aufriß und die kleinen Tabakkrümel auf das glänzende Parkett hinunterfielen.

Marion drehte mechanisch weiter. Ich glaube, sie bemerkte das nicht einmal.

Schließlich hielt ich das Schweigen zwischen uns nicht länger aus.

»Du kannst doch nicht Mieze hier ins Krankenhaus bringen«, fauchte ich leise. Es ging nicht nur um Mieze Schindler, so viel hatte ich schon begriffen. Aber ich war so wütend, daß ich unbedingt reden wollte darüber. Über Mieze Schindler und am liebsten über nichts anderes sonst. »Marion, du weißt, wieviel Mieze wert ist. Sie gehört nun einmal nicht hierher.«

Marion guckte mir ernst in die Augen und schüttelte ihre Mähne nach hinten. »Doch, Cora, ich weiß, daß sie kostbar ist. Und eben deshalb bleibt sie hier. Deshalb muß sie in deiner Nähe sein.«

Sie war wieder ruhiger geworden. Sie nickte, ohne jedes Lächeln, ohne jede Verbindlichkeit. Ich verstand nichts. Aber ich wurde das Gefühl nicht los, daß es ihr leid tat, daß sie sich von Mieze trennte. Ihr Blick glitt über mein Gesicht hin und her, immer schneller und schneller. Sie suchte nach dem Erfolg ihrer Worte.

»Weißt du, Cora«, flüsterte sie eindringlich. »Weißt du, wie viele von seinen Patienten er hätte retten können? Mit modernerer Diagnostik, als wir sie haben in unserer Steinzeit-Kardiologie. Und mit einer stabilen Versorgung mit Intrasystosan*. Aber dafür mußte er jedesmal erst im Regierungskrankenhaus anrufen, ob die ihm etwas abgeben könnten, von ihrem besonderen Kontingent.«

Immer weiter kam ihr Gesicht mir über den Sprelacart-Tisch entgegen. Ihre Stimme wurde leiser und leiser. Ich konnte ihre Worte kaum noch verstehen.

»Irgendsoein Bürokrat entscheidet«, flüsterte sie. »Er entscheidet, daß es kein Westgeld gibt, um einen Hyperspectrolot-Karditor* und ein bißchen Intrasystosan zu kaufen für die unbedeutenden Patienten vom Charitas. Und es geht manchmal um Minuten bei einem Herzinfarkt, das weißt du, Cora. Und dann verliert er dieses Wettrennen. Und dann ...«

Ihre Augen begannen zu schwimmen.

Ich lachte hilflos und bitter. »Behalt sie doch, Marion, bitte, nimm sie doch wieder mit.«

Sie sah mich an wie einen Chirurgen, von dem man plötzlich feststellt, daß er Analphabet ist. Dann schüttelte sie heftig den Kopf. Die Haare flogen. »Du verstehst wieder mal gar nichts, Cora.«

* Fiktive Bezeichnung; die medizinischen Angaben sind den Umständen vor der »Wende« nachempfunden.

Ihre Augenbrauen wanderten weit nach oben auf ihrer Stirn. Und wieder dieser analphabetische Chirurgenblick von ihr zu mir. »Wenn du einen Mann hättest, Cora, dann würdest du mich verstehen.«

Das wirkte endlich. Ich legte meine Handflächen aneinander und hielt meine Klappe, auch wenn alles in mir ganz anderer Meinung war. So blöd war ich nun auch wieder nicht. Langsam wie ein Sonnenaufgang dämmerte mir, worüber wir eigentlich sprachen. Aber ich konnte nicht glauben, was sie mir da so unsanft beibrachte.

Ich verstand nichts. Ich wollte auch nichts verstehen. Das beste war, ich schenkte mir diese Erleuchtung und ließ die Sonne gleich wieder untergehen. Aber ich schaffte es und klappte wenigstens meinen Mund zu.

I. Lehmann segelte leise heran und balancierte ein Tablett mit zwei Kaffeetassen auf seinem hoch erhobenen Arm. Er beugte sich über Marions Rücken und stellte das Tablett in die Mitte zwischen uns auf den Tisch.

»Na, Mädels.« Er lächelte zahnlos. »Nun habt ihr euch wieder versöhnt, wat?« Er beugte sich herunter und wartete auf ein Lächeln von Marion. Es kam nicht, aber er überlebte es. Ein alter Windhund wie Irmfried Lehmann konnte jahrelang auf ein Lächeln warten, ohne jemals ungeduldig zu sein. Er klopfte leicht mit den Fingern der geschlossenen Faust auf die Tischplatte und schwebte unaufdringlich davon. Die Schwingtüren fielen hinter ihm zusammen und pendelten langsam aus.

»Ich gehe jetzt«, sagte Marion schließlich. Sie schob ihren Stuhl nach hinten und stand langsam auf.

»Ich gehe, Cora. Ich bin nur gekommen, um dir die Puppe zu bringen.« Ihre Stimme klang wieder ruhiger als eben noch, eigentlich viel zu ruhig. Sie sah mich an und schien zu überlegen, ob sie noch weitersprechen sollte.

»Ich muß, Cora. Ich muß zur Meldestelle. Vielleicht kann ich heute mein Visum abholen, für Ungarn.«

Ich erstarrte. Ein Visum für Ungarn, eine Reiseanlage für

den visafreien Reiseverkehr, wie sie das nannten bei uns. Das war nicht unbedingt ein anderes Sternensystem, in das Marion entschwinden wollte. Aber wenn man nicht gerade vor sechs oder acht Wochen so ein Visum beantragt hatte, war es immer noch so etwas wie ein Mond auf einer erdfernen Umlaufbahn. Ich schluckte an meinen Tränen.

Marion nahm meine Hand und hielt sie. »Mach den Mund zu, Cora.« Ihre Finger drückten und streichelten mich. Auch ihre Augen schienen schon wieder unter Wasser zu tauchen. »Sei nicht traurig«, sagte sie nach einer kleinen Pause, »vielleicht geben sie mir das Visum ja nicht.«

Dann stand sie auf und ging ganz einfach durch die pendelnden Schwingtüren davon. Das war der Abflug von Marion.

* * *

Fast alle Tage im Charitas waren wie zu lange gegangener Hefeteig — langweilig, lauwarm und zäh. Dieser Teig dehnte sich über Wochen zu Monaten und Jahren und kleisterte mein Wahrnehmungsvermögen und meine Reaktionsfähigkeit langsam aber sicher zu. Das tat mir nicht weh, und das spielte auch keine Rolle. Denn was auch passieren würde, ich wäre immer noch schnell genug gewesen, um nicht das Ende der Fahnenstange zu sein.

Aufregend und atemberaubend war es immer nur anderswo. Nicht im Charitas, nicht in der Wilhelm-Pieck-Straße und auch sonst an keinem Ort, der für mich erreichbar gewesen wäre.

Heute aber war das alles anders. Ich hatte die Fenster weit aufgerissen, hockte in der Bibliothek und versuchte, mich herauszuziehen aus dem Wirbel, in den Marion mich so unsanft gestoßen hatte. Drei Fragen gab es, um die drehten meine Gedanken sich immerzu: Warum will Marion alleine Urlaub in Ungarn machen, gerade jetzt, wo ihr Wiesner auf diesem Kongreß ist? Was ist das, was sie vorhat? Und wie kann ich sie aufhalten, damit sie es nicht tut?

Pythia und die schöne Mieze saßen Seite an Seite auf unseren Schreibtischen und hielten einander die Hände. Ich streckte die Arme aus und nahm beide vorsichtig in den Arm. Aber auf einen klaren Gedanken brachte mich das auch nicht.

Ich begann mich zurückzusehnen, zurück in den Montag abend, in Tante Johannas ruhiges weltfernes Puppenreich. Dort war noch alles in Ordnung gewesen zwischen Marion und mir. Und nun konnte ich nichts, aber auch gar nichts machen, damit es auch weiter so blieb.

Dann setzte ich Mieze und Pythia vorsichtig wieder zurück auf ihren Platz auf der Schreibtischplatte. Das Telefon hatte geklingelt. Lustlos und unkonzentriert nahm ich den Hörer in die Hand. Am anderen Ende der Leitung hörte ich eine Stimme, die verriet, daß dort jemand mindestens ebenso unruhig und aufgelöst war wie ich.

»Hallo!« kreischte es im Telefonhörer. »Hallo, wer is da?«

Ich hörte nur zu und sagte erst einmal gar nichts.

»Hallo. Bist du det, Cora? Ick will Cora sprechen! Sofort!«

»Ich bin es. Ich bin ja da, Hedda.«

Das war eine Übertreibung. Es war meine Stimme. Aber ich selber war noch irgendwo in diesem Strudel verschwunden und kam nicht los von meinen Sorgen um Marion.

Sie ließ mir keine Minute Zeit. Ihre Stimme war schrill und hastig und überschlug sich beinahe. Sie war fürchterlich aufgeregt.

»Cora«, sagte Hedda. »Cora. Du mußt stante pede hierher kommen! Die Hanna, es ist was passiert mit ihr. Du darfst nich erschrecken, Kleene, aber ick gloobe, ick gloobe ... Ich glaube, die Hanna is tot.«

Jetzt kam ich zu mir. Ich hielt den Hörer fest an mein Ohr gepreßt und hörte ihr zu und konnte mich nicht mehr rühren.

»Hallo«, sagte Heddas Stimme an meinem Ohr. »Wat is los, Corachen? Biste noch dran?«

Natürlich war ich noch dran, wo sollte ich sonst sein.

»Du mußt herkommen, Kleene. Jantz jleich, sofort.«

Ich nickte. Ich saß da und hielt den Hörer ganz fest in der Hand. Hedda wartete. Ich hörte ihren hastigen Atem an meinem Ohr.

»Wat machste denn, Cora? Du mußt jetz deine Plünnen einpacken. Fang an damit, fang endlich an.«

Ich konnte fast hören, wie Hedda sich an die Stirn griff und den Kopf schüttelte.

»Wenn du det jefressen hast, Cora, dann lech jetzt den Hörer auf. Und dann komm. Hörste. Komm hierher.«

Es knackte in der Leitung. Dann war Heddas Stimme verschwunden. Ich hielt den Hörer noch einen Moment lang fest und fing an, mit der anderen Hand meine Bleistifte und meinen Kalender vom Schreibtisch zu nehmen und in meine Tasche zu stopfen.

Plötzlich stieg Angst in mir auf. Ich fing an zu zittern.

Irgend etwas in meinem Hals nahm mir die Luft. Ich stand auf, schloß das Fenster, zog den Stecker von der Kochplatte und verschloß den Schrank mit den Lizenzausgaben und mit der Westliteratur. Aber meine Hände gehorchten mir nicht. Ich verfehlte die Schlüssellöcher, mir fehlte die Kraft, um die Fensterflügel zu verriegeln. Ich kam einfach nicht voran. Und noch ehe ich alles geschafft hatte, klingelte das Telefon zum zweiten Mal.

Es war niemand aus dem Krankenhaus. Es war überhaupt niemand, den ich kannte. Eine Stimme von ganz weit her, freundlich und zögernd, sagte einen Namen, den ich nicht verstand, und fing sofort an zu reden.

»Hallo. Haben Sie meine Nachricht bekommen?« fragte er leise. »Meinen kleinen Geburtstagsgruß?«

Ich verstand nichts. Ich konnte mich nicht erinnern, an keine Nachricht und an keinen Geburtstag.

»Nein«, sagte ich hastig. »Und ich habe gar keine Zeit jetzt. Meiner Tante ist etwas passiert, ich hab gerade einen Anruf gehabt. Ich muß sofort zu ihr.«

Was für eine Mitteilung. Ich wußte nicht einmal, wem ich

da etwas erzählte. Trotzdem gackerte ich wie eine aufgescheuchte Henne drauflos und ließ ihn nicht mehr zu Wort kommen.

Aber er hörte mir zu. Wenn ich ein wenig ruhiger gewesen wäre an diesem Tag, dann wäre mir vielleicht aufgefallen, daß er sehr wohl wußte, wovon ich redete. Ich war aber nicht ruhig. Ich war hektisch und durcheinander wie eine alte Großmutter, die schon Mühe hat, die Maschen an ihrem Strickstrumpf ordentlich auseinanderzuhalten.

Er war völlig ruhig. Ein kurzer Gruß noch, eine kleine Entschuldigung, dann legte er höflich den Hörer auf.

Ich packte meine Sachen weiter zusammen und rannte zur Bushaltestelle. Zwanzig Minuten später stieg ich an der Straßenecke vor Tante Johannas Haus aus dem 30er Bus aus.

* * *

Tante Johannas Gesicht lag ruhig auf dem Kissen. Es war weißer und zarter als die Spitzengardinen vor ihrem Wohnzimmerfenster, auf die sie immer so stolz gewesen war.

Ihre Haarnadeln hatten sich aus ihrem Gouvernantenknoten gelöst, und ihre Haare umrahmten wellig und weich ihr Gesicht. Es war nicht so ernst und so feierlich, wie ich mir das Gesicht einer Toten immer vorgestellt hatte. Im Gegenteil. Die Tante schien längst nicht so ratlos und traurig, wie Hedda und ich es waren. Je länger ich vor dem Sofa stand und auf Tantes Gesicht hinunter sah, um so mehr schien es mir kaum weniger heiter zu sein als die bleichen, fein modellierten Porzellangesichter der Puppen. Wären die Autos unten auf der Wilhelm-Pieck-Straße nicht ununterbrochen vorbeigefahren, ich hätte auf ihren Atem gelauscht.

Wir standen neben dem Sofa und sahen verängstigt und unsicher auf sie hinab. Die Sanseveria und der Gummibaum vibrierten leise. Irgendwo ganz tief unter uns rumorte die U-Bahn.

Hedda beugte sich hinunter und rückte den Kragen von Tantes cremefarbener Seidenbluse gerade. Sie tätschelte Tantes Wange. Dann strich ihre Hand sanft und vorsichtig hinunter an Tantes Hals.

Ich sah sie an. Sie hatte keine Träne in ihrem Gesicht.

»Warum hast du mich nicht eher gerufen?« fragte ich leise. »Vielleicht hätten wir noch etwas tun können für sie.«

Hedda sah kurz zu mir hoch, schüttelte langsam den Kopf und wandte ihr Gesicht wieder der Tante zu. So rund und behäbig Hedda auch war, heute schienen ihre Bewegungen schwerelos und weit ausgreifend zu sein. So, wie die Bewegungen der Fußballspieler bei der Wiederholung einer Spielszene in Zeitlupe waren.

Tantes rechte Hand lag hoch oben auf der Rückenlehne des Sofas.

Ungefähr so, als wäre sie mitten in einem Gespräch, in einer ihrer gestenreichen Redetiraden aus der Luft gefallen wie ein verirrter Spatz. Hedda nahm Tante Johannas Hand langsam von der Sofalehne herunter und schloß ihre beiden Hände darum.

»Da war keene Zeit mehr, Cora. Hanna lach schon so, wie ick vom Einkaufen wiederkam. Da war schon allet jeloofen.«

»Du hättest einen Arzt rufen müssen«, beharrte ich weiter. »Sie hätte doch merken müssen, daß es ihr schlechter ging. Ein Arzt hätte ihr helfen können.«

»Nee, Cora. Et jing ihr nicht schlechter als sonst. Ihr Herz ... sie war darauf vorbereitet. Wenn man sone Olsche wie wir is, dann merkt man, wenn seine Uhr abjelaufen is.«

Ich ließ mich auf einen Stuhl fallen und stützte beide Arme auf die Tischplatte auf. Eine halbvolle Kaffeetasse stand neben dem Sofa der Tante auf dem Eßtisch. Und eine zweite Tasse war da, auch nur halb ausgetrunken, gegenüber, auf der anderen Seite des Tisches.

»Hast du mit ihr Kaffee getrunken, Hedda?«

Heddas kleines rundes Kinn begann langsam zu zittern. Sie

hielt immer noch Tantes Hand fest in ihren Händen und streichelte sie, aber es sah viel mehr so aus, als ob Hedda sich an der Tante festhalten würde. Jetzt weinte sie.

»Icke?« flüsterte sie leise. »Ick?«

Ich fühlte, wie auch mir langsam die Tränen in die Augen stiegen.

Hedda zog ihre Hand unter Johannas Hand hervor und legte sie mir aufs Gesicht. »Wenn ick doch bloß bei ihr jewesen wäre, Cora, Kind!«

»Das hätte auch nichts geändert«, sagte plötzlich jemand dicht hinter mir. »Jeder hat seine Zeit.«

Er trug eine helle Jacke über einem weißen knielangen Kittel und machte, was alle Ärzte gewöhnlich am häufigsten machen: Er trocknete seine frisch gewaschenen Hände ab. Munter lächelte er zu mir herüber und nickte mir zu.

»Sie war eine alte Dame. Da genügt manchmal schon eine kleine Aufregung. Mein Beileid.« Er lächelte schon wieder. Sein Gesicht kam mir bekannt vor, aber ich sah nur zu ihm hinüber und schwieg.

Ich kannte die Regeln. Was für mittlere oder schwere Katastrophen sich auch immer ereignen würden, ein Mediziner sollte niemals sein aufmunterndes Lächeln verlieren. Das hielt wenigstens den Patienten ruhig.

Er lächelte also und ließ dabei seinen Blick anerkennend durch Tantes Stube schweifen. »Eine schöne Sammlung haben Sie hier, junge Frau.«

Ich guckte zu Hedda. Sie hockte immer noch vor dem Sofa und streichelte Tantes Hand. »Wie ick Hanna jefunden habe, is mir nichts besseres einjefallen, als den Notarzt anzurufen«, sagte sie leise und sah schuldbewußt zu mir herauf. Sie sah wieder auf Hannas weißes Gesicht hinunter. Ihr Kinn zitterte immer heftiger.

Sie griff nach der Rückenlehne, um sich daran zu halten, aber ihre Hand kam nicht mehr dort an.

Der Doktor machte einen riesigen Schritt vom Tisch zum

Sofa und fing sie auf. Er schob seine Hand unter ihre Achsel und zog sie resolut von der Tante weg. Für einen Moment verschwand dieses Lächeln.

»Kommen Sie«, sagte er barsch zu Hedda. »Kommen Sie, und setzen Sie sich hierher.«

Dann hatte er sich wieder im Griff. Er drückte sie freundlich in einen der großen Sessel und rollte ihren Ärmel nach oben. Mit der anderen Hand griff er in seinen Koffer und nahm eine kleine Ampulle heraus. Heddas Kinn zitterte immer noch. Sie klappte den Mund auf und zu, aber er ließ sie nicht mehr zu Wort kommen. Er war wahnsinnig schnell. Erst als er die Kanüle aus ihrem Oberarm zog, ließ er sie wieder los.

Heddas Kopf sank nach hinten. Ihr Kinn fiel ganz langsam herab. Jetzt sagte sie gar nichts mehr.

Er lächelte schon wieder. Nun sah er zu mir.

»Verkaufen Sie?« fragte er vorsichtig. Er guckte zwischen mir und den Puppen hin und her. Dann ließ er Heddas Schulter los und ging neugierig an den Vitrinen entlang. Ich folgte aufmerksam seinem Blick. Er war kein Kenner, er sah keine der Puppen besonders lange an. Aber Ruhe ließen sie ihm alle nicht.

»Ich wüßte jemanden, der Ihnen dafür einiges bieten würde«, sagte er schließlich. »Egal, was Sie wollen, Geld oder was anderes.«

Er lächelte wieder fröhlich und sah mich an. Ein grüner Nebel legte sich vor meine Augen und wurde schnell dichter. Ich spürte seine Hand. Er faßte mich unter den Armen und zog mich hoch. Jetzt konnte er schon wieder beweisen, wie schnell er war.

Fünf Minuten später saßen Hedda und ich in unseren Sesseln und konnten uns nicht mehr rühren.

»Ich verabschiede mich dann«, sagte er leise. »Die Papiere lege ich dort auf den Tisch. Und ich rufe die Leute an, die Sie jetzt brauchen.« Er beugte sich plötzlich tief herunter zu mir.

Dicht neben meinem Gesicht spürte ich seinen Atem. »Überlegen Sie. Es geht für Sie um viel Geld. Ich melde mich wieder.«

Dann ging er. Ich hörte seine Schritte wie aus einer unendlichen Ferne den Flur mit den Vitrinen hinauf und hinunter gehen. Endlich klappte die Wohnungstür zu, und wir waren allein.

Wir saßen da und konnten die Köpfe nicht heben.

Eine Weile blieb es ganz still. Ich hörte wieder die Autos auf der Straße unten. Der Nebel vor meinen Augen lichtete sich.

Mühsam und undeutlich kam Heddas Stimme aus der Tiefe ihres Sessels. »Ick hätt ihm man uff de Finger kieken sollen«, sagte sie mit belegter Stimme. »Da kannste druff wetten, Cora, det der eine Puppe mitjehen lassen hat.«

* * *

Ich weiß nicht, wie spät es war, als ich nach Hause ging in dieser Nacht.

Horsti lag auf seinem Bett, zusammengerollt und in die Decken gekuschelt wie ein junger Dackel. Er hatte die Knie nach oben gezogen und ein Kissen in die Arme genommen und hielt sich seltsam verkrampft daran fest. Vielleicht hatte er doch eine Ahnung davon, was heute geschehen war. Gesagt hatten Hedda und ich ihm jedenfalls nichts davon. Dazu hatte uns beiden der Mut gefehlt.

Ich schloß die Wohnungstür hinter mir ab und lief die Treppe hinunter. Vor ein paar Tagen noch war ich mit Tante Johanna durch diesen Hausflur gegangen. Sie war vor mir die steile Treppe hinuntergelaufen, immer flink und mühelos ihre fünf Schritte voraus.

Heute brachte mich keiner zur Haustür. Tantes riesiger Haustürschlüssel hing jetzt mit ihren anderen Wohnungsschlüsseln zusammen an meinem Schlüsselbund. Ich steckte ihn ins Schloß, drehte ihn vorsichtig herum und stemmte mich gegen die Tür.

Draußen war alles ruhig. Der übliche Mitternachtsverkehr auf der Wilhelm-Pieck-Straße. Die übliche Dunkelheit im Schatten der großen Linden. Die üblichen Autos standen auf dem Parkstreifen vor Tantes Haus. Vielleicht waren sie heute ein wenig enger geparkt als sonst. Sogar vorne auf der Straße, quer vor den anderen Autos, drängelten sich drei oder vier Ladas im Halteverbot.

Ein paar Männer in hellen Windjacken standen unter den Bäumen. Sie sahen mir zu, wie ich mich abmühte, den schweren Türflügel ins Schloß zu ziehen. Keiner von ihnen sagte ein Wort. Sie standen da, blickten schweigend in die Blätter der Linden und in die Fenster der Häuser hinauf und rauchten.

Ich beobachtete sie über die Schulter aus dem Augenwinkel, während ich an der Tür zog. Sie sahen nicht betrunken oder gefährlich für mich aus. Also zog ich den Schlüssel ab und lief los, mitten durch die würzige Wolke von Cabinet, die die Herren zusammengepafft hatten um sich herum.

Einschlafen konnte ich nicht in dieser Nacht. Es war heißer geworden, immer heißer, je später es wurde. Die Hitze drückte durch die offenen Fenster in meine Wohnung. Das schwarze Teerdach, das zwanzig Zentimeter über meiner Zimmerdecke lag, strahlte aufgesammelte Wärme ab wie ein Nachtspeicherofen. Eine Stunde nach Mitternacht war es schwüler und drückender, als es am Tage gewesen war.

Unten im Hof gingen die Türen, lebhaft und laut, wie es hier sonst nur in der Silvesternacht war. Immer wieder schob jemand quietschend die kleine Seitentür auf, die vom Vorderhaus auf den Hinterhof führte, und ließ sie krachend hinter sich zufallen.

Ich drehte mich hin und her auf dem Kopfkissen, zählte die Minuten, die bis zum nächsten Türklappen vergingen, und versuchte, meine Gedanken zur Ruhe zu bringen. Sie hüpften durch meinen Kopf, eigenwillig und unbeeinflußbar wie die herrenlosen Katzen unten im Keller. Schließlich holte ich mir ein dickes Mostrichglas aus der Küche und versuchte es mit ein paar Schlückchen Goldbrand. Das half.

Ein oder zwei Stunden später war die Flasche leer, und ich fühlte mich etwas besser. Ich spürte keine Hitze und kein Türenschlagen. In meinem Kopf war kein einziger klarer Gedanke mehr. Ich war nicht mehr traurig, und um nichts machte ich mir noch Sorgen. Was immer heute geschehen war und was noch geschehen würde, mir war das ganz egal.

Nur eins dachte ich noch, mit einem letzten Rest wachen Verstandes. Als ich in die Küche ging, um mir zur Abwechslung ein Glas klares Wasser zu holen, steckte die Ansichtskarte an der Halterung von meiner Kühlschranktür. Rosarot und resedagrün. Die Tante hatte ich also nicht mehr danach fragen können. Aber hatte mich nicht irgendwann heute jemand angerufen? Und was hatte der mir von einem Gruß zum Geburtstag erzählt?

* * *

Am Sonnabend mittag, als meine Kopfschmerzen langsam nachließen, setzte leider auch wieder mein klares Denken ein. Der erste und einzige brauchbare Gedanke, der sich in meinem Kopf festsetzte, war, daß ich alleine wieder einmal überhaupt nicht wußte, wie es jetzt weiterging.

Ich lief hinüber zum Luxemburg-Platz, fand ein funktionierendes Telefon hinter der Volksbühne, an einem der Wohnhäuser mit den kleinen Colonnaden, und wählte die Nummer von Marion.

Sie freute sich ungeheuer.

»Ich wäre sowieso heute noch zu dir gekommen, Cora. Bei mir gibt es nämlich was Neues. Ich habe mein Visum bekommen.« Sie lachte aufgekratzt und war kaum zu bremsen.

»Bei mir gibt es auch etwas Neues«, sagte ich leise. »Tante Johanna ist tot.«

Marion wurde sofort still. Eine Weile kam erst einmal gar nichts.

»Ich hab' es geahnt«, sagte sie schließlich leise. »Auf deinem Geburtstag hat sie sich so benommen, als wollte sie schon ihren Nachlaß verteilen.« Dann schwieg sie.

»Bist du noch da, Marion? Sag doch was, bitte.«

Aber sie schwieg. So, als ob sie erst über etwas nachdenken müßte.

»Es tut mir leid«, sagte sie dann. »Jetzt mußt du dich alleine um alles kümmern.«

Sie schwieg schon wieder. Wahrscheinlich grübelte sie immer noch.

»Kommst du?« fragte ich bittend. »Kommst du nachher zu mir? Oder soll ich zu dir kommen?«

Sie zögerte. »Nicht zu mir, Cora. Das ist besser. Wir treffen uns.«

»Im Berger?«

»Im Berger, um acht. Ich erledige erst noch was.«

Sie legte auf. Es klickte im Geldschacht des Telefons, und mein Zwanzigpfennigstück rutschte wieder heraus. Wenn schon in dieser Gegend nur jedes dritte Telefon funktionierte, dann telefonierte man wenigstens manchmal umsonst.

Das Café Berger war so etwas wie eine große geräumige Zweiraumwohnung im Erdgeschoß, bei der die Tür zur Straße fast immer offen stand. Gleich hinter die Tür, in den engen geraden Flur, hatten sie sinnigerweise die Theke hineingebaut. Aber Berger wäre nicht Berger gewesen, wenn er sich nicht etwas gedacht hätte dabei. Egal, ob der Laden voll oder gähnend leer war, hier vorne, gleich an der Tür zur Straße, gab es immer die gleiche gemütliche Drängelei.

Heute abend war es voll. So voll, daß schon in der Eingangstür ein paar Bierbäuche in Jeans und in billigen Präsent20-Hosen lehnten. Sie machten sich breit mit ihren Schnapsgläsern in der einen und den Biergläsern in der anderen Hand und arbeiteten intensiv an ihrem vierten Zentner Körpergewicht. Sie kniffen ihre verschwollenen Augen zusammen, legten die Köpfe in den Nacken, so daß ihr Doppelkinn in die bodenlose Tiefe über ihrem Brustkasten rutschte, und musterten mich aufdringlich. Mir blieb nichts anderes übrig: Ich stand vor der Tür auf der Straße und ließ mich begucken.

»Die kenne ich. Laßt sie rein«, sagte schließlich einer von ihnen und klappte seinen Kopf wieder nach vorne. »Die Kleene wohnt hier.«

Sie rückten zur Seite, so weit das hier vorne ging, und ich zwängte mich zwischen ihren Körpern hindurch.

Es war laut, und es war unheimlich schummrig in dem riesigen Raum. Jeder hatte eine Cabi oder eine Club oder eine Alte Juwel in der Hand, deren Rauch oben über den Köpfen zu einer einzigen schweren Wolke zusammentrieb. Ich trat wie in dichten Nebel. Vorne hinter der Theke stand Berger mit glänzendem runden Kinn und polierter Vorgartenglatze und ließ den Zapfhahn laufen. Hinter seinem Rücken, über der Theke, ging der Fernseher. Er war auf den falschen Sender eingestellt. Die Männer saßen auf ihren Hockern oder drängelten sich mit den Biergläsern in ihrer Hand in der zweiten Reihe und warteten auf die Tagesschau. Jetzt wußte ich, warum sie vorn an der Eingangstür die Gesichtskontrolle aufgebaut hatten.

Ich schob einen ausgestreckten Arm mit einem Bierglas zur Seite, hielt eine Hand mit einer brennenden Zigarette fest und zwängte mich nach hinten durch. Bergers Wohnzimmer war finster wie einc verräucherte Felsenhöhle. Zwei ältere Paare drehten sich geruhsam über die Tanzfläche. Ihre Schatten glitten schwarz unter ihnen über das alte Parkett. In dem dichten Zigarettenrauch strahlten ihre Umrisse im dämmrigen Gegenlicht wie in einem alten Ufa-Film. Hinten am Fenster spielte jemand auf dem Akkordeon. Zwei Tische daneben, an der hinteren Wand, leuchtete der rote Pullover von Marion.

Ich hatte Sorgen, eine ganze Menge Sorgen und Kummer dazu. Aber wie Marion aussah an diesem Abend, das vertrieb erst einmal alles andere und machte meinen Kopf frei für grenzenlose Bewunderung. Sie sah einfach umwerfend aus. Ihre roten Haare glänzten in der Dunkelheit. Die schwarzen geschliffenen Perlen aus Glas, die an ihren Ohren baumelten, schimmerten sanft und geheimnisvoll.

Mein schöner Schwan, mein Flamingo. Was für eine häßliche kleine Ente ich doch dagegen war. Ich schmierte mich jeden Morgen einfach dick mit Kräutervitalcreme ein und stieg in meine Jeans. Mehr war es nicht, an normalen Tagen. Und heute war ich nicht einmal sicher, ob ich mich überhaupt gekämmt hatte. Ich stand da, in meinen Jeans und in meinem einzigen schwarzen Pullover, und schämte mich wieder einmal.

Marion hob ihren Arm hoch und winkte mir zu. Ich drängte mich am Rand der Tanzfläche über das abgetretene, stumpfe Parkett in die Dunkelheit.

»Wo willst du hin, Kleene? Hier geht es nich durch!« Eine Tischreihe vor Marion stemmte ein dicker, muskulöser Glatzkopf seinen Bierbauch gegen die Tischplatte und funkelte mit rot unterlaufenen Albinoaugen.

»Wo du hinwillst?« Seine Stimme dröhnte und füllte den Raum. Nicht einmal das Akkordeon konnte lauter sein. Ich stand da und guckte.

Marion kam mir entgegen und nahm mich in den Arm. Ich drückte mich an sie und fing an zu weinen.

»Hee«, sagte der Dicke. »War doch nich so jemeint, Kleene.« Er faßte nach meiner Hand.

»Laß gut sein«, sagte Marion energisch. Sie zog meine Hand weg und schob mich nach hinten zur Wand. »Laß gut sein, sie heult bestimmt nicht wegen dir.«

Ich ließ mich auf einen Stuhl fallen und schluchzte. Marion legte den Arm um meine Schulter und nahm meine Hand. Dann kam Hilde.

Die Umrisse ihrer Rundlichkeit strahlten im Gegenlicht wie eine Marienerscheinung. Hilde war das Gegenstück zu allen Serviererinnen, die man in anderen Kneipen sah. Ihre ausgewachsene Dauerwelle wogte formlos und schlampig um ihre Nase wie ihre langen Faltenröcke um ihre Knie und ihre ausgeleierten Pullover um ihren beachtlichen Busen. Aber sie war die freundlichste, kumpelhafteste Großmutter, die jemals mit einem Tablett voller Biergläser unterwegs war. Und ohne Echolot und Radar fand sie in der Dunkelheit und im dichtesten Nebel immer genau die Tische, auf denen noch kein Bier stand.

»Zwei große Bier, Mädchen, oder zwei kleine?« Sie spähte durch den Nebel in mein verheultes Gesicht. »Oder lieber zwei Doppelte und dazu ordentlichen Kaffee?«

Sie wartete nicht auf das, was ich sagen würde. Sie drehte sich um und verschwand in der Dunkelheit.

»Die weiß schon, was gut ist für euch«, blökte der Dicke über den Tisch und grinste.

Zehn Minuten später saßen wir vor einem starken, frisch aufgebrühten Kaffee und zwei bauchigen Schwenkern mit besserem Bergmannsschnaps. Das Akkordeon dudelte immer noch. Auf der Tanzfläche wurde es langsam eng. Die Luft wurde dicker und war kaum noch zu atmen, aber der Dicke war dröhnend in ein Gespräch vertieft und ließ uns endlich in Ruhe.

»Was willst du jetzt machen, Cora?« Marion hielt sich den Schwenker unter die Nase und roch angewidert daran.

»Ich weiß nicht«, sagte ich zögernd. »Ich weiß überhaupt nicht weiter.«

Sie nickte und guckte mir ernst in die Augen. Dann nahm sie einen winzigen Schluck aus ihrem Glas. »Ja, Cora, das ist ja das Schlimme bei dir.«

Ich kniff die Lippen zusammen und schämte mich schon wieder. Sie hatte recht mit dem, was sie sagte. Sie hatte ganz ungeheuer recht.

»Also los«, sagte Marion geduldig. »Gehen wir mal alles der Reihe nach durch. Erstens: Hast du ihr Testament gefunden?«

Ich machte große Augen. »Ich weiß doch nicht, wo es ist.«

»Dann such es.«

Ich nickte.

»Zweitens: Wieviel Geld ist da? Du mußt die Beerdigung zahlen, einen Grabstein, das Grab.«

Ich zuckte die Schultern.

»Kümmere dich darum!«

»Wie denn, Marion? Wie soll ich wissen, ob sie so viel Geld hat?«

»Such danach, Cora. Sieh ihre Sachen durch, ihre Schränke, ihre Papiere. Und mach deinen Mund zu.«

Ich klappte den Mund zu.

»Und das wichtigste ist: Was wird mit Horsti? Was machst du mit ihm?«

Ich wußte es nicht.

»Willst du ihn in ein Heim geben?«

Ich saß da und guckte. Dann griff ich nach meinem Glas und trank einen großen Schluck. Er brannte auf meiner Zunge, aber mir wurde angenehm warm. »Ich kann jetzt nicht auch noch über so was nachdenken. Laß uns darüber reden, wenn du wiederkommst aus dem Urlaub, ja, Marion?«

Ich atmete tief, soweit das möglich war in dem Nebel, und lehnte mich weit zurück. Marion sah mich an. Wieder der analphabetische Chirurgenblick. Sie hatte keine Geduld mehr. Ihre Handtasche stand unten neben ihrem Stuhl auf dem Boden. Marion beugte sich hinunter und machte sie auf. Sie zog ihren Schreibblock heraus, blätterte ein paar Seiten auf und riß sie ab. Dann schob sie sie mir über den Tisch.

»Ich hab' alles aufgeschrieben für dich. Idiotensicher. Alles, was du jetzt machen mußt.«

Es war so dunkel, daß ich nicht einmal sehen konnte, ob überhaupt etwas auf den Blättern stand. Ich legte sie unter den Bierdeckelstapel und zuckte die Schultern. Sie sah mich streng an.

»Und mach es, Cora. Mach alles, was ich dir gesagt habe. Das nimmt dir jetzt keiner mehr ab.«

Sie strich sich mit der Hand über ihre Augen und zögerte einen Moment lang. Dann sprach sie weiter. »Cora, es gibt jemanden, der dir helfen könnte. Die Tante wollte darüber noch mit dir reden.«

»Ach. Ja?« Nun mußte ich sie nicht mehr fragen, worum es zwischen ihr und der Tante gegangen war. Ich dachte nach. Ja, sie hatte mit mir geredet, das hatte sie wirklich getan. Unten, im Hausflur, in der Hand diese kleine Charlotte. Nur — sie hatte mir nicht seinen Namen gesagt.

Marion sah mich fragend an. »Du weißt nicht, wer es sein könnte?«

Ich schüttelte den Kopf.

»Dann müssen wir überlegen. Irgendeine Möglichkeit muß es geben, wie du ihn finden kannst. Hat sie einen Ehemann gehabt? Einen Freund? Einen Bruder? Oder ist sonst irgendeiner in eurer Familie, der so ein ... so ein ...«

»Der so ein ritterlicher Beschützertyp sein könnte?« Ich schüttelte heftig den Kopf und kippte den Rest von meinem Weinbrand herunter. So langsam hatte ich wirklich genug von Marions Fragen. Das Thema Johanna und irgendwelche Männer war nun wohl endgültig erledigt. Und auf mich traf das wahrscheinlich ganz genauso zu. Ich lehnte mich zurück und sah Marion mißmutig an. Ihr Blick glitt über die Tanzfläche hinüber zur Theke, wo über den Tanzenden die obere Hälfte von Bergers Fernseher zu sehen war. Ihre Augen flackerten unruhig. Was sie da sah, regte sie auf und nahm sie mächtig mit.

Ich guckte nach vorne. Es war immer noch die Tagesschau. Oder es war eine dieser Sondersendungen über die Flüchtlinge aus der DDR, die jetzt täglich im Fernsehen liefen. Ich sah aber nicht viel davon. Vor der Theke schoben sich die Köpfe zusammen. Außer einer Menschenmenge, die einen Metallgitterzaun übersteigen wollte, und den Polizisten, die versuchten, sie aufzuhalten, kriegte ich kaum etwas mit.

»He, Meechen.« Der Dicke beugte sich herüber und klopfte mit seinen Wurstfingern auf unseren Tisch. Er drehte den Kopf und deutete in Richtung Tür. »He, sagt mal. Sinn det Freunde von euch? Die ham sich die Ooren verrenkt, bis die euch jefunden hatten.«

Es war neblig und dunkel, aber wir sahen sofort, wen er meinte. Sie trugen helle gefütterte Windjacken, die sauber und auffallend gebügelt und ordentlich waren. Ihre Haare waren wahrscheinlich im Abstand von zwei Minuten vom selben Frisör effiliert worden und hatten haargenau den gleichen Schnitt. Die Gesichtskontrolle am Eingang hatte nicht funktioniert. Mühsam, aber stetig kamen die beiden immer näher an unseren Tisch.

Marion zuckte zusammen. Ihre Finger schlossen sich fest um ihr Glas. »Ich muß gehen«, sagte sie leise. »Ich muß sofort los.«

Ich faßte mit den Händen nach ihrem Arm. »Du mußt mir helfen, Marion! Du mußt mir helfen, weil du es der Tante versprochen hast.«

Sie zog ihren Arm weg und stand auf. Ich griff hilflos und wütend nach meiner Handtasche, klappte sie auf und stopfte Marions Zettel hinein. Es klirrte leise.

»Warte, Cora.« Marion griff plötzlich nach meiner Hand. »Warte. Mach die Tasche nicht zu.«

Sie griff in meine Tasche hinein und zog etwas daraus hervor. Der Schlüssel zur Bibliothek lag in ihrer Hand. In meiner Aufregung am Freitag hatte ich ihn nicht zum Pförtner gebracht.

»Das wird Ärger geben«, sagte ich leise und griff danach.

»Ihr solltet jetz jehen, Meechen.« Der Dicke beugte sich weit hinüber über unseren Tisch. Seine Stimme war leise und scharf.

»Gib mir die Schlüssel, Cora!« Marion schloß ihre Finger um meine Hand.

Ich ließ den Schlüssel los, und sie schob ihn hastig in ihre

Hosentasche. Dann strich sie mir vorsichtig über die Wangen, nahm ihre Tasche und ging. Ich sah, wie sie sich hinten, vor den Tischen an der Wand, wo der Nebel am dichtesten war, einen Weg um die Tanzfläche suchte. Nicht ein einziges Mal drehte sie sich zu mir um.

»He, wat is denn! Träumste, Kleene?« Die Hand des Dicken griff unsanft um meinen Arm. Schweißperlen standen auf seiner Glatze und rannen an seinen Schläfen hinab. Von der Tanzfläche her näherten sich die Windjacken. Sie waren nur noch eine Tischreihe von mir entfernt.

»Nimm deine Klamotten. Hau ab. Det mit Hilde, det übernehme ick.«

Ich verstand nicht, warum ich weglaufen sollte, aber ich griff mir meine Tasche und schob los. Hinter den Tischen, an der Wand entlang, wie ich es gesehen hatte bei Marion.

Hinter meinem Rücken hörte ich dröhnend die Stimme des Dicken.

»Wo wollt Ihr denn hin? Hier durch jeht et nich. Hier sitze icke.«

Wie betrunken lallte er plötzlich, so daß alle, an denen ich mich vorbeidrängeln mußte, sich zu ihm umdrehten. Ich drehte mich nicht um. Aber ich konnte mir vorstellen, vor wem er jetzt seinen Bauch gegen die Tischplatte stemmte.

Ganz weit hinten, hinter dem Gummibaum an Bergers Abwaschküche, kam ich durch bis zur Theke und schob mich durch den engen Flur bis zur Tür vor.

Draußen, vor dem Berger, war es ruhig. Die Straße war leer, nur ein dunkler Lada stand am Straßenrand vor Café Berger im Halteverbot. Der Fahrer hatte den Kopf auf das Polster zurückgelehnt und machte ein Nickerchen. Von Marion war nichts mehr zu sehen.

* * *

»Cora ist da! Hallo, Cora! Hast du Bonbons für mich mitgebracht?«

Horsti hielt sich an meinen Armen und hüpfte auf und ab wie ein Ball.

Natürlich hatte ich Bonbons für ihn. Ich faßte in meine Jackentasche und holte die Tüte heraus. Horsti war glücklich. Er schwenkte die Tüte in beiden Händen und schaukelte auf seinen kurzen Beinen im Flur hin und her. Dann hörte er auf zu lachen, legte seine Arme um meinen Hals, sah mir in die Augen und drückte mich.

»Hast du geweint, Cora?«

Ich nahm seine Hände von meinem Hals und lächelte ihn an.

»Ach was. Horsti, warum sollte ich denn weinen?«

Hedda kam aus der Küche und stellte sich hinter ihm auf. Sie sah mir zu, wie ich seine pummligen kleinen Hände hielt. Dann kniff sie ihre kurzsichtigen Augen zusammen und schüttelte mißbilligend den Kopf.

»Horsti! Komm!« Sie griff einen Pinsel und ein Staubtuch vom Garderobenschrank und hielt sie Horsti hin. »Du wolltest doch noch etwas *machen!*«

Nun strahlte Horsti wieder.

Er wickelte zwei von meinen Bonbons aus und schob sie sich in den Mund. Dann nahm er die Schnur mit den Schlüsseln für die Puppen-Vitrinen von seinem Hals, packte Staubtuch und Pinsel und ging nach hinten ins Schlafzimmer.

Ich sah Hedda an. Sie trug schwarze Schuhe, schwarze Strümpfe und ein schwarzes Kleid. Aber sie hatte eine von Tantes hellen Blümchenschürzen über ihre breiten Schultern gezwängt.

»Warum machst du das, Hedda? Hast du es ihm etwa noch nicht gesagt?«

Sie preßte die Lippen zusammen und zog die Schultern nach oben.

»Na und, Cora. Du sachst et ihm ja ooch nich.« Wir sahen uns an und heulten. Hinten, im Schlafzimmer, hörten wir

Horsti mit den Vitrinen-Schlüsseln klappern. Er lachte vergnügt und laut und redete auf die Puppen ein.

»Wenichstens Horsti soll froh sein«, sagte Hedda und zog meinen Kopf an ihre breiten Schultern. »Soller doch jlauben, det allet so wie immer is.«

Hedda zog mich hinüber zur Küche.

Sie stellte zwei große bauchige Tassen auf den Tisch, löffelte löslichen Pulverkaffee hinein und ließ heißes Wasser darüber laufen, direkt aus dem Boiler. Der Kaffee war schon mal nicht so, wie er immer gewesen war. Ich setzte mich auf das Küchensofa, rollte hartgewordene Kuchenkrümel auf dem Küchentisch hin und her und schlürfte vorsichtig ein paar Schlückchen davon. Er schmeckte nach ausgelaugtem Zinkblech und rostigen Schrauben und war bitter wie eine verbrannte Zwiebel. Aber er hatte trotzdem ein gewisses historisches Moment. Er war der erste Sonntagnachmittags-Kaffee in dieser Wohnung, bei dem Tante Johanna nicht bei uns war.

Hedda holte schon wieder die Flasche mit dem Goldbrand aus dem Tellerregal. »Wir hatten noch so ville vor«, sagte sie leise. »Wir zwee beede. Aber die dumme Triene. Haut eenfach ab und läßt mir im Stich.«

Umständlich wühlte sie in ihrer Schürzentasche nach einem Taschentuch. Ihr kleines rundes Kinn zitterte schon wieder bedenklich. Aber sie redete weiter, ununterbrochen.

»Eene Kneipe hätt ick mit ihr uffjemacht. So mit Fischbouletten un jejrillte Flundern unnem knuddligen Bierchen dazu. Es hätt' ja nich in Ost-Berlin sein müssen, Cora. Woanders isset doch ooch schön.«

Ich hörte ihr zu und überlegte, welches »woanders« sie meinen könnte. Hatte sie etwa vorgehabt, mit Tante Johanna nach drüben, in ihren kosmisch entfernten Wedding zu gehen, den sie selber seit dreißig Jahren nicht mehr gesehen hatte? Hedda griff nach ihrem Glas.

»Na dann prost, Cora Ost, dadrauf, det wir sie ordentlich unter die Erde bringen.«

Ich hob mein Glas kurz in die Höhe und roch daran. Aber ich trank nicht. Hedda kippte den Goldi hinunter, schüttelte sich und sah mich aufmerksam an.

»Cora, Kind, machste dir Sorjen? Um wat?«

Ich zuckte die Schultern. »Ich weiß nicht, Hedda. Ich hab überhaupt keine Ahnung, wie es jetzt weitergeht.«

Hedda zog die Augenbrauen nach oben. »So wie et immer jing, Meechen. Det sarick dir doch. So, als ob jar nischt wär.«

»Und was machen wir mit Horsti?«

Sie schüttelte den Kopf hin und her und zog dabei die Schultern nach oben. »Mit Horsti? Der bleibt hier, bei mir. Det is alles mit Hanna besprochen. Det is allet klar.«

Ich nickte. Hedda hatte mit Horsti und Tante Johanna so viele Jahre in dieser Wohnung gelebt. Sie hatte sich um Horsti bemüht und gekümmert wie die Tante, genauso ausdauernd und liebevoll.

Daß Horsti bei Hedda blieb, war wirklich die natürlichste Sache der Welt.

»Und wovon wollt Ihr leben?« fragte ich vorsichtig. »Hat die Tante ein Testament hinterlassen? Und wovon zahlen wir die Beerdigung?«

Hedda grinste. Sie goß ihr Schnapsglas noch einmal randvoll, trank es aus und prustete lachend los. »Wat mit Horsti wird! Wo is det Testament! Un ob wir ooch jenuch Mäuse haben — det sinn Fraren, Cora, Kind. Det klingt so bedacht un jedeichselt. So richtich nach deine Freundin Marion.«

Dann hörte sie auf zu lachen. Sie stand auf und ging hinüber zur Wand. Hier war der alte gemauerte Küchenofen, der schon seit mehr als zehn Jahren nicht mehr benutzt worden war. Hedda hob das Tellerregal an, das breit auf der ganzen Fläche des Ofens stand, und hievte es mühelos hinüber auf den Küchentisch.

»Erhebe dir, Cora! Komm ma her!«

Ich stellte mich vor den Ofen. Hedda zog mit einem eisernen Haken die Ringe von der Kochstelle, nahm meine Hand und schob sie tief in die Feuerstelle hinein. »Knie dir rin mit de Finger, janz da hinten, im Rohr.«

Ich krabbelte blind wie ein Maulwurf mit der Hand in der Feuerstelle herum. Dann fand ich eine kleine Stufe, ziemlich weit oben, über dem Eisenrost für die Holzscheite. Dahinter war eine Öffnung in der Wand, der Anfang vom Abzugsrohr.

Ich bückte mich weit hinunter und tastete mich in dem Rohr langsam nach oben vor. Zwanzig Zentimeter hinter der ersten Biegung stieß ich auf einen Widerstand. Etwas, was sich anfühlte wie derber Stoff oder wie Wachstuch, berührte meine Hand.

»Siehste«, sagte Hedda. »Det is unser Schatz.«

Ich zog meinen Arm aus dem Ofen hervor. Hedda hängte die Ofenringe ein und wuchtete das Regal wieder zurück an seinen Platz.

»Mach dir keene Platte ums Jeld, Cora. Wir haben jespart, die Hanna un icke. Icke für meine Kneipe. Un Hanna jenau für den Fall, der jetz einjetreten is. Sie hat wollen, det unsa Horsti vasorcht is.«

Ich ging hinüber zum Waschbecken, drehte das warme Wasser auf und goß grünes Fit mit Zitronenduft über meine rußigen Hände. Hedda warf mir ein kratziges dunkles Küchenhandtuch über den Arm.

»Und nu sprich dir aus, Cora! Sach ma, wat du mit die Puppen machst!«

Vor mir riß ein Abgrund auf, so breit wie das Niemandsland unter der Bornholmer Brücke, durch das die S-Bahn nach Norden fuhr.

Heddas Hand griff unter mein Kinn und drückte es sanft nach oben.

»Von mir aus kannste uffsperren wat de willst, Coralein. Laß die Klappe ruhich offen. Du hast det woll nich jeahnt? Die Puppen jehören alle dir, det hat die Hanna so beschlossen!«

»Mir? Ich? Wieso mir? Woher weißt du das, Hedda?« Ich versuchte, meinen offenen Mund und meine konfusen

Gedanken in den Griff zu kriegen. »Hat sie doch noch ein Testament gemacht?«

Hedda kreischte. »Marion! Immer höre ick diese Marion reden aus dir!«

Dann warf sie sich schnaufend mit ihrem Hintern auf die Kante vom Küchentisch. Sie goß sich noch einen Schnaps ein, kippte ihn auf ex und sah still vor sich hin. »Denk wat de willst, Cora. Ick jloobe jar, se hat jar nich Unrecht, deine Marion. Diesetma jedenfalls«, sagte sie schließlich leise. »Det tät helfen, wenn wa det schriftlich von Hanna hätten, det unse Horsti bei mir bleiben soll. Du hast doch für allet nen Schein nötich, heutzutare. So bescheuert, wie die Jenossen in diesem Land nu ma sinn.«

* * *

Als es Abend wurde, schloß Hedda die Tür zu Tante Johannas Wohnzimmer auf und schob mich hinein.

Angenehm kühle und frische Luft kam uns aus dem Zimmer entgegen. Die weißen Spitzengardinen vor den Fenstern bewegten sich leise im Abendwind. Hedda ging an mir vorbei, zog die Gardinen zur Seite und klappte die großen Fenster noch weiter auf.

Ich sah mich um. Alles war unverändert: der Gummibaum und die Sanseveria in ihren Kübeln. Die überquellenden Glasvitrinen an der hinteren Wand. Queen Anne, die Gute Luise, die kleine Marie und all die anderen Puppen auf der Kommode, auf der Anrichte und auf dem Buffet. Nur auf dem Sofa, auf dem am Freitag die Tante gelegen hatte, lag jetzt ein schneeweißes Leinentuch.

»Hier sinn die Schlüssel«, flüsterte Hedda leise. »Hier liecht der Schlüssel für Hannas Sekretär.«

Hedda hob eine der Porzellan-Puppen auf der Anrichte hoch und zog einen winzigen Schlüssel unter ihrem Kleidchen hervor. Sie drückte ihn mir in die Hand. Dann stand sie vor mir, trat von einem Fuß auf den anderen und druckste herum.

»Was ist denn, Hedda?« Ich nahm ihren Arm. »Sag mir doch, wenn etwas ist.«

Sie gluckte sich vorn am Eßtisch auf einen Stuhl, und ich setzte mich neben sie. Wir beide streiften das weiß verhängte Sofa mit keinem Blick.

»Ick hab eine Bitte, Cora«, sagte Hedda leise. »Wat du ooch machen wirst mit die Puppen, denke immer an Horsti dabei.«

Ich verstand sie und nickte langsam. Natürlich würde ich Horsti nicht seine Puppen wegnehmen. Natürlich müßte alles für ihn genauso bleiben, wie es jetzt war. Darauf wäre ich auch alleine gekommen, ohne jede Hilfe von Hedda oder von Tante Johanna oder von Marion. Jetzt hatte ich endlich einmal das Gefühl, daß ich doch nicht vollkommen dusselig war.

Ich nickte noch einmal. Hedda strubbelte mir mit der Hand über die Haare und atmete hörbar aus. »Wußt ick doch, det ick mir uff dich verlassen kann. Un wennde ma Jeld brauchst, Cora, füren neuet Chaislong oder füren schicken Fummel, dann ...« Sie streckte die Hand aus und zeigte mit dem Finger in Richtung Küche und altes Abzugsrohr.

Ja, wenn ich Geld brauchte, dann war immer die Tante da. Genauso wie vor acht Jahren, als mir ein paar hundert Mark für Möbel fehlten, weil ich endlich eine eigene Wohnung bekam. Und auch jetzt wollte sie für mich da sein, als sie selbst eigentlich schon gar nicht mehr da war. Meine liebe, meine gute Tante Johanna.

Ich legte meinen Arm um Heddas Hals, drückte mein Gesicht an ihre Wange und schwieg.

Dann war ich allein. Ich zog einen Stuhl vom Eßtisch hinüber zu Tantes altem Sekretär, nahm den winzigen Schlüssel, den mir Hedda gegeben hatte, steckte ihn in das metallgefaßte Schlüsselloch in der vorderen Türfront und drehte ihn vorsichtig herum. Das zarte, melodische Klingen einer Spieluhr ertönte. Langsam klappte ich die breite, quer angeschlagene Schranktür heraus.

*Üb' immer Treu und Redlichkeit!* klingelte es tief im hinteren Teil des Schrankes. Oben, über der Schreibtischplatte, hingen untereinander drei mahagonifarbene kleine Kästen. Einen nach dem anderen zog ich langsam heraus.

Unter Briefumschlägen mit alten Kassenzetteln und Einzahlungsbelegen für Miete und Energie fand ich die Police von Tantes Haushaltsversicherung, die Rentenbescheide von Horsti und von der Tante und ihren Mietvertrag.

Darunter, im nächsten Schubfach, lagen in einem großen abgegriffenen Postumschlag die Geburtsurkunden der Familie Ost.

Ich nahm sie vorsichtig heraus und blätterte sie auf. Johanna Friederika Ost, geboren am 2. Juni 1916 in Waltershausen.

Unterschrieben und gesiegelt von einem Standesbeamten des Landes Thüringen. Auch von Tantes Eltern und von allen vier Großeltern waren die Geburtsurkunden, die Urkunden über die Eheschließungen und die Sterbeurkunden dabei.

Meine ordentliche Tante Johanna! Nur bei Horstis Geburtsurkunde ging es nicht ganz so ordentlich zu. Horst Friedrich Leberecht Ost, geboren am 12. Mai 1959 in Waltershausen, Deutsche Demokratische Republik. Mutter: Johanna Friederika Ost, Familienstand ledig. Und dann? Dann hatte der Standesbeamte dezent drei waagerechte Striche gemacht und hatte die Spalte für den Namen des Vaters offen gelassen.

Horsti war also ein Kind, das keinen Vater hatte.

Zumindest nicht auf dem Papier. Das war es also. Ich lächelte. Die bösen Bemerkungen, die Tante Johanna immer wieder über die Männer gemacht hatte, wunderten mich jetzt nicht mehr. Nun wußte ich endlich, woher ihre schlechten Erfahrungen kamen.

Ich legte die Urkunden zurück in den Umschlag und sah in den letzten Kasten hinein.

Nichts lag darin, außer einem kleinen, fest verschlossenen Umschlag, auf den die Tante in ihrer geschwungenen Handschrift geschrieben hatte MEIN TESTAMENT. Ich legte den

Umschlag auf den Eßtisch hinüber, ging zum Schreibschrank zurück und schob die drei Kästen zu.

Das war es. Es war alles da, was Hedda jetzt brauchen würde.

Keine Überraschungen und kein langes Suchen. Die Tante hatte für alles vorgesorgt. Zögernd hielt ich den kleinen Schlüssel in der Hand.

Ich hatte ein Kribbeln im Bauch, als würde ich etwas Verbotenes tun. Und trotzdem fing ich an, noch ein wenig herumzustöbern in Tante Johannas Sekretär.

In den offenen Fächern unter dem letzten Kasten fand ich ein paar leere Umschläge, Briefmarken und Papier. Darunter lagen zwei alte Fotografien und zwei Mitgliedskarten für einen Turnverein und eine Kegelgruppe in Catterfeld bei Waltershausen, die es schon lange nicht mehr gab. Dann kam nichts mehr. Nur noch der Kasten, in dem die Spieluhr war.

Ich tastete an der Rückwand entlang und suchte den Eingang dazu. Irgendeinen Hebel mußte ich dabei berührt haben, denn die Spieluhr begann ihr Lied noch einmal von vorn. Und mit einem leisen Knacken sprang die hintere Wand des Kastens über der Schreibtischplatte heraus.

Ich blickte auf das Skelett der Spieluhr. Eine kleine Walze drehte sich unter einem winzigen, schräg angeschnittenen Kamm aus Metall. Kurze dicke Stifte in der Walze berührten die Zinken des Kammes, zogen sie ein wenig mit sich und ließen sie wieder los. *Üb' immer Treu und Redlichkeit* klingelten die kleinen Metallzinken. Ich setzte mich hin und sah ihnen bei ihren gleichmäßigen, langsamen Drehungen zu.

Cora, mach den Mund zu, hätte die Tante sicher nach einer kleinen Weile zu mir gesagt. Und sie hätte mich, mindestens mit ihren Blicken, für meine Neugier getadelt. Aber ich konnte nicht anders.

Neben der Spieluhr lagen in dem Kasten auch noch zwei kleine Pakete. Einen kleinen Stapel von Briefumschlägen hatte die Tante mit einem kurzen Papierbindfaden zusammengeschnürt.

Ich hob ihn heraus, wendete ihn hin und her und legte ihn vor mir auf die Schreibtischplatte.

Dann siegte meine Neugier über die gute Erziehung der Tante.

Vorsichtig zog ich die kleine Schleife auf. Der erste Umschlag trug als Absender einen Stempel: Magistrat von Berlin. Abteilung Finanzen und Steuern. Ich klappte ihn auseinander und zog ein doppelseitiges amtliches Formular heraus. Quer über der ersten Seite stand mit bedeutsamen fettschwarzen Buchstaben das Wort **Steuerbescheid**. Die einzelnen Spalten hatte ein Mitarbeiter vom Finanzamt mit blauem Kugelschreiber und flinker Schrift ausgefüllt. Frau Johanna Friederika Ost, wohnhaft 1058 Berlin, wurde steuerlich veranlagt und aufgefordert zu einer Nachzahlung von 289.532 Mark. Grund: Nachversteuerung des Wertzuwachses der Sammlung von Antiquitäten, die Frau Johanna Ost besaß.

Ich lehnte mich vor, las die Summe noch einmal und hielt den Atem an. Zweihundertneunundachtzigtausend und fünfhundertzweiunddreißig Mark. Das war mehr als eine viertel Million. Das konnte doch nur ein Witz sein. Ein dummer Witz oder einfach ein Irrtum, weil dem Finanzamt entgangen war, daß die Tante in jedem Monat nur 380 Mark Rente bekam.

Und noch etwas fragte ich mich. Was für eine Sammlung von Antiquitäten war das eigentlich, um die es hier gehen sollte? Ich lehnte mich zurück und begann langsam wieder zu atmen. Sollte es etwa eine viertel Million Mark Steuern kosten, wenn man ein paar Hundert alte Puppen besaß?

Aber sie meinten es ernst. Und falls die Tante es für einen Irrtum gehalten hatte, hatten sie ihr das mit ihrem zweiten Brief abgewöhnt. Wieder der Stempel vom Finanzamt, wieder ein amtliches Formular. Dieses Mal drohten sie ihr mit Pfändung. Für den Fall, daß Frau Ost ihre Steuerschuld nicht bis zum 16. Oktober begleichen würde, wurde ihr die Pfändung der gesamten Sammlung mit Hilfe einer Sicherungsverfügung in Aussicht gestellt.

Ich hielt mich an der Tischplatte fest und sah auf das Datum. Es war der 16. Oktober *diesen* Jahres.

Mir klopfte das Herz bis zum Hals hinauf. Dann wurde mir übel.

Trotzdem nahm ich auch noch den dritten Umschlag in die Hände und klappte auch ihn auf.

Er war nicht mit der Post gekommen. Es war keine Briefmarke zu sehen, und es war auch kein richtiger Absender darauf. Nur in der linken unteren Ecke des Briefumschlages sah ich, in einen hellblauen Fond eingedruckt, ein großes, in vornehmen Schnörkeln verschlängeltes T.

Im Umschlag steckte ein schweres, glänzendes, schneeweißes Blatt Papier. Wieder das weiße T im Briefkopf im oberen Drittel der Seite. Und diesmal lüfteten sie ihr kleines Geheimnis: Das T stand für Trade. TRADE-UNIMEX, Firma für Importe und Exporte aller Art.

Im ersten Moment fühlte ich mich an den alten Konsul Buddenbrook und seine solide, traditionsreiche Familien-Firma erinnert. Aber dann sah ich, ganz unten, unter dem hellblauen Fond, die bedeutsamen Worte, mit denen die Firma ihr Credo beschrieb: Commerziell — Coordiniert — Cooperativ. Für diese drei großen C kamen die Buddenbrooks ein ganzes Jahrhundert zu spät.

Diese Firma unterbreitete Tante Johanna ein großzügiges Angebot. Da Frau Ost Interesse gezeigt hätte, ihre kulturhistorisch so bedeutsame Sammlung von Puppen zu veräußern, wurde ihr kostenfrei die Unterstützung bei der Tätigung der geschäftlichen Transaktionen zugesagt. Der Direktor der Firma TRADE-UNIMEX hatte das eigenhändig unterschrieben: Doktor phil. Günter E. Brendel. Eine runde, hochgeschwungene Unterschrift, wie der Fußabdruck eines springenden Hasen. Der Punkt hinter dem E war dick und schwer wie ein Hasenködel.

Nun wußte ich gar nichts mehr. Ich hielt den Brief in der Hand und sah darauf hinunter. Zum ersten Mal seit einer

Stunde fiel mir wieder das leichte Vibrieren des Fußbodens auf. Unten auf der Wilhelm-Pieck-Straße rasten die Autos vorüber. Alles versuchte scheinheilig so zu tun, als wäre es wirklich noch so, wie es immer gewesen war, völlig unverändert. Ich schob meinen Stuhl zurück, lief hinaus in die Küche und warf mich auf einen Stuhl. Hedda hatte Horsti gerade ins Bett gebracht.

»Jeh noch rüber zu ihm, Cora, er lauert uff dir.«

Aber ich konnte nicht. Ich schüttelte den Kopf und stöhnte leise dabei. In meinem Hals schlug mein Herz aufgeregt wie bei einem Hühnchen im Angesicht der kochenden Brühe. Mein Hals war trocken, und meine Hände waren sonderbar kalt. »Hedda. Gibst du mir einen Schnaps!«

Hedda sah mich an und kniff aufmerksam spähend die Augen zusammen.

Aber sie stellte zwei kleine Gläser auf den Tisch und goß ein. Wir tranken auf ex. »Noch einen, Hedda!«

Sie goß ein, ohne zu fragen. In meinem Hals wurde es ruhiger. Mir wurde angenehm warm.

»Zeich ma her, Cora! Wat haste jefunden?« Sie griff über den Tisch und nahm mir die Blätter, die ich vom Schreibtisch mit herübergebracht hatte, aus der Hand und las. Erst den Steuerbescheid, dann die Mahnung, dann den Brief von der Firma TRADE-UNIMEX. Ihre Hände begannen zu zittern. Aber mehr passierte ihr nicht. Dafür hatte sie ihren Goldbrand.

»Un wat is det hier?« fragte sie schließlich. »Eine Einweisungsvereinbarung für Horsti in ein *Pflegeheim*? In eene richtije Klapsmühle?«

Ich sah sie an. Da war also noch eine Seite, im selben Umschlag wie der Brief der TRADE-UNIMEX. Ich hatte sie nur nicht bemerkt.

Und irgendwie schien mir eine solche Vereinbarung auch nicht zu dem Brief, den ich gelesen hatte, zu passen.

»Was ist das, Hedda? Hat sie das unterschrieben?«

Hedda saß auf dem Küchensofa, ihr kleines rundes Kinn

zitterte nun doch ganz erheblich. Ununterbrochen schüttelte sie den Kopf.

»Ob sie das unterschrieben hat?« fragte ich noch einmal lauter.

Hedda antwortete nicht. Ich zog ihr das letzte Blatt aus der Hand. Der Kopfbogen eines staatlichen Pflegeheimes der Psychiatrie, die Unterschriften von einem Professor Doktor vom Ministerium für Gesundheitswesen und von einer Frau Doktor vom Jugendamt. Aber die Spalte, die für die Unterschrift der Familienangehörigen vorgesehen war, war noch offen.

Leise hörte ich Heddas Stimme. »Von sowat war nie die Rede!« flüsterte sie heiser. »Die Puppen sollten hierbleiben, inne Wohnung. Du solltest sie haben. Un det Horsti, unsa Horsti, sollte nie innen Heim!«

Fünf Minuten lang schüttelte Hedda ihren Kopf hin und her. Dann sprang sie auf und flitzte flink wie ein Kugelblitz in Tantes Stube hinüber. Ich rannte hinter ihr her.

Der Umschlag mit der Aufschrift MEIN TESTAMENT lag immer noch auf dem Eßtisch. Hedda nahm ihn in die Hand, riß ihn auf, zog ein eng beschriebenes Blatt heraus und legte es zwischen uns beide auf den Tisch. Wir beugten unsere Köpfe nebeneinander hinunter und lasen.

Es stand alles so da, wie Hedda es gesagt hatte. Horsti sollte bei Hedda bleiben. Hedda und Horsti bekamen das Geld und die Möbel.

Und ich sollte sämtliche Puppen haben, mit der Auflage, so lange Horsti lebte, alles so zu belassen, wie es jetzt war.

Hedda ließ sich auf einen Stuhl plumpsen und lachte erleichtert auf. »Ick hab et jewußt. Un wat da steht, Cora, det jilt! Det — un nischt annderet. Det is schließlich ihr Testament!«

»Und der Steuerbescheid? Und die Mahnung? Und dieser komische Brief?«

»Mir doch ejal«, sagte Hedda und verschränkte die Arme über ihrem wogenden Busen. »Schnurzpiepejal, da soll kommen, wat will! Wir ham et schriftlich von Hanna. Un allet bleibt so wie et war!«

* * *

Der Montag begann damit, daß ich wieder einmal zu spät kam.

Ich lief im Eilzugtempo die Treppen nach oben, übersprang die letzten Stufen, drückte die Klinke herunter und zog an der Tür.

Nichts rührte sich. Die Tür blieb einfach zu. Aber auch die solideste alte Bibliothekstür kann einmal klemmen. Also rüttelte ich weiter an der Klinke und zog. Es passierte gar nichts.

Natürlich, ich hatte es nicht vergessen: Marion hatte ein Visum bekommen und war nach Ungarn gefahren. Aber warum, zum Teufel, nahm sie dorthin den Bibliotheksschlüssel mit?

Ich stellte meine Handtasche vor die Bibliothek, klaute mir einen weißen Kittel von der Hakenleiste vor der Versuchstierhaltung und lief die Treppe hinunter, um I. Lehmann zu fragen, wo ein Nachschlüssel zu finden war.

I. Lehmann grinste. Der Zahnstocher wanderte langsam zwischen seinen Lippen quer durch seinen Mund.

»Du warst so schnell vorbei heute morgen, Cora, sonst hätte ick es dir schon gesagt.«

»Was hättest du mir gesagt, Ingo?«

»Ich heiße nicht Ingo. Ich hätte dir gesagt, wo der Schlüssel is.«

So, das wußte er also. Aber in der Zeit, in der er seinen Zahnstocher einmal von einem Mundwinkel in den anderen kaute, wäre ich wahrscheinlich dreimal durch die Eingangshalle gerannt.

»Und wo ist er, Ingomar?«

Der Zahnstocher wanderte weiter. Dann hob er seine Hand langsam vor mir in die Höhe und klappte sie dicht vor meinem Gesicht auf.

Das kleine Schlüsselbund fiel zwischen uns auf die Tischplatte.

»Wie kommt denn der Schlüssel zu dir?«

Er sah mich an. Kauen, kauen, kauen. »Den hast du doch selber am Freitag zu mir gebracht.«

»Wer? Ich?«

Ingmar grinste und zog das große Schlüsselbuch aus dem Regal hinter seinem Rücken. »Ist das hier etwa nich deine Unterschrift?«

Er blätterte die Seite auf, und wir sahen beide gemeinsam hinein.

Es war meine Unterschrift. Oder es sah zumindest ein wenig so aus. Schlüsselrückgabe: Freitag, 19. August 89, Abgabezeit 16.50 Uhr. C. Ost.

»Zufrieden, Cora?« Er grinste.

Ich grinste zurück. Entweder er oder Marion oder beide gemeinsam hatten sich mir zuliebe eine unwahrscheinliche Mühe gemacht.

Ich kniff ihn in die Wange, nahm meinen Schlüssel von seinem Tisch und ging wieder zur Treppe.

Oben hängte ich den Kittel zurück vor die Labortür, packte den neuen Krimi über Eigentumsdelikte auf einer sozialistischen Baustelle auf meinen Bücherkarren und zog meinen eigenen Kittel an. Dann machte ich mich auf den Weg. Ich hatte es eilig heute.

Wenn ich es schaffen könnte, in zweieinhalb Stunden fertig zu sein, konnte ich vielleicht noch vor der Mittagspause Professor Seekamp sehen. Ich schloß die Tür hinter mir ab und schob mit meinem Bücherkarren los. Drinnen, auf meinem Schreibtisch, klingelte das Telefon. Ich nahm den Schlüssel wieder in die Hand, steckte ihn ins Schloß und zögerte. Ich hatte es wirklich eilig. Also zog ich den Schlüssel ab, ließ das Telefon klingeln und ging.

Drei Minuten vor zwölf hielt der Fahrstuhl im unteren Keller. Die Tür ging auf, und ich begann zu frösteln. Oben im Foyer, wo ich den Fahrstuhl bestiegen hatte, war es sonnig und warm. Hier unten war es zwar nicht gerade kalt und finster. Aber ich wußte, wohin ich jetzt zu gehen hatte, und ein frostiges Kribbeln glitt mir über die Haut.

HIER AUSSTEIGEN FÜR PATIENTEN VERBOTEN bestimmte ein Schild an einer der wuchtigen Säulen gegenüber der Fahrstuhltür. An einer anderen Säule, weiter hinten im Keller, lehnte Professor Seekamp.

Ich stieg vorsichtig aus dem Fahrstuhl aus. Der Professor riß seine kurzen Arme nach oben, lachte und sprang elastisch wie ein Tennisball auf mich zu.

Jedesmal, wenn ich ihn im Abstand von einigen Wochen wiedersah, sah er kleiner und rundlicher aus als beim letzten Mal. Die welligen weißen Haare unter seiner Halbglatze hüpften bei jedem Schritt.

Sein weißer Kittel wehte mit langen Schößen hinter ihm her. Auf dem hochgeschlossenen Kragen seines schneeweißen Oberhemdes thronte wie immer eine schwarze Fliege.

»Cora, liebe Kollegin! Wie entzückend von Ihnen, daß Sie mich beehren!«

Er schloß mich in die Arme. Sein Kittel und sein Oberhemd rochen nach Desinfektionsmitteln, nach Jod und nach kampfervergälltem Äthanol. Ich hatte acht Jahre Zeit gehabt, mich an diesen Geruch zu gewöhnen, der zu ihm gehörte wie die traurigen Moll-Töne zu einem Kaffeehausklavier. Also hielt ich den Atem an und drückte meine Nase an seinen Kittel.

Dann gaben seine kurzen Arme mich frei, und es wurde wieder ein wenig besser mit meiner Luft. Er klemmte meine Hand fest unter seinen Ellenbogen und zog mich nach hinten, immer weiter in den Keller hinein.

Der Professor ging neben mir, sah mich von der Seite an und schwieg. Vor der großen feuersicheren Eisentür am Ende des Ganges blieb er stehen und wühlte in der Tasche seines weißen Kittels nach seinem Schlüsselbund.

EINTRITT VERBOTEN! stand auf dem alten, schwarz umrandeten Holzschild neben der Tür. Er schloß auf.

»Auf denn, ins unentdeckte Land, von des Bezirk kein Wandrer wiederkehrt.« Seine Stimmte krächzte und überschlug sich piepsend in der Höhe. Mit einer kleinen Verbeugung hielt er für mich die Tür auf und ließ mich eintreten in sein Reich. Hinter mir steckte er den Schlüssel von innen ins Schloß und versperrte die Tür wieder sorgfältig.

Dann übernahm er die Führung und lief mit kurzen, hüpfenden Schritten und weit ausholenden Schwüngen seiner Arme voran. Ich folgte ihm in das Labyrinth der Gänge.

Wohltemperierte Kälte schlug mir entgegen. Die Wände waren weiß und fleckenlos wie frischgefallener Schnee. Lange Reihen von Leuchtstofflampen leuchteten die Gänge hell und gleichmäßig aus. Keine Spinnweben, keine finsteren, geheimnisvollen Winkel und Ecken. Und trotzdem bekam ich nun eine Gänsehaut.

Hinter einer schmalen, verschlossenen Drahtgittertür stand eine hüfthohe Kühltruhe, lang und tief wie ein Sarg. Der Professor blieb stehen, richtete den rechten Arm zum Himmel und wies mit dem linken auf die Tiefkühltruhe. »Oh, welch ein edler Geist ist hier zerstört!« Er rollte seine Augen angestrengt hin und her wie Hamlet am Rande des Wahnsinns und lachte meckernd dazu.

Natürlich wußte ich, daß in der Truhe nur wärmeempfindliche Chemikalien lagen, aber ich nahm schnell seinen Arm und schob den Professor weiter voran.

Wir näherten uns der zweiten feuersicheren Eisentür. Professor Seekamp stieg vor mir die Stufen hinab, steckte den Schlüssel ins Schloß und öffnete sie. Diese Tür war viel schmaler und niedriger als die Tür am Eingang der Pathologie. Für zwei Menschen nebeneinander war sie viel zu klein. Ich zog den Bauch ein und zwängte mich mühsam an ihm vorbei.

»Hast du zur Nacht gebetet, Desdemona?« raunte seine krächzende Stimme dicht neben meinem Ohr.

»Jetzt reicht's aber, Herr Professor.«

Er ließ die Tür hinter uns ins Schloß fallen und sah mich erstaunt an.

Wir waren im hinteren Teil der Gänge angekommen, an der Rückseite des Seziersaales. Hier begann die wirkliche Kälte. Professor Seekamp hob seinen Arm und deutete auf eine angelehnte Tür, durch die ein heller Lichtschein nach außen fiel. Durch den Türspalt sah ich das Blinken der blankgeputzten Metallplatte eines Arbeitstisches. Ein unförmiger Körper in grünlichem Hellbraun lag darauf. Irgendwo in der Tiefe des Raumes klirrten metallische Instrumente. Das Surren eines Motors ertönte, wie von einem übermäßig großen Rasierapparat. Ich blieb stehen und starrte auf den Türspalt. Meine Hände begannen zu zittern. Professor Seekamp war sofort neben mir.

»Sehen Sie nicht hin, Cora. Gucken Sie dort rüber, auf die andere Seite.«

Ich wandte gehorsam den Kopf ab.

Der Warteraum für die Angehörigen lag eine halbe Treppe höher, in einem wärmeren Teil des Kellers. Seine Wände hatten nicht das sterile Aussehen der anderen Räume. Sie waren in psychologischem Tiefsinn mit beruhigend hellgrüner Ölfarbe bekunstet worden.

Zeitlos und unvergänglich wie sonst nichts auf der Welt hingen Van Goghs *Sonnenblumen* und Dürers *Gefaltete Hände* daran und verbreiteten die besinnliche Gemütlichkeit einer Friedhofskapelle.

Es saß kein Besucher darin. Professor Seekamp führte mich zwischen den dunklen, blank polierten Ledersofas hindurch in einen anderen, kleineren Gang. Hier schloß er die Tür zu seinem Arbeitszimmer auf.

Ich ließ mich in einen der schweren Sessel fallen und holte tief Luft. Der Duft von frisch aufgegossenem schwarzen Tee füllte das Zimmer. Der Professor legte zwei Stückchen Zucker in ein Jenaer Glas, goß dampfenden Tee darüber und reichte es mir auf einer Untertasse.

Sobald ich die Untertasse in der Hand hatte, fing das Glas darauf leise an zu klappern. Professor Seekamp blickte mich an.

»Sie sind heute nicht zu Scherzen aufgelegt, Cora?« Er musterte mich von oben bis unten. »Und Sie tragen Schwarz?«

Ich nickte. »Meine Tante Johanna ist am Freitag gestorben.«

Er räusperte sich kurz. »Mein Beileid, Cora. Das tut mir leid.«

Ich wußte, wie häufig er diesen Satz sagen mußte. Aber es klang nicht abgegriffen und nicht kalt. Ich nahm seine Hand.

»Ich habe eine Bitte an Sie, Herr Professor. Wegen der Puppen, die meine Tante gesammelt hat. Ich glaube, ich bekomme Schwierigkeiten damit. Ich sehe da einfach nicht durch.«

»Puppen?« fragte er leise. »Eine Puppensammlung?« Er schien plötzlich etwas zu begreifen. »Sie sind das also, Cora. Von Ihnen redet ja schon das ganze Charitas.«

Das Teeglas in meinen Händen begann wieder lauter zu zittern. Er nahm es mir ab und stellte es auf seinen Arbeitstisch. Dann zog er sich einen Stuhl neben meinen Sessel und setzte sich neben mich. »Ein Arzt von den Sanka-Besatzungen erzählt das überall herum. Eine Puppensammlung, die vielleicht Millionen wert ist. Und eine kleine ...« Er unterbrach sich.

»Eine kleine was, Herr Professor?«

»Entschuldigen Sie, Cora, das sind nicht meine Worte: Eine kleine graue Maus, die das alles erbt.«

Er hielt mir die Untertasse mit dem Teeglas hin und ließ mich trinken. Umsichtig stellte er alles zurück auf den Tisch. »Sie müssen auf sich aufpassen, Cora. Wissen Sie, wie reich Sie jetzt sind?«

Ich schüttelte den Kopf und faßte nach meiner Handtasche. Dann legte ich ihm den Steuerbescheid und die Pfändungsandrohung auf den Tisch.

»Ich bin nicht reich, Herr Professor. Sehen Sie mal!«

Er griff nach den Blättern, holte seine Brille aus der Tasche seines Kittels und las. Ich hoffte, er würde zu lachen anfangen.

Aber er lachte nicht. Im Gegenteil. Als er das Blatt mit der Mahnung vor seine Augen hielt, machte er ein bedenkliches Gesicht.

»Das sieht nicht gut aus, Cora, mein Kind.«

»Sie meinen, das ist ernst gemeint?«

»Ganz ernst. Die lassen nicht mit sich spaßen. Da geht es um zu viel Geld.«

»Muß ich das etwa bezahlen? Eine viertel Million? Herr Professor, in jedem Monat verdiene ich ungefähr achthundert Mark!«

Er nickte. »Zahlen müssen Sie, wenn Sie der Erbe sind. Ich sehe keinen anderen Weg.« Er sah noch einmal auf das Datum der Mahnung.

»Und machen Sie das sehr schnell!«

Ich sagte nichts. Ich saß einfach nur da und sah ins Leere. Der Brief mit dem Angebot der Firma TRADE-UNIMEX fiel mir ein. Ich zog ihn aus meiner Tasche und legte ihn vor dem Professor auf den Tisch.

»Meinen Sie, ich könnte ein paar Puppen verkaufen? Nur so viele, daß es ausreicht für diese Steuerschuld.«

Er las langsam und gründlich und zog die Schultern nach oben.

Dann saß er still da und überlegte. »Ich weiß nicht, Cora. Ich weiß es nicht. Sie müssen vorsichtig sein. Ich habe da schon Sachen gehört. Im letzten Sommer hat ein Kollege von einem Antiquitätensammler in Dresden erzählt. Dem hat die Steuer die ganze Sammlung ...«

Ich zuckte zusammen. »Was haben die gemacht?«

Er schüttelte den Kopf und sprach nicht weiter. Konkreter

zu werden und mir alles zu sagen, was er darüber wußte, das tat er mir nicht an.

Wir saßen da, tranken unseren Tee und schwiegen. Ich wartete auf eine klare Anweisung, auf ein deutliches Wort. Er sollte mir sagen, was ich von diesen Briefen zu halten hatte und was ich dagegen tun könnte. Und dann wollte ich machen, wozu er mir geraten hatte, artig und brav wie ein Jungpionier, genau das. Aber er sagte nichts. Er wendete den Brief mit dem Angebot in seiner Hand hin und her und sah hilflos darauf hinab.

* * *

Am Mittwoch morgen tuschelte ein neues Gerücht durch das Charitas.

Ich stand im Foyer, am Empfang bei I. Lehmann, und beugte mich über das neueste Berliner Fernsprechbuch. Unter T wie TRADE gab es keine Eintragung. Und es stand auch nichts unter U wie UNIMEX. Aber da sie auf ihrem protzigen hellblauen Briefkopf nicht einmal ihre Adresse bekanntgegeben hatten, war dieses ehrgeizige Telefonbuch, das ordentlicher und übersichtlicher sein wollte als Krauses Opernführer, meine einzige Chance. Also blätterte ich und suchte weiter.

Vielleicht hatten sie es woanders eingetragen. Vielleicht war ihnen dieses englische Wort im Telefonbuch der Hauptstadt der DDR ganz einfach suspekt. Bei uns gab es kein *trading*, bei uns wurde bestimmt nur sozialistisch *gehandelt* und gar nichts sonst. Unter H wie Handel fand ich auch nichts, was mir weitergeholfen hätte. Ich legte den Finger zwischen die Seiten, blätterte zwischen den Buchstaben hin und her und dachte nach. An welcher Stelle, unter welchem Stichwort hatten sie diese Firma versteckt? So eine Firma brauchte Kontakte und Beziehungen, sie mußte erreichbar sein für jeden, der sie erreichen wollte. Irgendwo mußte also ihre Eintragung sein.

»Cora«, flüsterte I. Lehmann neben meinem Ohr. »Cora, hast du schon gehört? Der Wiesner ist nicht zurückgekommen.«

Ich sah unwillig von meinem Telefonbuch hoch. »Was für ein Wiesner, Ingo? Und wo ist der?«

»Ich heiße nicht Ingo, Mädchen.« Er grinste. »Den Wiesner meine ich, diesen Oberarzt aus der Kardiologie. In Wien ist er geblieben. Ist nicht wiedergekommen, nach so'nem ollen Kongreß.«

Er zeigte seine lückenhaften Zahnreihen und lachte breit.

»Warum grinst du so, Ingomar?«

»Warum? Ick freu mir über jeden, der hier abhauen kann. Auch wenn's nur so ein oller Oberarzt is.« Er schob das Telefonbuch zur Seite, holte einen kleinen, eng beschriebenen Zettel aus seiner Tasche und legte ihn vor sich auf den Tisch. »Guck mal, Cora! Das is heute morgen gekommen. Muß ein Vermögen gekostet haben. Die Mädchen aus der Telefonzentrale haben das abgeschrieben für mich.«

Ich rückte ein bißchen näher heran und las. DRINGENDES TELEGRAMM. ABSENDER HOTEL KRONPRINZ LOUIS, WIEN. SEHR GEEHRTE FRAU OBERIN. WERDE HEIMREISE NICHT ANTRETEN. KANN ES NICHT MEHR MIT MEINEM GEWISSEN VEREINBAREN, DASS ...

»Lies schneller, Cora, los, lies!« Ich überflog die nächsten Zeilen. Es stand ziemlich genau das gleiche darin, was Marion mir gesagt hatte bei unserem Streit. Kein Intrasystosan und keine Hyperspectrolot-Karditoren und keine Möglichkeit, etwas zu ändern daran. So weit hatte ich schon gelesen. Dann zog I. Lehmann mit einem schnellen Schwung die Abschrift von Wiesners Telegramm unter das Telefonbuch.

»Na, ihr beiden.« Der rote Hannes vom Betriebsschutz stand plötzlich dicht neben uns. Er flegelte sich in seiner grauen Uniform über den Rezeptionstisch und näherte sich langsam meinem Gesicht. Er hatte noch weniger Zähne im Mund als I. Lehmann.

»Was habt ihr denn für Geheimnisse?«

»Hau ab, Hannes«, sagte Ingfried und schob seine Schulter vor die von Hannes. »Wenn meine Freundin un ick miteinander tuscheln, dann sperrst du deine großen Ohren hier nicht auf!«

Hannes guckte von einem zum anderen. Er witterte wie ein Jagdhund, daß wir uns gerade über den verschwundenen Wiesner unterhalten hatten, und er suchte mit den Augen nach dem Zettel zwischen uns, auf dem Tisch. Zum Glück kam er nicht darauf, unter das Telefonbuch zu sehen.

»Diese Hinterhofflanze!« Ingos Mund war dicht neben meinem Ohr.

»Wenn du Hannes mit 'ner Taschenlampe zu einem Ohr reinleuchtest, kommt das Licht zum anderen Ohr wieder raus. Wenn die, die auf uns aufpassen sollen, man bloß alle so saublöd wären wie der.« Ingwart gackerte schrill und laut, aber mein Lachen war kläglich und klang ziemlich gequält.

»Was ist denn so komisch an mir?« Hannes war empfindlich wie eine frisch gepflanzte Mimose.

»Hau ab hier!« sagte Ingmar noch einmal drohend. Diesmal klang es ernst, ganz anders als beim ersten Mal. »Hau ab, Hannes, sonst kriegst du von mir an die Glocke, bis es läutet.«

Hannes drehte sich um und zog beleidigt von dannen. Und mir wurde auf einmal fürchterlich schlecht. Ich nickte Ingwart kurz zu und lief quer durch das Foyer in den Südflügel zur Seitentreppe.

Immer zwei Stufen nahm ich auf einmal. Noch im Laufen suchte ich in meiner Kitteltasche nach meinem Schlüsselbund. Ich glaube, ich fing sogar im Treppenhaus schon an zu heulen.

Oben, im Dachgeschoß, kam ein Mann die Treppe herunter und auf mich zu. Ich kannte ihn nicht, es war niemand aus dem Krankenhaus.

Ein weites schwarzes Jackett hing lässig über seiner Schulter. Er war groß und breit wie Tante Johannas Kleiderschrank, aber er lief geschmeidig wie ein Panther die Stufen hinab. Ein kleiner, in gelbliches Seidenpapier eingeschlagener Blumenstrauß baumelte winzig an seiner linken Hand. Er lächelte, hob seine Schrankschultern ein Stück zur Seite und ließ mich vorbei.

Dann öffnete er den Mund und sah mich an.

Ich blieb stehen, strich mir mit dem Ärmel über das Gesicht und ließ meine Tränen verschwinden. Die alte Regel für den Umgang mit Patienten mußte immer befolgt werden: fröhlich und sorglos lächeln, egal, was auch immer passiert.

Er stand vor mir, lächelte vorsichtig, hob langsam seine Hand und strich sich damit über sein kurzgeschnittenes Haar. Aber er fragte nichts.

»Sie sind falsch hier!« sagte ich leise. Ich guckte hinunter auf seinen Blumenstrauß. »Hier oben ist für Patienten kein Zutritt. Wenn Sie jemanden besuchen wollen, dann gehen Sie die Treppe wieder hinunter. Die Stationen sind unten, im ersten oder im zweiten Stock.«

Er zögerte und rückte noch ein Stückchen weiter zur Seite. Dann nahm er seine riesige Hand von seinem Kopf herunter und fing leise an zu sprechen. Aber ich hörte ihm nicht mehr zu. So uneinsichtig und rücksichtslos durften bei mir höchstens die Patienten von der Chirurgie oder von der Onkologie sein. Ich drehte mich um und lief einfach weiter, die Treppe hinauf.

Aufgeregt, mit zittrigen Händen schloß ich die Bibliothekstür auf. Jetzt waren alle Schleusen offen. Ich rannte zum Schrank und wühlte in meiner Handtasche nach einem Kriepa-Taschentuch. Dann schmiß ich mich heulend an meinen Schreibtisch. An den Schreibtisch, der vor vier Tagen noch unser Schreibtisch gewesen war. Ich drückte mein Taschentuch zwischen den Händen und sah nach draußen. Auf die dunkelgrünen Blätter der Kastanie vor dem Bibliotheksfenster, auf die winzigen Früchte, die zwischen den Zweigen hingen, und auf den Himmel, der strahlendblau war und furchtbar leer. Mehr machte ich nicht. Ich saß da und konnte mich einfach nicht mehr rühren.

Irgendwann riß ich mich davon los und ließ meine Blicke über unsere Schreibtische wandern. Ich sah über die zerlesenen Bücher, die auf meinem Schreibtisch gestapelt waren, meine Scheren und Bleistifte, die Klebstoffflasche und meine Kalender. Und ich sah hinüber auf Marions Schreibtischplatte, die ordentlich abgeräumt war und vollkommen leer. Nicht einmal das kleine Gläschen mit den Büroklammern und den Bleistiften war noch da. In der Mitte zwischen beiden Schreibtischen saßen Mieze Schindler und Pythia, Seite an Seite, und hielten einander die Hand.

Mach was, Cora, sagte Mieze Schindler leise und schüttelte ihre Mähne nach hinten. Mach was, Cora, oder willst du nicht wissen, ob sie noch mal wiederkommt?

Die macht nichts, flüsterte Pythia. Gar nichts wird sie machen, das wissen wir schon.

Ich nahm Pythia am Rücken und drehte ihre allwissenden Augen zur Wand. Und dann tat ich das, wovor mich nun nichts und niemand mehr bewahren würde. Das, was ich machen mußte, bevor irgendwelche Herren in Windjacken kommen würden, um es selber zu tun. Ich schob meinen Stuhl zurück, ging hinüber zu Marions Schreibtisch und zog langsam die Fächer auf.

Sie waren leer. Das obere Schubfach, das zweite Fach und das dritte. Da war nichts mehr. Marion hatte sie alle sorgfältig ausgeräumt. Dafür hatte sie also meinen Bibliotheksschlüssel gebraucht.

Mir kamen schon wieder die Tränen. Umständlich und ungeschickt zog ich den vierten, den untersten Schubkasten auf. Das heißt, ich wollte ihn aufziehen. Ich beugte mich hinunter und rüttelte vorsichtig daran. Aber er war verschlossen.

Das war kein Problem für mich. Jedenfalls kein Problem, das ich nicht lösen könnte. Seit Marion und ich festgestellt hatten, daß es in der Bibliothek keinen unverschlossenen

Platz gab, den die Oberin nicht hin und wieder in Augenschein nahm, hatten wir ein gutes Schlüsselversteck. Ich ging zum Geschirrschrank hinüber, nahm den Deckel von der kleinen Dose aus gelblichem Colditzer Steingut und schob meine Fingerspitzen vorsichtig hinein. Der Zucker war trocken und körnig wie Sand. Ich zog den Schlüssel heraus, wischte die Zuckerkrümel herunter und schloß das Schreibtischfach auf.

Ich weiß nicht, was ich erwartet hatte, darin zu finden. Marions Abiturzeugnis vielleicht und die Diplom-Urkunde von ihrem Hochschulstudium, die ich ihr irgendwann nachschicken könnte. Ihren Wohnungsschlüssel zur Aufbewahrung oder ihren geerbten Schmuck. Aber an so etwas hatte sie nicht gedacht. Das einzige, was in dem Schubkasten lag, war ihr dicker roter Pullover. Ich nahm ihn heraus und legte vorsichtig meine Wange daran. Ein winziger Hauch von Marions Parfüm stieg mir in die Nase. Ich schluckte schnell.

Dann beugte ich mich hinunter und nahm den Zettel heraus, der unter dem Pullover in dem Schubkasten lag. Dieser Zettel war ein richtiger kleiner Brief. Ein Bogen weißes Schreibmaschinenpapier, beschrieben mit Marions ordentlichster Schrift. »Liebe Cora! Bitte sei mir nicht böse. Wenn man flüchten will, sagt man es vorher auch seiner besten Freundin nicht.«

Danke, das war es. Nun war ja alles klar, das würde ich endlich einsehen müssen. Ich schmiß die leeren Schubkästen zu, einen nach dem anderen. Dann lauschte ich.

Kurze energische Schritte knallten den Flur herunter und näherten sich der Bibliothek. Daß es nun Ärger geben würde, das wußte ich sofort. Ich stopfte Marions Pullover zurück in das letzte Schreibtischfach, schob den Brief darunter, schloß ab und steckte den Schlüssel in meine Kitteltasche. Dann rannte ich hinüber zu meinem Schreibtisch, setzte mich hin und rührte ich mich nicht mehr. Ich horchte auf die Schritte, die sehr schnell näher kamen, und starrte wie gebannt auf die Tür.

Sie klopfte nicht an. Das war nicht ihre Art, wenn sie wütend war. Sie riß die Tür auf, walzte herein wie ein altes Schlachtschiff und rammte die Tür hinter sich zu. Dann stand sie schnaufend vor meinem Schreibtisch.

»Ihre Kollegin möchte ich sprechen. Sofort.«

Ich sah sie an. Ihr Atem ging schnell und hastig. In ihrem Hals war ein breiter Sehnenstrang angeschwollen und klopfte aufgeregt. Ich wußte, was sie von mir wissen wollte. Aber wie ich ihr das sagen sollte, das wußte ich nicht.

»Wo Ihre Kollegin ist, will ich wissen! Die war doch befreundet mit diesem Wiesner. Wo ist sie? Antworten Sie mir!«

Ich zuckte die Schultern. »Ich weiß nicht, wo sie ist.« Dann biß ich die Zähne zusammen und sprach weiter. »Ich denke, sie ist im Urlaub.«

Ihr Gesicht lief dunkelrot an. »Wo ist die?«

»Im Urlaub. In Budapest«, sagte ich noch etwas leiser.

Schlagartig verengten sich ihre Augen zu winzigen Schlitzen. Jetzt wurde ihr alles klar. »Das kann nicht sein«, schrie sie. Ihre Finger krampften sich um den Rand meiner Schreibtischplatte und wurden schneeweiß. »Die ist gefahren ohne Urlaubschein! Und ein Visum für Ungarn wird jetzt nur noch ausgehändigt, wenn der Betrieb vorher Bescheid weiß. Und ich weiß davon nichts, gar nichts!«

Davon wußte ich auch nichts. Aber was half das jetzt noch. Pannen gab es schließlich überall. Im Charitas wurde ein Blinddarm herausgenommen, wenn eigentlich die Gebärmutter extrahiert werden sollte. Und die Polizei händigte Visa aus und vergaß eine Meldung dazu.

»Wie lange wird sie weg sein, Ihre Kollegin?«

Ich zuckte noch einmal die Schultern und schwieg. Wie lange Marion wegbleiben würde, das wußte ich nicht. Aber wenn ich eine Schätzung abgeben sollte, so ungefähr zwanzig bis dreißig Jahre würden es sicher sein.

»Die Kollegin soll sich bei mir melden, wenn sie wiederkommt. Das gewöhnen wir ihr noch ab!«

Ich nickte. Ja, sicher, das hatten sie ihr schon abgewöhnt.

Sie sah auf mich herunter. Die Blicke aus ihren Sehschlitzen glitten wachsam wie ein Leuchtfeuer über unsere Schreibtische. Langsam, Strich um Strich. Sie blieben hängen an Mieze und Pythia.

Plötzlich lockerte sich der Griff ihrer Hände. Für einen Moment glättete sich ihr zusammengepreßtes Gesicht. Sie lehnte sich weit über die Schreibtischplatte hinüber und griff nach Mieze, vorsichtig und behutsam.

»Eine schöne Puppe ist dazugekommen, Fräulein Ost.« Sie drehte Mieze Schindler hin und her und betrachtete sie mit ihrem kurzsichtigen Blick. Dann sah sie mir aufmerksam ins Gesicht.

Ich sagte nichts. Das war keine Geistesgegenwart oder ein besonders vorsichtiges Verschwiegensein, daß ich ihr nicht gleich auf die Nase band, wie diese Puppe auf meinen Tisch gekommen war.

Es war einfach nur meine übliche lähmende Angst. Ich saß da, sah zu ihr hoch, in ihre wachsamen, sich langsam wieder verengenden Augen, und lächelte sie an.

Dann ging sie. Ihre Schritte walzten knallend über den Flur und verloren sich irgendwo im üblichen Lärm des Charitas.

Ich nahm den Schlüssel von meiner Schreibtischplatte und schloß hinter ihr ab. Ich wollte alleine sein. Und ich brauchte Zeit. In Anbetracht der dreißig Jahre, die noch vergehen müßten, brauchte ich sogar sehr viel Zeit. In dreißig Jahren würde ich Rentnerin sein und einen Reisepaß bekommen. In dreißig Jahren würde ich in den Westen fahren können und Marion wiedersehen. In dreißig Jahren, und nicht einen einzigen Tag eher.

Ich ging noch einmal hinüber zu Marions Schreibtisch, schloß das unterste Schreibtischfach auf und nahm diesen seltsamen Brief in die Hand. Ich las diese Zeilen, las sie noch einmal und merkte, daß ich wieder einmal gar nichts verstand.

Das stimmte nicht, was sie da geschrieben hatte. Sie hatte es mir gesagt, daß sie weggehen würde, mehr als nur einmal. Und jedesmal waren ihre Worte ein wenig deutlicher gewesen. Sie hatte Mieze Schindler mit in die Bibliothek gebracht und hatte sie mir zurückgegeben. Sie hatte mir vom Intrasystosan erzählt. Und im Café Berger hatte sie klipp und klar gesagt, daß ich ganz alleine sein würde mit Tante Johannas Beerdigung. Aber ich hatte ihr nie richtig zugehört. Ich hatte nichts davon wissen wollen, und sie hatte das schließlich akzeptiert.

Und warum schrieb sie nun so einen Unsinn? Warum in dieser ordentlichen Schrift auf einem so großen, ordentlichen Blatt? Marions Nachrichten an mich standen klein und kaum leserlich auf knittrigen kleinen Leihscheinen. Und sie steckten vielleicht zusammengefaltet unter Pythias Pappfüßen fest. Warum also so, und nicht so wie immer? Warum?

Ich zog Mieze über den Schreibtisch herüber zu mir und nahm sie in den Arm. Dann nahm ich mir auch noch Pythia und hielt mich an ihr fest. Wenn nur die Tante noch da wäre, wenn ich sie fragen könnte.

Denk nach, Cora, würde die Tante sicherlich sagen. Und vor allen Dingen — mach deinen Mund zu.

Ich nahm meine rechte Hand und tastete damit über mein Gesicht.

Natürlich, mein Mund stand weit offen. Ich klappte ihn zu. Und dann brauchte ich immer noch eine ganze Weile, bis ich endlich verstand.

Dieser große Brief war keine Nachricht für mich. Er war für die anderen bestimmt. Für die Oberin mit ihren bohrenden Fragen und Unterstellungen. Und für die, die vielleicht noch kommen würden, um mich zu befragen, warum ich nicht gemeldet hatte, daß meine Kollegin bei der Vorbereitung einer Republikflucht war.

Jetzt, mit diesem Brief in meiner Hand, konnten sie mir nichts mehr tun. Das alte Schlachtschiff würde brüllen und vor Wut schnauben. Wenn ich mir das vorstellte, wurde mir ziemlich flau.

Lieber hätte ich den Brief zerrissen und wäre auf die Stationen gegangen, die für heute nachmittag auf meinem Arbeitsplan standen.

Vor ein oder zwei Wochen noch hätte ich das sehr wahrscheinlich so gemacht.

Ich wählte das kleinere Übel. Nein, ich ging nicht auf meine Stationen. So feige war ich nun auch wieder nicht.

Ich zog meinen Kittel aus und hängte ihn an seinen Haken. Dann nahm ich Marions Brief, schloß die Bibliothek hinter mir zu und machte mich auf den Weg zum Oberinnenbüro.

* * *

Ein Tag verging und ein zweiter. Es kochte und brodelte im ganzen Charitas.

Auf den Gängen standen die Stationsschwestern, steckten die Köpfe zusammen und redeten über Wiesners Flucht. Oder darüber, wie viele Flüchtlinge nun schon in Ungarn waren. Ein paar Hundert. Ein paar Tausend vielleicht. Vor ein paar Wochen noch waren sie auseinandergegangen oder hatten zu reden aufgehört, bis ich mit meinem Bücherkarren an ihnen vorüber war. Und mehr als zwei oder höchstens drei Schwestern hatten nie zusammengestanden. Jetzt hing ein Informationsblatt von der Umweltbibliothek der Kirche im Flur der Chirurgischen Station. Ein kleines, eng beschriebenes Blatt.

Jeden Morgen riß irgend jemand es von der Wandzeitung herunter, und spätestens am Mittag hängte irgendein anderer wieder ein neues Informationsblatt an.

Inzwischen standen ganze Stationsbesatzungen davor und redeten aufgeregt miteinander. Wenn ich vorüberfuhr, redeten sie lautstark weiter. Es war ihnen egal, ob jemand in ihre Nähe kam und hörte, um was es ging.

Ich hätte stehenbleiben können und mitreden. Keiner hätte etwas dagegen gehabt. Aber ich konnte nicht. Sobald ich an Ungarn und an die Flüchtlinge dachte, saß sofort ein dicker Frosch in meinem Hals fest, und meine Augen begannen zu schwimmen. Ich wollte es gar nicht erst wissen, ob es zweihundert Flüchtlinge waren oder zweitausend, die in Budapest im Garten der Botschaft saßen und auf ihre Ausreise warteten. Ich interessierte mich sowieso nur für Marion.

In der Kantine, vor dem Buffet mit den geriebenen Möhrchen und dem geraspelten Sellerie, stand auch so eine Gruppe und redete sich heiß. Ich schob mich an ihnen vorbei und häufte Gemüse auf meinen Teller. Da legte jemand von hinten seine Hand auf meinen Arm. In der Gruppe neben mir wurde es still. Ich drehte mich um. Der Parteisekretär stand hinter mir und lächelte freundlich in die Runde.

»Genossin Ost, kommen Sie doch bitte mal!«

Ich blieb stehen und stellte meinen Teller ab. Dieser Parteisekretär war wirklich noch schlimmer als unsere Oberin. Der steckte sich sein Bonbon mit den Schüttelhänden sogar an der Kragenecke von seinem weißen Kittel an. Und seine Genossin war ich nicht, das wußte der ganz genau.

»*Kollegin*«, verbesserte ich leise. »Kollegin Ost.« Er verstand sofort.

»Also bitte, Kollegin Ost.« Er zog eine kleine hellgraue Karteikarte aus seiner Kitteltasche und hielt sie mir vor mein Gesicht. Acht oder neun oder zehn Zahlen standen darauf.

»Was ist das?«

»Eine Telefonnummer, Kollegin Ost. Nur für Sie. Das habe ich heute bekommen. Sie sollen dort anrufen, man bittet Sie herzlich darum. Ganz dringend.«

Er lächelte wieder und drehte sich auch zu den anderen Kollegen um. Wie ein Schauspieler, der testet, ob es aufwärts oder abwärts geht mit seiner Popularität. Mit meiner Popularität ging es in galaktischer Geschwindigkeit abwärts. Alle starrten mich an. *Man* bittet mich herzlich. Eine geheimnisvolle Telefonnummer soll ich anrufen. Und das vom Parteisekretär, mitten in der Kantine, vor allen Kollegen! Ich griff schnell nach dieser kleinen grauen Karte und zog sie ihm aus der Hand.

»Ist sonst noch etwas?«

Er stand da und lächelte dümmlich. Applaus, Applaus!

»Wenn Sie weiter nichts von mir wollen, dann kann ich ja gehen!«

»Aber sicher, Kollegin.« Er reichte mir seine schwitzigen Finger und schüttelte mir die Hand. Ganz herzlich.

»Auf Wiedersehen, Fräulein Ost.«

Ich drehte mich um und ging. Den Teller mit dem Essen balancierte ich vor mir her. Eigentlich hätte ich ihn auch gleich wieder zur Abwaschküche bringen können. Dieser unheimlich freundliche Parteisekretär und die seltsame Telefonnummer in meiner Kitteltasche verdarben mir den Appetit. Aber ich kam nicht dazu, mir lange den Kopf darüber zu zerbrechen.

»Cora!« krächzte jemand dicht neben mir. »Hallo, Cora! Sie sehen ja gar nicht gut aus!«

Die Stimme kannte ich. Ich drehte mich herum und grinste kläglich. Professor Seekamp stand hinter mir, eine volle Suppenschüssel in der Hand, und breitete seine kurzen Arme aus. Soweit das mit der Schüssel und dem Besteck in der Hand ging.

»Cora, Cora! Die Zeit ist aus den Fugen! Haben Sie schon von Doktor Wiesner gehört?«

Ich nickte.

»Und wie geht es Ihrer hübschen Kollegin? Die war doch befreundet mit dem?«

Ich nickte noch einmal. »Ja, das war sie. Aber nun ist sie nicht mehr da.«

»Nicht mehr da?« Er zog seine Stirn in finstere Dackelfalten. »Hat sie gekündigt? Oder ist sie etwa ...«

Ich antwortete nicht, aber ich stand kurz vor einem mittleren Deichbruch. Der Professor setzte sich in Bewegung und schob mich vor sich her zu einem Tisch in der Ecke. In dieselbe Ecke und zu demselben Tisch, an dem ich noch vor einer Woche mit Marion gesessen hatte, bei unserem letzten Streit.

»Kommen Sie, Cora, setzen Sie sich.«

Ich setzte mich artig.

»Und nun reden wir mal!«

Er duldete keinen Widerspruch, das wußte ich. Also redete ich.

Ich erzählte von Marions Reise nach Ungarn und von Marions leerem Schreibtisch und von unserem Streit. Und er saß dicht neben mir, legte den Arm um meine Schulter und hielt meine Hände fest, damit ich ihm auf keinen Fall entwischen könnte, und hörte mir zu. Mein Teller und seine Suppenschüssel standen vor uns auf dem Tisch und hörten langsam zu dampfen auf.

»So viele sind jetzt schon weg«, sagte der Professor leise. »Fast auf jeder Station fehlen schon einer oder zwei. Und es werden noch mehr werden, glauben Sie mir. Die Zeit ist aus den Fugen. Diese Zeit ist ...« Er unterbrach sich und sah mich an. »Ehe ich es vergesse, Cora: Wie weit sind Sie bei ihren Verhandlungen mit der TRADE-UNIMEX?«

Ich holte tief Luft, sehr tief. Daran hatte ich überhaupt nicht mehr gedacht. Oder, na gut, das könnte auch sein, ich hatte vielleicht gar nicht mehr daran denken wollen.

»Nun, Cora, haben Sie etwas erreicht?« Seine kleinen Augen funkelten vor Spannung.

»Nein, Herr Professor, das habe ich nicht.«

Er ließ nicht locker. »Irgendeine Übereinkunft müssen Sie doch getroffen haben? Kaufen die Ihre Antiquitäten, oder kaufen die sie nicht?!«

Ich schüttelte noch einmal den Kopf. Tante Johanna war tot und konnte mich nicht mehr antreiben. Und jetzt fing dieser verrückte Professor genauso wie meine alte Tante zu fragen und zu bohren an.

Er sah in meine Augen und schüttelte traurig den Kopf. »Cora, Cora. Geben Sie mir gleich nochmal diesen Brief her. Wir müssen sofort etwas tun.«

Er sagte *Wir*, und seine Hand lag breit und behütend auf meinen Händen wie der warme Bauch einer Glucke. Also gab ich ihm nach.

Ich bückte mich nach meiner Handtasche und holte die beiden Briefe heraus. Den Briefumschlag mit dem kleinen hellblauen Signet drückte ich ihm in die Hand.

»Wann war der letzte Termin für die Zahlung, Cora?«

Ich überlegte. »Mitte Oktober, am fünfzehnten oder sechzehnten, glaube ich.«

Er zog die Augenbrauen nach oben und wiegte bedenklich den Kopf hin und her. »Gerade eineinhalb Monate bleiben uns, Kindchen, das ist wirklich nicht mehr viel Zeit.«

* * *

Der August ging zu Ende, und es begann zu regnen. Als wir Tante Johanna auf dem Friedhof an der Bergstraße beerdigten, regnete es zum ersten Mal.

Es war ein Sonnabend, und auf der Invalidenstraße war es ruhig. Hin und wieder rumpelte eine Straßenbahn hinter der Friedhofsmauer vorüber und hielt quietschend auf ihre nächste Haltestelle vor der Ackerhalle zu. Über dem matten blaßblauen Himmel zogen sich die ersten Wolken zusammen. Kleine staubgraue Tropfen fielen auf die Grabsteine am Weg. Aus den Zweigen der Birken hinter uns an der Friedhofsmauer flogen die Amseln auf. Die Grenzposten in dem Wachturm hinter der Mauer, auf dem Gelände des Nordbahnhofs, holten ihre Ferngläser heraus.

Der Pfarrer und die vier Träger gingen mit langsamen, großen Schritten neben dem kleinen Pritschenwagen. Vor jedem neuen Schritt zögerten sie feierlich für einen kleinen

Moment. Die gummibereiften Räder des Wagens rollten geräuschlos über den staubigen Weg. Drei große dunkelgrüne Kränze aus Tannenzweigen lagen übereinandergestapelt hinter Tante Johannas schmalem, hellbraunem Sarg.

Hedda und ich gingen untergehakt hinter ihm her. Außer uns beiden war keiner gekommen zu Tantes Beerdigung.

Einen Strauß aus langstieligen roten Rosen und Schleierkraut hatte ich auftreiben können. Nicht einmal mitten im Sommer gab es ausreichend Blumen bei uns. Ich trug diese Rosen, bedachtsam wie zartgeschliffene Gläser aus Bleikristall, mit ausgestrecktem Arm vor mir her. Bei jedem Schritt, den ich machte, wippten die Blätter in ihren geöffneten Blüten gefährlich weit auf und nieder.

»Wat ein Jlück, det wir det Horsti zu Hause jelassen haben. Woet nu auch noch zu schütten anfängt.« Hedda blieb stehen und wühlte in dem schwarzen Nylonbeutel, der an ihrem Handgelenk baumelte, nach ihrem Schirm. Stetig und immer dichter fielen die Regentropfen herab. Der kleine Wagen mit Tantes Sarg entfernte sich langsam von uns.

»Komm weiter, Hedda«, sagte ich leise und knetete mein weißes Taschentuch in meiner Hand. »Los, komm doch, sonst fährt die Tante noch ohne uns.«

Hedda klappte den Schirm auseinander, hängte sich in meine Armbeuge und ließ sich von mir ziehen. Hinter Tantes Wagen fielen wir wieder ein in den feierlich zögernden Beerdigungstrab.

Neben einer Weggabelung, hinter einer Gruppe von vier großen Tannen, blieben die Träger stehen. Sie hoben Tantes Sarg vom Wagen herunter, stellten ihn ab und nahmen Haltung an wie die Mahnwache in Schinkels kleinem Tempel Unter den Linden. Um die tief ausgehobene Grube herum lag dezent ein hellgrüner Kunstrasen-Teppich, der auch nicht verdecken konnte, daß darunter nichts als ein tiefes rechteckiges Loch in der heißen ausgetrockneten Erde war. Grüne Plastik-Grashalme standen schief und schräg in die Luft. Der

Regen fiel darauf hinunter und sammelte sich in großen Tropfen daran.

Der Pfarrer hob seine Augen zum Himmel und spähte nach den Regenwolken. Mit dem, was er da sah, schien er sehr zufrieden zu sein. Er verkniff sich das zufriedene Lächeln und fing, ohne Zeit zu verlieren, mit seiner vorbereiteten Rede an.

»Wir nehmen Abschied von Johanna Friederika Ost«, sagte er weihevoll, immer den Blick auf den beharrlich stärker regnenden Himmel. »Die uns verlassen hat in ihrem vierundsiebzigsten Lebenjahr.«

Das war das Stichwort der Träger. Sie erwachten aus ihrer steifen Haltung, schoben ihre Seile unter den Sarg, hoben ihn an und ließen ihn langsam und immer auf seine waagerechte Lage bedacht in die Grube hinunter.

»So, det isset jewesen«, sagte Hedda leise. Kleine dicke Tränen kullerten über ihre runden Wangen hinab. Ihr Kinn begann wieder zu zittern. »Det wars, meine Hanna. Nu machet mal jut.«

Ich wischte meine Tränen weg und putzte mir mit dem Taschentuch die Nase. Dann legte ich meinen Kopf an Heddas Schulter und schmiegte mich an sie. Sie zog mich noch dichter heran, aber ihr rechter Arm und mein linker hingen trotzdem unter dem Schirmrand hervor im Regen und wurden naß.

Der Pfarrer schwieg und sah der Tante beim Hinabsinken und den Regentropfen beim Fallen zu. In breiten Bahnen lief der Regen über sein Gesicht.

Unter uns in der Erde, die langsam aufweichte und immer schwärzer wurde, stand nun Tante Johannas Sarg. Von den hellgrünen Plastik-Grashalmen rann in kleinen Rinnsalen der Regen und tropfte darauf hinab. Die vier Träger griffen in ihre Jackentaschen und holten vier winzige schwarze Klappschirme heraus. Sehr dezent machten sie das, mit knappen, synchronen Bewegungen, wie eine eingeübte Revuegruppe. Einer von ihnen trat ein paar Schritte vor und reichte seinen Schirm dem Pfarrer.

Stärker und immer lauter fiel der Regen in dichten Schauern auf die Erde hinab. Der Pfarrer hielt den Regenschirm hoch über sich und begann wieder leise mit seiner Weihrauchstimme zu reden. Seine glänzenden schwarzen Schuhe schienen langsam im Schlamm zu versinken.

Auch meine Gedanken versanken. Irgendwo in dem grünen Nebel, der sich langsam über meine Augen legte, tauchten Momente auf aus unserem letzten gemeinsamen Nachmittag. Tantes triumphierende Blicke, als sie den kleinen, hellgrau gestreiften Puppenkarton in meine Hände gab. Tantes Gesicht neben dem von Horsti, und Mieze Schindler in Tantes Arm. Ihr Lachen und die kleine gefrorene Charlotte auf ihrer Hand. Einen Mann, einen Beschützer hatte sie mir dort unten im Hausflur versprochen. Ausgerechnet mir, wo wir doch beide wußten, daß keiner sich freiwillig um ein mickriges Spätzchen kümmern würde, wo es doch so viele stolze Flamingos gab.

Arme Tante Johanna, den Witz hatten wir beide verpaßt.

Nun würde es keine gemeinsamen Nachmittage mehr in ihrer Wohnung geben. Und ich würde nicht mehr erfahren, wer dieser geheimnisvolle, auf mindestens einem Auge erblindete Beschützer war. Die Tante war tot, und ich war …

»Cora. Hast du wat uff de Ohrn? Nu mach, oder träumst du?!«

Ich sah auf und guckte Hedda erschrocken an. Aber der Satz, den ich als nächsten erwartet hatte, kam nicht.

»Nu mach mir nich schlapp, Kindchen. Det Schlimmste is schon jewesen. Von det hier merkt Hanna nischt mehr.« Sie hielt meine Hände fest und sah hinunter in diese Grube. Dahin, wohin ich auch ununterbrochen sah. Dann ließ sie mich los und nahm eine Handvoll Sand von der Schaufel, die einer der Träger uns hinhielt.

Der Regen prasselte darauf hinunter, weichte den Sand auf und schwemmte ihn langsam von der Schaufel.

»Det tut nur noch uns weh. Un wir kneifen den Hinnern zusammen un stehen det durch, wa, Cora!«

Ich griff in den tropfenden Sand und warf auch eine Handvoll davon auf den Sarg hinunter. Dann überlegte ich kurz und warf auch meine Rosen zur Tante hinunter in die Grube. Ich hörte nicht einmal, wie sie unten aufkamen, dieser Regen deckte alle anderen Geräusche zu.

Hedda nahm meinen Arm mit beiden Händen und hielt ihn fest.

Zusammengerückt standen wir unter ihrem Schirm und sahen den Männern beim Zuschaufeln zu. Sie hatten die Schirme zur Seite stellen müssen und legten sich mächtig ins Zeug. Der Pfarrer war eindeutig im Vorteil.

»Mein Beileid«, sagte er kurz und drückte Hedda die Hand. Dann neigte er sich hinüber und hielt auch mir seine Hand hin. »Mein Beileid.« Sein Schirm stieß gegen unseren und prallte von ihm ab wie ein Schmetterball. Dann trat der Pfarrer zur Seite, machte einen waghalsigen Hüpfer über den Kunstrasen, der zusammengerollt auf dem Wegrand lag, und ging mit schmatzenden Schritten zwischen den Bäumen hindurch über den Sandweg zurück.

Die Männer klopften emsig und flink den feuchten Sand mit ihren Schaufeln fest, hoben noch schnell die drei Kränze vom Wagen und verteilten sie gleichmäßig quer über das Grab. Dann verkrochen sie sich wieder unter ihren Schirmen, nickten uns zu und gingen ohne Eile davon, ihrem Chef hinterher, zur nächsten Beerdigung.

Hedda schubste mich mit dem Ellenbogen in die Seite und deutete mit ihrem Kinn auf die Kränze. Ich bückte mich folgsam hinunter und zog die Kranzschleifen gerade. So gerade, daß jedes Wort darauf völlig deutlich zu lesen war. Auf einer schwarzen Schleife an einem Tannenkranz mit braunsilbernem Kiefernzapfendekor stand: »Von Deiner Freundin Hedda in stiller Dankbarkeit«. Der zweite Kranz sah ungefähr ganz genauso aus wie der erste. Die Inschrift war knapp gehalten und schlicht wie auf einem Verkehrsschild: »In Liebe von Deinem Sohn Horst«.

Nur der dritte Kranz fiel etwas aus dem Rahmen. Für DDR-Verhältnisse sah er sogar ein wenig aufgetakelt aus. Über einem wagenradgroßen dichten Kranz aus schimmernder Blautanne schwebte ein schneeweißes Lilien-, Calla- und Rosengeflecht. Solche Blumen hatte ich in unseren Blumenläden schon seit Jahren nicht mehr gesehen.

»Der muß ja ein Vermöjen jekostet haben, dein schöner Kranz«, sagte Hedda.

Ich schüttelte den Kopf. »Nein, Hedda, der ist nicht von mir. Ich hatte nur meine Rosen.«

Hedda trat näher an das Grab heran, bückte sich und nahm die Kranzschleife in die Hand. Diese Schleife war silbrig weiß, gefältelt und groß wie der Flügel eines Erzengels. Sie hatte schwarze Ränder und als Abschluß auf jeder Seite einen protzigen Palmenzweig. Hedda breitete sie auseinander, hielt ihre Augen dicht darüber und suchte sie mit kurzen schwenkenden Bewegungen ab. Es war kein Name darauf zu finden. Aber in schmalen, vornehm geschwungenen Buchstaben stand dort, was jemand, den wir nicht kannten und der offensichtlich auch nicht genannt werden wollte, der Tante gewünscht hatte: RUHE SANFT!

Es war kühl geworden. Der Regen ließ nach, schnell wie er gekommen war. Die Luft war frisch, es roch nach Bäumen und Erde und Blumen. Die ersten Amseln kamen auf ihre Zweige zurück.

»Komm, Meechen«, sagte Hedda energisch. »Gehn wa nach Hause. Det Horsti ist schon zwei Stunden alleene, det hab ick jar nich jern.«

Sie klappte den Schirm zu und legte ihre Hand wieder in meinen Arm. Aber sie ging nicht. Sie blieb stehen, kniff die Augen zusammen und sah hinunter auf Tantes kleinen Hügel und auf diesen seltsamen letzten Gruß. Vor meinen Augen verschwand das letzte bißchen vom grünen Nebel. Ich begann zu frösteln. Und ich bekam Lust auf einen kräftigen Schluck.

* * *

Die Wohnungstür war nur angelehnt. Hedda zuckte erschrocken zusammen, ließ den Schlüssel wieder zurück in ihre Jackentasche gleiten und drückte die Tür vorsichtig auf.

Horsti saß im Flur auf dem Fußboden, hatte zehn oder fünfzehn Puppen vor sich ausgebreitet und sah ziemlich mißmutig aus.

»Ich warte auf dich, Hedda.« Er blickte kurz zu Hedda auf und wandte sich gleich wieder seinen Puppen zu.

»Hab ick dir doch jesacht, datet länger dauert. Un warum is de Wohnungstür offen, Horsti? Keene Stunde kann man dich alleene lassen. Ick hab sie doch zujeschlossen, die Tür, ick hab dir doch jesacht, die bleibt zu!«

»Aber ich warte auf dich.« Horsti sah nicht einmal mehr zu Hedda hoch. Er verschloß seine Ohren und beugte sich tief über die Puppen hinunter. Zwei von ihnen nahm er in die Hände, stellte sie kerzengerade auf und führte sie langsam und schweigend auf sich zu.

Ich schob mich hinter Hedda in die Wohnung hinein. Horsti hörte auf zu spielen und lauschte.

»Cora?« fragte er leise, ohne von seinen Puppen aufzusehen. »Cora, bist du da?«

Ich kniete mich neben ihn und schlang meine Arme um seinen Hals.

Er hob das Gesicht und strahlte. »Cora! Cora! Hast du mir Bonbons mitgebracht?«

Hedda ging in die Küche und setzte das Kaffeewasser auf. Und ich ging in Tantes Stube und schaltete den Fernseher ein. Horsti lief hinter mir her, die Bonbontüte knisterte in seiner Hand. Ich ließ mich auf das Sofa fallen und zog ihn zu mir herunter. Er setzte sich neben mich, wickelte Bonbons aus und schob sich einen nach dem anderen in den Mund hinein.

Im ZDF fand ich eine Sondersendung, lehnte mich auf dem Sofa zurück und guckte. Es war Ende August. Wenn alles so lief, wie sie es angekündigt hatten, dann gab es vielleicht bald einen Flüchtlingstransport von Budapest nach Wien. Seit fast zwei Wochen war Marion nun schon in Ungarn. Und seit ich ihren Abschiedsbrief in ihrem Schreibtisch gefunden hatte, saß ich jeden Nachmittag und jeden Abend vor dem Fernseher, schaltete von Sender zu Sender und suchte in den Filmberichten von den Flüchtlingen, die sich in Budapest in der deutschen Botschaft immer enger zusammendrängten, nach dem Gesicht von Marion. Natürlich hoffte ich, daß ich sie nicht dort finden würde, aber ich saß da, guckte und guckte und kam nicht mehr los davon.

Die Sondersendung beruhigte mich etwas. Es gab ihn wirklich, diesen Flüchtlingstransport. Die Flugzeuge waren gestartet, vor ein paar Stunden schon, als ich noch in der Schönhauser Allee nach einem Grabstrauß für die Tante anstehen mußte. In Österreich hatten Sonderzüge gewartet und brachten die Flüchtlinge über die Grenze hinüber nach Hof. Ich war erleichtert: Falls Marion nicht vorher schon über die Grüne Grenze von Ungarn nach Österreich gegangen war — hier, bei dieser Unternehmung des Roten Kreuzes, war sie sicher dabei. Aber ich konnte nicht anders, ich saß trotzdem weiter vor dem Fernseher, starrte auf den Bildschirm und suchte nach ihr.

»Laß deinen Kaffe nich kaltwerden, Cora.«

Ich hatte nicht einmal bemerkt, daß Hedda mit dem Kaffee ins Zimmer gekommen war. Neben mir auf dem Sofa lag ein Haufen leeres, zerknittertes Bonbonpapier. Horsti hatte seine Puppen aus dem Flur in Tantes Stube geholt und kniete vor mir auf dem Fußboden.

»Auf unsere Johanna!« sagte Hedda leise und drückte mir ein Glas in die Hand.

»Auf Tante Johanna!«

Wir tranken auf ex. Ich schüttelte mich. Aber das Brennen war längst nicht mehr so atemberaubend wie vor zwei Wochen noch. So schnell ging das also damit. Hedda hob die Flasche vom Tablett und goß sofort noch einen ein. »Laß uns noch eenen abbeißen, det uns wärmer wird, Cora, wa!«

Ich trank auch den nächsten Goldbrand aus. Dann nahm ich meine Kaffeetasse in die Hand und wandte mich wieder dem Fernseher zu.

»Janz schön schlimm, wat da läuft, wa Cora?!«

Ich versuchte zu hören, was der Sprecher erzählte, und antwortete ihr nicht.

»Du«, sagte Horsti auf einmal ganz leise. »Du, Cora. Meine Mamma ist tot.«

Ich drehte den Kopf vom Fernseher weg und sah Hedda überrascht an.

Hedda stellte ihr Glas aus der Hand und richtete sich blitzschnell auf.

Horsti hatte den Erfolg seiner Mitteilung gespürt und probierte es gleich ein zweites Mal. »Weißt du das, Cora? Meine Mamma ist tot.«

Das schlug mich um. »Hedda! Hast du es ihm endlich gesagt?«

Hedda schüttelte den Kopf und schnaufte. »Ick nich, Cora. Wat redest du bloß zu dem Jungchen davon?«

Horsti sah von einer zur anderen und ließ seine Augen blitzen.

»Meine Mamma ist tot, und ich gehe ins Heim.«

Hedda sprang auf. »Nu reichts aber, Cora. Wie konntest du denn …!«

Ich verstand das nicht gleich. Aber ich hatte Angst, ganz plötzlich. Ich glaube, ich spürte zum ersten Mal etwas von einer kaum wahrnehmbaren Gefahr. Oder hatte Hedda ihr Gedächtnis vielleicht schon so weit vertrunken, daß sie vergessen konnte, daß sie selber zu Horsti geredet hatte davon? Aber das konnte ich mir nicht vorstellen. Hedda hatte ihre sieben Sinne noch restlos beisammen. Es gab nur einen hier, der das nicht hatte.

Irgend jemand hatte mit Horsti gesprochen, so viel war mir jetzt klar. Aber wann, ja, wann redete überhaupt mal jemand mit Horsti, wo er doch immer nur mit Hedda zusammen hier in der Wohnung war?

Und wenn er die Wohnung verließ, dann auch immer nur an Heddas oder an meiner Hand.

Ich beugte mich zu Horsti hinunter und zog ihn zu mir auf das Sofa herauf. »Horsti! Horst!«

Wahrscheinlich traf ich nicht den richtigen Ton. Was einer bei den Patienten im Krankenhaus kann, schafft er noch lange nicht zu Hause bei seiner Familie. »Sieh mich an, wenn ich mit dir rede! Wer hat dir das gesagt?«

Er guckte mich an, erschrak und verschloß sich, wie ich das kannte an ihm. Seine Augen verabschiedeten sich und schweiften abwesend hin und her durch das Zimmer. Zu dem Regal über dem Sofa. Zu den Vitrinen ganz hinten im Raum. Langsam sah er von einer Vitrine zur anderen und lächelte ruhig und sanft.

Ich hob eine der Puppen vom Fußboden auf und drückte sie ihm in den Arm. Dann nahm ich Horstis Hand und führte seine Fingerspitzen hin und her über das Gesicht der Puppe. Dabei redete ich leise und beruhigend, wie ich es bei Tante Johanna gesehen hatte, auf ihn ein. Vielleicht öffnete er sich doch noch einmal und kam wieder so weit zu uns zurück, daß wir ihn ausfragen konnten.

Vielleicht wäre es Tante Johanna gelungen. Vielleicht wäre ihre Stimme vorgedrungen zu ihm und hätte ihn wieder zurückgeholt.

Mir jedenfalls gelang nichts. Seine Hände faßten nicht einmal nach der Puppe. Sobald ich sie losließ, legten sie sich wieder teilnahmslos und gekrümmt wie kranke Vögel auf seine Knie zurück. Er saß da, sperrte den Mund auf, so, wie ich es wahrscheinlich auch immer machte, und sah die Wände an.

Auf einmal spürte ich wieder die Nähe der Puppen. Kleine, zerbrechliche Gesichter mit spinnwebenzarten Wimpern über durchscheinenden Glasaugen bohrten ihre Blicke in meinen Rücken und hielten mich fest. Ich fühlte, wie leicht es wäre, mich jetzt fallenzulassen in diese Puppenwelt und einfach gar nichts zu machen. An nichts mehr zu denken. Zumindest nicht an das, was mir Angst machte und wovon ich sowieso nichts verstand.

Ich hob die Hand und tastete über mein Gesicht. Ja, das war nun endgültig vorbei. Mund auf oder Mund zu, dazu sagte Tante Johanna nichts mehr. Dafür war ich von nun an selber da. Und es gab auch niemanden, der gesagt hätte, *Nun mach was, Cora, tu etwas*. Wenn es etwas gab, was jetzt getan werden mußte, dann mußte ich das alleine merken und mußte es auch alleine tun. Nur was, was, bitte, könnte das jetzt sein?

Horsti rollte sich langsam zusammen und zog seine Beine auf das Sofa herauf. Dann legte er seinen Kopf auf meinen Schoß und schlief wenige Minuten später ein.

»Hatter noch wat jesacht?« fragte Hedda leise. Sie kam mit der Kaffeekanne um den Tisch herumgelaufen und goß mir noch einmal Kaffee ein. »Nochen Schnaps, Cora?«

Ich nickte. Sie hievte die Flasche herüber, goß ein und gab mir vorsichtig, über Horstis Rücken hinweg, das Glas in die Hand.

Wir tranken.

»Bist du et wirklich nich jewesen, Cora? Hast du et ihm bestimmt nich jesacht?«

Ich schüttelte noch einmal den Kopf.

»Dann isset mir jradezu unheimlich. Ick laß ihn doch nie alleine. Vielleicht hat vorhin ein Nachbar jeklingelt un hat ihm davon erzählt? Jrade, wo wir nich da waren.«

»Und das mit dem Heimplatz, Hedda? Wer außer uns beiden weiß denn davon?«

Sie schüttelte den Kopf, preßte die Lippen fest aufeinander und schwieg. Ihr Kinn fing an zu zittern, und das Kopfschütteln hörte überhaupt nicht mehr auf. Starräugig und stumpfsinnig wie eine riesige alte Schildkröte sah sie mit einem Mal aus. Mir fiel ein, daß ich nicht einmal wußte, ob Hedda jünger oder vielleicht sogar älter als Tante Johanna war.

»Von heute an«, sagte ich und strengte mich an, Hedda aufmunternd zuzulächeln, »von heute an passe ich auf euch beide auf.«

* * *

Es war nicht mehr als eine kurze Beunruhigung. Sie kam, blieb ein paar Stunden als wirres Gedankenknäuel in meinem Kopf sitzen und verging mit dem nächsten Regen.

Irgendeinen Zuspruch hatte Hedda an diesem Abend gebraucht, das war unübersehbar gewesen, und das hatte mich verleitet, ihr viel zu versprechen. 'In Zukunft passe ich auf euch beide auf.' Aber wie ich diesen Satz nun wirklich gemeint hatte, das wußte ich auch nicht genau.

Jeden Morgen fuhr ich mit der klapprigen elfenbeingelben Straßenbahn oder mit dem 30er Bus zur Arbeit ins Charitas. Ich lief über meine Stationen und über die Stationen von Marion. An jedem Nachmittag machte ich nun auf meinem Heimweg einen kleinen Umweg über die Wilhelm-Pieck-Straße, spielte eine Stunde mit Horsti und mit den Puppen und sah nach, ob es Hedda gut ging.

Ansonsten aber machte ich nichts, nichts, gar nichts.

In der ersten Septemberwoche klingelte in meiner Bibliothek das Telefon.

»In der Mittagspause!« sagte Professor Seekamp mit der Stimme, die keinen Widerspruch duldete. »In der Mittagspause, Cora, sind Sie hier unten bei mir!«

Zehn Minuten vor zwölf stand ich oben im Dachgeschoß vor dem Fahrstuhl. Aber er hing in der ersten Etage fest und fuhr weder hin noch her. Also setzte ich mich in Bewegung, lief zurück in den Südflügel und trabte die Treppe hinunter ins Erdgeschoß.

Hinter dem Tresen im Foyer stand Ingmar und sah grünlich und grau aus wie die zwanzig Jahre alte Betonfassade eines Neubaus. Heute kaute er keinen Zahnstocher durch seinen Mund. Die zwei Herren, die sich über seinen Tisch lehnten und angestrengt in einem Buch blätterten, ließen ihm nicht viel Zeit. Zwei Typen in Windjacken, wieder mit den gleichen Frisuren von dem selben Frisör. Einer von ihnen hob den Kopf und machte mit dem Kinn eine winzige, messerscharfe Bewegung. Ingo folgte dieser Bewegung mit den Augen, nickte gehorsam und zog noch ein weiteres Buch aus seinem Schlüsselregal hervor.

Ich machte einen kleinen Umweg auf dem Weg zur Kellertreppe und ging dicht an Ingos Tresen vorbei. Heute schaffte er es nicht, mir im Vorbeigehen zuzugrinsen. Er sah mich an und machte ein paar angewiderte Bewegungen mit dem Unterkiefer. Ungefähr so, als müßte er sich einen fauligen Speiserest aus den Zähnen ziehen. Dann verdrehte er die Augen nach oben und schüttelte sachte den Kopf.

Armer Ingo. Was für ein riesiger Wirbel wurde um diesen verschwundenen Doktor Wiesner gemacht. Und bei mir würden sie sicherlich auch bald sein. War Ihre Kollegin nun mit ihm befreundet, oder mehr als nur befreundet, oder ja oder nein? Und wußte Ihre Kollegin von dieser geplanten Flucht? Hat Sie sich an den Vorbereitungen beteiligt? Und was, Fräulein Ost, wußten Sie davon? Nichts, zum Glück, überhaupt nichts. Marions Abschiedsbrief lag im Oberinnenbüro und sagte für mich aus, besser und glaubwürdiger als jeder Zeuge.

Ich sah zu, daß ich weiterkam, nickte Ingwart sachte ein wenig zu und ging vorüber. *Ganz* unauffällig und *ganz* sachte. So sachte, daß keiner außer uns beiden das sah.

Noch ehe ich die große Eisentür erreichte, die in den Keller hinunter führte, kam ein dritter Mann mit Windjacke und Einheitshaarschnitt quer durch das Foyer gestelzt und lehnte sich über Ingmars Tresen.

Der Professor ging vor mir her durch das Labyrinth der Gänge. Er schien wieder kleiner und runder geworden zu sein seit dem letzten Mal. Und er ging langsamer, viel langsamer, als er sonst ging. Eine Tür nach der anderen schloß er schweigend für mich auf. An seinem Arbeitszimmer hielt er mir die Tür auf und hob seinen Arm.

»O mein prophetisches Gemüt! Etwas ist faul im Staate Dänemark!«

Aber er ließ seinen Arm gleich wieder aus der Luft herunterfallen und schüttelte den Kopf. »Alles Käse, mein Kind, alles Unsinn. Nicht mal das macht mir noch Spaß. Haben Sie von der Demonstration am Montagabend in Leipzig gehört?«

Ob ich davon gehört hatte? Natürlich hatte ich das. Die Berichte darüber kamen gleich nach den Berichten über die Flüchtlinge in Prag und in Budapest. Sogar in Warschau besetzten sie schon die Botschaft. Und jetzt gab es in Leipzig diese Demonstrationen.

Ich nickte. Dann machte ich mich dünn und schob mich an ihm vorbei in sein Arbeitszimmer hinein.

In Seekamps Büro lief der Fernseher. Bis heute hatte ich noch nicht einmal bemerkt, daß es hier unten einen Fernseher gab.

Der Professor ging hinüber, schaltete von einem Sender zum anderen, so lange, bis wieder die Bilder von den Flüchtlingen auf dem Fernsehbild waren. Ich zog den Besuchersessel von der Wand ab, setzte mich hinein und sah ihm beim Umstellen zu. Er drehte sich zu mir um und zuckte bedauernd die Schultern.

»Ich kann einfach nicht anders«, sagte er leise. »Ich muß sie immer ansehen, diese Flüchtlinge. Ich muß ihre Gesichter sehen können. Und ich will wissen, wie viele es sind.«

Einen Moment lang ruhte sein Blick auf seiner Schreibtischplatte.

Ein Formular für einen Urlaubsantrag lag dort vor ihm. Der Professor nahm ihn auf, hielt ihn dicht vor seine Augen und schüttelte den Kopf. »Alles ordentlich ausgefüllt«, sagte er leise. »Der Mann ist mein bester Assistent. Heute morgen hat er sich von mir verabschiedet. Gleich, als er von den Sonderzügen gehört hatte.«

Ich nickte. Ja, das hatte ich auch gehört. Die Flüchtlinge aus Prag und aus Budapest sollten nun in Sonderzügen direkt nach Westdeutschland gefahren werden. Wahrscheinlich sehr schnell, möglicherweise morgen früh oder heute nacht schon. Wie lange brauchte man eigentlich, um mit dem Auto von Berlin nach Prag oder sogar nach Budapest zu fahren? Soweit ich wußte, waren die Straßen dorthin inzwischen vollgestopft mit Trabbis und Wartburgs, die Stoßstange an Stoßstange fuhren wie bei einer Völkerwanderung.

Der Professor hielt immer noch diesen Urlaubsantrag in der Hand. Er nahm ihn in die rechte Hand, dann in die linke, dann nahm er ihn zwischen beide Hände und zerriß ihn.

Ich sah ihn überrascht an.

»Soll ich ihn vielleicht melden, Cora, Kind?!« Er schüttelte die Papierfetzen aus seiner Handfläche in den Aschenbecher, zündete ein Streicholz an und warf es in den Aschenbecher hinein. »Das kann ich doch nicht dieser Oberin einreichen. Vielleicht schafft er die Züge ja noch. Aber vielleicht schafft er sie nicht und kommt wieder. Ich wollte immer, daß er das alles hier einmal von mir übernimmt. Und er ist so verdammt schnell weggefahren. Er hat überhaupt nicht lange genug überlegt.«

Wir guckten hilflos auf die Fernsehbilder und schwiegen.

Heute gab es nicht einmal Tee.

Dann kamen endlich die neuesten Meldungen. Ich zog den Besuchersessel noch ein Stückchen weiter nach vorne und sog die Informationen ein wie ein Aufputschmittel.

Siebentausend Flüchtlinge waren es jetzt. Und die Sonderzüge würden fahren, ja, aber noch wußte keiner genau, wann. Heute abend vielleicht, heute nacht, oder morgen. Und die Notunterkünfte in Hof und in Gießen waren wohl auch noch nicht alle bereit. Nun gut, das hatte ich vorher auch schon gewußt. Aber wenigstens, dachte ich erleichtert, wenigstens ist Marion bei diesem endlosen Hin und Her nicht mehr dabei.

»Cora ...«, sagte der Professor leise. Er zog vorsichtig an meinem Ärmel. »Cora, nun hören Sie doch!«

Ich sah ihn an.

»Wir haben völlig vergessen, weshalb Sie hergekommen sind. Hier, sehen Sie, da.«

Ein weißes Blatt lag vor mir, auf dem Schreibtisch. Der Professor schob es noch ein wenig weiter zu mir heran.

TRADE-UNIMEX stand in der schnellen gewaltigen Professorenschrift oben über dem Blatt. Darunter standen eine Telefonnummer und der Name, der auch schon unter dem Brief an Tante Johanna gestanden hatte: Dr. phil. Günter E. Brendel, Kunstwissenschaftler.

»Das war es doch, was Ihnen fehlte, nicht wahr?«

Ich nickte. »Wie haben Sie das denn geschafft?« Ich sah ihn an und lächelte ihm bewundernd zu. Aber er lächelte nicht zurück.

»Ein Gerichtsmediziner und Pathologe wie ich hat eben manchmal ganz gute Beziehungen. Ich tue einem anderen einen Gefallen, und der macht hin und wieder auch etwas für mich. So und nicht anders geht das in diesem Land.«

Was für einen Gefallen ein Pathologe jemand anderem tun könnte, das war mir nicht so ganz klar. Aber es konnte mir glücklicherweise egal sein.

Ich wußte jetzt, wie ich die Firma erreichen konnte, mehr hatte ich gar nicht gewollt. Ich griff nach dem Blatt Papier, faltete es zusammen und wollte es in meine Handtasche hineinschieben.

»Nicht so hastig, mein Kind«, sagte der Professor. »Ein paar Worte muß ich Ihnen noch dazu sagen.«

Widerwillig stellte ich meine Tasche noch einmal ab. Professor Seekamp stützte sich auf seine kurzen rundlichen Unterarme und hob einen Zeigefinger in die Luft. Genau wie Tante Johanna bei der Unterweisung ihrer lebensuntüchtigen Nichte.

»Die Sache ist so, Mädchen: Zwei Möglichkeiten haben Sie

jetzt.« Er wiegte bedachtsam seinen Kopf hin und her. »Und wir wissen nicht, zu welcher wir Ihnen raten sollen.«

»Wir? Wer ist *Wir*?«

Er schüttelte den Kopf und wischte meine Frage mit einer Handbewegung zur Seite wie eine grünschillernde Fliege. »Das war ein Versprecher, Kindchen, konzentrieren Sie sich auf mich.«

Ich nickte artig, lehnte mich zurück, schlug die Beine übereinander und richtete mich auf einen längeren Vortrag ein.

»Cora, ich habe Ihnen von diesem Antiquitätensammler aus Dresden erzählt. Jetzt weiß ich genau, was dem passiert ist. Die Steuerfahndung ist zu dem ins Haus gekommen und hat alles beschlagnahmt und mitgenommen. Jeden alten Tisch, jeden alten Teller, alles, was auch nur im entferntesten nach Antiquitäten gerochen hat.«

»Beschlagnahmt? Genau so, wie sie es Tante Johanna angedroht haben?«

»Genau so.« Er wischte zerstreut mit den Händen über seinen Kittel und über den Tisch. »Die Antiquitäten sind dann verkauft worden. Die ganze Sammlung, jedes Stück. Die Steuersumme haben die abgezogen und einbehalten. Der Rest von dem Geld, und das war gar nicht so wenig, der kam auf ein Konto bei der Staatsbank. Aber an dieses Konto kam der Mann niemals heran. Das blieb gesperrt und hat sich einfach aufgebraucht in den nächsten Jahren. Durch die Vermögenssteuer, die sie jedes Jahr davon abgebucht haben, und durch eine riesige Kontoführungsgebühr. Cora, Sie sehen nie eine Mark davon!«

»Was? Ich?«

Er nickte. »Wenn Sie nichts unternehmen, Kindchen, wird es Ihnen genau so wie diesem Sammler in Dresden gehen. Und falls Sie mir nicht glauben wollen, ich kenne noch einen Fall in Dresden, einen anderen in Freital und einen in Leipzig, da lief es ganz genau so ab.«

Ich schluckte die dröhnende Aufregung in meinen Ohren

hinunter, damit ich überhaupt noch hören konnte, wovon er sprach. Unruhig rutschte ich in meinem Sessel hin und her. Aber er wollte mich nicht beruhigen.

Er redete und redete. Seine Hände glitten über die Schreibtischplatte. Er wich meinem Blick aus, wendete den Kopf ab und sah wieder auf das Fernsehbild.

»Siebentausend Flüchtlinge sind es allein in den Botschaften«, sagte er tonlos. »Das sind siebentausend Gründe, hier wegzugehen.«

Dann drehte er den Kopf und sah wieder zu mir.

»Und warum machen die das so?« fragte ich ängstlich. »Warum beschlagnahmen die *alles* und nehmen es einfach weg?«

»Cora! Da fragen Sie noch? Geld ist der Grund dafür. Devisen. Antiquitäten lassen sich in den Westen verkaufen. Und nur mit Westgeld überlebt dieses Land.«

Ich versuchte, wieder einigermaßen ruhig zu atmen, um überlegen zu können, was das bedeuten würde für mich. Eigentlich verstand ich wieder einmal fast gar nichts.

»Was kann ich denn machen dagegen? Und wenn ich zur Polizei gehe, was dann?«

»Das ist sinnlos. Diese Steuergesetze sind von der DDR extra für die Ausplünderung der Sammler geschaffen worden. Da ziehen nun alle staatlichen Stellen am gleichen Strang.«

Ich sah hinunter auf den Zettel in meinen Händen. »Aber eigentlich kann mir doch gar nichts mehr passieren, ich habe doch jetzt die TRADE-UNIMEX?«

»Ach ja.« Seine Hände hielten in ihren Bewegungen inne, schoben sich übereinander und verschränkten sich still auf der Tischplatte. Aber das dauerte nur einen kleinen Moment. Dann lockerten sich die Finger wieder, sie liefen auseinander und rutschten auf die Tischkanten zu. »Ich bin gewarnt worden, Cora. Vor dieser Firma hat man mich ganz entschieden gewarnt. Aber diese TRADE-UNIMEX ist vielleicht Ihre einzige Chance.«

Er beugte sich weit über den Schreibtisch hinüber. Seine Hände kamen auf mich zu und schlossen sich warm um meine Handgelenke.

So, wie er es wahrscheinlich immer dann machte, wenn er einem Angehörigen beistehen mußte in seinem schlimmsten Moment.

»Diese Firma ist neu, gerade gegründet, ungefähr vor einem halben Jahr. Sie betreibt Importe und Exporte. Handelt mit allem, was sich in den Westen verkaufen läßt, auch mit Antiquitäten zum Beispiel oder mit Meißner Porzellan. Und für die undurchsichtigen Importe, die diese Firma machen will, verfügt sie über jede gewünschte Menge von Devisen. Fällt Ihnen da nichts auf, Cora? Die müssen das nicht jahrelang vorher planen und beantragen, so wie jede andere Firma in der DDR das muß, ob sie nun Bauteile für Herzschrittmacher importieren will oder ein paar Tonnen Bananen, ganz egal.«

Ich nickte. Daß das nicht gerade üblich war in der DDR, das wußte ich auch. »Und was bedeutet das?«

»Das bedeutet, daß diese Firma hoch angebunden ist in diesem Land. Sehr, sehr hoch. Es gibt hier noch einige andere Firmen, die über ähnliche Möglichkeiten verfügen. Die IMES zum Beispiel, die LETEX oder die DELTA. Alles Firmen, die Import- und Exportgeschäfte mit dem Westen abwickeln, von denen kein normaler Mensch etwas weiß. Und alle unterstehen direkt dem Politbüro.«

Ich nickte, aber ich verstand nicht, was daran so schlimm sein sollte. Politbüro oder nicht Politbüro, das war mir völlig egal. Eigentlich war es sogar besser, mein Geschäft mit einer solchen Firma zu machen. Besser als mit jeder anderen. Wenn sie der Kontrolle der Regierung unterworfen war, war die Gefahr, daß sie mich mit den Kaufpreisen für die Puppen betrügen würden, wenigstens nicht so groß.

»Was wäre denn dagegen zu sagen?« fragte ich unsicher. »Was beunruhigt Sie denn, Herr Professor, wenn die TRADE-UNIMEX auch zu diesen Firmen gehört?«

Er sah vor sich hin auf die Schreibtischplatte. Auf die Reste des verbrannten Urlaubantrages in dem Aschenbecher zwischen uns.

»Siebentausend Gründe, hier wegzugehen«, flüsterte er auf einmal sehr leise. »Ich mißtraue dieser Regierung, ich mißtraue diesem ganzen Staat, grundsätzlich, schon einige Jahre lang. Und wie Sie vielleicht in den letzten Wochen bemerkt haben, bin ich nicht der einzige hier, der gegen diese Herren etwas hat.« Er hob den Blick und sah mir fest in die Augen. »Und was Ihre Sache angeht, Cora, ich habe kein gutes Gefühl dabei.«

Ich nickte. Nein, ich hatte auch kein gutes Gefühl. Aber ein schlechtes Gefühl hatte ich eigentlich auch nicht. Er hatte so viel erzählt und geredet und mich durcheinandergebracht, daß mir so langsam jedes Gefühl dafür abhanden gekommen war.

* * *

Das war Jacke wie Hose mit meinen Gefühlen. Darauf kam es auch gar nicht an. Ich fuhr in meine Bibliothek zurück und trug Seekamps Wegweiser zur Lösung meiner Probleme wie eine Trophäe vor mir her.

Ich schloß die Tür hinter mir ab, nahm den Telefonhörer in die Hand und wählte die Nummer. Viel zu überlegen gab es da für mich nicht mehr. Oder doch? Ich legte den Hörer noch einmal auf.

Was für eine Telefonnummer hatte ich da eben gewählt? Eine Zwei, eine Null, eine Zwei. Das war irgendein Anschluß in der Innenstadt. Warum fiel mir diese Nummer denn so auf?

Ich schob die Stapel zerlesener Bücher auf der Schreibtischmitte zur Seite und hob ein paar alte Zeitschriften auf. Irgendwo hier hatte ich die kleine graue Karteikarte hingelegt, die dieser Parteisekretär mir vor einer Woche in der Kantine gegeben hatte.

Ich hatte sie weggeworfen wie ein Paar Gummihandschuhe aus dem OP, die man erst einmal aus dem Weg haben wollte, weil sie verschmutzt oder infiziert oder sonst irgendwie ekelhaft waren. Aber ob man sie vielleicht noch einmal brauchen würde, das wußte man nie so genau.

Als ich endlich die Karte in den Händen hielt, konnte ich sehen, daß ich mich nicht getäuscht hatte. Mein Unterbewußtsein hatte ein besseres Zahlengedächtnis als ich. Es stand wirklich genau die gleiche Nummer darauf: ein Anschluß in der Stadtmitte, eine Zwei, eine Null, eine Zwei.

Ich hob den Hörer ein zweites Mal auf und wählte wieder. Jetzt war ich auf alles gefaßt. Da könnte sich nun auch die Kreisparteischule melden, vielleicht auch die Bezirksleitung der SED. Oder wie, zum Teufel, kam dieser Parteisekretär an die Telefonnummer einer Firma für Im- und Export heran?! Wie kam er dazu, mir zu erklären, die warteten dort dringendst auf einen Anruf von mir?

Das Freizeichen war zu hören, der Ruf ging hinaus. Ich saß da und wartete. Es dauerte zwei, drei Minuten lang. Die Telefondame, die sich dann meldete, war höflich und freundlich und geduldig. So wie in der DDR, in irgendeiner anderen beliebigen Telefonzentrale, schon lange kein Mensch mehr war. Sie hörte sich an, als hätte sie längst von meiner Welt abgehoben und schwebte irgendwo in himmlischen Hosianna-Sphären umher. Auf jeden Fall klang sie nicht so wie alle anderen Leute, die jeden Nachmittag durch die Lebensmittelläden pirschten und die es längst satt hatten, daß es immer nach Arbeitsschluß in ihrer Kaufhalle nichts weiter als angeschimmeltes Toastbrot und die übliche Einheitssalami gab.

»Guten Morgen!« hauchte sie in mein Telefon. »Was kann ich für Sie tun?«

Ich zögerte, ihr zu antworten. Dieser freundliche Ton irritierte mich. Und die Genossen in einer Bezirksleitung hatte ich mir sowieso anders vorgestellt.

»Ich möchte verbunden werden«, sagte ich schüchtern.

»Falls das möglich ist ... Mit einem Doktor Brendel, von der Firma TRADE-UNIMEX.«

Ich dachte, sie würde arrogant zu kichern anfangen und mich auf meinen Irrtum aufmerksam machen, aber sie wiederholte freundlich und ruhig meine Angaben. »Doktor Brendel, TRADE-UNIMEX. Bitte einen kleinen Augenblick Geduld.«

Sie schien eine ganze Menge Firmen auf ihrem Stöpselbrettchen zu haben. Jedenfalls raschelte sie ziemlich lange mit dem Telefonverzeichnis hin und her. Dann fand sie endlich die Nummer. »Einen Moment bitte noch. Ich verbinde.«

Es klickte, das Rascheln verschwand, und ich hörte nichts mehr.

Ich geduldete mich, wie sie es mir befohlen hatte. Aus meinem Mut blies die Luft ab wie aus einem zu prall aufgeblasenen Luftballon.

Ein leises Schleifen drehte sich plötzlich durch meinen Telefonhörer. Ich hielt die Luft an und lauschte. Einen Anrufbeantworter hatte ich noch niemals gehört. Wieder war es eine freundliche weibliche Stimme. Wieder sehr vornehm, sehr gebildet und sehr kultiviert. Im Moment sind wir nicht erreichbar. Wir bedauern das sehr. Bitte hinterlassen Sie Ihre Nachricht, wir rufen zurück. So oder so ähnlich flötete sie durch die Leitung. Mir blieb ein bißchen die Luft weg. Als der dezente kleine Piepton erklang, nach dem ich meine Nachricht auf das Band sprechen sollte, sprudelte ich aufgeregt los.

Ich erzählte von Doktor Brendels Brief an Tante Johanna. Ich erzählte, daß die Tante gestorben war. Aber, sagte ich, ich wäre so etwas wie eine Erbin, und ich wäre an dem Geschäft mit der Firma unbedingt noch interessiert. Falls sie es sich noch nicht anders überlegt hätten, dann sollten sie mich bitte, bitte ganz schnell anrufen, hier, in der Bibliothek vom Charitas-Krankenhaus, denn ich brauchte ganz dringend das Geld.

Als ich fertig war, hielt ich den Hörer in der Hand und lauschte hinein. Es war still in der Leitung. Kein drehendes

Schleifen mehr und keine Flötstimme. Nicht einmal das übliche Knacken und Rauschen waren noch da.

»Hallo!« sagte ich leise. Ich klopfte vorsichtig, übervorsichtig mit meinem Zeigefinger an den Hörer und fragte noch einmal artig und leise. »Hallo?«

Es blieb still. Vielleicht hatten die gar nicht alles mitgekriegt? Das war ja wohl manchmal bei diesen Anrufbeantwortern so. Ein paar Sekunden ließen sie einem Zeit, seinen Namen zu sagen und ein paar mickrige Stichworte zu seinem Anliegen, und dann schalteten sie sich einfach aus. Ich überlegte. Vielleicht rief ich vorsichtshalber noch einmal an und erzählte alles noch einmal von vorn?

Aber ich ließ es bleiben. Ich legte den Hörer auf und war eigentlich leidlich zufrieden mit mir. Alles, was ich tun konnte, um diese blöde Sache in Ordnung zu bringen, hatte ich dieses eine Mal wirklich getan.

Dann machte ich nichts mehr. Ich stellte mich ans Fenster und sah auf die Blätter und die winzig kleinen Früchte der Kastanie vor meinem Fenster hinaus. Es regnete schon wieder. An den Kanten der großen dunkelgrünen Blattfinger sammelten sich die Tropfen und liefen in breiten Bahnen von ihnen herab.

Wenn Marion jetzt bei mir gewesen wäre, hätte ich mich erheblich wohler gefühlt. Aber sie war nicht bei mir. Sie war nicht in Berlin und mit Sicherheit auch nicht mehr in Budapest. Dort hatten die Leute im Garten der Botschaft schon tagelang nasse Füße und saßen in ihren Zelten mitten im Schlamm, immer noch wartend auf den nächsten Sonderzug.

Eine Stunde verging, eine zweite Stunde. Ich brauchte also gar keine Hilfe von Marion. Es passierte nichts, gar nichts. Langsam wurde mir kalt.

Auf der Inneren Frauenstation und auf der Urologischen warteten sie jetzt vergeblich auf mich. Aber ich wollte nicht weggehen. Ich wollte hier sitzenbleiben. Wenn sie mich anrufen würden, um das Geschäft mit mir zu besprechen, was machte es dann für einen Eindruck, wenn sie feststellen mußten, ich wäre nicht da.

Ich schloß das Fenster und verriegelte es sorgfältig. Dann lief ich zur Zuckerdose, holte mit dem Schlüssel Marions Pullover aus ihrem Schreibtischkasten heraus und hängte ihn mir um die Schultern. Aber auch davon wurde mir nicht warm.

Es regnete und regnete. Sie riefen nicht an, und ich erfand eine Ausrede nach der anderen, um nicht völlig am Boden zu sein, falls sie schließlich doch noch anrufen sollten. Sie hatten ihren Anrufbeantworter heute noch nicht abgehört. Oder die Sekretärin war krank, und es gab viele Chefs in der Etage, aber keine einzige Vertretung für einen Telefondienst, wie das in einem Betrieb eben so ging. Morgen, gleich morgen früh, würde sicher mein Telefon klingeln, und sie würden sich bei mir melden. Und dann käme alles in Ordnung, dann ginge alles seinen berühmten sozialistischen Gang.

Irgendwann zwischen vier und fünf Uhr am Nachmittag klopfte es kurz und energisch an meine Bibliothekstür. Das typische Wiesnersche Klopfen. Einen winzigen Augenblick lang keimte in mir eine riesige Hoffnung. Aber ich wußte im selben Moment, daß das nur mein unbelehrbares Wunschdenken war.

»Ja«, sagte ich genervt vom Warten und von der Langeweile. »Ja, bitte. Herein.«

Die Tür ging auf. Ein frischrasiertes Kinn und ein perfekter, graumelierter Haarschnitt schoben sich ins Zimmer und dufteten nach der Aura eines Anwärters auf den Chefarztposten der Chirurgie. Sein zweireihiger hellgrauer Sommeranzug hatte einen leicht violetten Schimmer und spielte so faltenfrei um seine Schultern, daß sofort klar wurde, daß dieser Anzug extra für ihn genäht worden war. Er stand einen Moment lang im Türrahmen und sah ruhig und aufmerksam zu mir herüber. Dann schloß er die Tür hinter sich und kam mit großen eleganten Schritten direkt auf meinen Schreibtisch zu.

Er stoppte in einem Abstand, der mir klarmachen sollte, daß er nicht vorhatte, mir zu nahe zu treten. Dann hob er langsam seinen Arm über den Schreibtisch und reichte mir seine Hand.

Ich wußte nicht, wieso und warum, aber auch ich hob meinen Arm. Er nahm meine Hand an den Fingerspitzen und hielt sie sekundenlang fest. Dann faßte er nach und schloß seine Finger fester.

»Fräulein Ost«, sagte er leise. Es folgte ein kleines, wohlerzogenes Schweigen. »Liebes Fräulein Ost! Es ist ein trauriger Anlaß, der uns zusammenführt!« Wieder eine vornehme Pause. »Mein Beileid zum Ableben Ihrer Frau Tante!«

Ich ließ mir die Hand von ihm drücken und schütteln und begann langsam zu lächeln. »Bitte«, murmelte ich schüchtern wie eine Zopfliese bei der Abiturprüfung und wies mit der freien Hand hinüber zu dem Stuhl hinter Marions Schreibtisch. »Bitte, setzen Sie sich!«

Sein Lächeln flammte auf wie ein dünnes Streichholz. Er ging um den Schreibtisch herum und zog mit einem elastischen Schwung Marions Stuhl dahinter hervor. Dann saß er mir gegenüber. Meine Augenlider fingen an zu flattern, die Abiturprüfung begann.

Er sah mir in die Augen, senkte den Blick und sah auf seine Knie hinunter. So, als würde es nicht leicht für ihn sein, nach den Worten über die Tante nun zur Sache zu kommen.

»Sie haben uns angerufen, heute nachmittag.« Er hob den Blick und sah mir tief in die Augen. »Und weil die Sache keinen Aufschub duldet ... da dachte ich mir, ich komme lieber gleich selbst bei Ihnen vorbei.«

Dieser Mann hatte eine angenehme tiefe Stimme, nur war sie im Augenblick ein wenig belegt. Er räusperte sich, holte Luft, als wollte er weitersprechen, aber er schwieg. Noch einmal senkte er den Blick und sah auf die Tischplatte. Dann beugte er sich vor, griff wieder nach meiner Hand, drückte sie kurz und sah mich an.

Für einen Moment war sein Gesicht meinem ganz nahe. Seine Augen waren uferlos tief und grau. Ich versuchte, diesem Blick standzuhalten und zu lächeln. Aber wahrscheinlich klappte ich wieder einmal nur den Mund auf. Das also war Dr. Günter E. Brendel.

Und er war wirklich an dem Geschäft mit mir interessiert. So interessiert, daß er selbst mit mir sprechen wollte, und das sogar noch sofort. Das war noch viel mehr und viel besser, als ich erwartetet hatte. Professor Seekamps scharfe Warnungen hatten nicht ins Schwarze getroffen, nein, nicht einmal an den Rand. Das klappte doch alles ganz wunderbar.

Wir nahmen den Fahrstuhl und fuhren hinunter ins Erdgeschoß. Sogar das funktionierte heute ausnahmsweise einmal.

Dr. Brendel ließ mir den Vortritt und ging hinter mir her durch das Foyer. Obwohl die Frühschicht seit zwei Stunden vorüber war, stand I. Lehmann immer noch hinter seinem Schlüsseltisch. Müde stützte er seinen Kopf zwischen beide Hände.

»Immer noch da, Ingo?«

Heute blieb es bei Ingo, heute war er für seine eigenen Späße zu müde. »Immer noch, Kleene. Wat soll ick machen, wenn die halbe Belegschaft auf Urlaub in Ungarn is?«

Ich legte meinen Schlüssel vor ihm auf die Tischplatte und strubbelte mit meiner Hand über seinen Kopf. Ingo hob das Kinn und sah mich an. Dann glitt sein Blick neben meiner Schulter in die Tiefe des Raumes. Dahin, wo wartend Herr Doktor Brendel stand. Ingmar zog traurig die Brauen nach oben und schüttelte mitfühlend den Kopf.

»Mensch, Cora, heute bist du dran«, flüsterte er kaum hörbar. »Die lassen aber auch keinen aus.«

Ich lachte kurz auf und schüttelte heftig den Kopf. »Der ist nicht von *der* Firma, Ingo, der macht mit mir ein ganz normales Geschäft.«

Er sah mir gerade ins Gesicht und ließ seine Augen zu Doktor Brendel wandern, ohne dabei seinen Kopf zu drehen. Seine Hände krochen über den Tresen, als hätte er keinen Einfluß mehr auf sie.

Ehe sie über den Rand der Tischplatte hinunterfallen konnten, hielten sie sich an den Kanten des Schlüsselbuches fest und fingen an, hastig zwischen den Seiten zu blättern. Immer noch sah Ingomar Doktor Brendel an.

»Unterschreib mal, Cora«, sagte er laut und schwungvoll. Er beugte sich über den Tresen, während ich meinen Namen in die Spalte für die Schlüsselausgabe schrieb, und kam mit seinem Mund ganz dicht an mein Ohr. »Wenn du mich fragst, Cora. Eine typische Stasi-Fresse. Kannst du mir glauben, ick habe einen Blick für sowelche. Und nich erst seit letzte Woche.«

Ich ließ das Buch zuschnappen und knallte es vor ihm auf den Tresen. »Ich frage dich aber nicht, Ingomar.«

Dann drehte ich mich um und ging quer durch das Foyer zum Ausgang.

Doktor Brendel überholte mich elegant, lief ein paar Schritte voraus und hielt mir die schwere Tür auf.

Wir gingen zum Parkplatz hinüber. Die Autos standen dicht an dicht, Seite an Seite. Wie immer war der Parkplatz vollkommen überfüllt. Doktor Brendel faßte mich leicht und kaum spürbar am Ellenbogen und führte mich.

Ein dunkelblauer Mercedes stand dort, quer vor der Reihe der anderen Autos. So einen Mercedes hatte sich nicht einmal der Chefgynäkologe mit seinen vielen Privatpatientinnen zusammengespart. Von den Wartburgs und Trabbis und Ladas der Mitarbeiter gar nicht zu reden. Hannes, die Hinterhofpflanze, stand in Hab-acht-Stellung vor dem Auto. Ich wußte sofort, was er wollte. Parken im Parkverbot, Blockieren von Fluchtwegen, Behinderung des öffentlichen Verkehrs. Endlich hatte Hannes einmal eine wirklich wichtige Aufgabe. Er drückte seinen Rücken gerade und ließ seinen hohlen Kopf in die Höhe treiben. Aber als er Doktor Brendel zwischen den Reihen der Autos auf sich zukommen sah, fiel seine Größe wieder in sich zusammen, und er verkrümelte sich hastig. Zwei Autos entfernt stand er zusammengezogen und unschlüssig grinsend und beobachtete uns.

Doktor Brendel nahm den Schlüssel aus seiner grauvioletten Jackettasche und schloß dieses Auto auf. Dann kam er herüber auf meine Seite, öffnete die Tür für den Beifahrer und hielt sie mir auf. Ich stieg ein, er klickte sanft die Tür hinter mir zu, und ich ließ mich an die gepolsterte Lehne fallen. Dann saß er neben mir und ergriff wieder meine Hand.

»Fräulein Ost!« sagte er halblaut und machte seine kleine Pause. »Heute müssen wir endlich über unsere Geschäfte reden. Sie sind selbstverständlich mein Gast. Und bald, meine Liebe, sind Sie alle Ihre Sorgen los.«

Dann legte er den Gang ein und fuhr. Der Motor war leise, so leise, daß ich die Amseln oben in den alten Kastanien hören konnte. Das dumme Gesicht von Hannes und die roten Backsteinmauern vom Charitas glitten lautlos vorüber. Ich legte mich in die weichen Polster zurück und lauschte den Worten nach, die Doktor Brendel gerade gesagt hatte. Und für einen kleinen Moment fiel mir Horsti ein. Horsti, der im Flur auf dem Fußboden sitzt und mit den Puppen spielt. Horsti, der mit dem Vitrinenschlüssel an seinem Hals durch das Zimmer auf mich zukommt und in meinem Arm auf dem Sofa einschläft. Mein armer kleiner Horsti. Er würde weiter mit seinen Puppen spielen können. Keine Steuerfahndung würde nun kommen, kein Finanzamt, keine Polizei. Ich hatte die richtigen Fäden gezogen und hielt sie von nun an fest in meiner Hand. Cora, die Langsame, Cora, die Stille. Cora, die meistens den Mund aufsperrte und guckte und die sowieso nichts tat.

* * *

Die grünen Polstersessel und Sofas in der Hallenbar vom Hotel Unter den Linden waren so wie die Polster in dem Mercedes von Doktor Brendel: wolkenhaft weich und gemütlich und viel zu groß.

Das sah ich schon von draußen, durch die riesigen Schaufensterscheiben, die das untere Stockwerk von der Decke bis zum Boden umschlossen wie die Wände von einem Aquarium.

Doktor Brendel bog auf die schmale Zufahrt zum Hotel-Parkplatz ein. Vor der Eingangstür hielt er an und öffnete mir von innen die Wagentür.

»Ich bringe nur schnell das Auto zum Parkplatz, Fräulein Ost. Gehen Sie ruhig schon hinein.«

Ich stieg aus, ließ die schwere Autotür hinter mir zufallen und machte, was er mir gesagt hatte.

Weiter hinten am Ende der Auffahrt stand ein riesiger schneeweißer Reisebus. Die Tür stand offen, ein Schwarm englischsprechender Touristinnen flatterte heraus und zwitscherte über den breiten Fußweg. Sie machten es einem nicht gerade leicht, ihnen nicht im Wege zu sein. Also ging ich zwischen ihren frisörgepflegten Frisuren, ihren blumigen Sommerkostümchen und hauchzarten ledergeflochtenen Stöckelschuhen auf die Hoteltür zu.

Ich kramte mein Schulenglisch aus einer lange geschlossenen Schublade und filterte aus dem Zwitschern um mich her ein paar Gesprächsfetzen heraus. Very nice seeing Berlin, East-Side is very nice, isn't it. Dann stockte ihre Unterhaltung, und sie fingen an, *mich* zu besichtigen. Ungefähr so staunend und unaufdringlich, wie auch ich sie eben noch angestarrt hatte. Es war wie im Zoo, nur daß jeder von uns überzeugt davon war, daß der andere der sehenswerte Exot wäre.

Ich senkte den Blick auf die Gehwegplatten und gab nach. Na klar doch, wenn jemand in einem Käfig saß, schon sein ganzes Leben lang, dann war ich das ja wohl.

Zwei ondulierte giftblonde Dragonerinnen in dunkelblauen Hotel-Uniformen kamen uns aus der Tür heraus entgegengelächelt, bauten sich rechts und links vor uns auf wie zwei Türlöwen und hielten in devoter Gastfreundlichkeit die Türflügel auf.

Die englischen Zugschwalben drängten sich zusammen und schoben sich mit ihren wehenden Seidenflügelchen flatternd in die Eingangshalle hinein. Vor dem Tisch des Empfangschefs standen sie einen Moment lang still. Dann zirpten sie lautstark weiter und schwirrten ab, nach links in den Speisesaal. Ich blieb allein in der Mitte der Halle, wie ein ausgesondertes Kuckucksei.

»Sie wünschen?« Ein drahtiger kleiner Herr in dunkelblauem Hotelanzug kam von der Seite her auf mich zu. Sein Gesicht war glatt und blasiert, als wäre er der Lakai eines Königs. Aber mehr als der Lakai eines Zoodirektors konnte er eigentlich auch nicht sein. Er musterte mich von oben bis unten und taxierte meine Kleidung. Ich sah seinem Gesicht an, auf welche Gedanken er dabei kam. Sandalen aus Kunstleder, Jeans von McPython und ein ausgewaschener schwarzer Baumwollpulli. Alles aus dem Osten und alles in allem für nicht mehr als dreihundert Mark. So viel Geld trug ein Gast aus dem Westen allein schon an seinem kleinen Finger. Und das in einer Währung, neben der unsere kleine Alu-Mark in diesem Sommer kaum noch zu sehen war.

»Also, wünschen Sie etwas? Oder sollten Sie vielleicht ein Hotelgast sein?!«

Ich starrte ihn an und wußte nicht, was ich sagen sollte. Er stemmte seine Füßchen fest auf den Boden und trieb mich mit seinen Blicken zurück zur Tür. Wer so aussah wie ich und wer noch dazu nicht einmal Westgeld hatte, der war es nicht wert, in seinem Etablissement zu sein.

Dann wurde sein Gesicht plötzlich hell wie eine aufgehende Sonne. Er lächelte mir freundlichst zu, nickte und gab eilfertig den Weg in die Hallenbar frei. Ich sah mich um. Hinter mir stand Herr Doktor Brendel.

Er machte eine Bewegung, eine kleine Bewegung, nur aus

dem Handgelenk heraus. Der uniformierte Herr setzte in seinem Lakaiengesicht die Ich-bin-glücklich-Ihnen-dienen-zu-dürfen-Miene auf, verbeugte sich kurz und verschwand in der Seitengasse.

Doktor Brendel schüttelte den Kopf wie über einen schwer erziehbaren Schüler, zog die Schultern nach oben, als müßte er für dieses ungehörige Verhalten bei mir um Entschuldigung bitten, und lächelte mir strahlend zu.

Es war leer in der Hallenbar, und das war gut so. Sie hatten diesen schmalen Raum so vollgestellt mit grünen Polstersesseln, daß für Gäste nicht mehr viel Platz übriggeblieben war. Sechs oder sieben schmale, halbhohe Tische standen auf Hochglanz poliert zwischen den hochlehnigen Plüschsesseln herum und verstellten das letzte bißchen Platz.

An der hinteren Wand, auf den Hockern vor dem Tresen, saßen drei braunhäutige Männer mit lockigen schwarzen Haaren und tranken Tee aus Jenaer Gläsern. Draußen, auf der Straße, standen ein paar Leute in Jeans und Dederon-Anoraks und drückten sich an den riesigen Schaufensterscheiben die Nasen platt.

Doktor Brendel legte den Arm um meinen Rücken, wie vorhin auf dem Parkplatz vorm Charitas, wieder fast ohne mich zu berühren, und führte mich zu einem Tisch am Fenster. Ich zwängte mich zwischen den hohen Lehnen hindurch und ließ mich auf einem weichen Plüschsessel nieder. Langsam lehnte ich mich zurück, weiter und noch ein bißchen weiter, bis ich endlich in meinem Rücken die hohe Lehne spürte. Ich kippte fast hintenüber, rappelte mich noch einmal hoch und schob meinen Hintern etwas weiter an die Lehne heran. So ging es.

Eine der uniformierten Damen wehte leise wie ein Windjammer heran und schob zwei hellgrüne Plastiktabletts mit kleinen Mokkatäßchen und halb gefüllten Cognacschwenkern vor uns über die Tischpolitur.

Überrascht sah ich Doktor Brendel an. Er lehnte sich seitlich zurück in die Polster, legte einen Arm entspannt oben über die Lehne und lächelte.

»Das ist so üblich unter Geschäftspartnern, meine Liebe«, sagte er ruhig und hob seinen Cognacschwenker. »Auf ein gutes Geschäft stößt man mit gutem Cognac an. Und wo sonst in dieser Stadt wird man noch so zuvorkommend bedient.«

Irgend etwas sagte mir, daß eine Geschäftsverhandlung und ein Schwips nicht zueinander passen würden. Also ließ ich mein Glas stehen und sah ihm zu, wie er genießerisch seinen Cognac in der Hand schwenkte, tief den Duft einsog, der daraus aufstieg, und einen winzigen Schluck davon trank. Locker und gewandt wie ein Weltenbummler lehnte er in diesem riesigen Sessel. Woher nahm ein DDR-Mann in solcher Umgebung denn solch eine Lässigkeit? Wenn ich diesen Doktor Brendel mit den Männern verglich, die ich kannte, dann schnitt nicht einmal Professor Seekamp dabei so überzeugend gut ab.

Doktor Brendel saß da und lächelte. Im Schein der tiefhängenden Deckenlampen glänzten die tadellos frisierten silbergrauen Haare an seinen Schläfen und über seiner Stirn.

Ich wollte nicht unhöflich sein und griff wenigstens nach meiner Mokkatasse. Meine Hand zitterte, und der schwarze Mokka in der Tasse schwappte gefährlich hin und her. Aber da konnte nichts schiefgehen. Ich hatte die kleine Untertasse vom Tisch hochgehoben und hielt sie unter der Mokkatasse in der Hand. Dann erschrak ich.

War das überhaupt richtig, was ich da tat? Erlaubte es Knigge, in der Hotelhalle eines Interhotels die Untertasse unter die Tasse zu halten, oder machte man das auf jeden Fall nicht?

Ich warf einen hastigen Blick zu Doktor Brendel hinüber. Dann beschloß ich, die Sache schnell und unauffällig zu Ende zu bringen, und setzte mich kerzengerade auf.

Mein Schwung reichte nicht. Meine Füße verließen den Boden, mein Oberkörper sank langsam in die Polster zurück. Und die Untertasse schwamm so schnell in schwarzem Mokka, daß ich es nicht einmal schaffte, meine Jeans darunter zur Seite zu ziehen. Jetzt zitterten meine Hände richtig.

Doktor Brendel stand auf, beugte sich über den Tisch und nahm mir vorsichtig die Tasse aus der Hand. Er schüttelte den Kopf, setzte sich wieder und sah mir ins Gesicht. »Fräulein Ost«, sagte er ruhig und eindringlich. »Liebes Fräulein Ost. Sie haben sehr viel Kummer gehabt in letzter Zeit. Aber jetzt ist das vorbei. Jetzt bin ich da. Jetzt wird bald alles in Ordnung sein.«

Er beugte sich herüber, hob mein Glas von der Tischplatte und gab es mir in die Hand. »Sie trinken ja gar nicht.« Er sah mir in die Augen, als ob er dort lesen könnte, woran das lag. »Ach, entschuldigen Sie bitte. Wie dumm von mir.« Er hob seinen Arm kurz und nicht allzu hoch, und die Dame in der Hoteluniform segelte noch einmal quer durch die Halle.

»Bringen Sie der Dame einen kleinen Imbiß.«

Sie entschwand, und er lächelte wieder. Plötzlich wurde sein Gesicht noch einmal ganz ernst. Er beugte sich nach vorne, so weit, daß seine Hand wieder auf meinem Arm lag. »Ich muß Ihnen noch einmal sagen, Fräulein Ost, wie leid mir das mit Ihrer Frau Tante tut.«

Er rückte seinen Cognacschwenker zur Seite, der ihm bei seinen Annäherungen im Wege stand und sah mich unverwandt an. »Oder darf ich Cora zu Ihnen sagen? Ihre Tante hat mir schon so viel von Ihnen erzählt.«

»Sie kannten Tante Johanna gut?« fragte ich leise.

Er lehnte sich wieder zurück und atmete tief und bedauernd. »Wir standen kurz vor dem Abschluß eines großen Geschäfts.« Dann besann er sich noch einmal. »Hat Ihre Frau Tante Ihnen niemals von mir erzählt? Hat sie Ihnen nicht gesagt, daß Sie mir vertrauen können? Und hat sie nicht davon gesprochen, wie sehr sie mir selber vertraut?«

Ich nickte vage. Dann schoß mir plötzlich ein Gedanke durch den Kopf. Natürlich, das war es. Ja, Tante Johanna hatte mir von ihm erzählt. Wovon hatte sie denn gesprochen in der letzten Zeit? Von den Puppen, von Horsti, na klar, davon hatte sie immer geredet. Aber sie hatte auch einen Mann erwähnt. An meinem Geburtstag, an unserem letzten Abend, als sie neben mir an der Haustür stand. Ein Mann, der für mich da sein, der auf mich aufpassen sollte. Jetzt fielen ihre Worte mir wieder ein: Einen Wächter habe ich für dich, einen Beschützer, und du wirst ihn brauchen, Coralein.

Ich sah ihn an, wie er in diesem Sessel lehnte. Sein Blick lag ganz ruhig auf meinem Gesicht. Dieser Doktor Brendel mußte ihr gut gefallen haben, ganz sicher war ich jetzt. Sie hatte seinen Brief bekommen und hatte ihn zu sich eingeladen. Und sie hatte diesem Mann vertraut, ganz sicher. So sehr, daß sie ihn schließlich gebeten hatte, auf mich aufzupassen, wie das nun einmal ihre Art gewesen war. Liebe Tante Johanna, dieses eine Mal war ich ihr nicht böse dafür.

Ich nickte langsam und ließ ein Lächeln zu ihm hinüberfliegen wie einen kleinen Ball. Er fing ihn auf. Ich zog den Teller heran, auf dem ein phantasieloses Türmchen aus knetweichem Toast, Schinken und duftendem Ananas unter einer zerlaufenen Scheibe Schnittkäse lag. Gierig zog ich den Duft in die Nase. Natürlich wußte ich wieder einmal überhaupt nicht, wie das jetzt gehen sollte mit dem Essen. Aber ich pfiff auf Knigge und stellte den Teller ganz einfach auf meine Knie, griff nach Messer und Gabel und futterte los.

»Doch«, sagte ich munter kauend. »Doch, ganz bestimmt. Meine Tante hat mir erzählt von Ihnen.«

Er legte den Kopf zur Seite und sah mich vorsichtig an. »Ja, das glaube ich, Cora.«

Ich säbelte mit dem Messer drauflos und schob mir ein weiteres Stück duftenden Ananastoast in den Mund. »Sie hat Sie mir wärmstens empfohlen. Und einen schönen Kranz haben Sie der Tante auf den Friedhof geschickt.«

Er lächelte und sah mir in die Augen. Dann nickte er.

Ich bemerkte seine Verblüffung, weil ich ihm auf die Schliche gekommen war. Sie amüsierte mich. »Und die Karte?« fragte ich kauend. »War die auch von Ihnen, diese Karte an meiner Tür?«

Er lächelte wieder. Diesmal nickte er schneller als beim ersten Mal.

Ich beeilte mich mit dem Essen, und sobald ich den letzten Bissen herunter hatte, hob ich lächelnd mein Glas. »Auf Tante Johanna«, sagte ich munter. »Und darauf, daß ich Sie endlich gefunden habe. Einen guten Schutzengel hat Tantchen mir ausgesucht.«

Er lachte und ließ seine Zähne blitzen. Wir führten beide das Glas zum Mund. Ich hob den Schwenker langsam in die Höhe und roch vorsichtig daran. Beim Goldbrand hatte das immer ein leichtes Stechen in der Nase verursacht. Bei diesem Cognac stieg ein würziges Aroma mit einem Duft von Zimt und frischem Holz aus dem Glas.

»Auf Ihr Wohl, Cora. Und auf das Wohl Ihrer Frau Tante.«

Ich trank. Einen winzigen Schluck nahm ich auf meine Zunge, lehnte mich in die Polster zurück und schmeckte dem Aroma nach. Doktor Brendel atmete durch wie ein Marathonläufer hinter der Ziellinie, schwenkte seinen Cognac, blickte auf die goldbraune klare Flüssigkeit, nickte und lächelte mir wieder zu. Er war ein ganz besonderer Mann, dieser Doktor Brendel.

Dann kam der geschäftliche Teil des Abends. Genau so, wie er bisher gewesen war, zuvorkommend, wohlerzogen und freundlich, so ging Doktor Brendel auch unsere geschäftlichen Verhandlungen an.

Sein erster Satz war: »Wir verhandeln miteinander, wir machen dieses Geschäft, und Sie, Cora, Sie sind alle Ihre Sorgen los.«

Ich bückte mich hinunter nach meiner Handtasche, wühlte unter Marions Pullover nach den Briefen vom Finanzamt, die ich in Tantes Sekretär gefunden hatte, und hielt sie Doktor Brendel hin.

Er nahm sie in die Hände, holte einen nach dem anderen aus ihrem Umschlag heraus und warf einen flüchtigen Blick darauf.

»Die kenne ich schon, Cora«, sagte er. »Aber das bringen wir alles aus der Welt.« Er beugte sich vor und zögerte. »Ich biete Ihnen Geld an, Cora, viel Geld. Ich will keine Prognose stellen, eine Million vielleicht, oder zwei. Wieviel das genau sein wird, darüber entscheiden wir, wenn die Expertisen erstellt sind. Aber lassen Sie sich das gesagt sein, Cora, eine Sammlung wie die Ihrer Frau Tante, die ist wirklich einzigartig. Jeder Museumsdirektor, überall in Europa, träumt nachts davon.«

Ich lächelte.

»Was für ein schönes Lachen Sie haben, Cora«, sagte er, nahm kurz meine Hand und sprach weiter. »Und Sie können noch viel mehr haben, als nur einfache DDR-Mark. Wer arbeitet denn heute noch für Alu-Chips. Sagen Sie, was Sie sich wünschen, Cora: einen Teil der Summe in Westgeld. Oder wollen Sie einen Telefonanschluß?«

»Oder einen Heimplatz für Horsti«, sagte ich leise.

Er nickte. »Wenn Sie das wünschen, Cora, möglich wäre auch das.«

Ich schüttelte schnell den Kopf. »Geld brauche ich, wirklich nur unser ganz normales Geld.«

»Wie Sie wollen. Und es kann auch ganz schnell gehen. In der nächsten Woche schicke ich meine Mannschaft vorbei und hole Ihre Puppen ab.«

Er hob sein Glas und wartete, bis auch ich meines in der Hand hatte. Ich hatte nicht einmal bemerkt, daß schon wieder ein volles Glas vor mir auf den Tisch gestellt worden war.

Wir setzten die Gläser an. Seine Stimme war ruhig und freundlich. »Trinken wir, Cora, auf unser Geschäft.«

Ich trank, stellte mein Glas auf die Tischplatte und beugte mich ihm entgegen. »Und wann wählen Sie die Puppen aus?«

Er stutzte. »Auswählen?« fragte er und sah mich von oben herab an. Seine Stimme war einen kleinen Moment lang leise und scharf.

»Auswählen? Ich will die ganze Sammlung. Nur in ihrem Zusammenklang hat die Sammlung diesen besonderen Wert.«

Ich lehnte mich zurück und schüttelte den Kopf. Ich glaube, ich schüttelte meinen Kopf sogar fast schon energisch.

»Nein. 289 532 Mark brauche ich, und keine Mark mehr. Wir werden eine Auswahl treffen. Mir geht es darum, daß wir Puppen nehmen, die Horsti nicht allzu sehr vermißt.« Ich machte eine Pause und sah zu ihm hoch.

»Wieso Horsti?« fragte er leise. »*Sie* sind doch ihr Erbe, Cora. Sie können reich sein, sehr reich.«

Ich schüttelte noch einmal den Kopf. »Nein. Nur die Schulden will ich bezahlen, die Tante Johanna bei der Steuer hat. Bitte, helfen Sie mir dabei. Die Puppen will ich behalten.«

Er beugte sich vor. Sein Oberkörper kam mir über den Tisch entgegen. Seine Wangenmuskeln arbeiteten heftig in seinem Gesicht.

»Sie sollten mich doch beschützen«, sagte ich schmollend. »Das haben Sie Tante Johanna versprochen. Sie sollten mir helfen und auf mich aufpassen, und Sie sollten mein Schutzengel sein und …«

Sein Gesicht glättete sich wieder. Er lehnte sich lässig zurück und nickte. »Natürlich, Cora. Sie haben völlig recht. Ich hab' es der alten Dame versprochen.« Auch seine Stimme war wieder zuvorkommend und ruhig.

Ich hob glücklich mein Glas. Jetzt hatte ich ihn überredet, er ließ sich auf meine Bedingungen ein. Tante Johanna wäre stolz auf mich gewesen, sehr stolz. Ich trank. Er sah mir dabei zu und hob ebenfalls sein Glas in die Höhe.

»Wir verabreden einen Termin, an dem wir alles besprechen. Einzige Bedingung: Wir sind allein in der Wohnung. Dann sehe ich mich dort um und wähle die Puppen aus.«

Ich nickte und griff nach meinem Cognac. Hatte ich das Glas nicht gerade eben erst ausgetrunken? »Auf unser Geschäft«, sagte ich kichernd und trank.

Doktor Brendel grinste. »Auf unser gutes Geschäft, liebe Cora!«

Dann nahm er meinen Arm und führte mich an den blauen Uniformen vorbei zur Glastür hinaus.

Im Auto lehnte ich mein Gesicht an seine Schulter. »Lieber Herr Doktor Brendel, warum müssen wir denn schon gehen?«

Die Straßenlampen am Parkplatz warfen schmale blaßgelbe Lichtstreifen auf die Schatten unserer Köpfe auf unseren Knien. Er fuhr mir mit der Hand sanft über meine Wange.

»Ich glaube, Sie hatten ein paar kleine Cognacs zuviel.«

Ich schüttelte den Kopf. »Sie sind vielleicht mein Beschützer, wenn die Tante das unbedingt möchte. Aber passen Sie nicht wie eine alte Tante auf mich auf!«

Er faßte mit seiner Hand hinüber auf meine andere Seite und zog den Sicherheitsgurt über mich. Für einen kleinen Moment roch ich den Duft des Rasierwassers auf seiner Haut. Ich zog tief die Luft durch die Nase ein und drückte mein Gesicht an seinen Hals.

»Cora!«

Aber dann ließ er sich doch herumkriegen, beugte sich über mein Gesicht herunter und küßte mich. Dann ließ er den Motor an und fuhr langsam und ruhig aus der Parklücke heraus. Wieso ich nach den Cognacs, die ich getrunken hatte, fast hinüber war, das verstand ich schon irgendwie. Aber wieso er sich noch immer so tadellos benehmen und sogar noch mit dem Auto fahren konnte, das begriff ich wirklich nicht.

Er kurvte mit mir geräuschlos über den Hotelparkplatz und bog in die Straße Unter den Linden ein. Nach ein paar Metern fuhr er nach rechts in die Friedrichstraße ab. Trabbis, Wartburgs und Ladas kamen uns in kleinen Gruppen entgegen. Ich hatte keine Ahnung, wie spät es war, aber auf dieser Straße war es immer noch so voll wie im Berufsverkehr. Ich lehnte meinen Kopf an seine Schulter und streichelte seinen Arm.

»Mir geht es gut«, sagte ich immer wieder. »Mir geht es so gut.«

Er fuhr unbeirrt weiter, langsam und ruhig. Mehrmals hintereinander sah er für kurze Zeit in den Rückspiegel. Hinter der Buchhandlung vom Verlag der Nation bog er in die Oranienburger Straße ein. An der Baugrube neben dem alten Camera-Kino brannte nicht einmal das Straßenlicht. Es wurde dunkel um uns, wirklich stockdunkel. Er löste eine Hand vom Lenkrad und legte den Arm um mich. Dann blinkte er nach rechts, fuhr dicht an den Straßenrand und stellte den Motor ab. Ein Auto stoppte kurz hinter uns, blieb einen Moment lang stehen und fuhr dann langsam an uns vorüber.

Doktor Brendel hob den Kopf und sah ihm nach, wie es langsam in der Dunkelheit verschwand. Wenn ich nicht schon so tief abgetaucht gewesen wäre, wäre ich sicher gewesen, daß er versucht hatte, wenigstens noch die Autonummer zu erkennen, um sie sich einzuprägen. Aber ich trieb mich gerade in dem Cognacstrudel in meinem Kopf herum und hatte alle Hände voll zu tun, nicht darin unterzugehen. Ein Duft schwamm vorüber in der Dunkelheit. Ich stellte meine Peilung darauf ein und näherte mich diesem Duft. Dann hob ich den Kopf über Wasser und hielt mich daran fest. Und schon hatte ich wieder meine Nase an seinem Hals. Sein Rasierwasser roch wirklich ganz ungeheuer. Langsam, ganz langsam kam sein Gesicht mir entgegen.

»Eins müssen Sie mir noch sagen«, flüsterte ich leise.

»Was denn, Cora?«

»Wie kommt ein Mann wie Sie an so einen Idioten, an so einen 250prozentigen?«

»Was für einen Idioten meinen Sie denn?«

Seine Fingerrücken strichen sanft über meinen Hals. Seine rechte Hand war schon unterwegs zum Ausschnittrand meines Pullis.

Ich hatte Mühe, mich auf meine eigene Stimme zu konzentrieren.

»Ich meine ... Ich meine ... diesen blöden Parteisekretär ... Was haben Sie mit dem über mich zu reden?«

Er zögerte und versenkte seine Augen in meine, uferlos. Dann schüttelte er den Kopf sanft hin und her und zog mich an sich. Seine Finger trafen sich unter meinem Kinn und streichelten mich. Seine rechte Hand glitt über meine Schulter nach unten. Er beugte sich über mich und fing an, mich zu küssen. Ich kicherte leise, aber ich kriegte meine Worte nicht mehr aus meinem Kopf heraus.

Was hatte dieser Brendel mit unserem Parteifritzen zu schaffen? Ich machte meinen Mund vorsichtig frei.

»Also, wie war das? Nun sagen Sie mal ...«

»Aber Cora.«

Ich bog meinen Mund weg. »Ich will eine Antwort!«

»Cora ...«

»Nein!«

Er ließ mich los. »Sie sind betrunken«, sagte er leise. »Cora. Sie trinken zuviel.«

Es kam über mich wie eine kalte Dusche. Genau in dem Moment, in dem ich anfing, wieder ein wenig nüchtern zu sein. Das war's wohl.

»Jetzt nicht mehr«, sagte ich lachend.« Sie passen ja jetzt auf mich auf.«

Er griff mit seinen Händen wieder sanft nach meinem Gesicht. Ich prustete los. Nein, ich wollte nicht mehr. Ich bog mich zur Seite und rüttelte an dem Schloß von meinem

Sicherheitsgurt. Dann zog ich den Gurt aus der Rolle heraus so weit ich konnte und schob mich unter ihm durch.

»Was ist denn, Cora? Ist Ihnen nicht gut?«

Ich lachte. »Mir geht's gut, mir geht's prima, das habe ich doch vorhin schon gesagt.« Ich konnte mich nicht beherrschen, es lachte immer lauter aus mir heraus. Unten, auf dem Fußboden des Autos, tastete ich nach meiner Handtasche.

»Sie wollen gehen, Cora? Ausgerechnet hier, in dieser gefährlichen Gegend! Bitte, Cora, lassen Sie sich doch ...«

Ich suchte nach dem Hebel, mit dem ich die Tür öffnen könnte. Er sprang aus dem Auto, lief außen herum und riß die Tür für mich auf. Dann faßte er noch einmal nach meiner Hand. »Es wird alles gut, Cora. Jetzt bin ich für Sie da. Ich bin Ihr Schutzengel, immer, Tag und Nacht.« Er beugte sein Gesicht noch einmal über mein Gesicht hinunter, aber das konnte er ebensogut bleibenlassen.

Ich drehte mich von ihm weg und sah zu Boden. Obwohl bei dieser Dunkelheit dort unten wirklich nichts zu sehen war.

»Ich rufe Sie morgen an, Cora.«

»Machen Sie das!« So langsam hörte ich wieder zu lachen auf.

Ich warf meine Handtasche über die Schulter und lief schräg über die Straße, die Oranienburger hinunter, bis zu der Ecke, an der die Auguststraße begann.

Seine Autotür klappte leise. Der Motor sprang an, und sein nachtschwarzer Mercedes entschwand in Richtung Marx-Engels-Platz.

Es hatte wieder zu regnen begonnen. Mir war kalt. Ich stand frierend an der kleinen Gardinenspannerei am Anfang der Auguststraße und sah dem Lichtstreifen seiner Scheinwerfer nach.

* * *

Die Nacht war schwarz wie ein leerer Eimer. Der Westwind trieb dunkle Regenwolken von der Spree her über den Himmel, wie eine Sendung dicker, festverschnürter Pakete von der Oma aus dem Westteil der Stadt. Es blies kalt durch die großen Linden. Auf das graue Granitpflaster platschten die ersten Tropfen.

Ich stand da mit hängenden Armen, sah die finstere kalte Straße hinunter und hatte so ziemlich genug. Wie war ich bloß auf die dumme Idee gekommen, aus diesem Auto auszusteigen?

Ich nahm meine Umhängetasche von der Schulter, zog den Reißverschluß auf und nahm Marions Pullover heraus, den ich mir am Nachmittag aus ihrem Schreibtisch geholt hatte. Ich zog ihn an, und mir wurde etwas wärmer. Dann drehte ich mich um und ging langsam die Auguststraße hinauf. Ich hatte keine Angst, nein, und eine dunkle, gefährliche Gegend war das für mich auch nicht. Das waren die Straßen, in denen ich schon immer zu Hause gewesen war.

Viel mehr Sorgen als diese einsame Straße machte mir meine Wohnung. In den letzten Wochen begann mein Herz schon zu hämmern, während ich die letzten Stufen nach oben stieg. Wenn ich die Wohnungstür aufklappte, schlug mir der frostige Geruch leerer Zimmer entgegen. Wenn ich nur daran dachte, wuchs mir inwendig eine eisgekühlte Gänsehaut, die ich jeden Abend mit einem Gläschen Goldbrand zu erwärmen versuchte. Meine Einsamkeit saß in mir wie das abendliche Verlangen nach einem kräftigen Schwips.

Früher hatte ich immer gewußt, daß Tante Johanna, nur ein paar Straßen weiter, in meiner Nähe war. Jetzt ruhte sie sanft unter den Tannenkränzen auf dem Friedhof in der Bergstraße. Und wo Marion inzwischen sein könnte, das ahnte ich nicht einmal.

Ich wußte nur eins, ich machte mir Sorgen. Bis zum Programmschluß würde ich heute wieder den Fernseher laufen lassen und auf die Flüchtlingsberichte warten. Immer mit dem unvermeidlichen Goldbrand in meiner Hand. Dann würde ich besäuselt und erwärmt, aber hellwach im Bett liegen und auf das leise Schlagen der Haustür unten im Hof lauschen und auf dessen unvermeidlichen Widerhall von den Häuserwänden, weil unser Hof ebenso still und leer wie meine kleine Wohnung war.

Das hätte alles anders sein können, wenigstens für diesen einen Abend. Vielleicht hätte dieser Doktor Brendel sich neben mich auf das Sofa gesetzt und hätte mit mir zusammen in den Fernseher gesehen. Wir hätten noch einen kleinen, wirklich nur einen ganz kleinen Goldbrand zusammen getrunken, und irgendwann hätte ich ihm sicher von Marion erzählt.

Und dann hätte Doktor Brendel den Arm um meine Schulter gelegt, ich hätte mein Gesicht an seinen Hals gedrückt und er hätte seine Hände ... Das wär' gar nicht so schlecht gewesen. Seine Fingerspitzen wären wieder unter dem Rand meines Ausschnitts verschwunden. Und wer weiß denn, wozu dieser Doktor Brendel noch fähig gewesen wäre.

Daran wollte ich lieber nicht denken. Das hatte ich vergeigt und verschenkt. Meine Abendgesellschaft saß nun im dunkelblauen Mercedes und fuhr anderen einsamen Herzen oder anderen Geschäftspartnern oder beidem entgegen.

Und ich tappte frierend und verlassen wie Rotkäppchen durch die Finsternis. Vorn an der Brecht-Oberschule brannte einsam wie ein Leuchtfeuer eine Straßenlaterne. In ihrem Lichtkreis flatterten hellgraue Nachtfalter und wärmten sich die Flügel. An einer Hauswand schräg gegenüber stand mit weißer Farbe auf der unverputzten Ziegelwand: REISEFREIHEIT STATT MASSENFLUCHT.

Na also, so dunkel war es doch hier gar nicht.

Hin oder her mit Doktor Brendel, mit seinen Küssen und mit unserem blöden Parteisekretär. Ich hatte in den letzten Wochen schon ganz andere Abende überstanden. Nein, jetzt wollte ich doch nach Hause. Wenn ich ein paar Stückchen

Holz in meinen Kachelofen legte, wurde mir zu Hause wenigstens wärmer als hier.

Ich zog Marions Pullover fester um mich und lief weiter. Ein paar Häuser weiter war die Straße dunkel wie die Rückseite vom Mond.

Neben einer Holztür, tief in einer Toreinfahrt, klebten zwei Zettel auf den bröckligen glasierten Ziegeln der Hauswand. Wer sie angeklebt hatte, hatte keinen guten Platz dafür gewählt. Ich blieb stehen und versuchte, sie zu entziffern. Aber sie waren verregnet und ausgewaschen und hingen sicher schon länger als eine Woche hier. Und bei dieser Dunkelheit konnte ich die Überschriften gerade noch erahnen. Der eine Zettel war der gleiche, der jeden Tag wieder neu in der Chirurgischen hing. Ich erkannte ihn an der Blattaufteilung und an dem großen runden Signet. In dieser Gegend riß keiner solche Aufrufe von den Wänden ab. Über dem anderen Zettel stand in großen handgemalten Buchstaben — DAS NEUE FORUM — PROGRAMM ...

Ich sah mich um. Die Straße war menschenleer. Also war es kein allzu großes Risiko, dieses Flugblatt hier auf offener Straße zu lesen. Ich rückte näher und näher mit meinem Gesicht an die Wand heran. Mir war lausekalt, und ich kuschelte mich immer tiefer in Marions Pullover. Ich schob sogar die Hände durch die Schlitze im Vorderteil in die Tasche hinein, die Marion auf der Innenseite ihres Pullovers angestrickt hatte wie einen großen Muff. Meine Hände trafen sich innen in der Mitte der Tasche, um sich gegenseitig zu wärmen.

Ich merkte nicht gleich, was los war, denn meine Gedanken waren nur bei dem Flugblatt dort an der Wand. Aber meine Hände trafen dort in der Tasche nicht aufeinander. Irgend etwas, das sich anfühlte wie ein zerdrückter Briefumschlag, steckte in der Innentasche fest und versperrte ihnen den Weg.

Ich zog den Umschlag heraus, drehte ihn in meinen Händen hin und her, so lange, bis ich seine Vorderseite im Licht hatte. Es war kein Briefumschlag, es war eine dieser dicken grünen Papiertüten, auf die in beschwingten Lettern gedruckt war: Gut gekauft, gern gekauft, KONSUM.

Auf der anderen Seite stand in Tantes großer, umständlicher Schönschrift: *Für meine Nichte Cora.* Und darunter hatte Marion hastig und klein ein paar Worte geschrieben. Aber in dieser Dunkelheit entzifferte ich davon nichts.

Ich drehte mich suchend um. Wo, zum Teufel, war die nächste funktionierende Laterne? Zur Schule zurückzugehen war mir viel zu weit. Also setzte ich mich in Bewegung und trabte zum Ballhaus. Weit vor mir leuchteten die Lichterketten. Leise und dezent drang Musik auf die Straße hinaus. Unter den mickrigen Bäumen, dort, wo das Vorderhaus weggebombt war, stand steif wie ein Arbeiterdenkmal ein Pärchen und knutschte.

An der Heißmangel, ein paar Häuser hinter dem Ballhaus, brannte ein mittelhelles Straßenlicht. Ich stellte mich unter dem Lichtkreis an den Straßenrand und klappte die Tüte auseinander.

Ein nagelneuer Zeitungsausschnitt, so frisch, daß er sogar noch nach Druckerschwärze roch, lag sauber und glatt zusammengefaltet darin. Ich nahm ihn vorsichtig heraus und faltete ihn auseinander.

Meine Tante Johanna war immer wieder für eine neue Überraschung gut.

Die Überschrift war in so großen Buchstaben gedruckt, daß er auf keinen Fall aus einer unserer Zeitungen stammen konnte. So einen marktschreierischen Fettdruck verwendete nicht einmal das ND.

**Bekannter Antiquitäten-Sammler empört sich**

stand da.

**Diese Puppe gehört mir!**

Ich lehnte mich fest an die Hauswand und vertiefte mich in den Artikel.

Leberecht Börsch, ein bekannter Sammler aus Remagen, entdeckte beim Stöbern in einem Antiquitätengeschäft eine Puppe. »Diese Puppe gehört mir!« erklärte Leberecht Börsch dem überraschten Geschäftsführer. »Sie ist Teil meiner umfangreichen Sammlung, die ich bei meiner Flucht vor der Ulbricht-Polizei im Osten zurücklassen mußte. Ich erkenne sie an einer markanten Beschädigung des rechten Ohres, einer Kombination von Einschnitt und Bohrung, die wirklich unverwechselbar ist.«

Bei dem Fundstück handelt es sich um eine Holzpuppe aus dem Jahr 1706 oder 1707. Diese sogenannte 'Echte Queen-Anne-Puppe' ist eine der wenigen noch erhaltenen ihrer Art in Europa. Eines der meistgesuchten Sammlerstücke von einem außerordentlichen Wert.

Neben dem Artikel war natürlich auch ein Bild dieses bekannten Sammlers. Ein Glatzkopf mit einem Lächeln, das so charmant und nußknackerhaft war wie das von Adriano Celentano, hielt vor dem Fotografen eine große Holzpuppe hoch in die Luft wie ein Angler seinen sensationellen Zwanzigpfünder. Der Mann mit der Glatze interessierte mich weniger. Viel interessanter war der apfelbäckige Holzkopf mit der hohen Stirn und dem steifen strichschmalen Lächeln. Da war kein Zweifel mehr möglich, diese Puppe war wirklich eine Queen Anne. Und sie war eine »Echte«: Neben jedem Apfelbäckchen stand ein königliches Holzohr nicht gerade schmal und unscheinbar in die Luft. Das war Handarbeit von 1700. Alle anderen Queen-Anne-Puppen, die fünfzig oder einhundert Jahre später nach dem gleichen Muster hergestellt worden waren, hatten kein einziges Ohr.

Diese Queen Anne also hatte Ohren. Und am unteren Teil des rechten Ohres, da, wo gewöhnlich das Ohrläppchen saß, sah man einen fingerbreiten schwarzen Strich. Selbst wenn der Retuscheur etwas nachgeholfen hatte, was ich bei dieser Beleuchtung natürlich nicht einmal annähernd genau sehen konnte, selbst dann erkannte ich diese Schramme dort.

Genau so eine Verletzung hatte die Queen von Tante Johanna auch gehabt. Drei oder vier Jahre waren Horsti und ich damals alt. Und ich hatte die großartige Idee gehabt, der Queen einen von meinen neuen Herzchenohrringen zu verehren. Gemeinsam hatten wir beide mit einem spitzen Küchenmesser und einer Schlüsselfeile daran gearbeitet, ein Loch in ihr königliches Ohrläppchen zu bohren.

Nein. Mir wurde übel. Ich ließ meine Knie einknicken und rutschte mit dem Rücken an der rissigen Hauswand hinab. Diese Puppe bei diesem Antiquitätenhändler in Remagen, das konnte nicht Tantes Queen Anne sein. Tantes Queen Anne saß im Regal, über dem Sofa in Tantes großem Berliner Zimmer. Bei meiner Geburtstagsfeier hatte ich sie selber noch dort gesehen.

Ich lehnte den Kopf zurück an die Hauswand und schnappte nach Luft wie ein Nichtschwimmer im großen Becken.

Ein Auto bog langsam von der Tucholskystraße ein und glitt leise heran. Es war kein Trabant und kein Wartburg und überhaupt keiner der drei oder vier Autotypen, die bei uns üblich waren. Dafür war der Schatten, den er vor sich auf das Pflaster warf, viel zu groß.

Der Fahrer kam langsam wie ein witternder Hund immer näher. Dann stoppte er, mitten auf der Straße, ließ seine Scheibe hinunter und lehnte sich andeutungsweise hinaus.

»Wieviel willst du? Zehn Westmark oder fünfzig Ost?«

Ich war weiter mit meiner Atemnot beschäftigt und sah ihn an.

»He, was is?! Brauchst du kein Westgeld?«

Ich stand langsam auf, faltete den Zeitungsausschnitt zusammen und schob ihn wieder in die grüne Tüte hinein.

Er guckte mich an und knabberte an seinem Lenkrad. Dann faßte er hinunter und klinkte seine Autotür von innen her auf.

Ich schob die Tüte vorsichtig in den Pullover zurück und machte unsicher die ersten Schritte. Sie führten in die falsche Richtung.

»He, wat is nu? Oder willst du noch mehr haben! An der Weltzeituhr stehen Mädchen, die es für eine Strumpfhose machen.«

Jetzt hatte ich mich wieder in der Reihe. Ich blieb stehen und drehte mich zu ihm um.

»Ja, wirklich? Dann pfeif ab und verkusch dich zum Alex!«

Er knallte die Tür zu und fuhr an wie beim Formel 1-Rennen. Im Haus gegenüber schlug jemand lachend ein Fenster zu.

Heddas Haustür war abgeschlossen. Ich klappte meine Tasche auf und wühlte nach dem großen Schlüssel. Dann stemmte ich mich gegen die Tür, drückte sie auf, stürmte die Treppe hinauf und setzte atemlos den Daumen auf Heddas Klingelknopf.

Nach drei Minuten schlurften ihre Schritte müde über den Flur. Die Tür ging ein paar Zentimeter weit auf, und hinter der Sicherheitskette erschienen ein Schildkrötenauge von Hedda und ein Stückchen von ihrem Gesicht.

»Cora, Meechen, um diese Zeit! Det Horsti schnorcht schon.«

Sie schloß die Tür wieder, schob die Kette aus dem Sicherungsblech und ließ mich hinein.

»Komm rein, komm. Et wird doch nischte passiert sein?« Sie henkelte ihre Arme um meinen Hals und drückte mir einen Kuß auf. Dann ließ sie mich los, drehte ihren Kopf zur Seite und pustete angewidert die Luft aus. Mit ein paar Schritten war ich an ihr vorüber und machte die Tür zu Tantes Stube auf. Ich griff nach dem Lichtschalter. Dann trat ich vor das Sofa und guckte.

»Wo ist sie, Hedda? Wo ist sie?«

Sie schlurfte gerade erst um die Ecke. »Wer denn, Meechen? Cora, ick jlaube, du bist beschickert. Besoffen bist du! Wer soll denn hier sein?!«

»Die Queen Anne suche ich. Tante Johannas Queen Anne, die echte.«

»Aba da issie doch!« Hedda kickte mit ihrem Kinn zum Vertiko, auf das Regal darüber. »Guck mal, Cora, da drüben.«

Ich machte ein paar große Schritte und griff nach der Puppe. Sie war es nicht.

»Hedda, die hat keine Ohren!«

»So? Nee? Na, wat macht det?«

»Das ist die andere, die falsche Queen Anne. Die suche ich nicht!«

Hedda zuckte die Schultern.

»Kannst du dich erinnern, Hedda? Ist sie an meinem Geburtstag noch dagewesen?«

Hedda schüttelte den Kopf und gähnte leise. »Wenn *du* det nich weeßt, Cora.«

Ich wußte es nicht. Ich wußte gar nicht mehr, was hier los war.

Hatte Tante Johanna die echte Queen verkauft und die falsche aus der Vitrine genommen und auf diesen Platz im Regal gesetzt? Aber wenn sie das gemacht hatte, warum saß die Queen dann nicht in dem Regal über dem Sofa, so wie es immer war?

Langsam ging ich zur Stubentür und knipste das Licht aus. Hedda schlurfte vor mir her in die Küche. »Wat is los, Meechen? Erzähl mal.«

Ich schüttelte den Kopf. »Lieber nicht, Hedda. Das beunruhigt dich nur. Wenn ich genau weiß, was los ist, dann sag ich's dir.«

Sie ließ sich auf das Küchensofa plumpsen, hob die kurzen Ärmchen auf die Tischkante und sah still vor sich hin. Wie eine schlafende, alte Schildkröte. »Jetzt wirste ooch schon varückt, jenau wie deine Tante«, murmelte sie leise.

Mit einem Schritt war ich bei ihr und faßte sie fest am Arm. »Wieso verrückt? Hedda, was war denn?«

Sie winkte ab. »Jenau wie du heute. Immer dieset Drumrumreden. Un disse Unruhe. Un disse komische Angst.«

»Ich habe auch Angst, Hedda.«

»Warum denn Angst, Kindchen! Is doch alles in Ordnung. Is alles jut. So, wie et is.«

Ich ließ ihren Arm los und drehte mich wütend weg von ihr. »Schlaf gut, Hedda.« Als ich die Wohnungstür schon in der Hand hatte, kehrte ich noch einmal um. Ich ging in die Küche zurück, in der Hedda immer noch bewegungslos auf dem Sofa hockte und vor sich hin starrte. Aus dem Tellerregal auf dem alten Küchenofen nahm ich mir Heddas Goldbrand-Flasche heraus.

»Willsu schon wieder eenen kippen, Meechen?«

»Klar will ich. Von wem hab' ich das wohl gelernt?!«

Ich zog die Wohnungstür hinter mir zu, aber ich verzichtete darauf, sie zu knallen. Unten im Flur, ehe ich die große Haustür aufzog, blieb ich stehen, schraubte die Flasche auf und nahm den ersten Schluck.

* * *

»Ah, Fräulein Cora!« Hannes lächelte und tippte sich mit dem Mittelfinger an den Rand seiner Uniformmütze. »Mahlzeit, Fräulein Cora! Schönes Wetter heute, nicht wahr.«

Ich hörte auf, meinen Bücherkarren durch das Foyer zu treideln, und starrte ihn an. Eine bleischwere Müdigkeit drückte seit einer Woche auf meine Augen. Das Gefühl, eine gut behütete schöne Nacht verloren zu haben, als der blaue Mercedes ohne mich startete und in der Dunkelheit verschwand, hypotonisierte meinen Blutdruck immer noch und sorgte jeden Morgen für neue Kopfschmerzen. Dagegen waren meine Sorgen um die verschwundene Queen und der Goldbrand-Kater von Heddas Küchenflasche beinahe gar nichts.

Ingfried hatte einen Blick für meine Hypotonien. Er klebte seinen Zahnstocher auf der Unterlippe fest und klappte einmal kurz seinen Mund auf.

»Zisch ab, Hannes. Is nichts mit Schönes-Wetter-Fräulein. Es nieselt, schon seit heute morgen.«

Hannes zog sein Lächeln ein und verzischte sich schnellstens. Er nickte mir zu und stelzte eilig zur Eingangstür. Dort ließ er ein paar Patienten an sich vorbeiziehen und hielt ihnen den schweren Türflügel auf. Dann trat er hinaus unter das Vordach und zog die Tür hinter sich zu.

»Seit der dich mit diesem Mercedes-Typen gesehen hat, weiß er nicht mehr, was er von dir halten soll, Cora.«

Ingo stellte sich auf die Zehenspitzen und spähte durch eines der großen dreiflügeligen Fenster auf die Auffahrt hinaus.

»Guck dir diesen Konfusionsrat an. Jetzt schleicht der da draußen im Regen herum und bildet sich ein, er wäre Miss Marple. Da geht einer auf und ab, seit einer Stunde schon, das läßt dem Spatzengehirn von Hannes keine Ruhe.«

Ich ließ meinen Bücherkarren stehen, lahmte um den Tresen herum und stellte mich hinter Ingfried. Jetzt konnte ich Hannes sehen, der neben einem senfgelben Wartburg in Deckung gegangen war und spähte. Hinter der Mauer, an der die Parkplätze für die Herren in den gehobenen medizinischen Rängen reserviert waren, ging ein Mann auf und ab. Seine blauen Jeans und dieses weiche karierte Baumwollhemd kamen mir bekannt vor. Seine semmelblonden Haare waren kurzgeschnitten und standen igelig von seinem Kopf ab, obwohl sie triefnaß waren. Heute hatte er sein schwarzes Jackett angezogen. Dunkle Flecke zogen sich von den Schultern abwärts. Zwischen den Schulterblättern rann der Regen hinunter und klebte das Jackett in der Mitte fest.

Er blieb stehen, legte den Kopf zurück und sah am Charitas hinauf bis zu den Fenstern im Dachgeschoß. Dann hob er die Hand, strich sich die Regentropfen aus den Haaren und tigerte weiter, immer auf und ab, wie die Männer, die stundenlang vor den Türen zum Kreißsaal warteten.

»Den kenne ich doch«, sagte ich leise.

Ingmar drehte sich zu mir um. »Den kennst du, Cora? Dann geh raus und hilf Hannes aus seinem Schützengraben. Sonst holen die ihn heute noch in die Psychiatrie.«

Ich schüttelte den Kopf und ging zurück zu meinem Bücherkarren.

»Zu müde für diese Späße. Heute nicht, Ingo.«

»Ich heiße nicht Ingo, Mädchen, ich ... Ach, hau dich irgendwo in die Koje. Betten gibt's in diesem Haus doch genug.«

Ich grinste mit einem Mundwinkel, nickte Ingo zu und treidelte in Richtung Fahrstuhl.

Oben in der Bibliothek setzte ich mich an meinen Schreibtisch und wartete auf den Anruf, den Doktor Brendel mir versprochen hatte.

Aber je länger ich saß und wartete, um so leiser wurden die Stimmen auf dem Flur und die Schritte auf den Treppen und das Türenschlagen im Haus. Immer tiefer versank ich in den Fußspuren von meinem Kater und meinem hinkenden Blutdruck. Schließlich gab ich diesem Sinken nach und machte für ein paar Minuten meine schmerzenden Augen zu.

Als ich wieder zu mir kam, ging es meinen Augen besser. Statt dessen rebellierte nun mein Magen, und die Geräusche um mich her mußten erst wieder geortet und sortiert werden und auf die richtige Lautstärke eingestellt. Falls das Telefon inzwischen geklingelt hatte, hatte ich es bestimmt nicht gehört.

Ich versuchte nicht mehr, das auf die verpaßte Nacht mit Doktor Brendel zu schieben. Nein, das lag eindeutig an der üblichen halben Flasche Goldbrand. Und an der üblicherweise darauf folgenden halben Flasche zuviel.

Ich schloß die Tür ab und machte mich auf den Weg zur Kantine, um meinen Magen wieder auf die Beine zu stellen. Seit Marion nicht mehr bei mir war, trank ich in der Bibliothek nicht einmal mehr Kaffee.

Er war immer noch da. Jetzt war er ins Trockene gekommen. Er stand auf dem Flur in der zweiten Etage, unverrückbar wie ein riesiger Grenzstein, und tropfte fürchterlich.

Ich stieg aus dem Fahrstuhl aus und ging langsam den Flur hinunter. Vor mir liefen ein paar Sprechstundenhilfen aus der

Ambulanz und schwenkten die symmetrischen Nähte auf den Rückseiten ihrer langen Beine. Er drehte den Kopf weg und sah aus dem Fenster und hatte nicht einmal einen nassen Blick für sie.

Dann kam ich. Er hob langsam das Kinn hoch und sah mir entgegen. Sein Blick rollte heran wie eine kleine Welle. Strahlend wie von der Mittagssonne beschienen und ostseeblau.

Ich schaute auf die ausgetretene Dielung am Boden und ging einfach weiter. Verdammt noch mal, sah der gut aus. Mein Kreislauf machte einen kleinen Hüpfer. Ich wurde munter, ganz ohne Kaffee und ohne Goldbrand, ich war auf dem Weg der Besserung. Ein Blick von dem traf tiefer als ein ganzer Kuß von diesem Doktor Brendel. Wenn ich so einen, so einen wie den … für einen einzigen Nachmittag, nur um ein bißchen zu schwatzen mit dem, um mich ein bißchen anzulehnen an seine Schrankschultern. Oder auch, na ja, für einen Abend, für eine Nacht …

Ich hob den Blick und sah noch einmal zu ihm hinüber. Die zweite Welle rollte heran. Ich bemerkte sie rechtzeitig. Das beste wäre vielleicht, ich drehte mich um und verließ die Arena, ehe er sich vielleicht umdrehte, wie Doktor Brendel vor der Ruine vom Wertheim-Kaufhaus und dem Kino CAMERA, und in irgendeine Richtung verschwand.

Aber er drehte sich nicht um, und er machte keine Anstalten zu verschwinden. Er hob das Kinn und begann zu lächeln. Sein Mund ging breit auseinander zwischen einer Dünung von halbrunden kleinen Lachfalten. Seine Augen wurden enger und winzig schmal. Als die dritte Welle heranwogte, blieb ich stehen, drehte mich in die Brandung und ließ sie auftreffen, frontal. Sie wirkte sofort. Mir wurde glühendheiß.

Ich machte die paar Schritte, die mir noch bis zu ihm fehlten, und hielt genau vor ihm an.

»Hallo«, sagte er leise.

»Hallo«, sagte ich. »Wir kennen uns doch. Können Sie sich erinnern? Vor zwei Wochen, im dritten Stock, auf der Treppe, da waren Sie mit Ihrem Blumenstrauß.« Ich glaube, ich wurde nicht einmal rot, während ich das sagte, obwohl ich allen Grund dazu gehabt hätte. So plump war ich wirklich schon lange nicht mehr gewesen.

Er neigte den Kopf und schickte mir sein meerblaues Lächeln herunter. Er war gut und gerne zwei Köpfe größer als ich. Seine Schultern vor dem hellen Fenster stellten mein Gesicht in den Schatten.

Ich lächelte ihm zu, sah wieder auf den Fußboden und ging weiter, durch die alte Schwingtür, in die Kantine hinein. Fünf Minuten später saß ich an meinem Tisch in der Ecke, hatte eine abgeschrammte Plastikschüssel vor mir stehen und begann, weißgelbe Spaghetti und rotgetönte Mehlsoße in mich hineinzuwickeln.

Noch einmal zwei Minuten später trat er langsam durch die Kantinentür herein und ließ sie hinter sich ausschwingen. Er schlenderte hinüber zur Essenausgabe und sah sich dabei ausgiebig um. Erst als er seine Plastikschüssel in den Händen hielt, entdeckte er mich und lief langsam und eher beiläufig quer durch den ganzen Saal, bis in meine Ecke hinein.

»Darf ich?« Er setzte seine Spaghettischüssel zurückhaltend auf der Tischkante auf.

»Bitte. Natürlich dürfen Sie.« Ich vergrub mich in meinem Teller.

Aus dem Augenwinkel sah ich, wie er seine Schüssel weiterschob, langsam und vorsichtig, als ginge es steil bergauf an dieser Stelle des Tisches. Dann hörte ich seinen Stuhl über das alte Parkett scharren, er setzte sich, und sein Gesicht erschien auf der anderen Seite des Tisches, hart am Rande von meinem Blickfeld.

Ich hörte vorsichtshalber nicht mit dem Essen auf. Aber ich hob langsam das Kinn, sah gelangweilt aus dem Fenster am Ende des Speisesaales und beobachtete ihn.

Er guckte angestrengt auf seine Spaghetti hinunter und betrachtete sie. Dann streckte er den Arm aus, öffnete die Hand und fuhr sich mit der Handfläche über das Haar. Schließlich riß er den Blick von seinem Teller los und sah mich von der Seite an. Seine Blicke glitten von meinen Augen zu meinem Mund und zu meiner Nase, hin und her über mein ganzes Gesicht.

Aber er sagte nichts. Er nahm seine Gabel in die Hand, wickelte die weichen Kantinenspaghetti darum und fing an zu essen. Ab und zu sah er von seinem Teller auf und guckte zu mir herüber.

Meerblau. Als unsere Blicke sich zufällig trafen, steckte sogar wieder ein kleines Lächeln in seinem Blick.

Ich spulte langsam meine Spaghetti vom Teller, führte langsam meine Gabel zum Mund und kaute. Langsam, langsam, immer langsamer, so beschäftigt war ich damit, ihn anzusehen. Eigentlich war er einer von den Männern, die es gar nicht nötig hatten, so schön zu sein. So etwas wie eine gutmütige freundliche Stärke und Souveränität strahlten von ihm aus wie wohlige Wärme von einer Heizsonne. So, als könnte man sich neben ihm geborgen fühlen wie mit einem größeren Bruder als Begleitung oder mit Cassius Clay.

Ich atmete auf, lehnte mich innerlich zurück wie in einem bequemen Polstersessel für strapazierte Nerven und dachte an gar nichts mehr. Ich dachte nicht mehr an Marion, nicht mehr an die Flüchtlinge, an die Sonderzüge mit den Transporten, an die Turnhallen voller Klappliegen und an die schlammigen Lager. Ich vergaß alles, sogar meine Vorsicht.

»Haben Sie von der Demonstration am Montag abend in Leipzig gehört?« fragte ich plötzlich. Ogottogott. Ich hielt die Luft an und verschanzte mich hinter einem Mundvoll Spaghetti. Was hatte ich da gerade gesagt! So etwas fragte man doch nicht einen Fremden.

Aber er war keineswegs empört. Er ließ seine Gabel für einen kleinen Moment in der Luft stehen und sah meerblau auf. »Hab' ich«, sagte er leise und nickte langsam. »Ich war sogar selber da.«

Ich aß weiter, noch eine Gabel voll und noch eine. Dann hielt ich meine Neugier nicht länger aus, und ich legte die Gabel zurück auf meinen Teller. »Sind Sie hingefahren, extra wegen der Demo? Hier, von Berlin aus?«

Er schickte eine Welle und nickte wieder. »Das mache ich schon seit zwei Wochen so. Und eine Menge andere Leute machen das auch. Die Stadt ist jedesmal voller.«

Ich guckte ihn an. Nur nichts mehr sagen, dachte ich, nur nichts mehr fragen. Und wenn der noch so vertrauenerweckend aussieht, du kennst den gar nicht, und jetzt, Cora Ost, jetzt bist du still.

Aber dann sah ich auf sein Gesicht, auf die Dünenketten der Lachfalten neben seinem Mund, über seinen Brauen und neben seinen Augen. Ich sah seinen Haaren zu, während er sich mit der Hand über den Kopf strich. Sie legten sich weich zur Seite, blieben einen Moment lang liegen und richteten sich hinter seiner Hand wieder auf. Als würde man einen Kater streicheln, einen Kater mit weichem, widerborstig gesträubtem Fell.

»Das ist ein verrückter Sommer«, sagte er leise. »Sind das auch für Sie so schlimme Wochen gewesen?« Eine Welle rollte an, hoch wie eine Springflut. Dann klappte er die Augen zu wie zwei Schleusentore und sah nachdenklich zwischen uns auf den Tisch.

Nun war ich nicht mehr aufzuhalten. Ich rutschte in die Wellen hinein und begann zu schwimmen. »Vor drei Wochen«, hörte ich mich plötzlich sagen, »vor drei Wochen ist meine Freundin nach Ungarn gefahren. Ich habe ihren Abschiedsbrief gefunden. Sie kommt nicht mehr. Sie ...«

Zuerst erzählte ich ihm von Marion. Er hörte mir zu, nickte, legte seine Gabel auf die weißgelb-roten Spaghetti und schob seinen Teller zur Seite. Aber er fragte nichts. Er griff in die Tasche von seinem Jackett und holte eine kurze dunkelbraune Pfeife heraus. Dann steckte er sie in den Mund, klopfte seine Taschen nach Streichhölzern ab und ließ die Pfeife wieder zurück in die Tasche rutschen. Statt dessen hob er wieder langsam den Arm.

Allmählich bekam ich Lust darauf, diese weichen, widerborstigen Haare auch einmal unter meinen Fingerspitzen zu fühlen.

»Und da ist noch mehr«, sagte ich leise und beugte mich noch weiter vor. Jetzt erzählte ich ihm vom plötzlichen Tod der Tante. Dann von Hedda. Und von Horsti, für den ich nun irgendwie auch mit verantwortlich war. Und daß ich, seit Marion weg war, mit keinem mehr richtig geredet hatte, nur mit meinem tantenhaften Pathologie-Professor und mit Hedda, die sich mehr und mehr wie eine uralte Schildkröte benahm. Halt die Klappe, dachte ich manchmal, hör endlich zu reden auf. In fünf Minuten würde er aufstehen und weggehen und sein Lächeln und seine meerblauen Augen anderswo hintragen, und das war's dann. Ich würde nicht einmal erfahren, wem ich gerade diese Beichtgeheimnisse anvertraut hatte. Aber es ging nicht, ich redete und redete. Es mußte einfach heraus. Die Bremsen funktionierten erst, als ich an die Puppen dachte. An Doktor Brendel, an Tantes sagenhaft hohe Steuerschuld. Wenn du das auch noch sagst, Cora Ost, dann hält der dich für eine Lügnerin, für eine Hochstaplerin oder für eine Kriminelle. Im besten Fall glaubt der dir kein Wort.

Ich klappte erschrocken meinen Mund zu, lehnte mich zurück, sah ihn an und sagte gar nichts mehr. Dann zog ich meinen Teller zu mir heran und stürzte mich auf die kaltgewordenen Spaghetti.

Seine Blicke tasteten wieder, wie vorhin schon, hin und her über mein ganzes Gesicht. Sie glitten bedächtig von meinen Augen zu meinem Mund und zu meiner Nase. Schade, daß er nicht blind war.

Ich bedauerte es wie schon lange nicht mehr, daß ich ihm nicht einen besseren Anblick bieten konnte. Exotisch und interessant wie ein hibiskusroter Flamingo war ich nun wirklich nicht.

Aber das schien ihm nichts auszumachen. Er lächelte mich immer freundlicher an.

»Und jetzt?« fragte er leise. »Möchten Sie vielleicht einen Kaffee?«

Zwei Stunden später pendelte die alte Schwingtür langsam hinter uns aus. Wir gingen nebeneinander den Flur hinunter zum Fahrstuhl.

»Wie wäre es, wenn ich Sie heute abend hier abhole«, fragte er plötzlich. Er ging gerade und hielt sich auf Abstand von mir. Aber er sprach leise und so vertraulich, als würden wir uns schon lange kennen. Und noch leiser fragte er: »Wir könnten ins Kino gehen, vielleicht, wenn es Ihnen recht ist. Ist es Ihnen recht? Haben Sie etwas dagegen?«

Ich verstand nicht wieso, aber es schien mir, als sei er besorgt darüber, daß ich *nein* sagen könnte. Ich holte tief Luft und unterdrückte ein Jubeln. Dann beeilte mich, ihm zu versichern, daß seine Sorge grundlos war.

»Ich hab nichts dagegen, gar nichts. Ich warte auf Sie.«

Ich hängte meine Handtasche über meine Schulter, drückte auf den Fahrstuhlknopf und fuhr mit ihm bis ins Foyer.

I. Lehmann stand unten und lehnte sich weit über seinen Tresen. Sein Gesicht kam mir entgegen, sein Mund berührte beinahe mein Ohr. »Cora!« flüsterte er. »Cora, der Mann sieht ja fabelhaft aus!«

Ich schüttelte unwillig den Kopf und tippte mir an die Stirn. »Was du denkst, ist nicht, Ingomar!«

Er lachte nur. »Das seh' ich an deinen Augen, was du mit dem vorhast. Wie lange kennen wir uns jetzt? Also bitte — Privat geht vor Katastrophe. Gib den Schlüssel her, Cora!«

»Scht, nicht so laut, Ingo.«

Ich drehte mich um und sah vorsichtig zu diesem Markus Behnesch.

Er stand ein paar Meter weiter, mit dem Rücken zu uns, und betrachtete intensiv die Bildkunstwerke mit den Baukränen und den Arbeiterpersönlichkeiten mit den Schutzhelmen auf den klugen Köpfen an der Wand neben der Eingangstür.

»Ich denke, Cora, du gehst jetzt.«

»Nein, dafür ist es noch viel zu früh. Und wenn mich die alte Ziege …«

Er wurde regelrecht wütend und redete schneller, als ich es jemals gehört hatte von ihm. »Cora, hab doch nicht immer solche Angst! Siehst du *einen*, der hier noch richtig arbeitet? Für diesen Staat keinen Handschlag zuviel. Nur nicht überschlagen. Privat geht vor …«

»Ist ja gut, Ingo, verausgabe dich nicht.«

Ich knöpfte den weißen Kittel auf, zog ihn aus und stopfte ihn in meine Handtasche. Ingmar griff nach dem Schlüssel in meiner Hand und steckte ihn unauffällig in seine Hosentasche.

Für einen kleinen Moment fiel mir Doktor Brendel ein. Doktor Brendel mit seinem erhobenen Zeigefinger. Vertrauen Sie mir, Cora. Es wird schnell gehen jetzt, sehr schnell.

Wenn ich schon nicht hierbleiben wollte, um zu arbeiten, dann sollte ich mich wenigstens in die Bibliothek setzen und darauf warten, daß er mich endlich anrief. Jetzt waren wir schon mitten im September. So viel Zeit blieb mir nicht mehr.

Markus Behnesch drehte sich zu mir um, sah, daß ich den weißen Kittel nicht mehr anhatte, lachte sein meerblaues Lachen und führte mich hinaus. Draußen, unter dem Vordach, legte er seinen Arm um meine Schulter. Da war Doktor Brendel schon beinahe vergessen. Falls er wirklich heute anrufen sollte, dann rief er morgen ganz sicher noch einmal an.

Wir liefen die Auffahrt hinunter. Hannes kam mir entgegen, legte den Finger an den Mützenrand und starrte uns nach. Mein Kreislauf war wieder dicke da.

* * *

Es regnete, als wir aus dem Kino kamen. In dem nassen Asphalt auf dem Vorplatz spiegelten sich die beiden großen Reklametafeln mit den Gesichtern von Meryl Streep und Robert Redford unter sonnenbeschienen Palmen im heißen Sand. In dichten Dreierreihen rasten die Autos vorne auf der Karl-Marx-Allee vorüber.

Wir gingen unter den Linden auf dem breiten Fußweg in Richtung Alexanderplatz. Die Blätter der Bäume über uns fingen einen Teil des Regens. Ich spürte nicht mehr als ein leichtes Nieseln davon. Es war seltsam leer auf der Straße für diese Zeit. Die Leute, die mit uns aus dem Kino gekommen waren, verliefen sich schnell auf den Parkplätzen in den Seitenstraßen und in den Eingängen zur U-Bahn am Frankfurter Tor.

Ein paar hundert Meter weiter, hinter dem Café Warschau, gab es nur noch Doppelläufer auf dem Fußweg. Heute waren auffallend viele davon unterwegs. Alle zehn oder fünfzehn Meter begegneten wir einem neuen Paar. Sie trugen Windjacken oder dunkelgrüne Parkas, zusammengeklappte kleine Herrenschirme und den üblichen Einkaufsbeutel aus Dederon zur Tarnung, der um Mitternacht auf der Karl-Marx-Allee auch kein großartiger Einfall mehr war.

Sie liefen nebeneinander auf dem Fußweg und führten belanglose Gespräche über Autoersatzteile oder Halberstädter Würstchen in Gläsern, die sie ergattert haben wollten. Zumindest redeten sie diesen Unsinn, solange man in ihrer Hörweite war.

Mit diesen Doppelläufern war es nicht anders als mit den uniformierten Streifengängern von der Volkspolizei. I. Lehmann hatte mir verklickert, warum sie immer nur zu zweit auf die Straße gingen: Wenn man ihre beiden Schulabschlüsse zusammenzählte, hatten sie wenigstens *einmal* die achte Klasse geschafft. Aber darüber konnte er Witze machen, so viele er wollte. Sie mochten lächerlich sein und dumm. Es war eine gefährliche Dummheit, und ich hatte es immer vermieden, in ihrer Nähe zu sein.

Fröstelnd und schweigend ging ich neben Markus Behnesch her. Der Sommer war gerade erst zu Ende gegangen, und es war trotzdem schon lausig kalt. In kleinen Tröpfchen lag der Nieselregen auf meinen Haaren, weichte durch meinen Baumwollpulli und lief mir am Rücken hinab. Markus Behnesch zog sein riesiges schwarzes Jackett aus, legte es mir um die Schultern und hüllte mich darin ein.

»Nur noch bis zum Hotel Berolina, Cora, da habe ich mein Auto stehen. Ich fahre Sie nach Hause.«

Er faßte an die Revers seiner Jacke und zog sie dichter zusammen um meinen Hals. Dann neigte er den Kopf ein wenig zu mir herunter.

»Sie sind so still geworden?« fragte er leise.

Ich sah zu ihm hoch und schüttelte den Kopf. »Ich hab' heute schon viel geredet.«

Er nahm seine Hände von meinem Hals. Vorsichtig und zögernd legte er den Arm um mich. Wir gingen weiter.

Bis zur U-Bahn-Station Strausberger Platz liefen wir an einer lückenlosen Reihe von Stasi-Posten vorbei. Danach wurde ihr Abstand noch dichter. Jetzt stand alle fünf Meter ein neues Paar, ein Gesicht aufmerksam sichernd zur Straße gerichtet und eins auf die Reihen der Häuser. Die Mühe, unauffällig auf und ab zu gehen, machten sie sich auch nicht mehr.

Auf dem Strausberger Platz drückte Markus Behnesch sanft meine Schulter, bog vor der Galerie *A* in die Lichtenberger Straße ein und führte mich dann die tadellos hell erleuchtete Weydemeyerstraße hinauf. Kurz vor dem Hotel Berolina blieb er vor einem beigefarbenen Lada stehen. Er fing an, in seinen Taschen nach dem Autoschlüssel zu wühlen.

»Einen kleinen Moment, Cora, ich schließe gleich auf.«

Wir standen noch keine Minute auf dieser Stelle, als sich in den Büschen hinter mir am Straßenrand die Zweige teilten. Ein Doppelläufer-Pärchen sprang auf den Fußweg heraus. Sie waren mit wenigen Schritten bei uns und bauten sich neben uns auf.

»Is das Ihr Auto?« fragte der eine. Er hatte eine unterkühlte, dünne Kinderstimme, die sich in den Obertönen leicht überschlug.

Der andere stand schweigend daneben und beobachtete Markus und mich.

Markus reagierte nicht auf die beiden. Er ließ seine Hände in den Hosentaschen und suchte gelassen weiter.

»Ob das Ihr Auto is? Wegfahren!«

Markus sah ihn kurz an, kam um das Auto herumgelaufen und stellte sich neben mich. Ich kannte solche Situationen nicht, ich wußte nicht, was hier gespielt werden sollte, aber ich hatte sofort eine atemberaubende Angst. Ich lehnte mich vorsichtig an das Auto und zog den Kopf ein.

Markus lächelte ruhig, legte die Arme um meine Hüften und faßte in die Außentaschen von seinem Jackett hinein. »*Sie* haben den Schlüssel, Cora.« Seine Hände berührten durch die Jacke hindurch meinen Körper. Ich sah zu ihm hoch. Als er sich herunterbeugte, um tiefer in die Taschen hineinzufassen, strichen seine kurzgeschnittenen Haare ganz leise über mein Ohr.

»Wegfahren! Sofort!« Die Stimme wurde erregt und zittrig. Sie hoben beide die Taschenschirme und spielten zwischen ihren Händen damit.

»Vorsicht vor diesen Stöcken, Cora, das sind keine Schirme«, sagte Markus Behnesch leise. »Aber es wird Ihnen nichts passieren. Haben Sie keine Angst.« Es klirrte leise unter seinen Händen. Der Schlüssel war endlich da. Er nahm ihn heraus, schloß die Tür zum Beifahrersitz auf, öffnete sie und ließ mich einsteigen.

»Wegfahren!«

Ich hielt den Atem an. Ehe er die Tür hinter mir zuschlug, drehte Markus Behnesch sich noch einmal zu den beiden um. »Schön ruhig bleiben, meine Herren. Sie sehen doch, daß ich das sowieso vorhatte«, sagte er leise. Und: »Versuchen Sie es doch einmal mit vollständigen Sätzen. Mit mehreren Wörtern.

Subjekt und Prädikat, nacheinander, auch wenn's schwerfällt.«

Dann warf er die Tür hinter mir zu, ging ruhig um das Auto herum, schloß seine Tür auf, setzte sich neben mich, startete kurz, schaltete die Scheinwerfer ein, blinkte ordentlich und fuhr los.

Alles mit einer unwahrscheinlichen Ruhe. Ich legte seine Jacke dichter um mich und verkroch mich darin. Meine Hände zitterten heftig. Aber von der Kälte kam das nicht.

Als wir vorne, zwischen dem Kino International und der Milchbar, wieder auf die Karl-Marx-Allee einbogen, sah er vorsichtig herüber zu mir. Ich bemerkte seinen Blick und zog meine Hände in die Jacke hinein.

»Vor denen müssen Sie keine Angst haben«, sagte Markus Behnesch leise. »Diese kleinen Straßenköter sind nicht gefährlich für Sie.«

Ich drehte den Kopf weg von ihm und sah nach draußen.

Er fuhr auf der Mittelspur zwischen den anderen Autos die Straße hinauf. An jedem Straßenrand standen Soldaten mit umgehängten schweren Maschinenpistolen und mit Stahlhelmen auf Posten. Die Beine breit auseinandergestellt, das Gesicht zur Straße und den Rücken durchgedrückt, säumten sie Ellenbogen an Ellenbogen den Weg.

Auf der rechten Seite der Straße stand die riesige Tribüne für den Vorbeimarsch zum 7. Oktober. Bewaffnete Soldaten standen eng um sie herum und schirmten sie ab. Sie war noch lange nicht fertig, aber sie hatten ja auch noch beinahe zwei Wochen Zeit. Jetzt, in der Nacht, luden sie Bretter von Lastwagenhängern und bauten unter dem Licht von riesigen Scheinwerfern weiter daran.

Bis zum Alexanderplatz standen die Posten am Straßenrand. Vom Haus des Reisens bis zum Pressecafé fuhren wir an gut bewachten Kolonnen von Armeefahrzeugen vorbei. Aus der Grunerstraße, die voller schwarzgrüner Lastwagen stand, kam eine Kolonne von Soldaten mit Schäferhunden.

»So schlimm war es noch nie«, sagte Markus Behnesch leise, bevor er hinter der Kreuzung in einen höheren Gang schaltete und einen Zahn schneller fuhr. »Das wird ein seltsamer 7. Oktober in diesem Jahr.«

Er fuhr zügig, sicher und schnell. Und er kam ziemlich gut mit dem Stadtplan von Mitte zurecht. Nicht nur die Karl-Marx-Allee und die Memhardstraße, auch die vielen kleinen Straßen, die vor dem Luxemburgplatz am Kino Babylon vorbei über die finstere Almstadtstraße zwischen den Abrißhäusern mit den zugemauerten Eingängen, den Ruinen und den Trümmergrundstücken und dem kleinen Park an der Alten Schönhauser in meine Richtung führten, machten ihm nicht viel aus, und er brachte sie locker hinter sich.

Ich lehnte mich zurück in die Polster und machte die Augen zu. Er fand auch ohne meine Hilfe den Weg zu mir.

Es dauerte keine drei Minuten, bis wir da waren. Meine Straße war eine Einbahnstraße. Traumhaft sicher fuhr Markus Behnesch von der richtigen Seite hinein. Er fand eine Lücke zwischen den Autos auf dem Parkstreifen, fuhr hinein und schaltete den Motor aus. Ich sah kurz zu ihm hinüber. Dann richtete ich den Kopf wieder gerade und wickelte mich aus seiner Jacke aus.

»Lassen Sie doch, Cora. Behalten Sie sie ruhig an.«

Ich guckte zu ihm hinüber. Er drehte sich zu mir um, hob schnell den Arm und strich sich wieder mit der flachen Hand über seine Haare. Dann nahm er die Hand langsam von seinem Kopf herunter, faßte zu mir hinüber und streichelte vorsichtig über mein Gesicht. Nach dem Streicheln kam wieder eine meerblaue Woge. Ich sah sie nicht deutlich in der Dunkelheit, aber sie wirkte trotzdem. Mir wurde glühendheiß.

Markus Behnesch stieg aus, schloß seine Tür ab und lief um das Auto herum. »Ich bringe Sie noch nach oben, Cora.«

Er nahm meine Hand und ging mir auf dem finsteren Fußweg mit den vielen Löchern und Unebenheiten zwischen den

Gehwegplatten voran. Bis zu meiner Tür mit dem runden Torbogen darüber.

Ich war nicht die Fromme Helene, und ich nahm nicht zum ersten Mal einen Mann mit nach Haus. Zwei- oder dreimal im Jahr war das schon vorgekommen, und es lief jedesmal auf die gleiche Weise ab. Sie hatten sich mühsam mit ihrem Auto durch die dunklen verschlungenen Straßen getastet, waren auf dem Parkstreifen vor dem Haus ausgestiegen und waren ungeschickt durch die Löcher im Fußweg bis zur Haustür gestolpert. Und spätestens hier, vor der undurchdringlichen Finsternis in meinem Hausflur und dem Labyrinth der Hinterhöfe, das sie dahinter vermutet hatten, hatten sie es aufgegeben, den Alleskönner zu spielen. Sie waren hilflos stehengeblieben und hatten nicht weitergewußt.

Markus Behnesch blieb nicht stehen. Er lehnte eine von seinen Schrankschultern gegen den großen Türflügel und drückte ihn ohne Anstrengung nach innen auf. Dann ging er vor mir her in das Dunkel, auf die unsichtbare linke Seite hinüber, und klickte das Licht an.

»Kommen Sie, Cora, keine Angst, es ist keiner da.«

Ich sah ihm zu, wie er sich sicher und problemlos vor den schäbigen alten Wänden bewegte, und ging langsam hinter ihm her.

Hinten, am Ende des Flures, bog er ab in den finsteren engen Seitengang. Er hielt mir die schmale Tür auf, ich zwängte mich an ihm vorbei und trat auf den Hof hinaus.

Hier blieb ich stehen und lauschte. Der Hinterhof war, wie er immer war um diese Zeit: einsam, stockdunkel und still.

Aber Markus Behnesch lief schon wieder vor mir. Er fand alles, sofort, sicher, ganz schnell. Den Eingang zu meinem Seitenflügel, die ersten Stufen der Treppe, die eng und gewendelt nach oben führte, und sogar den Schalter für das Treppenlicht, der in einem kleinen Holzkasten versteckt war und an den man erst nach den ersten drei Treppenstufen herankam.

Ich blieb stehen. Das konnte doch alles nicht wahr sein. Er war schon bis zum ersten Treppenabsatz hinaufgestiegen, völlig unbeeindruckt von der ungewöhnlichen Höhe der Stufen, und drehte sich zu mir um.

»Kommen Sie, Cora?«

Sein Gesicht lag im Schatten. Er war so groß, daß die Glühbirne auf der halben Höhe der Wand völlig von ihm verdeckt wurde.

»Cora?«

Ich stand unschlüssig da und guckte. Sollte ich anfangen, dumme Fragen zu stellen nach irgendeinem WIESO und WARUM, das nachher sowieso keine Rolle spielte? Wieso wissen Sie so gut Bescheid hier? Warum stolpern Sie auf dieser Treppe nicht? Und das Resultat dieser unbeantwortbaren Fragen wäre wieder eine schlaflose Nacht mit der Flasche aus meinem Küchenschrank und der Kater in meinem Kopf, morgen früh. Es war ja nur für einen Abend, vielleicht für eine kleine Nacht.

»Cora, bitte.«

Er streckte mir seine Hand entgegen. Ich stieg die Stufen hinauf und nahm diese Hand. Er zog mich hinauf bis zum Treppenabsatz, auf dem gerade so viel Platz war, daß ich neben ihm stehen konnte.

Dort hob er seine Arme auf meine Schultern, ließ sie auf meinem Rücken hinuntergleiten, drückte mich an sich und schloß mich ein zwischen seinen Bärenpranken. Ich zog tief den Duft ein, der in seinem Pullover steckte. Den Duft von weichem aromatischem Tabak und von Benzin und von Motorenöl. Dann ließen seine Hände mich frei, glitten wieder nach oben und faßten unter mein Kinn. Er bog meinen Kopf hinauf und kam mir mit seinem Gesicht entgegen.

»Cora«, flüsterte er leise. »Cora, ich ...«

Was auch immer er hatte sagen wollen in diesem Moment, er sagte es nicht. Das Treppenlicht verlosch wieder, wir standen im Dunkeln.

Ich stellte mich auf die Zehenspitzen und kam weiter hinauf. Und dann machte ich das, was ich schon seit heute mittag immer wieder gewollt hatte. Ich hob den Arm, so hoch ich konnte, und strich langsam mit meiner Hand über seinen Kopf. Seine Haare waren weich und nachgiebig. Sie glitten warm wie ein kleines Fell unter meinen Fingerspitzen entlang, richteten sich sanft und widerborstig wieder auf und berührten mit ihren Spitzen die Innenseite meiner Hand.

Er beugte sich zu mir herunter, tiefer und noch etwas tiefer. Und dann küßte er mich. Er führte seine Lippen weich und sanft wie das Streicheln einer Feder auf meinen Lippen hin und her, drückte stärker und stärker, bis meine Lippen sich öffneten. Und das war's. Von da an sah mein Abend schon viel besser aus.

Markus Behnesch war vor mir wach. Als ich munter wurde, stand er nackt vor dem offenen Fenster und sah hinaus.

Es war früh am Morgen. Die Sonne quälte sich über das riesige Nachbarhaus in der Wilhelm-Pieck-Straße und die schwarzen Pappdächer der Hinterhöfe und schien strahlend hell und beinahe warm in mein Zimmerfenster hinein.

Ich sah seine Schrankschultern, seine Arme, die so breit waren wie die Muskelpakete eines Ringers, seine schmalen Hüften und seinen mächtigen Nacken. Alles an diesem Mann war wirklich bemerkenswert groß.

Er ging leise zum Tisch hinüber, faßte in die Tasche von seinem Jackett und nahm seine Pfeife heraus. Dann griff er noch einmal in seine Tasche und holte sich die Streichhölzer.

Ein würziger, milder Geruch von Vanille und getrockneten Aprikosen wehte durch mein Zimmer. Feiner Rauch stieg von seiner Hand auf.

Ich zog diesen Duft ein und paßte auf, daß meine Atemzüge weiterhin tief und ruhig blieben. Diese Abschiede am frühen Morgen lagen mir nicht. Ich konnte damit nicht umgehen wie mit einem Zahnarztbesuch, nach dem man aufstand und hinausging und so tat, als freue man sich auf das nächste Mal, das es aber erst in einem halben oder in einem ganzen Jahr oder vielleicht überhaupt nicht gab. Und in Anbetracht dessen, was ich ihm alles von mir erzählt hatte, war es mir lieber, wenn ich ihn überhaupt nicht wiedersah.

Ich schloß fest meine Augen und hoffte, er brachte die Sache auch ohne mich hinter sich.

Er lief zum Tisch hinüber, zog ein Streichholz an der Reibefläche der Schachtel entlang und zündete seine Pfeife noch einmal an.

Wieder füllte sich mein Zimmer mit diesem duftenden Rauch. Dann ging er zum Fenster hinüber und lief langsam an der Wand mit den Bücherregalen entlang. Sachte ging er von Regal zu Regal. Hin und wieder zog er ein Buch heraus, blätterte es auf und stellte es wieder zurück zwischen die anderen. Dann war er am letzten Regal angekommen. Er blieb davor stehen und rührte sich nicht mehr.

Vorsichtig blinzelte ich mit einem Auge und versuchte herauszukriegen, was er da tat.

Er sah keine Bücher an. In dem Regalfach, vor dem er stehengeblieben war, standen meine kleinen gefrorenen Charlotten. Er hob die Arme und streckte die Hände danach aus. Jetzt klappte ich beide Augen auf.

Sanft und behutsam faßte er in das Fach hinein und nahm sie in seine Hände, ganz langsam, eine nach der anderen.

Er drehte sie sachkundig, den Kopf nach unten, bis er die Firmenmarke gefunden hatte. Dann stellte er sie ins Regal zurück und nickte zufrieden. Aber auch da, wo kein Firmenstempel zu finden war, kam er zu diesem zufriedenen Nicken. Wer sich ein bißchen auskannte, mußte nicht auf die Marke sehen, um zu wissen, wie gut oder wie alt eine gefrorene Charlotte war.

Bevor er die letzte Charlotte aus der Hand legte, drehte er sich zu mir herum. Er sah, daß ich wach war und ihn beobachtet hatte, aber das störte ihn nicht.

Er sagte nicht 'Guten Morgen' oder 'Wie geht's' oder irgendeine andere Hilflosigkeit, wie ich sie mir vorgestellt hätte nach unserer Nacht. Er setzte die Charlotte zurück ins Regal und lächelte zu mir herüber.

»Die sind echt«, sagte er leise. »Neunzehntes Jahrhundert, achtziger Jahre. Ein gutes Fabrikat. Bei der Größe und als vollständige Gruppe sind die ganz schön was wert.«

Er machte eine winzige Pause und ließ seinen Blick über mein Gesicht gleiten, über meine nackten Arme und über alles andere, was sonst unter meiner Bettdecke hervorsah. Dann sprach er weiter.

»Wieso haben Sie so etwas, Cora? Solche kleinen Kostbarkeiten. Sammeln Sie vielleicht Antiquitäten?«

Ich richtete mich im Bett auf und sah zu ihm hinüber. Nein, ich war ganz sicher. Ich hatte ihm gestern nicht von den Puppen erzählt.

Er lächelte jungenhaft und strich sich mit der flachen Hand über seine Haare. Ich konnte nicht anders, ich lächelte auch und nickte ihm zu. Ich sah auf die sechs kleinen gefrorenen Charlotten in meinem Regal. Die siebente fiel mir ein. Die siebente Charlotte, die Tante Johanna in ihrer Schürzentasche mit sich herumgetragen und die sie mir unten im Hausflur versprochen hatte.

Ich hatte noch gar nicht nach ihr gesucht. Sie lag vielleicht irgendwo in der Stube, zwischen den anderen Puppen. Oder dieser seltsame Notarzt hatte sie in Tantes Schürzentasche gefunden, und meine kleine Charlotte war jetzt sein Souvenir. Oder, wenn ich nicht aufpaßte, war sie bald in den Geschäftsräumen von Doktor Brendel. Oder dort, wo unsere kleine Holz-Queen wahrscheinlich inzwischen war, und sie …

»Nun, Cora?«

Ich schob diese Gedanken zur Seite. Ich hatte sie vergessen wollen, wenigstens für einen Abend. Und in dieses Aufwachen mit Markus Behnesch gehörten sie auch nicht hinein.

»Eigentlich habe ich sieben davon«, sagte ich und lachte.

»Ich weiß nur im Moment nicht genau, wo die siebente ist. Aber mehr Antiquitäten habe ich wirklich nicht.«

Er drehte sich vom Regal weg und sah mich an. Mindestens zwei oder drei oder zehn Minuten lang. Es war nicht der Blick für den analphabetischen Chirurgen, mit dem Marion mich in der Bibliothek immer betrachtet hatte. Es war auch nicht der unbeschwerte Jungenblick, mit dem er sich eben noch über die Haare gestrichen hatte. Irgend etwas anderes war in diesem Blick. Nur, ich wußte nicht, was es war.

* * *

Ich ging wie auf Wolken. Die Wolken waren schmal und aus schiefgetretenen Holzstufen und führten eng gewendelt nach unten. Sie waren zerbrochen und löchrig und sahen wie lange nicht ausgebesserte Gehwegplatten aus. Oder sie waren braun wie das abgetretene Linoleum im Dachgeschoß des Charitas. Aber Wolken waren es in jedem Fall.

Jedesmal, ehe ich den Pinsel wieder in die Leimflasche tauchte, stellte ich ihn ab und streichelte mein Kinn oder meine Schulter. Oder ich hob den Arm und strich mir langsam mit der Hand über den Kopf. Dann nahm ich den Pinsel, wischte ihn oben am Flaschenhals ab und schmierte den Leim über den Rand der ausgerissenen Seite.

Während der zwei Stunden, die ich über den alten Büchern saß und zu retten versuchte, was eigentlich nur noch abzuschreiben war, streichelte ich mich mindestens dreißigmal.

Dann riß mich das Telefon aus meinen Träumen.

»Hallo«, sagte Doktor Brendels wohlerzogene Stimme. »Cora, sind Sie das?«

Ich nickte.

»Cora? Sie müssen sich melden.« Seine Stimme verriet keine Unruhe.

Ich meldete mich, und er lachte aufmunternd.

»Na also! Wo waren Sie denn gestern, Kindchen? Ich habe Sie angerufen. Mehr als nur einmal.«

Ah ja. Hatte er das. Was sollte ich ihm dazu sagen. Auch wenn er mein Schutzengel war und tat, was die Tante ihm aufgetragen hatte. Das sporadische Liebesleben einer häßlichen kleinen Ente ging ihn nun wirklich nichts an.

Ich zuckte die Schultern.

»Wie bitte, Cora, was sagten Sie gerade?«

»Ich sagte, ich hatte zu arbeiten. Ich war lange auf den Stationen. Es gibt sehr viel zu tun.«

»Na gut. Und wann haben Sie für mich Zeit?«

Ja, da war ich wieder. Meine Wolken zerplatzten. Jetzt wußte ich wieder, worum es ging.

»Also wann, Cora? Heute abend? Oder morgen?«

Ich nickte wieder.

»Cora?«

»Ja. Lieber heute schon, bitte. Ich habe Zeit.«

»Und wir sind alleine? Schicken Sie alle weg. Nur Sie und ich, Cora. Versprochen?«

»Ich sorge dafür.«

»Also dann — heute abend, acht Uhr.«

Schon um fünf saß ich bei Hedda in der dunstigen Küche am Tisch und fing an, ihr zu erklären, worum es heute gehen sollte. Sie schüttete Zinkblechkaffee aus riesigen Bechertassen in sich hinein und nestelte unzufrieden am Kragen ihrer Blümchenschürze.

Um sechs Uhr redete ich immer noch auf sie ein, mit langsam steigendem Erfolg. Um sieben hatte ich sie so weit, daß sie Horstis dicken Pullover und den Regenschirm aus dem Flurschrank holte, statt das Badewasser einzulassen für ihn. Und um halb acht zogen die beiden sich endlich an.

»Ick kann ihn doch einschließen, Coralein, det hab ick schon öfter jemacht. Wie bei Hannas Beerdigung. Wennu willst, sperr ick ihn auch ins Kinderzimmer.«

»Nein, Hedda. Ihr müßt beide gehen.«

»Wo soll ick denn hin mit dem Jungen?«

»Geh ins Kino mit ihm. Im KOSMOS läuft ein Film, der ist sehr schön lang.«

»Ach, Meechen ...«

»Wenn du willst, daß der Horsti die Puppen behalten kann, dann geh jetzt. Ich hab es dir so oft erklärt.«

»Cora, bitte ...«

»Und komm nicht so schnell wieder. Nimm deinen Schlüssel mit.«

»Na gut, Meechen. Ick bin ja auch froh drüber, dattu det machst. Wenn ick det machen müßte, ick ... Na komm schon, Horsti, nu trödel mal nich.«

Horsti legte die Arme um meinen Hals. Er kniff die Augen zusammen und sah mich an. »Bonbons, Cora?«

Ich faßte in meine Jackentasche und holte die Tüte heraus. Er strahlte wieder.

»Laß mal die Vitrinenschlüssel hier, Horsti, bitte.«

Er faßte unter den Rollkragen von seinem Pullover und zog das Schlüsselband über seinen Kopf. Ich zwickte ihn in die Backe und drückte die Tür hinter ihnen zu. Dann sah ich auf meine Armbanduhr. Es war dreiviertel acht.

Ich klinkte die Küchentür zu, ging den Flur hinunter und öffnete mit Horstis Schlüsselbund alle Vitrinen. In Horstis Kinderzimmer, im Schlafzimmer und in Tantes guter Stube machte ich das genauso.

Dann setzte ich mich auf das Sofa und wartete.

Da saß ich also. Mit einer ganzen Wohnung voller Antiquitäten. Ich besaß eine Sammlung von Kunstgegenständen mit einem jährlichen Wertzuwachs. Wie hatte ich denken können, es wären Puppen. Nur Puppen, die man kämmen und mit denen man spielen konnte, so wie Horsti es tat. Da saßen sie auf dem Buffet, in den Vitrinen, auf den Regalen. So, wie sie schon immer gesessen hatten, fünfzig oder hundert oder zweihundert Jahre lang. Und ansonsten machten sie nichts, aber auch gar nichts, was irgend jemandem zur Last gefallen wäre. Mit ihren starren glänzenden Augen guckten sie winzige zarte Löcher in die Luft der Deutschen Demokratischen Republik, und diese Luftlöcher kosteten mich eine viertel Million Mark.

Die Sanseveria und der Gummibaum vibrierten leise. Ich stand vom Sofa auf und ging ans Fenster hinüber. Es regnete schon wieder, und es war ziemlich kalt geworden seit dem Nachmittag. Ich holte meine Handtasche aus dem Flur, nahm Marions Pullover heraus und zog ihn an.

Da klingelte es. Ich sah auf die Armbanduhr. Es war eine Minute nach acht.

Er stand in der Tür und sah aus wie die Fotokopie seiner Erscheinung vom letzten Mal. Sein doppelreihiger Anzug war grau mit einem leicht violetten Schimmer, nur das Grau war etwas dunkler, und der helle Hemdkragen stand unter dem flachen Revers des Jacketts etwas weiter hervor. Seine weißgrauen Schläfen glänzten und schimmerten matt unter der Flurlampe. Von seinen Stirnhaaren lag jedes einzelne genau auf demselben Platz wie beim letzten Mal. Über seinem angewinkelten linken Arm hing so etwas wie ein hellgrauer Trenchcoat.

Er lächelte verschwörerisch wie ein sizilianischer Mafioso, griff mit der rechten Hand unter den Mantel und zauberte eine Weinflasche hervor, die in türkis glänzendes Seidenpapier eingeschlagen war.

Ich sah darauf hinunter und blieb mitten in der Tür stehen. In welchem Konsum-Weinladen gab es eigentlich türkisfarbenes Seidenpapier?

»Können wir, Cora? Ist alles so wie besprochen?«

Ich nickte. Er streckte mir seine Hand entgegen. Dann besann er sich, hob den Arm höher und legte mir seine Hand ins Genick. Seine Augen flackerten irritiert über Marions rotem Pullover. Aber das dauerte nur einen winzigen Moment. Dann hob er den Blick wieder in die Höhe, sah mir fest in die Augen und küßte mich. Glücklicherweise küßte er mich heute nur auf die Wange.

»Cora, kommen Sie.«

Ich zog meinen Hals unter seiner Hand weg, trat einen Schritt zur Seite und ließ ihn an mir vorbei.

Als erstes steuerte er zielsicher zur Flurgarderobe, zog den Vorhang davor zur Seite, schnappte sich einen Bügel und hängte seinen Trench daran auf. Dann machte er auf dem Absatz kehrt, rauschte lächelnd an mir vorüber und öffnete die Küchentür. Er trat zum Küchenbuffet und holte aus dem oberen Fach vom Glasschrank zwei hohe geschliffene Weingläser heraus. Er wußte gut Bescheid in Tante Johannas Wohnung. Erstaunlich gut.

»Den Öffner, Cora.«

»Wie bitte?«

»Meine Liebe, wo ist denn der Korkenzieher? Ich hab eine sehr gute Flasche hier.«

Ich ging zum alten Eßtisch, schlug die Wachstuchdecke nach oben und zog die Schublade auf. Irgendwo zwischen Einkochringen und Inkoglas-Klammern drückte sich der Korkenzieher herum. Den brauchte in diesem Haushalt sonst niemand.

Dr. Brendel schritt gutgelaunt um den Küchentisch, lief in den Flur hinaus und kam mit der Flasche zurück. Das türkisfarbene Papier war verschwunden, ausgewickelt hatte er sie schon im Flur.

Er trug sie vorsichtig zum Tisch, drehte energisch den Korkenzieher in den Flaschenhals, zog kräftig und goß uns den hellen Wein in die Gläser. Seine Hand hob sich wieder zu meiner Wange herauf.

»Wollen wir hier stehenbleiben, Cora? Gehen wir lieber in die Stube!«

Er faßte die beiden Gläser an den zarten Stielen und balancierte sie aus der Küche hinaus, den Flur hinunter und in Tantes Stube hinüber. Er wußte so sicher wie eine Fledermaus im Dunkeln, wo jedes einzelne Zimmer war.

Ich nahm die Flasche vom Küchentisch, sah mir das Etikett

an und ging dann langsam hinter ihm her. Dieser Wein war kein Villanyi und kein Balkanfeuer, wie das sonst bei uns üblich war. Er hatte ein einfaches weißes Etikett, das ohne aufschneiderische Schnörkel und absatzpolitische Schwindeleien und ausnahmsweise auch in fehlerfreiem Deutsch beschriftet war: WEINBERG MARIA HILF, Winzerei Höreth, seit 1881 Familienbetrieb.

»Das ist echter Rheinwein. Südseite. Etwas ganz Besonderes.«

Doktor Brendel stand noch einmal vom Sofa auf und kam mir entgegen. Er nahm mein Glas vom Stubentisch und drückte es mir in die Hand. Dann zog er mich zu sich auf das Sofa hinunter.

»Kommen Sie, Cora, meine Liebe, stoßen wir an. Wir haben jetzt wirklich …«

Er hatte schon wieder seine Hand an meinem Hals. Ich trank einen winzigen Schluck. »Ich würde jetzt lieber anfangen«, sagte ich leise und stellte das Glas auf den Tisch zurück. Dann stand ich vom Sofa auf und ging in den Flur hinaus. Doktor Brendel stellte sein Glas neben die Flasche und folgte mir.

Er blieb in der Stubentür stehen und wartete. Der riesige Flur lag zur Hälfte im Dunkel. Ich tastete mich nach hinten, in die Dunkelheit vor Heddas Zimmer, suchte hinter der Wandverkleidung neben ihrer Tür nach dem Schalter für das Vitrinenlicht und drehte ihn.

Er stand da und sperrte den Mund auf. Seine Augen flogen auf wie freigelassene Vögel und flatterten aufgescheucht im Flur umher. Langsam setzte er sich in Bewegung und ging von Vitrine zu Vitrine. Den Flur auf der einen Seite hinunter und auf der anderen Seite wieder hinauf. Er vertiefte sich in jede einzelne Puppe, in jede Kleinigkeit.

»Ah ja«, sagte er leise. »Eine Armand-Marseille. Und noch eine.«

Ich sah, wie er innerlich jubelte. »Und eine echte Jumeau. Und das Baby Nummer 100 von Kämmer & Reinhardt. Und das Pärchen 114. Und Peter und Marie. Und sogar zweimal My Darling. Zweimal, Cora! Und richtige Googlies von Kestner. Cora! Sie haben bemerkenswert viele Puppen aus Waltershausen hier.«

Er schüttelte den Kopf, immer wieder. Hinter seinen Augen ratterten die kleinen Tasten einer elektrischen Schreibmaschine und schrieben mit, was er sah. Dann fiel ihm wieder ein, daß er nicht alleine war. Er schnitt seinen schwelgenden Blick von den Puppen los wie einen aufsteigenden Fesselballon und kam zu mir nach vorne.

»So genau habe ich das noch nie gesehen, Cora. Ihre Tante machte ja nie das Licht hier hinten an. Das ist noch mehr, noch viel mehr, als ich dachte.«

Ich ging in die Küche hinüber, holte mir einen Stuhl und fing im Flur an, hier, im hinteren Teil. Das war sowieso der einzige Teil der Sammlung, an den er jetzt denken konnte.

Ich stellte meinen Stuhl vor die erste Vitrine und stieg darauf.

Dann gab ich ihm hinunter, was ich für richtig hielt. Zwei Grödener Gliederpuppen aus Holz, zweihundert Jahre alt. Zwölf Sonneberger Holz-Käthen von der Firma Julius Dost, die damals in Oberammergau sehr sorgfältig bemalt und in ihren Farben konserviert worden waren. Und dann gab ich ihm ein ganzes Vitrinenfach voller Fatschenkinder und Schepperdocken, mit denen Horsti noch nie gespielt hatte und die er sowieso niemals ansah.

Jede Puppe nahm er mir vorsichtig ab und trug sie achtsam hinüber ins Wohnzimmer. Gleich danach war er wieder da, stellte sich neben mich und wartete auf die nächste Puppe. Er sah mir zu, wie ich mit dem Zeigefinger an den Vitrinenfächern entlangfuhr und die Puppen für ihn auswählte. Einundachtzig oder zweiundachtzig Puppen waren es, als ich im Flur an der letzten Vitrine angekommen war.

»Und das Kämmer & Reinhardt-Baby«, forderte er leise. »Und diese wunderschöne Jumeau. Und da drüben habe ich einen SCHREIBENDEN CHARLES gesehen.«

Ich schob den Stuhl hinüber auf die andere Seite und reichte ihm den SCHREIBENDEN CHARLES auf seiner kleinen Sitzbank heraus. Er nahm ihn mir vorsichtig ab und betrachtete ihn mit der Akribie eines diagnostizierenden Uhrmachers. Dann trug er ihn vorsichtig in die Stube hinein.

»Und dahinten, Cora, da sitzt noch ein ZEICHNENDER HENRY.«

Ich rückte ergeben den Stuhl. Wenn er ihn unbedingt haben wollte, dann bitte, na gut, bitte sehr. Aber es wurde mir langsam bitter.

»Sagen Sie Cora, dieser HENRY und dieser CHARLES – sind die vielleicht echt? Sind das die Originale, von diesem, diesem ...«

»Jaquet-Droz«, sagte ich leise und schüttelte langsam den Kopf. Nein, die Originale waren das nicht. Die standen seit neunzig Jahren in einem Museum in der Schweiz. Tantes Puppen waren spätere Nachbildungen davon, mindestens um die Hälfte verkleinert. Und sie konnten auch nur ein ganz kleines bißchen zeichnen oder schreiben, und ihre Augen bewegten sie natürlich auch nicht mit den Bewegungen ihrer Schreibstifte hin und her. Aber Horsti hatte sie hin und wieder hervorgeholt, hatte ihr kleines Uhrwerk aufgezogen und hatte ihnen stundenlang zugesehen. Daran durfte ich gar nicht denken. Und kostbar, verdammt noch mal, kostbar waren die auch.

Wenn ich sie nur besessen hätte, diese Originale. Dann hätte ich eines davon diesem Brendel gegeben, oder beide von mir aus, und dann wäre sie vielleicht schon bezahlbar gewesen, diese Viertelmillion, und wir hätten endlich Ruhe gehabt. Da war ich beinahe sicher.

Doktor Brendel stand neben meinem Stuhl, hielt den kleinen HENRY in der Hand, drehte ihn einmal herum und noch einmal und sah fasziniert in das mechanische Werk unter seiner Sitzbank. Es sah aus, als rechnete er jedes der winzigen Zahnräder und Wellen und Spannfedern in Markstücke um.

Ich stieg von dem Stuhl herunter, ging nach hinten zur Wandverkleidung und drehte ihm das Licht aus.

Sechsundachtzig Puppen nahm ich aus den Flurvitrinen. Aus Tantes Schlafzimmer gab ich ihm noch einmal sechsundddreißig Puppen heraus. Es reichte ihm immer noch nicht. Ich beschloß, keine einzige Puppe aus Horstis Zimmer zu holen, und ging mit Doktor Brendel noch einmal zurück zu den Vitrinen im Flur. Als wir dort fertig waren und in die Stube zurückkamen, war es ziemlich genau 22 Uhr.

Der Tisch und das Sofa und die Sessel in der Wohnstube lagen voller Puppen.

Einhundertzweiundzwanzig waren es jetzt. Ich zählte noch einmal und guckte vorsichtig zu Doktor Brendel. Er stand vor dem Sofa und ließ wieder seine elektrische Scheibmaschine rattern. Dieses Mal ratterte auch eine kleine Rechenmaschine mit. Vor dem letzten Sessel schüttelte Doktor Brendel langsam und bedenklich den Kopf hin und her. Es waren immer noch nicht genug.

Na gut, von mir aus. Es half ja doch nichts. Ich ging nach hinten zu der Vitrine, in der Horstis Lieblingspuppen lagen. Dann stand ich davor und überlegte. Nicht die gute Luise, nicht die kleine Marie und am liebsten aus dieser Vitrine überhaupt keine Puppe.

Ich biß die Zähne zusammen und suchte für Doktor Brendel noch sieben Puppen. Dann stieg ich herunter von meinem Stuhl.

Doktor Brendel nickte.

»Wir werden eine Liste machen, damit Sie alles zusammenrechnen können«, sagte ich schnell. »Ich denke, das genügt jetzt.«

Er kniff die Augen zusammen wie ein Fuchs auf der Lauer und ging noch einmal zu der letzten Vitrine zurück. Er spähte hinein, schnüffelte von einem Fach in das andere und sah dann fragend zu mir.

»Sagen Sie, Cora, hier war doch noch eine Jumeau-Puppe?

So eine ausnehmend hübsche, mit rotbraunen langen Locken. Wo ist die denn geblieben?«

Sieh an, er erinnerte sich also an Mieze Schindler. Kriegte der seinen Hals denn niemals voll? »Die ist nicht mehr bei uns, Herr Doktor, die hat Tante Johanna verschenkt.«

»Verschenkt?« Er zuckte zusammen. »Aber so was verschenkt man doch nicht. Ich hätte sie gerne gehabt, eine Jumeau bringt heute viel Geld ein, wirklich.«

Ich ging zu Tantes Sekretär hinüber und holte ihm einen Schreibblock. Was wußte der denn von Tante Johanna!

Wir stellten gemeinsam die Liste auf, mit Durchschlag. Es waren genau einhundertneunundzwanzig Puppen. Dann ging ich in Tantes Schlafzimmer, holte zwei riesige alte Koffer von ihrem Kleiderschrank herunter, ging damit in die Stube zurück und packte die Puppen ein. Wie Gepäck für eine kleine Reise.

Ich drückte sie ein wenig und schob sie ein bißchen zusammen, aber sie paßten trotzdem nicht alle in diese Koffer hinein.

»Vorsichtig, Cora, um Gottes willen, vorsichtig«, barmte Doktor Brendel.

Ich ging noch einmal ins Schlafzimmer und holte noch einen dritten Koffer. Und für die beiden Automaten-Puppen fand ich einen bassingroßen tiefen Karton mit der Aufschrift RAMA BACKMARGARINE — unsere Beste. Der stand schon seit dreißig Jahren hier in Tantes Schlafzimmer auf dem Kleiderschrank und wartete auf seinen großen Auftritt.

Doktor Brendel nickte zufrieden auf den Karton hinunter, nahm ein Kissen vom Sofa und stopfte es in den kleinen Hohlraum zwischen Charles und Henry hinein. Einzelhaft.

»Wenn ich nach der Liste die ersten Schätzungen habe«, sagte er. »Wenn ich die habe, Cora, dann rufe ich Sie an, und dann holen wir die Koffer.« Er sah grübelnd auf den Rama-Karton. »Den Karton nehme ich heute schon mit. Die beiden gefallen mir.«

Er grinste fröhlich. Ich grinste nicht. Ich nahm den Schreibblock, schrieb *ausgehändigt an Doktor Günter E. BRENDEL am 12. September* und ließ ihn für Charles und Henry quittieren. So viel Mut hatte ich.

Dann trug ich die Koffer ins Badezimmer, hob einen großen Wäschekorb von der Decke der Mädchenkammer herunter, stieg auf einen Hocker und schob die drei Koffer weit in den schmalen Raum unter der Badezimmerdecke hinein. Ich hielt mich für wahnsinnig clever. Hier oben würde Horsti bestimmt nicht nachsehen, falls er überhaupt auf die Suche nach den Puppen ging. Ich stieg vom Hocker hinunter und schob den Wäschekorb wieder auf die Vorderkante des Zwischenbodens. Doktor Brendel stand in der Tür des Badezimmers und guckte mir dabei zu.

»Doktor Brendel«, sagte ich leise. »Diese Schätzungen nach der Liste, die werden doch schnell gehen? Heute ist schon der 12. September. Ich habe nicht mehr viel Zeit.«

Er nickte und tätschelte mir beruhigend die Wange, wie einem nervös gewordenen Droschkenpferd.

»Aber ja doch, Coralein, ja, das schaffen wir.«

»Bitte! Wann rufen Sie mich an?«

Er sah grübelnd in das Dunkel des Zwischenbodens. Dann richtete er sich auf und klappte energisch die Badezimmertür zu. Aber er antwortete mir nicht.

»Wann denn, bitte? Morgen?«

»Cora, morgen vielleicht. Oder übermorgen. Möglicherweise auch erst am Freitag.«

»Spätestens?«

Er nickte sein beruhigendstes Nicken und lächelte freundlich dazu.

»Ich komme aber mit, wenn Sie die Koffer abholen. Gehen Sie bloß nicht alleine hierher.«

Er nickte wieder geduldig. »Natürlich, Cora, natürlich. Was denken Sie denn von mir!«

Ja, was dachte ich mir eigentlich? Als er seinen Trenchcoat

wieder über dem Arm hatte und schon in der Wohnungstür stand, fiel mir noch etwas ein.

»Wir haben etwas vergessen, Herr Doktor.«

Er zog die Augenbrauen nach oben, legte den Trench auf die Garderobe und lief erwartungsvoll hinter mir her. Der hatte wirklich immer noch nicht genug. In der Stube ging ich zur Kredenz hinüber, nahm die große hölzerne Queen Anne aus dem Regal darüber heraus und gab sie ihm in den Arm. Ich wollte ihn nicht hereinlegen. Nicht einmal unhöflich wollte ich sein. Es war wirklich nur eine kleine, ganz plötzliche Idee von mir.

»Die ist auch eine Menge Geld wert, Herr Doktor, eine Queen Anne, eine echte, von 1707.«

Er warf nur einen kurzen Blick darauf, dann schüttelte er langsam seinen Kopf. Aber er machte sich nicht die Mühe, die Puppe hochzuheben und nach den Ohren zu sehen. »Ich glaube, Cora, die Echte ist das nicht.«

»Ach ja? Woher wissen Sie das, Herr Doktor? Woran haben Sie das denn gemerkt?«

Er trug sie zum Tisch hinüber und blieb mitten in seiner Bewegung stehen. Jetzt wußte er, daß er einen Fehler gemacht hatte. Er sah zu Boden, blitzschnell, tappte ein paar Schritte zur Wand und drehte von dort aus vorsichtig den Kopf zu mir. Er war bleich geworden wie das Innere einer Marone.

Ich spürte, daß ich auch blaß wurde. Meine Hände fingen an zu zittern. Irgend etwas in meinem Kopf klopfte laut wie ein Schmiedehammer. Jetzt müßte ich ihm Fragen stellen, nachhaken, nachbohren. Ich holte tief Luft und fing an zu grübeln. Aber es kam nichts. Mein Kopf war leer, frei von jedem brauchbaren Gedanken. Und was noch übrig war, zerhämmerten die lauten Schläge. Ich zog mir den erstbesten Stuhl unter den Hintern und ließ mich fallen.

Doktor Brendel sah mich an wie eine Katze, die einen kränklichen Vogel wittert. Ganz schnell hatte er seine Sicherheit wieder zurück. Er schüttelte mein Mißtrauen ab und zuckte einfach die Schultern. »Nein. Lassen wir es dabei, Cora. Ich denke, die Puppen, die wir ausgesucht haben, sind genug.« Dann war die Sache für ihn erledigt.

Er stopfte die Queen ins Regal zurück, machte ein paar Schritte zu mir herüber, lächelte, nahm meine Hand, zog sie an sich und küßte sie. Ganz nach Vorschrift, fast ohne sie zu berühren.

»Bis bald, liebe Cora. Ich rufe Sie an.«

Dann ging er. Ich hörte den Trenchcoat im Flur leise rascheln. Und ich hörte, wie er den Margarine-Karton vorsichtig in seine Arme nahm. Die mechanischen Spielwerke unter den Sitzen von Charles und Henry begannen ganz sachte zu schwingen. Die Wohnungstür wurde geöffnet und klappte hinter ihm wieder zu. Ich war allein.

Ich ging zum Tisch hinüber, von dem die Puppen nun wieder verschwunden waren, und brachte mein Denkvermögen mit einem Schluck Rheinwein wieder in Schwung. Der Schmiedehammer in meinem Kopf beruhigte sich langsam. Ich nahm Horstis Schlüsselbund, ging von Zimmer zu Zimmer und schloß eine Vitrine nach der anderen zu.

Die Puppen sahen mir durch die offenen Türen entgegen und durchbohrten mich mit ihrem gläsernen Blick. Sie glotzten mich an, starr und vorwurfsvoll, mit ihren weit geöffneten kühlen Augen. So, als wäre ich ein Eindringling in ihre kleine abgeschlossene Welt. Als würden sie sehnsüchtig darauf warten, daß ich mich von ihnen verabschieden sollte und nun endlich aus ihrer Wohnung verschwinden.

Und das machte ich auch. Ich legte das Schlüsselbund mit der langen Schnur auf Horstis Kopfkissen, holte meine Handtasche von der Flurgarderobe und ging. Es war 23 Uhr 30. Das türkisfarbene Seidenpapier lag zusammengeknüllt hinten im Flur, auf dem Fußboden. Als ich unten aus der Haustür trat, startete auf der gegenüberliegenden Straßenseite der blaue Mercedes.

* * *

Dieses Mal tat es mir nicht leid. Als ich vor der Haustür stand und dem Mercedes nachsah, wie er sich aus dem Strom der anderen Autos hinausschob und davonfuhr mit der Geschwindigkeit eines herabstürzenden Habichts, fühlte ich mich sogar irgendwie erleichtert.

Ich suchte in meinem Schlüsselbund nach dem großen Hausschlüssel, steckte ihn ins Schloß und drehte. Und noch während ich das machte, ließ hinter mir ein zweites Auto seinen Motor an, zögerte kurz, ließ die Reifen quietschen und fuhr los. Mindestens ebenso schnell wie das Auto von Doktor Brendel.

Ich machte mich auf den Weg nach Hause. Unter meinen Füßen mischten sich die ersten trockenen Herbstblätter von den grauen Linden mit dem schmutzigen nassen Sand an den Rändern der Baugruben. Ich stampfte durch die Blätter und zertrat sie mit meinen Füßen. Warum, verdammt noch mal, war ich eigentlich so wütend? Das war doch wieder einmal typisch für mich. Wie oft hatte ich mir das schon anhören müssen: Genossin, äh, Kollegin Ost, nein, so dürfen Sie das nicht sehen. Sie müssen analytisch an die Dinge herangehen, dialektisch. Die Tatsachen betrachten, von allen Seiten, in ihrem historischen Zusammenhang. Ihre Gefühle, Genossin Kollegin, die interessieren uns nicht. Soll die Arbeiterklasse etwa nach Gefühlen regieren? Ein Gefühl bestimmt nicht das Handeln unserer Partei!

Ich hatte dagestanden, in irgendeiner Vollversammlung, die Jahre zurücklag, vor allen Mitarbeitern des Charitas. Ich hatte mich tadeln lassen, mit offenem Mund, und hatte mich gefühlt wie ein Schulmädchen, dessen Denkvermögen unterentwickelt war wie ein angebrütetes Landei.

Aber ich war nie den Eindruck losgeworden, die, die mich da belehrten, gingen auch nicht analytisch und dialektisch an alles heran. Die sahen auch nur das, was sie sehen wollten und was ihnen in ihren Kram paßte. Aber das war auch wieder nur so ein unbestimmtes Gefühl, und so etwas besprach ich von da an nur noch im Keller mit Professor Seekamp oder mit Marion, oben im dritten Stock, in der Bibliothek.

Und wenn sie noch dagewesen wäre, dann wäre ich in den Bus gestiegen und wäre zu ihr gefahren und hätte ihr von diesem Brendel erzählt. Und Marion hätte vielleicht gesagt, Cora, was der mit der ollen Holzqueen gemacht hat oder nicht gemacht hat, das spielt gar keine Rolle. Der hilft dir, Cora, darauf kommt es an. Der nimmt dir deine Puppen nicht weg, nein, der kauft sie dir ab, um dich vor der Steuerpfändung zu bewahren. Und der nimmt auch nicht alle Puppen, der macht sich sogar noch die Mühe und sucht sie mit dir zusammen aus. Und Horsti hat noch die Gute Luise und die kleine Marie und überhaupt ist jede Vitrine und jedes Zimmer in der ganzen Wohnung immer noch wie in einem Spielzeugmuseum, voller Puppen. Oder wenigstens ziemlich voll.

Und wenn meine Tante Johanna noch dagewesen wäre, hätte sie gesagt, hör auf die Marion, Cora, die soll auf dich aufpassen. Und hör auf Doktor Brendel, weil der doch dein Schutzengel ist, und mach, was er sagt, Cora, meine Kleine, und mach endlich einmal deinen Mund zu.

Quatsch, das war Unsinn. Ich nahm meine Hand und tastete damit mein Gesicht ab. Nein, dieses Mal stand mein Mund nicht offen. Er war zu, wirklich zu. Und das war für meine verqueren Verhältnisse schon ein bißchen gut.

Ich lief über die Straße, ging am Rosenthaler Platz am Eingang der verbotenen U-Bahn vorbei und am immer kaputten Telefon, und bog ein in die Dunkelheit.

Vorne, am anderen Ende der Linienstraße, fuhr ein Auto in die Straße hinein. Einen Moment stand es still und leuchtete die dunklen Fußwege mit seinen Scheinwerfern ab. Dann glitt es hinüber auf den Parkstreifen und schaltete das Licht aus.

Und da fiel es mir zum ersten Mal auf. Das war genauso, wie es jetzt an jedem Abend gewesen war. Seit einer Woche oder seit zwei oder seit drei Wochen. Jeden Abend, wenn ich nach Hause kam, bog vorne ein Auto in meine Straße ein.

Ich paßte auf und heftete meine Augen auf die Dunkelheit hinter den Autos auf dem Parkstreifen. Ein Mann stieg aus, ging über die Straße und verschwand in einem Haus auf meiner Straßenseite.

Vielleicht in meinem Hauseingang, vielleicht auch in einem anderen. Als ich die Gormannstraße überquerte, kam er wieder hinaus, blieb vor den Häusern stehen, sah die Straße herauf und ging langsam wieder zu den geparkten Autos zurück.

Ich drückte mich in den Eingang von einem dieser Kellerläden, von denen es vor dem Krieg fast in jedem Haus einen gab, und beobachtete ihn. Aus der rissigen alten Tür hinter meinem Rücken und aus den zerschlagenen Fenstern, die nur zur Hälfte über den Fußweg herausragten, wehte feuchter, muffiger Kellergestank heraus. Ich schluckte meinen Ekel hinunter und blieb stehen, bis von dem Mann nichts mehr zu sehen war.

Dann ging ich weiter. Ein wenig schneller als eben, aber ich machte die Augen auf. Vielleicht war er dort, hinter den geparkten Autos. Oder er wartete zwischen den Containern mit dem Bauschutt auf der anderen Seite der Straße.

Aber da war nichts. Nur ein Geruch hing über dem Fußweg, als ich vor meiner Haustür stand, der einfach nicht hierhergehörte. Es roch nicht nach Müll und auch nicht nach feuchten alten Kellerwänden. Es roch nach Vanille und nach getrockneten Aprikosen und nach einem milden würzigen Rauch. Ich stemmte langsam die Tür auf. Der Geruch wurde immer stärker.

Plötzlich wußte ich, was es war. Ich machte ein paar schnelle Schritte zur Flurwand hinüber und drückte das Licht an. Und dann rannte ich los. Ja, jetzt spürte ich es. Ich hatte nicht nur Sehnsucht nach Marion und nach meiner Tante Johanna. Ich sehnte mich sogar nach diesem Markus Behnesch. Auf einmal fühlte ich wieder die Angst vor meiner leeren Wohnung, in der ich mich schlaflos im Bett herumdrehen würde bis zum frühen Morgen. Und eventuell stand nicht einmal mehr eine Flasche Goldbrand oben, in meinem Küchenschrank.

Aber vielleicht ... ja, vielleicht hatte dieser Markus Behnesch mich besuchen wollen. Vielleicht saß der jetzt auf der obersten Stufe der Wendeltreppe vor meiner Wohnungstür. Ich lief über den finsteren Hof, drückte den Lichtschalter im Seitenflügel und rannte die Treppe hinauf. Ich wendelte mich von Treppenabsatz zu Treppenabsatz nach oben. Die ausgetretenen Stufen unter meinen Füßen ächzten. Dann hastete ich um die letzte Kurve. Ein paar Stufen fehlten mir noch, und dann ...

Er saß nicht da.

Ich holte kurz Atem und wendelte mich wieder zurück, alle Stufen nach unten. Im Hof stellte ich mich an den Rand des Dunkels und rief leise nach ihm.

»Komm raus, Markus Behnesch, ich hab' dich gesehen!«

Er kam nicht. Im Flur des Vorderhauses ging das Licht aus. Der Tabakduft löste sich langsam in Luft auf.

Er hatte mich besuchen wollen, ganz sicher, und ich hatte ihn einfach verpaßt. Das konnte doch gar nicht sein. Ich drückte die kleine Hoftür nach innen, lief in den dunklen Hausflur hinein und von da aus zurück auf die Straße. Es war niemand zu sehen. Ich rannte hinüber auf die andere Seite und lief an der Reihe der geparkten Autos entlang. Und dann stand ich mitten in einer Wolke aus Tabakrauch und Motorenöl und Benzin. Und da war er.

Er saß in seinem beigefarbenen Lada hinter dem Lenkrad und sah mir entgegen. Langsam klinkte er die Autotür auf, hob die Füße auf die Straße und kam um das Auto herum, herüber zu mir.

»Hallo, Cora.«

»Hallo.«

»Ich hatte gerade in dieser Gegend zu tun, da wollte ich nach dir sehen.«

Ich nickte und versteckte meine Freude hinter einem Grinsen. Er grinste auch, hob seinen Arm und strich sich langsam mit der flachen Hand über den Kopf.

»Und als ich gemerkt habe, daß ich die Tasche mit meinem Hausschlüssel irgendwo vergessen habe, da …«

Ich fing an zu lachen. »*Eine* Ausrede hätte völlig genügt!«

Und bei mir brauchte er eigentlich gar keine. So, wie dieser Typ aussah, könnte er mit seinem Lada ebensogut bei einer Frau wie der Dietrich vorfahren oder bei Meryl Streep. Ich war so erleichtert, daß er hier war, gerade bei mir.

»Wartest du schon lange?«

Er nickte eifrig. »Vielleicht eine Stunde.«

Ich trat einen Schritt vor und stützte mich mit den Armen auf seinem Auto auf. Die Motorhaube war nicht kalt. Sie war warm wie der Bauch einer schlafenden Katze. Eine Stunde lang, wie er sagte, stand er bestimmt nicht vor meiner Tür. Aber ich hatte nicht vor, jetzt zu fragen und zu diskutieren und ihm das Gegenteil zu beweisen. Ich war nicht einmal eine Marlene Dietrich im Linienstraßenformat.

Eine blaue Welle kam, groß und gewaltig. Dann legte er behutsam den Arm um meinen Hals. Er beugte sich herunter zu mir, hob seinen anderen Arm und schob ihn um mich herum. Ganz behutsam, als hätte er Angst vor meiner Gegenwehr.

Aber ich wehrte mich nicht. Ich stellte mich auf die Zehenspitzen und hob mein Gesicht. Sein Mund roch nach Vanille und getrockneten Aprikosen. In seinem Atem war immer noch der Geruch von Rauch. Er kam mir entgegen, schloß mich ein in die Gerüche zwischen seinen Armen und küßte mich.

»Was ist los mir dir, Cora?«

»Was soll sein?«

»Hast du Ärger gehabt? Hast du irgendwelche Sorgen?«

»Aber nein. Gar nicht.«

Er nickte langsam. Dann ließ er mich los und ging wieder um das Auto herum. Er bückte sich hinein, nahm eine kleine

Reisetasche vom Beifahrersitz, schlug die Autotür zu und verschloß sie. Dann kam er zu mir und legte seinen Arm um mich.

»Cora, dann komm!«

Oben vor der Wohnungstür nahm er den Wohnungsschlüssel aus meiner Hand, schob ihn ins Schloß hinein und schloß für mich auf.

»Bitte, Cora.«

Ich trat ein. Gleich hinter der Wohnungstür begann meine Küche. Markus Behnesch machte die Tür hinter sich zu, hängte sein Jackett an den Haken neben der Tür und ging zum Küchenherd. Dort nahm er den Wasserkessel, ließ kaltes Wasser hineinlaufen und zündete die Gasflamme an. Er holte die Teekanne aus dem Geschirrschrank und die Dose mit dem Tee aus dem Schrank für die Lebensmittel. Und bis das Teewasser kochte, fand er auch den Zucker und die Teetassen aus Jenaer Glas. Er stellte alles auf ein Tablett und trug es ins Zimmer hinüber.

Ich stand da und guckte. Dann entdeckte ich die Flasche neben meinem Bett, am Ende vom Bücherregal, und hob sie hoch. Sie war noch nicht völlig leer.

»Möchtest du einen Goldbrand?«

»Aber Cora!«

Er stand noch einmal auf, ging in die Küche zurück und kam mit einer Flasche wieder. 'Tullamore Dew — Echter Irischer Whisky' stand auf dem rotgoldenen kleinen Flaschenetikett.

»Ich habe mich gestern schon gewundert, was für ein Zeug du trinkst, Cora.«

Er ließ den Korken auf der Flasche, rückte den Goldbrand zur Seite und stellte den Whisky daneben. Dann goß er uns Tee ein.

»Zucker, Cora?«

Eine blaue Woge kam. Ich nickte, setzte mich auf das Sofa und trank meinen Tee.

Markus Behnesch stand auf, schaltete den Fernseher ein und suchte zwischen den Sendern, bis er einen Bildbericht über die neuesten Flüchtlingstransporte fand. Dann nahm er sein Teeglas vom Tisch und setzte sich neben mich.

»Gut so, Cora?«

Ich nickte wieder. Dann lehnte ich mich langsam zurück in die Polster und sah auf das Fernsehbild. Es hatte inzwischen eine kleine Sensation gegeben. Die ungarische Regierung hatte ihr Reiseabkommen mit der DDR aufgekündigt und ließ jeden DDR-Bürger, der es wollte, über die ungarische Grenze nach Österreich reisen.

Jeden. Einfach so, *raus*. Inzwischen hatten mehr als siebentausend diesen Weg über Ungarn und Österreich in den Westen gewählt. Mit keinem anderen Papier in der Tasche als mit unserem Personalausweis. Und es ging noch weiter. In Berlin hatte sich eine Bürgerbewegung gegründet, die sich »Demokratie jetzt« nannte.

Das war schon die zweite Gruppe nach dem NEUEN FORUM, die sich gegründet hatte in diesen Wochen. Was eine Bürgerbewegung war, wußte ich, aber nicht so ganz genau. Aber daß die dafür arbeiten wollten, die DDR zu verändern statt sie zu verlassen, das verstand ich. Das, na ja, das war wohl so ungefähr das, wofür ich höchstwahrscheinlich in diesen Wochen auch immer mehr war.

»Ich hoffe, die schaffen es«, sagte Markus Behnesch leise. »Da helfen auch keine neuen Tapeten mehr.«

Seine Stimme klang plötzlich müde und irgendwie schwer. Ich sah kurz zu Boden, trank einen Schluck Tee und guckte weiter.

Manchmal, wenn er glaubte, daß ich ganz vertieft in das Fernsehbild sei, sah Markus Behnesch mich verstohlen von der Seite an. Er beobachtete mich, mein Gesicht, meine Augen, die Bewegungen meiner Hände. Ich ließ ihn eine Weile gucken, dann drehte ich mich zu ihm herum. Er grinste und hob die Schultern nach oben. Seine Augen zogen sich zusammen, eine Dünung von Lachfalten entstand wieder neben seinem Mund. Aber ein unbeschwertes Jungenlachen, so wie gestern nachmittag, war es nicht mehr.

»Hab keine Angst, Cora, dir passiert nichts.«

Ich schüttelte den Kopf. »Ich habe keine Angst.«

Er nickte ein paarmal. »Ja? Gut. Um so besser.«

Dann nahm er mir das leere Glas aus der Hand und stellte es auf den Tisch zurück.

Seine Hand schob sich oben auf der Sofalehne entlang über meinen Rücken. Er drückte seinen Arm fest um meine Schulter und zog mich zurück. Sein Kopf beugte sich zu mir herunter. Ich lehnte mein Gesicht an seinen Hals und schloß die Augen. Seine Lippen tasteten sich in kleinen Schritten von meinem Ohr über meine Wange und streichelten meinen Mund.

Er schob seinen Arm unter meinen Knien entlang und ließ seine Hände über meiner Hüfte zusammentreffen. Dann hob er mich vom Sofa hoch wie ein Gewichtheber eine kleine Hantel für sein Aufwärmtraining. Ohne jede Anstrengung, vollkommen leicht. Er ging mit mir quer durch das Zimmer. Erst zum Lichtschalter und dann mit traumhafter Sicherheit zwischen dem Tisch und dem Sofa hindurch nach hinten zu meinem Bett.

»Cora«, flüsterte er leise und hörte nicht auf, mit seinen Lippen mein Ohr und meine Wange zu streicheln. »Geht es dir besser, Cora? Hast du dich beruhigt? Fühlst du dich wieder gut?«

* * *

Ja, ich hatte mich wieder beruhigt. Als ich am nächsten Morgen aufwachte und neben mir auf dem Kopfkissen das Sanddünen-und-Meereswogen-Gesicht von Markus Behnesch sah, fühlte ich mich wohl, und es ging mir wirklich ziemlich gut.

Über unserem Frühstückstisch schwebte der Duft von Vanille und getrockneten Aprikosen.

»Wann kommst du nach Hause, Cora?« fragte Markus Behnesch mich auf dem Fußweg, unten, vor meiner Haustür.

»Wann? Heute?«

»Natürlich heute. Also — wann kommst du?«

Ich zuckte die Schultern. »Um fünf Uhr vielleicht. Oder um sechs. Vielleicht erst um sieben.«

Er nickte. »Gut. Sagen wir sechs Uhr. Ich werde hier sein.«

Dann beugte er sich herunter zu mir, küßte mich auf die Wange, drehte sich um und ging. So, als würde er schon seit zehn Jahren jeden Morgen mit der gleichen Selbstverständlichkeit vor meiner Haustür stehen und gleichzeitig mit mir zur Arbeit gehen.

Er lief hinüber zum Parkstreifen, holte den Schlüssel aus seiner Jackettasche, schloß die Autotür auf, ließ den Motor an, blinkte kurz, winkte noch einmal zu mir herüber und fuhr los. Ich stand auf dem Fußweg, schmeckte dem Geruch von Vanille und getrockneten Aprikosen unter der Haustür und über der Straße und auf meinen Lippen nach und sah ihm hinterher. Mir war nicht ganz so, als spielten wir dieses Spiel schon seit zehn Jahren. Dazu war es viel zu schön.

Im Charitas zog ich meinen weißen Kittel über und machte mich auf den Weg über meine Stationen. Dieser 14. September war ein Donnerstag. Also ging ich auf die Innere Frauenstation, auf die Chirurgischen Stationen und auf eine der Kinderstationen. In ziemlich genau dreieinhalb Stunden war ich fertig damit. Um dreiviertel zwölf saß ich schon wieder oben, in der Bibliothek, am Telefon.

Ich klebte ausgerissene Seiten in alte Bücher ein, solange der Vorrat an alten Büchern und an ausgerissenen Seiten noch reichte. Dann legte ich meine Arme quer über den Schreibtisch und wartete weiter, ohne mir die Zeit mit Arbeiten zu vertreiben. Aber es ging mir gut, wirklich, und ich war vollkommen ruhig. Na schön, ich jubelte nicht gerade bei dem Gedanken daran, daß irgendwann in dieser Woche das Telefon klingeln würde, und ich müßte losfahren und drei große

Koffer voller Puppen aus Tantes Wohnung holen. Nur, und das sagte ich mir nun schon zum zehnten oder zum fünfzehnten oder zum zwanzigsten Mal, — was war das schon gegen das, was sie mir angedroht hatten und was mir nun erspart bleiben würde durch Dr. Brendels Schutz!

Ungefähr bis fünf oder Viertel sechs wartete ich. Dann packte ich meine Sachen zusammen, zog meinen Kittel aus und lief zur Bushaltestelle. An diesem Donnerstag rief Doktor Brendel nicht bei mir an.

Zehn Minuten vor sechs schloß ich die Tür zu meiner Dachwohnung auf. Ich hängte meine Jacke an den Haken neben der Tür, stellte meine Handtasche ab und ging ins Zimmer hinein. Ich zog meine Schuhe von den Füßen und ließ mich aufs Sofa fallen. Aber ich schaffte es nicht einmal mehr, die Beine auszustrecken und die Füße zu mir nach oben zu ziehen. Da klappte unten im Vorderhaus die kleine Hoftür. Ich hörte auf, es mir auf dem Sofa gemütlich zu machen, setzte mich wieder auf und lauschte. Vier oder fünf Sekunden später kamen seine Schritte kraftvoll und schnell die alte Wendeltreppe herauf.

Ich guckte auf meine Armbanduhr. Es war fünf Minuten vor sechs.

Dieser Markus Behnesch kam pünktlich wie zu einer geschäftlichen Verabredung. Ich sprang vom Sofa, ging in die Küche hinüber und machte die Wohnungstür auf. Grinsend wendelte er sich die letzten Stufen hinauf. Der Geruch von Rauch, Vanille und getrockneten Früchten zog über das Treppenhaus bis in meine Küche, noch ehe er oben war.

Er hob seine Hand hoch und nahm die Pfeife aus seinem Mund. Dann machte er drei schnelle Schritte, nahm zwei Stufen auf einmal und stellte sich neben mich. Er machte den Mund auf und blies eine Wolke Vanillerauch über den Treppenabsatz. Und dann hatte er den Mund frei. Er legte seine Arme um meinen Rücken, beugte sich herunter zu mir und küßte mich vorsichtig.

»Hallo, Cora.«

Er rückte mich zur Seite, ging zum Herd hinüber, füllte den Kessel mit Wasser und zündete die Gasflamme an. Ich drückte die Tür hinter mir ins Schloß und sah ihm dabei zu.

»Hast du immer noch nicht deinen Schlüssel gefunden?«

Er zündete ein Streichholz an und hielt die Flamme über den Kopf seiner Pfeife. Der Duft breitete sich in meiner Küche aus und wickelte mich ein wie eine rosarote und himmelblaue Wolke.

Dann legte er die Streichholzschachtel zur Seite, faßte mit der freien Hand tief in die Tasche von seinem schwarzen Jackett und schüttelte die Hand in der Tasche. Es klirrte und klapperte.

»Da ist er, Cora. Er war plötzlich wieder da.«

Ah ja. Ich nickte und sah zu Boden. Er hörte auf, Teeblätter in die Kanne zu schaufeln, kam quer durch die Küche zur Wohnungstür und legte seine Arme um mich.

»Was ist los mit dir, Cora? Bist du nervös heute? Sag es mir, wenn du Sorgen hast!«

Ich legte mein Gesicht auf die Karos von seinem Hemd, schloß die Augen und lehnte mich an ihn.

»Du hast Angst, Cora?«

»Nö. Wieso denn? Wie kommst du darauf?«

Ich hob den Arm, legte die Hand hinten um seinen Hals und zog ihn herunter zu mir. Mein Mund lag an seiner Wange und näherte sich seinem Mund.

»Cora. Wir können über alles reden. Wir ...«

Ich hob den Arm und legte meine Finger quer über seinen Mund. »Es gibt nichts zu reden.«

Er beugte sich zu mir herunter und küßte mich noch einmal. »Das Teewasser kocht«, flüsterte er leise. Sein Mund strich sanft von meinem Ohr über meine Wange zu meinem Mund. Dann sagte er gar nichts mehr.

Am nächsten Abend klappte meine kleine Hinterhoftür bereits um halb sechs. Da saß ich schon seit einer Stunde auf meinem Sofa und wartete.

Markus setzte Teewasser auf. Dann stellte er seine Reisetasche auf den Küchentisch, zog den Reißverschluß auf und nahm etwas heraus, was dick in rotbraunes Packpapier eingeschlagen war. Er trug das Paket zum Waschbecken und wickelte es vorsichtig aus. Er drehte den Wasserhahn auf und ließ das kalte Wasser laufen.

»Kannst du Steaks braten, Cora?«

»Nee ... ich weiß nicht.«

Er zeigte es mir. Er zog mein Brotmesser über den Rand von einem Steintopf, bis es scharf genug war, um eine Briefmarke von einem Briefumschlag abzuschneiden. Dann zeigte er mir die Fleischfasern und wie ich ihre Richtung erkennen konnte. Und dann schnitt er quer zur Richtung der Fleischfasern Scheibe für Scheibe ab.

Mühelos, gleichmäßig und nie dicker als eineinhalb Zentimeter.

Er holte eine Knoblauchzwiebel aus seiner Reisetasche heraus und einen weißen Plastikbecher mit Mostrich.

»Salz und Pfeffer wirst du ja wohl haben, Cora?«

»Ja ... mal sehen.« Ich hatte. Zum Glück.

Am Samstag kam Markus schon zum Mittagessen. Er zog einen Margeritenstrauß unter seinem Mantel hervor. Einen Strauß, der so groß war, daß ich ihn in meinen Aufwischeimer stellen mußte. Es gab Gulasch und echte Thüringer Klöße, und ich glaube, ich rollte die Klöße nicht so ungeschickt, daß ich mir vorwerfen mußte, ihm den Spaß an seinem Kochkursus verdorben zu haben.

In der Woche danach liefen wir schon gemeinsam in die Halle am Senefelder Platz und kauften Fleisch und Gemüse und Kartoffeln ein. Auf dem Rückweg von der Kaufhalle machte er einen kleinen Umweg zum Blumenladen in der Wilhelm-Pieck-Straße. Ich revanchierte mich und zeigte ihm, wie anheimelnd und aufregend es in einem halbwegs versteckten Schummercafé von Mitte war.

Das Berger war voll, aber nicht so voll, daß wir nicht noch hinten, gegenüber der Toilettentür, ein Plätzchen für uns alleine gefunden hätten. Der Fernseher lief, und zwar wieder einmal nicht auf einem Ostsender. Aber eine Gesichtskontrolle gab es deswegen nicht mehr. Es schien Berger egal geworden zu sein, wer davon erfuhr, daß er in seiner Kneipe nur noch Westsender guckte.

Hilde kam schon nach ungefähr zwei Minuten. Sie schaukelte ihren Faltenrock um unseren Tisch herum, umkreiste uns, bis sie Markus lange genug in die Augen geguckt hatte, und grinste.

»Wollt ihr Bier haben?«

Ich nickte. Sie beugte sich zu mir herunter.

»Zwei große Bier oder zwei kleine? Ist das dein Freund? Der sieht toll aus. Wie 'n Amerikaner.«

Wir grinsten uns an. Fünf Minuten später schnaufte sie mit ihrem vollen Tablett zu uns heran und zeigte quer über die Tanzfläche.

»Da vorne am Fenster sind zwei Plätze freigeworden. Ich habe euer Bier schon da hingestellt!«

Das war am Dienstag. Am Mittwoch gingen wir ins Kino. Am Sonnabend schlenderten wir drei oder vier Stunden lang durch die Nationalgalerie. Markus gab mir immer noch Kochkurse. In meiner Küche stapelten sich inzwischen Tüten mit Gewürzen und mit Zutaten. Auf meinem Fensterbrett, im Bücherregal, auf meinem Stubentisch und auf dem Fußboden standen Vasen und Eimer und Einkochgläser mit Blumen.

Es war wie im Märchen, ungefähr so wie beim Froschkönig. Nur bei Markus und mir war es irgendwie andersherum. Markus war der selbstsichere schöne Prinz. Und ich kam mir vor wie eine häßliche kleine Fröschin, die ihm überall hinterherlief und versuchte, in seiner Nähe zu sein.

Markus war anderer Meinung. »Eigentlich bist du richtig hübsch, Cora!« sagte er einmal. Ich stand in der Stubentür und sah ihm beim Zwiebelschneiden zu. Er legte das Messer auf das Holzbrett, wischte sich die Hände an seinen Jeans ab und kam herüber zu mir. Er ließ seine Fingerspitzen sanft über meine Lippen gleiten, über meine Augenbrauen, über meine Nase. »Du siehst überhaupt nicht wie eine häßliche kleine Ente aus. Vielleicht könntest du dich mal ein bißchen schminken, dich zurechtmachen. Aber du bist auch so hübsch, sogar richtig schön.«

Ich fing an zu heulen. Der Zwiebelsaft an seinen Fingern brannte und breitete sich wie ein Grasbrand in meinen Augen aus.

»Du weinst ja, Cora?« fragte er leise. »Ich meine das ernst, Cora, wirklich.« Er ging zum Herd und drehte die Gasflamme unter der Pfanne aus. Dann legte er mir seine Arme um die Schultern und um meine Knie und trug mich hinüber zum Bett.

»Komm, lehn dich an mich«, sagte er später. Er schob seinen Arm unter meinen Rücken und zog meinen Kopf an seine Schulter heran.

Ich schob mein Gesicht an seinen Hals heran, bis ich an meiner Wange seine Bartstoppeln spürte, zog die Knie nach oben und rollte mich wie eine schlafende Katze zusammen. Meine Beine drückten sich von der Seite an seinen warmen Bauch. Mein Kopf lag schwer wie ein Feldstein auf seinem Oberarm. Er hob seine Hand und legte sie über mein Gesicht.

»Schlaf, Cora. Lehn dich an mich. Mach dir keine Sorgen. Um nichts.«

Ich lehnte mich an ihn und schloß die Augen. Dann schlief ich ein, völlig ruhig.

Es ging mir gut. Sehr, sehr gut. Ich gewöhnte mich daran, abends auf seinem Arm einzuschlafen und morgens beim Aufwachen sein Gesicht auf dem Kissen neben meinem Kissen zu sehen. Ich gewöhnte mich daran, mich morgens vor der Haustür von ihm zu verabschieden und am Abend zur gleichen Zeit wie er wieder zu Hause zu sein. Ich fing an, mit ihm zusammenzuleben. Ich hatte noch nie mit einem Mann zusammengelebt. Aber nach zwei Wochen mit Markus war es so, als ob er schon seit zwei Jahren mit mir zusammen war.

Nur im Charitas ging es nicht ganz so gut voran. Ich lief schon seit Tagen nur noch über eine oder zwei Stationen. Spätestens um 11 Uhr saß ich an meinem Schreibtisch, malte kleine Männchen und große Mercedessterne auf meinen Telefonblock und wartete auf den Anruf von Doktor Brendel. Pythia und Mieze Schindler saßen Rücken an Rücken, aufrecht und steif wie zwei Buchstützen, und sahen mir dabei zu.

Aber es ging mir gut. Doch, ja, ich wartete ruhiger. Völlig ruhig.

»Ist irgend etwas, Cora?« fragte Markus mich manchmal am Abend. »Hast du Sorgen? Ist was nicht in Ordnung mit dir?«

Nein, es war alles in Ordnung. Der Oktober hatte begonnen. Bis zum Sechzehnten blieben mir noch zwölf Tage. Aber Doktor Brendel hatte mir versprochen, es würde alles schnell und reibungslos gehen. Er hatte versprochen, mir zu helfen und mein Schutzengel zu sein und darauf aufzupassen, daß alles gutgehen würde. Ich wartete ohne Angst.

Manchmal beugte ich mich über den Schreibtisch hinüber und griff nach dem Telefon. Jedesmal legte ich den Hörer wieder zurück auf den Apparat. Nein, er würde sich bei mir melden. Sobald er mit der Schätzung der Puppen fertig war.

Dann kam der 6. Oktober. Als ich aufwachte, war es noch dunkel. Ich hörte Markus durch die Wohnung gehen, noch bevor ich die Augen aufschlug. Ich hörte ihm zu, wie er aus der Toilette kam und durch die Küche ging, zu dem Stuhl, auf dem seine Sachen lagen. Ich wußte sofort, was los war. Ich wurde hellwach.

Mein Herz fing an, wie verrückt zu schlagen. Ich klappte die Augen auf. Aber ich sah so gut wie überhaupt nichts. Es war mitten in der Nacht. Markus stand neben einem Stuhl vor dem Küchentisch und zog sich an. Ich hörte, wie er ein Stück nach dem anderen nahm, seine Socken, seine Unterhose, sein Hemd, seine Jeans. Dann schlich er zur Garderobe, zog den Reißverschluß von seiner Reisetasche auf und hob vorsichtig ein knisterndes kleines Päckchen heraus. Leise schlich er auf Strümpfen in mein Zimmer hinein. Dann stand er neben meinem Bett und lauschte auf meinen Atem. Er beugte sich herunter und schaltete die kleine Lampe neben meinem Bett ein.

Ich drückte meine Augenlider herunter wie zwei einbruchsichere Rolläden. Aber meine Tränen quetschten sich trotzdem darunter hervor.

»Cora?« fragte er leise. »Du bist doch wach, Cora!«

Ich drehte mich zur Wand, bog mich nach unten und drückte mein Gesicht unter die Bettdecke. Wenn er sich nach drei Wochen heimlich und leise verdrücken wollte, mußte er mich nicht auch noch heulen sehen.

»Cora! Was ist denn?« Er setzte sich auf die Kante von meinem Bett. »Komm, ich will mich verabschieden!«

»Na, dann geh doch!« knurrte ich unter meiner Bettdecke. »Wenn du unbedingt weggehen willst, dann frag nicht so lange und geh!«

Er fing an zu lachen. »Du bist auf dem Holzweg, Cora. Wie es aussieht, werde ich überhaupt nicht mehr weggehen von dir. Aber jetzt muß ich zur Arbeit. Dreh dich um, Cora, bitte!«

Ich drehte mich nicht um. Selbst wenn ich das jetzt gewollt hätte. Mit diesem verheulten Gesicht ließ ich mich besser nicht sehen. Ich hob die Bettdecke und schob meinen Kopf noch etwas tiefer hinein. Er stand auf. Wieder knisterte es leise, direkt neben meinem Ohr.

»Ich gehe, Cora. Hier steht etwas für dich. Ich habe es dir gestern gekauft ...«

Er strich mir noch einmal über den Kopf. Oder über die Stelle auf meiner Bettdecke, die er für meinen Kopf hielt.

Dann stand er von meinem Bett auf, ging in die Küche hinaus, setzte sich auf einen Stuhl und zog seine Schuhe an. Dann klickte leise die Wohnungstür. Fünf Sekunden später klappte unten im Hof die kleine Haustür.

Ich schlug meine Decke zurück, drehte mich herum und stürzte mich auf das Päckchen. Darin war ein Kleid. Schwarz, knisternd dünn und kniekurz. Wir hatten es an dem Abend bei Hilde in der Boutique neben dem Berger im Schaufenster gesehen.

Ich zog das Kleid an, schaltete das große Licht ein und warf einen vorsichtigen Blick in den Spiegel. Noch nie hatte jemand mir ein Kleid geschenkt. Doch, vielleicht ein, zweimal hatte Tante Johanna … das letzte Mal war es ein lindgrünes Konfirmationskleid.

Aber dieses Schwarze von Markus war zum Abheben schön! Ich wühlte unten in meinem Kleiderschrank, bis ich den Karton mit meinen hohen Schuhen fand. Ich hüpfte mit Kleid und Stöckelschuhen vor dem Spiegel herum, bis ich wieder müde wurde. Dann legte ich mich auf mein Bett und schlief ein. Als ich aufwachte, war es lange nach sieben. Ich sprang aus dem Bett. Ich wußte, ich würde wieder einmal zu spät kommen. Aber ein kleines, ein ganz kleines bißchen war mir das heute egal.

* * *

Ich war um halb neun im Charitas und hetzte im Laufschritt durch die große Eingangstür. Es war Freitag, der 6. Oktober. Morgen würde der vierzigste Jahrestag der DDR-Gründung sein.

Vorne, vor der Wand mit den Arbeiterpersönlichkeiten, quälte Hannes der Hohlkopp einen schweren gußeisernen Fahnenständer mit einem noch schwereren unförmigen Betonfuß durch das Foyer. Ein Fähnchen in schwarz-rot-gold und ein nagelneues knallrotes Fähnchen aus Dederon wedelten darin herum, aufgesteckt wie ein deformiertes Partei-Ikebana, bei dem die aufwärtsweisende dritte Linie abhanden gekommen war. Aber mehr Geburtstagsverzierungen waren nicht zu entdecken, keine Papierfähnchen-Girlanden vor den Fenstern und keine aufgefaltete rote Stoffbahn mit goldgerahmtem Honecker-Foto in der Abstellecke neben dem Fahrstuhl, die dort sonst in jedem Jahr zu den Feiertagen hingen. In diesem Jahr waren sie ausgesprochen zurückhaltend mit ihrer Schon-wieder-ein-Jahr-über-die-Bühne-gebracht-Dekoration zum 7. Oktober.

Hannes hob den Kopf, als ich auf meinen hohen Absätzen über den Steinfußboden knallte. Er lächelte gequält und tippte sich mit dem Finger an die Mütze. Dann legte er wieder sein ganzes Gewicht gegen den Ständer und wuchtete ihn einen weiteren Zentimeter dem Eingang zu.

Hinten am Tresen lehnten I. Lehmann und Professor Seekamp und sahen kühl und ungerührt grinsend den Verrenkungen von Hannes zu. Ich hastete quer durch das Foyer und warf meine Tasche auf Ingos Tisch. »Leipzig …«, hörte ich Professor Seekamp gerade noch sagen. »Mehr als zwölftausend … Demonstration.« Dann landete meine Handtasche vor ihm auf dem Tresen, und er sagte kein Wort mehr.

»Keinen Schreck kriegen, Herr Professor«, sagte I. Lehmann ruhig. »Das ist nur Cora.« Dann drehte er sich um und wandte sich wieder dem Professor zu. Er holte sein ND unter dem Tresen hervor und faltete es auf der Titelseite auseinander. »Schon diese Zeitung gesehen, Herr Professor? Diese neuen Reisegesetze? Jetzt darf man ohne Visum nicht mal mehr zu den Tschechen fahren. Die bestrafen uns dafür, daß wir hierbleiben und nicht abhauen. Uns sperren die jetzt nur noch mehr ein.«

Professor Seekamp beugte sich kurz über die Zeitung, dann hob er die Hand hoch über den Tisch und wischte damit durch die Luft wie mit einem Ventilator, der abgestandene Luft zum Abziehen bringen soll.

»Aber die sollen mal sehen, am Sonnabend, wenn Gorbi

kommt, der wird denen schon zeigen, wo der Hammer hängt. Der treibt dem Honecker die Flausen aus seinem verkalkten Kopf.«

Der Professor wischte immer noch abgestandene Luft zur Seite.

»Wenn Sie sich da mal nicht irren, Ingo. Bei uns wird der gar nichts machen, der Gorbatschow. Der hat bei sich selber genug zu tun«, sagte er ruhig. »Möchten Sie ein Programm vom NEUEN FORUM haben? Wenn Sie wollen, Ingo, bringe ich Ihnen nachher eins vorbei.« Er drehte seinen Oberkörper um seine Mittelachse, genau waagerecht, wie einen rotierenden Tennisball, und sah herüber zu mir. »Wollen Sie auch eins, Cora? Ich habe noch mehr davon.«

Ich schüttelte schnell den Kopf. »Nein, jetzt nicht. Ich muß gleich nach oben. Ich will nur meinen Schlüssel haben, sonst nichts.«

Ingo rührte sich nicht von der Stelle.

»Den Schlüssel, Ingomar!«

»Ja, ja«, sagte er leise und sah mich von oben bis unten an. Seine Augen wurden rund und groß wie die Knöpfe an seinem Radio. Dann kniff er sie schmal zusammen und drehte sich langsam zum Professor um. Sie grienten sich an. Professor Seekamp nickte bedeutungsvoll.

Er warf noch einen Blick zu I. Lehmann. »Ich habe es auch gemerkt, Ingo. O süßer Schwan vom Avon!«

I. Lehmann fing an zu gackern. Sie guckten an mir hinunter und grinsten sich eins.

»Cora. Liebe Kollegin. Da fehlt doch etwas bei Ihnen!«

Ich merkte, wie ich rot wurde, und guckte vorsichtig an mir hinunter. »Was soll denn hier fehlen, Herr Professor?«

»Die Jeans, Kindchen. Diese ewigen Jeans, mit denen Sie immer herumlaufen. Wieso tragen Sie heute ein Kleid?«

Sie kriegten sich nicht mehr ein. Ich wurde dunkelrot wie die Dederon-Fahne, mit der Hannes sich vorne am Eingang quälte.

»Na und! Warum soll ich nicht mal ein Kleid anziehen.«

»Ah ja«, sagte der Professor leise und zog die Augenbrauen nach oben. »Cora? Haben Sie etwa einen Freund, bitteschön?«

»Und was für einen!« grunzte Ingomar.

Der Professor machte einen Schritt auf mich zu und legte mir seine Hand auf die Schulter. Diese Bewegung kannte ich schon.

»Ich will meinen Schlüssel«, maulte ich leise. »Ich muß nach oben. Ich warte auf ein wichtiges Telefongespräch, wirklich!«

»Ja, ja«, sagte der Professor noch einmal und schob mich vom Tresen weg in eine ruhigere Ecke. »Bloß gut, daß wir uns manchmal sehen, Cora. Jetzt reden wir mal.«

Er steuerte eine der breiten Mauernischen an und drückte mich energisch auf eine weißgestrichene Holzbank.

»Nun mal Spaß beiseite, Cora. Sie haben jemanden kennengelernt? Oder ist irgendein alter Freund von Ihnen aus der Versenkung aufgetaucht, so ganz plötzlich?«

Ich verschränkte die Arme und sah an seinem runden Gesicht vorbei aus dem Fenster. Er hob seine dicken Hände und legte sie mir auf den Arm.

»Cora!« sagte er leise. »Ich frage Sie nicht ohne Grund danach. Sie sind reich, Cora, Sie sind jetzt sehr reich. Also seien Sie vorsichtig. Ich bin ein alter Mann, mir können Sie glauben. In einem Land wie unserem kommt man kaum durch saubere Arbeit zu Geld. Solche Typen wie diesen Arzt von der Schnellen Medizinischen Hilfe gibt es wie Sand am Meer.«

Ich zog meinen Arm unter seinen Händen weg, schob mein Kleid über meinen Knien zusammen, schüttelte den Kopf und lachte ihn triumphierend an.

»Da irren Sie sich, Herr Professor. Von diesem Mann habe ich nie wieder etwas gehört.«

Er nickte befriedigt. »Das weiß ich, daß der nicht Ihr neuer Freund ist. Das wagt der nicht mehr. Wenn Sie gestatten, liebe

Cora — die Geschichte mit diesem habgierigen Herrn habe ich für Sie geregelt.«

Ich zog tief die Luft ein und blickte wieder nach unten. Der Professor griff noch einmal nach meiner Hand.

»Was ist das für ein Mann, Cora? Kommt der zu Ihnen nach Hause?«

Ich nickte langsam. »Ja. Ja, manchmal kommt er.«

»Manchmal, ja? Also wohnt er bei Ihnen?«

»Ein bißchen, vielleicht«, murmelte ich. Ich hängte meine Finger in meinen Kleidersaum und zog ihn nach unten.

»Wie bitte?« Er legte die Hand hinter sein Ohr und sperrte weit seinen Mund auf. »Reden Sie nicht so leise. So ein verkalkter alter Professor kann dann nichts verstehen. Wohnt er bei Ihnen, Cora, Kind? Ist er jeden Tag da?«

»Also gut, ja. Er kommt jeden Abend.«

Er zog die Augenbrauen nach oben, ein Stückchen weiter als eben. Noch ein Stück weiter hoch ging es beim besten Willen nicht.

»Ach, Schwachheit, dein Name ist Weib. Cora, Kindchen, passen Sie bloß auf sich auf. Sagen Sie mir doch lieber gleich mal, wie heißt denn Ihr neuer Mann? Ich werde mal nachsehen lassen, ob der sauber ist.«

Ich schnippte die Finger auf und ließ meinen Rocksaum nach oben rucken. Jetzt ging mein alter Professor wirklich zu weit.

»Cora, ich hör nichts. Was haben Sie gesagt?«

Nein, ich sagte nichts mehr. Ich schüttelte den Kopf wie ein verstocktes Schulkind. »Herr Professor, das geht Sie wirklich nichts an.«

Er zuckte die Schultern und nickte. »Das habe ich mir fast gedacht.«

»War das alles, Herr Professor? Ich muß gehen.«

Er nickte. »Ich fürchte, das war alles. Sie wollen sich nicht helfen lassen.«

Ich stand langsam auf.

»Cora!«

»Was?«

»Cora, eins wollte ich noch wissen. Hat es inzwischen mit dieser komischen Firma geklappt? Sind Sie Ihre Schulden los?«

Ich nickte versöhnlich und setzte mich noch einmal zu ihm. »Ja«, sagte ich ruhig und ließ meine Fingerspitzen über meinen Kleidersaum gleiten. Das war endlich etwas, worauf ich stolz sein konnte. »Ja, Herr Professor, nur ein oder zwei Tage noch. Dann habe ich es geschafft.« Und dann erzählte ich ihm, wie weit ich mit Doktor Brendel gekommen war.

Der Professor lehnte sich auf der Bank zurück, schlug seine kurzen Arme übereinander und hörte mir zu. Er nickte nicht zustimmend und schlug mir nicht anerkennend auf die Schulter, wie ich es erwartet hatte von ihm. Statt dessen zog er seine Augenbrauen noch weiter nach oben und hob beide Hände auf. »Cora, heute ist schon der ...«

»Der sechste, Herr Professor.«

»Ja, eben. Cora, Sie haben nur noch zehn Tage Zeit. Und da sitzen Sie da und warten in aller Ruhe, ob der Sie anrufen wird!?«

Ich zog die Schultern nach oben und sah intensiv auf den Fußboden.

Trotzdem hatte ich deutlich in meinem Blickfeld, wie er den Kopf schüttelte über mich.

»Cora, Cora. Kriegen wir Sie denn niemals groß? Werden Sie denn immer nur das tun, was Ihnen ausdrücklich erlaubt worden ist?«

Ich zuckte die Schultern und nickte ergeben. Dann stand ich auf, ging zu Ingo hinüber und stützte mich auf den Tresen auf.

»Du siehst stark aus, Cora«, sagte Ingomar strahlend. »Affengeil, du mit 'nem Kleid. Du hast ja ein Paar ordentliche Beine.«

Dann sah er in mein Gesicht, steckte seine Komplimente zurück in seinen Honigladen und drückte mir den Bibliotheksschlüssel in die Hand.

So begann für mich der sechste Oktober. Der letzte Tag vor dem Siebenten.

* * *

Ich ging langsam die Stufen nach oben ins Dachgeschoß und redete in Gedanken weiter auf den Professor ein. Ab und zu schien bei ihm immer wieder die alte Tante durchzubrechen. Sie sind reich jetzt, Cora, sehr reich, und die Männer sind habgierig. Alles Quatsch, alles Unsinn, nein, das waren sie nicht. Jedenfalls nicht Markus Behnesch. Was den betraf, war es eine glatte Unterstellung, daß er auf Tantes Erbe und auf mein Geld scharf wäre. Der wußte ja nicht einmal etwas von den Puppen, die dort in Tantes Wohnung saßen. Dem hatte ich gar nichts davon erzählt. Na also!

Aber gegen ein Argument von Professor Seekamp kam ich beim besten Willen nicht an. Diese zehn Tage, die mir noch blieben, um das Geschäft mit der TRADE-UNIMEX abzuwickeln, die waren wirklich ein bißchen knapp. Daran hatte ich, na gut, doch, daran hatte ich selber schon mehr als einmal in dieser Woche gedacht. Also schön, was diesen einen Punkt anging, da war es wahrscheinlich besser, ich hörte auf ihn und ich würde nun endlich machen, wozu er mir so dringend geraten hatte.

Ich schloß die Tür zur Bibliothek auf, ging zum Schreibtisch hinüber, nahm den Telefonhörer ab und wählte noch einmal die Nummer von der TRADE-UNIMEX. Eine Zwei, eine Null, eine Zwei, die Nummer von diesem Anschluß in der Innenstadt. Dann wartete ich.

Es war alles so, wie ich es kannte. Das zentrale Fräulein meldete sich, war freundlich, zuvorkommend und ausnehmend höflich. Dann das Klicken und das schleifende Drehen und der Anrufbeantworter am anderen Ende der Leitung.

»Hier spricht Cora Ost«, sagte ich leise. Ein bißchen peinlich war es mir schon, daß ich mich nicht an unsere Verabredung hielt. »Ich habe eine Nachricht für Doktor Brendel.

Bitte sagen Sie ihm, daß ich dringend auf seinen Anruf warte. Ganz dringend. Er hatte es mir versprochen.«

Dann legte ich den Hörer auf, ging ans Fenster und sah hinaus.

Heute regnete es endlich einmal nicht. Die Kastanienblätter waren trocken und dunkel. An den Rändern zogen sie sich gelbbraun und rissig zusammen und fingen an, sich nach oben zu biegen. Der Himmel über der Krone der Kastanie war durchgehend mattblau und vollkommen klar. Der richtige Himmel für einen sonnigen, goldgelben Herbst.

Nicht einmal fünf Minuten lang stand ich da und sah auf die Blätter. Dann klingelte das Telefon. Ich startete durch, war mit einem Sprung an den Schreibtischen und riß den Hörer hoch. Aber es war nicht die TRADE-UNIMEX. Es war irgendeine Oberschwester von irgendeiner Station, auf der die Patienten auf dem Flur standen und auf neue Bücher warteten.

»Also bitte, Kollegin Ost, was soll ich meinen Patienten sagen?«

»Sagen Sie ihnen … Ach, ich weiß nicht. Ich werde heute nicht kommen.«

»Aber Kollegin. Letzte Woche waren Sie auch nicht da. Und davor …«

»Ja, ich weiß.« Ich schnitt ihr das Wort ab. Ich brauchte die Leitung für meinen Anruf, und ich wußte, ich konnte jetzt sowieso nicht von meinem Telefon weg, um auf die Stationen zu gehen.

»Heute geht's nicht, auf keinen Fall. Vielleicht am Montag, gleich nach den Feiertagen«, brummte ich mürrisch und legte den Hörer auf.

Aber ich schaffte es nicht einmal, wieder ans Fenster zu kommen.

Das Telefon klingelte zum zweiten Mal. Dieses Mal war es wirklich die TRADE-UNIMEX.

»Hallo«, sagte Doktor Brendel am anderen Ende der Leitung.

»Was gibt's denn so Dringendes, Fräulein Cora? Ich hab' Ihnen doch gesagt, *ich* rufe Sie an.«

Ich nickte ins Telefon. »Ja, sicher. Aber es dauerte so lange, und da dachte ich ...«

»Nun?«

»Ich dachte, Sie hätten mich vergessen. Es eilt doch! Es sind nur noch zehn Tage.«

»Cora, meine liebe Cora, wie hätte ich Sie vergessen können? Das wissen Sie doch, Sie können sich auf mich verlassen.«

»Ja, ich weiß. Aber Sie wollten doch auf mich aufpassen. Sie wollten mein Schutzengel sein, und darum ...« Ich war schon entwaffnet, aber ich raffte mich auf und nahm noch einen kleinen Anlauf. »Es darf einfach nichts schiefgehen. Das dauert alles zu lange«, sagte ich schüchtern. »Bis Sie die Puppen genau taxiert haben und bis die Überweisung auf meinem Konto ist. Vielleicht ... vielleicht kommen Sie heute noch?«

»Aber Kind! Heute?« Er fing an zu kichern. Dann ging das Kichern in ein Lachen über, kurz und stoßweise wie ein Maschinengewehr, unterbrochen vom langgezogenen Kreischen einer Sirene. »Und was denn für ein Konto! Und was für eine Überweisung! In unserem Geschäft geht alles mündlich, ohne Verträge. Und nur über Bares. Oder dachten Sie, die Staatsbank weist Ihnen das Geld an?«

Ich fing an, mich zu schämen. Ja, zugegeben, das oder so etwas Ähnliches hatte ich mir gedacht. Nach dem, was Professor Seekamp mir über die TRADE-UNIMEX und ihre Verbindungen zum Politbüro erzählt hatte, hatte ich es mir ungefähr so vorgestellt.

Er schien meine Gedanken zu hören.

»Cora? Machen Sie sich Sorgen, Cora? Das ist völlig unnötig. Oder gibt es irgendwelche anderen Probleme? Sagen Sie es mir, egal, was es ist. Wir schaffen das schon.«

Ich antwortete ihm nicht. Ich saß da und lauschte den Worten nach.

Dieser Schutzengel legte sich mächtig ins Zeug für mich.

»Cora? Sind Sie noch da, Cora? Hören Sie, wenn Sie wollen, dann machen wir das sofort. Gleich nach den Feiertagen, gleich am Montag abend. Einverstanden, Cora, ja?!«

»Ja«, murmelte ich kleinlaut.

Er lachte, und sein Maschinengewehr fing schon wieder zu knattern an. »Und dann nehmen Sie Ihr Geld, am Dienstag morgen, und gehn aufs Finanzamt damit!« Er lachte herzhaft, wie über einen guten Witz. »Obwohl die jetzt bestimmt andere Sorgen haben, als die Steuerfahndung loszuschicken zu Ihnen. Denen steht die Suppe bis zum Hals, kochend, schon fast bis zu den Ohren.«

Seine Heiterkeit kannte keine Grenzen mehr. Er lachte und lachte und kriegte sich nicht mehr ein. »Cora, Cora, machen Sie's gut, ja. Ja, Cora?«

»Ja ...«, sagte ich zögernd. »Auf Wiedersehen. Bis Montag, Herr Doktor Brendel.«

»Bis Montag«, rief er munter.

Drei Stunden später packte ich meine Sachen ein und lief zur Bushaltestelle, statt zum Mittagessen in die Kantine zu gehen. Der Bus war voll. So voll, daß ich auf meinem Stehplatz meistens nur mit einem Fuß bis auf den Boden kam. Eine ganze Menge von meinen Kollegen schien wieder einmal auch schon zu dieser Zeit auf dem Heimweg zu sein. Das machte eigentlich jeder so, vor allen Feiertagen. Wer es irgendwie hinkriegen konnte mit seiner Arbeit und mit dem, der über seinen pünktlichen Feierabend wachte, der packte seine Sachen zusammen und fuhr nach Hause, so früh es ging.

Ich fuhr nicht nach Hause, jedenfalls nicht sofort. Um dreiviertel eins stieg ich an der Bushaltestelle vor Heddas Haus aus dem Bus aus. Ich drückte die Haustür auf und lief auf der breiten Treppe nach oben. Als ich den Finger auf den Klingelknopf setzte, fiel mir auf, daß ich seit dem Abend, an dem ich mit Doktor Brendel zusammen die Puppen in die Koffer verfrachtet hatte, nicht ein einziges Mal hier gewesen war.

»Ne ausverschämte Pelle haste an, Cora. Det steht dir jut«, sagte Hedda. Sie guckte an den kurzen Rockfalten hinunter, zog mich hinein und schob die Wohnungstür hinter mir zu. Dann faßte sie auf meine Schultern und drehte mich. »Wirklich stark. Der hatten bildscheenen Jeschmack.«

»Wer?«

»Warst jar nich bei uns, die janzen Wochen. Cora, hasten Freund? Der wird seine Freude haben an dir.«

Ich grinste. Dann zog ich meine Jacke aus und hängte sie an der Flurgarderobe auf einen Bügel. Heddas Schnapsatem wehte den Flur hinunter bis zum Garderobenschrank. Ich drehte mich herum und bog meine Nase weg. Hedda guckte zu mir und zuckte die Schultern. Sie wurschtelte ein Taschentuch aus ihrer Schürzentasche, wischte sich unter den Augen über ihre runden Bäckchen und schnaubte sich lautstark die Nase aus.

»Ick hab sonen Kummer, Meechen!«

Sie wedelte mit dem Taschentuch in Richtung Kinderzimmer. Dann setzte sie ihren Schildkrötenpanzer in Bewegung und watschelte vor mir her durch den Flur. Hinten, vor den letzten Vitrinen, öffnete sie die Tür zum Kinderzimmer und schob mich hinein.

»Ick muß dir wat zeijen, Cora. Dat mußtu sehen!«

Das erste, was ich sah, waren die Blicke der Puppen. Gläsern und abweisend, genau wie beim letzten Mal. Sie lagen auf Horstis Bett, auf dem Stuhl, auf dem Polstersessel. Sie waren überall, im ganzen Zimmer verteilt. In den Vitrinen saß nicht eine einzige Puppe mehr. Horsti lief zwischen ihnen herum, hob sie hoch, betrachtete sie und schichtete sie in kleinen Haufen auf dem Fußboden auf.

Er merkte nicht einmal, daß ich mit Hedda zusammen in sein Zimmer kam.

»Hallo, Horsti«, sagte ich leise.

Er hob den Kopf, sah mich an und griff nach der nächsten Puppe.

»Hallo, Cora«, krächzte er unwillig.

»Ich hab dir Bonbons mitgebracht, Horsti, willst du?« Ich nahm die Tüte aus meiner Tasche und knisterte damit vor seinen Augen.

Er bückte sich unter der Tüte hindurch, legte die Puppe auf dem Fußboden ab und schob dabei meine Hand weg. Das hatte ich bei Horsti noch nie erlebt.

»Det macht det Kind schon die janze Woche. Immer die Puppen aussem Schrank nehmen und sortieren und aufeinanderlejen. Jenau wie jetzt.« Hedda wuschelte mit dem Taschentuch vor ihrem Gesicht herum.

Ich hob meine Umhängetasche von der Schulter und kniete mich neben ihn.

»Horsti, was spielst du denn da?«

Er lächelte kurz, griff nach der nächsten Puppe und stapelte sie auf den kleinen Haufen auf.

»Horsti«, sagte ich ruhig. Ich hatte aus meinen anderen Versuchen, mit ihm ins Gespräch zu kommen, etwas gelernt. »Horsti, was machst du?«

Er lächelte wieder. »Die sind für meine Mamma. Mamma kommt her, Mamma holt sie ab.«

Er rückte ein Stückchen weiter und baute neben dem ersten Puppenhaufen den nächsten Stapel auf. Hedda zog die Nase hoch und schneuzte sich wieder.

»Det is mir zu dusslich mit dem Jungchen. Ick jlaube, jetz wird der verrückt.«

Ihr Mund verzog sich schmerzhaft nach unten. Kleine dicke Schildkrötentränen liefen über ihre Bäckchen hinunter bis zu ihrem Kinn.

»Willsten Goldi, Cora? *Ick* brauch einen.«

Ich schüttelte schnell den Kopf. So schlimm fand ich es nun auch wieder nicht. Und ich hatte nicht vor, mich deswegen mit Hedda zwei Stunden lang in die Küche zu setzen und mit ihr häppchenweise Goldbrand zu kippen, auf ex.

Das einzige, wonach ich mich sehnte und worauf ich jetzt

Lust gehabt hätte, waren die breiten Arme von Markus. Seine Hände, seine Fingerspitzen, sein widerborstiges Haar. Eine Goldbrand-Party mit Hedda kam überhaupt nicht in Frage für mich.

Ich streichelte Horsti über die Haare, riß die Tüte auf und legte ein paar Bonbons neben ihn. Dann drehte ich mich zu Hedda herum und stand langsam auf.

»Ich will gar nichts, Hedda. Ich muß gleich wieder gehen.«

»Wat? Jetz jleich?« Sie sah mich an mit ihrem Schildkrötenblick und ließ ihre Tränen fließen. »Cora, nie kümmerst du dir um mich. Allet muß ick alleene machen. Komm, trink wenigstens 'n Kaffe mit mir.«

Ich schüttelte den Kopf. Dann ging ich zur Garderobe hinüber und zog meine Jacke an.

»Ach, Cora!«

»Hedda, hör mal. Dieser Doktor Brendel kommt am Montag abend und holt seine Puppen ab. Am besten wäre, du würdest mit Horsti wieder eine Stunde spazieren gehen.«

Sie nickte unwillig und ließ ihr Taschentuch wedeln.

»Na schön, hamwer det wenichstens bald jeschafft. Is auch jut so.«

Die Tür zum Kinderzimmer ging auf, und Horsti steckte seinen Kopf heraus.

»Noch mehr Bonbons, Cora?«

Ich zog die Tüte aus meiner Tasche und hielt sie ihm hin. Er nahm sich die Tüte und drückte sein Gesicht in meinen Arm.

»Siehst du, Hedda, so schlimm ist es doch gar nicht mit ihm.«

»Komm wenigstens morjen mal her, Cora, uffen Sonnamt.«

Ich nickte langsam. Na ja, irgendwie würde ich das schon hinkriegen können. »Also gut, Hedda. Ich komme morgen wieder. Dann reden wir. Und vielleicht bringe ich morgen Markus mit. Dann kannst du ihn dir ansehen.«

Sie zuckte zusammen und blickte mich an. Für zwei, drei Sekunden wachte sie auf und sah nicht mehr wie eine alte

Schildkröte aus. Aber dann ließ die Spannung in ihrem Gesicht nach, und sie rutschte wieder in sich zusammen.

»Bring ihn mit, Cora, Meechen. Mach mal. Un der Goldbrand hat auch noch bis morgen Zeit.«

* * *

Ich knöpfte die Jacke zu, klemmte meine hohen Schuhe an meinen Hacken fest und rannte so schnell ich konnte die Wilhelm-Pieck-Straße hinunter. Es war alles wie immer. Das trockene Laub knüllte sich unter meinen Füßen. Ein kleiner Herbstwind wirbelte Sand aus den Baugruben auf die Straße hinauf. Oben, an den Spitzen der Peitschenmasten, flatterten die Feiertags-Fahnen. Immer paarweise, wie auf dem Fahnenständer von Hannes. Die ganze Straße entlang, leuchtendrot, schwarzrotgold und ladenneu.

Kurz vor dem Rosenthaler Platz war ein rotes Transparent an einer frischgestrichenen weißen Mauer befestigt. ‘Vierzig Jahre DDR — Vierzig Jahre Kampf für Sozialismus und Frieden’ hatten sie in riesigen weißen Buchstaben auf die rote Pappe geschrieben.

Gleich daneben, hinter der Straßenecke, standen die Häuser, die seit dem Krieg nicht einmal mehr verputzt worden waren. Sie standen auf sozialistischem Boden, in einer sozialistisch heruntergekommenen Straße. Und welcher Erfinder von solchen rot-weißen Sprüchen machte sich schon die Mühe, in irgendwelche Nebenstraßen zu sehen.

Ich rannte an der Mauer vorüber, legte meine Scheuklappen vor und guckte nur noch mit einem Auge. Schon die rote Farbe des Fonds und die weißen Buchstaben der Schrift reichten aus, um mir das übliche Warnsignal zu geben: Nur nicht so genau hinsehen. Für diese plumpe Art von optischem Beschuß reichte eigentlich auch schon ein halbes Auge vollkommen aus.

Vorne, an der Kreuzung, stand eine Gruppe von zwanzig oder dreißig FDJlern in ihren frischgebügelten blauen Hemden.

Ich stellte mich hinter ihnen vor dem Zebrastreifen an, ließ einen Konvoi von Sonderfahrt-Bussen mit FDJlern an mir vorüberfahren, ging über die Rosenthaler auf die andere Straßenseite hinüber und bog in meine Straße ein.

Irgend etwas fehlte mir heute. Irgend etwas war nicht so wie sonst.

Ich dachte darüber nach, während ich an der Mauer vom Garnisonsfriedhof vorüberging. Und dann fiel mir ein, was es war. Heute kam mir von der anderen Seite kein Auto entgegen. Egal, alles egal. Ich rannte weiter. Ich wollte nur ganz schnell zu Hause sein.

Ich rannte die Straße hinunter. Vor meiner Haustür blieb ich atemlos stehen. Der Parkstreifen gegenüber der Häuserzeile war noch nicht übervoll. Ob ein beigefarbener Lada darauf stand, war ganz deutlich zu sehen. Er war nicht da.

Na gut, das bedeutete nichts. Markus mußte ja nicht unbedingt mit dem Auto gekommen sein. Ich rannte durch den Hausflur über den Hof und wendelte mich auf der Treppe nach oben. Aber Markus saß auch nicht vor meiner Tür. Auch das machte mir noch nichts aus, schließlich war es noch nicht einmal fünfzehn Uhr. Ich schloß die Wohnungstür auf, ging hinein und schob leise die Tür hinter mir zu. Ich zog meine Jacke aus, hängte sie an die Hakenleiste hinter der Tür, ging hinüber zum Herd, ließ den Kessel voll Wasser laufen und zündete die Gasflamme an.

Und dann fing ich an zu warten. Ich setzte mich auf das Sofa und lauschte auf das Klappen der kleinen Haustür. Ich saß und saß und sperrte die Ohren auf wie zwei Satellitenantennen. Aber da klappte nichts. Heute war es ausgesprochen still unten im Hof.

Kurz vor viertel vier fing das Teewasser im Kessel zu kochen an.

Ich drehte die Gasflamme kleiner, ließ das Wasser im Kessel brodeln und lauschte weiter. Zehn Minuten nach vier schob jemand unten im Vorderhaus die kleine Hoftür auf. Ich ging in die Küche hinüber, schüttelte Teeblätter in die Kanne und holte die Jenaer Teegläser aus dem Schrank. Dann ging ich nach vorne zur Garderobe und legte mein Ohr an die Wohnungstür. Gegen halb vier ging die Tür noch einmal. Er war es wieder nicht.

Ungefähr um fünf war der Kessel leergekocht. Ich drehte die Gasflamme aus und fing an, nach meiner Goldbrandflasche zu suchen. Damit brachte ich die nächste dreiviertel Stunde zu. Diese Goldbrandflasche stand nicht neben dem Bett, nicht im Bücherregal und nicht auf dem Fußboden unter meinem Eßtisch. Sie stand überhaupt auf keinem der Plätze im Zimmer, auf denen sie sonst immer gestanden hatte. Ich ging in die Küche hinüber und sah in die Lebensmittelschränke, in die Geschirrschränke und in den Kühlschrank hinein.

Als ich sie fand, ging es auf sechs Uhr zu. Die Flasche stand in der Küche, neben dem Abwaschtisch, und sie war trocken wie eine ausgebrannte Oase. Dieser Markus hatte sie aufgeschraubt und hatte sie einfach ins Waschbecken ausgekippt. Ich hob die Flasche hoch und hielt sie unter meine Nase. Nichts, sie war sogar geruchlos, sauber und ordentlich ausgespült. Aber er war auch so aufmerksam gewesen und hatte für Nachschub gesorgt. Hinter meiner ausgetrockneten Goldbrandflasche stand die Flasche mit seinem Whisky.

Irgendwann in den letzten drei Wochen hatte Markus sie aus seiner Reisetasche genommen und beim Essen auf unseren Tisch gestellt. Auf meinen Tisch, bitte sehr. Und diese Flasche war voll wie ein Staudamm nach einem wochenlangen Regen. Ihr Korken war immer noch versiegelt. Ich hatte in den vergangenen Wochen kein einziges Glas voll gebraucht. Ich strengte mich an und zog an dem Flaschenhals herum wie an den Griffen einer Rohrzange. Es knirschte leise, und der Verschluß rutschte langsam heraus.

Einen kleinen Moment lang hielt ich den Korken in der Hand und lauschte. Unten im Hof quietschte noch einmal die kleine Vorderhaustür. Ich wartete drei Sekunden, vier Sekunden und fünf.

Ich zählte langsam bis zwanzig. Bis fünfundzwanzig. Bis dreißig. Dann nahm ich ein Mostrichglas aus dem Küchenschrank und goß ein.

Und dann trank ich. Der erste Schluck schmeckte wie eine Mundspülung nach der Amalgamfüllung beim Zahnarzt. Der zweite war schon etwas weicher und etwas weniger scharf. Und der dritte Schluck bekam langsam so etwas wie einen flüchtigen aromatischen Geschmack, der einigermaßen annehmbar war. Ein feiner Duft hing einen Zentimeter hoch über meiner Zunge in meinem Mund und breitete sich langsam darin aus. Ein Duft wie von weichem Holz und von mildem Rauch, der hinten in meinem Mund herunterrann, sich gemächlich in mir ausbreitete und dann langsam wieder verflog.

Ich füllte mein Glas vielleicht dreiviertel voll mit diesem Zeug, ging ins Zimmer hinüber, setzte mich auf das Sofa und schaltete den Fernseher ein.

Es war beinahe halb sieben, und das war keine Nachrichtenzeit. Aber sie brachten trotzdem wieder irgendwelche aktuellen Berichte über die Flüchtlinge aus der DDR, die schon wieder wochenlang die westdeutschen Botschaften in Prag und in Warschau besetzt hielten.

Jetzt plötzlich durften sie in den Westen ausreisen. Auf besonderen Wunsch von Honecker, einen Tag vor seinem großen Feiertag. Es wäre zum Lachen gewesen, wenn die Situation für die Flüchtlinge in den überfüllten Botschaften nicht so schlimm gewesen wäre. Dieser Honecker schien jedenfalls zu wissen, wie man sich eine stimmungsvolle Feier organisierte.

Sie zeigten die Zelte und die Essenausgabe in den extra für die Flüchtlinge eingerichteten Lagern und die Flüchtlinge beim Schlangestehen nach ihrem neuen Bundesbürger-Paß. So langsam konnte ich diese oberflächlichen Flüchtlingsberichte nicht mehr mit ansehen. Ich kannte sie schon, noch bevor der

Sprecher mit seinen Erklärungen und seinen Kommentaren zum Reden kam. Das einzige, was immer wieder neu war an diesen Berichten, waren die Zahlen: zehntausend Flüchtlinge, einhunderttausend, eine halbe Million.

Aber das war so abstrakt und unfaßbar für mich, daß es mir auch schon wieder beinahe so gleichgültig war wie die hohen Gewinnsummen, die sie einem beim Lottospielen versprachen. Ich konnte mir Gewinne von einhundert oder von fünfhundert Mark vorstellen, aber bei allem, was über fünftausend Mark gelegen hätte, fehlte mir jede Vorstellung. An mir liefen diese Summen vorüber wie Schiffe an einem versandeten Hafen, und ich faßte nie einen Lottoschein an. Und genau die gleichen Schwierigkeiten hatte ich bei meiner Steuermahnung. Bei diesem Steuerbescheid über eine viertel Million Mark, den ich …

Vorsichtig, Cora Ost, Vorsicht.

Ich ging in die Küche zurück, goß mir noch einen freundlichen, duftenden Whisky ein, setzte mich wieder auf das Sofa und probierte zur Abwechslung einen DDR-Sender aus. Aber was ich hier sah, war auch nicht gerade geeignet, mich abzulenken oder mich ruhiger zu machen. Diese Sendung war so etwas wie eine häufig wiederkehrende Fata Morgana. Aber eine von der Sorte, wie ich sie lieber in einem Horrorfilm oder in einem alten Ufa-Schinken sah.

Sie übertrugen life und aus zwei Kilometern Entfernung von meiner Wohnung diesen riesigen Aufmarsch der FDJ, der als Vorfeier für den 7. Oktober abgefackelt werden sollte. Ich mußte keinen Farbfernseher haben, um zu wissen, daß der ganze Bildschirm voller FDJ-blauer Hemden und Blusen war. Oben, über der Straße, standen die alten Herren Honecker und Mielke und Mittag und noch eine ganze Menge anderer Leute, deren Gesichter ich schon viele Male gesehen, aber noch nie zur Kenntnis genommen hatte, auf dem Balkon vom Palast der Republik und winkten schlaff und greisenhaft hinunter auf diesen albernen Fackelzug.

Den bewegenden Fackelzug der Jugend der Deutschen Demokratischen Republik, wie der Fernsehsprecher immer wieder völlig hingerissen betonte. Eine seltsam kindische Freude und Begeisterung sprudelten aus seiner Stimme wie aus einem aufgeschlagenen Wasserrohr. Wir begrüßen den Genossen Erich Honecker und die Mitglieder von Zentralkomitee und Politbüro. Sie leben hoch, hoch, hoch. Es lebe unsere Deutsche Demokratische Republik. Hoch, hoch, hoch.

Die Nacht war hell, von tausend oder zehntausend oder von hunderttausend brennenden Fackeln erleuchtet. Unter den Fackeln strahlten die FDJler zur Tribüne hinauf. Sie lachten, sie winkten Erich zu, und sie sangen. Old Erich winkte zu ihnen hinunter, sang die alten Parteischnulzen mit und blühte wie eine taufrische Rose auf.

Aber das schlimmste dabei waren die glücklichen FDJler-Gesichter. Langsam und genüßlich schwenkten die Kameras von einem zum anderen. In diesen Gesichtern lag wirkliche Begeisterung. Vielleicht sogar ein richtiger ehrlicher Stolz. Aber auf was denn, verdammt, das konnte doch alles nicht wahr sein. Wo hatten die denn in den letzten Wochen gelebt? Oder in den vergangenen dreißig Jahren! Na ja, das war's wohl, da würde das Problem wahrscheinlich liegen. Älter als achtzehn oder neunzehn oder zwanzig waren die meisten von denen nicht.

Solche Gedanken konnte ich nur noch ertragen, wenn ich sie kräftig hinunterspülte. Ich drehte dem jubelnden Sprecher die Stimme ab, hob mein Glas und nahm einen großen Schluck von dem Whisky, noch einen und noch einen Schluck. Dieser rauchige braune Geschmack glitt weich und leicht durch meinen Mund, schwebte ein paar Zentimeter über meiner Zunge nach hinten in meinen Hals, verflüchtigte sich langsam darin und verwischte diese Fernsehbilder zu einem diffusen konturlosen Flimmern aus graugelbem Leuchten und schwarzem Blau.

Ich stand auf, ging hinüber in die Küche und legte noch

einmal mein Ohr an die Tür. Aber es war sinnlos, nach seinen Schritten zu lauschen, das wußte ich ganz genau. Die kleine Hoftür unten im Vorderhaus stand schon eine Stunde lang vollkommen still.

Ich nahm die Flasche vom Abwaschtisch und goß mir noch einmal ein halbes Glas von dem Whisky ein. Aber ich trank es nicht. Ich hatte es einfach satt, hier oben in meiner Dachwohnung auf dem Sofa zu sitzen und artig wie ein Backfisch zu warten, wann Markus Behnesch endlich zu mir nach Hause kam.

Ich zog meine Schuhe an, hob die Jacke vom Haken und schlug die Wohnungstür hinter mir zu. Ich war nicht einmal mehr so weit beieinander, daß ich wenigstens eine kleine Mitteilung an meine Wohnungstür hängte. Komme gleich wieder, bin nur spazierengegangen oder irgend etwas in dieser Art. Ich suchte mir die breite Seite der Wendeltreppe, fädelte meine Hände auf das Treppengeländer und ließ mich langsam Stufe für Stufe die Treppe hinab.

Unten im Hof, als ich die kleine Vorderhaustür nach innen aufdrückte, sah ich die Schatten von zwei Männern vorne auf der Straße an meiner offenen Haustür vorübergehen. Professor Seekamp, dachte ich einen Moment lang, Professor Seekamp steht unten vor meiner Haustür und lauert Markus Behnesch auf. Und dann hängt er sich an seinen Arm und geht mit ihm die Straße hinauf und hinunter und führt mit ihm ein Gespräch unter Männern und knöpft ihn sich vor. Diese Sache mit dem habgierigen Notarzt hatte er für mich geregelt, und die Sache mit Markus hätte er auch gerne in Ordnung gebracht, irgendwie, elegant oder weniger elegant oder einfach so wie eine eifersüchtige alte Tante, die auf das Erbe und die Millionen ihrer dummen kleinen Nichte aufpaßt. Ich hielt mich am Türrahmen fest und fing an zu kichern. Was für ein scharfes Zeug mußte dieser Whisky sein, wenn ich schon nach zwei kleinen Mostrichgläsern davon auf solche verrückten Ideen kam.

Ich trat in den dunklen Hausflur hinein, fing mich an der Flurwand ab und drückte das Licht an. Dann tapste ich durch den dämmrigen Hausflur nach vorne und ging auf die Straße hinaus.

Es war niemand da, kein Professor und kein Markus. Kalter Herbstwind wehte um meine Beine. Es war finster und unübersichtlich wie immer. Und es roch weder nach Vanille und getrockneten Früchten noch nach Desinfektionsmitteln und Formaldehyd, wie sie im Keller der Pathologie üblich waren. Aber die Straße war auch nicht so leer und so einsam, wie ich es erwartet hätte um diese Zeit.

Die beiden Männer, deren Schatten ich eben noch gesehen hatte, waren verschwunden, irgendwo in der Dunkelheit. Jetzt gingen zwei andere Männer die Straße hinunter und kamen langsam auf meine Haustür zu. Es war viel zu dunkel, und ich konnte ihre Gesichter nicht sehen. Sie kamen näher und immer näher an mich heran, bogen ein wenig zur Seite, um mich zu umrunden, gingen langsam an mir vorüber und schwiegen sich an.

Ich war zwar ziemlich weit hinüber von den zwei Gläsern Whisky, aber so weit konnte ich immer noch durchsehen. Mir war ganz schnell klar, was für eine Art von schweigenden Spaziergängern das war. Ich guckte die Straße hinunter. Richtig, ungefähr hundert Meter hinter diesen beiden folgte das nächste Pärchen nach. Und irgendwo ganz weit hinten, in der Dunkelheit vor dem Garnisonsfriedhof, gingen sicher die ersten zwei.

Ich stieß mich von der Haustür ab, ging ein Stück weit die Straße hinunter, in die Gormannstraße hinüber und bog dann in die Wilhelm-Pieck-Straße ein.

Hier war es ruhig, viel ruhiger als es an anderen Abenden war. Heute abend brauste hier nicht einmal der übliche Autoverkehr. Wahrscheinlich hatten sie wegen diesem erleuchtenden Fackelzug sogar die Zufahrtsstraßen zur Innenstadt abgesperrt.

Alle zehn oder fünfzehn Meter kam mir ein Doppelläufer-Pärchen entgegen. Gleiche Haarschnitte, grüne Parkas, schwarze Anoraks und den unvermeidlichen Einkaufsbeutel mit dem Regenschirm in der Hand. Sie liefen beinahe so dicht wie an dem Abend, an dem ich mit Markus in der Karl-Marx-Allee gewesen war. Und in der Karl-Marx-Allee mochte das auch seine Ordnung haben. Aber hier in dieser Gegend kam mir das alles wie die Drohgebärde einer fremden Besatzungsmacht vor.

Ich fing an, mich zu fürchten. Wäre Markus bei mir gewesen, hätten mir diese ruhiggestellten Straßen und die vielen Stasiposten vielleicht gar nicht so viel ausgemacht. Ich wußte ja, Markus konnte völlig souverän mit denen umgehen. Aber er war nicht bei mir. Ich lief alleine auf dieser Straße zwischen diesen Typen herum und fühlte mich verloren wie eine herrenlose Katze ohne Kellerloch.

Hinter dem nächsten Häuserblock lag das Café Berger. Ich tastete in meiner Jackentasche unter den Taschentüchern herum und fand ein Markstück und drei goldene Zwanzigpfennigstücke.

Dafür bekam ich von Hilde mindestens ein großes Bier. Ich ging erwartungsvoll an den letzten Häusern entlang. Dann steckte ich die Hand mit dem Kleingeld in die Jackentasche zurück. Das Berger war zu.

Es lag da, zugesperrt und gesichert wie eine kleine Festung. Die Eingangstür war verschlossen und bis zum Boden vergittert, die Rolläden vor den großen Schaufenstern waren heruntergelassen und vollkommen dicht.

Jetzt sah das Berger genauso aus wie die meisten der kleinen alten Kneipen hier in der Gegend, die schon lange für immer geschlossen waren. Aber solange ich hier wohnte, hatte ich das Café Berger noch kein einziges Mal so gesehen. Ich ging an der versperrten Tür und an den großen Fensterläden entlang und suchte nach einer Urlaubsgenehmigung von der Abteilung Handel und Versorgung, nach einem Zettel mit neuen

Öffnungszeiten, nach irgendeinem Lebenszeichen von Berger oder von Hilde herum. Aber da war nichts, was ich hätte finden können. Gar nichts.

Nur vorn, auf der Kreuzung mit der Schönhauser Allee, patroullierten weiter die Doppelläufer, ununterbrochen. Ein Mann auf einem Fahrrad bog von der Alten Schönhauser in die Straße ein und fuhr auf dem Fußweg entlang auf mich zu. Ein Riese mit langen Haaren und Rauschebart und mit einem Bierbauch wie ein fünf Zentner schwerer Braunbär. Dieser Braunbär trug auch eine Kutte aus dickem, dunkelgrünem Baumwollstoff, aber ich hätte ihn nie für einen von den Straßenstasis gehalten. Also lehnte ich mich mit dem Rücken an Bergers Fensterladen, sah ihm entgegen und wartete ruhig ab.

Als er mich vor den Rolläden stehen sah, bremste er ab und fuhr dicht an mich heran. Er hob die Füße von den Pedalen und stützte sich mit der Hand an der Hauswand ab.

»Brauchst gar nich zu gucken«, sagte er leise. »Der Berger is auch weg.«

»Wieso weg?«

»Na weg eben. Nachem Westen rüber. Mußt dir 'n anderet Kaffe suchen.«

Ich drückte mich von der Wand ab, zuckte die Schultern und ließ meinen Kopf hängen. Also blieb mir doch nur noch Hedda mit ihren kleinen Schnapsgläschen voller Goldbrand und ihrem Zinkblechkaffee.

Der Braunbär war klarsichtig wie alle Betrunkenen, besonders, wenn es um ihre nächste Flasche ging. »Na, Kleene«, brummte er leise. »Geh doch zu Tante Olga. Inne Linienstraße, vorne, anne Ecke. Die Restauration mit die roten Fensterläden. Da isset doch ooch schön.«

Er faßte in die Tasche seiner Kutte und hob vorsichtig eine Goldbrandflasche heraus. Sie war halb so groß wie die Flaschen, die ich mir jetzt immer geleistet hatte, aber sie war immerhin noch halb voll. Er drehte langsam und bedächtig den

Metallverschluß vom Flaschenhals herunter und hielt mir die Flasche hin.

»Icke bin och manchmal da drinne bei Olga. Wird dir jefallen, Kleene. Willsten Schluck?«

Ich versuchte zu sehen, ob seine Hände sauber und seine Zähne einigermaßen geputzt waren. Es war nicht auszumachen im Dunkeln, aber der Goldbrand roch mir durch den Flaschenhals entgegen und war genau das, was ich am nötigsten brauchte im Moment. Ich wischte die Öffnung mit der Handfläche ab und nahm einen tiefen Schluck.

Vorne, von der Kreuzung Schönhauser Allee, näherten sich die nächsten beiden Herren, blieben an der Ecke stehen und beobachteten uns. Sie wechselten ein paar Worte, setzten sich wieder in Bewegung und schlenderten langsam und unauffällig die Straße entlang auf uns zu. Je näher sie kamen, um so mehr beschleunigten sie ihren Schritt.

»He. Wat is los hier? Wenn die faulen Säcke jetzt jeden Tag hier rumschnüffeln, denn reise ick ooch aus. Denn haue ick hier ab.«

Der Dicke nahm mir die Flasche aus der Hand, setzte sie an und bog weit seinen Kopf zurück. Er schluckte, bis nichts mehr zu schlucken war. Auch auf ex, genau wie Hedda, nur in etwas größeren Mengen. Dann kam sein Kopf wieder nach oben, er schüttelte sich, wie ein nasser Bär nach dem Baden die letzten Tropfen aus seinem Fell, und stellte die leere Flasche neben der Hauswand ab.

»Geh lieber weiter, Mädchen. Machs jut. Komm bei Olgan.«

Dann stieß er sich von der Hausmauer ab, setzte die Füße auf die Pedalen und fing an zu strampeln.

Ich ging vom Fußweg auf die Straße hinunter und sah hinter ihm her, wie er kerzengerade aufgerichtet und ohne zu schlingern quer über die Kreuzung zum Prenzlauer Berg hinauffuhr. Dann lief ich schräg hinüber auf die andere Straßenseite und ging wieder auf der Wilhelm-Pieck-Straße entlang.

Keiner von diesen Typen folgte mir nach. Aber ich wußte

nicht mehr, wohin. Auf ein Bier zu Tante Olga oder zu Hedda und Horsti und den Puppen in die Goldbrand-Küche? Markus Behnesch würde ich weder bei Hedda noch bei Tante Olga finden. Aber noch weiter auf der Straße herumzulaufen und mich vor den Doppelläufern zu fürchten, nur um nicht zu Hause zu sitzen und mir beim Warten auf Markus die Decke auf den Kopf fallen zu lassen, das schien mir auch nicht die richtige Alternative zu sein.

Die Fahnen an den Straßenlampen wehten adrett und sauber im Abendwind. Bis ich zum Rosenthaler Platz kam, traf ich auf vier weitere Stasiposten. Straßenköter, kleine Straßenköter hatte Markus sie an unserem ersten Abend genannt ... So, das reichte.

Mein Schwips geriet schon wieder ins Wanken. Anscheinend konnte ich machen, was auch immer ich wollte, heute abend führte keiner meiner Gedanken an Markus Behnesch vorbei.

Ich stellte mich an die Ampel und wartete auf Grün, obwohl weit und breit kein Auto zu sehen war. Dann ging ich hinüber, auf die andere Seite der Wilhelm-Pieck-Straße und vom Rosenthaler Platz.

Unter dem Straßenpflaster, direkt unter meinen Füßen, fing es plötzlich zu dröhnen an. Ich lief bis zum Eingang der verbotenen U-Bahn und legte meine Arme auf das alte Geländer. Es vibrierte deutlich, noch viel stärker als Tante Johannas Gummibaum.

Ich hakte meine Finger zwischen den Gitterstäben fest und beugte mich weit hinunter. Staubige graue Papierfetzen, leere Bierflaschen und aufgeweichte Pappkartons stapelten sich auf den Stufen hinter dem Geländer auf. Unter der letzten Stufe war eine dicke eiserne Tür. Diese Tür war geschlossen und verschweißt, und wie ich die Brüder hier kannte, hatten sie hinter dieser eisernen Tür auch noch zusätzlich eine Mauer aufgebaut. Eine kleine Mauer unter jeder Straße mitten in Ost-Berlin.

Hinter dieser verschweißten, vermauerten Tür fuhren Fahrgäste in der U-Bahn von Reinickendorf nach Mariendorf. Sie kamen aus einer anderen Welt. Aus einer Welt, zu der inzwischen die halbe DDR unterwegs war. In nicht einmal fünf Minuten würde diese U-Bahn unter dem Bahnhof Alexanderplatz sein. Sie würde weiter an stillgelegten Bahnsteigen und vermauerten Treppenaufgängen vorüberfahren, ohne ein einziges Mal anzuhalten. Noch ein paar Minuten später fuhren diese Leute irgendwo unter der Straße Unter den Linden entlang, genau unter diesem BEWEGENDEN FACKELZUG DER JUGEND DER DEUTSCHEN DEMOKRATISCHEN REPUBLIK. Und weder von diesem Fackelzug noch von diesen ekelhaften Straßenkötern würden sie die kleinste Ahnung haben, wenn sie drüben, auf der anderen Seite, am Görlitzer Bahnhof oder am Paracelsus-Bad aus ihrem U-Bahn-Schacht hinauf auf die Straße stiegen. Verdammt noch mal, an diesem Abend beneidete ich sie.

Schräg über den Rosenthaler Platz näherte sich jemand. Aber ich achtete nicht weiter darauf. Ich stemmte meine Füße fest auf den Boden, hängte meine Arme über die Gitterstäbe und hörte auf das Donnern der vorüberfahrenden U-Bahn, aufmerksam konzentriert wie auf ein Funkzeichen der Außerirdischen. Und bei all dem hatte ich höllisch damit zu tun, auch noch einigermaßen aufrecht zu stehen. Dann war die U-Bahn vorüber, genauso plötzlich und schnell, wie sie gekommen war. Und dann wurde es wieder still hinter dieser Tür.

Ganz still.

Ich knickte die Knie ein, lehnte mich auf das staubige, graue Geländer und wartete auf den nächsten Zug.

»Was machen wir denn da, Bürgerin?«

Plötzlich hörte ich eine Stimme dicht neben mir. Ich drehte den Kopf hoch und sah vorsichtig hinauf. Schwarze Halbschuhe, ein hellgrüne Uniformhose und ein grüner Uniform-Arm, an dem schaukelnd ein Sprechfunkgerät hing, das ununterbrochen rauschte.

»Stellen Sie das Gucken ein, Bürgerin! Und das Horchen! Und verschwinden Sie hier! Sofort!«

Ich richtete mich langsam auf und sah in sein Gesicht. Ich hatte schon manchmal Bullen erlebt, die eine seltsame Art von Humor hatten. Aber er grinste nicht. Er hatte jedes Wort ernst gemeint, todernst. Er ließ seinen Arm hin und her schaukeln und griff drohend nach seinem Sprechfunkgerät. Dann drückte er langsam und genüßlich auf einen der Knöpfe.

»Also. Gehen Sie? Sonst können Sie in der Keibelstraße erzählen, warum Sie so lange hier rumstehen.«

Ich sah noch einmal in sein Gesicht und nickte. Ganz schnell. Der nimmt mich mit, dachte ich. Der verhaftet mich. Ich drehte mich unsicher um, ließ das Geländer los und fing an zu schwanken. Aus der Brunnenstraße näherte sich quer über den Platz ein Doppelläufer-Paar. Ich hörte, wie ihre Schritte näher kamen. Schneller und immer noch schneller. Die hatten es eilig, zu mir an die U-Bahn zu kommen. Mächtig eilig.

Auf einmal hatte ich eine furchtbare Angst. Was war bloß los heute auf dieser Straße? Irgend etwas war anders. Anders, völlig anders als sonst.

Ich klemmte meine Absatzschuhe an meinen Hacken fest und fing an zu laufen. Ich rannte so schnell ich konnte die Rosenthaler Straße entlang. Immer geradeaus, ganz egal wohin. Nur dunkel mußte es sein. Die sollten mich nicht mehr sehen können, mich nicht finden und verhaften und mitnehmen, irgendwohin. An der Mulackstraße bog ich ab von der Rosenthaler und tauchte in die Dunkelheit ein. Ich rannte die Mulackstraße hinauf, ohne mich umzusehen. Meine Absätze knallten auf den Gehwegplatten. Ich kam ins Stolpern und landete an einer Hausmauer. Aber ich lief weiter, bis zur finsteren engen Rückerstraße. Hier blieb ich stehen, schob mich durch einen alten Holzzaun in den Lichtschatten eines Baumes und drehte mich vorsichtig um. Die Straße war leer hinter mir, völlig leer.

Wahrscheinlich standen sie noch vorne in der Rosenthaler Straße und beratschlagten. Oder sie hingen über dem Geländer der U-Bahn und lachten sich kaputt über mich. Ich hatte keine Ahnung davon, welche von diesen Vorstellungen ins Schwarze traf. Aus einem Alptraum waren sie beide.

Als ich atemlos vor meiner Haustür stand, verzichtete ich darauf, auf dem Parkstreifen nach Markus' Auto zu suchen. Ich wollte nach oben, ganz schnell, in meine Wohnung hoch. Ich schloß die Wohnungstür auf und schlüpfte hinein und drückte sie hinter mir zu. Dann legte ich die Kette vor und lehnte mich von innen dagegen. Ich tastete nach dem Lichtschalter an der Küchentür, aber dann überlegte ich es mir anders und ließ das Licht lieber aus.

Das erste, was ich tat, als ich wieder genügend Luft hatte, war, zum Küchenschrank hinüber zu gehen und nach der Whiskyflasche zu suchen. Auch im Dunkeln war das nicht weiter schwierig. Die Flasche war schwer, als ich sie anhob. Sie war ungefähr noch dreiviertel voll. Das beruhigte mich etwas. Ich nahm ein sauberes Glas aus meinen Geschirrschrank, nahm die Flasche in den Arm und ging damit langsam in die finstere Stube hinüber.

* * *

Und dann kam dieser 7. Oktober. Als ich wieder aufwachte, hatte der Morgen gerade begonnen. Die Sonne hievte sich glühend und kalt über das schwarze Teerdach vom Nebenhaus. Mir war lausig kalt. Ich lag angezogen in meinem Kleid auf dem Sofa. Die Whiskyflasche stand neben mir auf dem Tisch, in meiner Reichweite. Sie war leer bis auf einen teetassentiefen Rest.

Ich stand mühsam vom Sofa auf, hob die Arme und versuchte, mir das Kleid über die Schultern zu ziehen. Jedesmal, wenn ich dabei meinen Kopf berührte, hallte es ihn ihm wieder wie im Inneren einer riesigen Kirchenglocke, schmerzhaft und furchtbar laut. Ich trug diesen Kopf hinüber zum

Bett, legte ihn vorsichtig auf das Kopfkissen und machte noch einmal die Augen zu.

Als ich zum zweiten Mal aufwachte, war von der orangerot glühenden Sonne über den Dächern der Nachbarhäuser nichts mehr zu sehen. Ein goldgelbes Licht schimmerte durch meine Gardinen, kroch schwächlich über meine Bettdecke und humpelte mühsam die Wand hinter meinem Rücken hinauf. Nein, das war nicht mehr das Licht vom Morgen. Das konnte eigentlich nur die Abendsonne sein.

Ich setzte mich auf die Bettkante und begann, meinen Körper auf brauchbare Teile hin zu sondieren. Mein Mund war ausgetrocknet, und meine Zunge lag darin, fedrig wie ein verdorrter Vogel. Aber meinem Kopf ging es besser als heute morgen. Er war um einige Zentner leichter geworden und wog jetzt nur noch so viel wie die Kirchenglocke einer ärmlichen kleinen Dorfkirche, die sich eine ordentliche große Glocke nicht leisten kann.

Es war ganz gut möglich, daß dieser Whisky besser oder wenigstens anders schmeckte als unser guter alter Goldbrand. Aber er richtete mindestens genau den gleichen Schaden an.

Ich wendete mich behutsam und warf einen Blick auf den Wecker. Es war beinahe sechs Uhr. Abends. Die Tribüne in der Karl-Marx-Allee hatte ihre große Stunde schon lange hinter sich. Es war wirklich Zeit, aufzustehen. Ich quälte mich hoch. In der Toilette hängte ich meinen Kopf über das Waschbecken und verbrachte ungefähr fünf Minuten damit, meinem ausgewachsenen Affen die Wirkung von eiskaltem Wasser zu erklären. Dann ging ich zurück in mein Zimmer, riß das Fenster auf und richtete mich einigermaßen her.

Ich stieg in meine Jeans, zog einen sauberen Pulli über und brühte mir in der Küche einen Kaffee von der Sorte Den-ganzen-Tag-nicht-aus-dem-Knick-kommen-ist-schlimmer-als-ein-Magengeschwür.

Ich stellte mich ans Fenster, schlürfte kleine Schlucke von dem brühheißen Kaffee und wartete auf den Erfolg meiner

Maßnahmen. Er kam langsam, aber er kam. Kühle Luft flutete ins Zimmer hinein. Mein Kopf wurde leichter und brachte es langsam wieder zu so etwas wie einem richtigen Denkvermögen.

Das erste, was meine wiedergefundene Denkfähigkeit zustande brachte, war die Erkenntnis, daß ich ganz alleine in der Wohnung war.

Markus hatte sich immer noch nicht bei mir eingefunden. Aber ich war nicht böse darüber, nein, vielleicht war es sogar ganz gut so, daß er mich nicht in diesem whiskygeschädigten Zustand zu sehen bekam.

Die zweite Erkenntnis meines klarer werdenden Kopfes war schon etwas schwerer zu ertragen. Es war sechs Uhr, fast halb sieben, und es war nun wirklich Zeit, mein Versprechen einzulösen und zu Hedda zu gehen. Auch wenn ich viel lieber hier in meiner Küche sitzengeblieben wäre und meinen Kopf behütet hätte bis zu seinem endgültigen Aufklaren.

Ich kippte den Rest von diesem bitteren schwarzen Kaffee herunter, ging zum Küchenschrank und nahm eine Tüte Bonbons heraus. Dann zog ich meine Strickjacke vom Haken, stopfte die Bonbons in die Seitentasche, hängte sie mir über die Schultern, knallte die Tür hinter mir zu und lief die Treppe hinab.

Die große Haustür stand offen. Ich ging hinaus auf den Fußweg und riskierte einen vorsichtigen Blick. Es schien alles in Ordnung zu sein. Die Straße war leer. Weder Polizisten noch Doppelläufer waren zu sehen. An den Masten der Straßenlampen flatterten müde ein paar kleine Fähnchen. Leise verebbte der Lärm von dem Volksfest, das sie in jedem Jahr nach der großen Parade auf dem Alexanderplatz steigen ließen. Weit über mir brach sich der Hall der Rockmusik aus den riesigen Lautsprechern an den Häuserwänden. Von der Wilhelm-Pieck-Straße her dröhnte der übliche Wochenend-Abend-Verkehr. Es war ein schöner, ruhiger Samstag.

Ich drehte mich herum und ging nach rechts, in Richtung

Hedda und Wilhelm-Pieck-Straße, meine Straße hinab. Keine drei Meter weit war ich gekommen, da warf hinter mir auf dem Parkstreifen ein Auto seinen Motor an, fuhr mit quietschenden Reifen an, raste los und fuhr entgegengesetzt zur Einbahnstraße in der verkehrten Richtung aus der Linienstraße heraus. Ich drehte mich um. Nein, es war nicht Markus. Und daß es ein dunkelblauer Lada war, der dort in panischer Eile davonfuhr, war mir in diesem Moment völlig egal.

Ich bummelte langsam die Linienstraße hinunter und sah mir die alten Fassaden an. An keinem einzigen Fenster hatte jemand die schwarz-rot-goldene Fahne hinausgehängt. Glücklicherweise beschränkten sie die Feiereien zum 7. Oktober auf ein paar große Plätze in den Stadtbezirken, auf den Alex und auf die Karl-Marx-Allee. Aber bis hierher, in die Linienstraße, hatte ich in den letzten Jahren das Dröhnen der schweren Fahrzeuge bei der Militärparade gehört. Und die munteren Kampflieder aus der Vorkriegszeit, die Honni und die anderen Greise so gerne hörten.

Hatte dieser Parteisekretär nicht auch im vorigen Jahr seine Liste geführt? Erscheinen Pflicht, am 1. Mai und am 7. Oktober. Der Stellplatz der Charitas-Mitarbeiter war immer wieder die Ecke zwischen Mainzer Straße und Frankfurter Allee. Jeder, der es vorzog, nicht zu dieser blöden Parade zu kommen, bekam auf der Liste mit den Namen der Charitas-Mitarbeiter nicht diesen albernen Anwesenheits-Strich. Und vom 8. Oktober an rannte der Parteisekretär drei Tage lang durch das Charitas und fragte alle nicht erschienenen Mitarbeiter nach ihren Entschuldigungen. Die meldete er weiter an seine Kreisleitung, die Kreisleitung meldete an ihre Bezirksleitung weiter, und irgendwo auf diesen Listen fand sich immer ein Satz über mich. Kollegin Ost, Cora, behauptet, den Stellplatz nicht gefunden zu haben. Kollegin Ost konnte sich angeblich durch das Gedränge der Menschen nicht zum Stellplatz durchkämpfen. Kollegin Ost kam durch eine Blockierung der überfüllten U-Bahn eine halbe Stunde zu spät, und der Abmarsch der Mitarbeiter war bereits ohne sie erfolgt. Na ja, so oder so ähnlich. Aber Marion erfand keine einzige Ausrede. Sie hätte zu Hause gesessen und hätte sich diese Parade im Fernseher angesehen, und das hätte ihr völlig gereicht. Punktum, und das könnte er ruhig seiner Kreisleitung in die Berichte schreiben. Aber ich glaube, dieser Satz von Marion ist nicht ein einziges Mal in den Berichten von diesem Parteisekretär aufgetaucht.

Ich ging die Rosenthaler hinunter bis zur Ampelkreuzung. Hier sah es auch nicht viel freundlicher aus mit den schwarz-rot-goldenen Fähnchen an den Fenstern. Aber sie hatten wenigstens ihre offizielle Beflaggung groß wie Bettlaken in der Mitte der Straße an die Peitschenmasten gehängt. Vorne auf der Wilhelm-Pieck-Straße fuhren drei Busse mit FDJ-Jublern stadtauswärts die Brunnenstraße hinunter auf die Invalidenstraße zu. Hinten, im Fond der Busse, lagen zusammengerollt und aufeinandergestapelt ihre Transparente, die nun bis zum nächsten Jahr wieder in den Abstellkammern der FDJ-Kreisleitungen verschwinden würden.

Ich blieb stehen und sah ihnen nach. Eine paar Leute kamen aus der Wilhelm-Pieck-Straße und bogen in die Rosenthaler ein. Aus der Brunnenstraße und aus der anderen Seite der Wilhelm-Pieck-Straße kamen andere, gingen auch über die grün geschaltete Ampelkreuzung und kamen zur gleichen Zeit drüben im Anfang der Rosenthaler Straße an. Eine seltsame Art von Bewegung entstand, auf das Stadtzentrum und auf den Alexanderplatz zu. Weiter hinten, an der Kreuzung mit der Münzstraße und der Gipsstraße, gingen die Menschen schon Schulter an Schulter, ganz dicht.

Im Vorübergehen fing ich ein paar Worte ihrer Gespräche auf.

Gorbatschow. Demonstration am Alex. Die Bullen. Das Palasthotel.

Ich klappte erschrocken meine Ohren zu. Sofort war ich völlig sicher, daß ich mich verhört haben mußte. Diese

Demonstration, nein, die war heute morgen, planmäßig und mit Anwesenheitslisten organisiert, auf der Karl-Marx-Allee. Jetzt konnte gar keine Demonstration sein.

Ich hob den Arm und guckte auf meine Armbanduhr. Es war zehn Minuten vor sieben. Hedda würde es sicher nicht stören, wenn ich eine halbe oder eine dreiviertel Stunde später zu ihr kam. Und falls es sie doch stören sollte, hatte ich eine Erklärung parat.

Eine Demonstration, oder irgendsowas Ähnliches, auf dem Alex. Na ja, eine dümmere Ausrede hatte Hedda von mir eigentlich noch nie gehört.

Ich änderte meine Richtung, lief mit den Menschen mit und beschloß, erst einmal zum Alex zu gehen und zu sehen, was dort los war. Am Ende der Rosenthaler, kurz vor dem Bahnhof Marx-Engels-Platz, strebten alle, die hier auf der Straße gingen, einem gemeinsamen Punkt auf der anderen Seite der S-Bahn-Gleise zu. Ich lief unter der S-Bahnbrücke entlang auf die andere Seite und bog zusammen mit allen anderen in die Spandauer Straße ein.

Eine Kette von Volkspolizisten stand am Straßenrand, leitete Autos zurück in die Rosenthaler und riegelte die Fahrbahn ab. Auf den Fußwegen schoben sich die Menschen zusammen und drängten vorwärts.

Ich hatte keine Ahnung, wohin es jetzt gehen sollte. Aber ich ließ mich vorwärts schieben und lief einfach weiter.

Ungefähr an der Kreuzung von Liebknechtstraße und Spandauer Straße blieben wir stehen. Wir standen so dicht nebeneinander, daß es keinen Schritt mehr vorwärtsging. Trotzdem ging keiner an den Volkspolizisten vorbei, vom Fußweg hinunter auf die Straße.

Ich drängelte mich durch bis zum Straßenrand, stellte mich auf die Zehenspitzen und versuchte herauszukriegen, ob vielleicht doch etwas Wahres an diesem Getuschel von einer Demonstration gewesen war.

Vorne, zwischen dem Palasthotel, dem Palast der Republik

und dem Spreeufer drängten sich Menschen, auf den Fußwegen, auf der Spreebrücke und ein ganzes Stück weit die Linden hinauf. Irgendwo vor dem Geländer der Spreebrücke sah ich ein Transparent aus einem weißen Bettlaken über den Köpfen schweben. Aus dieser Entfernung war es noch gut zu erkennnen. NEUES FORUM – NEUE HOFFNUNG stand in großen schwarzen Buchstaben darauf.

Mehr sah ich nicht. Aber ich konnte noch etwas hören. Irgend etwas wie ein lautes Singen oder ein sehr lautes Rufen. Aber so ganz genau hörte ich das aus dieser Entfernung nicht. Auf jeden Fall waren das nicht diese FDJ-Lieder oder die HochHochHoch-Rufe, die es gestern abend hier gegeben hatte.

Ich reckte mich noch weiter nach oben auf meinen Zehenspitzen und stellte die Ohren auf. Und dann hörte ich es etwas genauer.

Hinten, vom Spreeufer, kam es undeutlich und ein wenig zögernd, dieses »Gorbi! Gorbi!« So ganz klar und eindeutig war das hier hinten nicht zu verstehen. Und mit meinen mageren Russischkenntnissen konnte ich mir nur zusammenreimen, was dieser andere Ruf bedeuten könnte. Ich verstand immer wieder das gleiche: »Gorbi! Gorbi!« und »Pomogi! Pomogi!«

Ja, jetzt fiel es mir ein, was ich am Freitag in der Zeitung gelesen hatte. Nach der Parade würde Honecker im Palasthotel sitzen und mit Blick auf die Spree und den Deutschen Dom diesen vierzigsten Republikgeburtstag zu Ende feiern. Mit Jaruselski, mit Ceaucescu und seinen anderen Gästen. Und mit Gorbatschow.

Das war es also, weswegen alle hierher gekommen waren. Und das war vielleicht wirklich eine richtige Demonstration! Eine Demonstration ohne Stellplatz und Anwesenheitspflichten und ohne diesen Vorbeimarsch an einer Tribüne, die von Soldaten und Polizisten umringt und bewacht und abgeschirmt war.

Ich kletterte von meinen Zehenspitzen hinunter, ließ mich langsam auf den Bordstein zurückgleiten und sah mich vorsichtig um. Was die Polizisten zur Überwachung anging, die gab es in der Spandauer Straße auch. Drei Schritte von mir entfernt stand ein Bulle am Straßenrand und sah aufmerksam in die gleiche Richtung wie ich.

Ich riskierte einen schnellen Blick zur Seite, zu ihm hinüber. Er war jünger als dieser Verrückte an der U-Bahn mit seinem Sprechfunkgerät. Er war vielleicht nicht einmal älter als ich. Rötliche Locken quollen unter seiner Uniformmütze hervor. Na ja, vielleicht sah er sogar ein bißchen freundlicher aus. Und er war weitaus ruhiger als der Bulle von gestern abend. Auf jeden Fall lagen ihm diese Feierlichkeiten nicht derartig schwer im Magen.

Er stand da, guckte die Straße hinunter und rührte sich nicht.

Dabei war ich ganz sicher, der hatte dieses Transparent auch gesehen. Und diese Gorbi-Rufe hatte er auch gehört, ganz bestimmt.

Aber er stand auf der Bordsteinkante und wippte sich gelassen und langsam auf seinen Fußspitzen auf und ab. Dann drehte er sich herum, schob die Unterlippe nach vorne und sah mich aufmerksam an.

Der übliche abschätzende Bullenblick von oben bis unten und wieder hoch. Ich hielt den Atem an und wartete. Eine Sekunde lang, eine zweite, eine dritte Sekunde. Nichts geschah. Er nickte langsam zu mir herüber, legte die Hände auf sein umgeschnalltes Pistolenkoppel und drehte sich wieder zum Palasthotel um.

Ich blies erleichtert die Luft aus. Wenn Markus bei mir gewesen wäre, hätte er wahrscheinlich wieder seine übliche Frage gestellt. Was ist los mit dir, Cora? Hast du Angst? Und heute abend wäre ich dieser Frage nicht ausgewichen. Ich hätte mich an ihn gelehnt, hätte mich versteckt hinter seinem Kleiderschrank-Rücken. Und er hätte sich mit der Hand über die Haare gestrichen und mich festgehalten und mir freundliche Worte gesagt. Du mußt dich nicht fürchten, Cora. Wenn ich bei dir bin, kann dir gar nichts passieren. Ich passe auf dich auf, ich ... Verdammt noch mal, Markus Behnesch war aber nicht bei mir. Und mit diesen Bullen und mit dieser komischen Demonstration mußte ich allein fertigwerden. Irgendwie.

Ich machte mich dünn und ging langsam auf Abstand von der Bordsteinkante. Von hier aus konnte ich den Straßenrand weitaus besser übersehen. Keine zwei Meter neben diesem rothaarigen Polizisten stand der nächste Bulle und hatte die Hände vorne, vor seinem Bauch, auf seinem Koppelschloß. Und zwei Schritte weiter stand wieder einer, und so ging es sicherlich weiter bis zur Spreebrücke und die Linden hinauf. Und auf der anderen Seite, zum Alex hinüber standen auch eine ganze Menge von diesen Herren, das hatte ich vorhin, bei meinem Weg über die Spandauer Straße schon deutlich genug gesehen.

Hedda, dachte ich plötzlich, ich muß jetzt zu Hedda. Sofort. Wenn Markus nicht bei mir war, um mit mir zusammen auf diese Demonstration zu gehen, dann könnte doch wenigstens Hedda mit mir zusammen hier stehen. Vielleicht sollten wir Horsti in seinen dicken Pullover stecken und mit ihm noch einmal hierher zum Palasthotel gehen. Oder wir könnten ihn ins Bett bringen und ihn einschließen und alleine hierher gehen und gucken. Und vielleicht würde ich mich dann überwinden und mich nach vorne zur Spreebrücke durchdrängen und auch dort in der Nähe dieser Sprechchöre sein.

Vielleicht hatte I. Lehmann recht, und Gorbatschow hatte wirklich eine Möglichkeit, Honni auf die Finger zu klopfen, damit dieses ständige Ausreisen und diese endgültigen Urlaubsfahrten nach Ungarn möglicherweise doch noch einmal aufhören würden. Na ... vielleicht.

Ich drängte mich weiter zurück, auf die Mitte des Fußwegs,

und lief zwei Meter entfernt von der Polizeikette neben dem Palasthotel und der Heilig-Geist-Kapelle. Sogar hier hinten schoben sich die Menschen schon dicht an dicht zusammen. Während ich dort vorne gestanden hatte, mußten ununterbrochen weitere dazugekommen sein.

Die Rufe der Demonstranten waren jetzt lauter zu hören und deutlicher. Plötzlich hatten alle es eilig, nach vorne zum Palasthotel zu kommen. Manche begannen sogar zu rennen.

Ich versuchte, dem Menschenstrom auszuweichen, bog in den kleinen Park hinter der Burgstraße ein und lief unter den Bäumen weiter zum Bahnhof Marx-Engels-Platz. Aber auch hier war auf den Wegen kein Platz mehr für Gegenverkehr. Oben auf dem Bahnsteig drängten sich die Menschen zusammen und kamen nur noch langsam die Bahnhofstreppen herunter, dicht zusammengezwängt.

Ich machte mich dünn und ging gegen den Strom weiter, überquerte die Straßenbahnschienen, lief neben Häberles Fotoladen durch die Grünanlagen zum Straßenbahnhof hinüber und kam von dort aus wieder auf die Rosenthaler Straße zurück.

Erst am Rosenthaler Platz wurde es etwas ruhiger. Für den kurzen Weg bis dorthin hatte ich mindestens fünfzehn Minuten gebraucht. Ich stellte mich an die Ampelkreuzung und wartete. Ein Konvoi von Armee- oder Polizeilastautos fuhr die Wilhelm-Pieck-Straße hinauf auf die Mollstraße zu. Diese dunkelgrünen Autos sahen genauso aus wie die Lastwagen in der Karl-Marx-Allee, die ich an dem Abend mit Markus dort gesehen hatte. Ich ließ sie vorüberfahren, wartete die grüne Ampel ab, ging hinüber auf die andere Straßenseite und bog endlich in die Wilhelm-Pieck-Straße ein. Vorne, am U-Bahn-Gitter, hatten sich mehrere Doppelläufer-Pärchen versammelt und sahen gelassen den Lastautos nach. Zwei Polizisten mit Sprechfunkgeräten an ihren Schulterriemen schlenderten langsam vor mir die Straße hinab.

* * *

Ich hätte früher kommen sollen, ich weiß. Zwei, drei Stunden eher, eine Stunde. Vielleicht hätte eine halbe Stunde auch schon genügt. Es war 19.30 Uhr, als ich vor Tante Johannas Haus auf der Straße stand.

Die Fenster oben in Heddas Wohnung waren hell erleuchtet. Die beiden Stubenfenster standen offen, Tantes Spitzengardinen wehten auf die Straße hinaus und blieben an den scharfen kleinen Steinchen im Putz der Hauswand hängen.

Auch in Tantes Schlafzimmer und in Heddas Zimmer waren die Fenster offen und taghell. Weit offen und luftig wie ein Gartenpavillon und so illuminiert wie ein Weihnachtsrummel. So hatte ich Tantes Wohnung noch nie gesehen.

Ich drückte die Haustür auf und lief die Treppe nach oben. Dann begann ich zu klingeln. Ich klingelte einmal kurz, so wie immer, dann ein zweites Mal, und dann setzte ich den Zeigefinger auf den Klingelknopf und ließ ihn nicht mehr los. Aber es blieb still hinter der Wohnungstür, völlig still.

Ich zog meine Umhängetasche von meiner Schulter und wühlte umständlich das große Schlüsselbund aus der Tasche heraus. Meine Hände fingen an zu zittern. Ich stocherte den Schlüssel in das Schloß hinein, drehte ihn hastig herum und schloß auf.

Ich weiß nicht mehr, ob ich diese Tür noch hinter mir zudrückte. Wahrscheinlich blieb ich gleich hinter der Wohnungstür stehen. Das Flurlicht war eingeschaltet, das Vitrinenlicht brannte, überall im Flur. Die Vitrinentüren waren halb geschlossen, alle, bis auf die beiden letzten. Hier war das Türglas zerschlagen, und die schmalen zersplitterten Holzrahmen standen offen, sperrangelweit. Aber eins hatten die Vitrinen alle gemeinsam. Sie waren leer.

Ganz langsam, wie in einem Alptraum, ging ich die ersten Schritte. In einem Alptraum, in dem man alles, was gestern noch so wie immer war, kaum noch wiedererkennt. Alle Orientierungspunkte waren verschoben und führten mich in die Irre. Meine Schritte tappten ins Leere und trafen erst weit unter der Ebene, auf der ich den Fußboden vermutet hatte, auf einen Widerstand. Ich versuchte, den Arm auszustrecken und mich an der Wand festzuhalten. Aber die Wand hatte sich bewegt und lief nicht mehr im rechten Winkel neben dem Fußboden her. Ein grüner Nebel legte sich langsam über meine Augen. Aber ich riß mich zusammen und ging vorsichtig weiter, in die Wohnung hinein.

Die Tür zu Tantes Stube stand offen. Das Licht brannte. Die Gardinen schlugen ins Zimmer herein und wieder auf die Straße hinaus. Die Stühle am großen Eßtisch waren vor dem Fenster zusammengeschoben zu einer kleinen Bank. Über dem Sofa und über der Kredenz hingen die Regale für die Puppen leer an den Wänden. Ich machte einen Schritt in die Stube hinein und guckte nach der großen Glasvitrine im hinteren Teil des Zimmers. Sie war leer. Ihre Glastüren waren ausgehängt und lagen neben der Kredenz auf dem Fußboden. Auf dem Regal, hinten über der Anrichte, saß keine einzige Puppe mehr.

Ich schnappte nach Luft, ging aus dem Zimmer hinaus und lief weiter durch den Flur. Jede Tür war offen. Horstis Kinderzimmertür, die Tür zu Tante Johannas Schlafzimmer und Heddas Zimmertür.

Überall brannte Licht, überall waren die Fenster geöffnet, der Abendwind blies ins Zimmer und ließ die Gardinen wehen. Auch in diesen Zimmern waren die Vitrinen leer.

Die einzige Tür, die geschlossen war, war die Küchentür.

Vorsichtig und zögernd ging ich an sie heran. Näher und immer näher. Ich beugte den Kopf hinüber, brachte mein Ohr in die Nähe der Türfüllung und lauschte. Alles war still. So still, wie es in dieser Wohnung noch niemals gewesen war.

»Hallo?« sagte ich leise. Dann riß ich mich zusammen und rief noch einmal etwas lauter. »Hallo!«

Nichts rührte sich hinter der Küchentür. Ich legte die Hand auf die Klinke und drückte sie langsam hinunter. Die Tür öffnete sich einen Spalt breit. In der Küche war kein Licht eingeschaltet. Kein Lichtschein fiel nach draußen in den Flur. Es war völlig dunkel. Irgend etwas schien vor dem Fenster zu stehen, denn nicht einmal von der Hoflampe unten im Hinterhof fiel ein kleiner Lichtschein in die Küche hinein.

»Hallo?« sagte ich noch einmal. Ich fühlte mich hilflos und alleine gelassen wie Blaubarts Braut vor der dreizehnten Zimmertür.

Aber es gab für mich nur diese eine Möglichkeit. Mich zusammenzunehmen, diese Tür zu öffnen und in die Küche hineinzugehen.

Ich gab der Tür einen kleinen Stoß, griff um den Türrahmen herum nach dem Schalter und drehte das Licht an. Dann schob ich mich langsam in die Türöffnung und guckte hinein in die Küche.

Und da sah ich ihn. Er hing vor dem Küchenfenster. Ein blaugelb gestreiftes Seil hing straff gespannt vom oberen Fensterkreuz zu seinem Hals. Seine Arme baumelten rechts und links neben seinem Körper herab. Sein Kopf war vornüber gefallen. Seine Haare waren blutig und zerwühlt. Seine Zunge hing riesig und dunkel aus seinem Mund heraus. Ein feuchter Fleck zog sich unter dem Rand seines Pullis über seine Hose.

»Horsti«, hörte ich mich sagen. Und noch einmal lauter oder vielleicht auch leiser. »Horsti!«

Ich stand in der Türöffnung und guckte. Ich weiß nicht, wie lange, und ich weiß nicht, was ich sonst noch machte, dort in der Küchentür. Möglich ist, daß ich nicht einmal schrie.

Als ich wieder zu mir kam, rief jemand weit entfernt von mir meinen Namen. »Frau Ost! Hallo, hören Sie! Sind Sie Frau Ost?«

Ich klappte mühsam die Augen auf. Zwei funkelnde Brillengläser beugten sich über mich.

»Da, jetzt kommt sie«, sagte der Mund unter den Brillengläsern. Er sprach langsam und leise. Seine Stimme verlor an Entfernung und kam langsam näher. »Aufpassen«, murmelte der Mund. »Sonst rutscht sie uns wieder weg.«

Die Brillengläser kippten zur Seite, und eine zweite Brille erschien über mir. Vor ihren Gläsern blinkte eine kleine Kanüle.

»Jetzt piekt es«, sagte die Brille mit der blinkenden Kanüle zu mir.

Ja, das kannte ich schon. Es piekte. Dann verschwanden die beiden Brillen noch einmal für kurze Zeit hinter dichtem Nebel. Und dann wurde es besser, und ich konnte wieder ein wenig klarer hören und sehen.

Ich sah den Arm einer Lederjacke, der sich um meinen Rücken knautschte und der mich hielt. Die funkelnden dicken Brillengläser erschienen wieder in meinem Blickfeld. Sie glänzten dick und schwer wie die geschliffenen Glasschälchen im Geschirrschrank von Tante Johanna. Dieses Mal gehörte ein richtiges Gesicht zu der Kompottschüsselbrille dazu.

»Wie heißen Sie?« fragte er noch einmal. »Wer sind Sie? Wissen Sie, wer Sie sind?«

Ich gab mir Mühe und dachte nach. Dann nickte ich langsam. »Cora Ost.« Ich mühte mich ab wie ein Kleinkind, um meinen Namen sauber herauszukriegen. »Mein Name ist Cora Ost«, artikulierte ich angestrengt.

Das Gesicht mit der Kompottschüsselbrille ruckte nach oben.

»Siehst du«, sagte das Brillengesicht neben ihm. »Jetzt kommt sie wieder. Jetzt ist sie übern Berg.«

Aber das Kompottschüsselbrillengesicht schob ihn einfach zur Seite. »Noch mal von vorne, bitte«, sagte er. »Das kann doch nicht wahr sein. Sie sind Cora Ost? Wirklich? Und das hier ist die Wohnung Ihrer Tante?«

Ich versuchte zu nicken.

»So eine Scheiße«, flüsterte er leise. »So ein verdammter Mist.«

»Genosse Hauptmann, bitte!« Eine grüne Bullenuniform erschien über mir. »Genosse Hauptmann, ich hab' die Nachbarin hier, die das Fräulein gefunden hat. Personalien sind festgestellt. Kann die gehen?«

Das Kompottschüsselbrillengesicht fuhr herum. »Du störst hier, du Sack. Schick sie nach Hause. Ich will keinen sehen.«

Er beugte sich wieder über mich. »Fräulein Ost, verdammt noch mal, Fräulein Ost ...«

Sein Satz ging noch weiter, er startete irgendeine schwer verständliche Frage an mich. Aber ich kaute noch herum an den Worten von diesem grünen Bullen ... Die Nachbarin, die sie gefunden hat ... Gefunden, wieso hatte die Nachbarin jemand gefunden? Und wen? Meinten die etwa mich? Oder redeten die von Horsti, au verdammt, mir fiel wieder alles ein. Jetzt war ich über den Berg, ja, und die Flurwand und Tantes Küchentür erschienen wieder in meinem Blickfeld. Aus meiner Erinnerung tauchte Horstis Gesicht mit der dunkel hervorquellenden Zunge herauf. Ich warf mich zurück auf den Lederarm und schrie.

Irgend etwas Schweres traf meinen Kopf von hinten. Es wurde dunkel um mich. Ich fühlte nicht einmal mehr den Schmerz.

Das nächste Mal kam ich auf einer Trage zu mir. »Sie kommt«, sagte eine Stimme. Ich sah aus dem Augenwinkel eine hellgrüne Uniform.

Sofort war das Gesicht mit den dicken Brillengläsern wieder bei mir.

»Sie haben sich vorhin gegen den Türrahmen geworfen«, sagte er leise. »Tut mir leid. Das war meine Schuld. Ich hab nicht damit gerechnet, daß Sie so wild werden. Sonst hätte ich Sie fester angepackt. Geht es Ihnen wieder gut, Fräulein Ost?«

Ich nickte vorsichtig. Mein Kopf dröhnte und schmerzte hinten im Nacken, aber es kam wenigstens kein grüner Nebel mehr.

»Es geht«, sagte ich.

»Dann müssen Sie jetzt meine Fragen beantworten. Haben Sie eine Erklärung für das, was hier los ist? Was, zum Teufel, hat sich hier abgespielt?«

Ich überlegte ein bißchen, was ich damit anrichten würde, wenn ich ihm mitteilte, was ich wirklich dachte. Aber was sollte da schon noch kommen, das Schlimmste, was passieren konnte, war ja wohl schon passiert. Also nickte ich langsam und hörte auf, mir darüber den Kopf zu zerbrechen. »Die Steuer war da«, sagte ich. »Die haben die Puppen mitgenommen, und die haben Horsti ...«

Er grinste kurz. Dann schob er sein Grinsen wieder zu einem schmalen Strichmund zusammen und ließ es verschwinden. »Irgendwie haben Sie recht, Fräulein Ost. Aber die Steuer war es bestimmt nicht. Die nimmt die Leute aus wie Weihnachtsgänse, besonders, was solche Antiquitätensammlungen angeht, aber umbringen werden die keinen. Bestimmt nicht.«

Ich sah zu ihm hoch. Jetzt war ich wirklich wieder ziemlich klar.

»Antiquitäten?« fragte ich leise. »Woher wissen Sie das?«

Er nickte und sah kurz zu Boden. Dann holte er tief Luft, zog die Schultern nach oben und hob seinen Blick wieder in meine Höhe hinauf. »Ich weiß es, Fräulein Cora, leider. Leider weiß ich es ganz genau.«

Er sprach nicht weiter. Ein anderer Typ in schwarzer Lederjacke erschien in Hörweite auf dem Flur. Von der anderen Seite her näherte sich wieder ein Grüner.

»Kommen Sie bitte mal, Genosse Hauptmann«, sagte der Grüne.

Er stand auf neben meiner Trage, nickte mir kurz zu, drehte sich um und ging zu ihm. Der andere Lederjackentyp folgte den beiden.

Mir fielen die Augen zu. Aber weder Müdigkeit noch Ruhe breiteten sich hinter meinen geschlossenen Augen aus. Irgendwo aus der Ferne hörte ich eine Stimme.

»Ick hab ihn alleine jelassen«, brabbelte die Stimme leise. »Ick war doch nur 'n Stündchen weg, nur 'n janz kleenet Stündchen. Nur janz kurz.«

Ich drehte meinen Kopf in die Richtung, aus der diese Stimme kam, und machte die Augen noch einmal auf. Es kostete mich einige Anstrengung, aber es klappte.

Ich konnte den leeren Flur sehen, ganz hinunter bis zu Heddas Zimmer. Die Tür war halb offen. Dahinter stand ein hochlehniger alter Schlafzimmerstuhl. Auf diesem Stuhl hockte Hedda.

Sie hörte zu brabbeln auf, drückte ihre Zimmertür ein wenig weiter auf, guckte zu mir hinüber und stand mühsam auf. Langsam schlurfte sie näher. Dann beugte sich ihr verheultes Gesicht herunter zu mir.

»Bissu aufjewacht, Corachen?« flüsterte sie leise. »Haben die dir wat jetan?«

Ich schüttelte den Kopf. »Mir nicht, aber Horsti ist ...«

»Ick weeß«, flüsterte sie. »Die Polizei is nu da.«

Sie kramte ihr Taschentuch aus ihrer Jackentasche und futschelte sich damit über ihr Gesicht. Dann beugte sie sich wieder über mich und sprach weiter, noch leiser als eben, fast unhörbar.

»Ick mach mir ja solche Vorwürfe. Weil ick ihn einjeschlossen hab. Hab ihn alleine jelassen. Ick wollte doch nur mal gucken, wat unten los is, bei disse Demonstratzjon. Un wie ick wiederkam, da ...«

Sie futschelte wieder mit ihrem Taschentuch. Erst über ihr Gesicht und dann über meines.

»Ick bin schuld, Corachen, ick bin schuld ... Un ick weeß jar nich, wat hier passiert is ...«

Ich versuchte die Hand zu heben und suchte irgendwo über mir nach Heddas Arm. Dann hatte ich ihn. Ich drückte ihn an mich und legte meine Wange daran.

»Wer sind *Sie* denn?« Dieser Lederjackenbulle mit der Kompottschüsselbrille kam durch den Flur gelaufen und stellte sich wieder neben mich. Hedda machte sich aus meiner Umklammerung frei und fuhr hoch. Sie hob ihre Hand hoch und legte sie aufgeklappt hinter ihr Ohr.

»Hä?« fragte sie lautstark. »Wat saren Sie?«

Er kniff die Augen zusammen zu angestrengt kleinen Schlitzen und zog ungeduldig seine Augenbrauen hoch. Dann gab er sich Mühe und versuchte es noch einmal. Er beugte seinen Oberkörper über meine Trage hinweg zu Hedda hinüber und brüllte. »Wie Sie heißen, will ich wissen. Ihren *Namen*!«

Hedda sah ihn an und begann langsam zu nicken. »Ja. Ja ja, ick wohn hier.« Sie nickte weiter, sah still vor sich hin und ließ die Hand hinter ihrem Ohr wieder herunter rutschen.

»Geben Sie sich keine Mühe, Genosse Hauptmann.« Aus Horstis Kinderzimmer kamen zwei Typen in schwarzen Lederjacken heraus und schüttelten grinsend den Kopf. »Das ist alles umsonst bei der Alten, die ist stocktaub.«

Ich drehte den Kopf und guckte hinüber zu Hedda. Sie sah mit starrem Blick vor sich hin auf den Fußboden und sah wieder einmal wie eine uralte Schildkröte aus.

»Wir würden gerne Bericht erstatten, Genosse Hauptmann! Und dann brauchen wir Ihre Unterschrift für die Obduktion und für den Transport. Bitte um Anweisung.«

Der Bulle nickte und zeigte auf mich hinunter. »Bringt sie erst nach unten. In den Krankenwagen und abfahren, los.«

»Und die Alte?«

»Ist mir egal. Die hört ja doch nichts.«

Ich wurde hochgehoben und gedreht und den Flur hinuntergetragen. Ich riß die Augen auf und versuchte, noch irgend etwas mitzukriegen. Die Zimmertüren waren offen, in allen Zimmern stand irgend jemand und untersuchte die Türen der Vitrinen und die Tischplatte und die Lehnen der Stühle. Vorn, in der Küche, brannte ein ungewöhnlich helles Licht. Ein kurzer Blitz flammte auf, kühl und bläulich wie ein Blitzlichtgerät. Aber die Küchentür war angelehnt und fast geschlossen, und ich konnte nichts sehen. Ich war nicht einmal böse darüber.

»Wir sehen uns nachher!« rief der Bulle hinter mir her, als

ich schon fast im Treppenhaus war. »Nachher, in der Keibelstraße. Da unterhalten wir uns!«

Dann trugen sie mich die Treppe hinunter. Unten vor der Haustür standen ein paar grün uniformierte Bullen dicht beieinander. Hinter ihren Rücken schoben sich die Köpfe einer kleinen Menschenmenge zusammen und glotzten mich an.

Ich wurde zwischen den Bullen hindurch bis zur Straße getragen. Die Ladeklappe eines elfenbeingelben Barkas mit rotem Streifen öffnete sich, und sie schoben mich hinein.

Jemand ließ den Motor an, meine Trage begann zu schaukeln, der Barkas fuhr los. Mir wurde schwindelig, und ich schloß die Augen. Neben mir wurde der Klettverschluß eines Blutdruck-Meßgerätes auseinandergezogen, es piekte wieder in meinem Arm. Dann schlief ich.

* * *

Ungefähr zwei Stunden später saß ich in der Keibelstraße, auf dem Besucherstuhl gegenüber von seinem Schreibtisch. Dieser Stuhl hatte ein Gestell aus silbrigem Aluminiumrohr, war mit blaßbraunem Kunstleder bezogen und sah haargenau so aus wie die Stühle in der Kantine vom Charitas.

Ich klemmte die Füße hinter den Stuhlbeinen fest, lehnte mich gegen die Rückenlehne und heulte. Aber ich versuchte, mich wenigstens einigermaßen aufrecht zu halten. Ich hielt das Kriepa-Taschentuch fest, das einer dieser Bullen mir in die Hand gedrückt hatte, und wischte mir damit wieder und wieder meine Tränen ab.

Der Bulle mit der Kompottschüsselbrille hatte auch nichts Solideres zum Sitzen als einen rachitischen Kantinenstuhl mit verbogenen Beinen. Er hängte sich schwer wie ein Nilpferd über seine Schreibtischplatte, fing seinen Oberkörper mit bulliger Eleganz auf seinen aufgestützten Unterarmen ab und schob ununterbrochen ein kleines weißes Namensschild aus Plastik zwischen seinen riesigen Pranken hin und her. Wahrscheinlich hatten sie dort seinen Namen eingraviert, mit preußisch geraden, schnörkelfreien Buchstaben. Aber ich konnte nicht lesen, was auf dem Schild stand. Ununterbrochen liefen mir Tränen aus den Augen und verwischten alle Konturen um mich herum, als wäre ich bodenlos in einem tiefen Gewässer untergetaucht.

Dieser dickbrillige Nilpferd-Bulle lehnte sich über den Schreibtisch, ließ die Ärmel seiner schwarzen Lederjacke leise knautschen, guckte mir kurzsichtig in die Augen und sah mir beim Heulen zu. Dann stellte er sein Schild auf die Schreibtischplatte, hob die Hand hoch und schob seine Kompottschüsselbrille auf seinem Nasenrücken zurück.

»Fräulein Ost, einen Kaffee?«

Ich wischte mir die Augen und sah ihn an. Die Muskeln in seinen Wangen rollten auf und ab. Daß der Polizeifrisör ihm seinen Einheitshaarschnitt verpaßt hatte, war lange her. Seine schwarzen Haare wirbelten undiszipliniert in mindestens vier Richtungen.

Aber ein erfreulicher Anblick waren Diensthaare ja wohl auch frisch geschnitten nicht. Also senkte ich den Blick und blinzelte lieber auf das Schild zwischen seinen Armen. Noch einen Moment lang konnte ich etwas deutlicher sehen, was dort eingraviert war. Ich erkannte ein großes H und ein kleines p, irgend so etwas wie Hpt. oder Hptm. sah ich, dann verschwand der Rest der Zeile in einem Müggelsee von neuen Tränen.

»Möchten Sie denn nun Kaffee, Fräulein Cora?«

Dieser Hauptmann fing ein ganz kleines bißchen zu brüllen an. Er hob seinen Nilpferd-Arm und winkte in die Zimmerecke hinüber. Ein Typ mit einer Lederjacke sprang auf, ging hinaus aus dem Zimmer und kam eine halbe Minute später mit einem Tablett voller Mitropatassen wieder herein. Er stellte jedem von uns eine weiße, dick verschrammte Untertasse vor die Nase, legte jedem einen verbogenen Teelöffel aus Aluminium dazu und stellte schließlich auf alles noch eine dickwandige, rechtwinklige weiße Tasse. Er teilte das Geschirr aus wie ein Kind, das im Kindergarten den Frühstückstisch decken soll, hastig, unaufmerksam und ungeschickt. Dann hob er die große Glaskanne über den Schreibtisch, goß den Kaffee ein und verzog sich mit seiner halbvollen Tasse in seine Ecke.

»Trinken Sie, Fräulein Ost, bitte. Und dann versuchen wir mal zu reden.«

Ich griff nach meiner Kaffeetasse und hob sie vorsichtig hoch. Der Kaffee bewegte sich hin und her und schwappte über den Rand der Tasse. Kleine braune Pfützen klatschten unter meinen Händen auf die Schreibtischplatte.

Der Bulle schob seine Brille nach oben und blinzelte herüber zu mir. Dann beugte er sich hinunter und drückte auf einen Knopf an seiner Seite des Schreibtisches. Ein leise drehendes Geräusch setzte ein, irgendwo unter der Schreibtischplatte. Der Bulle nahm geräuschvoll ein Stück Würfelzucker aus einer Dose, ließ es in seine Kaffeetasse hinunterfallen und zerrührte es klirrend mit seinem Kaffeelöffel.

»Fräulein Ost, wo waren Sie heute Nachmittag?«

Er sah mir in die Augen und wartete. Ich stellte meine Kaffeetasse zurück, klappte den Mund auf und fing an zu sprechen. Aber gleichzeitig mit meinen Worten schwappte wieder ein riesiger Tränenschwall aus meinen Augen heraus. Der Bulle guckte mich an und rührte verbissen in seinem Kaffee.

»Also zu Hause waren Sie, wenn ich Sie richtig verstanden habe. Gibt es Zeugen dafür?«

Ich schüttelte den Kopf, murmelte ein paar Sätze, die ich nicht einmal selber richtig mitbekam, und heulte. Er griff noch einmal unter die Schreibtischplatte und schoß ein knisterndes Kriepa-Päckchen hinüber zu mir. Dann sah er mir zu, wie ich umständlich ein trockenes Taschentuch daraus hervorkramte, mir die Nase ausschnaubte und mit der übriggebliebenen trockenen Ecke über mein Gesicht fuhr.

»Und wann haben Sie diese Wohnung betreten? Fräulein Ost, bitte. Ich kann Sie so schlecht verstehen. Um zwanzig

Uhr? Oder um halb acht? Oder war es vielleicht noch eine halbe Stunde eher?«

Ich tränte noch ein zweites Taschentuch voll, trank einen Schluck Kaffee und schnaubte meine Nase aus. Dann schaffte ich es, mich am Riemen zu reißen, und fing an zu erzählen. Ich ließ die Whisky-Flasche aus und mein Warten auf Markus. Und auch von dieser Demonstration am Palasthotel erzählte ich vorsichtshalber gar nichts. Zwischendurch kramte ich noch einmal in diesem knisternden Kriepa-Päckchen nach einem trockenen Taschentuch. Aber dieses Mal war es, um etwas mehr Zeit zum Überlegen zu haben. Als mir klargeworden war, was ich ihm noch erzählen sollte und was ich besser für mich behielt, nahm ich das Taschentuch von meinem Gesicht und redete weiter. Aber ich glaube, alles in allem war ich ziemlich ehrlich zu ihm.

»Sind Sie sicher, Fräulein Ost, daß Ihre Zeitangaben stimmen?«

Ich nickte. Ja, bei den Zeitangaben hatte ich zum Schwindeln keinen Grund.

»Also, wir rekapitulieren: Sie sind in Ihrer Wohnung geblieben bis 17.50 Uhr oder 18.00 Uhr. Dann sind Sie spazierengegangen, in der Linienstraße, in der Wilhelm-Pieck-Straße und in der Brunnenstraße. Und um 19.30 Uhr, Fräulein Ost, haben Sie die Wohnung Ihrer Tante betreten. Korrekt?«

Ich nickte.

»Zeugin bejaht«, übersetzte er für sein Tonband. »Und wie lange, Fräulein Ost, hielten Sie sich in dieser Wohnung auf, bis Sie das Opfer fanden? Eine Minute, fünf Minuten, oder war es eine Viertelstunde?«

Ich starrte ihn an und versuchte zu antworten. Ich stellte mir noch einmal vor, wie ich langsam und zögernd durch Tantes Wohnung ging. Erst zu Tantes Stube, dann zum Kinderzimmer, dann zu Tantes Schlafzimmer und zu Heddas Zimmertür. Und dann … und dann … Ich kniff meine Augen zusammen, fing an zu heulen und versank wieder im Wasser.

Das Nilpferdgesicht und die Kompottschüsselbrille des Bullen verloren ihre scharfen Konturen.

Mein Erinnerungsvermögen war leider nicht annähernd so freundlich. Deutlich und klar sah ich wieder Horstis blutverschmierte Haare und seine hervorquellende Zunge vor mir. Ich schlug die Hände vor mein Gesicht und schluchzte.

»Fräulein Ost, bitte ...!«

Der Bulle schnaufte lautstark und ließ seine Lederjacke knirschen. Die Schreibtischplatte vibrierte und ächzte unter seinem Gewicht. Er legte sich quer über den Schreibtisch und faßte nach meinen Armen. Ein ganz kleines bißchen hatte ich das Gefühl, als würde er mich streicheln wollen. Aber so etwas konnte ein Bulle mit seinen Bullen-Pranken sowieso nicht.

»Bitte, Fräulein Cora, versuchen Sie es. Es gibt noch so viel, wonach ich Sie fragen muß. Bitte! Sie sind nicht gerade eine Hilfe für mich!«

Ich nahm meine Hände vom Gesicht und guckte zu ihm hinüber. Er blinzelte mich an, langte wieder in die Zuckerdose, schmiß noch ein Stück Würfelzucker in seine Tasse und zerrührte es.

»Na gut. Lassen wir dieses Thema. Soweit ich sehe, stimmt alles überein mit unserer vorläufigen Tatzeitanalyse. Dazu keine weiteren Fragen.«

Er hob den Arm und winkte wieder in die Zimmerecke. Der andere Bulle sprang auf, segelte zu mir herüber und goß mir noch einmal Kaffee ein. Dann verschwand er wieder unauffällig in seiner Ecke.

»Und jetzt, Fräulein Ost, wird es noch etwas unangenehmer. Bei dem Opfer handelt es sich um einen Verwandten von Ihnen?«

Ich schluchzte und versuchte zu nicken.

»Um Ihren Cousin Horst Ost?«

Ich nickte noch einmal.

»Hatte er Selbstmordabsichten? War er suizidgefährdet?

Vielleicht bedingt durch seine geistige Behinderung oder durch seine Lebensumstände? Fräulein Ost, überlegen Sie!«

Ich schüttelte heftig den Kopf, zog ein neues Taschentuch heraus, putzte mir die Nase und klammerte mich an die Schreibtischplatte.

»Weiter zu diesem Thema. Wie sieht es mit einem Rundtörn aus? Konnte Horst Ost einen Rundtörn mit zwei halben Schlägen machen?«

Ich zuckte die Schultern. »Das weiß ich doch nicht! Was soll er da können?« heulte ich leise.

Der Bulle schob unwillig seine Brille nach oben, knetete seine Haare am Hinterkopf und schlug beide Hände auf der Tischplatte auf.

»Einen Rundtörn, Fräulein Ost! Einen maritimen Knoten!«

»Wieso wollen Sie das denn wissen?«

»Weil es ziemlich schwierig ist, jemanden aufzuhängen, der sich mit Händen und Füßen dagegen wehrt. In diesem Fall muß ich auch nach einem Suizid fragen. Also? Konnte Ihr Cousin damit umgehen, oder nicht?«

Ich schüttelte den Kopf hin und her. »Horsti Ost kann sich nicht einmal die Schuhe zubinden, wenn keiner da ist, der das untere Ende von seiner Schleife zusammenhält.«

Er fing an zu nicken. »Nicht *kann*«, nörgelte er. »*konnte*, bitte sehr, konnte. Vergangenheit.«

Meine Finger schraubten sich um die Kante der Tischplatte. Ich zitterte und schwankte auf meinem Stuhl hin und her. Der Bulle sprang auf, lief um den Schreibtisch herum und war mit zwei Schritten bei mir.

»Ruhig, Fräulein Ost, ganz ruhig!«

Der andere Bulle kam aus der Ecke, stellte sich hinter mich und packte mich kräftig am Oberarm. Tief unten in meinem Müggelsee drang das Knautschen von zwei Lederjacken an meine Ohren.

»Soll ich den Arzt rufen, Genosse Hauptmann?«

Der Genosse Hauptmann kniff die Augen zusammen und sah mich an. Sein Blick wanderte von oben nach unten und wieder zurück nach oben. Dieser übliche, analysierende Bullenblick, den ich nun schon ausreichend kannte. Dann drehte er den Kopf zu dem anderen Bullen herum und schüttelte entschieden den Kopf.

»Ist nicht nötig, heute komme ich auch ohne sie weiter. Den Rest erfahre ich vom Gerichtsmediziner.«

Er ließ mich vorsichtig los, stelzte um den Schreibtisch herum und drückte auf den Knopf vom Tonband. Das leise Geräusch unter der Schreibtischplatte hörte zu schleifen auf. Dann kam er wieder zu mir herüber.

»Sie sind nicht besonders gut drauf heute. Gehen Sie nach Hause, Fräulein Ost, wir reden morgen noch einmal. Oder Anfang der Woche. Ihre Adresse habe ich.«

Er hielt mir seine Pranke hin und zog mich kraftvoll von meinem Stuhl hoch. »Sie stellen zu Hause bitte eine Liste auf. Das müssen enorme Werte sein. Soweit ich sehe, handelt es sich um Gegenstände, die dem Kunstschutzgesetz in der Kategorie I und II unterliegen. Schreiben Sie alles auf, was Ihnen zu dieser Antiquitätensammlung einfällt. Jedes einzelne Stück, mit Herstellungsjahr, Firma und besonderen Merkmalen.«

Ich hob den Kopf und guckte ihn an. »Bitte, das sind über tausend Puppen ...«

»Dann beeilen Sie sich eben. Und halten Sie sich zu meiner Verfügung, Fräulein Ost, verschwinden Sie nicht.«

Ich ließ seine Hand los, schniefte und guckte noch einmal unsicher zu ihm hinauf. »Wie meinen Sie das denn?«

Er zog angestrengt seine Augenbrauen nach oben. »Na! Verreisen Sie nicht. Und falls doch, dann auf alle Fälle nicht nach Ungarn. Wenn Sie ein Interesse daran haben, daß wir diesen Mord aufklären können, dann bleiben Sie hier.«

Der Bulle in der Zimmerecke begann zu grinsen. »Nur gut, Genosse Hauptmann, daß die Tonbandgeräte ausgeschaltet sind. Sonst sollten Sie solche Erklärungen nicht abgeben.«

Der Bulle ruckte seinen Kopf zur Seite. »Ich muß doch sehr bitten, Genosse Leutnant«, sagte er kurz und überraschend scharf. Der Genosse richtete seinen Rücken gerade und klappte sein Grinsen ein. Er sprang quer durch das Zimmer, schob sich an mir vorbei und riß vor mir die Tür auf. »Bitte sehr!«

Ich trat mit wackligen Knien nach draußen.

»Warten Sie, Fräulein Ost.« Der Bulle mit der Kompottschüsselbrille kam auf den Flur heraus, hinter mir her. Er griff mit der Hand über sein Gesicht und schob seine Brille nach oben. »Fräulein Ost, wir haben noch diese alte Dame hier. Die ist nicht nur taub, die ist überhaupt ganz schön hinüber. Es wäre gut, wenn Sie die mitnehmen könnten. Ich meine ... nur, wenn Sie können. Sonst weisen wir sie für zwei Tage in eine Klinik ein.«

Ich schluckte meine Tränen und richtete mich so gerade wie möglich auf. »Ich nehme sie mit, natürlich, ich kümmere mich um sie!«

Der Bulle nickte, drückte mir zwei kleine Passierscheine in die Hand, klappte eine Tür auf der gegenüberliegenden Flurseite auf und händigte mir Hedda aus. Und dann durften wir gehen. Der Kaffeeholer lief vor uns her und zeigte uns den Weg, wie eine schwarze Signalboje. Nebeneinander gingen Hedda und ich hinter ihm her, durch die leeren Flure, und schwiegen.

Wir durchwanderten einen Flur von hundertfünfzig oder zweihundert Metern, dessen Wände mit der üblichen abwischbaren Ölfarbe in irgendeinem unentschiedenen Farbton zwischen ockergelb und lindgrün gestrichen waren. Dann endete dieser Flur in einem Knick und bog ein in einen breiteren und noch längeren Flur von der gleichen undefinierbaren Farbe.

Noch einmal zweihundert Meter weiter stand ein offener Fahrstuhl, der ein paar Nummern besser als die rachitischen Kantinenstühle im Büro von diesem Bullen war. Der Kaffeeholer stellte sich vor die Lichtschranke und wartete geduldig, bis wir diesen Langstreckenflur heruntergeschlichen waren.

Ich schob Hedda in die Kabine hinein. Der Kaffeeholer drückte auf den leuchtenden Knopf mit dem großen E und auf den Knopf mit den beiden aufeinander balancierenden Dreiecken. Eine kleine Sekunde dauerte es, dann schlossen sich leise und unaufdringlich hinter uns die Türen. Sanft und kaum spürbar fuhr der Fahrstuhl an und trug uns nach unten. Ich guckte zu Boden. Dann hob ich langsam den Blick und sah Hedda vorsichtig von der Seite an.

Sie sah aus wie ein Zombie. Ihre Augen waren getrübt und rot unterlaufen. Die Ringe unter ihren Unterlidern waren dunkelblau und so groß wie Bierdeckel. Ihre kurzen Locken standen wirr nach allen Seiten um ihren Kopf herum. Sie lehnte unbeweglich und starr vor der Fahrstuhlwand und sah nicht einmal auf, als der Fahrstuhl in der unteren Etage hielt und die Türen sich mit einem leisen Klicken vor uns öffneten.

»Da geht es weiter, Fräulein Ost. Auf Wiedersehen, meine Damen!«

Ich griff Heddas Ellenbogen und schob sie vor mir aus dem Fahrstuhl hinaus. Leutnant Kaffeeholer lehnte sich um die Türkante, tippte seinen Zeigefinger den Flur hinunter und entließ uns. Die Fahrstuhltüren schlossen sich hinter ihm.

Ich blieb stehen und sah mich um, aber ich brauchte nicht lange zu suchen. Zehn Meter links von uns stand ein Posten vor einer großen eloxalglänzenden Sicherheitstür und sah uns entgegen.

»Zum Ausgang?« fragte er schneidig.

Ich legte meinen Arm um Heddas Rücken und dirigierte sie vorsichtig zu dieser Tür. Er baute sich neben uns auf und hielt seine Hand auf.

»Die Passierscheine, meine Damen.«

Ich legte ihm die beiden kleinen Zettelchen hinein, er hob sie hoch und sah sie intensiv an.

Dann fand er heraus, daß es keine Fälschungen waren, daß keine der benötigten Unterschriften fehlte und daß die Zeitangaben darauf mit dem Weg, den wir durch die langen Flure zurückgelegt hatten, übereinstimmten. Er nickte zufrieden, gab sie an mich zurück, ging ein paar Schritte zur Seite und drückte beflissen auf einen Knopf in der Wand.

Irgendwo hinter der großen Tür ertönte ein leises Klingeln. Wir standen still, lauschten diesem Klingeln nach und warteten. Die Kamera über der Eingangstür geriet in Bewegung und schwenkte zu uns herum. Ich warf wieder einen kurzen Blick zu Hedda. Aber sie starrte vor sich hin auf den Fußboden und war nicht einmal zu einem kleinen Gegenblick bereit.

Das Ganze dauerte mindestens zwei oder drei Minuten. Dann ertönte im Schloß der Sicherheitstür ein Summer, der Posten zog den Türflügel auf, klappte ihn zur Seite, und wir gingen an ihm vorbei in den Vorraum hinaus. Durch ein kleines vergittertes Fenster in der Wand konnte man von hier aus schon wieder die Straße sehen. Ich faßte Heddas Ellenbogen und schob sie vorwärts.

»Nicht so eilig, meine Damen!«

Da war schon wieder jemand, der unsere Passierscheine sehen wollte. Hinter einer großen Glasscheibe, die so dick wie die Wand eines Haifisch-Aquariums war, saß ein schwergewichtiger, halbglatziger Bulle in der üblichen hellgrünen Uniform und streckte uns aus einem winzigen, halbrund ausgeschnittenen Loch seine Hand entgegen.

Aber noch ehe ich den Arm heben und unsere beiden Scheine in diese ausgestreckte Hand hineinlegen konnte, klingelte in diesem Tiefsee-Aquarium das Telefon. Dieses Klingeln hinter der Glasscheibe war so gedämpft und leise, daß man es hier draußen nur noch als leises Klirren wahrnahm.

Er zog seine Hand zurück aus dem Loch, hob die Hand und tippte mit dem Zeigefinger nach unten in Richtung Fußboden. Stehenbleiben.

Ich zog tief die Luft ein, legte die Arme um Heddas Rücken und drückte sie an mich. Und dann warteten wir wieder. Artig und brav und ohne zu widersprechen. Das hätte uns hier sowieso nicht herausgeholfen.

Der hellgrüne Bulle hob den Telefonhörer ans Ohr und lauschte. Sein Gesicht veränderte sich, wurde eifrig und angespannt. Er sah uns intensiv von oben bis unten an. Der übliche Bullenblick, na klar doch. Dann nickte er heftig und bestätigte irgendeine Frage.

Das war ziemlich eindeutig für mich: Es ging um uns.

»Wat wolln die denn nu noch?!« knurrte Hedda leise dicht neben meinem Ohr.

Ich drehte den Kopf zur Seite. Aber sie hatte schon wieder auf Durchzug geschaltet und guckte wieder starr geradeaus.

Der Bulle hinter der Glasscheibe bückte sich unter seine Schreibtischplatte hinunter und drückte ein Knöpfchen. Ein Summer ertönte leise. Aber es war nicht der Summer der Außentür.

Wir rührten uns nicht von der Stelle.

Er beugte sich gegen die Glasscheibe nach vorne und winkte ungeduldig mit der Hand. Der Posten im Innern stellte sich in die Metalltür und klappte den Türflügel für uns auf. Aus einem Lautsprecher über der Oberkante der Tür schnaubte ungeduldig die Stimme des schwergewichtigen Bullen.

»Gehen Sie wieder zurück! Hinter die Tür, ja. Und dann links lang, runter den Flur. Da steht ein Genosse. Der bringt Sie zur Fahrbereitschaft. Sie werden nach Hause gefahren.«

»Auch dat noch«, knurrte Hedda leise.

Ich warf noch einmal einen kurzen Seitenblick hinüber zu ihr. Jetzt sah ich ihr an, daß sie das gleiche meinte, was ich auch schon die ganze Zeit dachte. Bloß raus hier. Und endlich weg von diesen Bullen.

Warum wir nach Hause gefahren wurden, verstand ich erst, als der weißgrüne Wartburg vorn, kurz vor der Mollstraße, in die Karl-Liebknecht-Straße einbog und in Richtung ADN fuhr. Es ging nicht. Eine Kette von uniformierten Polizisten riegelte auf der gesamten Breite die Straße ab. Die Straße war zu, und es ging nicht einen Schritt vorwärts.

Zehn Meter hinter den Polizisten stand eine Reihe von

grünweißen Bullenautos. Dunkelgrüne Laster und schwere dunkelgrüne Fahrzeuge mit Gitterfeldern und riesigen Tankbehältern hinter dem Fahrerhaus versperrten den Blick auf die Straße.

»Ah, Wasserwerfer!« murmelte der Bulle hinter seinem Lenkrad.

Ich verrenkte mir den Hals und versuchte, durch die Lücken zwischen den Wasserwerfern hindurchzusehen. Aber sehr genau sah ich von hier aus nicht. Das einzige, was ich erkennen konnte, waren zehn oder fünfzehn Männer ohne Uniformen, die in kleinen Gruppen hinter der Kette der Polizisten zusammenstanden und den Platz vor dem ADN beobachteten wie eine Ansammlung kleiner Napoleons.

Der Bulle gab Gas und steuerte sein Auto geradewegs auf die Polizeikette zu. Die uniformierten Bullen rückten unschlüssig auseinander, gaben eine kleine Öffnung in ihrer Absperrung frei und ließen ihn passieren. Er fuhr zögernd und im Schrittempo näher, an den aufgestellten Wasserwerfern vorbei und durch die Polizeikette. Dann stoppte er das Auto und guckte mit weit aufgerissenen Augen durch seine Windschutzscheibe.

Ich glaube, er war genauso verblüfft und erschrocken wie ich. Ich sah durch die Windschutzscheibe nach vorne, schnappte nach Luft und riß die Augen auf.

Ich konnte das einfach nicht glauben, was ich da zu sehen bekam.

Die Kreuzung war voller Menschen. So voll, wie vor ein paar Stunden die Straßenkreuzung vor dem Palast-Hotel, auf der Spreebrücke und Unter den Linden gewesen war. Aber jetzt standen die Bullen nicht mehr so ruhig an der Seite. Jetzt waren sie mitten unter den Menschen auf der Kreuzung, hatten ihre Gummiknüppel gezogen und prügelten um sich. Sie hielten Menschen fest, trieben sie zu den Lastwagen oder schlugen sie gleich an Ort und Stelle zusammen und warfen sie dann mit Schwung auf die Ladeflächen der Lastwagen hinauf.

Ich versuchte zu atmen. So etwas hatte ich noch niemals gesehen.

Das war nicht mehr mein Berlin. Ein paar Filmaufnahmen kannte ich, von alten Wochenschauen von 1938. An diese Bilder erinnerte ich mich in diesem Moment. Aber das hier war 1989. Die Menschen da vorn auf der Kreuzung trugen T-Shirts und karierte Hemden und Jeans. Und die Uniformen der Polizisten waren grasgrün und nicht braun oder oliv. An den Polizeilastern, auf die diese Menschen hier getrieben wurden, hingen Nummernschilder, die alle mit den bekannten zwei Buchstaben begannen. VP. VolksPolizei. Die Polizei des Volkes.

Ich hob langsam die Hand und tastete über das Polster des Sitzes hinüber nach Heddas Arm. Auf der Mitte der Sitzbank kam ihre Hand mir entgegen. Sie packte mein Handgelenk und hielt sich fest daran. Ich sah auf. Für einen Augenblick trafen sich unsere Blicke.

»Det kenn ick«, flüsterte sie halblaut. »Jenau wie '53, im Sommer, ehr die Panzer kamen.«

Ein Mann in Zivil trat neben unser Auto.

»Ruhe im Glied!« knurrte der Bulle am Lenkrad und begann hastig, die Scheibe hinunterzukurbeln.

Der Mann in Zivil beugte sich hinunter, legte den Finger an den Rand seines Tweedhutes und grüßte ins Auto hinein. Gehorsam grüßte der Bulle zurück und kurbelte weiter an seiner Fensterscheibe.

»Passieren der Absperrung nicht möglich!« sagte der Mann mit dem Tweedhut leise. »Oder machen Sie eine Zuführung? Die können wir Ihnen abnehmen.« Er hob das Kinn und deutete damit auf einen bereitstehenden dunkelgrünen Lkw mit heruntergelassener Ladeklappe. Oben auf der Ladefläche drängten sich dreißig oder vierzig Menschen zusammen. Unten, auf der Straße, standen rechts und links davon Posten mit Schäferhunden und ließen keinen von dort oben wieder hinab.

»Abteilung KI. Keine Zuführung.«

Der Mann mit dem Tweedhut straffte sich und richtete sich ein klein wenig auf. »Ach so?«

Unser Fahrer nickte eifrig. »Verbringung nach Hause. Zwei Zeuginnen. Rückführung vom Verhör. Keine Zuführung.«

Er legte sich ungeheuer ins Zeug, diesem Mann dort draußen klarzumachen, daß wir der Kripo gehörten und nicht ihm und daß er mit uns einen Auftrag zu erfüllen hatte. Einen dienstlichen Auftrag, der unumstößlich war. Ich hoffte inständig, er würde diesen Mann davon überzeugen können.

Der Tweedhut-Napoleon war ein Mann von schnellen Entschlüssen. Er beugte sich hinunter, blinzelte ins Auto hinein und begann langsam zu nicken. Er hatte sich entschieden, wir blieben der Kripo erhalten. Er richtete sich wieder auf, legte den Finger an den Hutrand und vollführte mit der Hand eine Kreisbewegung.

»Zu Befehl!« rief der Bulle hinter dem Steuer, warf den Gang ein und fuhr. Er wendete auf ein paar umgelegten Eisenstangen und Sperrketten über den Mittelstreifen hinweg, fädelte sich im Schrittempo zwischen den Bullen an der Absperrung hindurch und gab Gas, soviel sein Wartburg hergab. Dann brauste er die Liebknecht-Straße hinunter in Richtung Pressecafé und stellte sich blinkend vor der Ampel an der Kreuzung Münzstraße an. Erst hier nahm er sich die Zeit, seine Scheibe wieder nach oben zu kurbeln.

Ich sperrte die Augen auf und guckte angestrengt nach draußen. Bis hierher standen die Bullen und säumten den Straßenrand. Drüben, auf der anderen Seite der Straße, lag der Alexanderplatz. Er war hell erleuchtet. Zwischen der großen Bühne und den üblichen kleinen Jahrmarktsbuden standen kleine Grüppchen von feiernden Menschen. Es war längst nicht so voll wie in den vergangenen Jahren. Hunderte von roten und schwarz-rot-goldenen Republikfahnen wehten über den Platz.

Der Bulle bog ab, als die Ampel auf Grün sprang, raste die

Münzstraße hinauf, bog ab in die alte Schönhauser und fuhr mit Wahnsinnstempo die finstere unübersichtliche Straße hinauf. Oben, kurz vor der Wilhelm-Pieck-Straße, bremste er scharf, blinkte und fuhr in die Linienstraße hinein. Genau von der falschen Seite.

Er war sich sicher, daß er es finden würde, ohne mich danach fragen zu müssen. Er fuhr ein Stück weit die dunkle Straße hinauf, suchte an den Häusern nach den nicht vorhandenen Hausnummern und hielt dann hinter der Gormannstraße, gegenüber vom Garnisonsfriedhof, seinen Wartburg an.

»Hier irgendwo ist es?«

Ich nickte. »Ganz genau hier. Danke. Herzlichen Dank.«

Ich hob die Hand und suchte die Innenseite der Autotür nach dem Türöffner ab. Er beugte sich hinüber zu mir und grinste.

»Junge Frau, den werden Sie in unseren Fahrzeugen nicht finden!«

Er stieg aus, lief um den Wartburg herum und machte erst meine Tür auf und dann die Tür auf Heddas Seite.

»Soll ich vielleicht noch mit hoch kommen? Sicherstellen, daß alles in Ordnung ist?«

Ich schüttelte schnell den Kopf. Heddas Finger verbissen sich in meinem Handgelenk.

»Ich hab keine Angst. Ich gehe alleine nach Hause. Gute Nacht. Vielen Dank.«

»Gute Nacht, meine Damen.«

Er schlug die hinteren Autotüren zu, setzte sich hinter das Lenkrad, ließ den Motor an, fuhr los und wendete auf der Gormannstraße. Dann raste er durch die Linienstraße zurück, auf dem gleichen Weg, auf dem wir gekommen waren. Dieses Mal fuhr er in die richtige Richtung.

Hedda und ich standen mit wackligen Beinen und zittrigen Knien nebeneinander auf der Straße. Wir sahen dem Auto nach, bis es vor der Alten Schönhauser stoppte, den Blinker einschaltete und über die Straßenbahnschienen hinweg in die Wilhelm-Pieck-Straße einbog. Dann schob Hedda ihre Hand in meine Armbeuge, und wir setzten uns langsam und vorsichtig in Bewegung.

* * *

Ungefähr dreißig Meter vor meiner Haustür fing Hedda an zu reden. Sie schob sich auf dem unebenen Fußweg vorwärts, stemmte sich gegen die schwere Haustür, tappte durch den finsteren Hausflur, zog die kleine Hinterhoftür nach innen, schlurfte über den engen Hof in meinen Seitenflügel hinein, stiefelte die enge Wendeltreppe nach oben, drückte das Licht an und hörte nicht mehr zu reden auf, bis sie oben vor meiner Wohnungstür angekommen war.

»Die wissen jarnischt, disse Bullen. Die sinn vollkommen bekloppt.«

»Wie willst du denn das wissen, Hedda?«

»Uffjeschnappt! Na, ick wer meine Ohren uffsperren, wa!«

Sie schnaufte neben mir her, hielt sich an meiner Hand fest und sprudelte in fünf Minuten alle Informationen heraus, die irgendwann im Laufe des Abends aus dem Mund eines Bullen gekommen waren.

Hedda wußte, daß sämtliche Vitrinen leergeräumt waren, in jedem Zimmer, in der ganzen Wohnung. Sie hatte pünktlich zum Wochenende aufgewischt und gebohnert, dadurch hatten sie ziemlich klare Schuhabdrücke festgestellt. Aber diese Abdrücke hatten die Bullen auch nicht wesentlich weitergebracht. Vorerst jedenfalls nicht. Es waren Männerschuhe, Halbschuhe von der derberen Sorte, mit Riefensohlen. Diese Schuhe waren alle gleich und ladenneu, wie es schien. Weder abgenutzt noch ausgetreten, und sie unterschieden sich lediglich durch die Schuhgröße voneinander, wenigstens auf den ersten Blick. Dieser groben Unterscheidung nach waren es nur zwei Männer gewesen. Zwei Männer, die sämtliche Puppen aus den Vitrinen genommen und verpackt und nach unten getragen hatten. Bei der kurzen Zeit, die Horsti alleine in der Wohnung gewesen war, kam das den Bullen so unwahrscheinlich vor, daß sie mindestens drei oder vier oder noch mehr Männer erwartet hatten. Aber so genau wußten sie das im Moment natürlich noch nicht.

Diese Männer hatten Handschuhe getragen. Und auch sonst waren die Spuren in der Wohnung und im Treppenhaus ziemlich rar. Nur in der Stube und in Heddas Zimmer hatten ein paar winzige Holzsplitter auf dem Fußboden gelegen. Wahrscheinlich von irgendwelchen Umzugskisten, in die die Puppen verpackt worden waren. Aber aus welchem Holz diese Kisten waren und ob dieses Holz irgendwelche Rückschlüsse zulassen würde, das war den Bullen natürlich auch noch nicht klar.

Hedda redete und redete und schnaufte langsam vor mir die enge Holztreppe hinauf. Vor meiner Wohnungstür blieb sie stehen, drehte sich herum und sah mich an. Dann gaben ihre Knie plötzlich nach, sie ließ sich mit einem Ruck auf die oberste Treppenstufe fallen und versperrte mir den Weg zu meiner Wohnungstür.

»Un det schlimmste, Cora, det schlimmste is det Ding mittem Schtrick.«

Sie lehnte sich an die Wand zurück, sperrte den Mund auf und holte Atem. Wie ein Ertrinkender, der tief im Wasser versucht, nach Luft zu schnappen. Sie hatte ihren eigenen Müggelsee.

»Weiter, Hedda!« bat ich leise. »Sprich doch weiter!« Ich nahm ihre Hand fest in meine Hände und setzte mich zwei Stufen unter sie.

Sie riß ihren Blick von der Wand los und fing wieder an zu reden. Aber die Worte kamen nicht mehr so schnell und sprudelnd wie eine hochschießende Fontäne aus ihrem Mund. Sie sprach langsam. Mit jedem Satz immer noch ein bißchen langsamer als eben.

»Disser Schtrick, den det Horsti ummen Hals jehabt hat. Mit demmer da an demm Küchenfenster hing. Erst haben die jedacht, er hätt sich selber ... da oben ans Fensterkreuz ... Abber denn is ein Arzt jekommen un hat in sein Jesichte jekuckt. Un der hat jesacht, wer so blau is, der hat sich garantiert nich erhängt. Un denn habben die unten an seinem Hals noch die Spur von einem janz dünnen Schtrick entdeckt. Un denn haben se jesacht, det die ihn erst damit aufem Fußboden erdrosselt haben, un denn haben die den dicken Schtrick um seinen Hals gemacht, und denn haben die ihn erst ... dann haben sie ihn erst ... Cora, da stellen diese Bullen sich neben mir hin un reden, über unsen Horsti, so als ob se über irjend een kaputtet Chaiselong reden würden, so als ob ...«

»Das muß die Schlüsselschnur gewesen sein«, sagte ich leise. Mir standen die Tränen auch schon wieder bis in den Hals. »Die dünne Schnur, an der er immer die Vitrinenschlüssel um seinen Hals getragen hat. Wahrscheinlich hat er darum gekämpft wie ein kleiner Löwe. Und damit haben die ihn dann gleich ...«

Hedda drehte ihr Gesicht zu mir herunter und guckte mich an. Dann klappte sie ihren Mund auf, lehnte sich an die Flurwand zurück, stemmte die Ellenbogen gegen ihren Oberkörper und fing an zu schluchzen. Doch, jetzt fiel es mir auch auf, daß wir überhaupt nicht besser als diese Bullen waren. Horsti lebte nicht mehr, und wir saßen hier und versuchten, unheimlich sachlich darüber zu reden.

Ich guckte auf die ausgetretenen Treppenstufen hinunter. Das Treppenlicht klickte leise und ging aus. Wir hockten im Dunkeln.

Hedda schob ihre Hand in meine Armbeuge. Ich drückte meinen Kopf an ihr breites Hinterteil und heulte.

»Wollen wir reingehen, Hedda, in die Wohnung? Oder wollen wir noch ein bißchen runtergehen?«

Sie schüttelte heftig den Kopf hin und her. Ihr riesiger Busen bebte über meinem Kopf auf und nieder. Dann drückte sie sich mit dem Arm von meiner Schulter ab, erhob sich umständlich und machte mir den Weg zur Wohnungstür frei.

»Frische Luft schnappen, wat, Cora? Wenn ick heute nich runterjejangen wär, anne verdammte frische Luft, denn würde det Jungchen noch leben.«

»Das weißt du nicht, Hedda.«

»Ach wat. Ick bin schuld. Ick hätt aufen gucken sollen. Richtich uffpassen. Det hab ick der Hanna verschprochn. Ick hätt ...«

»Quatsch, Hedda, du bist doch nicht schuld daran. Dann könnte ich das ebensogut von mir sagen. Ich habe auch nicht auf ihn aufgepaßt. Auf euch beide nicht.«

Aber ehrlich gesagt, ich wußte nicht, wie ich irgend etwas hätte verhindern können. Ich zwängte mich an ihr vorbei, zog den Schlüssel aus meiner Handtasche und schloß die Wohnungstür auf. Dann faßte ich um den Türrahmen herum nach dem Lichtschalter, schaltete das Licht ein und ging vor ihr her, in die Küche hinein.

Es roch nicht nach Tabak, nicht nach Rauch und getrockneten Früchten. Dieser Geruch war so auffallend abwesend, daß ich sofort wußte, daß Markus Behnesch immer noch nicht wieder vor oder an meiner Wohnung gewesen war. Ich faßte hinter mich und zog Hedda an der Hand hinter mir her.

»Mach dir keine Vorwürfe, Hedda. Das ist von mir auch nicht richtig gewesen. Ich hab mich die ganzen Wochen nicht um euch gekümmert.«

»Un wo isser, dein Freund, dieser Markus? Isser denn nich da?«

Ich ließ ihre Hand loß und drehte mich zu ihr herum. Sie hatte die gleichen Gedanken wie ich.

Sicher, ja, es war schade, daß Markus nicht bei uns war. Aber es hatte auch eine gute Seite. Mindestens eine. Hedda zog ihren Rock aus, hängte ihren Pullover über die Lehne von einem Küchenstuhl und ließ sich in ihrem rosa Unterrock auf mein Bett fallen. Ich deckte sie zu. Dann schaltete ich das Licht aus, zog meine Jeans aus, knöpfte mich in mein Herbstnachthemd ein und legte mich neben sie.

Draußen vor dem Fenster ging der Samstag zu Ende. Die Gardine flog leise im Wind. Müde kleine Streifen von Dämmerung glitten über die dunklen Wände. Durch das offene Fenster kam freundliche, laue Nachtluft herein. Ich drehte mich auf den Rücken, zog die Decke bis unter mein Kinn nach oben und sah den gleitenden Lichtern zu. Immer, wenn ich die Augen zumachte, tauchte der hell erleuchtete Flur von Tantes Wohnung aus der Dunkelheit auf wie auf einer langsam heller werdenden Leinwand im Kino. Der Flur, die angelehnte Küchentür, das hohe Fensterkreuz. Und zum Schluß das Gesicht von Horsti. Eine Stunde später lagen wir immer noch nebeneinander unter der Bettdecke, Hand in Hand, und kneteten uns gegenseitig tröstend die Fingerspitzen.

»Schläfst du, Hedda?« fragte ich leise.

»Ick kann nich«, flüsterte Hedda zurück.

Ich stand noch einmal auf, ging in die Küche hinüber und schaltete das Licht wieder ein. Dann suchte ich neben dem Abwaschbecken nach der Flasche, die von meinem verwarteten Abend übriggeblieben war. Ich fand sie neben der Spüle, nahm zwei Gläser aus dem Geschirrschrank und trug alles hinüber ins Zimmer. Dort stellte ich die Gläser auf das kleine Tischchen neben meinem Bett und goß uns den Whisky ein. Ein kleines Schlückchen für jeden, höchstens zwei Finger breit, mehr war nicht mehr da. Dann nahm ich das Glas auf und hielt Hedda den Whisky hin.

»Magst du, Hedda?«

Sie nahm mir das Glas aus der Hand, hielt es unter ihre Nase und roch vorsichtig daran.

»Wat trinkst *du* denn, Cora?! Igittigitt!«

Sie wuchtete sich hinüber und stellte das Glas auf den kleinen Tisch zurück. Dahin, wo mein Glas immer noch stand, völlig unberührt.

»Komm wieder ins Bette, Meechen!«

Ich ließ das Licht in der Küche brennen, legte mich neben sie und sah die Wände an. Durch die angelehnte Küchentür fiel ein schmaler Lichtschein herein und überdeckte die matten Schimmer, die die helle Berliner Nacht in mein Zimmer warf.

Ich wachte noch einmal auf, als ich Hedda neben mir reden hörte.

»Horsti!« rief Hedda leise. Und noch einmal »Horsti! Leberecht!«

Ich suchte auf der Bettdecke nach ihren Händen und drückte sie. Dann beugte ich mich hinüber und versuchte zu erkennen, ob sie munter war. Vom Fenster her kam langsam das erste Licht des Morgens in mein Zimmer hinein. Gerade genug dafür, daß ich in ihr Gesicht sehen konnte. Sie hatte die Augen geschlossen und schien zu schlafen, aber sogar in den Schlaf hinein verfolgte sie ihre Angst.

»Det hätt er nich machen sollen!« rief sie. »Unse Horsti … Leberecht … Det hätt er nich dürfen!«

»Ruhig, Hedda! sagte ich leise. »Ich bin doch da. Es ist alles in Ordnung!«

Na gut, ja, das stimmte nicht. Es war gar nichts in Ordnung, nicht mal ein ganz kleines bißchen. Aber es half. Hedda nickte, zog ihre Hände aus meinen Händen und drehte sich zur Wand herum. Schwer und behäbig, wie eine Walze, die über die Straße rollt und jedes Hindernis einfach plattmacht. Mein Bett ächzte und stöhnte bedenklich unter ihrer Last, aber es hielt. Ich zog mir die Decke über die Schultern und lehnte mich an Heddas Rücken. Erst am Sonntag vormittag wachten wir wieder auf.

Wir gingen nicht auf die Straße.

»Damals hat dat zwei Tage jedauert, bis die Panzer wieder weg waren«, sagte Hedda. »Meechen, wir bleiben hier!«

Ich setzte mich an den Tisch in meiner Küche und fing an, die Listen zu schreiben. Ich fing mit den Wachspuppen an. Vier Pierotti-Puppen aus dem achtzehnten Jahrhundert. Zwei Puppen von Montanari. Drei Kürbis-Köpfchen von 1850 aus einer Sonneberger Spielzeugfabrik. Ich schloß die

Augen, um mir vorzustellen, wie die Puppen nebeneinander in den Vitrinen gesessen hatten. Aber jedesmal, wenn ich das machte, tauchte Horstis verzerrtes Gesicht vor mir auf. Nach einer Stunde holte ich die Listen, die ich an dem Abend mit Doktor Brendel in Tantes Wohnung aufgestellt hatte, aus meiner Tasche heraus und schrieb sie ab. Hedda saß starr wie eine herbstkalte Schildkröte neben mir, stützte die Hände unter ihre Bäckchen und beobachtete mich. Ich sah, wie ihr Blick von Brendels Listen zu meinem Gesicht wanderte. Sie guckte auf meine Augen und sah mir zu, wie mein Finger beim Abschreiben langsam auf der Liste nach unten glitt. Als ich den Kopf hob und zu ihr hinübersah, stand sie auf und schob ihren Schildkrötenpanzer in die Küche hinüber. Bis zum Abend redeten wir drei oder vier Sätze.

Sie drehten sich um das Teewasser, um das Abendessen und um die Bullen unten auf der Straße. Die Listen mit der Aufstellung der tausend Puppen schaffte ich trotzdem nicht.

Als ich am Montag morgen aufwachte, stand Hedda fertig angezogen neben meinem Bett und guckte herunter auf mich. Ich warf einen Blick zum Wecker. Es war dreiviertel acht und mir war sofort klar, daß ich zu spät ins Charitas kommen würde. Warum, zum Teufel, hatte dieser Wecker mich nicht wachgemacht!

»Den hab ick abjestellt, deinen Wecker, det du dich nich wunderst. Du brauchst deinen Schlaf, Meechen.«

Ich warf die Bettdecke zur Seite und sprang aus dem Bett.

»Wie kannst du das machen, Hedda, ich muß doch zur Arbeit!«

»Ick hab et nur jutjemeint, Cora. Der Kaffe is fertich.«

Sie drehte sich herum und schlurfte vor mir her in die Küche. Was sollte ich machen. Ich paßte mich ihrem Tempo an und ging langsam hinter ihr her. Dann setzte ich mich im Nachthemd zu ihr an den Küchentisch, ließ mir Kaffee eingießen und trank.

»Ick muß mit dir reden, Cora!« sagte Hedda leise.

Ich nickte hastig. »Ja klar, Hedda, ich muß auch mit dir reden.«

Wir setzten unsere Kaffeetassen auf den Tisch zurück und sahen uns an.

»Also …«, sagte Hedda.

»Also«, sagte ich. »Also, Hedda! Was wirst du machen? Willst du noch ein paar Tage bei mir bleiben, oder wirst du wieder nach Hause gehen?«

»Nach Hause?« wiederholte Hedda verächtlich. So, als hätte ich sie nach der Schlagzeile vom letzten Neuen Deutschland gefragt. »Nach Hause, Cora? Nee, icke … ick …«

Ich faßte an Heddas Nase vorbei über den Küchentisch nach der Kaffeekanne und goß uns noch einmal frischen Kaffee ein. »Hedda, nun sag doch, was du sagen willst. Ich muß los, zur Arbeit.«

Sie nickte, nahm ihre Kaffeetasse in die Hand und hielt sich daran fest. Aber sie sah nicht auf ihre Tasse hinunter. Nein, sie guckte mir aufmerksam ins Gesicht und registierte jede Bewegung meiner Augen.

»Cora, wir müssen … ick weeß nich, wie ick det saren soll. Ick hab jestern den janzen Tach drüber simeliert.«

»Sag es, Hedda. Worum geht's?«

Ich kippte den Rest von meinem Kaffee hinunter, stand auf, lief zum Kleiderschrank hinüber und fing an, mich anzuziehen.

»Aus der Wohnung sinn alle Puppen verschwunden. Hast du det ooch schon jemerkt?«

Ich streifte mir den Pullover über den Kopf und warf einen Blick zu Hedda. Dann holte ich mir saubere Jeans aus dem Kleiderschrank und zog sie an.

»Natürlich habe ich gemerkt, daß die Puppen weg sind. Hedda, das hat jeder gemerkt.«

Ich zog die Jeans über meinem Bauch zusammen, zog den Reißverschluß hoch, knöpfte den Bund zu und guckte Hedda dabei aufmerksam an. Nichts an ihr erinnerte noch an diese schildkrötenhafte Starrheit, in die sie noch gestern abend immer wieder versunken war. Sie hockte auf der Stuhlkante und nickte allwissend und bedeutungsvoll. Und sie beobachtete mich und ließ die kleinen grauen Zellen in ihrem Kopf dabei auf Hochtouren arbeiten. So sehr, daß man es von außen so deutlich wie das Rauchen eines Hochofenschornsteins über einer Schraubenfabrik zu sehen bekam.

Ich streifte meine Schuhe über. Meine flachen Schuhe. Diese hochhackigen Knöchelbrecher stellte ich weit weg, ganz nach hinten in den Schrank. Dann hob ich meine Jacke vom Garderobenhaken und hängte mir meine Handtasche über den Arm.

»Aber alle Puppen sinn fort. Wirklich alle, Cora«, nörgelte Hedda weiter. »Ick bin aufem Töppchen jewesen am Sonnamt. Da hab ick mir die Leiter jenommen un bin raufjestiegen un hab nachjekuckt. Cora, die Koffer, die du versteckt hattest, sinn auch weg.«

»Ja, natürlich. Ich muß gehen, Hedda. Ich komme zwei Stunden zu spät.«

»Aba die haben die Wohnung jar nich durchsucht, Meechen«, sagte Hedda schwach. »Haben die nich, nee, det weeß ick janz jenau.«

»Ist gut, Hedda, ja. Bleib doch hier, bei mir. Dann reden wir heute abend weiter.«

Ihr Kopf ruckte nach oben. »Weeß ick nich, ob ick da noch da bin. Ich muß jetz wat machen. Vielleich fahr ick weg, Cora, ick ...«

»Bis heute abend!«

Hedda nickte und tauchte ihren Blick in ihre Kaffeetasse hinab.

»Na, denn jeh mal, Coralein«, sagte sie langsam.

Ich knallte die Tür hinter mir zu und rannte die Treppe hinunter. Im Gehen griff ich in meine Jackentasche hinein. Es knisterte unter meinen Händen. Die Tüte mit den Bonbons, die ich gestern für Horsti in die Tasche gesteckt hatte. Ich zog sie heraus, lief auf die Straße hinaus und versenkte sie in den nächstbesten Papierkorb. An der Ecke der Linienstraße warf ich einen kurzen Blick auf meine Armbanduhr. Es war kurz vor neun, und es würde Ärger geben, das war klar. Aber spätestens seit vorgestern abend wußte ich, daß es Schlimmeres geben konnte. Noch viel Schlimmeres, als einen Krach wegen einer versäumten Stunde Arbeitszeit.

* * *

Auf der Wilhelm-Pieck-Straße gingen immer noch die Doppelläufer spazieren. Ein weißgrüner Wartburg mit kompletter Besatzung parkte in der Alten Schönhauser, gegenüber vom Schnapsladen. Aber sie schienen friedlich zu sein.

Ich stieg in die U-Bahn hinunter und fuhr in Richtung Pankow bis zum Bahnhof Schönhauser. Dort ging ich nach unten auf die Schönhauser Allee, stieg in die Straßenbahn in Richtung Stadtmitte und kam in einem gewaltigen Bogen durch die Innenstadt zurück zum Charitas.

Es blieb mir erspart, an Tantes Wohnung vorbeizufahren und nach oben zu ihren offenen Fenstern zu sehen. Dafür reichten diese Umwege aus. Aber ich konnte es immer noch nicht verhindern, daß immer wieder das gleiche Bild vor meinen Augen auftauchte. Die angelehnte Küchentür. Das Dunkel dahinter, das verschwand, als ich auf den Lichtschalter drückte. Und dann das Gesicht von Horsti, vor dem Kreuz des Küchenfensters, unter diesem dicken gelbblauen Strick.

Die Schönhauser Allee, in der noch immer diese Feiertags-Fahnen an den Peitschenmasten hingen, der fahnenbehängte Prater und die Gesichter, die mir gegenübersaßen, bauten sich fern wie hinter einem dichten Nebel um mich herum auf und verschwanden nach kurzer Zeit wieder hinter dem Bild der angelehnten Küchentür, hinter der aufleuchtenden Küchenlampe und hinter Horstis verzerrtem Gesicht.

Als ich die große Eingangstür vom Charitas aufzog, war es

Viertel nach zehn. Ich war viel zu spät, und ich hatte es eilig. Aber ich ließ langsam die großen Türflügel hinter mir zufallen und wartete, bis sich der Nebel vor meinen Augen verzog.

Vielleicht lag es an meinem vernebelten Wahrnehmungsvermögen. Aber das Foyer kam mir an diesem Morgen leer wie der Alex am Abend nach Kaufhaus-Ladenschluß vor. So gespenstisch leer und ohne jede Betriebsamkeit hatte ich das Charitas in den letzten acht Jahren nicht ein einziges Mal gesehen. Hannes der Hohlkopf quälte sich wieder mit dem Fahnenständer. Er hängte seine Hände wie Fleischerhaken in die Griffe rechts und links an dem schweren gußeisernen Sockel, machte die Arme steif und stemmte seinen hohlen Körper dagegen, bis der Fahnenständer in Bewegung kam und wieder einen Zentimeter weiter durch das Foyer glitt.

Drei oder vier Meter bis zum Fahrstuhl fehlten ihm höchstens noch.

Ich riß mich von diesem Anblick los und ging langsam durch das Foyer hinüber zu Ingmar. Heute hatte ich keine hohen Absätze, die über die Steinplatten knallten. Trotzdem hallten meine Schritte in dem leeren Foyer. Hannes hob den Kopf hoch, richtete sich auf und sah sich nach mir um.

Ingo war nicht da. Hinter seinem Tresen stand die Oberin, lehnte ihren Rücken gegen die Haken vom Schlüsselbrett und richtete ihren Blick auf einen Punkt weit hinter der obersten Farbschicht der Charitas-Mauer. Die Ringe unter ihren Augen waren blau und dunkel wie Stempelkissen. Beinahe noch dunkler als Heddas Augenringe am Samstag abend. Überhaupt erinnerte mich das Aussehen der Oberin an Hedda, wie sie geistesabwesend wie ein Zombie neben mir über den langen Flur in der Keibelstraße gegangen war.

Ich kniff die Augen zusammen und versuchte das Bild zu unterdrücken, das sich sofort wieder vor meine Augen schob. Die angelehnte Küchentür, der Lichtschalter und die plötzliche Helligkeit, und dann ...

Ich ging dicht an den Tresen heran. »Meinen Schlüssel, bitte«, sagte ich leise. Sie bewegte sich nicht. Sie machte den Eindruck, als hätte sie mich noch nicht einmal gesehen. Ich ging einen Schritt nach vorne und schob mich langsam bis in ihr Blickfeld.

»Ich möchte bitte die Bibliotheksschlüssel haben«, sagte ich noch einmal.

Jetzt bewegte sie sich. Ihr Weitblick löste sich aus seiner Starrheit und stellte sich auf Nähe ein. Nun erkannte sie mich.

»Fräulein Ost. Guten Morgen.«

Sie nickte mir zu, hob den Arm und warf einen kurzen Blick auf ihre Armbanduhr. Aber das geschah mehr nebenbei, ohne eine besondere Absicht. So wie eine alte Gewohnheit, die sich längst überlebt, aber die man leider immer noch nicht abgelegt hat. Dann drehte sie sich herum zum Schlüsselbrett und legte mir den Bibliotheksschlüssel in die Hand.

Ich steckte ihn in die Tasche, nickte ihr zu und ging hinüber zur Treppe im Südflügel. Auf dem Weg dahin lief ich an Hannes vorbei.

Und sicher auch an drei oder vier anderen Leuten. Aber ich nahm sie nicht wahr. Ich steuerte wie ein Schiff im Nebel auf meine Treppe zu, nahm das Geländer in die Hand und ging langsam nach oben zu meiner Bibliothek. Ich schloß auf, setzte mich hinter meinen Schreibtisch und zog Mieze Schindler und Pythia herüber zu mir. Dann schoben sich die Bilder aus Tantes Wohnung wieder vor meine Augen und verwischten alles andere um mich her. Ich stützte meine Arme auf der Tischplatte auf, ließ den Kopf darauf hinuntergleiten und fing wieder an zu weinen.

Ungefähr zehn Minunten, nachdem ich in der Bibliothek angekommen war, klingelte mein Telefon. Ich schnaubte meine Nase frei, wischte mir mit einem Taschentuch über die Augen und nahm den Hörer ab.

»Hallo«, sagte ich leise. »Hallo? Wer ist da?«

Keiner meldete sich. Es blieb still in der Leitung, aber knackend und knisternd wie bei einer Stereosendung im Radio drang wie aus einem weiten fernen Raum ein gleichförmiges Rauschen in mein Ohr. Dieses Geräusch entsprach ungefähr dem, wie ich alles um mich herum im Moment wahrnahm. Also fiel mir nichts weiter daran auf. Ich lauschte noch eine Weile und wartete darauf, daß irgend jemand sich melden würde. Dann legte ich den Telefonhörer auf und fing wieder an zu heulen.

Ungefähr um elf hastete jemand draußen im Flur über die letzten Treppenstufen. Ich hörte kurze, schnelle Schritte und ein heftiges Schnaufen im Treppenhaus und im Flur. Mir blieben keine zwei Sekunden, um ein Taschentuch zu suchen und mir die Tränen abzuwischen. Dann riß jemand heftig meine Tür auf und stürmte herein zu mir.

»Cora!« schrie Professor Seekamp. »Cora! Das kann doch alles nicht wahr sein?!«

Er machte ein paar Schritte vorwärts und knallte die Tür hinter sich zu. Dann nahm er sich die Zeit, in mein Gesicht zu sehen.

»Hab' ich doch richtig gedacht, daß es um Sie geht, Cora! Ogottogott. Wie konnte das denn passieren?!«

Ich tauchte wie ein schwimmender Eisberg aus meinem Nebel auf und guckte zu ihm hinüber. Die größere Hälfte von mir schwamm einfach weiter, in undurchsichtige Tiefen abgetaucht und mit sich selbst beschäftigt.

»Worum geht es denn, Herr Professor?«

Ich konnte mich nicht erinnern, daß er jemals hier oben gewesen war. Er stürmte um den Schreibtisch herum, zog sich Marions Stuhl unter ihrer Schreibtischplatte hervor und ließ sich darauf hinunterfallen. Dann legte er seine kurzen dicken Arme quer über den Tisch und stützte sich darauf auf.

»Mein Gott, Cora. Ist es möglich, daß ich einen Verwandten von Ihnen unten in meinem Keller habe? Als Patienten ... als Kunden ... als ...«

Er lehnte sich über die Schreibtischplatte zu mir herüber und guckte mich an. Der Geruch von Formaldehyd strömte mir entgegen und weckte mich auf. Ich nickte.

»Cora! Das war ja ein richtig brutaler Mord! Ich habe gerade meinen Bericht gemacht. Hämatome an den Oberarmen, am Hals und am Rücken. Eine Platzwunde im vorderen Schädelbereich. Komplexe Verletzungen des Kehlkopfgerüstes, Bruch des Zungenbeins. Blutspuren im Gesicht und an den Schneide ... zähnen. Ach, entschuldigen Sie, Cora! Das war dumm von mir, bitte, das war taktlos. Wollen Sie ihn sehen?«

Ich nickte leicht und versuchte, möglichst wenig zu atmen. Dieser verdammte Formaldehydgeruch breitete sich in meinem Kopf aus und drückte mir auf den Magen.

»Ich habe ihn gefunden, Herr Professor«, murmelte ich leise. »Ich sehe sein Gesicht ständig vor mir.«

Er beugte sich herüber und guckte mir in die Augen. Dann lief er um den Schreibtisch herum und riß weit das Fenster auf. Ein Schwall frischer Luft kam herein und ließ die losen Blätter auf meinem Schreibtisch durcheinanderfliegen.

»Tief durchatmen, Cora! Und nicht aufregen! Atmen Sie durch!«

Der Professor lief vom Fenster hinüber zu unserem Geschirrschrank und fing an, darin herumzukramen. Er zog die Türen auf und guckte in alle Fächer hinein, bis er endlich etwas gefunden hatte. Dann hängte er den Tauchsieder in den Wassertopf und schüttelte Teeblätter in unsere Kaffeekanne.

»Ich mache uns Tee, Cora. Ohne Tee kann ich so ein Gespräch sowieso nicht führen. Und Sie atmen schön weiter, Cora, immer weiter, immerzu.«

Es ging mir besser. Als der Tee durchsichtig und dunkelrot in den Teegläsern dampfte, neutralisierte sich dieser ekelerregende Geruch endgültig, und ich kam wieder einigermaßen in die Reihe mit mir.

»Zucker, Cora?« fragte der Professor. Er nahm den Deckel

von der Zuckerdose, löffelte im Zucker herum und stieß auf Marions Schreibtischschlüssel.

»Ihr habt seltsame Angewohnheiten, hier oben«, sagte er leise.

Dann stopfte er den Schlüssel in die Zuckerdose zurück und schob mir das Teeglas hin. »Und nun erzählen Sie mal, Cora! Was für eine verdammte Scheiße ist da passiert?!«

Ich fing an zu reden. Dieses Mal hatte ich meine Tränen besser im Griff als bei diesem Nilpferdbullen in der Keibelstraße. Ich erzählte dem Professor von der angelehnten Küchentür, von der ungewohnten Dunkelheit in der Küche und davon, was ich gesehen hatte, nachdem ich das Licht eingeschaltet und die Tür langsam aufgedrückt hatte.

»So eine Scheiße«, murmelte er immer weider. »So eine verdammte Scheiße ist das.«

Zu dem, was ich ihm da erzählte, gab es augenscheinlich kein passendes Shakespeare-Zitat. An der Stelle meiner Erzählung, als der Bulle mit der Kompottschüsselbrille im Flur von Tantes Wohnung in mein Gesichtsfeld trat, straffte sich Seekamps Rücken. Er griff sich den kleinen Alulöffel mit dem Charitas-Monogramm von seinem Unterteller und fing an, daran herumzubiegen.

»Was für ein Polizist, Cora? Wie sah der aus?«

Ich tat ihm den Gefallen und beschrieb ihm noch einmal diesen Hauptmann der Volkspolizei. Der Löffelstiel zwischen seinen Fingern bog sich gewaltig. Dann sah er an sich hinunter, kriegte mit, was er mit dem Löffel gemacht hatte, und legte ihn auf den Unterteller zurück. Als ich ihm von den leeren Vitrinen und den aufgebrochenen Puppenschränken erzählte, straffte sich sein Rücken zum zweiten Mal.

»Was? Die Puppen sind weg, Cora?«

Ich nickte.

»Alle Puppen? Die haben die Sammlung gestohlen?!«

Ich nickte wieder. »Ja.«

Er bog den Löffelstiel zu einem Hufeisen, lehnte sich in seinem Stuhl zurück und sah seinen Händen dabei zu. Seine kräftigen kurzen Finger krampften sich um den dünnen Aluminiumstiel. Dann schnellte sein Oberkörper nach vorne, und sein rundes Gesicht schoß mir über den Schreibtisch entgegen wie ein Komet.

»Also um die Sammlung ist es gegangen. Deshalb haben die den Jungen aufgehängt. Und was bitteschön, liebe Cora, was bitteschön sagt denn die Polizei dazu?!«

Ich zuckte die Schultern und schüttelte den Kopf und wischte mit dem Handrücken über meine Augen. »Diese Bullen sagen gar nichts dazu, Herr Professor. Ich glaube, die sind einfach blöd. Was *die* können, das hab' ich gesehen. Die rennen nachts auf der Straße herum und schlagen Menschen zusammen. Und für wirklich wichtige Sachen stellen die dann nur solche Ersatzteile ab wie dieses Nilpferd mit dieser albernen Blindenbrille.«

Es klickte auf der Tischplatte, der abgebrochene Löffelstiel fiel hinunter, rutschte weiter und verschwand unter Pythias Unterrock.

»Nun bleiben Sie mal ruhig, Cora. Ich weiß auch, was am Sonnabend los war. Aber das bringt uns nicht weiter, jetzt ... lassen Sie mich überlegen.«

»Die sind nicht ganz helle. Stellen Sie sich vor, die haben mich gefragt, ob ich mir vorstellen könnte, daß Horsti sich selbst an diesen Strick gehängt haben könnte, ob er suizidgefährdet war. Das wollten die wissen von mir!«

»So was hat es auch schon gegeben. So blöd sind die Bullen nun auch nicht!«

»Noch viel blöder. Die sind sogar dümmer als Hedda. Und die ist steinalt und meistens benebelt vom Goldbrand.«

Ich redete mich in Fahrt. Ich vergaß, meinen Tee zu trinken, und ich vergaß sogar zu heulen. »Wissen Sie, Professor, was Hedda aufgefallen ist? Daß alle Puppen weg sind. Alle Puppen, verstehen Sie, aus der ganzen Wohnung.«

Er sah mir ins Gesicht, zog die Augenbrauen nach oben und zuckte die Schultern.

»Dabei hatte ich mehr als hundert Puppen versteckt. Die hatte ich ausgesucht, zusammen mit der TRADE-UNIMEX, mit diesem Doktor Brendel. Das waren die, die er verkaufen wollte für mich, wegen der Steuerschuld!«

Ich hörte auf zu reden und lauschte meinen eigenen Worten nach.

Der Professor stützte sich schwerfällig auf seine Unterarme, kniff die Augen zusammen und drehte sein rechtes Ohr zu mir.

»Weiter, Cora!«

»Das waren drei große Koffer voll mit Puppen. Und die Koffer hatte ich weggestellt, mit Doktor Brendel zusammen, hinter einen alten Wäschekorb im Badezimmer, oben, auf der Decke von der Mädchenkammer. Die hat keiner sehen können von unten. Jedenfalls ohne Leiter nicht. Und jetzt sind die Koffer verschwunden, alle drei! Dabei ist die Wohnung nicht einmal durchsucht worden! Und wer kommt schon darauf, daß da irgendwo noch drei Koffer voller Puppen versteckt sind, wenn über tausend Puppen offen in der Wohnung zu sehen sind. Die müssen doch genau gewußt haben, daß … die wußten ganz genau … Au verdammt!«

Ich zog tief die Luft ein und stützte meine Hände auf. Der Professor war genauso erschrocken wie ich. Er guckte mir in die Augen und schüttelte langsam den Kopf hin und her.

»So eine Scheiße!« murmelte er. »Das kann doch nicht sein, Cora, haben Sie diesen Gedanken schon einmal zu Ende gedacht?! Cora! Wissen Sie, was das bedeutet!«

Ich ballte die Hände zu Fäusten und wünschte mir, daß ich es nicht wüßte.

»Cora, Sie verstehen doch, was ich meine?«

Ich schüttelte schnell den Kopf.

»Was wir glauben wollen, Cora, oder was wir nicht glauben wollen — wer fragt denn danach?! Was stand übrigens damals bei Ihrer Tante auf dem Totenschein?«

»Herzversagen«, murmelte ich leise.

»Also Wischiwaschi, na klar. Und haben Sie schon mit diesem Doktor Brendel gesprochen, Cora? Vorgestern oder gestern oder heute?«

Ich schüttelte den Kopf und hob langsam die Hände. »Nein! Ich glaube das nicht!«

»Nun, dann werden wir ihn jetzt sprechen. Wo haben Sie diese Telefonnummer von der TRADE-UNIMEX, Cora? Kindchen, rufen Sie ihn an!«

Ich wühlte in meiner Handtasche nach dem großen weißen Blatt mit der Telefonnummer, zog es heraus, legte es vor mir auf die Schreibtischplatte und rührte mich nicht mehr. Der Professor stand auf, lief um den Schreibtisch herum zu mir herüber und zog den Apparat zu uns heran.

»Los, Cora, nun machen Sie doch!«

Ich saß da und rührte keinen Finger. Also hob er den Hörer ab und wählte die Nummer für mich. Er hielt sich den Hörer ans Ohr und lauschte. Dann trennte er die Verbindung noch einmal.

»Wissen Sie überhaupt, Cora, daß Ihr Telefon überwacht wird? Ist das schon länger so? Oder etwa erst seit heute?«

Er nahm den Hörer herunter und drückte ihn mir ans Ohr. Es knackte und rauschte, laut und leise, wie nahe und weiter entfernte Geräusche in einem großen Raum. Irgendwo in diesem Raum hörte ich ein leises drehendes Schleifen. Ich nickte ihm zu und gab ihm den Hörer zurück.

»Das kenne ich schon, Herr Professor.«

»Das ist so plump, daß jeder Idiot es merkt. Nun ja, vielleicht machen die das so, *damit* wir es merken sollen.«

Ich zuckte die Schultern und wußte wieder einmal, wie dumm und unbeholfen ich war. Jeder Idiot hätte das also bemerken können, jeder Idiot hätte gewußt, was der Professor mit diesem *Damit-wir-es-merken-sollen* meinte. Fast jeder Idiot, ja. Aber ich …

Der Professor wählte noch einmal und reichte den Hörer zu mir herüber. Dieses Mal nahm ich ihn. Ich drückte ihn mir ans Ohr und hörte das Freizeichen in der Leitung. Einmal. Ein zweites Mal und ein drittes. Dann säuselte wieder die Stimme des Telefonfräuleins. Zwei Sekunden, nachdem sie ihr Ich-verbinde gehaucht hatte, hatte ich Doktor Brendel am Telefon. So schnell, als wäre er zwei Schritte neben dem Telefon auf und ab gegangen und hätte darauf gewartet, daß ich mich endlich bei ihm melden würde.

»Ja bitte?« fragte er wohlerzogen und freundlich. »Doktor Brendel, TRADE-UNIMEX.«

»Ich bin es«, sagte ich leise. Der Professor bückte sich herunter zu mir und drückte sich die Rückseite vom Hörer ans Ohr.

»Ah, hallo, Cora. Wie schön, von Ihnen zu hören. Wie geht es Ihnen denn?«

Seine Stimme klang ruhig und überlegen, wie die Stimme eines Chirurgen kurz vor der Operation. Ich fühlte mich mehr wie der Patient, der ihm ausgeliefert ist und der gelähmt vor Angst vor ihm liegt und nicht einmal mehr klar denken kann.

»Cora! Was ist denn, Cora? Sind Sie okay?«

Ich nickte langsam. Der Professor beugte sich weit über die Tischplatte herunter und streichelte meinen Arm.

»Ich bin okay, ja, Herr Doktor. Aber mein Cousin Horsti, der lebt nicht mehr. Der ist ... am Sonnabend ... am Sonnabend abend ... «

»Dieser Horsti?« fragte er leise.» Dieser mongoloide Debile? Mein Beileid, Cora. Herzliches Beileid. Das tut mir wirklich leid.«

Ich schluckte. Am anderen Ende der Leitung hörte ich Doktor Brendel atmen. Sein Atem war gleichmäßig und tief. Ich riß mich zusammen und versuchte, ruhig zu bleiben. Aber ich heulte schon wieder los. »Und die Puppen sind auch weg«, schluchzte ich schniefend in den Hörer. »Die sind gestohlen worden, alle weg.«

»So, so«, sagte er gedehnt und langsam. Er klang immer

noch wie der selbstbewußte Chirurg in OP-Grün. »So, so. Ja. Da ist eine Menge passiert übers Wochenende, nicht wahr, Cora?!«

Er machte eine kleine wohlerzogene Pause. Dann räusperte er sich kurz und setzte noch einmal an. »Und eine Menge Geld ist Ihnen da verlorengegangen. Schade darum, Cora! Jetzt wird nichts mehr aus unserem schönen Geschäft!«

Ich schluckte meine Tränen hinunter, sah zum Professor hinüber und schwieg. Der Professor zuckte die Schultern und schüttelte langsam den Kopf.

»Und da nichts daraus wird, Cora, können wir alles vergessen, was wir besprochen haben. Diese Liste mit den Puppen, die wir zusammen aufgestellt haben. Den Brief von meiner Firma an Ihre Frau Tante ...«

»Und den Steuerbescheid?« fragte ich und schluchzte leise.

»Natürlich, auch den Steuerbescheid. Können Sie alles wegwerfen, ganz einfach. Oder nein, noch besser, ich komme zu Ihnen und hole mir alles wieder ab. Gut so, Cora?!«

Ich schniefte lautstark und sah hilflos zu Professor Seekamp. Der Professor griff nach einem Stift und nach dem Blatt mit der Telefonnummer. *Vorsicht!* schrieb er in seiner hastigen Professorenschrift auf das Blatt.

»Cora? Sind Sie einverstanden, ja, dann komme ich heute zu Ihnen!«

»Nein ...«, sagte ich leise. »Vielleicht zeige ich es doch lieber erst einmal der Polizei. Vielleicht sollte ich ...«

Der Professor hob die Hände und drückte sie an seine Schläfen. Dann legte er den Zeigefinger quer über seine Lippen und schüttelte energisch den Kopf. Aber es war schon zu spät. Doktor Brendels Stimme wurde scharf wie die Klinge eines Rasenmähers.

»Dazu rate ich Ihnen nicht, Cora«, zischte er. »Wenn Sie das machen, dann ... dann ... kann ich nichts mehr für Sie tun ... Verstehen Sie, Cora. Dann haben Sie die Steuer wieder auf dem Hals, und ... dann müssen Sie alleine damit fertigwerden.«

»Die Steuer? Wieso denn die Steuer? Meinen Sie, die wollen jetzt immer noch Geld von mir?«

»Na, was dachten Sie?! Cora, Sie sind so naiv! Aber was glauben Sie denn, wer ich bin! Ich vertrete die Regierung, Fräulein Ost, und ich verfüge über genügend Verbindungen um mit diesem läppischen Finanzamt ... Aber wenn Sie mich in Zusammenhang bringen mit einem Kapitalverbrechen ... dann ist Schluß damit, Fräulein Ost. Klar?

»Ich habe schon verstanden.« Mein Herz klopfte und schlug bis in meinen Hals hinauf. Meine Stimme vibrierte und war kaum noch zu verstehen. Aber auch Doktor Brendels Atem in meinem Telefonhörer klang hastig und viel flacher als eben noch. Professor Seekamp beugte sich hinunter und fing wieder an, meinen Arm zu streicheln.

Ich legte meinen Kopf zur Seite und lehnte mich an seine Schulter an.

»Na sehen Sie, Cora, jetzt verstehen wir uns endlich. Oder haben Sie schon jemandem von unseren Geschäften erzählt?«

»Nein.«

»Bestimmt nicht?«

»Nein, bestimmt.«

Ich hörte ihn aufatmen, als würde ein Quadratmeter Granit-Straßenpflaster von seinem Brustkorb genommen werden. Sein Atem wurde tiefer, und er fing leise zu lachen an. »Na also, Cora! Auf Sie muß man ja ganz schön aufpassen. Vielleicht jetzt noch mehr als bisher. Sie sind ja ein ganz raffiniertes Früchtchen!« Er lachte glucksend und leise, als hätte er einen freundlichen kleinen Scherz gemacht. »Also, wir hören voneinander, Cora. Bis bald!«

»Bis wann denn?« fragte ich leise. Aber es blieb still in der Leitung. Still, bis auf dieses tiefe weiträumige Schleifen und Rauschen. Doktor Brendel hatte seinen Hörer bereits aufgehängt.

Professor Seekamp hob seinen Kopf hoch und stützte seine Arme schwer auf meinen Schreibtisch auf. Dann richtete er sich auf, lief um den Schreibtisch herum und ließ sich wieder auf Marions Stuhl nieder.

»So ein Schwein«, sagte er leise. »In was sind Sie da bloß reingeraten, Cora! Für mich ist die Sachlage eindeutig. Und auf keinen Fall geben Sie ihm diese Papiere!«

Ich wühlte in meiner Handtasche nach einem Taschentuch. Dann schnaubte ich mir lautstark die Nase frei und trocknete mir die Tränen vom Gesicht.

»Herr Professor, ich weiß nicht.«

Er legte schon wieder die Arme an die Schläfen und richtete sich auf Marions Stuhl gerade auf. »Auf Sie muß man wirklich aufpassen, Cora, da hat dieses dumme Schwein wirklich recht! Haben Sie die Papiere bei sich?«

Ich nickte.

»Gut. Dann geben Sie her!«

Ich holte meine Handtasche unter dem Schreibtisch hervor und wühlte darin nach den Briefumschlägen. Dann reichte ich sie ihm über den Tisch. Er faltete sie auseinander und sah sie aufmerksam an. Den Brief von der TRADE-UNIMEX an Tante Johanna. Die beiden Schreiben vom Finanzamt und diese lange Liste von Doktor Brendel mit den Namen der hundertneunundzwanzig Puppen.

»Ich werde sehen, was sich machen läßt, Cora. Ich habe schließlich auch noch meine Beziehungen, nicht wahr.«

»Das habe ich gerade schon einmal gehört, Herr Professor. Da helfen mir *Ihre* Beziehungen sicher auch nichts. Ich pfeife drauf«, sagte ich trotzig.

Er schob Marions Stuhl zurück, kam um den Schreibtisch herum und nahm mich in den Arm. »Gehen Sie nach Hause, Cora. Jetzt gleich. Holen Sie diese Hedda zu sich nach Hause, schließen Sie die Tür ab und bleiben Sie keinen Moment lang allein.«

Ich nickte und bog meine Nase aus der Formaldehyd-Wolke. Der Professor streichelte meinen Rücken und zog mich zu sich heran.

»Übrigens, Cora, gestatten Sie mir noch eine Frage. Cora ... sagen Sie, Cora ... gehen Sie nun weg von hier?«

Ich bog meinen Kopf zurück und guckte ihn an.

»Ich meine jetzt, wo Sie niemanden mehr haben. Weil Ihre Tante nicht mehr am Leben ist, und Ihr Cousin ... Cora. Ihre ganze Familie ... Ich meine ... Ich habe Ihnen immer vertraut, Cora. Wir *müssen* hierbleiben! Wir müssen dieses Land verändern, reformieren, verstehen Sie! Fahren Sie nicht nach Ungarn, Cora! Bitte! Bleiben Sie hier!«

Er legte seine kurzen Arme um meine Schultern und zog mich zu sich heran. Ich beugte meinen Kopf vor und drückte mein Gesicht in seinen weißen Kittel. Der Geruch von Formaldehyd hüllte mich ein. Zum ersten Mal seit zwei Tagen dachte ich wieder an Markus. Ich fing an, langsam den Kopf zu schütteln.

»Ich werde nicht ausreisen, Herr Professor, nein, auf gar keinen Fall.«

* * *

Keine zehn Minuten später lief ich die Treppe hinunter zum Erdgeschoß. Der Professor stand oben, auf der obersten Treppenstufe, und sah mir nach. Dann setzte er sich langsam in Bewegung und ging zum Fahrstuhl.

Die Sonne schien. Sie überzog das Foyer mit goldgelbem Licht und mit den sanften Schatten, die die weißen Fenstersprossen unter den dreiflügeligen Fenstern auf den Steinfußboden warfen. Auf den weißen Holzbänken in den Mauernischen saßen fünf oder sechs Patienten und warteten darauf, daß die Zeit verging. Der schwere Fahnenständer war verschwunden. Hannes lümmelte wieder vorne neben einer Säule und sah aus dem Fenster hinaus. Manchmal öffnete er die Eingangstür, hielt die großen Türflügel weit offen und ließ einen neuen Patienten herein. Und diese scheinheilige Herbstsonne schaffte es und ließ alles freundlich und harmlos und wirklich so wie immer aussehen.

Ich kam vom Treppenhaus aus dem Südflügel und ging an der hinteren Wand entlang zu Ingos Tresen hinüber. Jetzt war Ingo da, aber er sah kein bißchen freundlich und harmlos und so wie immer aus. Das konnte die goldene Herbstsonne auch nicht schaffen.

Er lief hinter dem Tresen hin und her, bückte sich hinunter und holte ein Kofferradio, eine Waschtasche, einen Rasierapparat und irgendwelche Bücher herauf und legte sie vor sich auf die Tischplatte. Dann hob er eine schwarze Kunstledertasche auf den Tresen und fing an, alles hineinzustopfen, was vor ihm lag. Hinter ihm, mit dem Rücken am Schlüsselbrett, stand die Oberin und richtete immer noch ihren Blick ins Leere.

Ich beeilte mich, durch das goldgelbe Foyer zu kommen, und rannte zu Ingo hinüber. Es war mir egal, ob diese Oberin sehen würde, daß ich mittags schon auf dem Weg nach Hause war. Ich faßte in meine Jackentasche und legte Ingo den Schlüssel auf den Tisch.

»Ich gehe jetzt, Ingo!«

Er nickte mir zu, packte das Kofferradio in seine Tasche ein und ließ meinen Schlüssel mitten auf dem Tresen liegen. »Gut, Cora, mach das, ich gehe auch gerade! Jetzt können die mal sehen, wie schnell icke mich hier verdünnisieren kann.«

Ich kniff die Augen zusammen und guckte zu ihm hinüber. Mir war schon klar, daß das keiner der üblichen Witze war. Ingmars Gesicht war dreckig, unter seinem linken Auge lag ein Bluterguß, der sich bis auf seinen Wangenknochen hinunterzog. Sein Hemd war am Kragen zerrissen und roch, als ob er es schon ein Jahr lang trug.

»Je schneller wir hier weg sind, um so besser, Cora. Wer jetzt nicht abhaut hier, der muß einen Sprung in der Schüssel haben. Der ... Cora, sowat hast du noch nicht gesehen! Der ganze Bahnsteig war voller Bullen. Am Alex haben die mich aus der U-Bahn geholt. Am Guten Buch stand ein Laster. Damit haben die uns auf eine Polizeiwache gefahren. Und da haben die uns stehenlassen. Sieben Stunden. Die Hände hinterm Kopf. Mit dem Gesicht zur Wand. Cora, die haben mir auf die Fresse gedroschen, nur weil ick jesacht habe, det ick mal aufs Klo muß. Und verhört haben die uns, immer wieder, bis heute morgen. Cora, die …«

»Wer denn, Ingo? Die Bullen?«

»Na klar doch! Diese Bullen. Die sind völlig verrückt geworden am Sonnabend. Ick weiß nich, wat die von uns wollten. Cora! Geh weg hier! Hau ab! Lauf weg, Cora! Wir müssen hier alle verschwinden!«

Ingo fing an zu weinen. Ich stand da wie erstarrt und hörte zu, was er sagte. Hinter seinem Rücken lehnte die Oberin und spitzte sicher nicht nur ein Ohr. Aber es war mir egal heute, und Ingomar war es auch egal. Sollte sie doch neben uns stehen und lauschen.

Ingo packte weiter, redete auf mich ein und wischte sich nicht einmal die Tränen ab.

»Cora, glaub mir doch, Cora. Beim nächsten Mal werden die uns erschießen!«

Ich ging um den Tresen herum und legte meine Arme um seinen Hals.

»Ist doch gut, Ingo, jetzt bist du ja wieder da. Jetzt kommt alles wieder in Ordnung.«

»In Ordnung, Cora?! In Ordnung wird hier gar nichts mehr kommen!«

»Kollege Lehmann«, von hinten kam plötzlich die Stimme der Oberin.

»Kollege Lehmann, waren Sie auch verhaftet? Am 7. Oktober … Ich meine … hat man Sie auch zugeführt?«

Ingo nahm meine Arme von seinen Schultern und drehte sich zu ihr um. »Zugeführt, ja, so könnte man's nennen, wenn man ein Bullenfreund ist. Und wieso interessiert *Sie* das? So eine wie Sie … so eine … eine …«

»Meine Tochter ist auch verschwunden«, sagte sie leise. Sie trat noch einen Schritt dichter an uns heran. »Sie ist nicht mehr nach Hause gekommen am Sonnabend. Ich hab diese Berichte im Fernsehen gesehen. Im Westfernsehen. Glauben Sie, daß sie lebt?«

»Da trifft's endlich mal nicht die Falschen!« blaffte Ingomar. Seine Stimme wurde so laut, daß Hannes von seiner Säule abtrieb und langsam zu uns herüberschlenderte.

»Leiser, Ingomar!« Ich kickte mit dem Kinn zu Hannes hinüber.

»Mir doch egal. Soll er doch hören, soll er doch in seinen Bericht schreiben, daß icke am Abhauen bin. Ist mir alles wurscht jetzt.«

Ingo wurde immer lauter. Dann wischte er sich mit dem Hemdsärmel das Gesicht trocken, drehte sich wieder zur Oberin um und wurde leise. »Die kommt sicher wieder. Totgeschlagen haben die noch keinen. Bis jetzt nich. Hab ick jedenfalls nichts von gehört. Da wo ick war, in der Feuerwache in Buchholz, da sind die Bullen gerade dabei, alle wieder rauszulassen. Vielleicht is sie schon zu Hause.«

Ingomar legte sein Kofferradio oben in seine Reisetasche und zog den Reißverschluß zu. Hinter uns schob sich die Oberin an der Wand entlang bis zum Rezeptionstelefon vor, wählte eine Nummer und preßte den Hörer ans Ohr. Ingo und mich nahm sie nicht mehr zur Kenntnis.

»Mach's gut, Cora. Laß dir's gutgehen. Und paß auf dich auf, ja.«

Ingomar beugte sich herunter, legte mir die Hände um die Schultern und zog mich zu sich heran.

Ich fing an zu heulen, und zum ersten Mal seit drei Tagen heulte ich nicht wegen Horsti. Ich sah ihm hinterher, wie er quer durch das Foyer zur großen Eingangstür lief. Die schwarze Reisetasche hing hinten auf seinem Rücken zwischen seinen Schultern. Als Ingo den Türflügel aufzog, startete Hannes durch, sprintete ein paar schnelle Schritte hinter ihm her, bremste ab und sah der Tür zu, die langsam hinter Ingo ins Schloß fiel. Dann drehte er sich um, kam langsam zum Tresen zurück und guckte zur Oberin. Seine Augen flackerten und huschten unsicher hin und her. Falls er einen Schwanz hatte, hatte er ihn jetzt zwischen seine Beine geklemmt. Wie ein Hund, der eine Tracht Prügel erwartet.

Ich nahm meinen Bibliotheksschlüssel wieder vom Tresen herunter, ging hinüber zum Schlüsselbrett und hängte ihn an den Haken unter dem Schild DACHGESCHOSS/BIBLIOTHEK. Dann lief ich an Hannes vorbei auf die Eingangstür zu. Hinter dem Tresen stand immer noch die Oberin, drückte sich den Telefonhörer auf ihr Ohr und lauschte mit nach innen gekehrten Augen.

Ich ging wieder zu der Straßenbahnhaltestelle, von der ich heute morgen gekommen war. Dann fuhr ich diesen Bogen quer durch die Innenstadt, am Prater vorbei und die Schönhauser Allee stadtauswärts bis zum Bahnhof Schönhauser. Dort wechselte ich in die U-Bahn, fuhr meine drei Stationen bis zum Luxemburgplatz und stieg wieder auf die Straße hinauf.

Meine Wohnung war still, als ich den Schlüssel ins Schloß steckte und die Wohnungstür aufschloß. Hedda war nicht in der Küche und nicht im Zimmer, und sie war auch nicht auf dem Klo. Bei der Größe meiner Wohnung genügten drei Sekunden, um das festzustellen. Ich zog die Tür wieder hinter mir zu, schloß das Sicherheitsschloß über dem Drücker ab und lief wieder hinunter und auf die Straße hinaus. Dann machte ich mich auf den Weg in die Wilhelm-Pieck-Straße.

Mir klopfte die Angst im Hals. In meinem Bauch und in meinen Schultern spannten sich alle Muskeln. Ich lief langsam und immer langsamer, je näher ich dem Haus von Tante Johanna kam. Ich fürchtete mich sogar schon unten an der Haustür und schaffte es nur mit zitternden Händen, die Tür aufzudrücken. Langsam und zögernd ging ich in den Hausflur hinein. Aber es war nicht dunkel oder schummrig. Das Flurlicht war eingeschaltet, und es war nicht einmal ein ganz kleines bißchen unheimlich. Ich ging die Treppe hinauf, bog um die Kurve auf dem Treppenabsatz und hatte den Blick frei auf Tantes Wohnungstür. Dieses Mal war die Tür nicht angelehnt. Sie war zugeschlossen, und zwei Männer in Lederjacken standen davor, steckten die Köpfe zusammen, kneteten rotes Wachs zwischen ihren Händen mit einer dünnen gelben Schnur zusammen und waren dabei, Tantes Wohnungstür zu versiegeln.

Ich ging die letzten Stufen hinauf und blieb drei Schritte hinter ihnen stehen. Sie guckten kurz über die Schulter zu mir herüber, dann drückten sie ein Metallsiegel in das Wachs hinein und verkneteten darunter den roten Faden. Während der eine von ihnen das Siegel in das weiche Wachs drückte, drehte der andere der beiden sich zu mir herum und fing an, mich anzustarren. Von oben nach unten und wieder nach oben hoch. Der übliche Bullenblick, es war alles klar.

»Ist irgendwas, Fräulein?«

Ich beeilte mich mit der Antwort und schüttelte schnell den Kopf.

»Es ist nichts, nein, aber ich müßte dringend mal in die Wohnung.«

»In *die* Wohnung hier? Da kommt keiner mehr rein. Polizeiliche Ermittlungen, klar! Und bis die abgeschlossen sind … oder haben Sie was dagegen?!«

»Wer? Ich? Aber nein! Ich wollte nur wissen, wo Hedda ist.«

»Wer ist das denn?«

»Hedda wohnt hier. Hier drinnen. Und Sie machen einfach die Wohnung zu!«

Er fing an zu grinsen. »Keine Angst, Fräulein, wir schließen doch keinen ein. Die alte Dame hat ein Köfferchen gepackt und ist weggegangen. Ist vielleicht verreist. Zufrieden, ja?!«

Ich nickte schnell. Ja, zufrieden, vollkommen zufrieden, auch wenn ich überhaupt nicht wußte, was das nun wieder war. Ich drehte mich um, ging langsam die Treppe hinunter und überlegte, wohin Hedda mit ihrem Köfferchen vielleicht gegangen war. Dann fiel es mir ein, na klar doch, wohin sollte Hedda schon gegangen sein. Zu mir, natürlich, in meine Wohnung. Und jetzt saß sie sicher schon am Küchentisch, hatte ihre Flasche vor sich und trank abwechselnd schwarzen Kaffee aus dem Boiler und lauwarmen Goldbrand in sich hinein.

Ich drückte noch einmal die Haustür auf, ging zurück ins Treppenhaus und lief ein paar Stufen hinauf.

»Wann ist sie denn weggegangen?«

»Wer?« brüllte der Bulle von oben.

»Die alte Frau mit dem Koffer!«

»Ach die. Vor einer Stunde. Vielleicht auch ein bißchen länger. Auf die Uhr hab ich nicht geguckt.«

Ich lief zurück in die Linienstraße. Ein bißchen schneller als eben, und nicht mehr so ängstlich zusammengekrampft. Die trockenen Blätter der Linden wehten über den Fußweg und sammelten sich in den Löchern, in denen die Pflastersteine fehlten. Von den Rändern der Baugruben trieb immer noch staubgrauer Sand über den Fußweg und über die Straße und setzte sich vor den Mauern der Häuser und in den Nischen der Hauseingänge ab. Die Fahnen an den Masten der Lampen blähten sich auf und wehten. Schlangen von Autos rasten zur Friedrichstraße hinunter und hinauf zur Schönhauser Allee. Und über der lauten, staubigen Straße hing die Herbstsonne auf einem blaßblauen Himmel und tauchte die Fassaden der Häuser sanft in ein freundliches Goldgelb.

Ich lief vor bis zur Ampel, überquerte die Rosenthaler Straße und ging in die Linienstraße hinein. Gleich im dritten Haus hinter der Ecke war Tante Olgas fußbodenrot gestrichene Eingangstür. Bis auf den Fußweg heraus roch es nach Bier und Zigarettenrauch. Der rote Rolladen vor dem Ladenfenster war hochgezogen. Ein schwarzes Herrenfahrrad lehnte davor an der Wand. Und ein Mann, der so riesig und rund und behaart wie ein Braunbär war, legte sich schwankend über die Querstange und mühte sich mit einem Kettenschloß ab.

»Hej! Heju da!« Er brummte und versuchte, sich aufzurichten und mich anzusehen. »Wir kennuns doch, Kleene. Hilfsu mir mal?«

Ich streckte den Arm aus und schob ihn ein Stück zur Seite. Dieser Schnaps-und-Bier-Atem war alles andere als angenehm. Dann nahm ich den winzigen Schlüssel aus seiner Hand, beugte mich über die Querstange hinunter, steckte den Schlüssel in die schmale Öffnung hinein, schloß ab und drückte ihm den Schlüssel wieder in die Hand.

Er war sichtlich erfreut, drückte mir die Pranke auf die Schulter und nahm Tante Olgas Tür ins Visier.

»Willsu mitkomm, Kleene?! Ick ladich ein.«

»Nee, laß mal.«

»Ick hab wat zu feiern. Dattie mich wieder rausjelassen haben. Zwee Tage hab ick jesessen. Mit zwölf Mann inne winzije Flohzelle. Un meine zwee Kumpels ooch. Ich hab jedacht, dieset Mal krieg ich zehn Jahre. Für jarnischt. Nur für anne Gethsemanekirche spazierenjehen. Dadrauf müssen wir een nehm', uf den Schreck.«

Ich ging noch einmal zurück und lehnte mich auf Olgas Türklinke.

»Wer hat dich wieder rausgelassen? Die Bullen?«

Er konzentrierte seinen Blick und sah mir tief in die Augen.

»Die Bullen. Exakt.«

»Haben die dich auch am Sonnabend mitgenommen? Am 7. Oktober?«

Sein Blick blieb fest in meine Augen geankert, nur sein schwerer Körper schwankte langsam wie eine alte Fichte hin und her.

»Am Nascho … Natscho … am Natschonalfeiertach, Kleene, exakt, so wars. Kommße doch mit?«

Ich legte ihm die Hand auf den Ellenbogen und schüttelt den Kopf.

»Es geht nicht, heute. Aber ein anderes Mal. Hier bei Olga, ja.«

»Exakt. Bei Olja. Naschüßen.«

Er hob seine Hand ungefähr zehn Zentimeter hoch, um mir zuzuwinken. Höher schaffte er es nicht mehr. Als er zwei Schritte nach vorne gefallen war und die Hand wieder nach unten brachte, landete sie auf der Türklinke von Tante Olgas roter Holztür. So schaffte er wenigstens ohne fremde Hilfe die Kneipentür.

Ich lief weiter und beeilte mich, um nach Hause zu kommen. Ich lief durch den großen Hausflur in den Hinterhof, rannte die Wendeltreppe nach oben und schloß meine Wohnung auf.

Aber Hedda war nicht da. Es roch nicht nach Kaffee, und es roch nicht nach lauwarmem Goldbrand, und es gab auch sonst keinen Hinweis darauf, daß Hedda vielleicht inzwischen in meiner Wohnung gewesen wäre.

Ich zog die Tür wieder zu, lief noch einmal hinunter und ging den ganzen Weg noch einmal zurück bis zum Haus der Tante.

Dieses Mal lief ich vorne herum, zur Alten Schönhauser Straße, bog dann gleich vor dem Luxemburgplatz in die Wilhelm-Pieck-Straße ein und suchte beide Straßenseiten nach Hedda und ihrem Koffer ab.

Sie war nicht da, nicht auf der Straße, nicht in einer der Kneipen, die in unserer näheren Nähe lagen und auch sonst an keinem irgendwie vorstellbaren Ort. Ungefähr um fünf Uhr merkte ich, daß es sinnlos war, wieder und wieder durch unsere drei Straßen zu laufen und mich nach ihr umzusehen. Also ging ich zurück zu mir nach Hause, lief durch den Hausflur auf den Hof und stieß meine kleine Hinterhaustür auf. Dann fiel mir der einzige Ort ein, an dem ich noch nicht nachgesehen hatte. Ich nahm mein Schlüsselbund aus meiner Jackentasche, ging in den Flur vom Vorderhaus zurück und schloß meinen Briefkasten auf. Und da war es. Ein gelblicher kleiner Zettel mit ausgefransten Rändern, beschrieben mit Heddas wackliger Sütterlinschrift.

»Liebe Cora! Ich muß dringend weg. Aber ich melde mich wieder. Hedda.«

Na danke, ich war wieder einmal ziemlich sauer. Warum hatte ich nicht schon vor drei Stunden in diesen Briefkasten gesehen. Und warum konnte Hedda nicht warten, bis ich nach Hause kam und bis sie mir erzählen konnte, warum sie weg mußte und wohin und wann sie vielleicht einmal wiederkam.

Ich stieg langsam die steile Wendeltreppe nach oben und ärgerte mich. Professor Seekamps Worte fielen mir ein. Bleiben Sie auf keinen Fall alleine zu Hause, Cora. Bleiben Sie keinen Moment alleine. Ja, besten Dank für den guten Rat, Herr Professor, aber wer, zum Teufel, wer sollte denn bei mir sein?!

Ich schob meine Wohnungstür hinter mir zu, legte die Kette vor und hängte meine Jacke neben der Tür an den Haken. Dann setzte ich mich auf das Sofa und guckte die Wände an. Goldgelbe Sonnenstreifen lagen über der Wand. Sie wanderten langsam von der Wandmitte in die Ecke und wieder ein kleines Stück weiter über die Wand. Sie verfärbten sich, wurden dunkler und dunkler und verloschen kurz vor der Mitte der nächsten Wand ganz. Es wurde dunkel. Ich saß auf dem Sofa, knetete meine Hände ineinander und hörte auf den Herzschlag in meinem Hals. Langsam verstand ich, was der Professor heute morgen mit seiner Frage gemeint hatte. Wenn ich keinen von meiner Familie mehr bei mir hatte, dann konnte ich ebensogut auch nach Ungarn und in den Westen und sonstwohin gehen. Und wenn ich den Zaun von einer Botschaft überklettern müßte oder wenn ich durch irgendwelche Kornfelder an der ungarisch-österreichischen Grenze robben müßte, hätte ich sicherlich auch nicht mehr Angst und würde mich nicht verlorener und ausgelieferter fühlen als hier zu Hause bei mir.

Ungefähr um sechs ging ich in die Küche hinüber, um mir einen Tee aufzubrühen. Als das Wasser im Kessel gerade zu sprudeln anfing, klappte unten im Hof die kleine Vorderhaustür. Ich drehte das Gas klein und stellte den Kessel noch einmal zurück auf die Kochstelle. Dann ging ich hinüber und legte mein Ohr von innen gegen die Wohnungstür.

Zwei oder drei Sekunden später hörte ich Schritte auf der Treppe. Sie stiegen höher, schnell und kräftig, vom zweiten in den dritten Stock. Dort zögerten sie einen kleinen Moment lang auf dem Treppenabsatz und kamen dann zu mir nach oben in den vierten Stock. Die Dielenbretter knarrten vor meiner Wohnungstür. Ich hörte ein tiefes und ruhiges Atmen. Das war nicht Hedda. Die kam ganz bestimmt nicht ohne zu pusten und zu schnaufen hier oben an.

Ich lauschte und hielt den Atem an. Die Angst drückte auf meinen Nacken und rumorte in meinem Bauch. Aber meine Ohren waren noch einigermaßen in Ordnung. Ich hörte einen dünnen Stoff rascheln und knistern, wie der Stoff eines Trenchcoats. Ein Mann räusperte sich leise. Dann klopfte es kräftig und laut.

Mein Ohr dröhnte. Ich fuhr von der Tür zurück und fing mich an der Wand ab. Aber meine Füße hatten sich nicht von der Stelle bewegt, und ich hielt immer noch die Luft an.

Es klopfte noch einmal. Dieses Mal schlug es mich nicht um. Ich blieb einfach hinter der Tür stehen und lauschte weiter.

Irgendwann würde der da draußen vielleicht genug geklopft haben, würde sich umdrehen und wieder die Treppen hinuntergehen. Ganz einfach. Aber er ging nicht. Er klopfte zum dritten Mal. Dann fing er an zu rufen.

»Cora! Mach auf, Cora, verdammt noch mal, ich habe dein Licht gesehen. Ich weiß, daß du da bist!«

Ich atmete aus und machte einen Schritt von der Tür weg. Dann schob ich die Kette zurück, griff nach der Klinke und riß die Tür auf.

Ein heller Trenchcoat lag zusammengefaltet über seinem Unterarm.

Unter dem schwarzen Jackett und über dem üblichen karierten Baumwollhemd trug er einen warmen handgestrickten

Pullover. Dieses weiche widerspenstige Kribbeln, das seine Haare immer wieder unter meinen Fingerspitzen verursacht hatten, lief mir den Rücken hinunter bis hinein in meinen Bauch. Ich blieb stehen und holte tief Atem.

Markus spannte die Arme auf wie ein Wellenbrecher. Eine blaue Woge trieb zu mir heran. Ich segelte in seine Arme. Dann reckte ich mich hoch, drückte meinen Mund an sein Gesicht und meine Hände in seine Haare.

»Ist alles in Ordnung, Cora? Geht es dir gut? Dir ist nichts passiert?«

Als sein Hals langsam naß wurde, hob er mich hoch und trug mich in die Küche hinein. Dann trat er die Wohnungstür hinter sich zu und stellte mich vorsichtig zurück auf den Fußboden.

»Du weinst ja, Cora?!«

Ich stand einfach nur da, lehnte mich an ihn und hielt mich an ihm fest. Ungefähr nach fünf Minuten hob er behutsam meine Hände von seinem Hals.

»Das Teewasser kocht, Cora!«

Er zog mich hinter sich her zum Küchenschrank, nahm die Kanne aus dem Geschirrschrank heraus, schüttete Teeblätter hinein und brühte den Tee auf. So unverrückbar und selbstverständlich, als hätte er das auch in den letzten drei Tagen an jedem Abend getan.

»Wo bist du bloß gewesen, Markus? Ich habe so gewartet auf dich! Ich habe …«

Er stellte den Wasserkessel zur Seite und legte die Arme um mich.

»In einem Polizeirevier war ich. Da haben die mich festgehalten, seit dem 7. Oktober. Bis heute nachmittag, fast zwei Tage lang. Vor einer Stunde haben die mich erst gehen lassen.«

Er lächelte zu mir herunter, schüttelte den Kopf und zuckte die Schultern nach oben. Dieses Lächeln war noch das gleiche freche Jungenlächeln wie vor drei Tagen. Markus drehte sich um, beiläufig und unbeschwert, als würden wir über den Kino-Spielplan sprechen, holte Teegläser aus dem Geschirrschrank, stellte sie neben die Kanne auf das Tablett und trug alles ins Zimmer hinüber.

Ich nahm die Zuckerdose in die Hände und lief hinter ihm her. Dann setzte ich mich neben ihn auf das Sofa, schmiegte mich an ihn an und sah ihm zu, wie er den Tee in die Gläser goß. Das sah anders aus als vor drei Tagen. Unsicher und ungeschickt hielt er die Teekanne fest. Der Tee rann an den Glasrändern hinunter und sammelte sich in zwei kleinen Pfützen auf dem Tisch. Er schaffte es gerade so, die Kanne ohne große Zwischenfälle wieder zurück auf die Tischplatte zu stellen. Sie schlug an der Kante der Zuckerdose auf und landete mit einem leisen Klirren wieder auf dem Tisch. Und jetzt sah ich es. Markus goß den Tee mit der linken Hand ein. Seine rechte Hand lag neben seinem Bein auf der Sofalehne. Über dem Handrücken und den mittleren Fingern war ein schneeweißer Verband.

»Haben die dich geschlagen?« fragte ich leise. Ich faßte nach seiner rechten Hand, um den Verband anzusehen. Und ich kam nicht daran vorbei, nun auch einen Blick auf sein Gesicht zu werfen. Es war auch nicht unversehrt. Ein kleiner Bluterguß unter seiner Kinnspitze war dabei, langsam wieder zu verblassen. Vom Hals her zogen sich millimeterschmale Kratzer aus seinem Hemdkragen bis an sein Kinn herauf. Eine winzige, kaum noch sichtbare Schorfschicht bedeckte zwei oder drei von diesen Schrammen. Die anderen waren nur noch als blaßrote Streifen zu sehen und beinahe schon wieder verheilt.

»Was haben die bloß mit dir gemacht, Markus?!«

Markus zog seine Hand weg, griff nach dem Teeglas und stellte es mir auf die Knie. »Ich will nicht darüber reden, Cora. Kein Wort. Frag mich nicht mehr, bitte.«

Er guckte mir in die Augen, schaufelte Zucker in mein Teeglas, rührte sorgfältig um und legte den linken Arm um meine

Schulter. Dann atmete er tief durch, nahm sein Teeglas mit seiner verbundenen Hand hoch und hielt es vor seinen Mund.

»Und wie geht es dir, Cora? Du siehst auch nicht gerade gut aus.«

Er stellte das Teeglas zurück und beugte sich herunter zu mir. Sein Mund berührte leicht meine Wange und bewegte sich sanft und streichelnd hinüber zu meinem Ohr. Dann wanderte er langsam über mein Gesicht zurück bis zu meinem Mund und fing an, mich zu küssen.

»Wein doch nicht, Cora! Was ist denn? Du hast vorhin schon einmal geweint?«

Ich drückte mein Gesicht in seinen Pullover, schlang meine Arme um seinen Rücken und preßte mich an ihn.

»Cora, verdammt noch mal, was ist denn, Cora, was ist?!«

»Horsti ist tot«, flüsterte ich leise. Ich war mir nicht einmal sicher, ob mein Schluchzen in der Nähe seiner Schultern überhaupt bei seinen Ohren ankam. »Die haben Horsti erdrosselt, und dann haben sie ihn aufgehängt, und dann haben sie ...«

Markus zog seinen Rücken nach oben aus meinen Armen heraus und setzte sich kerzengerade auf.

»Was?« rief er leise. »Cora! Was?« Er legte seine Hände auf meine Oberarme, packte mich fester und fing an, mich zu schütteln.

»Was ist passiert, Cora, nun rede doch, sag!«

Irgendwie schaffte ich es, seine Hände von meinen Armen zu lösen, schmiß mich an seine Schulter und heulte mich aus. Und dann fing ich tatsächlich an zu erzählen. Dieses Mal ließ ich überhaupt nichts aus. Auch nicht die Geschichte mit dem Finanzamt und der Steuermahnung über eine viertel Million. Jetzt war das egal, jetzt sollte er alles wissen.

Markus saß neben mir, drückte seine linke Hand auf seinem Oberschenkel zu einer Faust zusammen und hörte mir zu. Sein Blick wanderte angestrengt nichtssagend über mein

Bücherregal, von den Wörterbüchern zu den Bildbänden und hinüber zu den Romanen. Dann hakte sich sein Blick an dem Fach mit meinen sechs kleinen erfrorenen Charlotten fest und ruhte sich auf ihnen aus.

»Das ist ja furchtbar!« sagte er leise, als ich ihm davon erzählte, wie ich am Sonnabend in die Wohnung hineingegangen war, wie ich von Zimmer zu Zimmer gelaufen war und schließlich in der Küche Horsti am Fensterkreuz gefunden hatte.

»Das ist schrecklich, was dir da passiert ist. Cora, was sagt denn die Polizei dazu?«

Ich schüttelte den Kopf und zuckte die Schultern.

»Haben die irgendwelche Hinweise? Irgendwelche Spuren? Haben die irgendeine Idee davon, wer das war?!«

»Diese Bullen! Die haben doch von nichts eine Ahnung. Die wissen nicht einmal ...«

Er nickte. »Ja, das habe ich mir schon gedacht. Unsere Polizei kannst du vergessen. Denen kannst du nicht mal vertrauen. Das weiß doch jeder bei uns!«

Ich nickte. Markus beugte sich über mich und sah mir ins Gesicht.

»Du brauchst Hilfe, Cora!« sagte er schließlich leise. Er griff mit der verbundenen Hand unter mein Kinn und hob es zu sich hoch.

»Du brauchst erst einmal jemanden, der die Sache mit der Steuer in die Hand nimmt. Und das mit dieser Firma ...«

»TRADE-UNIMEX«, sagte ich.

»Ja, genau. Da scheint es doch einen Zusammenhang zu geben. Glaubst du das nicht auch?!«

Er ließ seinen Blick wieder über mein Bücherregal schweifen. Dann schüttelte er heftig den Kopf und sah wieder mich an.

»Zeig mir doch mal diese Papiere!«

Ich stand vom Sofa auf, ging in die Küche hinüber und kam mit meiner Handtasche zu ihm zurück. Aber noch ehe ich die Tasche aufklappte, um darin herumzuwühlen, fiel mir ein, daß ich gar nicht danach suchen mußte. Ich stellte die Tasche neben dem Sofa ab und setzte mich wieder neben ihn.

»Ich habe die Papiere nicht mehr.«

»Du hast sie nicht mehr? Das ist wirklich saublöd von dir! Was hast du damit gemacht, Cora?! Hast du sie weggeworfen?«

Ich guckte ihn an. Er legte seine Arme um meine Hüften und zog mich an sich.

»Ist schon gut, Cora. Es war nicht so gemeint.«

Die blaue Welle wogte herüber zu mir, setzte sich in meinem Hals fest und lief meinen Rücken hinunter, machte sich in meinem Bauch breit und rollte weiter bis in meine Beine. Aber ich zog es trotzdem vor, ihm nichts von meinem Gespräch mit Professor Seekamp zu sagen.

»Cora, Cora! Wir müssen nach diesen Papieren suchen, sofort. Wir müssen ...« Er hob seine Hand auf seinen Kopf hoch und strich sich über seine Haare. Sie legten sich eng an seinen Kopf an, blieben einen kleinen Moment lang dort liegen und richteten sich störrisch und widerborstig wieder auf. »Ich muß nachdenken. Vielleicht brauchen wir die Papiere gar nicht. Wenn sie sowieso nicht mehr da sind. Vielleicht ... ich glaube, ich muß wieder losfahren. Cora, ich muß jetzt gehen.«

»Nein!« Ich drehte mich zu ihm herum und legte meine Hände auf seine Arme. »Bitte, Markus, bleib hier. Ich ... ich ...«

»Du hast Angst, Cora?!«

Ich nickte.

»Reiß dich zusammen, Cora! Ich bin bald wieder da.«

Er legte wieder die Hand auf seinen Kopf und strich sich noch einmal über seine Haare. Ich lehnte mich an ihn, hob langsam den Arm hoch und schob meine Fingerspitzen durch seine Haare. Dann schloß ich die Augen und zog ihn über mich.

»Ich *muß* gehen, Cora.« Sein Mund berührte meinen Hals unter meinem Ohr. »Es hilft nichts. Ich muß weg!«

Aber da fing er schon an, mich zu küssen. Meinen Hals, mein Ohr, meine Wange. Ich schob seinen Pullover über seinen Rücken hinauf, über seinen Kopf und fing an, sein Hemd aufzuknöpfen. Sein Mund legte sich warm und schwer über meinen Mund. Seine Hände glitten hinten an meinem Rücken hinunter. Und dann versank alles andere um mich her. Vom Weggehen redete er nicht mehr.

Zwei oder drei Stunden später knipste Markus die kleine Lampe neben meinem Bett an. Er schob die Bettdecke zur Seite und richtete sich auf.

»Cora, verdammt noch mal, Cora, auf dich muß man wirklich aufpassen!«

Er stand auf und fing an, im Zimmer herumzugehen. Ich hörte, wie er zum Sofa hinüberlief, seine Sachen zusammensuchte und sich anzog.

»Markus, komm doch wieder ins Bett!«

»Gleich, Cora, gleich. Ich gehe nur schnell zum Auto. Ich habe meine Pfeife nicht hier, und ich muß jetzt unbedingt rauchen. Vielleicht finde ich meine Pfeife dort unten.«

Er setzte sich auf das Sofa und zog seine Schuhe an. Dann hörte ich seine Schritte vorn in der Küche. »Schlaf weiter, Cora. Ich bin gleich zurück.«

Ein Schlüsselbund klirrte. Die Wohnungstür wurde geschlossen. Ich hörte das Schloß leise einschnappen und schlief ein.

Ein paar Minuten später wachte ich wieder auf. Ein Strick lag um meinen Hals und drückte. Ich hob meine Hände und versuchte, den Strick abzuwehren und offenzuhalten. Aber da waren schon andere Hände, die mich festhielten und meine Hände wegschoben und den Strick dort hielten, wo er war. Als sie meine Handgelenke auf meinem Rücken zusammenschnürten, hatten sie es geschafft. Sie zogen den Strick zu. Ich bekam keine Luft mehr. Mir fiel das einzige ein, was ich vielleicht noch tun könnte: Ich schrie. Aus meinem Hals kam ein leises Röcheln. Ich bäumte mich auf und versuchte, Luft zu holen, wenigstens noch ein einziges Mal. Dann wachte ich auf. Dieses Mal wurde ich wirklich wach.

Ich hörte eine heisere Stimme weinen und atemlos schreien. Es war meine Stimme, das war mir ziemlich schnell klar. Wer weint, lebt noch, dachte ich. Ich versuchte, mich zu bewegen und alles von mir abzuschütteln, was mich noch festhielt. Irgend etwas klatschte in mein Gesicht. Ich nahm einen Geruch wahr, den ich ganz genau kannte. Ich wußte nur nicht sofort, woher. Es roch würzig und süß und rauchig. Noch einmal klatschte etwas in mein Gesicht.

»Cora! Cora! Es ist gut, Cora! Mach doch endlich die Augen auf!«

Ich strengte meine Kräfte an und machte, was er mir gesagt hatte. Ich klappte die Augen auf. Das erste, was ich sah, war das Gesicht von Markus. Er beugte sich über mich, hielt meine Arme fest, zog mich hoch und drückte mich an sich.

»Hol Luft, Cora, hol tief Luft. Beruhige dich wieder, es ist gar nichts!«

Als nächstes schaffte ich es, einen Blick auf mein Zimmer zu werfen. Das Deckenlicht war eingeschaltet, die kleine Lampe neben meinem Bett brannte. Die ganze Wohnung war hell erleuchtet. Und sie war leer. Es war keiner da außer uns beiden.

Ich versuchte, meine Hände ruhig zu halten, und holte Atem. Und dann schrie ich. Markus hielt mich fest. Als ich anfing, mich wieder in den Griff zu kriegen, legte er mich langsam wieder zurück auf mein Bett.

»Geht es besser, Cora? Daß es so schlimm ist, wußte ich nicht.«

Ich drehte mich auf die Seite, rollte mich zusammen wie eine frierende Katze und klammerte mich an seinem Arm fest.

»Du darfst jetzt nicht weggehen, bitte! Laß mich nicht alleine!«

»Aber ich muß weg, Cora ... Ich muß doch ...«

»Dann komme ich mit!«

Er sagte nichts mehr. Seine Hand rutschte langsam auf meinem Arm hinauf bis zu meiner Schulter. Dann legte er sie seitlich über meine Wange und ließ sie dort liegen, mindestens zehn Minuten lang.

Ich atmete wieder ruhiger. Meine Augenlider wurden langsam schwerer. Aber ich wehrte mich gegen das Einschlafen und klappte immer wieder die Augen auf. Schließlich hörte ich, wie die Schuhe von Markus neben meinem Bett auf die Erde fielen. Er breitete die Bettdecke über mich, zog die Beine auf das Bett hoch und legte sich neben mich. So dicht, daß ich seinen Bauch hinten an meinem Rücken spürte.

»Es ist gut, Cora!« sagte er leise. »Wir werden umdenken müssen. Ich nehme dich morgen mit.«

Ich tastete über die Bettdecke und suchte nach seiner Hand. Dann zog ich sie über meinen Rücken nach vorne, klemmte sie zwischen meinen Armen ein und hielt sie fest.

* * *

»Mach schneller, Cora!« sagte Markus am nächsten Morgen. Er trug seine Kaffeetasse zum Abwaschbecken, spülte den Kaffeesatz aus, trocknete die Tasse aus und stellte sie weg. Routiniert wie ein Zirkusartist, der an jedem Morgen in eine neue Stadt aufbricht. Er steckte seine Pfeife in seine Manteltasche und zog den Reißverschluß von seiner Reisetasche zu. »Und beeil dich, Cora, ich habe wirklich nicht mehr viel Zeit!«

Ich hatte sowieso nicht vorgehabt, mich lange mit Kofferpacken aufzuhalten. Ich nahm ein paar T-Shirts und einen warmen Pullover und stopfte alles in meinen kleinen schwarzen Lederrucksack.

»Und die gefrorenen Charlotten?« fragte Markus. Er saß auf dem Sofa, sah mir beim Packen zu und ließ seinen Blick über mein Bücherregal schweifen. »Wenn du schon nicht mehr deine ganze Sammlung hast, dann solltest du wenigstens auf die letzten Exemplare achten. Das beste wäre, Cora, du hättest sie bei dir.«

Ich holte den alten Puppenkarton von meinem Kleiderschrank herunter, den, der mit dem altmodischen graugilbigen Boudoirpapier beklebt und mit cremefarbenem Seidenpapier ausgestopft war, und setzte meine kleinen Charlotten behutsam hinein. Den Karton steckte ich obenauf in meinen Rucksack. Dann band ich den Rucksack zu, hängte ihn mir über die Schulter, hob meine Jacke vom Garderobenhaken und schloß meine Wohnungstür zu.

Hintereinander gingen wir die schmale Wendeltreppe hinunter und auf die Straße hinaus. Ich setzte mich neben Markus ins Auto. Er nahm den Autoschlüssel in die linke Hand, stocherte ihn ungeschickt in das Zündschloß hinein und ließ den Motor an.

Er blinkte, legte die verbundene rechte Hand auf den Schalthebel und fuhr los. Durch die Linienstraße, in die Alte Schönhauser hinein und hinauf zur Wilhelm-Pieck-Straße. Dann fuhr er stadtauswärts auf die Leninallee. Ich lehnte mich zurück in das Rückenpolster und schloß die Augen. Ungefähr nach zwanzig Sekunden hörte ich, wie Markus den Fuß vom Gaspedal nahm. Ich klappte die Augen wieder auf und sah, daß wir noch nicht allzu weit gekommen waren. Wir fuhren gerade erst auf den klotzigen roten Granit-Lenin neben dem Friedrichshain zu. Markus ließ den Lada ausrollen, bremste ab und guckte zu mir herüber. Hinter uns in der Fahrspur trat jemand quietschend auf die Bremse, überholte uns und fuhr hupend an uns vorbei.

»Hast du nicht auch noch zwei Puppen auf deinem Schreibtisch, Cora?«

Ich guckte ihn an und nickte.

»Das sind doch sicher nicht irgendwelche wertlosen Allerweltspuppen. Die wirst du nicht dort stehenlassen wollen!«

Er blinkte und wechselte in die linke Fahrspur hinüber. Dann bog er quer über den Leninplatz nach links ab, wendete und fuhr in der Gegenfahrbahn wieder in die Wilhelm-Pieck-Straße hinein und zum Luxemburg-Platz hinauf.

»Wir fahren zum Charitas, Cora! Das geht ganz schnell!«

Ich lehnte mich zurück und sah ihn von der Seite an. Aber ich mußte zugeben, so unrecht hatte Markus gar nicht.

Er machte keinen Umweg zur Schönhauser und durch die Innenstadt. Er klemmte seinen Fuß auf das Gaspedal und fuhr auf dem kürzesten Weg, an Tantes Wohnung vorbei, zur Friedrichstraße. Ich guckte auf das Armaturenbrett hinunter, kniff die Augen zusammen und hielt den Atem an. Und es dauerte wirklich nur einen winzigen Moment.

Dann waren wir an Tantes Wohnung vorübergefahren, standen vorne an der Ampelkreuzung und bogen in die Friedrichstraße ein.

Der Mann, der unten im Foyer hinter Ingos Tresen stand, trug die gleiche Uniform wie Hannes der Hohlkopf. Ich war sicher, daß ich ihn noch nie gesehen hatte im Charitas.

»Den Betriebsausweis bitte, Kollegin!«

Er fläzte seine Ellenbogen breit über die Tischplatte und lehnte sich herüber zu mir. Seine Augen guckten klein und bemerkenswert dümmlich aus ihm heraus. Angestrengt zog er seine Augenbrauen nach oben, so steil, daß sich die Haut bis zu seinem Haaransatz in zentimeterbreiten trockenen Falten zusammenknautschte. Aber er schaffte es trotzdem nicht, auch nur ein bißchen bedeutungsvoll auszusehen. Er war noch aufgeblasener als Hannes. Falls das überhaupt möglich war. Aber er hatte die Uniform an und stand hinter einem Tresen, und wenn so ein wichtiger Mann wie er einmal *nein* gesagt hatte, dann blieb es dabei.

»Den Ausweis habe ich zu Hause«, sagte ich. »Geben Sie mir trotzdem meinen Schlüssel, oder soll ich heute nicht arbeiten, was meinen Sie?!«

Er zuckte die Schultern, breitete seine Arme noch weiter auseinander und zog seine Augenbrauen noch ein Stück höher.

»Nicht ohne Dienstausweis, Kollegin! Das ist Weisung, und dabei bleibt's!«

Ich stemmte meine Hände auf die Tresenplatte, lehnte mich ihm entgegen und guckte ihn an. Aber ich mußte mir nicht den Kopf darüber zerbrechen, ob ich wirklich vorhatte, ihn anzuschreien.

»Gibt es Probleme, Genosse Bretschneider? Geben Sie der Kollegin doch bitte Ihren Schlüssel heraus!«

Diese Stimme war leise wie die Stimme eines Fisches. Aber er nahm sofort Haltung an. »Was sagten Sie bitte, Frau Oberin?«

Hinter mir stand die alte Fregatte, nickte Genosse Bretschneider freundlich zu und lächelte mich an. Ihre Haare waren wieder ordentlich, frisiert und geordnet und gestriegelt, wie jeden Tag.

Aber ihre Augenringe erinnerten immer noch an dunkelblaue Stempelkissenfarbe. Und sie hatte immer noch diesen Zombieblick. Wenigstens ein ganz klein wenig.

»Sie können Fräulein Ost ruhig ihren Schlüssel geben. Bitte.«

Herr Bretschneider nickte knapp, nahm den Schlüssel vom Haken, legte ihn auf den Tresen und schob mir das Schlüsselbuch hin.

»Ich mach' nur, was mir gesagt wurde. Kann ja so falsch nicht sein«, brummte er leise.

»Kommen Sie, Fräulein Cora!« sagte die Oberin. Sie lief neben mir her, durch das Foyer hinüber zum Südflügel. Dann stieg sie langsam, als müßte sie über jeden Schritt nachdenken, neben mir die Stufen hinauf.

»Ich habe schon gehört, Cora, was Ihnen passiert ist. Mein Beileid, Mädchen, das tut mir sehr leid. Wirklich ...«

Sie blieb auf dem Treppenabsatz stehen, guckte mir ins Gesicht, ließ den Blick an mir hinunterwandern und wieder hinauf. Einen kleinen Moment lang blieben ihre Augen an meinem Lederrucksack hängen.

»Und jetzt wollen Sie Urlaub haben?«

Ich blieb neben ihr stehen und nickte. Ja, aber das fiel mir erst jetzt ein. Ich hatte nicht einen einzigen Gedanken verschwendet an so etwas wie einen Urlaubsantrag oder einen Freistellungsschein.

Ich blieb trotzdem ruhig, und ich fing auch nur ein ganz kleines bißchen an zu stottern.

»Ja. Ich muß einfach mal ... ich möchte ... weil ...«

»Sie müssen mir nichts erklären. Eine Woche reicht Ihnen? Oder wollen Sie zwei Wochen?«

»Eine Woche reicht erst einmal, denke ich.«

Sie nickte, lächelte zombiehaft gegen die Wände des Treppenhauses und ging weiter vor mir her.

Oben im Dachgeschoß blieb sie vor meiner Bibliothekstür stehen.

Sie neigte den Kopf zu mir herüber und fing wieder unhörbar an zu reden. »Meine Tochter ist wiedergekommen, Fräulein Cora. Gestern abend. Sie hat mir alles erzählt. Was unsere Volkspolizei da gemacht hat. Das ist unglaublich ... so etwas sollte bei uns nicht vorkommen. Das waren fast schon chinesische Methoden.«

Falls es jemanden gab, der noch leiser als ein Fisch sprechen konnte, dann war sie das. Beim letzten Satz klappte sie den Mund auf und zu und hauchte Luftblasen in mein Ohr. Dann richtete sie ihren Zombieblick in die Ferne und rückte noch ein Stückchen näher an mich heran.

»Cora, wir müssen unsere Arbeit machen, egal, was passiert. Sie sind meine letzte Bibliothekarin. Ich brauche Sie hier, Cora. Unsere Patienten brauchen Sie. Sie kommen doch wieder, ja?!«

Ich nickte und schloß meine Tür auf.

»Auf Wiedersehen, Fräulein Cora!«

»Wiedersehen!«

Sie setzte ihre Zombiefüße in Bewegung, hob steif den Kopf und wandelte den Flur hinunter, an der Versuchstierhaltung und an der Wäschekammer vorbei. Dann bog sie um die Ecke zum Dachgeschoß des Hauptflügels und entschwand.

Seite an Seite saßen Mieze und Pythia auf meiner Schreibtischplatte. Ich stellte meinen Rucksack neben sie und schnürte ihn auf. Aber es war einfach nicht mein Tag. Noch ehe ich es geschafft hatte, Mieze und Pythia schonend in meinem Rucksack zu verstauen, klingelte mein Telefon.

»Hallo, liebe Kollegin!« brüllte Professor Seekamp in den Telefonhörer. »Kindchen, sind die Bücher da, die Sie für mich bestellt haben?«

Der fehlte mir jetzt noch. Dieser Professor kam mit seinen Einfällen wirklich immer wieder im falschen Moment. So lange konnte ich Markus nicht warten lassen. Ich setzte Mieze noch einmal auf die Schreibtischplatte zurück und fing an, die Bestellkarten durchzusehen.

»Was denn für Bücher, Herr Professor? Ich kann mich an keine Bestellung erinnern.«

»Kindchen! Überlegen Sie mal! Der Forensische Atlas von Petermann und die Statistischen Jahrbücher der Nebenhöhlen-Anatomie!«

»Aber Herr Professor ...«

Es gab mit Sicherheit gar nichts, was man einen Forensischen Atlas von Petermann hätte nennen können. Und die Statistischen Jahrbücher der verschwiegenen Nebenhöhlen waren ein uralter Pathologen-Witz.

»Herr Professor, Sie ...«

Er wartete nicht ab, wie mein Satz weitergehen würde. »Tragen Sie mir die Bücher bitte gleich mal herunter! Ich habe so viel zu arbeiten heute. Drei Leute haben sie mir gebracht, die muß ich heute noch ... ansehen. Also kommen Sie nicht durch den Keller, Cora, kommen Sie vorne herum. Und beeilen Sie sich ein bißchen!«

»Aber nein!« rief ich leise.

Irgendwo im Hintergrund hörte ich einen Löffel an die Seiten eines Teeglases schlagen. Es war viel zu weit entfernt von der Stimme des Professors im Telefonhörer, um sein eigenes Teeglas zu sein.

»Herr Professor, bitte, ich ...«

»Bis gleich, Cora, ich warte!«

Er legte auf. Ich hielt den Hörer noch in der Hand und lauschte.

Irgendwo in der Leitung rauschte wieder der weite Weltraum der Abhörgeräte. Und jetzt fing ich an zu begreifen. Ich schnürte meinen Rucksack noch einmal zu und verschloß ihn mit dem Zuckerdosen-Schlüssel in Marions Schreibtisch. Dann griff ich mir zwei Bände von Seekamps letzter Bücherbestellung aus dem Regal mit den Fachbüchern und machte mich auf den Weg.

Ich ging in den zweiten Stock hinunter, lief durch die Flure der Chirurgischen und der Inneren Männer-Station hinüber zum Nordflügel und warf noch schnell einen Blick auf den Parkplatz hinunter, auf den sandfarbenen Lada, in dem Markus saß und auf mich wartete. Dann rannte ich die Treppen hinunter zum Erdgeschoß und durch die kleine Seitentür auf die Wirtschaftsauffahrt hinaus.

Von hier aus führten schmale geharkte Kieswege über einen sorgfältig gepflegten Rasen um den Nordflügel herum zur Rückseite des Charitas. Jede Biegung des Weges war mit einem kleinen Wegweiser mit schwarzem Trauerrand beschildert. ANGEHÖRIGE BITTE HIER! Ich schlängelte mich also von einem BITTE HIER! zum nächsten, bis zur Kellertür.

Sie stand offen. Ein kaum wahrnehmbarer Geruch stand in der Luft über der Treppe. Ich ging die drei Stufen tiefer in den Vorflur und stieg noch drei Stufen hinunter bis in den ersten Warteraum.

Der Geruch wurde immer stärker. Natürlich, das wußte ich doch, es roch nach Formaldehyd und nach Lösungsmitteln. Und hier vorne roch es noch nicht einmal annähernd so stark wie hinten in Professor Seekamps Arbeitssälen und in seinem Kellerlabor. In den Arbeitssälen, in denen Horsti jetzt lag. Und in den Laboren, in denen sie seine … Nein. Ich versuchte, weiterzuatmen und so zu tun, als würde hier unten nichts als eine ganz normale, ein wenig zu frische Morgenluft sein. Aber es wurde nichts. Ich schaffte es bis zu dem Warteraum vor Seekamps Arbeitszimmer, ankerte mich an der gebogenen Holzlehne von einem der großen alten Ledersessel fest und ließ mich hineingleiten. Und dann ging nichts mehr. Es wurde grün und dunkel vor meinen Augen.

»Da sind Sie ja, Cora, das ist aber schnell gegangen. Bitte, kommen Sie herein.«

Seine Füße schlurften über den Steinfußboden und kamen auf mich zu. Ich richtete mich auf und stand langsam auf.

»Gut so, Cora, reißen Sie sich zusammen! Geben Sie mal diese schweren Bücher her!«

Er packte mich unter dem Arm und schob mich in sein Arbeitszimmer hinein. Ich sah einen Mann, der auf dem Stuhl saß, auf dem sonst immer ich sitzen durfte. Der Mann drehte sich zu mir herum, stand auf und streckte mir die Arme entgegen. Dann setzten sie mich beide gemeinsam auf meinen Stuhl. Hinter meinem Rücken klirrte ein Schlüssel und drehte sich im Schloß der Arbeitszimmertür.

Der Professor ging um den Schreibtisch herum und goß Tee ein. Die kleine Tür unter seinem Schreibtisch klickte, er holte die Weinbrandflasche heraus und goß einen Schluck davon in meinen Tee hinein. Dann kam er um den Schreibtisch herum zu mir zurück und drückte mir das Teeglas in die Hand.

»Trinken Sie, Cora! Gleich geht's Ihnen besser.«

Ich trank einen kleinen Schluck von dem Tee und fühlte ihm nach.

Er lief langsam in meinem Hals nach unten und kam heiß und stark in meinem Bauch an. Ein milder freundlicher Weinbrandduft strömte zu mir herauf und drückte den Formaldehyd-Geruch in die Ecken.

»Sehen Sie, Cora, es wird schon. Darf ich bekannt machen!«

Ich warf einen Blick zur Seite, einen hellgrün vernebelten Blick, aber er reichte mir aus. Neben mir stand der Bulle. Derselbe, der in Tantes Wohnung gewesen war und in der Keibelstraße mit mir geredet hatte. Er lehnte sich mit seinem breiten Nilpferd-Rücken an Seekamps Bücherregale und drehte sein blindes Kompottschüsselbrillengesicht im Zimmer herum.

»Das ist nicht nötig, daß Sie uns bekannt machen, Herr Professor. Wir kennen uns.«

Ich steckte meine Nase in mein Glas und nahm noch einen kleinen Schluck Tee. Ich brauchte Bedenkzeit, das ging mir nun wirklich zu schnell. Waren das etwa die guten Beziehungen, mit denen der Professor immer geprahlt hatte?! 'Ich tue jemandem einen Gefallen, und der macht dann auch einmal etwas für mich.' Aber das hier waren nicht nur die guten Beziehungen eines Pathologen, das waren schon eher pathologische Beziehungen. Oder tat sich der Professor vielleicht nicht freiwillig mit dem zusammen? Vielleicht hatte er auch Angst. Vielleicht hatten die ihn auch irgendwann einmal 'zugeführt' und hatten nun irgend etwas in der Hand, um ihn zu zwingen?

Ich stellte mein Glas zurück auf die Tischplatte und stand auf.

»Wenn Sie Besuch haben, Professor, dann werde ich wieder gehen. Ich möchte nicht stören.«

Der Bulle schwenkte seine Brille zu mir herüber, machte einen kräftigen Schritt auf mich zu und streckte mir seine Pranke entgegen.

»Hauptmann Zocher. Harry Zocher, Fräulein Ost.«

Er hielt meine Hand fest, zog sie zu sich heran und drückte sie heftig. »Von mir haben Sie damals diese Telefonnummer bekommen. Von der TRADE-UNIMEX. Ich kann Ihnen gar nicht sagen, wie leid mir das heute tut. Irgendwie fühle ich mich für das verantwortlich, was Ihnen passiert ist. Ich hätte es wissen müssen. Hätte ich bloß besser auf Sie aufgepaßt. Ich ...«

Er knetete meine Hand zwischen seinen Pranken, schnaufte wie ein Nilpferd beim Schlammwühlen und sah hilfesuchend den Professor an.

»Machen Sie sich deswegen keine Sorgen«, fauchte ich leise. »Diese Nummer hatte ich schon ganz woanders her.«

»Ach?«

Sie blickten auf, beide gleichzeitig, und sahen sich bedeutungsvoll an.

»Setzen Sie sich wieder hin, Cora! Er will mit Ihnen reden!«

Ich blieb stehen. »Ich kann jetzt nicht«, sagte ich. »Ich habe keine Minute Zeit! Und diese Listen habe ich auch noch nicht geschrieben, ja!«

»Um die Listen geht's gar nicht, Fräulein Ost, bitte, ich brauche Sie! Sie müssen mir helfen!«

»Warum muß ich denn?!« Ich stand immer noch in der Mitte des Zimmers und guckte ihn an. Er sah mit seinen Nilpferdaugen zu mir herunter. Seine Brillengläser blitzten. Die Muskeln in seinen Wangen spannten sich. Er machte einen Schritt auf mich zu und packte mich an den Schultern. Dann schrie er.

»Warum? Warum, Fräulein Cora! Weil die den Jungen am Sonnabend abend aufgehängt haben. Und weil irgend jemand dafür gesorgt hat, daß mir der Fall schon am Sonntag morgen entzogen worden ist. Regelrecht weggenommen. Jetzt liegt die Sache bei unserer Spezialtruppe auf dem Tisch. Ausgerechnet bei denen, wo die der Staatssicherheit viel mehr als der Kripo unterstellt sind! Und da stimmt was nicht, Cora, das sieht ein Blinder, Cora, das muß Sie doch auch anstinken, Cora, ja!«

Ich hörte ihm zu, wie er schrie und tobte. Das hörte sich anders an, als das, was er in der Keibelstraße gesagt hatte. Völlig anders. Ich war beinahe schon dabei, ihm ein ganz kleines bißchen zu vertrauen. Aber er war nun einmal ein Bulle, da konnte er schreien, so viel er wollte, daran änderte sich gar nichts.

»Laß Sie los, Harry«, rief der Professor von der anderen Schreibtischseite und stand langsam auf. »Und Sie sollten nicht so eklig sein, Cora, und ihm erst einmal zuhören! Das kann ihn seine Stelle kosten, daß er sich um Ihren Fall bemüht, wenn er ausdrücklichen Befehl hat, die Finger davon zu lassen.«

Ich hob die Hände und schob seine Pranken von meinen Schultern. Dann setzte ich mich wieder hin.

Der Professor kam um den Schreibtisch herum und goß mir noch einmal seine Teemischung nach. Dann trug er die Flasche zurück und goß sich selbst ein Glas Weinbrand ein.

»Fang an, Harry, los! Ich kann nicht den ganzen Tag meine Tür abschließen.«

Harry der Nilpferdbulle fing an. Er hob einen schmalen Diplomatenkoffer auf die Schreibtischplatte, klappte ihn auf und legte ein nagelneues ND auf die Tischplatte. Als nächstes holte er einen dicken Aktenordner heraus, legte ihn vor mir zurecht und klappte ihn auf.

Er überschlug das Titelblatt und die ersten beiden Seiten. Auf der dritten Seite klebten zwei Fotos. Hauptmann Harry wühlte eine Lupe aus seinem Diplomatenkoffer heraus, legte sie vor mir auf die Tischplatte und rückte den Aktenordner noch zwei Zentimeter näher zu mir heran. Ich beugte mich darüber und guckte.

Das erste Bild war unscharf wie ein hastiger Schnappschuß. Ein Mann kam aus der Eingangstür vom Internationalen Handelszentrum am Bahnhof Friedrichstraße und ging auf den Fotografen zu. Ein kleiner Mann, sehr schlank, mit wehenden weißen Haaren, die sich über der Stirn zu einer gut sichtbaren Vorgartenglatze lichteten.

Auf dem zweiten Foto war, ein wenig besser getroffen als eben, noch einmal derselbe weißhaarige Mann zu sehen. Dieses Mal stieg er gerade in einen riesigen dunklen Mercedes ein. Neben ihm stand ein junger Mann in langem Trenchcoat und mit einer Sonnenbrille wie James Bond und hielt ihm die Autotür auf.

»Kennen Sie diesen Herrn, Fräulein Ost?«

»Nein«, knurrte ich. »Den kenne ich nicht.«

Der Bulle streckte den Arm aus und blätterte die Seite um. Noch einmal Fotos. Noch einmal der weißhaarige Mann. Im dunklen Mercedes, beim Aussteigen, auf dem Parkplatz und beim Warten vor einem Fußgängerüberweg. Aber er wurde mir nicht bekannter davon, daß ich immer wieder seine Fotografien ansah.

»Schauen Sie genau hin, Cora! Sie kennen ihn!«

»Nein! Das habe ich doch schon gesagt!«

»Sehen Sie, Professor«, sagte der Bulle. »Ich habe es mir fast schon gedacht. Diesen Doktor Brendel kennt sie gar nicht!« Er legte seine Unterarme quer über die Schreibtischplatte und guckte mich an. Hinter seinen dicken Brillengläsern funkelten seine Augen.

»Irgend jemand hat Sie über den Löffel gezogen, Fräulein Ost, merken Sie das jetzt endlich. Und Sie dürfen nicht denken, die Spezialabteilung hilft Ihnen. Die ...«

»Ja, ich weiß!«

Ich streckte meinen Rücken, richtete mich auf und guckte den Bullen an. Dann sah ich hinüber zu Professor Seekamp. Und dann zog ich das Fotoalbum zu mir heran und fing an zu blättern.

Zuerst kamen noch ein paar Seiten mit Fotos, auf denen niemand als dieser weißhaarige Mann zu sehen war. Dann kam die Abteilung Gruppenbilder. Der weißhaarige Herr mitten in einem Schwarm von Nachwuchs-James-Bonds in einer belebten Straße. Er war der einzige auf dieser Fotografie, der keine schwarze Sonnenbrille vor den Augen hatte. Auf dem nächsten Foto schob sich noch jemand ohne Sonnenbrille von der Seite her in das Bild hinein. Und auf dem Foto, das dann folgte, konnte man diesen Herrn deutlich sehen. Ein schlankes Gesicht, das den durchtrainierten Körper verriet. Graumelierte, perfekt geschnittene Haare und ein Blick, der kühl und beobachtend auf dem Gesicht dieses weißhaarigen

Mannes ruhte. Mich hatte Doktor Brendel noch nie mit einem so kühlen Blick angesehen.

Ich piekte den Finger auf das Gesicht auf dem Foto und sah zu dem Bullen hoch.

»Das ist er, sehen Sie, das ist Doktor Brendel.«

Der Bulle nickte. »Genau. Das ist der Doktor Brendel, den *Sie* kennen, Fräulein Ost. Aber das ist er eben nicht.«

»Nun klär uns mal auf, Harry!« rief der Professor von der anderen Seite des Schreibtisches. »Wer ist das denn?«

»Der hier ist Oberst Trautmann.«

»Ah ja«, sagte der Professor leise. Der Bulle warf einen kurzen Blick zum Professor hinüber und blitzte ihn an. Aber der Professor ließ sich nicht abwimmeln. »Los, Harry, rede, vergiß die Geheimhaltungsordnung!«

Harry der Bulle war wütend genug, um auch seine Geheimhaltungsordnung in den Wind zu hauen. »Also gut. Dieser Oberst Trautmann ist der eigentliche Kopf der TRADE-UNIMEX. Brendel, der richtige Brendel, ist ein Vorzeige-Chef. Ein Kunstwissenschaftler, den die Kunden zu sehen kriegen, die aus dem Ausland anreisen und die sich vielleicht genauer angucken wollen, *von wem* sie etwas ankaufen wollen. Auch wenn es von solchen ehrlichen Kunden nicht mehr allzu viele gibt.

Aber Trautmann ist immer der, der die praktische Arbeit leitet. Auch die Dreckarbeit. Das Aufspüren von wertvollen Kunstgegenständen in Privatbesitz. Die Verhandlungen mit Besitzern, die absolut nicht verkaufen wollen. Diese schlimmen Pfändungsgeschichten, die die mit den Finanzämtern zusammen abziehen. Und allem Anschein nach kommt dazu jetzt auch ein Mord.«

Der Professor stand auf, kam um den Schreibtisch herumgeschlurft und stellte sich neben mich. Er legte mir die Hand auf den Rücken.

»Aber das ist ja furchtbar«, sagte er leise. »Das hätte ich nie für möglich gehalten. Oder hätten *Sie* das geglaubt, Cora?!«

Ich schüttelte den Kopf und wurde kleiner und kleiner, wie ein Auflauf, der langsam in sich zusammensinkt. Nein, ich wäre auf so etwas auch nicht gekommen. Es gab also nicht nur eine echte Queen Ann und eine falsche. Es gab auch einen echten Doktor Brendel und eine Doublette von ihm. Es war nur nicht so einfach mit ihnen wie mit den beiden Puppen. Diese beiden Brendels konnte man nicht einfach an den fehlenden Ohren unterscheiden, auf den ersten Blick jedenfalls nicht.

»Und wieso nennst du diesen Trautmann 'Oberst'?« Die Stimme des Professors wurde leise, so als spräche er ein geheimes Zauberwort aus. »Oberst — das ist doch ein militärischer Rang?«

»Aber das ist doch wirklich klar! Wer in diesen Firmen arbeitet, ist so gut wie immer auch ein Angestellter der Staatssicherheit. Sonst hätte er diesen Posten gar nicht.«

»Aber das habe ich ja nicht geahnt!« flüsterte der Professor. »Für so einen kleinen DDR-Menschen wie mich ist das nicht zu überblicken.«

Der Bulle machte einen Schritt nach vorne und packte den Professor.

»Nicht geahnt! Nicht geahnt!« schrie er. »Ich will doch nicht wissen, was Sie für Ahnungen hatten. Jetzt kommt es auf Tatsachen an, das muß Ihnen klar sein. Oder soll ich mir vielleicht die Karten legen, damit ich weiß, wie ich dem Staatsanwalt beweisen kann, daß dieser Trautmann mit seiner Stasi-Firma diesen Jungen an das Fensterkreuz gehängt hat?! Für Ahnungen kriege ich keinen Haftbefehl! Nicht einmal eine Genehmigung zur ständigen Überwachung! Nur Tatsachen zählen! Hier, sehen Sie sich das an!«

»Scht, Harry, leiser!«

Der Bulle blitzte den Professor an. Seine Kompottschüsselbrille sprühte Feuer. Dann ließ er den Professor los, drehte sich herum, riß einen braunen Schnellhefter aus seinem Köfferchen und breitete ein paar Blätter vor uns auf dem Tisch aus. Einige Briefe mit dem großen hellblauen Firmensignet der Firma TRADE-UNIMEX, die alle von Doktor Brendel unterzeichnet waren.

»Das ist einfach lachhaft, Professor: Das hier sind meine einzigen handfesten Beweise. Sehen Sie sich diese Unterschrift an, Fräulein Cora! Groß und locker geschwungen und ein wenig nach rechts geneigt. Und jetzt vergleichen Sie das mal mit Ihren Listen!«

»Mit welchen Listen denn, bitte?«

»Mit dieser Aufstellung der Puppen, die Ihr falscher Doktor Brendel mit Ihnen zusammen aufgeschrieben hat. Und mit seiner Quittung für die beiden mechanischen Puppen. Unser Professor hat sie mir vorhin gegeben. Da, bitte!«

Der Bulle fuhr mit seinem Zeigefinger über die Reihen meiner Liste. Ich guckte auf die letzten beiden Zeilen über der Unterschrift:

Position 128: 1 Googlie der Firma Kestner (ca. 1913), Kopfmarke 165-6.

Position 129: 1 My Dream Baby Nr. 341, Firma Armand Marseille.

Das waren zusammengedrückte, ein wenig eckige Buchstaben, die eilig wie kleine Insekten über die Reihen liefen. In der unteren Hälfte immer ein wenig den oberen Linien und Bögen voraus. Sogar die Unterschrift neigte sich unübersehbar nach links: 'Dr. phil. G.E. Brendel'.

»Das hätte mir auffallen müssen«, sagte ich leise. Ich fing an, meine Hände ineinander zu drücken. Hinter meinen Augen stiegen Tränen auf.

»Ruhig, Mädchen, ganz ruhig«, sagte der Bulle. »Machen Sie sich keine Vorwürfe deswegen. *Ich* habe in den letzten Wochen viel größere Fehler gemacht. Dabei will ich mir diesen Trautmann schon lange zur Brust nehmen. Und dieses Mal ist er wirklich zu weit gegangen. Cora ... wenn Sie mir helfen können ... ich kriege den jetzt!«

Ich schluckte meine Tränen hinunter und guckte zu diesem

Bullen hinauf. Er hatte die Hände in die Hosentaschen gesteckt und ging neben dem Schreibtisch vom Professor auf und ab. Seine Lederjacke spannte sich bei jedem Schritt über seinem riesigen Rücken straff in vielen kleinen Falten. Die Kompottschüsselbrille schimmerte im Gegenlicht. Die Muskeln in seinem Gesicht arbeiteten heftig. Tiefe Falten schoben sich über seine Stirn nach oben und zogen sich zwischen seinen Augenbrauen zusammen.

»Und was werden Sie jetzt machen?« fragte ich leise.

Der Bulle blieb vor mir stehen, zog eine Schachtel Cabinet aus seiner Jackentasche heraus, steckte sich eine Zigarette ins Gesicht und wühlte nach der Streichholzschachtel. Dann legte er seine Hände schützend über der Streichholzflamme zusammen, beugte seinen Kopf hinunter, seinen Händen entgegen, und zündete sich ruhig und konzentriert seine Zigarette an. Er hob das Gesicht nach oben und rauchte ein paar tiefe Züge.

Jetzt stand er genauso da wie dieser superharte Detektiv aus den Chandler-Romanen. Mir fiel nur sein Name nicht ein. Auf jeden Fall sah dieser Bulle jetzt beinahe so aus wie Humphrey Bogart. Auch wenn diese Kompottschüsselbrille nicht ganz Bogis Richtung war. Und mit einem Nilpferdbullen ließ sich Bogart wahrscheinlich auch nicht vergleichen, dazu fehlte ihm ein reichlicher Zentner Körpergewicht. Vielleicht war es überhaupt mehr die Art, wie dieser Bulle dastand und rauchte und in seine eigenen Gedanken hineinguckte, die mich an diese Filme erinnerte und ihn aussehen ließ wie dieser zartfühlende knallharte Superdetektiv.

Humphrey Bogart von der Volkspolizei nahm ein paar tiefe Züge aus seiner Cabi. Dann setzte er die Zigarette ab, hielt sie vor seine Brust und kam dicht zu mir heran. Seine Lederjacke streifte meine Schulter. Sein Ellenbogen berührte wie zufällig einen kurzen Moment lang meinen Hals.

»Wir kriegen ihn, Cora, bestimmt. Sie sind mein wichtigster Zeuge. Darum sind Sie Punkt eins. Punkt zwei wäre diese alte Dame, diese ... diese ...«

»Hedda«, sagte ich leise.

»Ja, diese Hedda. Die werde ich noch einmal befragen. Trautmann muß doch früher schon einmal in der Wohnung gewesen sein. Der muß sich in der Sammlung umgesehen haben, schon, als Ihre Tante noch am Leben war. Wenn diese Hedda auch taub ist, ist sie noch lange nicht blind. Wenigstens an sein Gesicht müßte sie sich erinnern.«

Ich fing an, den Kopf zu schütteln. »Sie können Hedda nichts fragen. Sie ist weggefahren, irgendwohin verreist. Und sie hat mir nicht hinterlassen, wann sie wiederkommt.«

»Aha. Sieh mal an«, sagte er. »Aber dann bleibt mir immer noch der gerichtsmedizinische Befund. Das Tatopfer hatte Blut neben dem Mund. Und er hatte auch noch Spuren davon auf seinen vorderen Schneidezähnen und an seiner Mundschleimhaut. AD Rh positiv. Nicht sein eigenes Blut, wohlgemerkt. Und diese Fremd-Haare, die Sie in seinem Mund gefunden haben, Professor, und die Hautpartikel an seinem rechten oberen Eckzahn. Das läßt auf eine heftige Bißwunde schließen, die er diesem Trautmann oder einem von seinen Leuten beigebracht haben muß. Wenn ich Trautmanns Blutgruppe ... und die von seinen Helfern ... aber so weit bin ich noch nicht, verdammt noch mal.«

Ich zog tief die Luft ein und lehnte mich auf meinem Stuhl zurück. Der Geruch von Formaldehyd strömte wieder auf mich zu und wurde stärker als alles andere. Aus grün vernebelter Distanz hörte ich die Stimme des Professors.

»He, nun überspring das mal, Harry! Cora, trinken Sie einen Schluck von Ihrem Tee!«

Ich zog mein Glas zu mir heran und trank hastig. Humphrey Bogart nahm wieder seinen Gang an der Schreibtischseite auf.

»Ich werde den finden, der mit dieser Wunde herumläuft, Cora, vertrauen Sie mir! Blättern Sie doch noch ein bißchen weiter in diesem Fotoalbum! Vielleicht fällt Ihnen noch jemand auf, den Sie schon einmal gesehen haben.«

Ich wischte mir mit der Hand über die Augen, beugte mich über den Aktenordner hinunter und guckte durch den Nebel auf die Bilder hinab. Ich blätterte noch sechs oder sieben Seiten weiter, ohne ein bekanntes Gesicht zu finden. Dann kam eine Seite, auf der es einige Innenaufnahmen gab. Ein gut ausgestatteter großer Raum. Auf den ersten Blick sah er wie die Bühnendekoration für eine altmodische Operette aus. Hohe schmale Fenster waren mit weich gerafften Plüschvorhängen verhangen. Die Wände waren von oben bis unten mit irgendwelchen Gemälden dekoriert. Die zwei mal zweieinhalb Meter, auf denen keine Bilder hingen, waren mit riesigen alten Glasvitrinen vollgestellt. In der einen Vitrine standen zarte glänzende Tassen, bemalte Porzellanteller und Kannen, die leichtfüßig oder schwer und barock geschwungen waren. In der anderen Vitrine saßen Puppen. Eine neben der anderen, auf vier oder fünf Ebenen übereinander, dicht an dicht.

Ich nahm die Lupe vor die Augen und hielt sie über diese Vitrine. Nicht eine einzige dieser Puppen kannte ich. Ich schwenkte die Lupe tiefer. Bei dem nächsten Bild hatte der Fotograf sich nicht nur auf diese Wand konzentriert. Und er hatte seine Aufnahme von einem anderen Standpunkt aus gemacht. Die Fensterwand mit den Vitrinen war verkürzt an der linken Bildseite zu sehen. In der Mitte des Bildes waren fünfzehn oder zwanzig Stuhlreihen zu sehen, die im rechten Winkel zur Fensterwand aufgebaut waren. Der Blick auf die vollbesetzten Stuhlreihen war frontal. An der unteren Bildkante war gerade noch der erste Meter von einer Art Präsidiumstisch zu sehen, auf dem einige filigrane Porzellanteller neben einer Jugendstil-Vase aufgestapelt waren.

»Sehen Sie genau hin, Fräulein Cora! Diese Fotos sind im Juni aufgenommen worden. Anfang Juni. Bei einer großen Antiquitäten-Auktion in Köln. Da ging es unter anderem auch um Puppen. Sehen Sie sich die Besucher an, Cora! Ich hoffe, Sie finden jemanden!«

Ich hielt die Lupe über das Foto und suchte die Stuhlreihen

ab. In der ersten Reihe kannte ich keinen von den Damen und Herren, die aufmerksam zu dem Präsidiumstisch nach vorne sahen. Auch in der zweiten und in der dritten Reihe fand ich kein bekanntes Gesicht.

In der vierten Stuhlreihe saß Doktor Brendel, der echte, mit einem tadellosen hellen Sommerjackett und einem auf verweht drapierten Seidenschal um den Hals. Es war das Outfit eines gutbetuchten emeritierten Professors. Zwei Reihen hinter ihm entdeckte ich meinen Doktor Brendel. Den falschen, den Doktor Brendel ohne die entscheidenden Holzohren. Er sah nicht nach vorne. Er hatte sein Gesicht zur Seite gedreht und neigte seinen Kopf seinem Nachbarn zu, der mit ihm intensiv über irgendeine Wichtigkeit plauderte.

Dieser Nachbar hatte einen Kopf, der kahl war und glänzend wie eine Billiardkugel. Er blickte den falschen Doktor Brendel an und legte lächelnd sein Nußknackergebiß frei. Irgendwo aus meinem Unterbewußtsein tauchte dieses Lächeln herauf. Diese blank polierte Glatze. Die schmal zusammengedrückten Augen und diese Lachfalten um den Mund. Der berühmte, nein, der bekannte Sammler, irgend so etwas in dieser Art. Lebemann ... Lebewohl ... Leberecht, jetzt hatte ich es gefunden. Dieser lächelnde Nußknacker neben dem falschen Doktor Brendel war der BERÜHMTE ANTIQUITÄTENSAMMLER LEBERECHT BÖRSCH. Ich erinnerte mich wieder an das Zeitungsfoto in der Konsum-Tüte von Tante Johanna, das auf diesem seltsamen Weg über die Innentasche von Marions rotem Pullover zu mir gekommen war.

Ich holte tief Luft und schwenkte die Lupe weiter, über die anderen Reihen.

»Haben Sie etwas gefunden, Fräulein Cora?«

»Doktor Brendel. Und Trautmann.«

»Und sonst?«

»Ich weiß nicht. Nein ...«

Ich suchte weiter. In jeder einzelnen Reihe, Gesicht für

Gesicht. Ich fand keinen Bekannten mehr, bis ich in die letzte Reihe kam.

Augenscheinlich hatten die Stühle in diesem Auktionssaal nicht ausgereicht. Hinter der letzten Stuhlreihe standen noch einige Männer. Und in der letzten dieser Stehplatzreihen fand ich Markus.

Er hatte seine Hände tief in seine Jackettaschen gesteckt, lehnte sich an die Wand zurück und sah konzentriert hinweg über die Stuhlreihen.

Ich legte die Lupe auf den Tisch zurück und versuchte, ruhig weiterzuatmen. Einatmen, ausatmen, einatmen, und jedesmal zählte ich langsam bis drei. Aber es klappte nicht ganz. Ich fing an, nach Luft zu schnappen, und lehnte mich hilflos nach hinten zurück gegen die Sessellehne. Der grüne Nebel, der sich noch nicht einmal richtig verzogen hatte, kam wieder.

»Jetzt wird ihr schon wieder übel!« schnauzte der Bulle. »Fräulein Ost, Sie sind wirklich keine große Hilfe für mich! Oder haben Sie vielleicht doch jemanden gefunden?!«

Ich versuchte, mit mir klarzukommen. Ich preßte die Lippen aufeinander und guckte zu ihm hinauf. Er fing wieder an zu brüllen.

»Ob Sie jemanden erkannt haben, will ich wissen!«

Ich schüttelte den Kopf.

»Das können Sie Ihrer alten Tante erzählen. So, wie Sie aussehen … Da ist doch was faul. Antworten Sie!«

Er packte mich an den Schultern und schüttelte mich.

»Nun mach aber mal einen Punkt, Harry! Verdammt, bist du jähzornig!« Der Professor zwängte seine Arme zwischen uns und hielt mich. »Los, Harry, mach mal das Fenster auf.«

Der Bulle trat zurück, reckte die Arme nach oben und schlug die Flügel des Kellerfensters auseinander. Dann kam er wieder zu mir an den Schreibtisch zurück. Er sah aus, als ob er sich beinahe wieder im Griff hätte.

»Also gut, Fräulein Cora. Nehmen Sie sich das Foto mit.

Suchen Sie noch einmal in Ruhe diese Wandvitrinen ab. Vielleicht sind doch ein paar Stücke aus Ihrer Sammlung dabei. Möglicherweise hat dieser Trautmann schon einmal ein Geschäft mit Ihrer Tante gemacht. Das wäre ein erster Anhaltspunkt dafür, wo wir nach den Puppen suchen müssen. Möglicherweise hat er heute noch dieselben Käufer wie damals schon. Dann wären wir schon einen großen Schritt weiter.«

Ich griff in den Aktenordner und hob das untere Bild aus den Fotoecken heraus. Das Foto, auf dem die Reihen der Auktionsgäste zu sehen waren. Der Bulle warf einen Blick auf meine Hände, grinste und guckte mich triumphierend an.

»Ich hatte eigentlich das obere Foto gemeint. Auf diesem hier sieht man die Puppen doch gar nicht. Aber Sie werden wissen, was Sie tun.«

Er faßte in sein Fotoalbum hinein, zog das Foto mit der Vitrinenwand heraus und legte es zu dem anderen Foto vor mir auf den Tisch. »Ich sehe schon, Cora, wir arbeiten gut zusammen.«

Er legte seine Stirn wieder in sorgenvolle Bogart-Falten. Dann griff er in die Tasche seiner Lederjacke, legte die Hände übereinander und zündete sich eine neue Zigarette an.

»Wenn Sie das nur bald begreifen würden, Cora! Wir haben keine Zeit! Diese Demonstrationen überall, diese irrsinnigen Verhaftungen am 7. Oktober. Die läuten das Ende ein! Dieser Staat löst sich auf, Cora, merken Sie das denn nicht! Und wenn das passiert, dann kriege ich diesen Trautmann vielleicht überhaupt nicht mehr zu fassen. Ich weiß nicht, was in einem Monat hier los ist. Dann ist möglicherweise nichts mehr zu machen.«

Meine Abwehrkräfte gegen ihn wurden schwächer und fingen an, wie Schnee in der Frühlingssonne zu schmelzen. Aber ich klappte meinen Rolladen zu und stieg aus dem Rennen aus. Ich brauchte Zeit, Zeit zum Nachdenken. Wie sollte dieser verrückte Bulle mir helfen können! Oder sollte ich den vielleicht fragen, was von Markus Behnesch zu halten war?

Ich legte die Hände über die Fotos und schüttelte heftig den Kopf.

»Ich möchte jetzt gehen, bitte«, sagte ich leise. Dann lehnte ich mich an die Stuhllehne, legte den Kopf in den Nacken und zeigte ihnen, wie übel mir war. Der Professor hob meine Hand hoch und drückte mir einen Finger auf die Pulsader. Er nahm einen der TRADE-UNIMEX-Briefe vom Schreibtisch und fächelte mir Luft zu. Ich stöhnte leise, aber unüberhörbar.

»Harry, mach Schluß für heute!« sagte der Professor. Seine Hand wanderte von meinem Handgelenk zu meiner Stirn hinauf und fühlte nach meiner Temperatur. »Es reicht jetzt, nicht wahr, Cora?! Wir hören gleich auf, und dann erholen Sie sich. Los, Harry, laß sie raus!«

Der Bulle trat einen Schritt zur Seite. Ich stand langsam auf und ging mit wackligen Knien hinüber zur Tür. Als ich die Türklinke schon in der Hand hatte und nach dem Schlüssel griff, um die Tür aufzuschließen, sprang Professor Seekamp schnell wie ein Tennisball hinter mir her.

»Cora! Einen Moment noch, Cora! Sagen Sie mal, was ist eigentlich mit Ihrem neuen Freund?!«

Es war ungeheuer taktvoll, mich gerade jetzt danach zu fragen. Ich schüttelte schnell den Kopf. Jetzt hatte ich wirklich einen Grund zum Stöhnen. Aber ich hielt die Türklinke fest wie einen Steignagel in der Steilwand im Elbsandsteingebirge und ließ sie nicht mehr los. »Was soll mit dem sein, Herr Professor!«

Auch dieser Bulle stand wieder neben mir.

»Sie haben einen Freund, Cora? Wie lange kennen Sie den? Wie heißt der? Und seine Adresse? Nun sagen Sie schon!«

»Vielleicht wollen Sie auch noch seine Personenkennzahl, was?! Finden Sie es raus! *Sie* sind der Bulle!«

Ich drehte den Schlüssel herum und schloß die Tür auf. Dann machte ich die Tür auf und ging hinaus auf den Flur. Professor Seekamp schob den Bullen zur Seite und kam hinter mir her. Er legte die Hand unter meine Wange und streichelte mich.

»Nehmen Sie ihm das nicht übel, Cora. Er meint es nur gut, wirklich. Kommen Sie morgen nachmittag wieder. Dann können Sie weiter reden mit ihm. Cora, Sie werden doch wiederkommen?!«

Ich schüttelte den Kopf und drehte unschlüssig diese Fotos in den Händen. »Herr Professor, ich ...«

»Oder wollten Sie wegfahren, Cora? Ich hoffe, Sie wollten nicht! Das geht jetzt nicht!«

Ich merkte, daß es keinen Sinn hatte, ihm die Wahrheit zu sagen. Nicht einmal eine halbe oder eine viertel Wahrheit vertraute ich ihm an.

»Ich fahre nicht weg, Herr Professor.«

»Na also. Ich wußte doch, daß Sie ihn unterstützen werden, Cora. Bis morgen! Und passen Sie gut auf sich auf!«

Ich nickte. »Bis morgen.«

Er drehte sich um und hüpfte wieder in sein Arbeitszimmer. Ich drückte diese Fotos an mich und ging langsam wieder auf die Oberfläche der Erde zurück. Ich sah auf meine Armbanduhr. Es war zehn Uhr dreißig.

Oben, in meiner Bibliothek, nahm ich den Schlüssel aus der Zuckerdose und holte meinen Rucksack aus Marions Schreibtischkasten heraus. Dann legte ich die Fotografien in eine alte FÜR DICH und schob sie in den Rucksack, unten hinein, ganz tief. Und dann griff ich mir Mieze und Pythia, wickelte sie in die beiden Charitas-Handtücher ein, die neben dem Waschbecken hingen, und legte sie vorsichtig oben in den Rucksack hinein. Auf dem Platz, auf dem Pythia auf dem Schreibtisch gesessen hatte, lag ein abgebrochener Löffelstiel. Ich schnürte den Rucksack zusammen und wischte den Löffel vom Tisch.

Ein halbvoller Rucksack, der leichter war als ein Einkaufspaket aus der Spielzeugabteilung vom Warenhaus am Alex. Sechs kleine gefrorene Charlotten, Mieze Schindler und

Pythia. Das war alles, was mir von Tantes riesiger alter Sammlung geblieben war.

Ich lief ins Foyer hinunter, schob meinen Schlüssel über den Tresen, drehte mich um und ging. Draußen, vor dem Hauptflügel, stand quer vor den anderen Autos der sandfarbene Lada im Halteverbot an der Sankra-Auffahrt. Ich ging dicht an der Fahrerseite vorbei und warf einen Blick hinein. Der Mann hinter dem Lenkrad trug eine große schwarze Sonnenbrille und sah starr geradeaus. Ich lief vorne, vor der Motorhaube, um das Auto herum, klinkte die Beifahrertür auf, schob meinen Rucksack auf die Fußmatte und setzte mich hinein.

Markus drehte sich zu mir herum, hob die Hand und fuhr sich mit den Fingerspitzen über seine Haare.

»Das hat lange gedauert, Cora!«

Ich faßte nach hinten und zog den Sicherheitsgurt über mich.

»Aber jetzt kann es losgehen«, sagte ich leise. »Jetzt bin ich da.«

* * *

Er startete den Motor und fuhr los, in Richtung Süden. Dieses Mal kamen wir nicht an dem großen Granit-Lenin vorüber. Kurz hinter dem Adlergestell bog Markus in die Ausfallstraße ein. Als wir die letzte Ampel auf der Schnellstraße hinter uns gelassen hatten, nahm Markus die Sonnenbrille von seinem Gesicht und sah mich noch einmal von der Seite an. Dann zog er seine Pfeife aus der Tasche seiner schwarzen Jacke, riß ein Streichholz an und zog die Flamme über dem Pfeifenkopf in den Tabak hinein, bis er anfing zu glühen.

Das Auto füllte sich mit diesem warmen, angenehmen Geruch. Markus zog an seiner Pfeife, blies den Rauch aus und guckte zu mir herüber.

»Blaß bist du, Cora. Du siehst gar nicht gut aus!«

Er hob die Hand mit der Pfeife vom Lenkrad und legte sie hinüber auf mein Knie. Die kleine Wölbung, mit der sein Verband unter seiner Handfläche hervortrat, spürte ich sogar durch meine Jeans.

»Ruh dich aus, Cora. Vielleicht schläfst du eine halbe Stunde. Wir fahren bis nach KaWe.«

Ich warf einen schnellen Blick auf seine Hand hinunter. Dann zog ich mein Knie unter seiner Hand weg und sah aus dem Fenster hinaus. Auf der linken Seite, weit hinter den letzten Häusern von Schönefeld, lag das Gelände des Flughafens. Drei rotgraue Maschinen standen ausgerichtet hintereinander und warteten auf ihren Start. Ich klappte die Augen zu und hörte auf das gleichmäßige Brummen des Lada-Motors.

In meinem Kopf setzte sich eine Straßenwalze in Bewegung, schob meine Gedanken wie die Schollen einer aufgebrochenen Straßendecke vor sich her und walzte sie platt wie ein kleines Rollfeld. Aber ich schaffte es trotzdem nicht, in Schwung zu kommen und mich freizumachen und über dieses ganze Chaos zu erheben, um endlich einmal etwas klarer zu sehen. Und wenn ich doch einmal auf einen vernünftigen Gedanken kam, dann krachte ich zwei Sekunden später schon wieder gegen ein Hindernis und machte eine Notlandung.

Irgendwo hinter Schönefeld fing ich an zu schlafen. Ich machte die Augen noch einmal auf, als Markus stoppte, um von der Fernverkehrsstraße in eine Landstraße abzubiegen. Dann schlief ich endgültig ein.

Ich wachte erst wieder auf, als Markus das Auto abbremste, den Motor herunterschaltete und langsam in eine kleine Straße hineinfuhr, die nicht viel breiter als irgendein Wiesen- oder Waldweg war.

Diese Straße war der totale Absturz. Das kriegte ich innerhalb von einer Zehntelsekunde mit. Dazu brauchte ich keine Rollbahn und keinen Flughafen. Es klappte auch so, daß ich längelang hintenüberfiel. Markus bog in die Straße ein. Der Lada hob und senkte sich wie ein Boot auf bewegtem Wasser.

Rechts und links neben dem Auto wirbelte trockener heller Sand auf und schlug gegen die Autoscheiben. Es sah wie auf einer richtigen popeligen Dorfstraße aus.

»Ich dachte immer, KaWe wäre eine Kleinstadt?!« Ich drehte den Kopf zur Seite und sah Markus an. Er grinste.

»Ein oder zwei Dörfchen weiter weg von Königswusterhausen, was für ein Unterschied ist das schon, Cora? Morgens und abends fährt ein Bus in die Stadt. Und du kannst die Ruhe vertragen, Cora. Nach dem, was dir passiert ist in den letzten Tagen.«

Ich schluckte und guckte wieder nach draußen. Zwischen den vier oder fünf Steinen, die von einem prähistorischen Straßenpflaster übriggeblieben waren, wuchsen Grashalme und ein paar Kornähren heraus. Eine fette Taube lief pickend dazwischen herum. Sie trippelte ohne Hast einen Schritt zur Seite, wie ein Fußgänger, der die Straße auf einem geschützten Zebrastreifen überquert.

Wir fuhren weiter, aber wir kamen an gar nichts vorüber, wenigstens nicht auf den ersten zwanzig oder dreißig Metern. An absolut nichts, außer ein paar üppigen Fliederbüschen und einem vertrockneten braungrauen Feld voller Beifuß oder Wegerich oder was es auch immer war. Nicht einmal ein alter Weidenzaunpfosten ließ darauf schließen, daß wir noch in der Nähe einer menschlichen Ansiedlung waren.

Dann kam doch noch so etwas Ähnliches wie ein Haus. Es war einstöckig, türkisgrün gestrichen und stand fremd und verirrt wie ein russisches Sommerhaus hinter einem verwitterten Gartenzaun. Die Reste einer wandhohen Holzveranda hingen vor der Eingangstür herunter und hielten sich mühsam am Mauerwerk fest.

Ich zog die Luft ein und sah zu Markus hinüber. Er umsteuerte schaukelnd die Untiefen der Straße und fuhr langsam an dieser Hütte vorüber, auf ein anderes Haus zu. Dieses Haus war das letzte in dieser Möchtegern-Straße. Dahinter gab es mit Sicherheit nur noch Wiesen und Weiden für Kühe und

Pferde und Ziegen und Felder mit Rüben und Gurken und Grünem Salat. Ein halbhoher schmiedeeiserner Gartenzaun aus Kaisers Zeiten trennte den schmalen Vorgarten von der Straße. Die grünen Schnörkel waren von gewundenen silbernen Lanzenspitzen gekrönt. Zwei kugelförmig geschnittene Bäume standen kerzengerade am Straßenrand und rahmten den Gartenzaun ein. Ihre Stämme waren rissig und rauh und beinahe zweimal so dick wie die Oberarme von Markus. Diese Bäume sahen aus, als ob sie schon zweihundert Jahre hier stehen würden. Das Haus hinter dem Zaun und den Bäumen war mindestens ebenso alt.

Der graublaue Anstrich riß auf und blätterte ab, wie die Rinde des Rotdorns draußen auf der Straße. Links neben der verwitterten Haustür guckten zwei schmale Doppelfenster staubig und matt auf die Straße hinaus. Auch auf den Fensterrahmen lag nur noch der Astralleib ihres früheren Glanzes. Die vier Fenster rechts von der Eingangstür sahen nicht besser aus. Es war eine echte Zicken-Ranch.

Ich legte den Kopf in den Nacken und guckte zur oberen Etage hinauf. Der Anblick der schwarzen, dick isolierten Leitungen, die sich über zwei weiße Porzellanköpfe in der Hauswand banden, erleichterte mich. Dieses Haus mochte aussehen wie eine alte Rübenfestung, elektrischen Strom wenigstens hatte es.

Markus ließ den Wagen ausrollen, fuhr an den Rand der Straße und hielt zwischen den Rotdorn-Bäumen. Dann schaltete er den Motor aus und zog die Handbremse an.

»Komm, steig aus, Cora! Guck dir mein Haus an!«

Ich klappte die Autotür auf und kletterte langsam aus dem Auto heraus. Meine Schuhe versanken im Sand. Auch bei meinem nächsten Schritt gab der Boden nach und verkraterte zu einem kleinen Abgrund unter meinen Füßen. Ich glitt ein paar unsichere Schritte bis hinüber zum Gartenzaun und hielt mich an den Lanzenspitzen. Dann sah ich mich um.

Hinter einem der Fenster im russischen Sommerhaus

bewegte sich die Gardine. Sie wurde hochgehoben und zur Seite geschoben. Ein Gesicht erschien hinter der Fensterscheibe. Dann ein zweites Gesicht. Sie schwebten still wie zwei weiße Ballons und guckten herüber zu uns.

Markus schloß seine Autotür ab, kam um das Auto herumgelaufen und legte den Arm um mich.

»Die gucken immer, Cora. Das beste ist, du achtest nicht weiter darauf!«

Er hob die Hand und winkte zu ihnen hinüber. »Ich denke, du solltest überhaupt nicht ins Dorf gehen. Wenn du frische Luft brauchst, gehst du hinter dem Haus über die Wiesen. Und wenn wir einkaufen müssen, dann mache ich das für uns.«

Dann drehte er sich um und schob mich vor sich her, auf die kleine schmiedeeiserne Gartentür zu. Hinter der Gartentür begann ein Kiesweg, lang und schmal wie ein Handtuch. Dahinter führten zwei schiefgetretene gelbgraue Sandsteinstufen zu der schmalen zweiflügeligen Eingangstür hinauf.

Markus führte mich auf den Stufen nach oben. Er zog ein Schlüsselbund aus seiner Reisetasche heraus und schob mit der linken Hand einen schwarzen Eisenschlüssel tief in das Schloß hinein. Dann drückte er die muschelförmige Klinke herunter und öffnete die Tür. Er trat einen Schritt zur Seite, und ich ging langsam in den finsteren Hausflur.

Dieser Flur war riesig. Er war rot gepflastert, reichte von der vorderen Seite des Hauses bis zur hinteren Hauswand und endete in einer hohen Tür, in der ein wenig Licht durch ein schmales verglastes Oberfenster von der Gartenseite hereinfiel. Für den Fall, daß die Sandhasen oder die Schafe oder die Rüben oder alle gemeinsam einen Wildwechsel hinüber auf die Dorfstraße vorhatten, war es hier breit genug, nicht schlechter, als auf jedem anderen ausgetretenen Feldweg.

Aber sonst sah dieser Flur überraschend gut aus. Er war weiß gestrichen, schneeweiß, und das vor so kurzer Zeit, daß die Wände immer noch feucht nach leimiger Wandfarbe rochen. Weiter hinten standen zwei oder drei klotzige dunkle Kleiderschränke an den Wänden, die sogar Markus noch mindestens um einen Meter überragten. Die weiße Wandfarbe reichte genau bis an die Schränke heran. An manchen Stellen lief sie sogar hinauf auf das dunkle Holz ihrer Seitenwände. Derjenige, der die Wände gestrichen hatte, hatte sich nicht die Mühe gemacht, die Schränke von der Wand abzurücken. Er hatte schnell und ohne überflüssige Handgriffe so etwas wie ein weißes Zelt in diesem Haus aufgestellt.

Markus ließ hinter mir die Haustür zuschlagen. Wir gingen in das Zimmer mit den vier Fenstern hinein. Es war kahl, wie leergeräumt. Seine Wände strahlten schneeweiß und rochen nach frischer Farbe. Das einzige Möbelstück war ein schwerer eckiger Eichentisch unter den Fenstern zur Gartenseite. Er war lang wie die Tafel von König Artus. Seine Platte war dicker als ein anatomisches Lexikon. Die Stühle, die um ihn herumstanden, reichten für mindestens zwei kinderreiche Familien aus.

Markus ging zu diesem Tisch hinüber und legte seine Reisetasche darauf. Dann nahm er meinen Rucksack und meine Jacke von meinem Arm und legte sie neben seine Tasche auf den Tisch.

»Kochst du Tee, Cora? Ich gehe schnell noch einkaufen.«

Er drehte sich um und ging vor mir her in den Flur zurück. In der Tür blieb er stehen, hob die Hand und zeigte auf die Schränke am anderen Ende des Flures.

»Da hinten ist die Küche, Cora.«

Dann schlug er die Haustür hinter sich zu und ging.

Ich lief den Flur hinunter, zur Küche. Nach dem schneeweißen Zimmer und dem schneeweißen Flur war sie eine kleine Überraschung für mich. Frische Farbe hatte diese Küche seit den Befreiungskriegen nicht mehr gesehen. Auf dem alten Küchentisch lag eine dünngescheuerte Wachstuchdecke. Dahinter an der Wand hing eine rostige Kaffeemühle mit einer großen geschwungenen Eisenkurbel. Über einem verzinkten Ausguß, der tief und lang wie der Sarkophag einer ägyptischen Mumie war, stand eine grünlackierte Handpumpe. Keine Spüle, kein Heißwasserboiler, nicht einmal ein Wasserhahn war zu sehen. Gegen diese Küche war die Küche von Tante Johanna ein Hightech-Cockpit.

Auf den Schmalseiten vom Küchentisch standen sich zwei große bauchige Kaffeetassen gegenüber. Der Kaffeesatz unten auf ihrem Boden fing gerade zu schimmeln an. Ich nahm die Tassen, trug sie zum Ausguß hinüber und fing an zu pumpen. Das Wasser, das aus der Leitung kam, war eisig kalt. Aber fließendes Wasser war es immerhin.

Ich füllte einen kleinen Kessel, zündete die Gasflamme an und fing an, mich ein bißchen umzusehen. Ich ließ die Küchentür offen und ging in den Flur zurück. Eine breite Holztreppe führte hinauf ins obere Stockwerk. Ihre Stufen waren steil und schmal. Über dem Treppenabsatz wurden sie noch etwas steiler. Langsam stieg ich Stufe für Stufe hinauf. Es war unheimlich finster. Noch viel finsterer als auf einem Kultur-im-Heim-Foto aus den fünfziger Jahren. Ein breiter Flur mit nachgedunkelten Holzdielen und vertrockneten Teerosen-Tapeten. An einer Tür gegenüber der Treppe klebte ein kleines Plastikschild. Ein rosa Mädchen mit einem rosa Pferdeschwanz saß in einer rosa Badewanne. Darunter klebte ein zweites Schild aus Plastik. Ein türkisblauer Nachttopf, neben dem ein kleiner lockenköpfiger Junge mit heruntergelassenen Hosen stand, auch in türkisblau und in einer eindeutigen Pose.

Ich blieb auf der obersten Stufe stehen und kam nicht mehr heraus aus dem Staunen. Eine Wohnung oder ein Haus, in dem Markus lebte, hatte ich mir irgendwie anders vorgestellt.

Weiter vorne im Flur waren zwei elfenbeingelbe Türen. Eine zur rechten und eine zur linken Flurseite hinaus. Ein Gummibaum, der so hoch und verzweigt war wie ein Telegrafenmast, war mit einigen buschigen Topfpflanzen zu einem kleinen Dschungel zusammengewachsen und rahmte das vordere Flurfenster wie eine Gartenlaube ein. Unter den Ranken stand eine kleine weiße Holzbank, und unter der Holzbank verstaubte ein Paar glänzender lackschwarzer Pfennigabsatzschuhe mit altmodischen Lederschleifchen. Ich blieb stehen und schluckte.

Aber ich war nicht gut genug drauf, um mich aufzuregen über irgend etwas. Ich hob die Gardine des Flurfensters zur Seite und guckte hinaus. Es war nichts als Wüste zu sehen. Sand, Sand und Sand. Weiter hinten, kurz vor dem Ende der Sahara, stand das türkisgrüne Nachbarhaus mit seinem grauroten Ziegeldach und langweilte sich einsam in der Nachmittagssonne. Erst zehn oder zwanzig Meter weiter gab es ein paar braune verwitterte Holzzäune, einige Flecken von graugelbem, umgegrabenem Land, ein paar Obstbäume und die Rückansichten von Scheunen, Schuppen und Wohnhäusern. Hin und wieder fuhr dort vorne ein Auto zwischen den Häusern entlang. Es schlängelte sich zwischen den Häusern hindurch, fuhr hinter kleinen Hecken und unter Chausseebäumen, verschwand hinter einer roten Ziegelmauer, hinter der eine hohe rechteckige Kirche aus Feldsteinen stand, tauchte noch einmal für einen kurzen Moment auf und verschwand zwischen Zäunen und einer Gruppe von eng zusammenstehenden Häusern endgültig aus meinem Blickfeld.

Dort hinten, bei diesen Häusern, schien der pulsierende Mittelpunkt von diesem Klein-Sahara zu sein. Es war belebter als auf dem Alex nach Mitternacht. Vier oder fünf Frauen liefen dort herum. Mindestens drei davon schoben einen Kinderwagen. Ein paar Fahrräder und ein paar Kinderwagen standen vor einem Haus, dessen wichtigste Merkmale eine blauweiß gestreifte Markise und eine große Schaufensterscheibe waren. An der Straßenlampe vor diesem Dorfkonsum hingen die üblichen beiden Fahnen. Sie schienen die gesamte Beflaggung von diesem Kuhdorf für den 7. Oktober zu sein. Das war gar nicht mal unsympathisch.

Die Tür unter der Markise ging auf, eine Frau kam heraus,

ging zu einem der Kinderwagen und lief die Straße hinunter zu den Häusern auf meiner Seite vom Dorf. Eine andere Frau stellte ihren Kinderwagen vor dem Schaufenster ab und ging in den Laden hinein.

Der nächste, der aus der Tür herauskam, war Markus. Ich erkannte seine blauen Jeans und seine schwarze Jacke. Ein dunkler Einkaufsbeutel hing schwer an seinem gesunden Arm. Langsam entfernte er sich ein paar Schritte von dem Laden, hielt an, drehte sich um und blieb einen Moment lang neben einer großen Toreinfahrt stehen. Dann setzte er sich wieder in Bewegung und lief zügig auf die Mauer vor der Kirche zu.

Ich drückte mir die Nase an der Scheibe platt und guckte. Als Markus hinter der roten Ziegelmauer verschwunden war, fing unten in der Küche der Wasserkessel zu pfeifen an. Ich ließ die Gardine fallen, schoß die schwarzen Schuhe mit einem kräftigen Tritt gegen die Wand und lief die Treppe hinab.

Ungefähr um sieben wurde es dämmrig. Die Sonne ging unter, irgendwo hinter den Häusern vorn auf der Dorfstraße. Oben, über dem Dach, fing eine Amsel zu singen an. Als sie wieder aufhörte, war die Dunkelheit da. Eine schwarze undurchdringliche Dunkelheit, viel dunkler als die schwärzeste Nacht in der Auguststraße. Die Wiesen und der Weg und die anderen Häuser verschwanden. Eine tiefe Stille breitete sich aus.

Wir saßen an dem riesigen Eichentisch vorne im großen Zimmer. Eine nackte Glühbirne hing von der Zimmerdecke herunter. Sie beleuchtete den Tisch grell wie eine kleine Bühne. Aber ihr Licht reichte gerade für die Tischplatte aus. Die Fenster standen schwarz in der Wand wie die Einstiege zu grundlosen tiefen Höhlen. Es war still wie im Wald.

Markus schien das alles nichts auszumachen. Er stapelte Zwiebelringe auf einem dicken Hackepeterbrot auf. Ich knabberte an einer Schrippe herum und ließ meinen Blick über die dunklen Wände wandern.

»Iß, Cora, iß«, sagte Markus munter.

Er sah hungrig und vital aus, wie der Mann, der im Fernsehen für Magentabletten gegen Sodbrennen und Völlegefühl wirbt.

»Iß, Cora! Oder schmeckt es dir nicht?!«

Ich biß ab und kaute. Mein Kauen und das Kauen von Markus waren das letzte Zeichen von Leben.

»Ich kann hier nicht bleiben, Markus«, sagte ich leise.

Markus kaute kräftig auf seiner Stulle herum und blinzelte herüber zu mir. Sein Blick sah nicht mehr aus wie eine blaue Woge.

»Bitte, bring mich zurück, Markus! Ich fürchte mich hier.«

Er schluckte sein Hackfleisch herunter. »Fürchten?! Aber Cora! Darum geht es ja gerade! Du sollst untertauchen, dich verstecken. Erst einmal ein paar Tage aus der Schußlinie sein.«

»Aus was für einer Schußlinie soll ich denn sein, Markus?«

Er legte seine Gabel auf den Teller zurück und guckte mich an.

»Ich dachte, Cora, du hättest endlich etwas begriffen! Du wirst hierbleiben, hier bist du sicher! Kein Mensch weiß, daß du hier bist, bei mir.«

Er ließ seine Blicke über meine Augen gleiten, über meine Nase, über meinen Mund.

»Du hast immer noch nicht verstanden, was los ist, stimmt's, Cora?!«

»Doch«, sagte ich langsam. Ich nickte und versuchte, in seinem Gesicht zu sehen, was er meinen könnte. Seine Brauen zogen sich über seinen Augen zusammen. Seine Muskeln spannten sich fest über seinen Wangen. Es war ihm verdammt ernst.

»Ich kann trotzdem nicht hierbleiben«, sagte ich vorsichtig. »Ich muß mich um Horsti kümmern. Um Horstis Beerdigung. Bitte, ich ...«

Er schlug mit der Faust auf die Tischplatte. Die Teller klirrten, und die Gabeln sprangen. Markus beugte sich über den Tisch, weit herüber zu mir.

»Du bleibst hier, Cora! Und versuch bloß nicht, von hier wegzulaufen. Ich werde hierbleiben, und ich passe auf dich auf, Cora, verlaß dich darauf. Und wenn es in den nächsten Tagen irgend etwas gibt, was zu entscheiden wäre wegen Horsti oder wegen Horstis Beerdigung, dann wird dein komischer alter Professor das für dich machen. Der steckt doch sonst auch seine Nase in alle deine Sachen! Der hat ja sogar deine ...«

Ich sah ihn an. Markus preßte die Lippen aufeinander und guckte zu mir. Dann beugte er sich hinunter und blickte auf seinen Teller. Seine Augen schlossen sich für einen winzigen Moment. Seine Hände ballten sich zu Fäusten zusammen und glitten langsam unter den Tisch.

»Ich weiß nicht, Markus, ich weiß wirklich nicht, was ...«

Seine Hände schossen unter der Tischplatte hervor und griffen nach mir. Seine Finger schlossen sich um meine Arme und zogen mich von meinem Stuhl hoch.

»Komm mit, Mädchen, ich werde dir etwas zeigen!«

Er schob seinen Stuhl zurück, stand auf und zog mich hinter sich her, in den Flur. Dort holte er sein Schlüsselbund aus der Hosentasche und schloß die hintere Flurtür auf. Und dann zog er mich an der Hand hinter sich her in den Garten hinaus.

Die Luft war kühl und roch nach Stallmist oder nach Jauche oder nach irgend etwas in der Art. Markus ließ meinen Arm los, legte seine Hand auf meine Schulter und zeigte zum Himmel hinauf.

»Siehst du, Cora, da hinten?«

Ich guckte hoch. Die Äste der Obstbäume standen schwarz vor dem dunkelblauen Himmel. Ein paar Sterne blinkten ihr Licht an und aus.

»Und was soll ich da sehen?«

Er streckte noch einmal den Arm nach oben. »Da hinten, Cora, dieser helle Schimmer. Das ist Berlin.«

Ich guckte noch einmal. Von den blinkenden Sternen über uns bis hinunter zum Gartenzaun. Ja, und da war es. Weit hinten, über dem Horizont, hellte sich der schwarzblaue Himmel zu einem matten grünschimmernden Leuchten auf. Aber dieses Leuchten reichte nicht einmal zwei Meter hoch über unseren Gartenzaun. Wenn das dort wirklich Berlin sein sollte, dann mußte es eine ungeheure Entfernung von hier bis dorthin sein.

»Das nennt man *Abstand gewinnen*, Cora. Hier bist du sicher! Du wirst ruhiger werden hier draußen, ganz ruhig. Du wirst sehen!«

Er legte seine Arme um meine Schultern, drehte mich herum und zog mich zu sich heran. Das helle Licht aus dem Flur lag über seinem Gesicht. Er probierte ein Lächeln. Die blaue Woge, die folgte, war winzig wie die Welle in einem Glas Sprudel. Aber eine Woge war sie doch. Ich legte den Kopf zurück und guckte zu ihm hinauf.

Seine Hände glitten langsam an meinem Rücken nach unten. Seine Wange schob sich über meine Haare und drückte meinen Kopf immer weiter zurück. Er fing an, mich zu küssen.

Ich machte vorsichtig meinen Mund frei.

»Bitte, Markus … ich …«

Er brummte und nickte. Aber er hörte nicht auf, mich zu küssen. Seine Arme wurden fester und drücken mich. Seine Hände rutschten langsam wieder nach oben bis zu meinem Hals. Ich fühlte den Verbandsstoff auf seiner Hand unter meinem Kinn entlanggleiten. Sein Mund verbiß sich in meiner Unterlippe. Meine Beine wurden schwerer und knickten ein.

»Cora?«

Er faßte unter meine Knie und hielt mich fest. Und er hörte immer noch nicht auf, mich zu küssen.

»Cora, weißt du, wie in der Nacht das Gras ist?«

Ich legte meine Arme um seinen Hals. Er hob mich hoch und trug mich nach hinten in den Garten. Ein paar Zweige streiften mein Gesicht. Dann beugte er sich vorsichtig herunter und legte sich neben mich.

Das Gras war feucht. Durch die Blätter über mir sah ich die Sterne. Und dann machte ich die Augen zu und merkte von den Sternen und von dem nassen Gras überhaupt nichts mehr.

* * *

Doch, ich wurde ruhiger. Ich wurde unheimlich ruhig. Ich ließ mich widerspruchslos in das tiefe alte Ehebett legen, das unten, in dem Zimmer mit den zwei Fenstern, an der hinteren Wand stand. Ich zog mir die Bettdecke über die Ohren und drückte mein Gesicht gegen seinen Arm. Und dann schlief ich ein, ohne schlechte Träume oder schlimme Gedanken zu haben. Er hatte ja recht mit dem, was er sagte. Besser, als jede Nacht wieder erwürgt zu werden, war es hier bei ihm allemal.

Nur mein Unterbewußtsein machte Nachtschicht. Irgendwann in dieser Nacht wachte ich auf. Ich brauchte ein paar Sekunden, bis ich mich daran erinnerte, wo ich war und daß es sinnlos sein würde, wenn ich versuchte, mich zurechtzufinden in dieser Dunkelheit. Das einzige, was ich deutlich und sofort spürte, war die Stille, die sich breitmachte wie hereinbrechendes Wasser, mich zudeckte und mich unter sich begrub.

Ich tastete nach dem kleinen Nachtschrank, der neben meinem Bett stand, ließ meine Finger an einer elektrischen Leitung nach oben gleiten und schaltete die kleine Nachttischlampe an. Die Glühbirne in dem lindgrünen Igelitschirm war nicht viel heller als eine Kerze. Aber das reichte mir aus, um zu sehen, daß Markus nicht mehr neben mir in diesem Ehebett lag. Ich war alleine im Zimmer.

Ich schlug die Bettdecke zurück und tastete mich an dem altmodischen Wandschrank entlang bis zu einem Fenster, schirmte meine Augen mit den Händen ab und spähte hinaus.

Soweit ich überhaupt etwas erkennen konnte bei dieser Dunkelheit, war das große, matt glänzende Etwas da draußen vor dem Gartenzaun das Auto von Markus. Er war also in meiner Nähe, es war alles in Ordnung, es war alles klar. Sogar seine Schritte hörte ich leise im Stockwerk über mir hin und her gehen. Ich hob das Gesicht und lauschte. Er war oben im Flur oder im Bad, oder er konnte auch in dem Zimmer über diesem Schlafzimmer sein. Ganz egal, er war auf jeden Fall da, und er würde auf mich aufpassen, was auch immer geschah.

Ich kletterte wieder zurück in das Ehebett, zog die Bettdecke hoch und schaltete das Licht aus. Ich versuchte, darüber nachzudenken, was mich eigentlich geweckt hatte. Irgend etwas in mir hatte mich unruhig gemacht und Alarm geschlagen. Aber ich kam nicht darauf, was es war. Und so lange Markus neben mir war oder wenigstens in meiner Nähe, konnte das doch eigentlich nicht so schlimm sein.

Als ich das nächste Mal aufwachte, war es nicht mehr dunkel. Ein blasser Herbstmorgen kroch durch die Dederongardinen ins Zimmer hinein. Ich schloß die Augen und schob mich noch einmal zurück unter meine warme Decke. Dann streckte ich die Hand aus und faßte hinüber zu Markus. Und dann klappte ich endgültig die Augen auf.

Er war wieder nicht neben mir. Ich schlug die Decke zurück und stand auf. Schon beim ersten Blick aus dem Fenster hinaus war mir klar, daß ich nicht nach ihm suchen mußte. Der Platz zwischen den Bäumen, draußen, vor dem Gartenzaun, war leer. In der Küche lag ein Zettel unter dem Wasserkessel.

»Cora, ich muß nur schnell etwas erledigen. In zwei Stunden bin ich wieder zurück.«

Ich hob die Hand und guckte auf meine Armbanduhr. Es war kurz nach acht. Spätestens um zehn würde Markus also wieder bei mir sein.

Ich brühte mir in einer der beiden bauchigen Tassen einen Kaffee auf, suchte die Küchenschränke ab, bis ich die Reste von unserem Abendbrot gefunden hatte, und frühstückte auf der dünngescheuerten Wachstuchdecke. Damit verging die erste halbe Stunde.

Dann ging ich die Treppe hinauf ins Badezimmer. Ich fand einen herrenlosen Kajalstift, der genauso eingestaubt war wie die schwarzen Stöckelschuhe, zog die Schutzkappe ab und fing an, mich zu schminken. Aber ganz so ruhig, wie ich bisher geglaubt hatte, war ich wohl doch nicht. Ich brauchte fünfzehn oder zwanzig Minuten, bis mir eine kleine, halbwegs gerade Linie unter jedem Auge gelang. Es sah nicht gerade umwerfend aus. Aber dafür, daß ich es zum ersten Mal probiert hatte, war ich ganz zufrieden mit mir.

Ich klinkte die Tür zu und lief die Treppe wieder hinunter. Es war kurz vor neun, und bis Markus zurückkommen würde, dauerte es nur noch eine Stunde. Also ging ich nach vorne in das schneeweiße Zimmer, setzte mich an den großen Eichentisch, nahm den Schreibblock aus meinem Rucksack und schrieb weiter an diesen Listen, die der Nilpferdbulle bestellt hatte bei mir.

Position 149: Eine Modepuppe von der Firma Jumeau, Fabrikationsjahr 1975, nein, 1875. Oder war sie vielleicht eine von den Jumeau-Puppen aus den achtziger Jahren? Oder ob sie vielleicht sogar noch zehn oder zwanzig Jahre älter war? Ich erinnerte mich einfach nicht mehr. Ich kaute an meinem Kugelschreiber und guckte Löcher in die Luft. Bis zum Mittag kam ich auf hundertdreiundachtzig Positionen.

Mein Schreibblock sah aus — chaotisch wie das Übungsheft eines Schulanfängers.

Kurz vor zwölf stand ich auf, ging in die Küche und brühte mir noch einen Kaffee auf. Es wurde Mittag, dann wurde es Nachmittag, und dann wurde es Abend. Die Amsel über dem Haus fing wieder an zu singen. Es wurde dunkel. In dem Haus auf der anderen Seite gingen in den Fenstern die Lampen an. Ungefähr eine Stunde später waren nur noch diese Lichter zu sehen. Zwei leuchtende rechteckige Löcher in einer endlosen undurchdringlichen Finsternis.

Die Stille im Haus wurde drückend wie ein fehlender Herzschlag. Ab und zu hörte ich ein kleines Knacken oder ein leises Knarren in dem Stockwerk über mir. Sogar Dracula hätte sich seinen Umhang über die Ohren gezogen und angefangen, sich zu fürchten.

Ich saß am Tisch, versuchte mich zu konzentrieren und grübelte über Position 214. Aber ich schaffte es einfach nicht. Wenn ich wenigstens ein Radio gehabt hätte. Eine Stimme hören, Nachrichten und ein bißchen Musik. Mir fiel ein, ich hatte schon mindestens seit zwei oder drei Tagen keine Nachrichten mehr gesehen. Keinen Bericht darüber, was nun, nach diesen Verhaftungen am 7. Oktober, mit den Demonstrationen geworden war. Aber wenn sie wenigstens laut gewesen wäre, hätte ich mich jetzt auch schon über eine Werbesendung für Magentabletten gefreut.

Ich stand auf und ging hinüber ins Schlafzimmer. Dann stieg ich die Treppe hinauf und suchte oben im Bad. Ich war sicher, es mußte ein Radio geben, irgendwo in diesem verdammten Haus.

Vorne, neben der Gummibaumlaube, drückte ich eine Klinke hinunter.

Die Tür zu dem kleinen Zimmer über dem Schlafzimmer war zu. Ich ging hinüber und drückte auf die andere Klinke. Diese Tür ließ sich öffnen. Ich klinkte sie auf, tastete neben der Tür nach dem Lichtschalter und ging langsam in das Zimmer hinein. Es war vollgestopft mit einer Mischung aus vierzig Jahre altem Kultur-im-Heim-Charme und der ausgesonderten Einrichtung einer LPG-Kantine. Zwei weinrote Schalensessel und fünf oder sechs aufeinandergestapelte Stühle drängelten sich an der hinteren Wand. Eine alte Schrankwand mit glänzender Sprelacart-Oberfläche, ein senfgelbes Sofa mit Teerosenmuster und ein schwarzer steifbeiniger Tisch, der geschwungen war und an einer Seite zusammengebogen und der aussah wie eine fortbewegungsfähige Wanderniere.

Nur ein Radio war nicht zu sehen. Ich guckte in die Zimmerecken, klappte die Türen von der Schrankwand auf und fing an, darin herumzuwühlen. Aber ich fand nichts und klappte eine Tür nach der anderen wieder zu. Das Knacken und Knarren im Haus schien noch stärker geworden zu sein.

Ich warf die Zimmertür zu und guckte aus dem Flurfenster nach draußen. Nichts. Das Auto von Markus war immer noch nicht da. Im Nachbarhaus war kein einziges Fenster mehr erleuchtet. Mir wurde kalt. Ich lief nach hinten ins Badezimmer, schaltete das Licht ein und suchte. Obwohl ich inzwischen oft genug im Badezimmer gewesen war, um genau zu wissen, daß kein Radio da war.

Ich ließ das Licht an, ging zurück zu den beiden Zimmertüren, drückte noch einmal die Klinke der verschlossenen Tür herunter und setzte mich auf die kleine Bank. Ich sah auf meine Armbanduhr. Es war eine halbe Stunde nach Mitternacht.

Ich streifte meine flachen Schuhe von den Füßen, zog die schwarzen Absatzschuhe unter der Bank hervor und probierte sie an. Sie paßten. Ich stand auf und ging langsam zurück zum Badezimmer. Die hohen Absätze knallten über die Dielen. Für eine oder zwei Minuten vergaß ich meine Angst. Dann stakste ich die Treppe hinunter und wickelte mich in meine Strickjacke. Und dann nahm ich meinen schwarzen Rucksack vom Tisch und ging damit langsam wieder die Treppe hinauf. Ich wühlte darin herum, bis ich mein Schlüsselbund gefunden hatte. Einen Schlüssel nach dem anderen steckte ich in das Schloß der abgeschlossenen Tür. Schließlich war es der Schlafstubenschlüssel von Tante Johanna, der in das Schlüsselloch hineinpaßte und sich herumdrehen ließ.

Ich tastete in das Zimmer hinein nach dem Lichtschalter. Eine kleine Wandlampe fing an zu leuchten. Es wurde nicht wesentlich heller davon. Aber wenigstens durch die geöffnete Tür fiel ein breiter Lichtschein. Ich ging in das Zimmer hinein und stellte meinen Rucksack in der Mitte des Zimmers auf den Fußboden. Dann sah ich mich um. Von einem Radio war nichts zu sehen.

Etwas anderes war da, was mich interessierte. Vorne, vor dem Fenster zur Straße, stand ein Fotoapparat auf einem Stativ. Sein Objektiv war schwer und lang wie ein Fernrohr. Damit konnte man morgens beim Frühstück den Nachbarn bis hinein in ihre geöffneten Münder sehen.

Ich zog die Vorhänge auseinander, schob die Gardine zur Seite und warf einen Blick durch den Sucher. Er war schräg zum Fenster, auf einen Punkt weit hinten auf der Dorfstraße eingestellt. Ich erkannte das dunkle Grau eines Hauses. So etwas wie ein großer Rolladen oder eine Markise hing davor. Unter dem Licht einer hohen Straßenlampe konnte ich blaue und weiße Streifen sehen. Links neben der Markise, dem Schaufenster und der Eingangstür stand eine hohe Mauer. In der Mitte der Mauer, ziemlich genau im Zentrum des Bildes im Sucher, war eine breite Toreinfahrt.

Ich blinzelte durch den Sucher und versuchte, das zu verstehen. Warum wollte Markus hinter seiner Gardine stehen und einen alten Dorfkonsum fotografieren? Was, zum Teufel, war so Besonderes daran?

Ich gab es auf, nach einem Radio suchen. Ich zog die Gardine und die Vorhänge wieder zu, drehte mich um und fing an, mich im Zimmer umzusehen. Neben dem Stativ stand einer der weinroten Sessel, die in dieser Zicken-Ranch Mode waren. Ein kleiner Tisch mit einer Sprelacartplatte stand daneben. Auf dem Tisch lag ein zweiter Fotoapparat. Ein zweiäugiges Fernglas in einer schwarzen Lederhülle hing von der Sessellehne herab. Dort, wo es fast den Fußboden berührte, stand eine Weinflasche, die in türkisfarbenes Seidenpapier eingeschlagen war. Ich hob sie hoch, wickelte das Papier ab, drehte das Etikett in das helle Flurlicht und versuchte zu lesen. Winzerei Höreth, Rhein-Südseite. Seit 1891 Familienbetrieb.

Achtung, sagte irgend etwas in mir, Achtung, Cora, paß auf!

Auf einmal fingen die aufdringlichen Fragen des Bullen in meinem innersten Inneren an zu bohren. Mein Unterbewußtsein stellte seine Stacheln auf und hob seine Fäuste hoch. Ich knüllte das Seidenpapier zusammen und stellte den Wein auf den Fußboden zurück. Ich sah mich im Zimmer um. Dann fing ich an, systematisch zu suchen. Ich wußte nur absolut nicht, wonach.

Hinter dem Sessel, an der Wand, standen ein flacher Schrank und ein Kinderbett. Beide waren mit großen Tischtüchern zugedeckt. Und auf beiden stapelten sich Aktenordner, Schnellhefter, Plastetüten und Berge von weißer Unterwäsche und karierten Hemden auf.

Diese Wäschehaufen interessierten mich weniger. Ich nahm einen der Aktenordner, ging in den Flur hinaus, setzte mich auf die kleine Bank und schlug ihn auf. Ein weißes Deckblatt, zwei eng beschriebene Seiten. Dann folgte eine Serie von mindestens sechzig oder siebzig Fotografien. Es waren andere Fotos als die, die mir der Bulle gezeigt hatte. Zwei alte Schränke, ein paar Standuhren, einige Stühle mit hohen Lehnen und schlanken geschwungenen Beinen, ein leichter Tisch mit einer mehrfarbigen Intarsienarbeit. Auf den restlichen vierzig Fotografien waren Glasvasen, Glasschalen und durchsichtige, mit Schwänen und weißen Lilien bemalte Kannen im Jugendstil.

Ich stand auf und brachte den Ordner zurück in das Zimmer. Dann guckte ich mir, einen nach dem anderen, die übrigen Ordner und Schnellhefter an. Die ersten drei oder vier waren so oder so ähnlich wie der, den ich gerade gesehen hatte. Immer wieder Fotografien von alten Möbeln, Jahrhunderte altem Hausrat, alten Fotoapparaten und uralten Nähmaschinen. Ein Foto von einer Puppe war nicht dabei.

Ich blätterte die Seiten durch, hastig und ohne irgend etwas Neues zu erfahren. Erst in einem der letzten Ordner wurde es wieder interessanter. Nach ein paar Ansichtskartenfotos vom Koppenplatz und von der Alten Schönhauser sah ich ein

Haus in der Wilhelm-Pieck Straße. Ich zog tief die Luft ein, klemmte den Finger zwischen die Seiten und setzte mich wieder auf die kleine Bank. Es war gut, daß ich etwas zum Sitzen hatte. Diese Bilder, die ich hier zu sehen bekam, hätten mich umgehauen.

Dieses Haus in der Wilhelm-Pieck-Straße war Tante Johannas Haus.

Die große Straßenlampe davor brannte, auf der Straße fuhren Autos mit eingeschalteten Scheinwerfern vorbei. Auf dem nächsten Bild gab es einen Blick hinauf zu Tantes hell erleuchteten Fenstern.

Bei dem Foto, was dann folgte, kippte ich wirklich hintenüber. Die Haustür stand offen, und Tante Johanna kam gerade heraus. Sie ließ ihren Blick über die geparkten Autos schweifen und hielt meine Hand. Dann war sie in den Hausflur zurückgetreten, sah mir nach, wie ich die ersten Schritte die Wilhelm-Pieck-Straße hinunterging, und steckte ihre rechte Hand tief in ihre Schürzentasche hinein.

Auf den Fotografien auf der nächsten Seite war wieder heller Tag. Wieder war es ein Blick auf Tantes geöffnete Haustür, aber dieses Mal war es nicht die Tante, die unten aus der Haustür trat.

Dieses Mal war es der falsche Doktor Brendel. Sein Gesicht zeigte einen Ausdruck von völlig entspannter Zufriedenheit. Er hatte seinen hellen Trenchcoat über den Arm geworfen und steuerte auf seinen dunklen Mercedes zu, der am Straßenrand parkte.

Auf den nächsten zehn oder fünfzehn Seiten gab es nur noch Fotografien von Cora Ost. Ich sah mich vor meiner Haustür in der Linienstraße. Ich sah mich die Stufen vor dem Eingang zum Charitas hinaufgehen. Dann ging ich zwischen den Autos hindurch über den großen Parkplatz vom Charitas. Neben mir lief, elegant und drahtig, der falsche Doktor Brendel. Sein dunkelblauer Mercedes war in Rückansicht auf der Straße vor der Rettungswagen-Einfahrt zu sehen. Eine

Vergrößerung auf dem Rand dieser Seite zeigte deutlich seine Autonummer auf einem Bildausschnitt.

Es folgten noch einige Aufnahmen aus dem Hotel Unter den Linden, und es gab drei gestochen scharfe Fotos von mir und dem falschen Doktor Brendel, wie wir geschäftig oben in Tantes Wohnung in den hell erleuchteten Zimmern hin und her gingen. Auf dem nächsten Foto trat der falsche Brendel mit einem offenen Pappkarton auf dem Arm eilig aus Tantes Haustür heraus.

Auf den letzten Seiten dieses freundlichen Albums voller Familienfotos fing ich noch einmal zu staunen an. Es war eine Art Ich-verstehe-Erlebnis mit Aha-Effekt bei einer Begegnung der besonderen Art. Die Fotografien von Tante Johannas Beerdigung fingen nicht etwa damit an, daß Hedda und ich hinter Tantes Sarg hergingen. Das erste Foto von diesem Friedhof in der Bergstraße war ein Foto von einem Mann. Ein kräftiger, großer Mann in einem dunklen Anzug trug einen wagenradgroßen Kranz durch das schwarze schmiedeeiserne Tor. Weiße Kalla, schneeweiße Lilien und Rosen.

Eine Kranzschleife, so groß wie eine Vereinsfahne, wehte über die Invalidenstraße hinter ihm her. Auf dem nächsten Bild bückte er sich hinunter und stellte den Kranz auf einem Ständer vor der geöffneten Tür der Kapelle ab. Als er sich auf dem dritten Bild wieder aufrichtete, hatte ich endlich den Blick auf sein Gesicht frei. Sein weißer Hemdkragen schob sich eng unter seinem faltigen Hals und seinem kahlen Kopf zusammen. Dieses Mal verkniff er sich sein Nußknackerlächeln. Es war Leberecht Börsch. Er stand hinter einem hohen Wacholder, hielt seine Glatze in den Regen und sah zu Hedda und mir herüber, während wir hinter Tante Johannas Sarg herliefen und heulten.

Auf die letzten Seiten verzichtete ich. Ich klappte den Ordner zusammen und ging in das Zimmer zurück. Als ich den Arm hob, um den Aktenordner zurück auf den Schrank zu legen, kam ein Stapel von Plastiktüten ins Rutschen und fiel auf den Fußboden hinab. Zwei Päckchen mit ORWO-Filmen waren herausgefallen, einige Hülsen mit Negativrollen. Ich bückte mich hinunter, um die Filme aufzuheben.

Mein Blick glitt über ein kleines Holzregal, das über dem Schrank an der Wand hing. Mein Herz fing an zu klopfen. Vor meinen Augen begann es zu flimmern. Ich hatte Mühe, alles noch einigermaßen deutlich zu sehen.

Aber ich sah sie. Sie saß zwischen zwei gedrechselten Kerzenhaltern, streckte die Arme in die Luft hoch und guckte aufmerksam und mit leicht geöffnetem Mund zu mir herauf. Es war eine gefrorene Charlotte. Nein, es war *meine* gefrorene Charlotte, die siebente, die Tante Johanna in ihre Schürzentasche gesteckt hatte, an dem Abend, als ich zum letzten Mal mit ihr zusammen war.

Ich hob sie vorsichtig vom Regal herunter, drückte sie in meiner Hand und ging hinaus auf den Flur. Dort riß ich das Flurfenster auf und ließ mich auf die kleine Bank fallen. Kalte Luft flutete herein und wehte mir um die Nase. Aber sie war längst nicht kalt genug dafür, meinen Kopf wieder aufzuklaren. Mir war immer noch übel. Ich sah auf meine Hände, legte den Kopf zwischen die Blätter und lehnte mich zurück.

Ich weiß nicht mehr genau, was ich machte oder was ich nicht machte. Auf jeden Fall behielt ich soweit die Kontrolle über mich, daß ich nicht wieder abklappte. Ich saß auf der Bank und lehnte mich weit zurück und versuchte zu atmen. Eine halbe Sekunde später fuhr ich wieder hoch und warf noch einmal einen Blick hinunter auf die gefrorene Charlotte in meiner Hand.

Eine viertel oder eine halbe oder eine ganze Stunde hatte ich für diese Wiederbelebungsversuche. Dann kam ein leises Brummen die Sandwüsten-Straße herauf. Ich beugte mich vor und warf einen Blick aus dem offenen Fenster. Leise und langsam glitt ein Lada mit abgeblendeten Scheinwerfern auf das Haus zu.

Ich sprang auf. Ich spürte nicht mehr, wie übel mir gerade

noch gewesen war. Mein Kopf war wieder völlig klar. Und dann fing ich an zu laufen. Ich rannte die Treppe hinunter und versuchte, die hintere Flurtür aufzuschließen. Meine Hände flogen. Ich hatte Glück, der Schlüssel steckte schon im Schloß. Vorne, auf der Straße, hörte der Motor zu brummen auf. Die Gartentür quietschte. Eine Autotür wurde zugeschlagen. Ich drehte den Schlüssel herum, riß die Tür auf, schob mich hinaus und zog die Tür hinter mir zu.

Ich konnte nur hoffen, das war einigermaßen leise. Dann stand ich hinter dem Haus, holte Atem und sah auf den Garten. Ein schmaler Lichtschein fiel aus den Fenstern im Erdgeschoß und beleuchtete die Wiese und die Zweige eines Apfelbaumes. Aber dieses Licht reichte nur für wenige Meter.

Vorne im Flur drehte sich der Schlüssel im Schloß. Die Tür wurde geöffnet, und Markus rief meinen Namen. Ich fing an zu rennen. Mir war alles egal. Ich lief einfach los, in die Dunkelheit hinein, in der die Büsche und Bäume wie eine schwarze Wand standen. Zweige schlugen in mein Gesicht. Ich knallte mit der Schulter gegen einen Baumstamm und fand mich unten im Gras wieder. Ich hob mich auf und lief weiter. Ein paar Schritte später rannte ich mit den Knien gegen die waagerechten Holzstreben vom Gartenzaun. Ich tastete mit den Händen daran entlang, stützte meinen Oberkörper darauf und hievte meine Beine darüber. Dann war ich draußen. Es gab keine Büsche und keine Bäume mehr. Ich rannte weiter, einfach geradeaus. Sand und Erde knirschten unter meinen Schuhen. Dann ging es abwärts. Ich kippte vornüber, fiel auf die Seite und rutschte in einen Graben.

Das bremste mich. Ich drehte mich auf den Rücken und breitete die Arme aus. Meine Beine hörten auf zu rennen. Irgend etwas Weiches, Schweres lag auf meinem Bauch. Ich hob eine Hand und tastete darüber hinweg. Es war mein Rucksack. Ich hatte nicht einmal gemerkt, daß meine Hände daran gedacht hatten, ihn mitzunehmen.

Ich richtete mich auf und sortierte meine Einzelteile. Es

schien alles in Ordnung zu sein. Meine Schulter schmerzte, und irgend etwas Warmes lief langsam auf meiner Stirn herunter. Ich hob die Hand, um vorsichtig danach zu tasten. Ein kleiner, harter Gegenstand traf auf meine Stirn. Ich bog die Finger auseinander und fühlte. Ich hatte immer noch die gefrorene Charlotte in meiner Hand. Ich hob die andere Hand und tastete damit über meine Jacke. Leise und schwer fing es darin an zu klirren. Ich steckte die Hand in die Jackentasche und zog meine Wohnungsschlüssel heraus.

Also schnürte ich meinen Rucksack auf, schob den Schlüssel hinein und legte die kleine Charlotte obenauf, zu den anderen Puppen. Dann verschloß ich den Rucksack sorgfältig, nahm ihn zwischen meine Arme und kroch langsam die Böschung hinauf. Die schwarzen Hackenschuhe, die ich vorhin anprobiert hatte, waren mir ziemlich im Wege. Aber so, wie mein Aufbruch ausgesehen hatte, konnte ich mich noch freuen. Ich hatte Schuhe an den Füßen, ich hatte meinen Wohnungsschlüssel mitgenommen, und ich hatte sogar meine Charlotte bei mir.

Ich kroch bis an den Rand des Grabens und schob langsam meinen Kopf darüber hinaus. Es war vollkommen finster um mich herum. Der einzige helle Ort war das Haus von Markus hinter einer dunkel ineinandergeschobenen Wand von Obstbäumen. Dann gingen sogar in diesen Fenstern die Lichter aus. Eines nach dem anderen. Der letzte helle Lichtschein fiel aus dem Oberlichtfenster der Flurtür.

Die Flurtür wurde geöffnet, das Licht flutete hell in den Garten hinaus. Ich sah dic Silhouette eines Mannes dunkel im Gegenlicht stehen. Eine zweite Gestalt kam dahinter hervor, schob sich in die Türöffnung, trat in den Garten hinaus und verschwand im Dunkel. Nach ein oder zwei Minuten trafen beide wieder oben im Licht zusammen, gingen hinein und schlossen hinter sich die Tür.

Der Flur wurde dunkel. Vorne, auf der Straße, lief leise der Motor an. Dieses Mal leuchteten die Scheinwerfer richtig. Die

Lichtkegel glitten an der Hauswand entlang, wischten über den Gartenzaun und strichen langsam auf den Wiesen hinter dem Haus um die Ecke. Sie schwenkten von der Wiese hinüber über den Rand des Grabens und suchten die Felder ab.

Ich ließ mich zurückfallen, klemmte meinen Rucksack zwischen meine Arme und rutschte wieder in den Graben. Dann drückte ich mich flach auf die Erde, vergrub mein Gesicht im Gras und wartete ab. Das Brummen kam näher, wurde lauter, kam beinahe bis zu mir heran und blieb stehen. Ich hörte den Wechsel in der Gangschaltung, mit dem der Rückwärtsgang eingelegt wurde. Der Motor fing an zu singen, heulte leise auf und entfernte sich wieder. Ich blieb liegen. Ich preßte mich an den Boden und rührte mich nicht. Erst als das Brummen kaum noch zu hören war, hob ich den Kopf, lauschte noch einmal und kroch langsam aus dem Graben heraus. Sie waren gerade dabei, vorne, kurz vor dem Nachbarhaus über die Wiesen und über die Fliederbüsche zu leuchten. Dann fuhren sie weiter, die Sandstraße hinauf, blinkten nach rechts und schwenkten auf die Dorfstraße ein. Sie glitten an den letzten Häusern vorüber, wurden schneller, ließen den Motor aufheulen und entfernten sich weiter und weiter. Bis zu einem kleinen Waldstück konnte ich ihre Scheinwerfer durch die Dunkelheit verfolgen. Dann schloß sich hinter ihnen der Vorhang.

Ich hängte mir den Rucksack über den Arm, stand langsam auf und stakste mühsam die ersten Schritte. Es war dunkel, und ich hatte mich immer noch nicht an diese Art von Dunkelheit gewöhnt. Die eimerschwarze Auguststraße mit ihren Nachtschwärmern wäre mir lieber gewesen, wenn nötig sogar lange nach Mitternacht. Aber es ging nicht danach. Ich lief los.

Ungefähr fünfzig Meter hinter der letzten Straßenlampe stand ein Wegweiser über einer kleinen Straßenkreuzung. Genau so weit entfernt, daß ich gerade noch ahnen konnte, wohin es auf den beiden Straßen ging. Es war genau so, wie Markus es mir gesagt hatte. Ich befand mich ziemlich genau in der Mitte zwischen Zossen und Königswusterhausen. Ich entschied mich für das größere Übel. Nach KaWe waren es fünf Kilometer mehr. Aber nur eine knappe S-Bahn-Stunde von KaWe entfernt war ich zu Hause.

* * *

Es war dreiviertel sechs, als ich in Königswusterhausen in die Straße vor dem Bahnhof einbog. Es war immer noch dunkel, aber ich war wenigstens nicht mehr allein. Ich setzte mich auf eine Bank in der Fußgängerzone und zog vorsichtig meine Füße zu mir herauf. Sie waren kalt und gefühllos wie medizinische Kühlbeutel. Ich zog meine Strümpfe höher, klemmte die Absatzschuhe wieder fest und humpelte hinüber zu dem Zeitungsstand vorn an der Ecke.

Zehn oder zwölf Männer standen in einer langen Reihe davor, drückten sich ihre Aktentaschen unter ihre Arme und rückten geduldig dem kleinen Fenster näher. Ich reihte mich ein und ließ langsam meinen Blick über den Bahnhofsvorplatz gleiten. Der sandgelbe Lada von Markus war nirgends zu sehen.

»Hat dein Mann dich verkloppt, Kleene? Odcr waren's die Bullen?«

Neben mir stand ein Mann, drückte seine alte Ledertasche unter seinen Arm und wühlte sich eine Alte Juwel aus einer zerdrückten Schachtel. Er war dürr wie eine Fahrradspeiche. Seine Haare waren dürftig und dünn, aber die Entenschwanzfrisur aus seinen Rock 'n' Roll-Zeiten war noch deutlich zu erkennen. Er reckte sich auf die Zehenspitzen und reichte mir nicht einmal bis zur Schulter. Als er die Alte Juwel zwischen seinen Lippen hatte, streckte er sich noch ein bißchen höher und guckte ernst und konzentriert in meine Augen. »Wenn du

Probleme hast, Kleene, wenn eener wat von dir will ...« Er guckte sich um und zeigte auf sämtliche Männer, die irgendwo in unserer Nähe standen. »Een Wink jenügt, klar!«

Ich nickte ihm zu und rückte langsam weiter. Dann wühlte ich in meinen Hosentaschen, bis ich die fünfzehn Pfennige zusammenhatte, bückte mich zu dem kleinen Fenster hinunter und kaufte mir eine Berliner. Ganz normal. Aber ich hätte es vielleicht nicht machen sollen.

'MITEINANDER SPRECHEN, GEMEINSAM ARBEITEN. Erklärung des Politbüros des Zentralkomitees der SED'. Das war eine der Schlagzeilen auf der ersten Seite. Alle wurden aufgerufen, Gedanken und Vorschläge einzubringen, wie der Sozialismus vorangebracht werden konnte. Das haute mich um. Erst ließen die die Menschen zusammenschlagen und verhaften. Und dann boten sie ihnen gönnerhaft ihr offenes Ohr!

Ich hatte heute nicht mehr die Kraft, mich darüber aufzuregen. Aber andere hatten sie. Sie standen in kleinen Grüppchen auf dem Fußweg vor dem Zeitungskiosk zusammen, steckten wütend die Gesichter in ihre Zeitungen und lachten sich tot.

Ich ging über den kleinen Vorplatz, stieg durch das rotweiße Fußgängerschutzgitter, an der Stelle, an der alle durch das Gitter stiegen, und ging hinein in den Bahnhof.

Es war irgendwie unwirklich und ungeheuer. Vor drei Stunden war ich durch die Dunkelheit gelaufen und hatte Angst um mein Leben gehabt. Und jetzt kaufte ich mir eine frische Berliner Zeitung, steckte sie mir unter den Arm und stellte mich artig hinten an die Schlange vor dem Fahrkartenschalter an.

Zehn Minuten später fuhr meine S-Bahn. Ich setzte mich alleine in ein Viererabteil, legte die Zeitung ausgebreitet auf die gegenüberliegende Bank und hob meine Füße darauf. Der Mann, der sich in dem Abteil neben mir ausgebreitet hatte, machte es genauso. Er hatte eine andere Schuhgröße als ich, aber er brauchte trotzdem für seine Füße kein ND. Ihm reichte die NEUE ZEIT vollkommen aus.

Ich schob meine Arme durch die Träger von meinem Rucksack, schob meine Hände unter meine Strickjacke und sah aus dem Fenster heraus. Hinter den Gleisen und den gelben Herbstbäumen ging langsam eine blaßglühende, müde Sonne auf. Sie strahlte durch das trübe S-Bahn-Fenster herein und lag lange auf meinen Armen. Aber mir wurde davon nicht warm. Ich spürte das Schaukeln der S-Bahn und das Rattern ihrer Räder auf den Stößen der Schienen. Ich wurde ruhiger. Jetzt spürte ich es in meinem ganzen Körper, daß ich überhaupt noch nicht geschlafen hatte in dieser Nacht. Ich ließ meinen Kopf hintenüberfallen und zog meine Jacke fester um mich herum. Dann klappte ich das Kinn herunter und fing an zu schnarchen wie ein Sägewerk in der Frühschicht. Mir war alles egal.

Das erste, was ich suchte, als ich am Bahnhof Marx-Engels-Platz aus der S-Bahn rauschte, war eine Telefonzelle. Ich warf ein Zwanzigpfennigstück in den Münzer oben auf dem Bahnsteig, drückte den Telefonhörer an mein Ohr und wählte die Kellernummer von Seekamp. Es war kurz vor sieben, aber es dauerte keine zwei Minuten, dann hatte ich ihn am Telefon.

»Cora, verdammt noch mal, Cora, wo stecken Sie denn?!« Er brüllte, daß sich die Schienen bogen. Es tat verdammt gut, seine Stimme zu hören. »Wie geht's Ihnen, Cora? Geht's Ihnen gut?«

»Es geht so«, sagte ich leise. »Ich glaube, Sie haben recht gehabt.«

Er schwieg. Neben mir auf dem Bahnsteig fuhr ein Zug ein. Als es auf dem Bahnhof wieder still wurde, hörte ich seine Stimme im Telefonhörer. Er schraubte seine Lautstärke um mindestens drei Nummern zurück.

»Ich habe recht gehabt? Sie meinen, was diesen Trautmann angeht?«

»Ja, den meine ich auch.«

»Oder macht Ihr Freund Ihnen Probleme?«

Ich schwieg.

»Cora? Was hat dieser Scheißkerl mit Ihnen gemacht?«

Ich konnte nichts sagen.

»Sie sind ganz schön fertig, wie mir scheint. Wie ist es, liebe Kollegin, wollen wir uns sehen?«

»Nein«, sagte ich leise.

»Ich merke doch, daß Sie Hilfe brauchen. Ich werde Harry anrufen! Soll ich?«

»Ja, bitte«, flüsterte ich.

»Gut, wie Sie wollen. Sind Sie heute abend in Ihrer Wohnung?«

»Ja.« Ich hörte mich undeutlich murmeln.

Der Zug auf dem Bahnsteig setzte sich in Bewegung und fuhr auf die Friedrichstraße zu. Auf der Museumsinsel donnerte die nächste S-Bahn über die Spreebrücke. Ich preßte den Hörer an mein Ohr und hielt mir das andere Ohr mit der Faust zu. Aber ich konnte nichts mehr verstehen. Ich hängte ein.

Dann stieg ich die Treppen hinunter, ging über die Schienen an der Straßenbahnhaltestelle, vorbei an Häberles Fotogeschäft und hinüber zur Oranienbuger Straße. Das Café Zilla schlief noch. Also setzte ich mich in die gelbbraun verräucherte Bierstube und holte mein verpaßtes Abendessen nach.

Ein Zwei-Zentner-Fräulein mit Servierschürze und einem Röckchen, das es gerade eben schaffte, ihr breites Hinterteil mit einem kleinen Sichtschutz zu versehen, stellte sich mit dem Rücken zur Theke und sah mir beim Essen zu. Sie stellte sich auf die Zehenspitzen und verpaßte keine einzige von meinen Bewegungen. Als ich den letzten Happen in den Mund geschoben hatte, waberte sie zu mir herüber und kassierte. Sie verlor keine Minute.

Ich zahlte, genau auf den Pfennig. Das Frühstück verschob ich auf später. Aber ich ging zur Theke hinüber, legte eine Mark auf den Tisch und kaufte mir eine von diesen winzigen Schnapsflaschen, die gerade genug waren für einen herzhaften

Mundvoll. Als ich den Kopf zurückbog, um die kleine Flasche zu heben, fiel mein Blick in die Spiegelwand hinter der Theke. Jetzt konnte ich verstehen, warum sie so intensiv daran arbeitete, mich herauszukriegen aus ihrem Bumslokal. Ich sah grauenhaft aus. Meine Haare standen wirr und verklebt um meinen Kopf herum. Meine Augenringe waren grau und tief wie eine ausgeschwemmte Pfütze. Eine lange, dunkelrote Kruste zog sich von meinem Haaransatz bis zu meinen Augenbrauen über meine Stirn.

»Immer wieder eine Überraschung, wat, so ein Blick in den Spiegel!«

Die Tussi mit dem wabernden Röckchen stellte sich neben mich und paßte auf, daß ich keine unangemeldeten Aktionen machte. Sie hielt sich in einem außerordentlichen Abstand. Ich hob die Flasche hoch und kippte sie hinter. Dann stellte ich die leere Flasche auf die Theke zurück, drehte mich um und befreite sie von mir.

Ich lief durch die Große Hamburger, vorbei am St. Hedwigs-Krankenhaus. Gegenüber vom Krankenhaus, neben dem kleinen Blumenladen, waren zwei hektografierte Schreibmaschinenseiten unter einem hohen Fenster an die Hauswand geklebt. 'Aufbruch 89 — NEUES FORUM' — ich blieb stehen und las. 'Wir wollen Spielraum für wirtschaftliche Initiative, aber keine Entartung in eine Ellenbogengesellschaft. Wir wollen freie, selbstbewußte Menschen, die doch gemeinschaftsbewußt handeln. Wir wollen vor Gewalt geschützt sein und dabei nicht einen Staat von Bütteln und Spitzeln ertragen müssen.' Ah ja. Das war ziemlich genau das, was ich auch immer wieder gedacht hatte, in den letzten Wochen. Und nun wollte dieses NEUE FORUM so etwas wie eine politische Plattform sein, für alle, die an den Reformen mitwirken wollten, die jetzt in der DDR nötig waren. Aber, soweit ich mich an die letzten Sondersendungen erinnern konnte, hatte Mielke das NEUE FORUM als verfassungsfeindliche Vereinigung einstufen lassen und hatte es einfach verboten.

Nun, wie es schien, war das denen egal. Es gab dieses FORUM weiter. Und sie arbeiteten, entwarfen Programme und klebten Zettel an die Häuserwände. Das war unheimlich stark.

Ich ging weiter, bog in die Auguststraße ein und lief zurück zu dem Haus, an dem ich im September die Flugblätter an der Hauswand gesehen hatte. Sie hingen noch da, an der selben Stelle. Und sie waren, wie in der Großen Hamburger, auf den neuesten Stand gebracht. Sie hatten sie einfach mit der neuen Ausgabe ihrer Informationsblätter überklebt.

Ja, gut! Oder doch nicht? Mir fiel ein, daß mein alter Professor Ingo ein Programm vom NEUEN FORUM angeboten hatte. Unten, an Ingos Tresen, im Foyer. Wenn das nun Hannes gehört hatte. Oder der Parteisekretär kriegte das mit. Oder Ingo hatte es den Bullen bei seinem Verhör bei dieser Zuführung gesagt. Dann würden sie irgendwann kommen und den Professor verhaften. Als Mitglied einer verfassungsfeindlichen Vereinigung. Au Scheiße. Manchmal, und jeden Tag mehr als gestern, hatte ich das alles hier ungeheuer satt.

Ich überquerte den Koppenplatz und die Linienstraße und ging hinüber zu Tante Johannas Haus. Unten, auf dem Parkstreifen vor ihrer Haustür, war kein sandfarbener Lada zu sehen. Ich drückte die Haustür auf und ging langsam nach oben. Mir war ein bißchen schwindelig, und mein Herz flatterte wie ein aufgeregter Vogel.

Aber ich wußte, daß mir nichts anderes übrigbleiben würde, als mich zu überwinden und in diese Wohnung hineinzugehen. Also schob ich dieses Herzflattern auf den kleinen Thekenschnaps und ging einfach weiter.

Die Wohnung war immer noch versiegelt. Ich popelte mit dem Dorn meiner Rucksackschnalle in der roten Knete herum, bis ich den Faden zwischen Hammer, Sichel und Ährenkranz herausziehen konnte.

Dann nahm ich mein Schlüsselbund aus meinem Rucksack, schloß auf und ging langsam in die Wohnung hinein.

Ich drehte den Kopf weg, sah angestrengt auf die andere Flurwand hinüber und zog hinter meinem Rücken die Küchentür zu.

Ich ging den Flur hinunter, trat einen kleinen Schritt in jedes Zimmer und warf einen Blick hinein. Es war niemand da, na klar doch. Aber die Wohnung sah immer noch genauso erschreckend wie am Samstag aus. Diese Bullen hatten keine Zeit damit verschwendet, irgendwelche Vitrinen zu schließen oder etwas aufzuräumen. Nein, im Gegenteil, sie hatten alles andere auch noch verwüstet und durchwühlt. Die Schubladen waren aus den Kommoden gezogen, alle Schranktüren waren geöffnet und sogar die Matratzen waren herausgezogen und vor den Betten aufeinandergelegt.

Ich ging ins Badezimmer, ließ heißes Wasser in die Badewanne laufen und tauchte mich eine halbe Stunde hinein. Dann wickelte ich mich in Heddas Morgenmantel, ging nach vorne in Tantes Berliner Zimmer, schnürte meinen Rucksack auf und legte alles, was darin war, vorsichtig auf den Stubentisch.

Mieze Schindler war ganz geblieben. Ihr braunes Haar glänzte, und ihr zartes kleines Gesicht lächelte friedlich und unversehrt. Nur eines von Pythias stechenden Seherinnen-Augen war halb geschlossen und ein wenig nach innen gedrückt. Ein guter Puppendoktor würde das mühelos wieder hinkriegen.

Auch meine kleine Charlotte hatte alles gut überstanden. Sie saß auf dem Tisch, guckte und streckte ihre Arme steif und unbeweglich zu mir herauf. Ich öffnete den Karton, wühlte ein kleines Bett in das Seidenpapier um die anderen sechs Charlotten und legte sie vorsichtig hinein.

Dann zog ich mir einen Stuhl vom Tisch herüber und setzte mich vor Tantes Sekretär. Der Schlüssel steckte, ich schloß auf und zog die Klappe herunter. 'Üb immer Treu und

Redlichkeit' klingelte die Spieluhr, aber die Bullen hatten auch hier alles sorgfältig durcheinandergewühlt.

Ich suchte in den Ablagefächern und zog die Schubladen auf. Irgend etwas mußte hier sein. Vielleicht auch schon an dem Tag, an dem ich zum ersten Mal den Sekretär geöffnet und nach Tantes Testament gesucht hatte. Ich hatte es vielleicht nur übersehen.

Es war nichts mehr da, keines von den wichtigen Papieren. Tantes Geburtsurkunde, die Geburtsurkunde von Horsti, Tantes Testament. Alles war weg.

Ich suchte weiter. Ich tastete an der Rückwand entlang und suchte nach diesem kleinen Hebel. Die Spieluhr fing noch einmal zu klingeln an, und die hintere Wand des Kastens öffnete sich über der Schreibtischplatte. Auch dieses Fach war leer. Das überraschte mich. Obwohl ich mich nicht ganz genau daran erinnern konnte, daß an dem Abend, an dem ich die Steuermahnungen darin gefunden hatte, wirklich noch etwas anderes in dem Kasten gewesen war.

Ich stand auf und fing an, auf und ab zu gehen. Irgendeine unklare Ahnung hatte ich davon, daß es etwas geben mußte, was Tante Johanna mit diesem grinsenden Nußknacker verband. Und da ich weder Tante Johanna noch Hedda danach fragen konnte, hatte ich eben hier nach einem Hinweis darauf gesucht. Aber das war es wieder einmal.

Meine Gefühle. Meine Ahnungen. Ihre Gefühle, Kollegin Ost ... die waren wieder einmal nicht den Groschen für die unausgebrüteten Eier wert, die ich mit mir herumtrug.

Ich ging durch das Zimmer und überlegte. Unten auf der Straße rasten brummend die Autos vorüber. Die Dielen vibrierten. Die Blätter des Gummibaumes und der Sanseveria bewegten sich sanft auf und nieder. Über zuviel Stille konnte ich mich hier nicht beklagen. Und das Licht, das sich blaß und schwächlich durch die Spitzengardinen hereinquälte, war mir bekannt und vertraut. Ich ging zum Fenster hinüber, zog die Spitzengardine zur Seite und klappte die Flügel auf.

Unten, unter der Linde auf der anderen Straßenseite, stand Markus und guckte zu mir herauf.

Ich schlug das Fenster zu. Ich verriegelte es, rannte hinaus in den Flur, schloß die Wohnungstür ab und sicherte sie mit der Kette. Und dann lief ich zurück in die Stube, setzte mich auf das Sofa und schaltete den Fernseher ein. Ich versuchte, mich auf die Bilder zu konzentrieren, und ließ den Fernseher dröhnen, so laut ich es aushalten konnte. *Hätten Sie vielleicht einen kleinen Liter Benzin für mich?* zwitscherte Lilian Harvey lächelnd auf der Wiese neben der Tankstelle. Und Heinz Rühmann bog die Grashalme zur Seite, lächelte zurück und sagte ihr, daß er sicher sei, daß er ein oder zwei Liter erübrigen könnte.

Ich hörte trotzdem das Klingeln. Es fing an, als die Harvey mit ihrem Ich-bin-eine-große-Diva-Gang hinter ihm hertrippelte zu ihrem Auto, und es hörte nicht mehr auf. Ich stand auf, schlich auf Zehenspitzen nach vorne und legte mein Ohr an die Wohnungstür. Ich hörte seinen Atem. Er hörte nicht auf zu klingeln. Dann fing er auch noch an zu schreien.

»Es hat keinen Sinn, daß du vor mir wegläufst, Cora!«

Er rüttelte an der Tür. Ich stemmte mich von innen dagegen.

»Und ob das Sinn hat!« schrie ich zurück.

Er hörte auf zu klingeln. Aber seine Stimme wurde kein bißchen leiser.

»Cora! Du hast mich nie darüber reden lassen mit dir!«

Das war ein Witz, wozu denn noch reden! Was ich gesehen hatte, hatte mir völlig ausgereicht. Und ich konnte mich nicht daran erinnern, daß er irgendwann einmal versucht hätte, mir irgend etwas zu sagen.

»Cora! Bitte! Laß mich das erklären! Komm! Mach die Tür auf!«

Ich drehte den Schlüssel im Schloß und drückte die Klinke herunter. Die Sicherheitskette spannte sich. Sein Mund, seine Nase und seine Augen erschienen in der Türspalte. Eine große blaue Woge erhob sich und wogte heftig zu mir herein.

»Na los!« zischte ich leise. »Rede! Du hast Horsti umgebracht!«

Die blaue Woge blieb stecken. Seine Augen wurden müde und schmal. Jetzt begann er zu flüstern. »Nein. Ich habe ihn nicht umgebracht, Cora! Aber ich weiß genau, wer es war. Wie es aussieht, ist das Oberst Trautmann gewesen.«

»Ach? Und woher willst du das wissen, Markus? Warst du dabei?«

Markus preßte seine Stirn an die Tür. Die Muskeln in seinen Wangen spannten sich. »Ich hab dir erzählt, wo ich am 7. Oktober war. Aber ich weiß es trotzdem. Und wenn du diesen Trautmann kennen würdest, Cora, dann würdest du mir glauben!«

Er hob den Kopf, lehnte ihn ein wenig zurück und guckte mich an.

»Ich kenne Trautmann!« sagte ich leise.

»Ich weiß«, flüsterte er. »Ich habe dich mit ihm gesehen. Aber du hast nur seine freundliche Fassade kennengelernt. Cora, du weißt nicht … Horsti würde noch leben, wenn die mich nicht verhaftet hätten am Sonnabend. Das mußt du mir einfach glauben.«

Nein, ich glaubte ihm nicht. Die Angst aus der letzten Nacht saß immer noch als stechender Schmerz im Bauch und in meinem Nacken.

Ich blieb vorsichtig und hielt Abstand zu ihm.

»Und die gefrorene Charlotte? Markus, wie kommt die in dein Haus? Hast du dafür auch so eine gute Erklärung?!«

Er kniff die Augen zusammen und beugte sich vor. »Was soll ich haben, Cora?«

Ich rannte in die Stube, wühlte die kleine Charlotte aus ihrer Kiste und hielt sie ihm vor sein Gesicht.

»Ach die«, sagte Markus. »Ja. Die hat mir Johanna gegeben.«

Jetzt rückte ich näher an die Tür. »Was hat sie gemacht?« Der Geruch von Tabak und getrockneten Früchten kroch in meine Nase. »Und wieso überhaupt? Wieso hast du meine Tante Johanna gekannt?«

Er nickte hastig. »Ich habe sie in Waltershausen kennengelernt. Sie hat meinen Großvater besucht. Sie hat sich von ihm fotografieren lassen.«

»Und dabei hat sie dir die Charlotte geschenkt?! Das kann doch nicht sein! Du lügst!«

»They fall and fall, till at November's close. The snowflakes drop as lightly — snows of snows«, sagte Markus plötzlich leise.

»*On* snows. Es heißt 'snows *on* snows'! Und das beweist gar nichts. Darauf stößt früher oder später jeder, der sich mit diesen Puppen beschäftigt.«

Markus streckte die Hand durch die Tür und strich über meine Wange. Er ließ seine Hand an meinem Kinn hinuntergleiten und streichelte sanft meinen Hals. Der Verband, den er immer noch um seine Hand hatte, rutschte trocken und stumpf über meine Haut.

»Was glaubst du denn, Cora, warum bin ich immer bei dir gewesen? Warum bin ich dir so lange überall hinterhergelaufen und habe auf dich aufgepaßt?«

Ich hielt seine Hand fest und zog meinen Hals unter ihr hervor.

»Erzähl keinen Unsinn! Du hast drei oder vier Mal bei mir übernachtet. Mehr war nicht!«

Er schüttelte den Kopf und streichelte meine Finger. Dann zog er meine Hand durch den Türspalt und legte seine Hände darum.

»Cora, ich war immer da. Seit dem Tag, an dem du hier bei Johanna deinen Geburtstag gefeiert hast, war ich immer bei dir.«

Ich stand da und guckte. Das Licht im Treppenhaus wurde eingeschaltet. Ich hörte unten im Flur ein paar Schritte. Markus ließ meinen Arm los und guckte. Jemand kam schwerfällig und keuchend die Treppe hinauf. Ein Arm in einem hellen

Mantel erschien im Türspalt und schob Markus zur Seite. Das Gesicht einer Frau drückte sich dicht an die Tür.

»Ist jemand zu Hause da drinne? Hedda? Bist du da?«

Ich schaltete das Flurlicht in der Wohnung ein.

»Ach, Sie sind es, Fräulein Cora. Dann bin ich ja richtig. Hedda hat mir einen Brief geschrieben, von drüben. Da steht auch für Sie etwas drin, das soll ich Ihnen unbedingt sagen.«

Sie ging zur gegenüberliegenden Wohnung, schloß die Tür auf und kam mit einem zusammmengefalteten Briefbogen wieder zurück. Sie machte es spannend und wedelte damit vor meiner Nase. Aber es war nur ein winziger Satz, den sie mir von Hedda mitzuteilen hatte. 'Leberecht Börsch ist zur Zeit nicht hier.' Das war alles. Sie faltete den Brief wieder zusammen und steckte ihn in ihre Jackentasche.

»Das war alles, Fräulein Cora. Und dann wollte ich Ihnen noch sagen, wie leid mir das mit Ihrer Tante tut. Und das mit dem kleinen Horsti. Das ist wirklich ...«

Ich hörte, wie Markus einen Schritt nach vorne machte. Dann war er neben ihr.

»Das können Sie ihr auch morgen noch sagen.«

Sie drehte sich um und guckte zu ihm hinauf. Dann ging sie hinüber zu ihrer Wohnung und knallte die Tür zu. Ich drückte meine Tür ins Schloß, schob die Kette ab, rannte hinüber zu ihr und klopfte.

»Hallo! Hören Sie! Woher ist denn der Brief gekommen?«

Ihre Stimme hinter der geschlossenen Wohnungstür kam wie aus der Tiefe einer Grotte. »Das hab' ich doch schon gesagt! Von drüben.«

»Und wo da drüben?«

Es blieb einen kleinen Moment still. Ein Papier raschelte. »Aus Remagen, Fräulein Cora.«

In der Grotte schlug eine Tür zu. Es wurde still.

»Gehen wir hinein, Cora, komm«, sagte Markus leise. Er legte mir den Arm um die Schultern, schob mich durch die Flurtür und klappte die Tür hinter uns zu. Dann bugsierte er mich in die Stube hinein und zog mich hinunter auf Tantes Sofa.

* * *

Er versuchte weder mich zu erhängen noch mich zu erwürgen. Er setzte sich auf das Sofa, schaltete den Fernseher aus und guckte sich um. Die offenen leergeräumten Vitrinen und die herausgerissenen Schubladen. Seine Augenbrauen schoben sich zusammen, seine Augen wurden ernst, und in seinen Wangen spannten sich die Muskeln an.

»Wie die hier gewütet haben. Dieser Trautmann ist ein Schwein!« flüsterte er. Dann legte er seine Arme nach hinten über die Lehne und guckte mich an.

»Dafür wird Trautmann bezahlen, Cora. Das sage ich dir. Damit kommt der nicht davon!«

Dann fing er an zu reden. Er hatte Tante Johanna in Waltershausen kennengelernt. Ein oder zweimal im Jahr fuhr sie hinunter nach Thüringen. Dahin, wo sie großgeworden war und jedes Haus und jeden Stein kannte. Und Markus hatte zufällig zur selben Zeit seinen Großvater besucht, der seit sechzig Jahren einen kleinen Fotoladen in Waltershausen hatte. Und dabei war er auf Johanna getroffen, die im Fotoatelier von seinem Großvater vor der Leinwand saß und blinzelnd in die Scheinwerfer guckte.

Er war dann nach Berlin zurückgefahren, und einen Monat später hatte Johanna ihn angerufen und ihm von diesem Ärger mit dem Finanzamt erzählt. Und dann hatte sie ihn noch einmal angerufen, noch einmal eine Woche danach, und hatte ihm gesagt, daß sie einen Brief von Doktor Brendel bekommen hätte und daß er ihr seinen Besuch angekündigt hätte, und zwar ziemlich bald. Und da hätte Tante Johanna schon gemerkt, daß irgend etwas daran faul war und daß sie damit nicht alleine fertigwerden würde. Und deshalb hatte er sich in sein Auto gesetzt und war hierher, zu ihr, in die Wilhelm-Pieck-Straße gefahren und hatte ihr versprochen, ihr bei dieser ganzen undurchsichtigen Sache beizustehen.

»Ich verstehe es trotzdem nicht«, sagte ich leise. Ich lehnte mich zurück und quetschte meine Schulter hart gegen seinen Arm. Er zog den Arm weg. »Wieso hast *du* meine gefrorene Charlotte gehabt? Warum sollte Tante Johanna sie dir gegeben haben?«

Markus drehte seinen Kopf zu mir herum und guckte hinunter auf meine Hände. Dann beugte er sich vor und bog vorsichtig meine Finger auf. Die kleine Charlotte auf meiner Handfläche streckte die Arme aus und sperrte den Mund auf. Er fing leise an zu lachen.

»Da hat Johanna ganz recht gehabt, Cora. Manchmal bist du wirklich genauso wie die.« Er guckte mir ins Gesicht, hob die Hand und strich mir sanft über die Augen.

»Also, Markus, was ist?!«

»Ich bin noch einmal bei Johanna gewesen. Zwei oder drei Tage, nachdem du Geburtstag hattest, Cora. Es ging ihr nicht gut. Und dieser Trautmann hatte sie gerade wieder besucht. Eigentlich wollte sie dann zu dir gehen und dir alles erzählen. Aber es war heiß, und sie hatte Schwierigkeiten beim Luftholen, und sie hatte Angst, sie käme nicht die vier Treppen bis zu deiner Dachwohnung hinauf. Und darum hat sie mir die Puppe gegeben ... So, wie ein Erkennungszeichen, damit du mir glaubst, daß *sie* mich zu dir schickt. Ich sollte zu dir gehen und schnellstens mit dir die ersten Vorsichtsmaßnahmen bereden. Aber als ich dich an diesem Freitag im Charitas angerufen habe ...«

»Ich kann mich daran erinnern«, sagte ich. »Ich wollte nicht mit dir sprechen. Ich wollte gerade wegfahren in die Wilhelm-Pieck-Straße ...«

»Ja«, sagte Markus leise. »Es ist alles so verdammt schnell gegangen. Da war Johanna schon tot.«

Er streckte vorsichtig seinen Arm aus und berührte mich an der Schulter. Seine Hand setzte sich in Bewegung und schob sich langsam um meine Schulter herum. Dann zog er mich an sich.

»Siehst du jetzt, daß du keine Angst vor mir haben mußt! Ich habe dich immer beschützt, Cora. Auch, nachdem Johanna gestorben war. Schließlich hatte ich es ihr versprochen.«

Ich nickte. Dann faßte ich seine Hand und schob sie von meiner Schulter herunter.

»Markus, du hast mir nie ein Wort davon gesagt.«

»Das habe ich nicht, nein. Ich ...«

Er sah zu Boden. Seine Hände lagen breit auf seinen Knien, als würden schwere Gedanken sie hinunterziehen. »Cora. Ich glaube, ich habe den falschen Anfang gemacht. Ich hätte nicht gleich mit dir schlafen dürfen. Aber, verdammt noch mal, Cora, du bist so hilflos gewesen. Ich mußte dich einfach in die Arme nehmen. Ich wollte dich beschützen, ich wollte ...«

Jetzt wachten seine Hände auf. Sie hoben sich in die Höhe und machten, wovon er sprach. Er drückte mich an sich. Sein Mund glitt zärtlich über meine Stirn. Seine Hände rutschten höher, streichelten meine Wangen und drückten meinen Kopf nach hinten. Er küßte mich vorsichtig wie eine Konfirmandin nach dem Abendmahl.

»Wenn ich dir diese Geschichte erzählt hätte, nach unserer ersten Nacht. Ich weiß nicht, was du gemacht hättest. Cora, bitte, ich ... ich bin sicher, du hättest mir nichts mehr geglaubt.«

Das stimmte. Ja, so wäre es gewesen. Aber jetzt war es anders. Jetzt glaubte ich ihm. Es klang alles logisch. Es paßte zusammen, präzise und ohne zu kippeln, wie die Zahnräder in meiner Armbanduhr. Trotzdem, irgend etwas war nicht, wie es sein sollte.

»Und wie soll das jetzt weitergehen?« fragte ich.

Er ließ mich los und strich sich mit der Hand über den Kopf. Die blaue Woge wogte zu mir herüber. Ich drückte mein Gesicht an seinen Hals.

»Ich weiß, wie es weitergeht, Cora«, flüsterte er. »Ich werde die Sache mit Trautmann in Ordnung bringen. Du kannst mir vertrauen, Cora. Du wirst sehen.«

Ich machte meine Arme frei, lehnte mich zurück und guckte zu ihm hinauf. Er schwieg und sah herunter zu mir. Mindestens eine Minute lang.

»Ich gebe zu, ich habe es nicht geschafft, Cora. Aber das mußt du mir glauben, ich habe auch auf Horsti aufgepaßt. Nur, was am 7. Oktober passiert ist, diese riesigen Demonstrationen ... das konnte ich nicht voraussehen. Ich bin am Alexanderplatz in den Demonstrationszug hineingeraten, und dann bin ich verhaftet worden, und dann war Trautmann einfach schneller als ich. Aber jetzt, Cora ...«

»Was ist jetzt? Was willst du schon gegen Trautmann machen. Gegen einen Oberst der Staatssicherheit? Markus, warum gehen wir nicht zur Polizei?«

»Zur Polizei willst du?« fragte er leise. »Siehst du, das ist der andere Grund, warum ich dir nichts erzählt habe. Hast du nicht gesehen, was die am 7. Oktober mit uns gemacht haben? Cora, es kann einem ans Herz gehen, wie naiv du bist. Da hat Johanna schon recht gehabt, manchmal bist du einfach ...«

»Es gibt vielleicht auch Bullen, die nicht so sind. Ich kenne einen von der Kriminalpolizei, einen Hauptmann Zocher, der ist ...«

Markus drückte mich an sich. Er fing an, mich zu streicheln. Seine Hände glitten auf meinem Rücken hinunter und wieder hinauf. Für einen winzigen Moment preßten sie sich zu Fäusten zusammen und wurden schwer wie Stein. »Hast du mit diesem Bullen über mich gesprochen, Cora? Hast du dem irgend etwas von mir gesagt?«

»Nein«, murmelte ich leise. »Nein, nein.«

Er atmete tief. Seine Hände entspannten sich und wurden wieder schneller. »Das ist gut, Cora, dann laß es bitte auch dabei.«

Er ließ seine Hände über meinen Rücken gleiten und schwieg. Ich hob meinen Kopf hoch und guckte. Er hatte die Lippen fest aufeinandergepreßt und sah geistesabwesend wie ein meditierender Guru aus dem Fenster hinaus. Ungefähr so, als müßte er seine nächsten Worte erst suchen, abwägen und ineinanderpassen.

Oder als ob er Angst davor hätte, mir mehr zu sagen, als er vorgehabt hatte, mir anzuvertrauen.

»Aber wir müssen zur Polizei, Markus, bitte, du kannst nicht alleine …«

Sein Griff wurde fester, und er zog mich an sich heran. Ich drückte mein Gesicht wieder an seine Schulter. Seine Hände glitten über meinen Rücken. Das dauerte drei oder vier oder fünf Minuten lang.

»Das, was ich mit Trautmann abzumachen habe, das geht nur mich etwas an«, flüsterte er irgendwann. »Dieser Trautmann hat nicht nur Horsti auf dem Gewissen, sondern auch meinen Vater. Und dafür wird er jetzt endlich bezahlen.«

Leise, ganz leise fing Markus an, mir davon zu erzählen. Seine Familie hatte bis zu diesem Sommer in Waltershausen gewohnt. Immer im selben Haus, seit mehr als dreihundert Jahren. Alle Möbel, jeder Topf, jeder Teller waren immer von einer Generation auf die nächste übergegangen. Dieses Haus hatte auch den Krieg überdauert. Auf Waltershausen waren keine Bomben gefallen.

Das Bett, in dem die Eltern von Markus geschlafen hatten, war von 1720. Ein altes oberthüringisches Himmelbett. Der Eßtisch, der in ihrer Küche stand, war aus dem siebzehnten Jahrhundert, ein gut erhaltener kräftiger Barocktisch aus Buchenholz. Sie besaßen keinen einzigen modernen Wäsche- oder Bücherschrank. Und sie hatten eine Sammlung, genau wie meine Tante Johanna. Eine Sammlung, die vor mehr als hundertdreißig Jahren begonnen worden war.

»Und was habt ihr gesammelt?« fragte ich.

»Bei uns waren es Fotoapparate. Schon der Großvater von meinem Großvater war Fotograf. Von ihm hatten wir Kameras aus den Ateliers von Oehme und Lorent. Unsere Sammlung reichte zurück bis zum Jahr 1862.«

Irgendwann in diesem Frühjahr hatte sein Vater einen Fehler gemacht. Er hatte einige der ältesten Fotoapparate für eine Ausstellung im Heimatmuseum in Arnstadt ausgeliehen. Das brach ihm den Hals. Sein Name in der Liste der privaten Sammler, die die Exponate für die Ausstellung zur Verfügung gestellt hatten, machte einen Kunstfahnder auf ihn aufmerksam. Diese vielen kleinen Ausstellungen in den Museen zwischen Thüringen und Mecklenburg wurden systematisch von solchen Fahndern von der Kunst und Antiquitäten GmbH in Mühlenbeck besucht. Von der Firma, deren Tochterfirma die TRADE-UNIMEX war.

»Eine Woche, nachdem diese Ausstellung eröffnet wurde, stand Trautmann bei meinem Vater vor der Tür. Mein Vater hat ihm geglaubt, daß er sich für die Fotoapparate interessierte, und er hat ihm freiwillig die ganze Sammlung gezeigt. Zwei- oder dreimal ist Trautmann dann noch bei uns gewesen, und danach kannte er unser ganzes Haus.«

Trautmann mußte danach alles aufgelistet haben, was in diesem Haus für ihn von Interesse war. Beinahe jeden der über dreihundert Fotoapparate. Jeden Stuhl, jeden Tisch, jeden Schrank. Vier Wochen später war das erste Schreiben vom Finanzamt gekommen. Mit einer fast kompletten Liste der Kunstgegenstände, die der Vater von Markus besaß. Und mit der Aufforderung, eine Steuernachzahlung für den in den letzten Jahren eingetretenen Wertzuwachs der Sammlung zu leisten. Das war genau wie bei Tante Johanna. Aber vom Vater von Markus forderte das Finanzamt etwas mehr als eine dreiviertel Million Mark.

»Er konnte nicht zahlen. Ich weiß nicht, warum, aber er hat sich überhaupt nicht gewehrt. Er hat sich keinen Anwalt genommen. Und er hat keinem, nicht einmal mir, von dieser Steuermahnung erzählt. Also haben sie ihn gepfändet. Im Mai stand die Steuerfahndung plötzlich morgens um sechs vor unserer Tür. Ein riesiges Aufgebot, drei oder vier Autos aus Arnstadt, zwei Staatsvolvos aus Berlin. Ein Sattelschlepper mit einem großen Container. Und der Mercedes von Oberst Trautmann. Der war natürlich auch da.

Du kannst dir nicht vorstellen, wie das ist in so einer kleinen Stadt, Cora. Jeder, der an diesem Morgen zur Arbeit gefahren ist, kam bei uns vorbei. Die Nachbarn haben hinter den Gardinen gestanden, oder sie haben sich auf der Straße vor unserem Haus gedrängt. Die haben zugeguckt, wie beim Karusselfahren auf dem Maifest. Drei oder vier Leute sind stehengeblieben und haben mit den Leuten vom Rat des Kreises diskutiert. Aber das hat sowieso nichts genützt. Die haben alles eingeladen. Vaters Sammlung, unser Geschirr, unsere Lampen und fast alle Möbel, die in unserem Haus waren. Als sie nach drei Stunden verschwunden waren, war unser Haus leer. Mein Großvater hat mich in Berlin angerufen. Mit dem Zug war ich noch in derselben Nacht da. Da saß mein Vater immer noch in der dunklen Stube auf einer umgedrehten Obstkiste und guckte die leeren Wände an.«

»Er hat sich gar nicht gewehrt?«

»Nein, Cora, überhaupt nicht.«

Markus ließ mich los. Seine Stimme wurde dünn und spitz. Er hob die Hände und legte sie auf seine Augen.

»Mein Vater war genauso unschuldig wie deine Tante Johanna. Er hätte noch kämpfen können. Ich hatte von einer Richtlinie erfahren, nach der hätte er seine Sammlung noch nachträglich beim Rat des Kreises anmelden können. Wenn sie diese Anmeldung anerkannt hätten, dann hätten sie damit bestätigt, daß seine Sammlung wegen ihrer großen Bedeutung für die Geschichte Thüringens im gesellschaftlichen Interesse erhalten bleiben müßte. Und damit fiele die Sammlung unter das Kulturgutschutzgesetz. Dann hätten sie die Steuerforderung zurücknehmen müssen. Und daß sie unseren gesamten Hausrat mitgehen lassen haben, widersprach sogar ihren eigenen Gesetzen. Aber sie haben es gemacht. Ich habe uns einen Anwalt gesucht, und der hat dagegen Widerspruch eingelegt. Der Widerspruch wurde abgewiesen, schon nach einer

Woche. Aber wir hätten noch klagen können, durch alle Instanzen, bis vor das Kammergericht in Berlin. Vielleicht hätten wir es geschafft.«

Markus nahm die Hände von seinen Augen und drückte sie fest zusammen. Ich legte meine Arme um seine Schultern. Er drehte sich herum, zog seine Schultern zurück und machte sich wieder frei.

»Mein Vater wollte nicht mehr. Er wollte keinen Anwalt und kein Gerichtsverfahren. Seine einzige Sorge war, wie er seine Nachbarn davon überzeugen sollte, daß er kein Krimineller war. Daß er gar keine Steuern hinterzogen hatte, nicht eine einzige Mark. Er hat sich in seinem Haus eingeschlossen, wochenlang, und ist keinem mehr unter die Augen getreten. Und dann kam Trautmann. Dann kam Trautmann noch einmal zu meinem Vater.«

Ein Gewitter zog auf. Ein Gewitter von der Größenordnung, wie ich es noch nie gesehen hatte bei Markus. Er hob die Arme hoch in die Luft, lief zur Tür, drehte sich herum und rannte wieder zurück zum Fenster. Sein Lächeln verschwand endgültig. In seinen Augen schob sich eine dunkelblaue Woge zusammmen.

»Cora!« schrie er. »Cora, vielleicht wollte er nur sehen, wie sich mein Vater verhält und was er vorhat. Aber ich bin sicher, daß Trautmann vieles von dem, was sie bei uns gepfändet hatten, längst für sich selbst auf die Seite gebracht hatte. Ich weiß, daß er das schon mehrmals gemacht hat. Er bescheißt die TRADE-UNIMEX und bringt gepfändete Antiquitäten in sein eigenes Lager. Hin und wieder hat er ganze Lastwagenladungen von diesen Antiquitäten verkauft. Inzwischen hat er auf seinem Konto in der Schweiz schon mehr als zwanzig Millionen Mark liegen. Zwanzig Millionen, die ihm nicht gehören. Cora … Cora … verdammt noch mal, mach den Mund zu!«

Es donnerte und blitzte. Ich hob die Hand und tastete nach oben. Mein Mund stand offen, verdammt, ja, aber ich schwor mir, daß es dieses Mal das letzte Mal sein würde. Ich klappte ihn zu. Dann drehte ich mich herum und lief zurück zum Sofa. Ich legte den Kopf zurück, spannte meine Gesichtsmuskeln ganz fest an und guckte, wie Markus mit rudernden Armen und geballten Fäusten durch Tantes Stube lief. Er rannte in die Ecke, griff nach der Kante der offenstehenden Vitrinentür und knallte sie zu. Die Einlegeböden schepperten. Das Glas klirrte leise. Markus hielt sich nicht an der Vitrine auf und blieb keine Zehntelsekunde auf einer Stelle stehen.

»Da siehst du, Cora, daß Trautmanns Interesse daran, daß mein Vater die Sache nicht vor einem Gericht verhandeln läßt, ungeheuer groß war. Wenn ich das auch nur geahnt hätte, hätte ich besser auf Vater aufgepaßt. Ich nehme an, Trautmann hat ihm klargemacht, daß seine Chancen bei einer Klage gleich Null sind. Wahrscheinlich hat er ihm sogar mit einer Gefängnisstrafe gedroht. Ich habe ihn nicht mehr danach fragen können. Zwei Tage später hat sich mein Vater auf unserem Dachboden erhängt.«

Markus blieb stehen und knetete seine Hände. Als er bemerkte, daß ich ihn ansah, ließ er seine Hände los, lief zum Fenster und guckte auf die Straße hinaus. Ich stand auf und ging hinter ihm her.

»Es tut mir leid, Markus«, sagte ich.

Er drehte sich herum. »Ich will kein Mitleid, Cora. Ich wehre mich. Und ich weiß auch schon, wie.«

Was, ja. Ich stand da und guckte. Irgendwie hatte ich das Gefühl, mitten in einem Alptraum zu sein. Markus hatte in den letzten Monaten einen Tiefschlag nach dem anderen eingesteckt. Und jetzt wollte er gegen einen Oberst der Staatssicherheit antreten, mutig und opferbereit wie Gary Cooper, der es high noon alleine gegen eine ganze Bande von Revolverhelden aufnahm. Markus Behnesch aus Waltershausen oder aus Ostberlin. Hatte dieser Verrückte vielleicht vergessen, wo er war. Bei uns wurde man zu jahrelangen Gefängnisstrafen verurteilt, wenn man versuchte, auf der Straße ein Transparent mit einem Luxemburg-Zitat auszurollen. Und am 7. Oktober wurden wer-weiß-wie-viele für ihre Gorbi-Rufe verhaftet und zusammengeschlagen. Jetzt kam Markus Behnesch und stellte sich hin und sagte 'Ich wehre mich gegen Trautmann. Und ich weiß auch schon, wie.'

»Markus?« fragte ich leise. »Hast du keine Angst?«

Er hörte auf, auf die Straße zu gucken. Er drehte sich zu mir herum und bohrte seinen Blick fest in meine Augen. »Angst, Cora? Angst? Nein. Jedenfalls nicht um mich. Nur um dich habe ich Angst, Mädchen. So lange ich Trautmann nicht habe, bist du immer noch in Gefahr.«

»Aber die Polizei würde ...«

»Cora! Johanna hat wirklich recht gehabt. Du bist naiv wie ein Kind! Was glaubst du denn, was passiert, wenn wir zur Polizei gehen. Die verhaften doch nicht Trautmann. Nein, die verhaften *mich!* Wenn die Genossen von der Kripo den Namen Trautmann hören, dann stehen die auf und salutieren. So ist das, Cora!«

»Und was willst du machen?« fragte ich zaghaft.

»Ich weiß, wo ich Trautmann finden kann. Nachdem diese Sache mit Horsti passiert ist, ist er ziemlich schnell untergetaucht. Aber ich weiß, wo das Lager ist, in dem er seine Antiquitäten versteckt hält. Irgendwann wird er aus seiner Deckung kommen und dort auftauchen, um seine Antiquitäten zu holen. Das sind Werte von vielen Millionen. D-Mark, Cora! Er wird nicht darauf verzichten. Er wird sie umlagern und sie in ein Versteck bringen, vom dem seine Firma nichts weiß. Hast du verstanden, Cora?«

Ich nickte.

»Na also. Trautmann hat in den letzten Monaten immer häufiger an irgendwelche Sammler oder Antiquitätenhändler aus dem Westen verkauft. Wenn ich herausfinden könnte, wo sein geheimes Zwischenlager ist und wer diese Kunden sind ... vielleicht könnte ich alles, was meinem Vater gehört hat, wieder zurückholen. Und Johannas Puppen, Cora, Johannas Puppen finde ich dann vielleicht auch.«

Ich schüttelte den Kopf. »Ich will nicht, daß du irgend etwas machst, was für dich gefährlich ist.«

Er fing leise an zu lachen. »Auf diese Angst vor der Staatssicherheit rechnet Trautmann ja. Aber nicht mit mir, nein, der wird für alles bezahlen. Ich werde ihn kriegen, Cora, und dann wird er von den Millionen auf seinem Schweizer Konto nicht mehr viel haben. Ich werde ihn einfach ...«

»Markus?!«

Markus blieb stehen, hob seine Hand, streckte den Zeigefinger und den Daumen auseinander und führte die Spitze des Zeigefingers langsam hinauf zu seinem Kopf. Ich starrte ihn an und preßte meine Zähne aufeinander. Ganz egal, was ich sah, mein blöder Mund sollte nicht noch ein einziges Mal aufgehen. Mir wurde übel. Um mich her fing das Zimmer an, sich zu drehen. Ein grüner Schleier legte sich über meine Augen. Mein Herz dröhnte in meinen Ohren und machte sie taub.

Ich ging zum Sofa hinüber, zog meine Füße auf das Sofa herauf und schlang meine Arme um meine Knie. Ich hatte das unüberwindliche Gefühl, daß ich mich sofort an irgend etwas festhalten müßte. Sogar meine eigenen Beine waren besser als gar nichts, um mich daran aus diesem Strudel herauszuziehen. Ich schloß die Augen.

Markus machte zwei große Schritte und blieb vor dem Sofa stehen.

»Geht's dir nicht gut, Cora?«

»Doch, mir geht's sehr gut!«

Ich riß mich zusammen und drückte meine Augen wieder auf. Seine Hand war wieder unten. Er stand vor dem Sofa und guckte herunter auf mich. Langsam begann er zu nicken. Er kniete sich vor mich und streichelte sanft mit dem Handrücken meine Wange.

»Reg dich nicht auf, Cora! Hab keine Angst! Und wenn du

das möchtest, bitte: Wenn ich weiß, wohin er seine Antiquitäten umlagert und wenn ich die Namen seiner Käufer habe, dann gehe ich mit dir zur Polizei!«

Also gut. Ich lehnte mich zurück und versuchte, mich zu trösten und wieder ruhiger zu sein. Aber ich hatte ein Gefühl, als hätte ich in der Kaufhalle eine Tafel Schokolade in meine Tasche gesteckt. Und jetzt schlich ich damit herum und wagte mich nicht an der Kasse vorbei.

Markus lief in der Küche hin und her und klapperte mit Tante Johannas Töpfen.

Ich hob meine Füße vom Sofa und ging hinaus auf den Flur. Zuerst warf ich einen vorsichtigen Blick auf die Tür. Dann schob ich mich um den Türrahmen und guckte zum Fenster hinüber. Es war nichts zu sehen. Die Fensterflügel waren geschlossen. Kein Strick und kein Blut und keine anderen Spuren erinnerten daran, daß vor fünf Tagen noch Horsti an diesem Fensterkreuz gehangen hatte. Trotzdem geriet mein Mut wieder ins Wanken. Ich tastete nach oben. Mein Mund war zu. Aber ich verzichtete darauf, in die Küche hineinzugehen. Ich winkte Markus zu, drehte mich um und setzte mich wieder auf das Sofa.

Eine Viertelstunde später kam er mit zwei großen Tellern mit dampfenden Spaghetti und orangerotem Carnito zurück. Unter seinem Arm klemmten zwei kleine Gläser und die angefangene Flasche Rheinwein. Er guckte mich an. Eine kleine Woge wogte zu mir herüber. Das Gewitter hatte sich verzogen. Die Woge war wieder blau.

»Geht es dir besser, Cora? Ich glaube, du hast einfach Hunger gehabt.«

Ich nickte. Er deckte den Tisch.

»Rheinwein. Südseite. Ein Geschenk von Oberst Trautmann?«

Ich nickte wieder.

»Ein guter Wein! Den gibt es hier nicht zu kaufen. Und trotzdem zieht Trautmann seit Wochen eine Flasche nach der anderen aus seiner Tasche. Ich möchte wissen, wo er die immer wieder herhat.«

Wir stießen an. Blaue Wogen wogten. Markus war munter wie ein ausgeschlafener Alligator. Unsere Gläser klangen leise. Dann setzten wir uns an Tantes großen Eßtisch. Es war mitten am Nachmittag. Wir waren wenigstens mit unseren Mahlzeiten wieder im Takt.

Markus stand auf und schaltete den Fernseher ein. Heinz Rühmann und Lilian Harvey waren fertig und hatten ihr Tankstellen-Geplänkel hinter sich. Jetzt wurden wieder Berichte von den neuesten Demonstrationen gezeigt. Ich versuchte, an etwas anderes zu denken als an Markus und seinen Vater und Horsti und Tante Johanna. Und an Oberst Trautmann, für den die Rechnung jetzt offen war. Ich wickelte Spaghetti um meine Gabel, schaltete meinen Kopf auf Sparflamme und guckte in den Fernseher hinein.

Es gab immer noch diese Ausreisen über Ungarn. Und nach dem, was am 7. Oktober passiert war, gab es sie noch viel mehr als bisher. Daran änderte ein lascher Zeitungsaufruf zum Dialog mit der Partei nun auch nichts mehr.

In Leipzig, in Berlin und in Dresden waren nach dem 7. Oktober nur noch mehr Menschen auf die Straße gegangen. Aber nicht nur in den großen Städten demonstrierten sie. Seit Montag abend hatte es auch Demonstrationen in Ilmenau, in Nordhausen, in Magdeburg und in Halle gegeben. Das halbe Land schien inzwischen auf den Beinen zu sein. Wahrscheinlich hatte ich viel versäumt in den letzten Tagen, seit ich diese Ereignisse nur noch mit einem halben Auge oder gar nicht mehr wahrnahm.

In Dresden hatte es einen Sitzstreik von mehr als fünftausend Menschen gegeben. In Berlin war die Gethsemanekirche wieder vollständig abgeriegelt worden. Sonderkommandos mit Helmen und Schutzschilden hatten mit Gummiknüppeln und Stahlruten die Demonstrationen gewaltsam aufgelöst. Ich sah Wasserwerfer und Räumgitterfahrzeuge in die Stargarder Straße hineinfahren. Sie trieben die Demonstranten vor sich her, auf eine Kette von Polizeilastern zu.

Ich guckte in die Gesichter. Sie hatten sich verändert seit dem Nachmittag vor dem Palasthotel. Dieses unsichere, suchende Um-sich-Blicken war verschwunden. Auch mit dem freundlichen Gorbi-Rufen war es vorbei. Soweit ich das beurteilen konnte über Kamera, Abenddämmerung und Bildschirmflimmern hinweg, sahen sie wütend und ziemlich entschlossen aus. Verdammt noch mal, mein alter Professor hatte wirklich recht. Es mußte einiges anders werden in diesem Land, und zwar bald.

Ich lehnte mich zurück und guckte. Zum ersten Mal, seitdem es diese Demonstrationen gab, wünschte ich mir, daß ich dabei wäre.

Ich guckte vorsichtig zu Markus hinüber. Er sah mich an. Dann fing er vorsichtig an zu lächeln. Und dann legte er seine Gabel auf den Teller und schob seine Hand über den Tisch, herüber zu mir.

Es wurde dämmrig. Draußen vor dem Fenster sprangen die Straßenlampen an und zwängten ihr Licht durch die kahlen Äste der Linden. Ein neuer Film mit einem anderen Heinz Rühmann und einer anderen Lilian Harvey fing an. Die Fernsehbilder spiegelten sich hinter den weißen Spitzengardinen in den Fensterscheiben.

»Ich muß zurück, Cora«, sagte Markus. »Wenn es dunkel ist, will ich in meinem Haus sein.«

Er stand auf, kam zu mir herüber und zog mich hoch. Ich ging zum Tisch hinüber, hob Mieze Schindler vorsichtig von der Tischplatte und schob sie in meinen Rucksack hinein. Zuerst Mieze, dann Pythia und dann den Karton mit den kleinen Charlotten. Dann band ich den Rucksack zu, zog meine

Jacke an und hängte ihn mir über die Schulter. Wir gingen hinaus in den dämmrigen Flur.

»Wie geht es jetzt weiter?« fragte ich.

»Ich warte. Irgendwann werde ich wissen, wo sein Versteck ist.«

»Nimm mich mit!« sagte ich leise.

Er blieb stehen. »Cora! Das ist viel zu gefährlich!«

Ich guckte zu ihm hinauf und schwieg.

»Es war schlimm genug, daß du gestern den ganzen Tag alleine da draußen warst! In der Stadt bist du sicherer, wirklich. Cora, ich will nicht, daß dir jetzt noch etwas passiert.«

Ich hob meine Hände und drückte seinen Kopf herunter zu mir. Meine Fingerspitzen glitten leicht über seine Haare bis hinunter zu seinem Hals. Markus beugte sich über mich und schlang seine Arme um meinen Rücken. Seine Hand strich über meinen Kopf und drückte mein Gesicht an seine Schulter heran.

»Ich liebe dich, Cora«, flüsterte er. »Du mußt nur Geduld haben. Wenn alles vorüber ist, komme ich zurück zu dir. Dann bleibe ich bei dir, Cora, wenn du nichts dagegen hast, dann ...«

Er beugte sich vor und schob seine Lippen langsam durch meine Haare bis zu meinem Ohr. Ich nickte schnell. Nein, ich hatte nichts dagegen. Das, was er da sagte, war das beste, was ich in den letzten zehn Jahren zu hören bekommen hatte. Ich hätte stundenlang neben ihm in der Küchentür stehen können und darauf warten, ob ihm noch etwas zu diesem Thema einfiel. Aber er schwieg. Er preßte die Arme aufeinander und drückte mich an sich. So fest, daß es mir weh tat. Ich bog den Kopf zurück und guckte in sein Gesicht. Es hatte sich verändert, von einem Moment zum anderen. Er hatte seine Augen geschlossen. Seine Lippen waren fest zusammengepreßt. Seine ganze Konzentration lag in seinen Armen. Er sah verzweifelt aus, wie ein Überlebender der Titanic, der sich an einem vorüberschwimmenden Kochlöffel festgeklammert hat.

Aber er war ein Steher. Er öffnete die Augen und zog tief die Luft ein. Dann rückte er von mir ab und hob langsam seine Arme von meinem Hals. Mir wurde schon wieder flau. Ich griff nach meinem Rettungsanker. Vor einigen Wochen noch war das ein geläufiger Griff für mich. Die Flasche Goldbrand stand im Tellerregal. Das Tellerregal stand auf der alten Kochmaschine. Ich guckte auf die Flasche, auf das Regal und auf die Kochmaschine und ließ meine Hand mitten in der Luft stehen.

»Ich muß dort sein, wenn es dunkel ist. Komm, Cora!«

Ich stand da und guckte. »Warte!« sagte ich langsam. »Nur noch einen kleinen Moment!« Ich hob noch einmal die Hand.

Markus schaltete das Licht aus. Ich ließ die Hand wieder sinken.

Dann ging ich hinter ihm her, in den Flur hinaus, und verschloß die Wohnungstür.

* * *

Es war kalt im Hausflur. Ein kleines grünes Fenster stand offen. Der Wind wehte von der Straße herein. Ich fror. Nicht so sehr wie in der Nacht auf der Landstraße, draußen, zwischen KaWe und Klein-Sahara. Aber daß der Sommer vorüber war, auch hier in der Stadt, war nicht mehr zu übersehen. Nebeneinander gingen wir die Treppe hinunter. Ich schloß auch die Haustür ab. Draußen, auf der Straße, schob ich die Schlüssel vorsichtig zwischen Mieze Schindler, Pythia und den Karton mit den kleinen Charlotten in meinen Rucksack hinein.

Es war irgendwann zwischen sieben und acht. Noch nie vorher hatte ich zu dieser Zeit noch so viele Menschen auf der Wilhelm-Pieck-Straße gesehen. Sie liefen eilig, einzeln oder in kleinen Gruppen, dicht zusammengedrängt. Und sie liefen alle in die gleiche Richtung, die Straße zum Rosenthaler Platz hinauf.

»Hab keine Angst, Cora«, sagte Markus noch einmal leise. »Ich schaffe das. Es ist bald vorbei.«

»Markus, bitte …«

Ich hob meine Hand und streichelte über seine Haare. Sie gaben nach, legten sich flach an seinen Kopf an und richteten sich hinter meiner Hand wieder auf. Markus streckte seinen Arm aus und zog meine Hand herunter von seinem Kopf. Zwei Doppelläufer gingen langsam vorüber und klappten ihre Lauscher auf.

Eine kleine Gruppe von Männern und Frauen lief in reichlichem Abstand hinter ihnen her. Sie lachten. Es war ein spitzes, hysterisches Lachen, und es klang ängstlich und aufgeregt.

»Vielleicht wird er morgen zurücktreten«, sagte einer der Männer.

»Der Honecker?« fragte ein anderer. »Bis er stirbt, wird der auf seinem Thron sitzenbleiben!«

Sie gingen an uns vorüber. »Scht. Hör doch auf!« flüsterte die Frau, die an seinem Arm hing. »Da vorne gehen zweie. Wenn die das hören, nehmen die dich gleich mit.«

»Mir doch egal. Sollen sie mich doch verhaften!« brummte der Mann. »Das ganze Land können die nich in den Knast stecken, bitteschön!«

Markus legte die Arme um mich und preßte mich an sich. Dann bückte er sich zu mir herunter und drückte mir einen Kuß auf die Stirn.

»Du mußt mich nicht nach Hause fahren, Markus. Ich kann das alleine.«

Er nickte. »Und du gehst nicht zur Polizei, Cora?!«

»Aber nein.«

»Gut. Denk immer daran. Die Polizei ist gefährlich. Auch für dich, Cora. Und noch etwas …«

»Ja?«

»Falls dir noch etwas einfällt … falls sich noch irgend etwas ergibt, Cora … sagst du alles nur *mir*, Cora! Keine Polizei!«

»Ja.«

Ich stellte mich auf die Zehenspitzen und schlug meine Arme um ihn wie Fangeisen. Dann küßte ich ihn auf den Mund.

»Eh!« sagte jemand dicht neben uns. »Knutscht euch doch später. Kommt lieber mit aufe Demo!« Dann ging er weiter.

Ich sah ihm nach. Markus ließ mich los.

»Du gehst jetzt gleich nach Hause. Du gehst nicht auf diese Demonstration, klar!«

»Ja!«

Ich nickte. Dann guckte ich ihn an, klappte meinen Mund auf und ließ ihn offenstehen. Markus zuckte zusammen, sah in mein Gesicht und kniff die Augen zusammen. Es funktionierte ganz gut. Er glaubte, was er sah. Er bückte sich herunter, drückte mir noch einen Kuß auf die Wange, drehte sich um und ging. Er stellte sich an den Straßenrand, ließ die Autos vorüberfahren und wartete eine Lücke zwischen ihnen ab. Nach zwei oder drei Sekunden drehte er sich noch einmal zu mir herum.

»Geh nach Hause, Cora. Los, geh!«

»Was?« Ich ließ den Mund offen. Er nickte mir zu und winkte.

»Nun geh schon!«

Langsam setzte ich mich in Bewegung. Er war viel schneller als ich. Als er drüben, auf der anderen Straßenseite, in die Ackerstraße einbog und zum Koppenplatz hinüberging, war ich von Tante Johannas Haus noch nicht einmal zehn Meter entfernt.

Ich schnürte meinen Rucksack auf, nahm die Schlüssel heraus und schloß beide Türen noch einmal auf. Hinter der Wohnungstür hielt ich den Atem an und drehte meiner Angst die Luft ab. Dann ging ich in die Küche hinein, schaltete alle verfügbaren Lampen ein und räumte drei oder vier Stapel von Tellern und Tassen aus dem Tellerregal auf den Tisch hinüber. Ich strengte mich an wie Maxe Schmeling und wuchtete das Regal von der Kochmaschine.

Keine zehn Sekunden später lag das kleine Wachstuchpaket vor mir auf dem Küchentisch. Ich wischte mir den Ruß von den Armen und zog vorsichtig die dünnen Bindfäden auf. Es war ein Volltreffer.

Dafür, daß ich nicht einmal genau gewußt hatte, wonach ich eigentlich suchen mußte, hatte ich unwahrscheinliches Glück gehabt.

Es fing so an, wie Hedda es mir gesagt hatte. Ein kleiner Stapel von blauen Hundertmarkscheinen mit Karl-Marx-Kopf lag obenauf.

Danach hielt ich den Umschlag mit Horstis Geburtsurkunde in der Hand. Ich nahm sie heraus und las. Na also, ich hatte mich richtig erinnert. Horsti hatte einen zweiten Vornamen gehabt. Er hieß Horst Leberecht Ost. Genau so wie dieser berühmte Kunstsammler Leberecht Börsch aus Remagen, der darauf bestand, daß unsere Queen Anne immer schon seine Queen Anne gewesen wäre. Und der dann klammheimlich bei Tante Johannas Beerdigung aufgetaucht war. Den zweiten Umschlag, den ich aus dem kleinen Wachstuchpaket herausnahm, hatte ich auch schon einmal gefunden. Es war Tantes Testament. Ich legte es zur Seite und verzichtete darauf, noch einmal hineinzusehen. Bei dem dritten Umschlag, den ich in dem Päckchen fand, fing ich an, Bauklötze zu staunen.

Ein Brief mit einem Umschlag aus bestem West-Papier, ziemlich neu und noch schneeweiß. Er war beschriftet mit einer piekfeinen elektrischen Schreibmaschine. Und er war adressiert an mich. An Cora Ost, 1058 Berlin, Wilhelm-Pieck-Straße. Kein Wunder, daß er bei mir nicht angekommen war. Ich kam auch jetzt nicht mehr dazu, diesen Brief zu lesen. Der Umschlag war aufgerissen und ausgeleert. Das einzige, was mir noch zu lesen übrigblieb, war der ordentliche, penibel genau gedruckte Poststempel. Dieser Brief war nicht einmal eine Woche alt. Ich drehte ihn herum und sah mir den Absender an. Auf der Rückseite des Umschlages stand: L. BÖRSCH, Alte Poststraße 3, 5480 Remagen.

In meinem Kopf setzte sich etwas in Bewegung, wie vorhin, als Markus mir von seinen Gesprächen mit Tante Johanna erzählt hatte. Es fing an, in mir zu arbeiten wie in einem kleinen Uhrwerk. Die Feder spannte sich, und die vielen kleinen Rädchen drehten sich langsam. Sehr langsam. Denn eigentlich paßten die kleinen Räder doch noch nicht ganz zusammen.

Ich versuchte, das zu richten und irgendwie in die Reihe zu kriegen. Aber mir blieb zum Denken nicht viel Zeit. Ganz unten in dem kleinen Wachstuchpaket lag noch etwas. Ein großer Umschlag, dick, ziemlich gelb und vertrocknet und vom Ofenrohr zusammengedrückt. Er war zugeklebt und mit Kleberändern von Briefmarkenbögen verschlossen. Ich riß ihn auf, klappte ihn auseinander, nahm alle Blätter heraus und las.

Es war ein Vertrag. Ein richtiger beglaubigter Vertrag. Der Briefkopf eines Staatlichen Notariats in Gotha. Der Text war mit einer Schreibmaschine aus der Steinzeit geschrieben. Herr Leberecht Börsch, geboren am 1. August 1920 in Catterfeld, wohnhaft in Waltershausen/Thüringen, Straße der Befreiung, ausgewiesen durch seinen Personalausweis für Bürger der DDR Nr.II 2518138, verfügte über 1226 historische Puppen, die sich durch Erbschaft und Erwerb in seinem Eigentum befanden. Diese Puppen sollten in das Eigentum von Frau Johanna Friederika Ost, geboren am 2. Juni 1916 in Waltershausen, wohnhaft in Waltershausen, ausgewiesen mit dem Personalausweis für Bürger der DDR Nr.II 213817, übergehen.

Zweiter gleichberechtigter Eigentümer (Miteigentümer) wurde das minderjährige Kind Horst Leberecht Ost, geboren am 12. Mai 1959 zu Waltershausen, ausgewiesen durch die Geburtsurkunde des Standesamtes zu Waltershausen.

Zwischen den Partnern wurde folgendes vereinbart: Die 1226 historischen Puppen gingen in den Besitz der Frau Ost über zum Preis von 0 (Null) Mark der Deutschen Notenbank. Dieser Eigentumswechsel war eine Schenkung.

Es folgte ein Nachsatz, in dem Leberecht Börsch beurkundete und gesondert unterschrieb, daß er die alleinige Verfügungsgewalt über die 1226 historischen Puppen besaß und daß demzufolge kein Dritter irgendwelche Eigentumsansprüche an Johanna F. Ost richten konnte.

Der ganze Vertrag war beglaubigt und gesiegelt und registriert am 14. September 1961 durch einen Dr. Walther Richter in Gotha, staatlich geprüfter Notar. Als Anlage gab es einen Stapel von Seiten, die das Staatliche Notariat getippt hatte und auf denen nacheinander alle 1226 Puppen aufgelistet waren, die Leberecht Börsch an Tante Johanna abgab.

Ich hob meinen Rucksack auf den Küchentisch und zog die FÜR DICH heraus, in die ich die Fotografien von der Auktion in Köln gelegt hatte. Jetzt legte ich auch meine neuen Fundstücke dazu. Horstis Geburtsurkunde, Tantes Testament. Den Briefumschlag, auf dessen Absender die Adresse von Leberecht Börsch stand. Und diese Urkunde, die bestätigte, daß Leberecht Börsch bis 1961 der Besitzer von Tante Johannas Puppensammlung gewesen war.

Einen der Hundertmarkscheine faltete ich zusammen und schob ihn in die Tasche von meinen Jeans. Alle anderen Marx-Köpfe legte ich wieder in das Päckchen, knotete es zusammen und schob es in das Rohr zurück. Dann räumte ich die Herdringe über die Öffnung, wuchtete das Tellerregal wieder darüber und schloß Tantes Geheimfach zu.

Ich schnürte meinen Rucksack und klappte die Wohnungstür zu. Ein wenig Mühe hatte ich damit, die Übersicht zu behalten über das, was meine Hände machten. Das kleine Uhrwerk drehte sich ununterbrochen. Ich wendete mein Schlüsselbund herum und herum und suchte den richtigen Schlüssel, bis ich feststellte, ich hielt ihn schon in der anderen Hand.

Also gut, ich schloß ab. Dann lief ich die Treppe hinunter und brachte meine fahrigen Hände dazu, auch die Haustür abzuschließen.

Und dann ging ich die Wilhelm-Pieck-Straße hinunter,

über den Rosenthaler Platz und in die Linienstraße. Immer noch liefen Männer und Frauen zum Alexanderplatz. Sie drehten sich zu mir um und guckten mich an, wenn ich ein Stück weit hinter ihnen herlief.

Meine Absätze klackerten auf den Gehwegplatten. Ich hatte immer noch die falschen Schuhe an.

* * *

Mein kleines Uhrwerk ratterte. Die kleinen Rädchen drehten sich.

Leberecht Börsch. Leberecht Börsch, dachte ich ununterbrochen. Wenn er Heinz Meier geheißen hätte oder Fritze Müller, dann, ja, dann hätte ich vielleicht noch einen Zweifel gehabt. Aber Leberecht, Leberecht Börsch, diesen Namen konnte es wirklich nur einmal geben. Daß es *zwei* Männer mit diesem Namen geben könnte, war wirklich unwahrscheinlich.

Aber was hatte dieser Leberecht Börsch denn nun mit Tante Johanna und mit Horsti zu tun? Nun ja, na klar doch, eigentlich wußte ich es schon. Welche Mutter gab ihrem kleinen Sohn freiwillig und ohne besonderen Grund einen solchen Vornamen?! Und daß sie nicht mit dem Vater ihres Kindes verheiratet gewesen war, änderte anscheinend auch nichts daran. Nein, ich war auf das kleine Geheimnis gestoßen, das Tante Johanna mit den Männern im allgemeinen und mit Leberecht Börsch im besonderen verband. Oder vielmehr: das sie von ihnen trennte. So, wie es die Tante manchmal zu mir gesagt hatte. Die Männer, Cora? Was hat mir das gebracht? Sie hatte die Augenbrauen verbogen, den Mund verzogen und die Augen verdreht. Und dann hatte sie auf Horsti gedeutet. Und auf die Puppen in den Vitrinen und an der Wand. Ja, das war die Erklärung, die mir einfiel in diesem Moment.

Es machte Klick, und mein kleines Uhrwerk fing an zu schnurren. Aber es paßten noch lange nicht alle Rädchen zusammen. Wieso hatte Leberecht Börsch der Tante nicht einfach fünfzig oder hundert Mark in jedem Monat für seinen kleinen Horsti gegeben?

Ich grübelte darüber nach, von Olivias Kleiderladen bis zu Tante Olga. Dann fiel es mir ein. Die Antwort war sogar ziemlich einfach: Weil das für ihn nicht mehr möglich war. Ich konnte mich erinnern, wie das Datum unter dem Vertrag war. 1961, im September, hatte er der Tante seine Sammlung geschenkt. Ich war alt genug, um mit dieser Jahreszahl etwas anzufangen.

Seit dem August 1961 hatte es die Grenze zwischen Ostdeutschland und Westdeutschland gegeben. Und da Lebe-recht Börsch jetzt in Remagen lebte, war anzunehmen, daß er irgendwann nach dem Bau der Mauer in den Westen geflüchtet war. Und wahrscheinlich auch nicht allzu lange, nachdem er der Tante und Horsti seine Puppen geschenkt hatte, denn die Grenze hatte höchstens noch ein Jahr lang durchlässige Stellen gehabt.

Was er damals gemacht hatte, war also gar nicht mal so dumm. Er hatte seine tausend Puppen nicht in einen Koffer stecken und mit ihnen im Erzgebirge nachts durch die Wälder kriechen können, um nach Bayern zu fliehen. Und wenn er nicht seine Puppensammlung an die Tante überschrieben hätte, eine unauffällig lange Zeit vor seiner Flucht, dann wäre sie als zurückgelassenes Eigentum eines Republikflüchtlings nach den damaligen Gesetzen Eigentum dieses Staates geworden. Na klar.

Das war wirklich ziemlich clever von ihm. Nur was er jetzt machte, konnte ich nicht verstehen. Ich dachte an Hedda, die sich in der Nacht nach dem 7. Oktober in meinem Bett wälzte und nach Horsti jammerte. Nach Horsti und nach Lebe-recht. Das war es, ja. Hedda kannte natürlich diese Geschichte schon lange vor mir. Und sie hatte ganz offensichtlich das gleiche wie ich gedacht.

Ich dachte an diesen Zeitungsartikel, den Tante Johanna Marion an meinem Geburtstag zugesteckt hatte. Aber außer dem kahlen Nußknackerlächeln konnte ich mich an Einzelheiten nicht mehr so recht erinnern.

Ich ging langsam die Linienstraße hinauf. Als ich die Gormannstraße überquerte, fuhr von der anderen Seite her ein Auto in die Straße hinein. Markus, dachte ich einen Moment lang, Markus kommt wieder zurück, um mich zu holen. Aber dann beschleunigte das Auto sein Tempo und fuhr schnell an meiner Haustür vorbei. Zwei Sekunden später raste es an mir vorüber, und ich konnte sehen, daß das bestimmt nicht Markus war. Es war ein Lada, dunkelblau und nicht sandfarben. Einen kleinen Moment später war die Straße wieder frei.

Ich zog meinen Rucksack wieder höher auf meine Schulter hinauf und stöckelte die letzten hundert Meter zu meinem Haus. Als ich ungefähr noch fünfzehn oder zwanzig Meter von meiner Haustür entfernt war, bog vorne, von der anderen Seite her, wieder ein Auto in meine Straße ein. Ein Lada war es, das sah ich sofort, und er war dunkelblau. Als er auf gleicher Höhe mit mir war, hielt er mit quietschenden Bremsen neben mir an. Der Fahrer lehnte sich herüber und klinkte die Beifahrertür auf.

»Kommen Sie!« sagte Oberst Trautmann. »Kommen Sie, Cora, steigen Sie ein! Ich habe mit Ihnen zu reden!«

Ich beugte mich hinunter, guckte in sein Gesicht und richtete mich wieder auf.

»Ich bin müde. Ich wollte gerade nach Hause gehen«, sagte ich langsam.

Er lächelte freundlich. »Wie Sie meinen, Cora!«

Ich ging weiter. Trautmann klappte die Autotür zu, stieß zurück und kam gleichzeitig mit mir vor meiner Haustür an.

Ich machte einen Fehler. Ich hielt mich für schnell genug, um vor ihm oben in meiner Wohnung zu sein. Ich ging in den dunklen Hausflur hinein. Noch ehe ich die drei Schritte zum Lichtschalter geschafft hatte, war er hinter mir.

Ich beeilte mich und drückte auf den Schalter. Das Licht

sprang an, matt und dämmrig. Es war still wie auf dem Friedhof in der Bergstraße um Mitternacht. Ruhig bleiben, dachte ich. Zeit gewinnen, überlegen können. Aber mit dieser Angst, die mir im Hals festsaß wie ein schwerer Stein, dachte es sich schlecht. Ich drehte mich um und lächelte ihn an.

»Hallo, Cora!« sagte er ruhig. »Wie geht es Ihnen? Geht es Ihnen gut?«

Ich nickte. »Danke. Ja.«

»Haben Sie keine Angst, hier, in diesen dunklen Straßen, so alleine?«

Ich schüttelte den Kopf. »Nein.«

Er kam näher. Mir fiel noch immer nichts ein. Fast nichts. Ich fühlte, wie mein Mund aufklappte und mein Kinn langsam herunterfiel. Jetzt hatte ich nichts dagegen. Ich sah zu ihm hoch, mit weit offenstehendem Mund, und lächelte ihn an.

»Wie ist es, Cora, soll ich Sie nach oben begleiten? Dann können Sie mir die Papiere geben, die Sie von mir haben. Sie erinnern sich doch sicher daran. Sie hatten mir versprochen, daß ich sie wiederhaben kann.«

Ich lächelte weiter und ließ meinen Mund offenstehen. Langsam schüttelte ich den Kopf.

»Ich habe Ihre Papiere nicht mehr.«

»Nein?« Er kam noch näher. »Liebe Cora! Wer hat sie denn dann?«

Lächeln. Lächeln. »Die Polizei hat mich danach gefragt. Dieser Hauptmann ...«

»Hauptmann Zocher? Der bearbeitet Ihre Sache nicht mehr. Dem ist der Fall schon entzogen worden. Gleich nach Ihrem ersten Verhör. Der Zocher kann diese Papiere gar nicht haben. Also, Cora, geben Sie sie her!«

Er kam noch näher. Langsam hob er seine Hände und streckte sie nach meinem Rucksack aus. Ich trat einen Schritt zurück. Er bemerkte seinen Fehler.

»Cora, haben Sie Angst vor mir, Cora?! Kommen Sie, ich nehme Ihnen Ihre Tasche ab. Gehen wir nach oben, ja!«

Wir blieben beide, wo wir waren. Wir standen uns gegenüber wie zwei Hunde mit gesträubtem Nackenfell und sahen uns an. Dann gab er seine freundliche Fassade auf. Er griff nach dem Trageriemen von meinem Rucksack und riß daran.

»Mal sehen, was da drin ist, Cora! Geben Sie her!«

Ich gab gar nichts her. Ich legte beide Arme um meinen Rucksack und klammert ihn fest. Trautmann zog weiter, dann ließ er den Rucksack los, setzte sein Knie gegen meinen Rücken und legte seinen Arm von hinten um meinen Hals. Er drückte zu. Es war ungefähr so wie in meinem Traum. Ungefähr ganz genau so. Aber dieses Mal wartete ich nicht, bis mir die Luft ausging. Ich schrie gleich.

»Machen Sie keine Zicken, Cora, hören Sie auf zu schreien. Ich will gar nichts von Ihnen. Ich will nur die Papiere, die Sie in Ihrem Rucksack haben.«

Ich war nicht mehr in der Lage, mit ihm zu reden. Ich schrie weiter und konnte nicht mehr aufhören.

»Sie sollen still sein, Cora!« sagte er noch einmal. Diese eiskalte Ruhe in seiner Stimme fiel mir auf. Er drückte fester. Nun reichte meine Luft nicht mehr zum Schreien aus.

Der Zeitschalter vom Flurlicht klickte leise im Sicherungskasten. Das Licht ging aus. Trautmann keuchte dicht neben mir. Rote Kreise leuchteten vor meinen Augen auf wie routierende Verkehrsampeln.

Ich wußte, ich würde sterben. Der Druck um meinen Hals verstärkte sich immer mehr.

»Gib dieses verdammte Ding her, du kleine Kröte. Nun mach schon!«

Trautmann zog wieder an dem Rucksack. Ich hatte nicht mehr viel Kraft, mich dagegen zu wehren. Aber er brauchte drei Sekunden zuviel. Wenn er sich nicht so lange mit der Vorrede aufgehalten hätte, dann hätte er es geschafft.

Die kleine Hoftür ging auf. Das Flurlicht klickte und sprang an. Ich sah wieder in Trautmanns Gesicht. Etwas Großes, Schwarzes glitt dicht hinter ihm durch die Luft. Er guckte mich an, und er ahnte diesen Schatten hinter sich. Irgend etwas krachte schwer wie ein Eisenträger herunter zwischen ihm und mir und trennte uns. Trautmann riß starr seine Augen auf. Ich fiel. Etwas schlug von hinten gegen meinen Kopf. Jetzt sterbe ich, dachte ich noch einmal. Dann hörte ich auf zu denken. Es wurde still um mich her.

Ich wurde wieder lebendig. Es wurde ein ganz kleines bißchen hell. Das dämmrige Flurlicht brannte. Zwei funkelnde Brillengläser erschienen über mir. Ein wulstiges Nilpferdgesicht beugte sich über mich.

»Ruhig, Mädchen«, sagte der Bulle. »Trautmann ist weg, es ist alles wieder in Ordnung. Ganz ruhig!«

Ich richtete mich langsam auf und tastete nach meinem Rucksack. Er war noch da.

Der Bulle legte seine Hände unter meinen Unterkiefer und drehte vorsichtig meinen Kopf hin und her. Seine Fingerspitzen glitten langsam und tastend über meine Halswirbelsäule hinauf und an meinem Kehlkopf hinunter.

»Sie haben verdammtes Glück gehabt, Cora! Es scheint alles in Ordnung zu sein. Wie ist es beim Atmen?«

Ich atmete ein. Etwas stach, irgendwo tief in meiner Luftröhre, aber es ging.

»Alles in Ordnung«, sagte ich.

Er richtete mich auf, legte die Arme um meinen Rücken und drückte mich an sich.

»Ich habe einen saublöden Fehler gemacht. Wie ein Anfänger. Ich habe oben vor Ihrer Tür gesessen, den ganzen Abend. Daß der Trautmann hier unten auf Sie warten könnte, daran habe ich einfach nicht gedacht. Was wollte der denn von Ihnen?«

Ich atmete wieder tiefer und lehnte mich in seine Arme.

»Der wollte seine Papiere wieder zurückhaben.«

»Was? Diese Listen und die Briefe von der TRADE-UNIMEX, die Sie mir gegeben haben?«

Ich nickte und drückte mich an ihn. Er schüttelte den Kopf.

Seine Hand strich vorsichtig über meinen Rücken, wie über das Fell einer Katze, die er gerade vor dem Ertrinken gerettet hat.

»Das ist nicht logisch, Cora! Daß er Sie deswegen beinahe umbringt … das ergibt keinen Sinn. Diese Listen hat er mit Ihnen doch nur aufgestellt, um Sie hinzuhalten. Und die Briefe …? Ob Sie die haben, Cora, oder ob ich sie habe, oder ob er selber sie wieder hat. Das kann Trautmann völlig egal sein. Ich kann ihm sowieso nichts tun. Den beschützt seine allmächtige Dienststelle. Und denen ist so ziemlich alles recht, was er tut.«

Sein Arm rutschte auf meinem Rücken nach oben. Seine Hand glitt langsam über mein Gesicht. Es war eine Hand, hinter der sich eine Fußballmannschaft verstecken konnte. Ich legte meine Arme um seinen riesigen Nilpferdbrustkorb und versuchte, mich hochzuziehen.

»Ruhig, ganz ruhig, Mädchen!« sagte der Bulle.

Ich lehnte mich an ihn.

Mir zitterten ein wenig die Knie. Aber den Bullen hatte es viel schlimmer erwischt. Er hatte eine Platzwunde über der Augenbraue und vier oder fünf blutende Prellungen zwischen Wangenknochen und Schlüsselbein. Nur seine Brille war stark wie das Panzerglas in einer Bank. Sie hatte die kleine Auseinandersetzung mit Oberst Trautmann tadellos überstanden.

Der Bulle nahm sie vorsichtig von seiner Nase, bog die Bügel hin und her und betastete sie. Dann setzte er sie wieder vor seine Augen, ging zum Spiegel hinüber und guckte hinein.

»Wenn mein Dienststellenleiter morgen dieses Gesicht sieht … dann werde ich ihm einen Bericht schreiben müssen. 'Der den Oberst der Staatssicherheit Trautmann betreffende Fall Ost ist mir zwar entzogen worden, aber ich konnte nicht umhin, diesbezüglich in einer tätlichen Auseinandersetzung mit obengenanntem Oberst tätig zu werden.'« Der Bulle drehte sich zu mir herum und grinste.

»Irgendsoeinen Unsinn safte ich mir dann ab.«

Ich holte ein sauberes Geschirrtuch aus dem Küchenschrank, ließ kaltes Wasser darüber laufen und drückte es aus. Dann hob ich es hoch, holte Luft und legte es über seine Stirn. Er kniff seine Kompottschüssel-Augen zusammen, machte einen Schritt rückwärts, zog zischend die Luft durch die Zähne und wuchtete sich gegen den Kühlschrank. Dann klappte er seine Augen wieder auf und fing an zu kichern.

»Wenn ich meinem Obergenossen das aufschreibe, dann kann ich mich übermorgen bei der Stadtwirtschaft bewerben. Dann werde ich in Berlin nur noch Straßenkehrer sein.«

Diese Bullen hatten wirklich einen unheimlich coolen Humor. Ich nahm die Kompresse von seiner Stirn und hielt sie noch einmal unter die Wasserleitung. Er zischte wieder wie eine heiße Kochplatte, auf die Wasser heruntertropft. Aber dieses Mal hörte er nicht zu kichern auf. Ich drehte mich weg von ihm.

»Straßen zu fegen wäre vielleicht eine gute Alternative zu dem Beruf, den Sie jetzt haben?!«

Er griff nach oben und legte seine Hand auf meine Hand mit dem Geschirrtuch.

»Ich weiß es ja, Cora. Nach dem, was hier am 7. Oktober gelaufen ist, kann man sich als Polizist nicht mehr auf die Straße trauen. Vielleicht noch in Lichtenberg oder in Marzahn. Aber in einer Gegend wie dieser hier überhaupt nicht mehr.«

Ah ja. Darum hatte er es also heute abend vorgezogen, oben vor meiner Tür zu sitzen und dort zu warten, bis ich kam. So ein Scheißbulle!

»Na und? Haben die Leute nicht recht?« fragte ich.

Er guckte wie unsere Oberin, wenn die Kanonen ihrer Fregatte kurz vor der Eröffnung des Feuers waren. Dann wurde sein Blick wieder milder und ein bißchen weniger explosiv. Er schüttelte langsam den Kopf.

»Ich weiß, was Sie jetzt denken, Cora. Es war erschreckend,

wie viele von meinen Genossen an diesem Tag gucken lassen haben, daß sie ganz brutale Schläger sind, sogar Rassisten ... die Deutsche Volkspolizei. Ich weiß nicht, ob Sie mir das glauben, Cora, aber ich habe mich für meine Genossen geschämt.«

»Dann möchte ich wissen, wieso die immer noch Ihre Genossen sind!«

Er schüttelte den Kopf und drehte sich wieder zum Spiegel. »Ja doch, Cora, ja! Man kann sich seine Genossen nicht aussuchen. Und es gibt auch ganz andere Polizisten. Cora, ein paar Ausnahmen gibt es immer noch.«

Na gut, wenn er das meinte. Aber ich hatte auch schon vor dem 7. Oktober meine Probleme mit den Bullen gehabt. Und an Ausnahmen glaubte ich nicht. Wer eine Ausnahme war, der wurde bei uns kein Bulle. Der suchte sich einen ordentlichen Beruf. In den dreißig Jahren, die ich auf der Welt, oder besser, auf der DDR war, hatte ich die Ausnahmen, von denen er redete, nicht getroffen. Oder doch, na ja, gut. *Eine* Ausnahme mußte ich ihm wohl zugestehen. Ich nickte und legte meine Hand vorsichtig auf seinen Arm.

»Seien Sie mir nicht böse ...«

»Harry.«

»Seien Sie mir nicht böse, Harry. Dafür, daß Sie mich gerade vor Trautmann gerettet haben, nehme ich den Mund ganz schön voll.«

Ich ging hinüber zum Herd, holte den kleinen Kessel und setzte Teewasser auf. Dann schnürte ich vorsichtig meinen Rucksack auf und trug ihn hinüber in die Stube. Ein zerknautschtes gelbes Tabakpaket lag zwischen den Polstern meines Sofas. Ich ging um den Tisch herum und setzte mich darauf. Und dann packte ich zum zweiten Mal an diesem Tag meine Puppen aus. Wieder, um zu sehen, ob sie alles gut überstanden hatten. Pythias Auge war immer noch eingedrückt und halb offen. Mieze Schindler lächelte schön wie immer und war vollkommen unverletzt. Und die kleinen Charlotten lagen ohnehin gut unter dem Deckel von ihrem Karton, dick gepolstert und sicher geschützt.

Der Bulle zog die Kompresse von seinem Auge ab und kam langsam hinter mir her. Er setzte sich neben mich auf das Sofa, hob Pythia hoch und drehte sie ungeschickt zwischen seinen Bullenpranken hin und her. Pythias gesundes Auge klappte zu und wieder auf. Das andere Auge blieb unbewegt und glotzte auf die Tischplatte hinunter oder zu ihm herauf. Er schüttelte den Kopf und legte Pythia wieder aus der Hand. Dann zog er sich den kleinen Karton heran und warf einen Blick auf die gefrorenen Charlotten.

»Übrigens, Cora, ich bin ein ganzes Stück weitergekommen bei meinen Ermittlungen über Trautmann.«

»Ich dachte, der Fall wäre Ihnen entzogen?«

»Na und. Ich sammele schon so lange Informationen über die Kunst und Antiquitäten GmbH. Auch über die TRADE-UNIMEX. Und am liebsten sammele ich Informationen über Oberst Trautmann. Und das soll ich mir aus der Hand nehmen lassen? Cora, ich habe ihn doch fast.«

»Wirklich?« fragte ich. »Die Polizei sammelt Beweise gegen Oberst Trautmann?«

Er guckte mich an. »Nicht die Polizei, Cora. *Ich.* Ich habe schon länger vermutet, daß Trautmann mit diesen beschlagnahmten Antiquitäten auch in die eigene Tasche gewirtschaftet hat. Sehen Sie, Cora, Trautmann ist sehr oft dabei, wenn Antiquitätensammlungen durch die Steuer beschlagnahmt werden. Er übernimmt die Sammlungen für seine Firma, regelt die Verteilung auf die verschiedenen Zwischenlager, und meistens trifft er dann auch die Entscheidungen über den Verkauf. Irgendwann muß er damit angefangen haben, ein paar Antiquitäten aus einem Lager irgendwohin umzulagern. Die waren dann einfach verschwunden. Aber da er so clever war, sie gar nicht erst aufzunehmen in seine Übernahmeprotokolle, hat das nie einer richtig verfolgt. Er hat sich so verdammt sicher gefühlt, daß er sogar ein Lager seiner eigenen

Firma für sich umfunktioniert hat. Ich habe das immer vermutet, ich habe nur nicht gewußt, wo ich ihn finden kann. Aber dieses Mal weiß ich wenigstens, wonach ich suchen muß. Diese tausend Puppen kann er nicht so einfach verstecken.«

Ich nickte. »Ich weiß«, sagte ich leise. »Ich weiß von diesem Lager.«

Er guckte wieder. Dann sah er auf die Tischplatte hinunter und schob den Karton mit den Charlotten zur Seite.

»Und Sie glauben, daß Sie jetzt Beweise gegen Trautmann kriegen, mit denen man etwas anfangen kann?«

»Vielleicht, ja. Trautmann hat Fehler gemacht, sehr viele Fehler.«

Der Bulle streckte seine Hand nach Mieze Schindler aus und sah triumphierend herüber zu mir. »Können Sie sich vorstellen, Cora, daß Trautmann ein dickes Devisenkonto hat? Auf einer Bank in der Schweiz?!«

Ich nickte. »Ich weiß«, sagte ich. »Er hat ungefähr zwanzig Millionen.«

Er hob das Kinn, kniff die Augen zusammen und blinzelte. Dann beugte er seinen Kopf zur Seite. Er hatte Mieze zwischen Daumen und Zeigefinger gepackt und drehte sie in seinen prankigen Händen hin und her, ohne sie anzusehen. Ich guckte ihm dabei zu, aber nicht lange. Dann beugte ich mich vor, griff hinüber und nahm sie ihm vorsichtig aus der Hand. Der Bulle schien es nicht einmal zu bemerken. Er sprach einfach weiter.

»Trautmann macht einen Fehler nach dem anderen! Er hat geglaubt, er könnte seine eigene Firma betrügen. Im Frühjahr hat er drei oder vier Männer eingestellt. Die haben Verpflichtungserklärungen für die Staatssicherheit unterschrieben. Ihr Gehalt läßt er über die Firma laufen. Aber sie arbeiten nur für ihn. Mit Antiquitäten, die er eigentlich für die Firma angekauft hat. Im firmeneigenen Lager. Das hat Wirbel gegeben bei der TRADE-UNIMEX. Und nun hat Trautmann sogar jemanden umgebracht. Unter dem Deckmantel der Firma! Jetzt ist er angreifbarer geworden, Cora. Die können nicht immer ihre Hände über ihn halten! Und nun kriege ich ihn vielleicht! Das werden Sie sehen, Cora, Sie werden ...«

Er hob das Kinn und guckte herüber zu mir. Dieses Mal hatte ich nichts dazu zu sagen.

Der kleine Kessel fing an zu pfeifen. Das Teewasser kochte. Ich stand auf und ging in die Küche hinüber. Er lief schon wieder hinter mir her.

»Dreimal war ich in den letzten Tagen in Mühlenbeck. Ich bin sogar bis zum echten Doktor Brendel vorgedrungen und habe mit dem geredet. Er schweigt sich aus, und er verliert kein Wort darüber, wo sich Trautmann jetzt versteckt halten könnte. Aber ich hatte das Gefühl, daß dieser Mord ihm absolut nicht gefallen hat.«

»Sie sind nicht einen Schritt weitergekommen! Und Sie glauben immer noch, daß Sie eine Chance gegen Trautmann haben?«

Er nickte. »Doch, Cora. Das glaube ich. Das ist wie bei der Polizei. Es gibt immer irgendwo einen, der nicht alles mitmachen will. Hier, Cora, hier ...« Er hob den Arm und klopfte sich mit der Hand auf die Brusttasche seiner Lederjacke.

»Hier hat mir jemand in Mühlenbeck einen Computerausdruck zugeschoben. Eine Liste sämtlicher Außenlager der Kunst und Antiquitäten GmbH. Siebenundneunzig Lager, von Rostock bis runter nach Karl-Marx-Stadt. Jetzt muß ich nur noch herauskriegen, welches dieser Lager das Privatlager von Trautmann ist. Und wenn ich beweisen kann, daß er Ihre Puppen in diesem Lager hat, dann werde ich meinen Dienststellenleiter vielleicht doch zu einer Untersuchung gegen Oberst Trautmann bewegen können.«

Er klopfte sich auf seine Jacke und fing leise zu lachen an. Es klang so sicher und überlegen, als würde Mephisto darüber lachen, daß er Faust beinahe in seinem Kasten hatte. Aber er irrte sich, und er schien das auch selber zu wissen. Es war wahrscheinlich doch nur die Rolle von Faust, die er hier spielen durfte.

»Wenn das jemand wüßte, daß ich diese Liste habe ... Dann würde ich nicht einmal mehr die Straßen fegen. Da würde ich mich überhaupt nicht mehr wiederfinden. Ich weiß nicht, ob die so weit gehen, Cora, aber ich glaube, dann machen die Friedhofsgemüse aus mir.«

Er lachte und lachte. Sein Lachen klang unverändert und laut.

Das war Bullenhumor vom Feinsten. Ich trug die Teekanne und die Gläser in die Stube hinüber. Er tappte hinter mir her. Ich blieb stehen und drehte mich zu ihm um.

»Zeigen Sie mir doch mal Ihre Listen!«

Er bremste ab wie ein Skiläufer. Dann hob er die Hände und hielt Abstand von mir.

»Es ist besser, wenn Sie nichts davon wissen. Das unterliegt der Geheimhaltungsordnung, Cora. Sie verstehen ...«

Nein, das verstand ich nicht. Das mit der Geheimhaltungsordnung war auch wieder so ein Bullenwitz. Aber einer, den ich schon kannte. Ich stellte die Teekanne auf den Stubentisch, ging zu ihm zurück, griff über seine Schultern und klappte seine Lederjacke auf. Eine dicke Papierrolle steckte in der Innentasche seiner Jacke. Ich zog sie heraus. Seine Hände standen in der Luft wie fest verwurzelte Bäumchen. Er kniff seine Augen hinter der Kompottschüsselbrille zusammen und blinzelte. Aber er rührte sich nicht.

Ich streifte den kleinen roten Gummiring von der Rolle und breitete die Blätter auf dem Tisch aus. Dann fing ich an zu lesen. Seite für Seite las ich, langsam und ziemlich genau.

**Außenlager der Kunst & Antiquitäten GmbH**
**Bereiche, Lager und Ankaufsgeschäfte**
**des VEB(K) Antikhandel Pirna**

stand fett gedruckt über der ersten Seite. Eine lange Reihe von Adressen folgte, Anschriften in Berlin, Schildow, Alt-Karow,

Mühlenbeck und Neufahrland. Eine Adresse in Sommerfeld, eine in Schacksdorf und eine Adresse in Stahnsdorf. Der Bulle kam zu mir an den Tisch und legte seine Bullenpranken mitten auf die Listen. Ich schob ihn zur Seite und blätterte die nächsten Adressen auf.

Es gab Anschriften in jedem Bezirk. Sechs oder sieben Seiten folgten, mit Adressen von Rostock über Magdeburg bis hinunter nach Leipzig, Karl-Marx-Stadt und Dresden. Dann fing die Adressenliste des VEB(K) Antikhandel Pirna an. Langsam nahm ich jede Seite in die Hand und guckte. Der Bulle verfolgte jede meiner Bewegungen, so, als hätte ich die Kronjuwelen seiner Familie in der Hand.

Ich las. Nach der letzten Seite und der letzten Adresse fing ich noch einmal von vorne an. Dieses Mal war ich besser. Auf der fünften oder sechsten Seite mit Adressen aus Berlin und dem Bezirk Potsdam fand ich etwas, das mir bekannt vorkam. Eine Adresse in Klein-Sahara, Hauptstraße, Scheune neben dem alten Dorfkonsum. Ich zog die Seite aus dem Stapel heraus und hielt sie dem Bullen hin. Dann piekte ich mit dem Finger darauf.

»Sie müssen Trautmanns Lager nicht mehr suchen. Ich weiß, wo es ist.«

Er guckte. Er sah auf meinen Finger herunter, hob das Kinn und sah wieder mich an. Seine Augen hinter den Kompottschüsseln verengten sich. Das sah nach mehr als nur einer mittelschweren Explosion aus. Ich setzte mich.

»Cora ...«, zischte er leise. »Cora ... verdammt noch mal. Was spielen Sie hier eigentlich?! Sie klappen ihren Mund auf und gucken mich an, als ob Sie noch Ihre Eierschalen hinter den Ohren hätten. Und ich fühle mich verantwortlich für Sie und versuche, Sie zu beschützen, weil ich denke, Sie kommen unter die Räder, wenn ich Sie alleine lasse. Und dann ... Und dann ... verdammt noch mal, Cora ...!«

Ich sah zu ihm hoch. Dann hob ich den Arm und tastete mit der Hand über mein Gesicht. Mein Mund war nicht offen. Na also, bitte. Ich stellte die Teegläser auseinander und goß Tee ein.

»Möchten Sie Zucker, Harry?«

»Scheiße, verdammt noch mal, ich möchte wissen, woher Sie diese Listen kennen! So eine Scheiße! Cora, hören Sie mir überhaupt zu?!«

Ich nickte und schaufelte zwei Löffel Zucker in sein Glas hinüber. Dann rührte ich um. »Bitte.«

Er knallte seinen Nilpferdhintern neben mir auf das Sofa und riß das Teeglas zu sich heran. Aber er hatte sich so weit im Griff, daß er den brühheißen Tee nicht hinunterkippte. Er stierte in sein Glas. Seine Brillengläser beschlugen. Er schob die Brille auf seine Stirn hinauf und blinzelte mich an. Dann hob er den Arm und schlug mit der Faust auf den Tisch.

»Scheiße, verdammt! Sie halten sich wohl für ganz schlau, Fräulein Cora, was! Aber so schlau sind Sie nun auch wieder nicht! Wissen Sie, daß Sie Trautmann ganz erheblich begünstigt haben! Mit Ihrem Mund-auf-und-dumm-Gucken und überhaupt. Sie haben ja alles mitgemacht, was er von Ihnen verlangt hat. Haben Sie mal darüber nachgedacht, daß Ihr Cousin jetzt nicht unten bei Seekamp in der Patho liegen müßte. Wenn Sie sich rechtzeitig gegen Trautmann gewehrt hätten. Stimmt's oder was!«

Ich guckte auf die Tischplatte. Das stimmte, ja, da hatte er mich.

Ich hatte mich von Trautmann einwickeln lassen wie ein Sahnebonbon. Er hatte mit mir gemacht, was er für nötig hielt. Und ich hatte mich nicht gewehrt, nein. Aber jetzt. Ab heute. Jetzt würde ich mich wehren. Und mit der Hilfe von Markus würde es Trautmann jetzt an den Kragen gehen. Ganz bestimmt.

»Sie antworten nicht, Cora? Na los doch, los!«

Er bog seinen Oberkörper zurück und hob seinen Arm hoch. Ich duckte mich. Seine Brille rutschte wieder auf seine Nase. Er guckte zu mir und holte seinen Arm langsam wieder herunter. Dann hob er sein Teeglas und fing vorsichtig an zu schlürfen. Seine Bullenpranke zitterte ein wenig. Er blinzelte mich an, versenkte seinen Blick wieder in seinem Glas und begann eine Unterhaltung mit seinem inneren Schweinehund. Ich sah ihm an, daß es keine freundliche Unterhaltung war. Aber ich hatte keine Stimme bei diesem Streit. Ich zog mein Teeglas zu mir herüber und trank, langsam, Schluck für Schluck. Als mein Glas halbleer war, stand der Bulle auf und stellte sein Glas auf den Tisch zurück.

»Verzeihen Sie mir, Cora. Ich wollte nicht grob werden. Ich habe mich manchmal nicht allzu gut im Griff. Ich meine ... Ich glaube ...«

Er griff in die Außentasche seiner Lederjacke und zog eine Schachtel Cabi heraus. »Rauchen Sie immer noch nicht, Cora?«

Dann riß er ein Streichholz an, legte die Hände um seine Zigarette, als ob er mitten in einem Sturm wäre, und zog. Er stand auf und ging in die Küche hinaus, klappte ein paar Schranktüren auf und wieder zu und kam mit einer Untertasse zurück. Auf dem Rückweg zu meinem Sofa drückte er auf den Schalter und klickte das Deckenlicht aus. Es wurde dunkel im Zimmer. Nur noch das helle Küchenlicht schien durch einen schmalen Türspalt herein. Er setzte sich zu mir auf das Sofa, sah in mein Gesicht und auf meine Haare und zog an seiner Cabinet. Für eine Sekunde leuchtete die rote Spitze hell in der Dunkelheit. Dann ließ er sie durch den Rauch auf den Tisch zurückgleiten und streifte ihre Asche auf die Untertasse. Er fühlte sich auf meinem Sofa wie zu Hause.

Und trotzdem, irgend etwas Angenehmes, Warmes war plötzlich da. Er lehnte sich vor, stützte seine Ellenbogen auf seine Knie und sah dem Rauch seiner Zigarette nach. Die Falten seiner Lederjacke knautschten. Jetzt, in dem halbdunklen Zimmer, war er wieder ein richtiger Humphrey Bogart.

»Es tut mir leid, wenn ich dich schlecht behandelt habe, Cora«, sagte er plötzlich leise. »Mir fehlt seit Jahren ein Ort, an dem ich mich einmal ausruhen kann. Es wird alles von Tag zu Tag schlimmer. Aber ich kann nicht immer nur kämpfen. Vor allem dann nicht, wenn ich ziemlich genau weiß, daß alles sinnlos ist. Cora, ich ...«

Er hob seine Hand hoch und legte sie auf meinen Kopf. Weich und leicht. Langsam ließ er sie an meiner Wange hinuntergleiten. Ich rührte mich nicht. Er guckte mich an, ließ die Hand wieder sinken und hielt sich die Zigarette vor sein Gesicht.

»Entschuldige, Cora, das war schon wieder ein Ausrutscher. Ich meine ... auf jeden Fall ... Du mußt dir keine Vorwürfe machen, daß du auf Trautmann hereingefallen bist. Da bist du nicht der erste, dem das passiert. Diese Leute von der Staatssicherheit haben eine verdammt gute psychologische Ausbildung. Die observieren jeden, von dem sie etwas wollen, bis sie bis ins kleinste Detail über ihn Bescheid wissen. Und dann finden sie für ihn die richtige Methode.«

Humphrey Bogart drehte den Kopf weg und guckte hinunter auf die Tischplatte. Zärtlich strich er mit den Fingerspitzen über den Rand seiner Untertasse.

»Ich kann dir erklären, was passiert ist, Cora. Oberst Trautmann wird genau gewußt haben, in welcher angespannten psychischen Situation du warst. Deine Freundin war in den Westen geflüchtet. Deine Tante war gestorben. Alles innerhalb weniger Tage. Und eine andere nahestehende Kontaktperson hattest du nicht. Also hat er bei dir nicht auf Drohungen oder Verhaftung gesetzt. Das wäre für Trautmann auch möglich gewesen, er ist immerhin Oberst, und das sind mittlerweile übliche Methoden beim Umgang mit Kunstsammlern durch die Kunst und Antiquitäten GmbH. Zumindest, wenn sie mit Überredung und Bestechung nicht zum Verkauf ihrer Sammlungen zu bringen sind. Nein, bei dir, Cora, hat er es anders gemacht. Zu dir ist er mit Freundlichkeit gekommen und hat dir voller Fürsorge und Hilfsbereitschaft ein Angebot gemacht. Vielleicht war auch ein bißchen Streicheln dabei. Vielleicht ein bißchen Liebe ... Trautmann wußte doch, wie einsam du bist.«

Er hob die Fingerspitzen von der Untertasse und zog an seiner Zigarette. Dann drückte er die Zigarette auf die Untertasse, ging zum Fenster hinüber, zog die Gardine zur Seite und klappte die kleinen Fensterflügel auf. Die kühle Nachtluft wehte herein. Über den schwarzen Dächern der Häuser schimmerten ein paar winzige Sterne. Aber die interessierten ihn nicht. Er beugte sich über das Fensterbrett und aus dem Fenster hinaus und guckte in den Hof hinunter. Dann hievte er seinen Oberkörper zurück in mein Zimmer. Er drehte sich wieder zu mir.

»Du mußt mir nicht sagen, ob ich damit richtig liege, Cora. Und was deinen Freund angeht, es tut mir leid, Cora, aber ich glaube ...«

»Meinen Freund?«

»Ja. Deinen Freund. Du hast heute morgen unseren Professor angerufen und hast mich wegen deinem Freund um Hilfe gebeten. Oder dachtest du, ich hätte vor deiner Tür gesessen, weil Trautmann dich überfallen will!«

Ich schüttelte den Kopf.

»Cora, mit dieser Brille sehe ich vielleicht aus, als ob ich einen Blindenhund nötig hätte. Ich bin aber nicht blöd. Diese Sache mit dem Freund, den du da neuerdings hast, die funktioniert genau nach Trautmanns Stasi-Methode. Meinst du nicht auch?«

Ich sagte nichts. Ich lehnte mich zurück und guckte und brauchte eine kleine Schrecksekunde, in der meine Angst von der letzten Nacht im Haus von Markus wieder in meinen Bauch zurückkam. Aber dann hatte ich mich wieder so weit in der Reihe, daß ich wußte, woran ich hier war. Es stimmte nicht, nein, Markus war völlig in Ordnung. Ich glaubte ihm. Und dieser Volkspolizei-Bogart, der konnte mir viel erzählen. Der war ein Bulle, und der blieb einer. Und wenn der mir erzählt hätte, daß Gras grün ist und die Sonne hell — dem hätte ich das nicht geglaubt.

»Ich weiß schon, Cora, du kannst verdammt stur sein. Du bist wirklich keine große Hilfe für mich.«

Der Bulle kam zum Tisch zurück und goß sich noch einmal Tee ein. Ohne Zucker. Dann kam er um den Tisch herumgelaufen und setzte sich wieder neben mich. Er lehnte sich gegen das Seitenpolster, hob sein Teeglas in die Höhe und betrachtete mich.

»Ich weiß nicht, Cora, ob du diesen Typen decken willst. Vielleicht schweigst du auch, weil du feige bist. So ist es bei den meisten. Jeder meint, daß er kuschen muß vor denen, die hier am Ruder sind. Vor allem vor den Leuten von der Staatssicherheit. Angst haben die meisten, und diese Angst ist nicht unbegründet. Aber gerade dadurch ist es so schwer. Seit vier Jahren sammele ich Informationen über die Kunst und Antiquitäten GmbH. Auch über die vielen anderen Firmen, die ihr angegliedert sind. Ich sammele Beweise gegen solche Schweine wie Trautmann. Ganz besonders gegen Trautmann, jetzt, wo ich weiß, daß er sogar ein Mörder ist. Aber das wird mir alles nichts nützen. Jedenfalls jetzt noch nicht. Erst wenn dieser Staat am Ende ist ... Und das wird bald sein, da kann mir keiner mehr etwas vormachen. Die kriegen den Deckel nicht mehr auf den Topf. Im nächsten Jahr werden wir vielleicht schon eine richtige Regierung haben. Nach einer richtigen freien Wahl. Und *dann* lege ich meine Materialsammlung auf den Tisch. Dann werden andere Gesetze gemacht. Auch andere Steuergesetze. Und dann ist es vorbei mit der Ausplünderung von Kunstsammlern durch die Stasi. Solche Firmen gibt es dann einfach nicht mehr. Und solchen Verbrechern wie Trautmann geht es endlich an den Kragen.«

Er beugte sich vor, sah mich an und stellte sein Teeglas zurück auf den Tisch.

»Ich habe Rosinen im Kopf, Cora, das weiß ich. Aber ich kenne noch mehr Männer, die so oder so ähnlich denken wie ich. Ich meine nicht nur die, die jetzt auf die Straße gehen. Nein, als ich Material über Trautmann gesammelt habe, habe ich auch bei der Staatssicherheit zwei, drei Männer kennengelernt ...«

Er hörte auf zu reden. Dann rutschte er an mich heran und nahm meine Schultern zwischen seine Pranken.

»Aber das könnte es sein, Cora!« schrie er.

»Was könnte sein?«

»Cora ... Ich habe vorhin nicht begriffen, warum Trautmann seine Briefe und seine Unterlagen von dir zurückhaben wollte. Jetzt verstehe ich ihn. Es gibt sogar zwei Möglichkeiten. Entweder Trautmann wartet genauso wie ich auf die Auflösung dieses Staates, weil er sich dann mit diesen unterschlagenen und gestohlenen Antiquitäten eine eigene saubere Firma aufbauen will. Irgendwo im Westen vielleicht, in einer freundlichen teuren Gegend. Dann muß er natürlich dafür sorgen, daß du nicht irgendwann in seinen piekfeinen Laden hereinkommst und vor seinen Kunden die Beweise dafür auf den Tisch legst, daß er seine Antiquitäten überall zusammengestohlen hat. Oder ... hach, Cora, die andere Möglichkeit wäre noch besser.«

»Ja? Nun sag doch!«

Er begann zu grinsen. Dann zog er die Schultern nach oben und schüttelte langsam den Kopf hin und her.

»Ja, das würde ich diesem Schwein wünschen. Wenn ich da recht hätte, Cora ...!«

»Also, was denn?«

Er fing an zu lachen. »Es wäre immerhin möglich, daß irgend jemand in seiner Firma oder bei der Staatssichehrheit der Meinung ist, daß der Oberst seine Späße übertrieben hat. Und dann ... Mensch, Cora, dann rennt er jetzt weg vor seinen eigenen Leuten.«

Ungefähr eine Stunde später brachte ich den Bullen zur Tür. Es war dreiviertel zehn. Ehe er ging, lief er noch einmal zurück in mein Zimmer, lehnte sich aus dem Fenster hinaus und sah hinunter in meinen Hinterhof. Er schien zufrieden zu sein mit dem, was er sah.

Er kam zur Wohnungstür, breitete seine Arme aus und prankte seine Hände hinter meinem Rücken zusammen. Seine Lederjacke knautschte leise. Er drückte mich an sich.

»Sei vorsichtig, Cora. Paß auf dich auf. Dieser Trautmann ist für dich immer noch gefährlich.«

Er zog einen Arm hinter meinem Rücken hervor und legte seine Hand noch einmal auf meinen Kopf. Zärtlich wie ein mittelschwerer Schmiedehammer und ungefähr ebenso weich. Jetzt war es nicht mehr zu übersehen, daß er es endgültig aufgegeben hatte, förmlich mit mir zu sein und dienstgemäß auf Abstand von mir zu gehen.

»Das beste wird sein, du gehst jetzt schlafen, Cora. Und ich stelle mich unten vor deine Haustür. Morgen früh rufe ich meinen Kollegen an. Den, der dir den Kaffee gebracht hat, in meinem Dienstzimmer in der Keibelstraße. Der wird auf dich aufpassen, bis du zur Arbeit gehst. Und morgen abend sehen wir weiter. Vielleicht kann ich Trautmann doch noch festnageln. Ich werde sehen, was ich machen kann. Wenn ich erst seine Blutgruppe weiß und wenn es AD Rh positiv ist ... vielleicht kriege ich ihn dann für den Mord an deinem Cousin, Cora.«

Er lockerte den Griff seiner Arme. Seine Pranke rutschte an meiner Wange hinab. Ich trat einen Schritt aus der Tür und griff zum Lichtschalter für das Treppenlicht, aber er hielt meine Hand fest und schüttelte den Kopf. Dann stieg er schnell und behende wie eine Bergziege die Treppe hinab. Er blieb noch einmal stehen und guckte zu mir herauf. Das Licht aus der Küche leuchtete auf sein Gesicht.

»Vielleicht überlegst du es dir noch einmal, Cora!«

Er sprach leise. Ich trat einen Schritt nach vorne.

»Was soll ich mir überlegen?«

»Vielleicht arbeitest du doch mit mir zusammen.«

Ich nickte und hob die Schultern. »Ja, Harry. Vielleicht.«

Dann ging ich zurück in meine Wohnung, schloß die Tür und legte die Kette vor.

* * *

Ich wartete, bis ich unten im Hof die kleine Tür klappen hörte.

Dann lief ich ins Zimmer zurück und trank den letzten Schluck von meinem Tee. Ich zog Mieze Schindler und Pythia dichter zu mir heran, hob sie vorsichtig in meinen Arm und ließ die Worte des Bullen in mir nachklingen. Aber es blieb dabei. Ich wollte meine Meinung nicht ändern. Ich hatte noch nie einem Bullen vertraut.

Ich stand auf, schaltete die kleine Lampe neben meinem Bett ein, ging zum Bücherregal und zog die Tüte mit dem Zeitungsartikel über Leberecht Börsch zwischen meinen Büchern heraus. Schon die Überschrift des Artikels ließ eine riesige Wut in mir aufsteigen.

## Bekannter Antiquitätensammler empört sich
## Diese Puppe gehört mir!

Ja, na klar doch! Es war *unsere* Queen Anne, die er in seinem Arm hielt.

> 'Sie ist Teil meiner umfangreichen Sammlung, die ich bei meiner Flucht vor der Ulbricht-Polizei im Osten zurücklassen mußte. Ich erkenne sie …'

Doch, bestimmt, das glaubte ich ihm. Er hatte sie erkannt. Aber sie gehörte ihm nicht mehr. Er hatte sie der Tante notariell beglaubigt geschenkt oder sie ihr übereignet oder wie auch immer der juristisch korrekte Ausdruck dafür war.

Aber mal abgesehen davon, daß Leberecht Börsch es mit der Wahrheit nicht allzu genau nahm. Auf jeden Fall dann nicht, wenn es um seine Puppensammlung ging. Mal abgesehen davon — wie kam unsere Queen Anne ausgerechnet zu *diesem* Antiquitätenhändler, der in Leberechts ständig erreichbarer Nähe war?

Trautmann war das, da war ich jetzt ganz sicher. Trautmann hatte die Queen aus Tantes Regal genommen und hatte für einen kleinen geschäftsbelebenden Zufall gesorgt. Falls die Geschichte mit dem Antiquitätenhändler nicht überhaupt frei erfunden war. Schließlich gab es mehr als nur eine flüchtige Bekanntschaft zwischen Trautmann und Leberecht. Im Juni hatten sie auf dieser Antiquitäten-Auktion in Köln nebeneinander gesessen. Im Juni wußte das Finanzamt von Tantes Puppensammlung noch nichts. Dann hatte Trautmann Leberecht Börsch von dieser Sammlung erzählt. Oder Leberecht hatte zu Trautmann davon gesprochen. Und dann hatte Oberst Trautmann seinen Steuereintreibungsmechanismus in Gang gesetzt. Wahrscheinlich damals schon mit dem Ziel, Tantes Sammlung teilweise oder komplett in den Westen zu schaffen, zu Leberecht Börsch.

Ich hatte ihn, ja! Und auch die Geschichte mit dem Rheinwein gehörte wahrscheinlich dazu. Remagen, Remagen, natürlich. Es gab diesen Film. Ein Trupp von deutschen Soldaten, die versuchten, eine wichtige Brücke zu sprengen. Die Brücke von Remagen. Und die führte über den Rhein! Mit etwas besseren Geographie-Kenntnissen hätte ich vielleicht schon zwei Monate früher darauf kommen können.

Also der Rhein. Rheinwein. Eine Marke, die man bei uns weder im Konsum noch im Delikat-Laden kaufen konnte. Ein guter Rheinwein für einen guten Geschäftspartner. Dieser Trautmann. Dieses Schwein!

Ich sah auf meine Armbanduhr. Es war kurz nach zehn. Unten im Hof war es still geblieben. Ich stand auf, ging in die Küche hinaus und schaltete das Licht aus. Vorne, neben der Truhe an der Eingangstür, lagen meine Turnschuhe aus weißem Segeltuch. Ich streifte mir die hochhackigen Schwarzen von den Füßen. Meine Füße fühlten sich schlagartig wieder wohl.

Auf dem Tisch in der Stube stand der Karton mit den gefrorenen Charlotten. Mieze und Pythia saßen nebeneinander und glotzten mich an. Ich hob sie auf meine Arme, trug sie in die Küche und legte sie hinter die Schachteln mit Tempobohnen und Tüten mit Kloßmehl und Zucker in meinen Lebensmittelschrank. Dann holte ich meinen Rucksack, zog ihn auf, nahm die FÜR DICH und schob nun auch den Briefumschlag mit dem Zeitungsartikel über den bekannten Sammler Leberecht Börsch hinein.

Und dann ging ich zum Fenster hinüber und lehnte mich weit hinaus. Es war nichts zu sehen. Der Hof war dunkel und ruhig. Neben dem Dach der Waschküche ragte die schwarze Silhouette des anderen Seitenflügels auf. Daneben stand, ein paar Meter nach hinten versetzt, schwarz und glatt die Rückwand des Seitenflügels vom Nachbarhaus. Die kleine Lücke zwischen beiden zeichnete sich als schmaler dunkelblauer Streifen im Nachthimmel ab.

Ich klappte das Fenster zu. Meine Jacke lag über einem Stuhl in der Küche. Ich ließ die kleine Lampe neben meinem Bett eingeschaltet, hängte mir den Rucksack über die Schultern und schloß meine Wohnungstür hinter mir zu. Ohne das Licht anzumachen, ging ich langsam und vorsichtig die enge Wendeltreppe hinab.

Es war gar nicht so schwer. Jedenfalls nicht so schwer, wie ich erwartet hatte. Ich schob den Müllcontainer einen Meter nach hinten, setzte meine Füße in die Griffe, an denen die Müllmänner die Container auf die Müllautos hängten, und stieg hinauf. Der riesige Klappdeckel schwankte hin und her, aber ehe er abkippen konnte, hatte ich schon meine Arme auf das Dach der Waschküche gelegt und stemmte mich hoch. Das Holz knackte unter meinen Armen und unter meinen Schuhen. Ich verzichtete darauf, aufzustehen, und kroch auf meinen Knien hinüber zur anderen Seite.

Das Dach stieg steil an, und es ging wie im Elbsandsteingebirge bergauf. Zur Rückwand vom Seitenflügel des Nachbarhauses gab es nur einen schmalen Durchgang. Ich kroch hinauf, lehnte mich hinunter und versuchte, unter mir in die Dunkelheit zu spähen. Es war nichts zu sehen. Dieser Hof war schwarz wie ein grundloser Brunnen. Also drehte ich mich herum, schob meine Füße über den Rand des Daches und ließ mich langsam herab. Als ich mit ausgestreckten Armen am Rand des Daches hing, hörte ich die Katzen unter mir. Ich zischte leise durch die Zähne. Dann ließ ich mich los und sprang. Es war hoch, und ich landete auf Händen und Füßen. Die Katzen fauchten und sprangen weg.

Ich stand auf. Die ersten Schritte stachen in meinen Fußgelenken. Aber dann ging es. Ich sah mich um und guckte über das Waschküchendach zurück. Oben, direkt unter dem Dach vom Seitenflügel, brannte ein schwaches Licht. Das war mein Fenster. Falls der Bulle einen Blick zu mir heraufwerfen wollte, bitte, dann sollte er das ruhig machen. Ich war richtig stolz auf mich.

Ich ging ein paar Schritte zum Vorderhaus und tastete an der Wand entlang nach der Eingangstür. Dieser Hof war anders als mein Hof. Ungefähr in der Mitte des Vorderhauses stieß ein niedriges Eisengeländer an meine Hand. Ein paar Stufen führten nach oben. Ich drückte die Klinke hinunter. Die Tür war nicht abgeschlossen. Eine Katze lief neben mir die Treppe hinauf und drückte sich eng an meine Beine. Ich zog die Tür vorsichtig auf.

Auch die Haustür, die zur Straße hinausführte, ließ sich öffnen. Ich zog sie einen Spaltbreit auf und spähte hinaus. Es war nichts zu sehen. Eine schmale Treppe mit einem Eisengeländer führte zur Straße hinunter. Vorsichtig schob ich mich einen Zentimeter weit auf die oberste Stufe hinaus. Ich drückte mich an die Hauswand und sah auf die Straße. Humphrey Bogart knautschte seine Lederjacke gegen die Hausmauer neben meiner Haustür und hielt sich eine Zigarette vor sein Gesicht. Er legte die Hände darum herum wie im Schneesturm, führte sie zum Mund und zog daran. Dann richtete er sich auf. Ein Auto kam die Straße hinuntergefahren. Aus der falschen Richtung und mit einem Affenzahn.

Der Bulle trat auf den Fußweg, guckte dem Auto entgegen, drehte sich herum und sah ihm nach. Dieser kleine Moment reichte mir aus. Ich sprang die Stufen hinunter, lief ein paar Schritte und drückte mich in den nächsten Hauseingang. Dann schob ich meinen Kopf um die Ecke und lugte zum Bullen zurück. Er stand immer noch auf dem Fußweg und guckte. Langsam drückte er seine Zigarette an der Hauswand aus und ging in den Flur zurück.

Ich nahm meinen Rucksack vom Rücken und hängte ihn auf meinen Bauch. Dann knöpfte ich meine Jacke über dem Rucksack zusammen und lehnte meinen Oberkörper zurück. Es war dunkel zwischen den Straßenlaternen. Vielleicht sah der Bulle nicht so genau hin, wenn eine schwangere Frau die Straße hinunterging. Ich schlich los, aber meine Verkleidung mußte nicht allzu gut gewesen sein. Ich hörte seine Schritte auf dem Fußweg vor meiner Haustür immer schneller werden. Dann rief er.

»Cora? Cora, bist du das?«

Nein, ich war's nicht! Ich lief einfach weiter. Seine Schritte wurden leiser und blieben zurück. Dann hörte ich die Haustür klappen. Ich wußte, er ging auf den Hof und guckte zu meinem Fenster hinauf. Ich sah mich um. Er war nicht mehr da. Also nahm ich meine Beine in die Hand und rannte. Vorne an der Ecke bog ich in die Gormannstraße ein. Ich rannte weiter, bis ich an der Steinstraße und an der Schule vorüber war.

Erst in der Münzstraße wurde ich langsamer. Ich hängte meinen Rucksack wieder über meine Schulter, überquerte die Alte Schönhauser und ging auf die helleren Straßen zu. Vor dem Alexanderplatz stauten sich die Autos in einer breiten Schlange. Mitten auf der Karl-Liebknecht-Straße liefen Männer und Frauen und sogar Kinder dicht gedrängt in einem riesigen Demonstrationszug.

Ich ging heran bis an den Straßenrand. Drei Krankenschwestern, die ich von der Chirurgischen Station aus dem Charitas kannte, liefen an mir vorbei. Sie winkten.

»He! Hallo, Cora!«

Ich winkte zurück. Aber ich ging nicht zu ihnen auf die Straße.

Ich hatte noch etwas anderes vor. Ich stand ungefähr zehn Minuten am Straßenrand und guckte. Es war schwer zu schätzen, aber ich glaube, in diesen Minuten liefen mindestens vier- oder fünftausend Menschen an mir vorbei.

Als der Demonstrationszug weniger dicht zu werden begann, ging ich vom Fußweg herunter und wechselte hinüber auf die andere Straßenseite.

Auf dem S-Bahnhof war es voller als auf dem Alexanderplatz. Aus den Zügen, die aus Richtung Ostbahnhof oder Ostkreuz kamen, stiegen große Gruppen von Menschen aus, rannten die Stufen hinab und liefen dem Demonstrationszug hinterher. Nur auf dem Bahnsteig, auf dem die Züge aus der Stadt hinausfuhren, war es leer. Ich wartete fünfzehn Minuten, bis der Zug nach Königswusterhausen kam. Als er in den Bahnhof einfuhr, lief ich an ihm entlang und suchte nach einem Wagen, in dem ich nicht ganz alleine war.

Erst auf dem Ostbahnhof wurde die S-Bahn voller. Auf dem Bahnsteig, auf dem die Fernzüge abfuhren, drängelten sich die Reisenden und warteten. Die meisten hatten nicht mehr als einen Rucksack oder eine kleine Reistasche bei sich. Nur an zwei oder drei Stellen auf dem Bahnsteig stapelten sich Haufen von Koffern und Plastiksäcken.

Ich zog die Tür auf und guckte hinüber ... BUDAPEST, NYUGATI TÉR stand auf der Abfahrtsanzeige. Mit einem dieser Züge zum Nyugati Tér war sicher auch Marion gefahren, auf ihrem Weg in den Westen.

Ich sah auf meinen Rucksack. Meine letzten Puppen lagen zu Hause in meinem Küchenschrank. Und trotzdem ... Ich setzte meinen Fuß in die Tür.

Nicht doch. Ich wollte nicht weg, nein. Ich zog die Tür zu und ging auf meinen Platz zurück. Ich war ganz sicher: Ich hatte mehr als nur einen Grund, um immer noch hier zu sein.

Es war kurz vor Mitternacht, als die S-Bahn in KaWe einfuhr. Fünfzehn oder zwanzig Menschen stiegen mit mir zusammen aus dem Zug aus. Sie liefen einzeln oder in kleinen Gruppen in den Tunnel hinab, gingen unter den Gleisen hindurch und stiegen auf der anderen Seite wieder die endlosen Stufen hinauf.

Draußen, in der Mitte vom Bahnhofsvorplatz, flackerten die Glühbirnen oben auf dem Peitschenmast. Die Fahnen vom 7. Oktober hingen immer noch neben dem Mast herunter. Schwärme von Faltern tanzten darum herum. Ein grauer Wolga mit einem Taxischild auf dem Dach stand einsam davor. Der Fahrer hatte das Fenster vom Beifahrersitz heruntergekurbelt, kaute eine Zigarette durch den Mund und sah müde die Stufen vor dem Bahnhof hinauf.

Ich ging die Treppe hinunter und lief um das Schutzgitter herum. Ein Mann in Uniform schob mich zur Seite, rannte quer über den Platz vor mir her und riß die hintere Tür des Taxis auf. Der Fahrer nickte ihm zu. Der Soldat schwang sich hinein. Ich stand da und guckte dem Taxi hinterher. Aber ich kannte den Weg, den ich zu gehen hatte. Ich lief los.

Hundert Meter weiter bremste ein Trabant neben mir. Der Fahrer klinkte die Beifahrertür auf und beugte sich herüber.

»Junge Frau, soll ich Sie fahren?«

Ich blieb stehen, beugte mich hinunter und versuchte, sein Gesicht zu sehen. Eigentlich war ich mehr fürs Laufen. Es war zwar nicht das erste Mal, daß ich ein Schwarztaxi nahm, und ich hatte niemals Ärger dabei gehabt. Aber die Zähne klapperten mir trotzdem.

Die nächste funktionierende Straßenlampe war ungefähr hundert Meter entfernt. Ich sah einen Mittelscheitel und lange Haare, die bis auf die Schultern hinunterhingen. Eine winzige glänzende Kreole hing im Ohrläppchen von seinem linken Ohr.

Ich stieg ein. Der Trabant war eng wie eine Telefonzelle. Ich zog die Füße dicht an den Sitz heran und klappte meine Knie ein. Als der Fahrer die Gangschaltung hinunterdrückte, knallte sein Ellenbogen an meinen Arm.

»Es wird doch gehen, junge Frau?«

»Natürlich geht das. Ich habe ganz andere Sorgen.«

Er nickte. »Die haben wir jetzt alle.«

Eine Viertelstunde später setzte er mich bei den ersten Häusern gleich hinter dem Ortsschild von Klein-Sahara ab. Er sah zu mir herüber und ließ den Motor laufen. Das kleine Auto tuckerte laut und vibrierte. Ich schob den Türöffner zurück und stieg aus.

»Soll ich Sie nicht doch lieber bis nach Hause bringen? Es ist ziemlich finster hier!«

»Nein. Danke.« Ich wühlte ein Goethe-Pfund aus meiner Hosentasche. »Sagen Sie mir, wieviel Sie kriegen!«

Er schüttelte den Kopf. »Ich darf gar nichts sagen, sonst gibt's eine Anzeige wegen Schwarzarbeit. Aber wenn Sie mir eine kleine Anerkennung für meine Freundlichkeit geben wollen ...«

Er sah auf das Pfund und grinste.

»Ist das genug?«

»Prima! Das ist einmal durch die Kaufhalle für mich und meine Frau. Wenn Sie mir fünf Mark in die Hand gedrückt hätten, dürfte ich mich auch nicht beschweren.«

Er nahm mir das Pfund aus der Hand, faltete es ordentlich wie einen Smokingblitzer zusammen und schob es sanft in die Brusttasche von seinem Hemd. Dann hob er die Hand, winkte und legte den Gang ein. Als seine Rücklichter sich langsam oben auf der Chaussee nach KaWe entfernten, lief ich los.

Der Fahrer hatte recht gehabt. Es war finster. Und bis auf das Bellen von ein paar Hofhunden hinter den Mauern der

Häuser an der Dorfstraße war es unheimlich still. Aber das kannte ich ja schon. Ich ging auf der Hauptstraße, von Laterne zu Laterne, in das Dorf hinein. An der Stelle, an der ich das prähistorische Straßenpflaster unter meinen Schuhsohlen spürte, bog ich in den kleinen Sandweg ein. Hier gab es keine Straßenlampen mehr. Nur noch finsterste Dunkelheit und tiefste Stille. In einem der Fliederbüsche am Wegrand zirpte ein Vogel. Im russischen Sommerhaus brannte ein müdes Lämpchen hinter einer blickdichten hellbraunen Jalousie.

Im Haus von Markus brannte kein Licht, hinter keinem der Fenster.

Aber das braune Schimmern aus dem Sommerhaus war immerhin so hell, daß ich den Lada von Markus vor dem Gartenzaun stehen sah.

Ich lief darauf zu, immer weiter. Das kleine Licht über dem Fahrersitz brannte. Eine der Türen mußte also offen sein. Als ich ungefähr zehn oder zwölf Meter vom Auto entfernt war, wurde die Haustür ein paar Zentimeter weit geöffnet. Ein breiter Lichtstrahl fiel auf den Vorgarten hinaus. Ich blieb stehen, bevor ich das Licht erreichte, und guckte hinüber zum Haus.

Die Haustür ging ganz auf, und Markus kam heraus. Er hatte sein schwarzes Jackett angezogen. Sein heller Regenmantel hing über seiner Schulter. Die dunkelblaue Reisetasche klemmte unter seinem Arm. Markus schaltete das Flurlicht aus, trat auf die Treppe hinaus und verschloß die Haustür. Dann ging er die Stufen hinunter, lief durch den Vorgarten und schloß auch die kleine Gartentür zu.

Ich machte ein paar schnelle Schritte. »He! Hallo!« sagte ich.

Er blieb stehen und guckte in die Dunkelheit.

»Cora?«

Dann erkannte er mich. »Was machst du hier! Cora? Irgendwie schaffst du es immer wieder, genau das Falsche zu tun!«

Er beugte sich hinunter in sein Auto und hob seinen Mantel

über die Rückenlehne nach hinten. Er drehte sich herum, stützte sich oben auf dem Türrahmen ab, stellte seinen rechten Fuß in das Auto und ließ sich langsam auf den Fahrersitz hinab. Aber er überlegte es sich anders. Er stieg nicht ein.

»Komm her, Cora!« sagte er leise. »Was willst du denn hier?«

Ich ging um das Auto herum. Er ließ die Autotür los, kam mir einen Schritt entgegen und legte die Arme um mich.

»Markus, ich mußte dir unbedingt etwas sagen. Ich weiß jetzt, wer der Käufer von Tante Johannas Puppen ist. Ich bin ganz sicher. Er heißt Leberecht Börsch, ist Antiquitätensammler und wohnt in Remagen. Hedda hatte die gleiche Idee wie ich. Darum ist sie zu ihm gefahren. Er muß es sein!«

Ich hätte ebensogut mit einem Apfelbaum reden können. Markus ließ sein Kinn auf meine Schulter hinuntersinken und hörte mir zu. Aber er sagte nichts.

»Du kennst ihn, Markus. Du hast ihn bei Tantes Beerdigung fotografiert, auf dem Friedhof, als er diesen riesigen Kranz brachte. Und in dem Auktionshaus in Köln hat er neben Trautmann gesessen. Auf derselben Auktion, Markus, auf der du auch warst.«

Er hörte immer noch zu, stand da und ließ seine Apfelbaumwurzeln in die Erde wachsen. Ich wurde eifrig wie ein Schmetterling und redete auf ihn ein.

»Markus, verstehst du nicht! Es ist ziemlich egal, ob du Trautmann nun jeden Tag auflauerst und ob du ihn bei irgend etwas erwischt. Ich weiß, wohin er die Puppen bringen wird!«

Markus richtete sich auf. »Und was sammelt dieser Börsch? Nur Puppen? Oder auch andere Antiquitäten?«

»Das weiß ich nicht.«

»Siehst du!«

Er beugte sich hinunter, bog meinen Kopf zurück und küßte mich. Dann schlug er seine Arme um meine Schultern und drückte sich an mich.

»Dieser Börsch nützt mir gar nichts, Cora. Der ist mir ziemlich egal. Ich will *Trautmann* kriegen!« Er ließ mich los und zog seine Hände von meinem Arm. »Und nun bist du vernünftig und fährst nach KaWe zurück. Ich muß jetzt los und nach Trautmann sehen. Und du kannst auf keinen Fall mitkommen! Irgend etwas ist los heute nacht.«

Ich faßte nach seinen Armen und hielt ihn fest.

»Cora!«

Aber er blieb neben mir stehen. Er trat noch einen Schritt nach vorne. Sein Gesicht vergrub sich in meinen Haaren. Sein Mund blieb dicht neben meinem Ohr. Er begann zu flüstern.

»Trautmann ist vor einer Stunde hier angekommen. Er hat seine Männer mitgebracht, und sie haben sein Lager geräumt, die ganze Scheune, in einem Wahnsinnstempo. Drei- oder vierhundert Bilder waren da mindestens, und eine Unmenge von Möbeln. Weiß der Geier, Cora, warum der plötzlich so hektisch geworden ist.«

»Markus, bitte ...«

»Nein! ... Gut, dann fährst du eben nicht nach KaWe. Bleib hier im Haus, warte hier auf mich. Und wenn alles gutgeht, dann bin ich morgen wieder zurück. Dann hole ich dich.«

Er zog sein Schlüsselbund heraus und ließ es in meine Jackentasche hinuntergleiten. Dann schob er meine Hände von seinen Armen und machte einen entschlossenen Schritt. Ich war schneller. Ich bückte mich unter seinem Arm durch, stieg ein und rutschte hinüber auf den Beifahrersitz. Seine Reisetasche stieß hart gegen meinen Rücken. Ich hob sie hoch, lehnte mich an und stellte sie auf meine Beine. Meinen Rucksack klemmte ich zwischen mich und die Tür und schob ihn zu meinen Füßen hinunter. Markus setzte sich neben mich.

»Du machst einen Fehler, Cora! Und ich kann mir jetzt keinen Fehler erlauben. Dieses Land ist am Ende. Eine Woche noch, zwei oder drei ... Irgendwann machen sie vielleicht sogar die Grenzen auf. Und dann verschwindet Trautmann mit seinen Schätzen, irgendwohin, ins Ausland. Cora! Ich habe keine Zeit mehr! Bitte, steig aus!«

Diese Worte waren nicht die gleichen, die der Bulle heute abend zu mir gesagt hatte. Trotzdem kamen sie mir irgendwie auch bekannt vor. Ja, ich sah schon ein, daß er recht hatte. Aber ich hatte mir nicht den weiten Weg hier heraus gemacht, um jetzt nachzugeben und aus dem Auto auszusteigen und wieder einmal überhaupt nicht dabei zu sein. Ich spielte meinen letzten Trumpf aus.

»Ich weiß, warum Trautmann heute so unruhig ist. Markus, ich kann es dir sagen ...«

Markus setzte sich auf und guckte herüber zu mir.

»Ja? Also?«

Ich erzählte ihm, was am Abend in meinem Hausflur passiert war. Und ich sagte ihm auch, daß Trautmann mit ziemlicher Sicherheit wußte, wer mich gegen ihn verteidigt hatte, und daß der Bulle schon eine ganze Weile ein Auge auf Trautmann und auf dessen Firma hatte. Und daß die Beweise, die er gegen Trautmann hatte, vielleicht doch bald gefährlich für Trautmann werden könnten.

Markus kam immer näher. Schließlich legte er seinen Arm quer über meinen Bauch und beugte sich über mich.

»Dieser Bulle weiß also Bescheid über Trautmann?«

»Ja.«

»Hast du ihm doch etwas erzählt, Cora, ja?! Und was weiß er von mir?«

Ich schob seinen Arm weg. »Ich mußte ihm nichts erzählen. Er wußte schon alles. Aber von dir weiß er nichts. Gar nichts. Jedenfalls nicht von mir.«

Markus hob den Arm und bog meinen Kopf zurück. Seine Hand mit dem Verband glitt sanft und vorsichtig unter mein Kinn. Ich hörte ihn atmen, dicht neben meinem Hals. Ich wußte, er legte sich die Karten, um herauszufinden, ob es klüger wäre, mich mitzunehmen, oder ob er mich einfach hinauswerfen sollte und ohne mich fahren.

Ungefähr zwei Minuten lang passierte gar nichts. Dann beugte er sich über mich und küßte mich noch einmal.

»Warum hörst du nicht auf mich, Cora? Du gefährdest dich selber. Bitte, dir darf einfach nichts passieren!«

Seine Mund streifte sanft über meine Wange. Ich rührte mich nicht.

Markus ließ den Motor an und legte den Gang ein. Er fuhr nicht zurück auf die Dorfstraße. Er wendete das Auto, blendete die Scheinwerfer ab und fuhr um sein Haus herum und auf die Wiesen hinaus. Nach den ersten hundert Metern kam er auf einen befestigten Feldweg. Helle Betonschwellen waren nebeneinander in den Weg eingelassen und markierten die Fahrbahn. Die Räder sprangen von Schwelle zu Schwelle und rumpelten unter uns wie Waggons auf den Stößen zwischen den Schienen der S-Bahn. Dann schaltete Markus die Scheinwerfer ganz aus. Wir glitten langsam durch die Dunkelheit. Nur das Rumpeln unter den Rädern zeigte uns an, daß wir noch auf dem richtigen Weg waren.

Wir fuhren nicht weit. Rechts von uns lag das Dorf. In den Häusern war es dunkel. Die Hauptstraße lag hell unter den Straßenlampen. Ungefähr nach zweihundert Metern hielt Markus das Auto an.

Zwischen den Höfen auf unserer Seite der Straße lag ein Obstgarten. Ein breiter Durchgang war zwischen dem Garten, einem Bretterzaun und einer Hofmauer aus schmutzigem, graugelbem Backstein. Am Ende dieser Mauer glänzte unter einer hellen Laterne das große Schaufenster vom Dorfkonsum.

Ich sah einen dunkelblauen Lada unter der Straßenlampe stehen. Gleich daneben parkte ein grüner W 50 mit einer senfbraunen Segeltuchplane.

»Glück gehabt, Cora«, sagte Markus leise. »Ich hatte befürchtet, sie wären schon weg.«

Ungefähr zehn Minuten lang saßen wir da, guckten zu den Autos hinüber und schwiegen. Dann kam Trautmann. Ein kleines Holztor in der gelben Sandsteinmauer ging auf, er trat heraus, zog seinen hellen Trenchcoat über seinem Bauch zusammen und stieg in den blauen Lada.

Markus griff herüber und riß den Reißverschluß von seiner Reisetasche auf. Mit ein paar knappen Griffen zog er seinen Fotoapparat heraus, stellte die Blende ein und fing an zu fotografieren. Leise und gedämpft klickte der Auslöser abwechselnd mit dem sanften Summen des Filmtransporteurs. Dreimal, viermal, fünfmal drückte er auf den Auslöser.

Eine Minute später kamen zwei Männer aus dem Tor heraus, schlossen es ab, kletterten in das Fahrerhaus des W50 und schalteten die Scheinwerfer ein. Der Motor heulte auf. Der blaue Lada setzte sich in Bewegung und fuhr auf die Straße hinunter. Langsam rollte der Laster an und fuhr hinter dem Lada her.

Markus legte den Fotoapparat auf meine Beine. Dann ließ er den Motor an und fuhr durch die Dunkelheit weiter geradeaus, immer auf dem Rumpeln der Betonschwellen entlang. Ungefähr fünfzig oder sechzig Meter hinter der letzten Straßenlampe erreichte er die Chaussee. Der Lada von Oberst Trautmann war noch nicht da.

Markus hielt an, zwanzig Meter von der Auffahrt auf die Chaussee entfernt, und wartete mit ausgeschaltetem Motor unter einer Gruppe von riesigen Eichen, bis der Lada und der W50 vorüber waren.

Dann ließ er den Motor wieder an und fuhr ohne Eile, ruhig und mit hell eingeschalteten Scheinwerfern hinter ihnen her.

Ich lehnte mich zurück, verschränkte meine Arme und guckte zu ihm hinüber. Seine Hände lagen auf dem Lenkrad und bewegten es ruhig hin und her. Sein Atem roch immer noch ein wenig nach Rauch und Tabak. Ich zog diesen Duft ein. Ein entgegenkommendes Auto warf Licht und Schatten über sein Gesicht. Ich sah ihn an, hinauf zu seinen Haaren, hinunter zu seinen Wangen, zu seinem Mund und zu seinem Hals. Dann hob ich meine Hand und schob sie vorsichtig zu ihm hinüber. Mir war warm. Ich fühlte mich beschützt und geborgen. Ich vertraute ihm. Ohne jede Einschränkung.

Horsti und Tante Johanna waren tot, und Marion war irgendwo im Westen, unerreichbar für mich und unauffindbar. Jetzt hatte ich nur noch ihn.

Er drehte den Kopf zu mir herum und guckte mich an. Er suchte nach meiner Hand und zog sie hinauf zu seinem Gesicht. »Hast du Angst, Cora?«

»Ein bißchen, ja.«

»Ich werde auf dich aufpassen. Dir passiert nichts.«

Wir fuhren. Ab und zu waren weit vor uns die Scheinwerfer des Lasters zu sehen. Irgendwo rechts von uns mußte die Autobahn sein. Hinter einem Wald am Ende eines Ackers zogen sich die hellen Spuren der Autoscheinwerfer über die Fahrbahnen. Eine Tankstelle kam in Sicht, am Rande der Autobahn. Wie eine Insel in Rot und Gelb lag sie hell in der Dunkelheit. Wir fuhren daran vorüber. Dann tauchten wir wieder ein in das Dunkel der Landstraße.

Ungefähr zehn Minuten später fuhren wir durch ein kleines Dorf. Es war dunkel. Über eine Bushaltestelle hauchte eine einzelne Straßenlampe ihr Licht, durchsichtig und blaß, wie eine kleine Nebelbank. Als wir zwischen den letzten Häusern hinausfuhren, hatten wir die Scheinwerfer von Trautmanns Lada und von dem Laster verloren. Markus hielt an, schaltete den Motor aus und versuchte, durch die Dunkelheit zu spähen. Aber wir sahen nichts.

Ich kurbelte meine Scheibe herunter, lauschte und schob meinen Kopf hinaus. Da war es. Ziemlich weit entfernt brummte leise der Motor des Lastautos. Links von uns, in einem Wald. Markus ließ den Motor an und fuhr langsam auf der Landstraße weiter, bis zum Anfang von einem Waldweg. Dann schaltete er die Scheinwerfer aus.

Der Wald war dunkel. Die Bäume schlossen sich über uns wie ein Hausdach und sperrten schwarz das letzte bißchen Dunkelblau des Nachthimmels aus. Die kleine Notbeleuchtung im Armaturenbrett glomm schwach wie eine brennende Zigarette. Ich sah keine zwei Zentimeter weit. Nicht einmal die Lüftungsschlitze draußen auf unserer Motorhaube konnte ich sehen.

Aber Markus fuhr. Ich weiß nicht, wie er das schaffte. Er umrundete irgendwelche unsichtbaren Baumgruppen. Zweige schlugen gegen das Auto. Er kurvte dazwischen herum, bis die Bäume sich lichteten und der Waldweg vor einem Maisfeld nach links abbog. Dann kam auf der rechten Seite eine hohe Mauer in Sicht.

Sie stand wie eine kleine Festung mitten in diesem Wald, hoch und sehr gut beleuchtet. Markus fuhr eine leichte Kurve, überquerte eine kleine Brücke mit einem schmalen grauen Eisengeländer und fuhr langsam auf die Mauer zu.

Dann lag diese Mauer vor uns, eine hohe Hecke und ein endloser Zaun. Ein breites Eisentor hing zwischen zwei Steinpfosten. Es war offen.

Eine schmale, gut beleuchtete Straße führte vom Tor aus auf einen kleinen Hügel hinauf. Hohe Kiefern wuchsen rechts und links von der Straße. Oben, am Ende der Straße, stand ein Haus. Der dunkelblaue Lada, der Mercedes von Oberst Trautmann, der W50 und ein riesiger Sattelschlepper parkten nebeneinander davor.

Markus trat auf die Bremse, legte den Rückwärtsgang ein und fuhr zurück. Unter einer weit ausladenden Weide neben dem Rand der Straße hielt er das Auto an. Wir standen im Dunkeln. Von hier aus konnte ich nur noch den blauen Container auf dem Sattelschlepper und den linken Pfosten der Toreinfahrt sehen.

Markus klinkte leise seine Autotür auf.

»Bring den Fotoapparat mit, Cora!«

Ich stieg aus. Feuchtkühle Luft schlug mir entgegen. Es roch nach Wald. Irgendwo in meiner Nähe pfiff ein Vogel. Ein paar Grillen zirpten. Markus lief geduckt vor mir her, unter den Weiden am Wegrand entlang, immer näher an das Tor heran. Als er dicht genug war, um gerade durch das Tor auf das Haus sehen zu können, kniete er sich ins Gras. Er hob den Fotoapparat vor die Augen und sah hindurch. Ich kniete mich neben ihn.

»Die machen den Laster auf. Sieh dir das an, Cora!«

Markus legte den Fotoapparat in meine Hände, und ich guckte. Der Laster rückte näher, als würde ich nun neben ihm stehen. Einer von Trautmanns Männern stieg an der Seitenplanke hinauf und fing an, die Ösen an der Seite der Plane aus ihren Befestigungen zu ziehen. Dann war die Plane offen. Sie holten Schwung und warfen ihr Ende hinauf auf das Dach des Lasters.

Jetzt sah ich die Bilder, hinten, im Laderaum. Das Licht der Lampen über dem Weg spiegelte sich auf goldenen Rahmen. Manche dieser Rahmen reichten mehr als einen Meter über die kniehohe Laderampe des Lasters hinauf.

»Guck zum Haus!« sagte Markus.

Ich schwenkte den Fotoapparat. Es war ein schönes altes Haus. Schneeweiß. Die breiten Fenster waren durch weiße Sprossen gegliedert und von schwarzen Fensterläden umrahmt. Über dem Obergeschoß lief ein breiter dunkelroter Streifen um das Haus herum und nahm die Färbung des hohen Walmdaches in die weiße Fassade des Hauses auf. Eine Protzlaube. In der breiten tiefschwarzen Eingangstür hätte ich mir Honecker oder irgendeinen anderen Kaiser vorstellen können. Aber es war Trautmann. Er stand in der geöffneten Tür, redete mit einem Mann in einem hellblauen Jeansanzug und ging langsam die breite geschwungene Freitreppe hinab.

»Siehst du ihn, Cora, siehst du?«

»Ja.«

Trautmann ging neben dem Mann mit dem Jeansanzug den Hügel hinunter, zu dem Sattelschlepper. Der Mann stieg in das Fahrerhaus, ließ die Tür offen und sah zu Trautmann hinaus. Dann löste sich langsam eine große Metallplatte an der Rückwand des Containers. Sie klappte heraus, legte sich waagerecht in die Luft und glitt langsam zur Erde hinab.

Trautmann gab seinen Männern auf dem W50 ein Zeichen.

Sie hörten auf, die Bilder auf der Ladefläche zurechtzurücken, sprangen hinunter und schlossen die Türen an der Rückwand des Containers auf. Dann gingen sie hinter Trautmann und dem Mann im Jeansanzug her in das Innere des Hauses.

Zwei Minuten später ging es los. Sie kamen heraus, klappten die breite Eingangstür auf, klemmten sie fest und trugen einen hohen, schmalen Mahagonischrank auf die Treppe hinaus. Trautmann sah ihnen nach und beobachtete ihre Schritte. Sie trippelten die Stufen hinunter, liefen zum Sattelschlepper und stellten sich mit dem Schrank auf die ausgefahrene Containerrückseite. Der Mann im Jeansanzug ließ die Fläche nach oben gleiten. Sie hoben den Schrank hoch und trugen ihn vorsichtig in den Container hinein.

Dann stellten sie sich auf die Ladefläche und fuhren wieder hinunter.

Nach dem Mahagonischrank wuchteten sie einen dunklen, bemalten Bauernschank die große Freitreppe hinab. Als sie das nächste Mal aus dem Haus kamen, trugen sie einen hohen braunglänzenden Biedermeiersekretär.

»Die packen!« flüsterte Markus. »Das kann doch nicht wahr sein! Die hauen ab! Cora, gib mir den Fotoapparat!«

Ich gab ihn ihm. Markus drückte auf den Auslöser. Er fotografierte die Männer mit dem Sekretär. Immer wieder. So lange, bis sie damit im Inneren des Containers verschwunden waren.

Ungefähr vierzig oder fünfzig Minuten lang liefen die Männer pausenlos zwischen der Ladefläche des Containers und dem Eingang des Hauses hin und her. Tische, Schränke, Stühle, Bilder, Kisten und Grafikmappen trugen sie aus dem Inneren des Hauses heraus, zum Sattelschlepper hinüber. Trautmann steckte die Hände in die Taschen von seinem Trenchcoat, stellte sich auf die oberste Stufe und sah jedem einzelnen Stück hinterher. Manchmal schritt er die Treppe hinab wie der Große Kurfürst auf dem Gang über seine Plantagen, lief unruhig unter den Kiefern zum Sattelschlepper und warf einen prüfenden Blick zum Container hinauf.

Markus fotografierte. Er fotografierte alles und ununterbrochen. Fünf- oder sechsmal klappte er seinen Fotoapparat auf, nahm die Filmkassette heraus, steckte sie in seine rechte Jackentasche und nahm aus der linken Tasche einen neuen Film. Dann fotografierte er weiter.

Mir fiel dieses Lied von Biermann ein, von der Stasi, die sein Eckermann war, weil sie alle seine Gespräche aufzeichnete und jeden seiner Schritte fotografierte. Ich fragte mich, ob Markus vorhatte, noch stundenlang hier am Wegrand zu knien und Trautmanns Eckermann zu sein. Oder ob er endlich sein Versprechen halten und mit mir in sein Auto steigen würde, um zum nächsten Volkspolizei-Kreisamt zu fahren. Mir wurde kalt. Ich wickelte mich in meine Jacke, legte die Arme um meine Beine und hockte mich neben seinen Knien ins Gras.

Ungefähr eine halbe Stunde später fingen sie an, große Holzkisten aus dem Haus zu tragen. Markus sah starr zu ihnen hinüber. Er fotografierte weiter. Der Auslöser klickte wieder und wieder. Noch einmal zwanzig oder dreißig Minuten später nahm er den Apparat herunter und guckte mich an.

»Ich glaube, jetzt habe ich genug gesehen, Cora.«

Ich richtete mich auf. Markus stand auf. Er griff nach meinem Handgelenk, lief zum Auto zurück und zog mich hinter sich her. Er ließ sich in das Auto hineingleiten. Ich drückte leise meine Autotür auf und setzte mich neben ihn.

»Ich weiß nicht, was die vorhaben, Cora. Vielleicht räumt Trautmann seine Lager und bringt heute noch alles aus dem Land hinaus.«

Markus drehte den Fotoapparat zwischen seinen Händen. Er griff zu mir herüber, zog die Reisetasche zu sich heran und schob den Fotoapparat hinein. Dann nahm er die Filme aus seiner Jackentasche, stopfte sie neben den Fotoapparat in die Tasche und zog den Reißverschluß zu.

»Trautmann wird uns alle aufs Kreuz legen, das hab' ich geahnt! Er hat keine Ausfuhrgenehmigung. Die lassen ihn nicht über die Grenze, mit zwei ungenehmigten Lastautos. Und trotzdem ... Wenn ich nur wüßte, was hier läuft ...«

Markus stellte mir die Reisetasche auf die Knie. Dann griff er zu mir herüber, legte die Hand unter mein Kinn und drehte mein Gesicht hinüber zu ihm.

»Ich kann nicht mehr warten, Cora. Es tut mir leid.«

»Und was machen wir jetzt?«

»Ich gehe jetzt da hinein. Und du, Cora, du setzt dich hierher, auf meinen Platz. Du zählst langsam bis hundert. Und dann läßt du den Motor an, fährst auf den Weg und so schnell du kannst zum Dorf zurück.«

»Markus, ich kann gar nicht Auto fahren. Ich bin seit drei Jahren zur Fahrschule angemeldet, aber ...«

»Ach, Cora! ... Du *mußt* hier irgendwie weg! Dann wirst du zum Dorf laufen. Es ist vielleicht auch sicherer für mich, wenn ich das Auto habe. Also bitte, steig aus.«

»Du hast mir versprochen, daß du zur Polizei gehst!«

Er schüttelte den Kopf. »Da habe ich dich belogen, Cora. Damit du Ruhe gibst. Auf die Polizei rechne ich überhaupt nicht. Das haben wir doch alles besprochen. Cora, bitte!« Seine Stimme bekam eine scharfe Kante. Er drehte sein Gesicht zu mir herüber, legte seine Hände um mein Gesicht und streichelte mich. Seine Arme schlossen sich hinter meinem Rücken zusammen. Er drückte sich an mich.

Das war er wieder, der Titanik-Griff, den ich schon in Tantes Wohnung gespürt hatte.

»Mach, was ich sage, Cora. In einer Stunde ist alles vorbei. Dann fahren wir nach Berlin zurück. Wir beide, zusammen.«

Seine Arme drückten. Ich fühlte, wie sein Herz schlug. Sein Mund war dicht neben meinem. Ich hörte ihn atmen. Sein Atem roch nach Angst.

Dann ließ er mich los. Er beugte sich hinunter und griff unter das Armaturenbrett. Etwas Schweres, Schwarzglänzendes erschien zwischen seinen Händen. Er ließ die Finger darüber gleiten. Es klickte hart und metallisch. Ich hielt die Luft und guckte auf seine Hand.

»Steig aus, Cora. Lauf los!«

»Markus!« flüsterte ich. »Markus, du hast einen Revolver? Wo hast du den her?«

»Du sollst loslaufen, Cora! Und nimm die Tasche mit dem Fotoapparat mit.«

»Erst will ich wissen, wieso du einen Revolver hast. So was gibt's doch in diesem Land gar nicht. Markus, du bist bei der Polizei?«

Er fing an zu kichern, leise und schrill. »Nun geh endlich, Cora!«

Ich blieb sitzen. Mir fiel wieder ein, was der Bulle heute abend über Trautmann gesagt hatte. Seine eigenen Leute könnten etwas gegen ihn unternehmen. Seine eigenen ...

»Markus ...«, flüsterte ich. »Markus, du bist ...«

Er hob den Kopf und sah herüber zu mir. Dann hörte er auf zu lachen. »Sei nicht so naiv, Cora. Glaubst du, das hätte ich alleine geschafft: das Haus von dieser Familie, die in den Westen geflüchtet ist, und aus dem man Trautmanns Lager so gut beobachten kann. Dieses Auto hier. Und die Informationen über Trautmann und über seine Geschäfte hinter dem Rücken der TRADE-UNIMEX.«

»Wer hat dir geholfen, Markus?«

»Cora! Verstehst du denn immer noch nicht! Trautmann hat meinen Vater auf dem Gewissen. Um den zu kriegen, hätte ich mich an jeden verkauft. Und ich habe sie nicht einmal suchen müssen. Sie sind zu mir gekommen, von ganz alleine.«

»Markus!«

Er lehnte sich herüber, faßte über mich hinweg nach dem Türgriff und klinkte meine Tür auf. »Es hat sich nichts geändert zwischen uns, jetzt, wo du es weißt. Ich bin gleich wieder bei dir, Cora! Los, steig endlich aus!«

Ich blieb sitzen. Es dauerte ein paar Minuten, bis mein Kopf wieder einigermaßen beieinander war. »Ich will nicht, daß du gehst«, sagte ich leise. »Bitte, geh nicht da hinein!«

Ich faßte nach seiner Hand, ließ meine Hand langsam auf seinem Arm hinaufgleiten und hinüber auf den anderen Arm. Bis zu der Hand, in der er die Waffe hielt. Ich klammerte mich an ihm fest. Er richtete den Revolver nach oben und zog seinen Arm aus meiner Umklammerung.

»Vorsichtig, Cora, der ist schon entsichert!«

Ich griff nach und warf mich nach vorne. Ein Lada hat seine Hupe auf dem Lenkrad. Markus beugte sich vor, um mich abzuwehren. Ich fiel mitten darauf.

Er ließ mich los, ließ seine Hände nach unten sinken und zog tief die Luft ein.

»Steig aus, Cora, schnell jetzt, los, raus!« Er sah nach vorne durch die Windschutzscheibe, zu der Mauer hinüber und die hell beleuchtete Straße hinauf.

»Sie kommen! Sie sind schon unterwegs!«

Er schwenkte seine Beine zu mir herüber und schob mich mit seinem Körper hinaus. Hinter mir sprang er aus dem Auto. Er nahm mir die Tasche aus der Hand, schob sie unter die Büsche neben dem Weg und zog ein paar Zweige darüber. Dann holte er meinen Rucksack aus dem Auto und schob ihn neben seine Tasche unter die Zweige.

»Die Taschen holen wir später, wenn alles vorbei ist. Ohne Gepäck bist du schneller. Nun lauf doch!«

Ich stand immer noch da und guckte. Ich spürte meine Beine nicht mehr. Meine Arme waren schwer. Die Luft, die ich einatmete, kam nicht mehr in meine Lungen hinein. Markus stieß mich an wie ein Uhrpendel, das zum Schwingen gebracht werden soll. Dann schlug er mir ins Gesicht.

»Lauf, Cora, lauf! Wenn du nicht weggehst, dann ...«

Aber ich konnte nicht. Ich kriegte nicht einmal mehr meine Füße vom Boden. Markus ließ mich los, hob die Arme und stieß mich auf die Wiese hinunter. Ich fiel. Markus lief um das Auto herum, klinkte seine Tür auf und stieg ein. Ich hörte, wie der Motor ansprang. Die Scheinwerfer wurden hell und leuchteten über die Grashalme neben meinem Gesicht. Dann fuhr Markus los und rollte langsam an das Tor heran. Er hupte noch einmal.

Ich hob den Kopf und sah ihm nach. Ich weiß nicht, wie lange es dauerte, bis ich wieder auf meinen bleischweren Beinen stand.

Langsam tappte ich hinüber zu den Weiden am Wegrand und sah die Straße hinauf. Markus war angekommen, oben, vor dem Haus.

Trautmanns Männer hatten ihre letzte Kiste zur Seite gestellt und gingen hinter seinem Auto her. Als sich die Autotür öffnete, streckten sie ihre Arme vor und richteten ihre Revolver seitlich vorgestreckt gegen Markus.

Er stieg aus. Er warf einen kurzen Blick auf die beiden Männer. Dann drehte er sich zu Trautmann herum. Er streckte den Arm aus, ging auf Trautmann zu und schüttelte ihm die Hand. Die Männer ließen ihre Waffen sinken. Trautmann guckte zu Markus hinauf, nickte, legte den Arm um seine Schulter und ging mit ihm auf die Freitreppe zu. Nebeneinander stiegen sie die Stufen hinauf und verschwanden im Haus. Trautmanns Männer folgten ihnen mit ein paar Metern Abstand.

Ich stand da, guckte und versuchte, wieder Atem zu holen. Um mich her wurde es still. Kein Vogel, keine Grille, es war nichts mehr zu hören. Hinter mir knackte etwas. Kurz und metallisch. Ich kam nicht einmal mehr dazu, mich herumzudrehen. Ein Schatten löste sich vom Stamm einer Weide und sprang auf mich zu. Das schwere Rascheln von Jeansstoff dröhnte laut wie eine Kirchenglocke dicht neben meinem Ohr. Ich hörte auf zu atmen.

»Ich wußte doch, daß der nicht alleine kommt«, sagte der Mann hinter mir. »Jetzt mal langsam die Arme über den Kopf heben. Und keine hastige Bewegung machen. Sonst schieß' ich dich ab.«

Er machte einen Schritt nach vorne, streckte seinen Arm aus und tastete meinen Oberkörper und meine Hüfte ab. Als er wußte, daß ich keinen Revolver hatte, trat er zurück und stieß mich an.

»Hände über dem Kopf falten und losgehen!«

Ich ging vor ihm her, die Auffahrt hinauf. Meine Beine zitterten, und meine Knie knickten ein.

»Weiter!« sagte er. »Nicht stehenbleiben!«

Der Platz vor dem Haus war leer. Der blaue Container stand offen und mit hinuntergefahrener Ladefläche da. Sie hatten gut gepackt. Es blieben noch mindestens zwei oder drei Meter Platz. Auf die Motorhaube von Trautmanns Mercedes hatten sie ein Ölgemälde in einem schmalen goldenen Rahmen gestellt. Das Gesicht eines jungen Mannes mit halblangem braunem Haar. Sein Oberkörper war mit einem Tuch verhüllt. Er sah ernst und ein wenig angespannt in ein helles Licht, das irgendwo außerhalb des Bildrandes war.

»Johannes der Täufer. Ungefähr fünfzehntausend Mark«, sagte der Mann hinter mir. »Und nun weiter, junge Frau, weiter, ich habe nicht die ganze Nacht Zeit.«

Ich ging weiter. Meine Hände drückten auf meinem Kopf und wurden schwer. Meine Beine zitterten immer noch. Die Angst drückte mir den Hals zusammen. Sie machte sich in meinem Kopf breit und ließ in mir nichts als eine laute, dröhnende Leere. Ich ahnte immerhin, daß ich dabei war, einen ähnlichen Weg wie Horsti zu gehen. Und ich fühlte, daß ich irgend etwas machen mußte, um mich von diesem Mann zu befreien. Aber darüber nachdenken, wie ich das vielleicht schaffen könnte, das konnte ich nicht. Es ging nicht. Dieses Dröhnen in meinem Kopf ließ keinen Gedanken zu.

»Weiter! Weiter!«

Ich lief auf die Treppe zu und ging die Stufen hinauf. Die Tür stand immer noch offen. Ein Geruch kam mir entgegen. Eine Mischung aus frischem aromatischem Tabakrauch, abgestandener Wärme und dem Mottenpulver-Geruch, den alte Möbel um sich her verbreiten, besonders, wenn sie gegen Holzwürmerbefall behandelt worden sind. Ich ging hinein. Der Fußboden war hell gefliest. Eine breite dunkle Holztreppe führte rechts neben dem Eingang in das obere Stockwerk. Vor mir war eine breite Glastür mit weißen Sprossen. Sie war offen. Dahinter stapelten sich Holzkisten und Möbel bis an die Schwelle heran. An der hinteren Wand stand eine breite zweiflügelige Balkontür offen. Neben der Balkontür standen vier Kisten nebeneinander. Auf den Kisten lagen drei große alte Koffer aus Leder. Tante Johannas Koffer. Ich ging darauf zu.

»Denkst du, du spazierst vorne rein und hinten gleich wieder raus?! Stell dich nicht dumm an! Hier geht es lang!«

Er griff nach meiner Schulter. Neben mir wurde hart auf eine Türklinke geschlagen. Ich wurde nach links gedrückt. Die schwarze Holztür sprang auf. Ich ging langsam in den Raum hinein. Ein weicher Teppich lag dick wie eine Moosschicht auf den Fliesen. Die Wände waren in sattem Waldgrün gehalten. Dicht an dicht hingen Hunderte von kleinen und großen Schädelplatten mit Geweihen daran.

Trautmann stand an der hinteren Wand des Zimmers. Er stützte seinen linken Arm auf das helle Marmorsims eines vornehmen grünweißen Kamins. Markus stand ihm gegenüber und lehnte seinen rechten Arm auf das Sims. Er hielt seine Pfeife im Mund, blinzelte in den dunklen Feuerraum hinunter und guckte dann Trautmann an.

»Chef! Genosse Oberst!« sagte der Mann hinter mir. Markus und Trautmann hoben den Kopf und sahen herüber zu mir.

»Was macht *die* hier?«

Markus schüttelte den Kopf und zog die Schultern nach oben.

»Die läuft mir überall hinterher.«

Er zog an seiner Pfeife. Trautmann löste seine Hand vom Kaminsims und kam langsam auf mich zu.

»Die wird uns die Polizei herholen«, sagte er ruhig. »Wenn sie es nicht längst schon gemacht hat.«

Markus guckte angestrengt auf Trautmanns Rücken. Dann legte er seine Pfeife zur Seite, stellte die Beine auseinander und duckte seinen Kopf und seinen Oberkörper wie ein Tiger vor einem Sprung.

»Das hat sie nicht gemacht«, sagte er leise. »Das weiß ich ganz genau. Sie können sich darauf verlassen.«

Er sah hinter Trautmann her. Trautmann blieb nicht stehen. Er kam immer näher. Der Blick von Markus mußte ein Loch in seinen Rücken brennen.

»Die weiß doch gar nichts!« rief er. »Die hat doch keine Ahnung, was hier passiert. Trautmann, das sehen Sie doch selbst!«

Er löste den Blick von Trautmanns Rücken und guckte mich an. Unsere Blicke trafen sich, eine Zehntelsekunde lang. Ich verstand. Es war wie eine Gedankenübertragung. Plötzlich wußte ich, was mir vielleicht noch helfen könnte. Ich klappte den Mund auf. Dann richtete ich meinen Blick auf einen Punkt zwischen seinen Augen.

Ich schaffte es sogar, ein bißchen zu lächeln. Aber lange würde ich dieses Lächeln nicht halten können. Ich hoffte, er bemerkte es bald.

Er blieb stehen. Seine Augen verengten sich. Er guckte in mein Gesicht. Hinter meinem Rücken klickte es hart und metallisch.

Trautmann hob den Arm, drehte die Handfläche zur Seite und winkte ab.

»Nein!« schrie Markus. »Nein! Machen Sie das nicht!«

Dann fühlte ich einen Schmerz in meinem Rücken. Wie einen Stich, kurz und scharf. Ich fiel. Das Zimmer wurde dunkel. Stockdunkel.

Ich konnte nur noch hören. Die Stimme von Markus, irgendwo über mir. Aber was er sagte, konnte ich nicht mehr verstehen.

* * *

Das war es.

Irgendwann gegen Morgen wachte ich wieder auf. Ich lag zwischen zwei haushohen Bauernschränken auf dem Fußboden. Mein Rücken war zusammengekrümmt und schmerzte. Meine Arme zogen sich irgendwo hinter meinem Rücken zusammen und ließen sich nicht bewegen. Mein Kopf war schwer, und meine Beine spürte ich überhaupt nicht mehr.

Es war immer noch dunkel. Außer den beiden Schränken, die rechts und links von mir standen, konnte ich nichts von dem Zimmer sehen. Ein breites dreiflügeliges Sprossenfenster hing weit über mir, auf der gegenüberliegenden Wand. Ein finsterer blaugrauer Morgenhimmel war dahinter. Draußen, auf einem Baum in der Nähe, zwitscherte ein Vogel. Sonst war nichts zu hören.

Ich versuchte, mich herumzudrehen und herauszufinden, ob ich alleine im Zimmer war. Das war schwere Arbeit für mich, und ich ließ mich immer wieder zurückfallen, um mich auszuruhen. Es dauerte fast bis zur Dämmerung, bis ich herausfand, daß ein Strick meine Hände auf meinem Rücken zusammenband. Als der Himmel anfing, langsam hellgrau zu werden, sah ich, daß ich zwischen den baumstarken Beinen der beiden Bauernschränke hing. Der Strick führte von meinen Händen hinunter zu meinen Fußgelenken. Er war gelb und blau. Mir wurde schlecht. Aber nicht so schlecht, daß ich nicht wenigstens versuchen konnte, den Strick zu lockern und die Knoten auseinanderzuziehen.

Das dauerte Stunden. Vielleicht kam es mir auch nur so lange vor.

Als ich meine Füße aus den Schlingen herauszog und zum Fenster hinüberkroch, ging in dem hellen grauroten Himmel langsam die Sonne auf. Ich richtete mich vorsichtig auf und sah aus dem Fenster hinaus. Der Platz vor dem Haus war leer. Die Autos waren verschwunden. Es war niemand mehr da.

Ich ging langsam zum Dorf. Sehr langsam. Ich war nicht gut in Form. Sogar die Jungens von Hansa Rostock hätten mich mit Gipsbein und Gehstock noch überholt. Es war heller Morgen, als ich endlich ankam. Eine von den Frauen, die in ihren blauen Wattejacken an der Bushaltestelle standen, ging in ihr Haus zurück und rief die Bullen an. Sie kamen, fuhren mit mir zusammen in ihrem Wartburg zum Waldhaus. Aber sie schafften es nicht einmal die Auffahrt hinauf. Sie schienen zu riechen, wer hier seine Finger im Spiel hatte und daß sie das nichts anging. Sie brachten mich wieder ins Dorf. Ich ließ mir von der Telefonauskunft die Nummer von der Keibelstraße heraussuchen, wählte eine Viertelstunde, bis ich eine freie Leitung nach Berlin hatte, und rief den Volkspolizei-Bogart an.

Eineinhalb Stunden später war er da. Er stieg aus seinem Lada aus und nahm mich in den Arm. Dann legte er seine Hände unter mein Kinn und an meine Halswirbelsäule und drehte vorsichtig meinen Kopf hin und her. Es tat weh, aber ich wollte nicht weg hier und in ein Krankenhaus gebracht werden. Ich wollte nur zum Waldhaus zurück, sofort.

»Gut, Cora«, sagte er. »Dann zeig mir das Bermuda-Dreieck, in dem alles verschwunden ist.«

Ich zeigte es ihm. Er stellte seinen Lada unten vor der Auffahrt ab. Die Bullen aus der Kreisstadt parkten ihren Wartburg daneben. Hintereinander gingen wir hinauf zum Haus.

Dann fing er an zu fragen. Wieviele Männer waren bei Trautmann? Wieviele Autos standen hier? Ah ja. Gut beobachtet, Cora. Und wie hatte der Sattelschlepper ausgesehen? Welche Aufschrift hatte der blaue Container? Das konnte ich ihm nicht sagen. Gar keine Aufschrift, soweit ich mich erinnern konnte, vielleicht.

»Wirklich nicht? Vielleicht doch eine Firmenbezeichnung? Eine Spedition mit einem niederländischen Namen?«

»Nein.«

»Dann war es auf jeden Fall keines von den Fahrzeugen, die die Antiquitäten von der Kunst und Antiquitäten GmbH gewöhnlich aus dem Land bringen. Also ist anzunehmen, daß

Trautmann den W 50 und den Sattelschlepper zu einem anderen Versteck gebracht hat. Vielleicht so lange, bis die Bedingungen für ihn besser sind.«

Die Bullen vom Volkspolizei-Kreisamt legten die Ohren an und guckten. Aber mich interessierte das nicht. Ich wollte nicht wissen, wo diese Antiquitäten waren. Nicht einmal Tantes Puppen interessierten mich wirklich.

»Du mußt Markus suchen! Bitte, hör auf damit!«

»Aber Cora, *ich* kann keinen suchen lassen, der bei der Staatssicherheit ist. Wer weiß denn, in welchem Dienstrang. Und welchen Auftrag er hatte. Das kostet mich meinen Job!«

Die Bullen guckten sich an und schwiegen.

»Na und!« sagte ich laut. »Na und, dann fegst du eben die Straße!«

Ich lief die Freitreppe hinunter und die Auffahrt hinab. Unter dem Gebüsch, neben dem der Lada von Markus gestanden hatte, suchte ich nach seiner Reisetasche mit dem Fotoapparat. Sie war nicht mehr da. Ich fand nur meinen Rucksack unter den Zweigen. Die Bullen guckten, trauten sich nicht einmal, mit den Schultern zu zucken, und stiegen schweigend in ihren Wartburg.

Wir fuhren zum Dorf zurück. Der Bulle telefonierte. Lange. Als die Ladas mit Berliner Kennzeichen in einer kleinen Karawane im Dorf eintrafen, gab er ihnen Anweisungen und zeigte ihnen den Weg zum Waldhaus hinaus. Dann setzte er seinen unerschütterlichen Humphrey-Bogart-Beschützerblick auf, setzte mich in sein Auto und expedierte mich zurück nach Berlin. Das war am 13. Oktober.

Ich setzte mich in meine Wohnung und fing an zu warten. Aber an diesem Tag hielt ich es keine drei Stunden aus. Am Nachmittag ließ ich mir von einer Nachbarin ihr Fahrrad aus der Waschküche im Hof holen und fuhr damit nach Klein-Sahara hinaus. Die ersten dreißig Kilometer mit der S-Bahn und die restlichen Kilometer mit dem Rad.

Markus war nicht da. Das sah ich, schon als ich mit dem Fahrrad auf den kleinen Sandweg einbog. Der sandfarbene Lada stand nicht zwischen den Rotdornbäumen vor dem Haus. Ich fuhr dicht heran, hielt mich an den kleinen Lanzenspitzen vom Vorgartenzaun fest und guckte. Aber ich wußte jetzt, wem dieses Haus gehörte und wer seine Hände darauf hatte. Ich ließ den Hausschlüssel in meiner Jackentasche stecken und ging nicht hinein.

Nach zehn Minuten stieß ich mich vom Zaun ab, drehte noch eine Runde und warf einen Blick auf die Rückseite vom Haus und den Garten. Dann fuhr ich. Als ich an dem russischen Sommerhaus vorbeikam, sah ich, daß ein Fenster weit offenstand. In der Dunkelheit des Zimmers schwebten hell zwei Gesichter und guckten bewegungslos zu mir heraus.

Eine Stunde vor Mitternacht war ich wieder zu Hause. Ich schloß die Waschküche auf und schob das Fahrrad zwischen den alten Waschkessel und die Kinderwagen. Dann ging ich hinauf. Oben, vor meiner Wohnungstür, saß der Bulle. Als ich langsam die enge Wendeltreppe nach oben stieg, sprang er schnell wie ein geweckter Löwe auf und lief mir entgegen.

»Wo bist du gewesen, Cora?! Verdammt noch mal …«

Ich sagte es ihm. Ich sagte ihm alles, was ich erlebt hatte in den letzten Tagen. Ehrlich und ohne etwas zu verschweigen. Ich versuchte nicht einmal mehr zu lügen. Es gab keinen Grund mehr dafür. Der Bulle setzte sich neben mich auf das Sofa, hörte mir zwei Stunden lang zu und faßte hin und wieder behutsam nach meiner Hand.

»Du fährst dort hinaus und suchst den, Cora? Diesen Stasi-Typen? Der muß dir verdammt wichtig sein.«

Ich schüttelte den Kopf. Ganz energisch. »Trautmann hat mit der Familie von Markus die gleiche Geschichte veranstaltet wie mit meiner Familie. Er hat alles, was sie hatten, durch die Steuer beschlagnahmen lassen. Der Vater von Markus hat sich deswegen aufgehängt.«

»Und das glaubst du, Cora?«

Ich nickte wieder. Der Bulle hielt meine Hände und fing an, sie zu streicheln. Wie bei einem Kind, dem man eine unangenehme Neuigkeit über seinen Lieblingsteddy sagt.

»Cora, das hat der erfunden. Alles. Nein ... das mußte er gar nicht erfinden. Wenn er mit Trautmann zusammengearbeitet hat, hat er solche Geschichten erlebt. Mehr als einmal, Cora, ganz bestimmt ...«

Ich zog meine Hände weg, hob meine Beine auf das Sofa und schlang die Arme darum. Der Bulle blinzelte durch seine Kompottschüsselbrille und schob sich eine Cabi zwischen die Lippen.

»Also gut, Mädchen, ich lasse ihn suchen. Wenn dir so viel an ihm liegt. Hast du ihn wenigstens *einmal* nach seiner Blutgruppe gefragt? AD Rh postiv, Cora, ja?!«

Ich antwortete ihm nicht mehr. Ich zog nicht einmal die Schultern nach oben. Ich guckte starr geradeaus und sah den Wölkchen von seinem Cabirauch hinterher. Sie schwebten langsam bis zur Decke empor und verschwanden irgendwo zwischen dem Fenster und der Küchentür.

In dieser Nacht und in der nächsten Nacht schlief der Bulle in meiner Wohnung. Er holte eine Thermomatte aus seinem Auto, rollte sie auf dem Fußboden in der Küche aus, wuchtete seinen riesigen Körper darauf hinunter und bewachte mich. Wie ein Hofhund.

Ein- oder zweimal kam er in den nächsten Tagen, um mir zu erzählen, wie weit er gekommen war. Die Spurensicherung im Waldhaus hatte nichts ergeben. Die Fingerabdrücke, die gefunden worden waren, wurden nicht identifiziert. Bis auf meine. Von Markus gab es keine Spur. Das Blut, das sie auf dem Teppich unten im Kaminzimmer gefunden hatten, war mein Blut. Einen Hinweis auf ein Gewaltverbrechen an Markus gab es nicht. Das reichte den Vorgesetzten vom Bullen, um die Sache fallenzulassen. Der Bulle war der gleichen

Meinung wie sein Oberbulle. Ausnahmsweise einmal. Aber er gab nichts auf seine eigene Meinung. Ausnahmsweise.

»Ich suche weiter nach ihm, Cora. Ich habe es dir versprochen. Ich gebe noch nicht auf.«

Als er am nächsten Morgen seine Thermomatte zusammengerollt hatte und mit ihr in die Keibelstraße entschwunden war, ging ich wieder zur Arbeit ins Charitas. Die alte Fregatte strahlte über den Schreibtisch wie ein Leuchtfeuer, als ich mich zurückmeldete.

»Ich habe gewußt, daß Sie wiederkommen, Fräulein Cora! Ist alles wieder in Ordnung bei Ihnen, ja?!«

Ich nickte. Sie guckte zu mir herüber. Ihr Lächeln hörte auf zu leuchten und schrumpfte zu einem Streichholzflämmchen zusammen.

»Versuchen Sie es, Kindchen. Arbeiten Sie wieder! Ich mache es genauso. Das hilft!«

Ich nickte noch einmal. Ja, so oder so ungefähr hatte *ich* mir das auch gedacht. Ich packte meinen Bücherkarren voll und schob ihn über die Stationen. Mittags ging ich in den ersten Stock hinunter und löffelte die Kantinensuppe in mich hinein. Die Gespräche, die an den Tischen um mich herum geführt wurden, drehten sich um drei Themen: Die Anzahl der Flüchtlinge in der Botschaft in Prag nahm schon wieder zu. Die Demonstrationen überall im Land wurden jeden Tag größer. Und keiner konnte sich vorstellen, welche Reaktion darauf nach dem 7. Oktober von den Bullen oder von der Regierung oder von der Staatssicherheit zu erwarten war.

Einen Tisch weiter saß eine Krankenschwester, die sich beim Essen die NEUE ZEIT vor die Augen hielt. Ich las mit, auf der Rückseite der Zeitung. Die Überschriften, die Fotos, den Wetterbericht. Aber irgendwie interessierte mich das alles überhaupt nicht. Nur das Datum auf dem oberen Rand der Zeitung fiel mir auf. Wir hatten den 16. Oktober. Mir war sofort klar, was für ein Tag das war. Aber auch das war mir egal. Gut, dann sollte eben die Steuerfahndung bei mir vorfahren.

Sollten sie doch kommen und die leeren Vitrinen beschlagnahmen. Bitte. Es gab nichts mehr, was mir noch passieren konnte. Allenfalls erhöhte sich mein Blutdruck von hundertzwanzig auf hundertvierzig.

Ich blieb einfach sitzen und aß weiter diese Kantinensuppe in mich hinein. Aber ich schaffte es nicht mehr, den Boden meiner Suppenschüssel zu sehen. Die Kantinentür klappte auf, der Bulle schwang sich herein, blinzelte zwei Minuten lang in die Runde und setzte sich neben mich. Er hakte seine Arme um die braune Kunstlederlehne, wickelte seine Beine um die Aluminiumstelzen und zählte mir die Löffel in den Mund.

»Was ist?« fragte ich.

»Iß ruhig erst fertig!«

»Ich will wissen, was los ist!« fauchte ich.

»Also gut, Cora. Wir haben sein Auto gefunden. Ich glaube, ich brauche dich.«

Ich kippte die Suppe weg und fuhr mit ihm. Es war eine Autowerkstatt, aber nicht irgendeine. Hinter der Mauer, die sie zur Seite und nach hinten begrenzte, guckte der Reichstag hervor.

Diese Mauer war auch nicht irgendeine Mauer. Es war *die* Mauer. Die begehbare Zone endete dreißig Meter vor dem Tor, das die Zufahrt zur Werkstatt vor der Außenwelt absperrte. Mindestens vier uniformierte und zwei zivile Aufpasser hielten sich in der Nähe und beobachteten uns. Weiß der Teufel, was für eine Autowerkstatt das war.

Der sandfarbene Lada stand am Straßenrand, zwanzig Meter von diesem Tor entfernt. Er war leer. Vollkommen ausgeräumt. Eigentlich gab es nichts, woran ich ihn hätte erkennen können. Aber ich war sicher, daß er es war. Ich roch es. Ich beugte mich hinein und zog die Klappe über dem Handschuhfach auf. Ein gelbes, zusammengeknautschtes Tabakpäckchen lag darin. Die paar Krümel, die sich darin versteckt hatten, dufteten wie ein ganzer Laden. Mir wurde übel davon.

Wie man es verhindert, sich zu übergeben, hatte ich im Charitas gelernt. Ich atmete tief durch die Nase, immer ein und aus und ein. Das half. Nur der Bulle wollte keine Möglichkeit verpassen, mir behilflich zu sein.

»Geht's dir nicht gut, Cora?«

Er legte die Arme um mich. Ich trat einen Schritt zurück, hob meine Hände und versuchte weiterzuatmen.

»Gut, Mädchen. Reden wir. Ist es sein Auto?«

Ich nickte. Er nickte auch.

»Ich hoffe, du kannst die Wahrheit vertragen. Ein Fahrzeug mit diesem Kennzeichen wird im Fahrzeugbestand der Staatssicherheit geführt. Nicht in der Abteilung, mit der die Kunst und Antiquitäten GmbH verschwistert ist. Aber immerhin.«

Er guckte mich an und versuchte noch einmal, mir mit seinen Händen ein Tröster zu sein. Ich schob ihn weg.

»Wenn die sich die Mühe gemacht hätten, noch dreißig Meter weiterzufahren, und wenn die das Auto dort hineingebracht hätten ... Cora, dann hätten wir davon gar nichts erfahren. Möglicherweise steckt dahinter eine Absicht?«

Ich setzte mich auf die Motorhaube. Ich atmete aus und ein und aus und hielt mich aufrecht an meinen Atemübungen. Der Bulle ließ mir Zeit. Er sagte gar nichts, wenn ich ihn nichts fragte. Und nicht einmal dann wurde er gesprächig und sagte alles zu mir.

»Und Markus? Von ihm hast du nichts gehört?«

»Nein. Sein Name steht nicht in den Listen der Mitarbeiter der Staatssicherheit. Jedenfalls nicht, soweit *ich* das übersehen kann.«

»Ja, und?«

»Nun, deine Version ist auch nicht stimmig. Es gibt in Waltershausen keinen Fotografen, der Behnesch heißt. Und meine Informanten haben keine Akten darüber gefunden, daß die Steuer für die Kunstfahndung in Waltershausen etwas beschlagnahmt hat. Weder bei einem Behnesch noch bei irgendeinem anderen Fotografen. Cora, du verstehst?«

Aber ja. Natürlich. Natürlich konnte ich das verstehen. Ich war mittlerweile ziemlich geübt darin. Ich drückte mich von der Motorhaube hoch und ging los. Noch bevor ich das Geländer der Spree auf der anderen Straßenseite erreicht hatte, fiel mir etwas ein. Ich erinnerte mich an die Karte, die ich an meinem Geburtstag in meiner Wohungstür gefunden hatte. Ich erinnerte mich fotografisch genau. Eine resedagrüne hügelige Landschaft mit einem rosigen Sonnenuntergang. Wenn das Haus in Klein-Sahara nicht *sein* Haus war ... Und das Auto, mit dem er gefahren war, war nicht *sein* Auto ... Wieso sollte ich dann so selbstverständlich annehmen, daß sein Name wirklich *sein* Name war?

Ich drehte mich um und guckte zurück zum Bullen. Aber er sah mir nicht nach. Er beugte sich weit in den sandfarbenen Lada hinein.

Also ging ich. Die Gebrüder Weitling mit ihrer künstlerischen Photographie konnten warten, bis es eine bessere Gelegenheit gab, um über sie zu reden.

An diesem Abend ging ich zum erstem Mal auf den Alexanderplatz.

Zwischen der Weltzeituhr und der S-Bahnbrücke standen die Menschen in kleinen Gruppen, dicht zusammengedrängt, und redeten sich die Köpfe heiß. Vielen von ihnen war anzusehen, daß es das erste Mal für sie war. Das erste Mal, daß sie auf einem öffentlichen Platz, auf dem alle und jeder sie hören konnte, den Mund aufmachten. Ich ging langsam von einer Gruppe zur nächsten und hörte überall ein paar Minuten lang zu. Sie redeten über das NEUE FORUM, das vom Innenministerium immer noch nicht legalisiert worden war, über Gorbatschow, über Honecker und darüber, ob es unserem Land noch etwas nützen könnte, wenn er endlich zurücktreten würde. Und sie redeten über einen neuen Ansatz zur Lösung der ökonomischen Probleme in unserem Land.

Als von der Liebknecht-Straße immer deutlicher zu hören war, daß ein Demonstrationszug sich näherte, hörten die Menschen auf zu diskutieren. Sie drehten sich um, liefen los, gingen quer über den Alex und schlossen sich dem Demonstrationszug an.

Ich lief mit. Es war meine erste Demonstration. Aber ich hatte jetzt keine Angst mehr. Ich ging über den Alex, auf die Liebknecht-Straße hinunter und die Prenzlauer Allee hinauf. Vor dem Pressecafé und vor dem Haus der Elektroindustrie stoppten die Autos. Die Fahrer stiegen aus, lehnten sich auf ihre Autotüren und guckten. Einige winkten uns zu. Aber keiner von ihnen beschwerte sich.

Alle fünf Schritte standen zwei oder drei Bullen am Straßenrand und sicherten. Sie standen da und hängten die Hände auf ihre Koppel. Und sie sahen aus, als ob sie selber nicht wußten, ob sie dastanden, um uns zu bewachen und aufzupassen, daß wir keine Steine aus dem Straßenpflaster rissen und keine Häuser anzündeten, oder ob sie uns beschützen sollten.

Ich lief mit bis zur Gethsemanekirche. Dort drängte ich mich zwischen den Leuten von der Mahnwache für die Freilassung der Menschen, die die Bullen bei den Demonstrationen verhaftet hatten, und dem heißen schwimmenden Block der brennenden Kerzen ins Innere der Kirche. Auf einer der Holzbänke in der Nähe des Eingangs saßen die drei Schwestern von der Chirurgischen, die ich vor einer Woche bei der Demonstration in der Liebknecht-Straße gesehen hatte. Sie standen auf und führten mich an den Wänden der Kirche entlang. Nebeneinander, um den ganzen Innenraum herum, hingen hier die Berichte der Frauen und Männer, die am 7. Oktober zugeführt worden waren.

Von dem Abend an ging ich jeden Abend auf den Alexanderplatz. Ich nahm den Bus, der durch die Wilhelm-Pieck-Straße fuhr und guckte hinauf zu Tantes Fenstern. Dann stieg ich um in die U-Bahn und fuhr zum Alex, ging zur Weltzeituhr, um dort zu reden und zu diskutieren. Und wenn sich die

Menschen wieder zu einem Demonstrationszug zusammenfanden, war ich dabei und ging mit auf die Straßen hinaus. Auf Markus wartete ich immer noch.

Eine Woche später führte ich den Blauen aus dem Ofenrohr einem guten Zweck zu. Ich verbrauchte die Hälfte davon, um Leberecht Börsch ein Telegramm zu schicken. Die andere Hälfte faltete ich ordentlich zusammen und steckte sie in der Gethsemanekirche in den Opferstock, aus dem die Anwälte für die Verhafteten und die Kosten für die Mahnwache bezahlt werden sollten. Von mir selber legte ich auch zwanzig Mark dazu.

Immer wieder fuhr ich nachmittags nach der Arbeit an Tante Johannas Haus vorüber und guckte. Hedda kam nicht. Und auch Leberecht Börsch ließ sich nicht bei mir sehen. Trotz Telegramm.

Also richtete ich mich darauf ein, bei Horstis Beerdigung alleine zu sein. Am 28. Oktober ließ ich Horsti auf dem Friedhof in der Bergstraße beerdigen. Ich ging alleine hinter seinem Sarg her. Ich wickelte mich in meine Strickjacke und wischte mir mit dem Ärmel über die Augen. Mir war hundekalt. Ich sah mich um und paßte auf, ob jemand hinter einem Wacholder stand, um zu fotografieren. Oder ob Leberecht Börsch vielleicht heimlich kam, um wieder dezent einen protzigen Tut-mir-leid-Kranz vor der Tür der Kapelle zu deponieren. Aber es war keiner da.

Als ich vor Horstis Grab stand und den Worten des Pfarrers lauschte, kam der Bulle den Hauptweg heruntergeschnauft. Er stellte sich neben mich und legte mir den Arm um die Schulter. Nach mir warf er eine Handvoll Sand hinunter auf Horstis Sarg.

»Vielleicht ist es besser so, Fräulein Ost«, sagte der Pfarrer. Er stieg über die ausgehobene Erde zu mir herüber und schüttelte mir die Hand. »Manchmal gibt es eine unlösbar feste Bindung zwischen Mutter und Sohn. Und dann folgt der Sohn seiner Mutter nach. Das habe ich hier schon mehrmals erlebt. Wollen wir annehmen, daß es auch in diesem Fall so gekommen wäre. Da sind wir machtlos, Fräulein Ost. Dagegen können wir gar nichts tun.«

Er drückte meine Hand und sah mir tief in die Augen. Ich war sicher, er meinte es wirklich gut. Aber ich nickte nicht. Nein, ich war wütend. Ich hatte auf alle und jeden eine unbeschreibliche Wut. Cora Ost eingeschlossen. Ja. Auf Cora Ost sogar ganz besonders.

Erst als wir nebeneinander aus dem Tor traten und wieder auf der Invalidenstraße standen, ließ der Bulle meine Schulter los. Er beugte seinen Kopf herüber zu mir. Sein Mund streifte wie zufällig an meinem Ohr entlang.

»Ich habe etwas, was dich freuen wird, Cora. Gerade heute. Vielleicht. Aber du mußt mitkommen, jetzt sofort.«

Ich blinzelte ihn an, wischte mir mit dem Ärmel über die Augen und rührte mich nicht.

»Wir haben Trautmann gefunden, Cora.«

Ich fuhr mit. Über das Adlergestell, die Ausfallstraße nach Süden hinaus auf die Autobahn. Bis hinter das Schönefelder Kreuz. Kurz hinter der ersten Abfahrt bog der Bulle von der Autobahn ab, auf einen kleinen Parkplatz. Ein schwarzer Citroën mit Berliner Kennzeichen stand auf der rechten Straßenseite. Ein armeegrüner und ein grünweißer Polizei-Barkas standen wie eine Sichtblende davor. Zehn Meter daneben parkte ein Krankenwagen mit Blaulicht.

Die Fahrer lehnten nebeneinander an der Tür des Krankenwagens, ließen ihre Blicke über die Wiese schweifen und rauchten. Es war später Nachmittag. Die Sonne war gerade dabei, hinter den hohen Eichen am Straßenrand zu verschwinden. Das Gras, durch das der Bulle mich führte, war kniehoch und ziemlich feucht. Ein Schwarm von Uniformierten lief, mit den Gesichtern nach unten wie Pilzsucher, auf der Wiese umher. Ein Hundeführer ließ seinen Schäferhund über die Wiese schnüffeln. Zwei Bullen in Lederjacken krochen im Gras herum und maßen irgendwelche Entfernungen mit einem Bandmaß ab.

Eine graugrüne Plane lag auf den letzten Metern der Wiese. Vom Waldrand kam der Kaffeeholer aus der Keibelstraße quer über die Wiese zu uns her. Er hob die Hand und legte den Finger an die Schläfe.

»Bitte Bericht erstatten zu dürfen, Genosse Hauptmann!«

Der Bulle sah sich um. Der nächste Uniformierte war mehr als drei Meter von uns entfernt. Hauptmann Harry zog die Mundwinkel auseinander und tippte sich mitten auf die Stirn. Der Kaffeeholer grinste, bückte sich hinunter und hob langsam die Plane auf. Dann spähte er noch einmal zu mir herauf.

»Soll sie das sehen, Harry?«

Sie sahen mich an.

»Willst du, Cora?«

Ich nickte. Der Kaffeeholer beugte sich wieder hinunter und hob die Plane. Es war Trautmann. Er war vornüber gefallen. Sein Gesicht lag im Gras. Nur sein tadelloser Haarschnitt sah zwischen den Grashalmen hervor. Sein heller Trenchcoat war sauber und gut gebügelt wie immer, aber vollkommen naß. Über dem Mantelkragen, zwei Zentimeter über seinem glatt ausrasierten Nacken waren Trautmanns Haare ein wenig durcheinandergeraten. Sie standen starr, wie gescheitelt, auseinander. Zwei Zentimeter über und neben diesem Scheitel waren sie braunrot und verklebt. Das Loch in der Mitte des Scheitels war beinahe schwarz.

»Au Scheiße!« sagte der Bulle neben mir leise. »Das hätte ich nun wirklich nicht erwartet.«

»Trautmann liegt schon seit gestern hier, Harry«, sagte der Kaffeeholer. »Vielleicht auch seit gestern nacht. Ein sauberer Genickschuß. Aus der Nähe ausgeführt. Ich will nicht darüber spekulieren, was bei der Obduktion herauskommt.«

»Daß es seine eigene Waffe war«, sagte Harry leise.

Der Kaffeeholer nickte. »Das habe ich mir auch so gedacht.«

Eine Fliege kam und setzte sich auf die braunroten Spuren an Trautmanns Hinterkopf. Ich trat einen Schritt nach hinten.

Sie sahen zu mir. Der Kaffeeholer blinzelte den Bullen an und kickte mit seinem Kinn herüber zu mir. Der Bulle guckte.

»Soll ich dich zum Auto bringen, Cora?«

Ich schüttelte schnell den Kopf. Nein. Dieses Mal war mir nicht übel.

Der Bulle legte den Arm um meine Schultern, drehte mich weg von Trautmann und führte mich zu dem grünen Barkas, der hinter dem Citroën am Anfang der Wiese geparkt war. Er winkte zu der Gruppe der Fahrer hinüber. Ein Mann in einem blauen Arbeitskittel schnippte seine Zigarette über das Pflaster und sprang servil und eilfertig heran. Er legte die Hand an die Schläfe und salutierte. Harry nickte. Dann hob er den Arm und stellte sich hinter mich.

»Zeigen Sie ihr den Karton!«

Der Fahrer zog die Seitentür auf. Unmittelbar hinter der Autotür stand ein hoher Karton auf dem Fußboden vom Barkas. Ein dunkelbrauner, uralter Rama-Karton. Ein Sofakissen steckte in seiner Mitte fest. Rechts und links von dem Kissen saßen Charles und Henry und hielten ihre kleinen Schreibstifte fest.

Über dem Kopf von Henry hing eine Schnur. Eine dünne, zusammengebundene Schnur mit einem Bund von winzigen Sicherheitsschlüsseln. Horstis Schlüsselschnur. Ich streckte die Hand danach aus.

»Nicht anfassen!« sagte der Mann in dem Kittel. »Das muß erst ins Labor.«

Ich zog die Hand zurück. Ich konnte mir ungefähr vorstellen, was bei dieser Labor-Untersuchung herauskam. Ich guckte den Bullen an.

»Der Karton stand neben Trautmann im Gras«, sagte Harry. »Genauso wie dieses Bild.«

Ich guckte in den Barkas. Der bleiche Herr mit den braunen

Locken. Nur der schmale Goldrahmen war nicht mehr da. »Johannes der Täufer«, sagte ich.

»Du kennst es?«

Ich schüttelte den Kopf. »Ich habe es im Waldhaus gesehen. Es stand auf der Motorhaube von Trautmanns Auto.«

»Ja, genau das macht mir Sorgen«, sagte Harry. »Alles, was in Trautmanns Auto war, haben wir auf der Wiese gefunden. Jeden Kugelschreiber und jedes Taschentuch. Nur das Auto nicht.«

Er legte mir den Arm um die Schulter, wieder einmal, und führte mich weg. Ich warf einen Blick zurück, auf den Barkas, auf den Rama-Karton, auf das Bild.

»Dieses Bild ist aus der Dorfkirche von Paritz gestohlen worden. Vor ein paar Jahren schon. Der Pfarrer ist hierher unterwegs. Und du kannst deine beiden Automaten-Puppen wiederhaben. Du mußt nur ein Protokoll unterschreiben und einen kleinen Antrag stellen.«

Wir stiegen ein. Der Kaffeeholer stakste quer über die Wiese und winkte. Der Bulle stieg noch einmal aus, ging zu ihm hinüber und redete mit ihm. Dann fuhren wir. Erst als wir das Schönefelder Kreuz hinter uns hatten, riskierte der Bulle einen kleinen Blick herüber zu mir. Als ich den Kopf drehte und ihn ansah, richtete er seine Kompottschüsseln wieder geradeaus und guckte starr auf die Straße.

»Das war eine Hinrichtung«, knurrte der Bulle leise, als wir in Adlershof an der rotgeschalteten Ampel standen. »Eine ordentliche, saubere Hinrichtung. Ich dürfte dir das nicht sagen, Cora. Aber ich glaube, es ist besser, wenn du es weißt.«

»Was soll das heißen?«

»Ich habe mich geirrt, was deinen Markus angeht. Und du hast recht gehabt. Er hat seine Rechnung mit Trautmann beglichen.«

»Du denkst, er hatte hiermit etwas zu tun?«

Er nickte. Die Ampel sprang um. Er sah wieder auf die Straße.

»Natürlich *weiß* ich gar nichts. Ich *will* auch nichts davon wissen. Er ist sehr geschickt vorgegangen, dein Markus. Aber ich werde sofort aufhören, nach ihm suchen zu lassen. Oder, Cora, was denkst du?«

Ich zog die Schultern nach oben. Ich nickte. Wir sahen beide immer noch krampfhaft geradeaus.

Zwanzig Minuten später bogen wir in die Linienstraße ein. Der Bulle drehte den Kopf zu mir herüber, hob seinen Arm und legte ihn vorsichtig herüber zu mir. Auf dem Parkstreifen stellte er den Motor ab und nahm meinen Kopf zwischen seine Hände.

»Wenn der Junge clever ist, hat er seinen Reisepaß genommen und ist mit Trautmanns Mercedes von hier aus direkt über die Grenze gefahren. Und clever scheint der Junge zu sein, alle Achtung!«

Er streichelte meinen Nacken. Ich hob die Schultern und schob seine Hände weg. Dann stieg ich aus, knallte die Autotür hinter mir zu und lief über die Straße. Der Bulle klinkte seine Tür auf und sprang aus dem Auto heraus.

»Den kannst du vergessen, Cora!« schrie er hinter mir her. »Du mußt nicht mehr auf ihn warten. Der ist weg, endgültig!«

Ich rannte in den Flur, packte die schwere Haustür und wuchtete sie hinter mir zu.

Zwei Tage später wurde ich in die Keibelstraße bestellt und wurde von einem Oberst der K zu dem Mord an Horsti und dem Mord an Trautmann und einem eventuellen Zusammenhang zwischen beiden befragt. Ich sperrte den Mund auf, lächelte dümmlich und heftete meinen Blick auf einen Punkt in der Mitte der Schreibtischplatte.

Nach ungefähr einer Stunde gab er es auf.

Ich unterschrieb das Protokoll, und ich überließ ihm die Listen mit den Beschreibungen von Tantes tausend Puppen. Aber ich gab erst zu, daß sie schon geschrieben waren, nachdem er mir angedroht hatte, mich nicht mehr nach Hause zu lassen, bis diese Listen aufgestellt wären. Also gab ich sie ihm. Freiwillig. Nur als er mich aufforderte, ein Formular auszufüllen und damit den Antrag zu stellen, daß mir Charles und Henry zurückgegeben wurden, weigerte ich mich. Ich füllte es nicht aus. Charles und Henry waren mir völlig egal. Genau so egal wie Tante Johannas 1224 andere Puppen.

Ich ließ auch Mieze und Pythia und den Karton mit den kleinen Charlotten in meinem Küchenschrank. Erst als ich für die drei Schwestern von der Chirurgie einen Gulasch kochte und nach der kleinen Tüte mit dem Rosenpaprika suchte, fielen mir die Puppen oben hinter den Bohnen- und den Zuckertüten wieder ein.

Die Fleischstücke brutzelten im Schmortopf. Die Schwestern hatten sich die Ärmel hochgekrempelt und rollten kichernd den Teig für die Thüringer Klöße. Und ich holte die Puppen aus dem Schrank, trug sie in die Stube hinüber und räumte das große Fach in meinem Bücherregal aus. Dann setzte ich die Puppen vorsichtig hinein.

Pythia mit ihren eingedrückten, ein wenig nach innen starrenden Seherinnen-Augen. Mieze Schindler, die immer noch schön und stolz und vollkommen unverletzt war. Und meine kleinen gefrorenen Charlotten. Ich hob den Deckel vom Karton und nahm sie heraus. Den kleinen Dornenauszieher, das kleine Mädchen mit der Seife zwischen den Händen ... Sechs winzige Püppchen aus hellem Bisquitporzellan.

Sechs? Wieso sechs? Ich stand vor dem Bücherregal und versuchte zu zählen. Obwohl ich ganz schnell wußte, daß das sinnlos war.

Verdammt noch mal. Ich überlegte eine Weile, bis ich wieder wußte, an welchem Tag in den letzten Wochen ich diese Charlotte zum letzten Mal sah. Es war der Tag, an dem Markus und ich zusammen in Tante Johannas Wohnung gewesen waren. Der Tag, an dem er sich verabschiedet hatte von mir. Bis bald, Cora, meine Liebe. Ja, das war's.

Das Gulasch brannte mir trotzdem nicht an. Es schmeckte

gar nicht mal schlecht. Wir setzten uns an den Küchentisch, aßen Gulasch und tranken Tee. Und wir überlegten, was wir auf unsere Transparente für den 4. November schreiben wollten. Wir nagelten zwei ausgesonderte Bettlaken aus der Charitas-Wäschekammer auf Spatenstiele und pinselten mit Plakatfarbe unsere Sprüche darauf.

»Gleiche medizinische Behandlung für alle!« schrieben die Schwestern auf das eine Laken. Meinen Spruch wußte ich immer noch nicht. Ich hätte zwanzig Bettlaken vollschreiben können. Aber als das erste Transparent fertig war und zum Trocknen ausgebreitet an der Wand lehnte, entschied ich mich. »Wer sich nicht bewegt, fühlt nicht seine Fesseln« schlug ich vorsichtig vor. »Das isses doch!« schrien die Schwestern. Wir pinselten weiter.

Auch hinter Seekamps Schreibtisch stand ein zusammengerolltes Transparent. Ich sah es, als ich zu ihm in den Keller kam, um mir ein Programm vom NEUEN FORUM zu holen. Im Abstand von zwei oder drei Minuten klingelte sein Telefon, und er gab Auskünfte über die Demonstration am 4. November. Es sollten alle kommen, aus der ganzen Republik. An diesem einen Tag sollten sie alle auf der selben Straße demonstrieren. Transparente sollten sie mitbringen. Und die neueste Idee war, alle Wünsche und Forderungen auf Tapeten zu schreiben und damit am 4. November den Alexanderplatz zu tapezieren.

»Was denken Sie, Herr Professor, wieviele werden kommen?«

Er zog die Schultern nach oben. »Zwanzigtausend? Vielleicht fünfzig ... oder hundert? An diesem Tag wird sich eine Menge entscheiden, Cora. Haben Sie Angst?«

Ich schüttelte den Kopf. Nein, da war ich inzwischen ganz sicher. Meine Angst, diese verdammte lähmende Angst, hatte ich nicht mehr.

* * *

Ganz Berlin schien auf diesen Sonnabend zu warten. Ich fuhr immer noch jeden Tag nach der Arbeit an Tantes Wohnung vorbei. Am 2. November, einem Donnerstag zwei Tage vor der großen Demonstration, waren die Fensterflügel in Tantes Wohnung weit auseinandergeklappt. Ich hangelte mich vor bis zur Bustür und drückte auf den Halteknopf. An der Haltestelle schräg gegenüber von Tantes Haus stieg ich aus dem Bus aus.

Hedda machte mir die Wohnungstür auf. Sie sah aus wie eine lavendelfarbene Wolke. Wie eine Wolke von ungefähr zweihundertzwanzig Pfund. Das Etikett auf ihrem flauschigen Wollkleid war mindestens streichholzschachtelgroß. Irgend etwas in der Preislage von Jil Sander oder von Daniels stand darauf. Das Kleid bauschte sich lavendelblau von ihren breiten Schultern bis hinab zu ihren baumstarken Waden. Die hohen Pumps an ihren Füßen leuchteten wie frisch erblühter Flieder.

Hedda hob ihre dicken Arme in die Höhe und brach wie eine Indianerin bei der Geisterbeschwörung in ein singendes Heulen aus.

Sie umarmte mich und preßte mich an sich. Ein Duft von Patschuli strömte von ihrem Hals und von ihren Handgelenken und hüllte mich ein.

»Cora!« rief sie. »Coraa. Wie jut, dattu da bist!«

Sie spannte ihre Arme wieder auseinander und zog mich in die Wohnung hinein. Alles sah völlig anders als noch vor wenigen Wochen aus. Die Wohnung war aufgeräumt. Die Türen der Vitrinen waren geradegerückt. Die zerschlagenen Scheiben waren weggeräumt, und die leeren Türrahmen waren geschlossen.

An der Garderobe hing ein piekfeiner Herbstmantel aus leichter cremefarbener Wolle. Ein dunkelblauer Tuchmantel hing daneben. Ich schob Hedda zur Seite und ging in die Stube hinein.

Er saß auf dem Sofa. Als er mich sah, stand er auf und kam

mir entgegen. Groß, kräftig. Glatzköpfig und glatt rasiert. Tiefe Falten zogen sich von seinen Nasenflügeln hinunter zu seinem Mund.

Aber wie ein grämlicher alter Mann sah er trotzdem nicht aus. Eher wie einer, der sich nur die beste Zigarre und die süßeste Spätlese gönnt.

Er kam mir entgegen, zog die Lippen auseinander und legte sein Nußknackerlächeln frei. Hedda rauschte hinter mir her in die Stube.

»Darf ick bekannt machen, Cora. Det is …«

Ich schob sie noch einmal zur Seite. Er streckte den Arm aus und hielt mir die Hand hin.

»Leberecht Börsch.«

Ich nickte. »Haben Sie die Puppen wieder mitgebracht?«

Seine Augen begannen zu flackern. Hedda umflatterte mich.

»Coralein, willsten Goldi?«

Ich schüttelte den Kopf. »Danke. Das hab ich mir irgendwie abgewöhnt.«

»Oder ein Gläschen Wein?« fragte Leberecht munter. Seine Stimme wurde eine kleine Nummer zu laut. »Isch habe einen schönen Rheinwein hier.«

»Falls Oberst Trautmann Ihnen noch ein paar Flaschen übriggelassen hat«, knurrte ich leise.

Er guckte mich an. »Geh mal aus dem Zimmer, Hedda!« zischte er. »Ich rede alleine mit ihr.«

Hedda hob ab und flatterte in die Küche hinaus.

Und wir redeten, also gut. Er murmelte irgend etwas von Schön-Sie-zu-sehen-Cora und Wissen-Sie-daß-Sie-schon-als-kleines-Mädchen-mit-Zöpfen-auf-meinen-Knien-gesessen-haben. Irgend etwas, was er sich schon zurechtgelegt hatte, als er noch zu Hause in seinem Remagen war. Ich sagte ihm, daß ich sicher wäre, daß ich niemals Zöpfe gehabt hatte. Und ich bat ihn, zur Sache zu kommen, und zwar sofort. Seine Stimme bekam eine rasierklingenfeine Schärfe.

»Es tut mir leid, Cora«, sagte er. »Daß das alles so kommt ... das habe ich natürlich nicht gewollt. Ich hatte Trautmann nur beauftragt, mit Johanna Verhandlungen über die Herausgabe der Puppen zu führen. Und er sollte die Sammlung aus diesem Land herausholen. Das war eine rein geschäftliche Verabredung. Was dann alles hier passiert ist, Cora ... ich kann nichts dafür!«

Ich nickte. »Aber wieso sollte Johanna Ihnen die Puppen herausgeben? Sie hatten sie ihr doch geschenkt?!«

Leberecht Börsch hob die Hand, strich sich über sein Kinn und über seine Wangen. Ein Geräusch wie das Aufeinanderreiben trockener Insektenflügel entstand. Er ging zum Fenster, lehnte sich mit dem Rücken gegen die Scheibe und guckte mich an.

»Diese Schenkung damals ... das war eine Jugendsünde! Was macht man nicht alles, wenn man vierzig ist. Und ich konnte ja nicht anders! Ich wollte doch aus dem Land heraus. Aber, Cora ...«

Er stieß sich vom Fenster ab und kam quer durch das Zimmer auf mich zu. »Cora, denken Sie doch an den ungeheuren Wertzuwachs! Diese riesige Sammlung! Wissen Sie, meine Kleine, wieviel die inzwischen wert gewesen ist?! In D-Mark, in dieser stabilen Währung! Davon hätten wir alle profitieren können. Auch Johanna und Horst!«

Ich zog einen Stuhl vom Tisch und ließ mich darauffallen.

Leberecht Börsch setzte noch einen drauf.

»Sogar Sie, Cora! Sogar Sie hätten davon profitieren können. Jetzt gibt es sowieso nur noch mich und Sie. Wir sollten teilen ...«

Ich spähte zu ihm hoch und versuchte in seinem Gesicht zu lesen, ob diese Ansprache von irgendeinem Bedauern begleitet war. Ich sah davon nicht den winzigsten Funken.

»Wenn Sie die Puppen *haben* ...«, sagte ich langsam.

Er zog die Lippen auseinander, grinste sein Nußknackergrinsen und beugte sich herunter zu mir. Seine Hand landete auf meiner Schulter. Seine Finger glitten sanft über meinen Rücken bis zu meinem Hals. »Ich habe sie noch nicht, Cora. Trautmann wollte sie mir nach Remagen bringen. Ich habe bis heute morgen gewartet auf ihn. Jetzt werde ich ihn hier aufsuchen und mit ihm verhandeln. Bezahlt ist er schon.«

Ich fing an zu lachen. Er lachte auch.

»Ich könnte mir ein Arrangement zwischen uns beiden vorstellen. Cora, ein sehr familiäres Arrangement ...«

Ich schob seine Hand von meiner Schulter und stand auf. Er ging ein paar Schritte rückwärts. Ich blieb stehen, guckte ihm in die Augen und holte zum Gegenschlag aus.

»Trautmann ist tot. Der wird Ihnen gar nichts mehr bringen.«

Seine Augenlider fingen wieder zu flattern an. Er hob den Kopf und lauerte zu mir herüber. Aber er kriegte ziemlich schnell mit, daß das kein Spaß von mir war.

»Dann weiß ich auch nicht, wer jetzt die Puppen hat«, sagte er leise. »Ich werde Nachforschungen anstellen lassen. Ich kann mir die besten Detekteien leisten. Die Puppen tauchen schon wieder auf.«

Er lächelte wieder, hob die Arme und kam auf mich zu. Ich drehte mich um und ging auf den Flur hinaus. Hedda stand in der Küche und hantierte mit ein paar Tellern. Drei Weingläser und eine geöffnete Flasche standen neben ihr auf dem Tisch.

»Du bleibst nich zum Abendessen, Corachen?!«

»Nein!«

Sie ließ die Teller auf den Tisch scheppern und kam zu mir auf den Flur hinaus. Sie erwischte mich erst, als ich schon in der offenen Wohnungstür stand.

»Wat is Sache, Cora? Hast du dich geeinigt mit ihm?« Sie hob ihre Arme und drückte sie auf meine Schultern hinunter.

»Du warst an unserem Versteck, wat, Cora? Du hast die Schenkungsurkunde gefunden, stimmt's?«

Ich nickte. »Du gehst doch jetz nich zur Polizei?! Guck ma, Meechen, es ist nich mehr zu ändern. Du machst Hanna nich wieder lebendich damit. Un ooch Horsti. Du kannst alle Blauen haben, die noch im Ofenrohr stecken. Allet deine, bitte, der Leberecht hattet ja jar nich jewollt.«

Ich zog an ihren Armen. »Hedda ...«

»Cora!« schluchzte sie leise. »Cora! Eine Kneipe kauft der mir. Hatter jesagt. Spanische Küche, frische Muscheln und Rotwein. Da, bei ihm, in Remagen. Vielleicht wird der Leberecht mich sojar heiraten ... Versprochen hatters mir.«

Ich zog und zog. Dann hatte ich ihre Arme endlich unten. »Ich dachte immer, du und die Tante ...?« fragte ich. Aber ich wartete nicht mehr auf ihre Antwort. Ich drehte mich um und lief die Treppe hinab.

Als ich fast schon unten war, lehnte Hedda sich oben über das Geländer. »Cora!« schrie sie ins Treppenhaus. »Cora, wir ham uns doch verstanden?! Du jehst nich zur Polente!«

Dann kam der 4. November. Wir hatten uns morgens um neun in meiner Wohnung getroffen. Zögernd und aufgeregt traten wir eine halbe Stunde später auf die Straße hinaus.

Schon auf der Linienstraße kamen uns die ersten mit ihren Transparenten entgegen. »Die Straße ist die Tribüne des Volkes« und »Macht ist keine Dauer-Pacht«. Drei oder vier Männer trugen zusammengerollte Tapeten unter dem Arm. Jetzt falteten auch wir unsere Bettlaken auseinander. Die Menschen blieben stehen, lasen unsere Sprüche, nickten und winkten uns zu. Dann gingen sie weiter, und wir gingen mit. An der Kreuzung mit der Alten Schönhauser stand der Professor und wartete auf mich. »Stasi — Zeig dein Gesicht« stand auf dem Transparent, das er an einer Angelrute hoch über seinem Kopf hielt.

Es wurde immer voller. Wir gingen an der Volksbühne vorüber und am Kino Babylon. Aus dem Eingang der U-Bahn mitten auf dem Luxemburg-Platz kamen ununterbrochen Menschen heraus. Wir blieben stehen und beobachteten sie, wie sie vorsichtig die letzten Stufen nach oben stiegen, wie sie sich auf der Straße umsahen und erleichtert feststellten, daß sie nicht die einzigen Demonstranten waren. Dann zogen sie ihre Plakate und Transparente unter ihren Jacken hervor, rollten sie auseinander und liefen los.

Der Professor nahm meinen Arm. Als wir vor dem Berliner Verlag auf der Liebknecht-Straße ankamen, reichte der Demonstrationszug schon von der S-Bahnbrücke am Alex bis weit in die Prenzlauer Allee hinauf. Aus der Memhard-Straße, aus der Wilhelm-Pieck-Straße, aus der Prenzlauer Allee und vom Alexanderplatz kamen pausenlos Demonstranten dazu.

Ungefähr um halb zehn setzte sich die Spitze des Demonstrationszuges langsam in Bewegung. Aber erst eine halbe Stunde später kam diese Bewegung auch bei uns an. Wir hielten unsere Bettlaken hoch und liefen. Überall am Straßenrand standen Reporter mit Kameras und mit Fotoapparaten. Polizisten und Lederjacken und Doppelläufer säumten den Straßenrand. Und immer wieder liefen uns Ordner entgegen, die eine gelbgrüne Schärpe trugen. Quer über diese Schärpen war mit schwarzer Farbe geschrieben KEINE GEWALT!

»Immer noch keine Angst, Cora?« fragte der Professor, als wir am Palast der Republik vorübergingen.

Ich drückte seine Hand. Doch, mir war ziemlich mulmig. Aber ich hatte nicht vor, wieder zurückzugehen. Wir blieben stehen, stiegen die Marmortreppen vor dem Palast der Republik hinauf und kletterten auf die Mauern der Blumenbeete. Von hier oben konnten wir bis auf die S-Bahnbrücke und sogar ein kleines Stückchen den Prenzlauer Berg hinauf sehen. Nur das Ende vom Demonstrationszug sahen wir nicht.

»Das sind bestimmt hunderttausend Menschen!« krächzte der Professor. »Vielleicht sogar hundertfünfzigtausend! Cora! Das wird ein Erfolg!«

Vor dem Eingang zur Volkskammer klebten die ersten Tapeten auf dem Boden. 'Wir fordern freie Wahlen!', 'Die Macht nicht einer Partei, sondern dem Parlament', 'Demokratie jetzt und hier'.

Als wir an der Stadtbibliothek vorbeigingen, sah ich den Bullen am Straßenrand stehen. Ich zog Seekamp am Ärmel und winkte. Der Bulle warf einen Blick auf unsere Transparente. Als er Seekamps 'Stasi — Zeig dein Gesicht' las, blies er die Backen auf und schüttelte den Kopf. Aber er winkte zurück.

Drei Minuten später war er hinter mir. Er legte mir den Arm um die Schultern und nahm mir meine Seite von unserem Transparent ab.

»Wer ist das denn, Cora?« fragte die Schwester, die die andere Seite vom Transparent hielt. »Ist das dein Freund?«

Ich grinste und guckte zu ihm hinauf. »Mein Wachhund«, sagte ich. »So eine Art Straßenkehrer.«

Der Bulle kniff mir in den Rücken. Seine Hand rutschte tiefer und tiefer, bis auf meine Hüfte hinab.

Als wir am Nachmittag alle in meiner Stube saßen, wurde uns langsam klar, auf was für einer Demonstration wir gewesen waren.

Wir guckten uns die Berichte über diesen 4. November im Fernsehen an.

Wir sahen Luftaufnahmen aus der Innenstadt. Ganz genau konnten wir auf den Bildern den Demonstrationszug erkennen. Kurz vor elf war die Spitze des Demonstrationszuges auf dem Alexanderplatz angekommen. Zu dieser Zeit hatte sich das Ende des Zuges noch nicht einmal in Bewegung gesetzt. Alle Straßen in der Innenstadt, die irgendwo auf den Alex, auf die Frankfurter Allee oder auf die Prenzlauer führten, waren voll. Voller Menschen. Eine halbe Million Menschen oder eine Million. Das konnte keiner der Reporter so genau sagen. Fest stand, es war die größte Demonstration in der Geschichte der DDR. Vier Stunden lang hatten wir auf dem Alex gestanden und den Reden zugehört. Jetzt guckten wir uns die Berichte über die Demonstration und die Reden, die gehalten worden waren, im Fernsehen noch einmal an. Und auch jetzt war ich noch nicht sicher, diesen Tag wirklich erlebt zu haben. Ich guckte in den Fernseher, auf die Straßen voller Menschen, und hatte immer noch das Gefühl, daß dieser Tag etwas vollkommen Unwahrscheinliches war.

Ich ging hinaus in die Küche, ließ kaltes Wasser in den Kessel laufen und setzte Teewasser auf. Wir saßen zusammen, tranken Tee und guckten in den Fernseher. Und wir redeten zusammen, die drei Schwestern, der Professor, der Bulle und ich. Keiner von uns konnte sich vorstellen, was nach diesem Tag passieren würde. Wir redeten uns die Köpfe heiß, bis lange nach Mitternacht.

Fünf Tage später wurden die Grenzen aufgemacht.

# Welcher Ariadne Krimi darf's denn sein?

Ariadne 1002
ISBN 3-88619-503-1
256 Seiten, DM 15.-

Anwältin Harriet Croft glaubt nicht, daß Leslie Taylor ihre Ex-Geliebte grausam ermordet hat.

Ariadne 1005
ISBN 3-88619-505-8
208 Seiten, DM 13.-

Caitlin Reece und ihre Freunde Smith & Wesson müssen eine engagierte Feministin vor Erpressern schützen.

Ariadne 1006
ISBN 3-88619-506-6
208 Seiten, DM 13.-

Mrs. Knox liebt Babys, und sie bringen ihr Geld. Aber was hat sie mit der Entführung eines Kindes zu tun?

Ariadne 1007
ISBN 3-88619-507-4
240 Seiten, DM 15.-

Eine junge Frau liegt erschlagen hinter einer Lesbenbar. Ein Fall, der Kommissarin Kate Delafield hart zusetzt.

Ariadne 1008
ISBN 3-88619-508-2
256 Seiten, DM 13.-

Lange hat Gillian ihre Tante versorgt, doch nun möchte sie heiraten. Tante Clayton ist aber anderer Meinung ...

Ariadne 1010
ISBN 3-88619-510-4
176 Seiten, DM 13.-

In Tokio wird ein ganzes Haus wegen Straßenbauarbeiten versetzt. Doch das Fundament birgt dunkle Geheimnisse.

# Welcher Ariadne Krimi darf's denn sein?

Ariadne 1020
ISBN 3-88619-520-1
168 Seiten, DM 13.-

Totenscheine auszustellen, gehört für Ärztin Katharina de Vries zum Alltag. Aber warum ist es plötzlich so eilig?

Ariadne 1023
ISBN 3-88619-523-6
448 Seiten, DM 16.-

Stoner läßt sich als Agentin in eine psychatrischen Klinik einschleusen. Und Gwen war von Anfang an dagegen.

Ariadne 1024
ISBN 3-88619-524-4
224 Seiten, DM 13.-

In Claire Malloys Buchladen findet mit Skandal-Autorin Mildred eine Matinee statt, die leider tödlich endet.

Ariadne 1025
ISBN 3-88619-525-2
192 Seiten, DM 13.-

Von Delores verlassen, findet die Ex-Geliebte eine Pistole. Wenn sie will, kann sie sich jetzt an Delores rächen.

Ariadne 1027
ISBN 3-88619-527-9
224 Seiten, DM 13.-

Cassandra Reilly sucht den Ex-Mann einer Freundin in Barcelona und gerät mitten in eine Kindesentführung.

Ariadne 1028
ISBN 3-88619-528-7
224 Seiten, DM 13.-

Alison verabredet sich mit einer Fremden, findet am Treffpunkt eine Leiche und gerät in einen Politskandal.

# Welcher Ariadne Krimi darf's denn sein?

Ariadne 1030
ISBN 3-88619-530-9
336 Seiten, DM 16.-

Ros Howard soll Lady Violas Nachlaß veröffentlichen. Doch einige Leute haben drastische Einwände.

Ariadne 1031
ISBN 3-88619-531-7
304 Seiten, DM 16.-

Emma Victor vom Frauennotruf Boston im Morast aus korrupten Unternehmern und dekadenter High Society.

Ariadne 1032
ISBN 3-88619-532-5
256 Seiten, DM 13.-

Während eines medizinischen Forschungsprojekts muß Maggie Ryan den Tod eines Kollegen aufklären.

Ariadne 1033
ISBN 3-88619-533-3
272 Seiten, DM 13.-

Die trinkfeste Schottin Lindsay Gordon wehrt sich gegen die Verurteilung einer lesbischen Freundin.

Ariadne 1034
ISBN 3-88619-534-1
256 Seiten, DM 13.-

Ann Vereker stellt entsetzt fest, daß an der Seite ihrer Erbtante ein Mann aufgetaucht ist, der zu viel über sie weiß.

Ariadne 1035
ISBN 3-88619-535-X
256 Seiten, DM 15.-

Anwältin Harriet Croft bekommt Ärger, als sie widerständige Mieterinnen gegen einen Miethai vertritt.